BASTEI
LÜBBE

Von Sue Harrison erschien bei Bastei Lübbe:

12287 Vater Himmel, Mutter Erde
12533 Schwester Mond
12792 Bruder Wind
12901 Der Gesang des Flusses
14660 Der Schrei des Windes

Sue Harrison

Der Ruf der Sterne

Aus dem Amerikanischen von
Margarete Längsfeld
und Sabine Maier-Längsfeld

BASTEI
LÜBBE

BASTEI LÜBBE TASCHENBUCH
Band 14792

1. Auflage: Oktober 2002

Vollständige Taschenbuchausgabe

Bastei Lübbe Taschenbücher ist ein Imprint der Verlagsgruppe Lübbe

Titel der amerikanischen Originalausgabe: CALL DOWN THE STARS.
THE STORY-TELLER TRILOGY

Lizenzausgabe: Verlagsgruppe Lübbe GmbH & Co. KG, Bergisch Gladbach
Einbandgestaltung: ZERO, München
Titelillustration: Cornelia Niere
Satz: hanseatenSatz-bremen, Bremen
Druck und Verarbeitung: Elsnerdruck, Berlin
Printed in Germany
ISBN 3-404-14792-8

Sie finden uns im Internet unter
http://www.luebbe.de

Der Preis dieses Bandes versteht sich einschließlich
der gesetzlichen Mehrwertsteuer.

Für meinen Mann Neil
&
die Studierenden, die meine Kurse für kreatives Schreiben an der Lake Superior State University besucht haben, sowie für alle Förderer und Lehrer

Dorf der Bootmenschen
JAPAN
PAZIFISCHER OZEAN

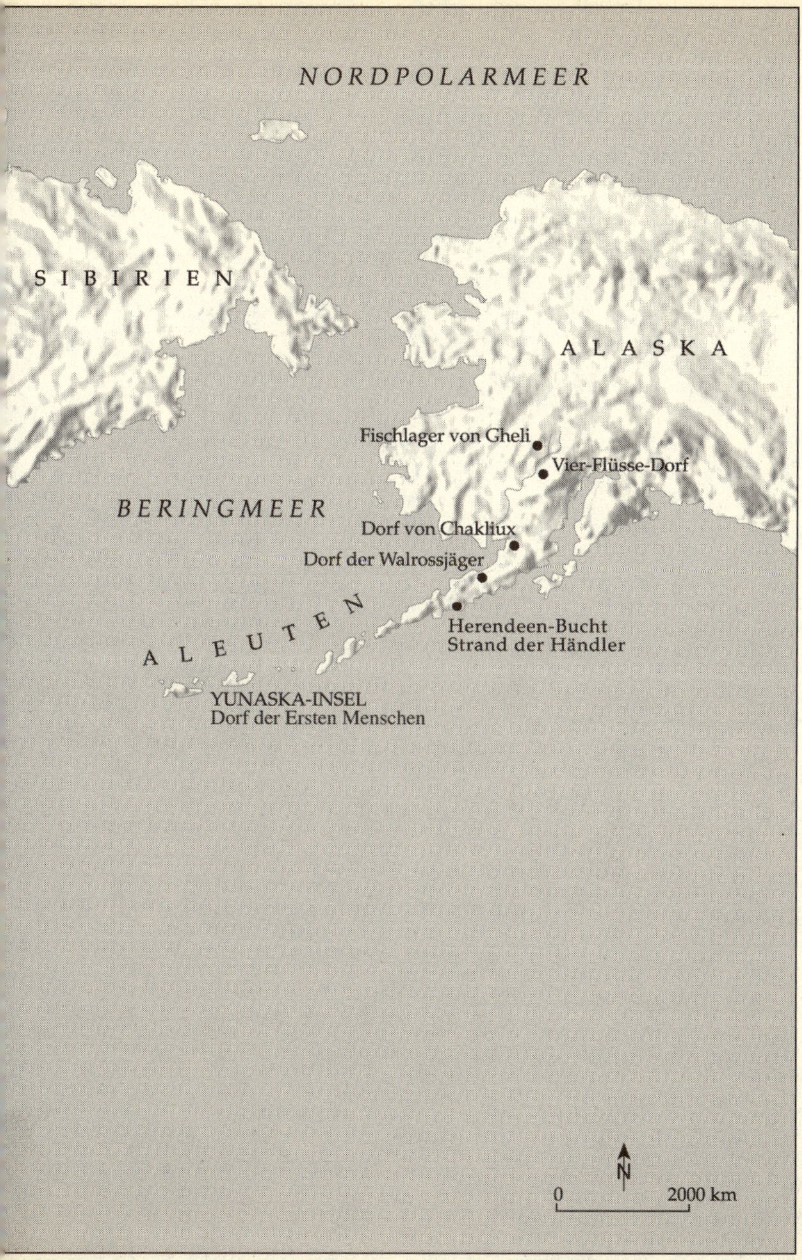
NORDPOLARMEER
SIBIRIEN
ALASKA
Fischlager von Gheli
Vier-Flüsse-Dorf
BERINGMEER
Dorf von Chakliux
Dorf der Walrossjäger
ALEUTEN
Herendeen-Bucht
Strand der Händler
YUNASKA-INSEL
Dorf der Ersten Menschen
N
0
2000 km

PROLOG

Herendeen-Bucht, Alaska
602 v. Chr.

Die Knochen der alten Frau begehrten gegen die Enge auf. Sie schauderte und sah von ihrem Lager zu den eingeölten Seelöwenhäuten hoch, die kaum mehr als eine Handbreit über ihrer Nase gespannt waren. Sie bewegte die Hüften und schob sich mit Händen und Hacken weiter vor in den Bug.

Die Händler hatten ihr nicht erlaubt, sich ein Polster aus Hasenfellen zu machen, und ihr Robbenfelle gegeben. Das Fell der Robbe ist dichter und wärmer, sagten sie, und die alte Frau wusste, dass sie Recht hatten, doch es war ihrer Nase fremd, und sie sehnte sich nach dem guten Erdgeruch von Hasenfellen.

Glaubst du, du könntest die Kälte ertragen, wenn die Händler deinen Wünschen nachgegeben hätten, alte Frau?, fragte sie sich selbst. Und sie war angewidert von ihren kindischen Gedanken, die ihren Wünschen gestatteten, ihren Verstand zu trüben.

Sie schlang die Arme um ihren Oberkörper, als Yikaas in das *iqyax* stieg und ein Bein links, ein Bein rechts von ihr ins Boot schob. Sie hörte, wie er sich mit dem Paddel vom Ufer abstieß, hörte, wie der Boden des *iqyax* über den Kies rieb, und dann spürte sie das ungestüme Schaukeln des Bootes, als das Land sie entließ und der See übergab.

Ihr Magen zog sich zusammen, und sie hielt die Augen weit geöffnet, als könnte sie so durch die gelbe Wand aus Haut, die den rot gefärbten Holzrahmen des *iqyax* bedeckte, den Himmel sehen. Der Körper von Yikaas spendete Wärme, aber von der See her kroch Kälte herein, und die Beine der alten Frau begannen zu schmerzen, denn sie waren gekreuzt, um in der Spitze des Bootes Platz zu finden.

Ihre Gedanken gingen zurück zum letzten Mal, als sie auf diese Art gereist war, wie ein Senkstein im *iqyax* eines Mannes. Damals hatte ihr Mann noch gelebt, und sie war jung gewesen, wenn sie sich auch alt gefühlt hatte. Ihr Bauch war schon seit sieben Wintern leer gewesen, ihr ältestes Kind zum Mann und Jäger herangewachsen und ihr jüngstes groß genug, einen Sommer ohne sie zu leben. Ihr Mann hatte entschieden, sie an den Strand der Händler mitzunehmen, damit sie mit anderen Geschichtenerzählern zusammentreffen konnte. Einige hatten weite Wege zurückgelegt, selbst von den Inseln der Waljäger waren sie gekommen. Sie war schüchtern gewesen, hatte wenig gesprochen und viel gelauscht, und die Geschichten der Erzähler hatten ihrem Geist Flügel verliehen und sie auf Wanderungen aus Worten geschickt, die die Welt, die sie bislang gekannt hatte, klein wirken ließen.

Die vergangenen Winter hindurch hatte sie zugesehen, wie Yikaas zum Mann reifte. Seine Schultern wurden breit, und sogar in seinem Otterfuß gewann er an Kraft. Junge Frauen ehrten ihn mit scheuen Blicken, lockten ihn keck, und er trug seine Freude darüber so stolz zur Schau wie ein Krieger die Narben seiner Kämpfe.

Er war *Dzuuggi,* kannte die Geheimnisse des Volkes, doch wie viele junge Männer war er zu sehr von sich eingenommen. Ihr blieb keine Wahl, als ihm zu zeigen, wie unendlich weit die Grenzen der Erde waren und wie eng sein eigener Verstand.

Für ihn war diese Reise ein Abenteuer, er war bereitwillig mitgekommen, und nun waren sie schon mehr Tage unterwegs, als sie zählen konnte. Jeden Morgen schlossen sie sich Händlern aus den Flussdörfern an, und in den letzten Tagen waren auch einige Seejäger mit ihnen gezogen. Jeden Morgen schalt sie sich aufs Neue für den törichten Einfall, mit Yikaas zu gehen. War er nicht jung und stark? Er hätte sich allein auf den Weg machen können.

Sie hatte den Jungen die wenigen Wörter der Seejägersprache gelehrt, die sie kannte, und nun legte sie diese Wörter in ihren Mund und hielt sie dort fest, ein dicker Knoten in ihrer Kehle, ein Amulett zum Schutz vor der Macht des Meeres. Jeden Tag auf dieser Reise hatte sie sich die Seejägergeschichten von Chagak und Shuganan erzählt, von Kiin und Samiq, hatte jene Vorfahren angerufen, über ihr zu tanzen. Ihre Umrisse zeichneten sich auf den Seelöwenhäuten ab, so, wie sich auf den Wänden der Karibubehausung die Schatten jener zeigen, die darin wohnen. An diesem Tag wollte sie sich auf die Geschichten von Chakliux besinnen, dem großen Geschichtenerzähler, und von seiner Frau Aqamdax. Sie sollten ihr helfen, ihre Ängste und das Unbehagen zu vergessen.

Sie sprach leise, füllte das *iqyax* von Yikaas mit geflüsterten Wörtern, und als es Mittag wurde, erlaubten ihr der Schlag des Paddels und der Trost der Geschichten zu schlafen. Sie träumte, und die Stimme ihrer Mutter kam zu ihr. Für eine kurze Weile wurde sie wieder Säugling, neu in diese Welt hineingeboren, fest in ein Wiegengestell gebunden, geborgen im Gleichmaß der Bewegungen ihrer Mutter.

Plötzlich ging ein Ruck durch das *iqyax,* und ihr Bauch krampfte sich vor Angst zusammen. Sie war wieder alt. Ihre Hände griffen unwillkürlich nach den geschnitzten Rippen des Bootes. Sie spürte einen Schlag unter sich. Tier, dachte sie. Sie vermochte sich nicht daran zu erinnern, ob sie zwischen ihren Zehen nach Grashalmen gesucht hatte, ehe sie an diesem Morgen aufgebrochen waren. Die Seejäger sagten, schon ein wenig Gras, zwischen zwei Zehen gefangen, würde genügen, um die Tiere der See zu kränken. Dann würden sie zornig aus den Tiefen des Meeres aufsteigen und Löcher in die Wände des *iqyax* reißen.

Ihre Zehen waren taub, kalt und steif wie Holz, aber sie meinte, lange Grashalme dazwischen zu spüren, die an ihren Fußsohlen entlangstreiften und sie an den Knöcheln kitzelten.

Wieder ein Schlag, diesmal so stark, dass der *iqyax*-Rahmen ächzte und sich krümmte. Die geknoteten Gelenke des Bootes bewegten sich und seufzten wie die Knochen eines Gerippes. Die alte Frau schrie auf, und da entwichen die Seejägerwörter, die sie zum Schutz in ihrer Kehle aufbewahrt hatte, und füllten das *iqyax,* und die Luft um sie herum war von den Wörtern auf einmal so dick, dass sie kaum zu atmen vermochte.

Dann vernahm sie die Stimme von Yikaas. Er sprach wie ein Vater, der sein Kind beruhigt. »Wir sind da, Tante«, sagte er. »Am Strand der Händler. Die Flut schläft, und wir haben ein paar Felsen gerammt. Wenn das Meer zu rau für dich ist, werde ich in der Bucht warten, bis die Flut wieder steigt.«

Die alte Frau hob die Finger an die Lippen, bahnte sich einen Weg durch die Seejägerwörter und sagte: »Geh jetzt an Land, wenn du kannst.« Sie zog sich das Robbenfell wie eine Kapuze über das Gesicht, schlug die Arme um den Körper und versuchte, sich ganz klein zu machen, damit Yikaas das *iqyax* nicht nur mit dem Paddel, sondern auch mit den Beinen und dem Hinterteil lenken konnte.

Endlich stieß der Rumpf auf Sand, und Yikaas löste seine Lukenverkleidung. Ein kalter Luftstoß fuhr in das *iqyax* und trug die Geschichten und die Wörter und die Angst hinaus ins Freie. Dann waren seine starken Hände unter ihren Armen, zogen sie hinaus, schälten sie aus den Lagen ihrer Robbenfelle. Er stützte sie, und sie stemmte ihre Beine breit gegen die Erde, damit sie nicht umfiel.

»Hast du deine Großmutter mitgebracht?«, fragte jemand. Er sprach die Flusssprache, aber seine Stimme hatte die Färbung eines Seejägers.

»Ihr Name ist Kuy'aa«, sagte Yikaas. »*Sie* ist es, die *mich* mitgebracht hat. Wir sind Geschichtenerzähler, und wir sind gekommen, um zu lernen.«

Seine Antwort war die Antwort eines Kindes, und die alte Frau war erfreut über die Demut in seinen Worten. Welcher Platz bleibt noch für Geschichten, wenn ein Mann sein Herz und seinen Verstand anfüllt mit Gedanken über seine eigene Bedeutung? Dann vermengen sich bald schon jene Menschen, von denen er erzählt, mit ihm selbst, und er ist nicht länger Geschichtenerzähler, sondern Großmaul.

»Geschichtenerzähler sind uns stets willkommen«, sagte der Seejäger. »Heute Nacht hören wir Geschichten von einer Frau, die von den Inseln der Waljäger zu uns gekommen ist.«

Aaa, dachte Kuy'aa, dann sind wir schon zwei. Törichte Alte, Großmütter, die einen Tod auf See wagen, um noch ein allerletztes Mal am Strand der Händler Geschichten zu hören und zu erzählen.

In ihre Gedanken versunken, merkte sie nicht, dass Yikaas sprach, bis es zu spät war, ihn aufzuhalten.

»Ich hatte gehofft, in dieser Nacht meine eigenen Geschichten zu erzählen«, sagte er, und die Dreistigkeit seiner Worte trieb der alten Frau die Schamesröte ins Gesicht.

Der Händler lächelte und sagte: »Wir werden froh sein über deine Geschichten, aber zuerst musst du dich ausruhen. In dieser Nacht wirst du zuhören.«

Kuy'aa reckte ihr Kinn zu dem Händler hin, nickte und wusste, dass der Mann ihre Dankbarkeit verstanden hatte.

Er schlug Yikaas auf die Schulter und lachte laut und lange. Das erinnerte die alte Frau daran, mit welcher Freude die Seejäger ihr Leben leben. »Hier kannst du viel Tauschhandel treiben«, sagte der Mann. »Sieh zu, dass du es gut und weise tust.« Er deutete mit dem Kinn den Strand hinauf, hin zu den *iqyax*-Gestellen und zu dem Pfad, der in das Dorf der Seejäger führte.

Die alte Frau half Yikaas dabei, das *iqyax* auszuladen. Dann hievte sie sich ein schweres Bündel mit Nahrung und Tauschgut auf den Rücken und trug es den Pfad hinauf. Das Versprechen von Geschichten war Balsam für den Schrecken der Tage, die sie in dem *iqyax* verbracht hatte, und es linderte ihre Angst, Yikaas, der von ihr auserwählte *Dzuuggi,* könne womöglich weniger taugen, als sie es sich erhoffte.

Der *Dzuuggi* bahnte sich seinen Weg in den Kreis von Menschen, die sich in der Mitte der Behausung versammelt hatten. Die Seejäger nannten ihre Behausung *ulax*, hatte Kuy'aa ihn gelehrt. Jedes *ulax* war gebaut wie ein Hügel, ein Teil war in die Erde gegraben, es hatte ein Gerüst aus Treibholz und war mit gewobenen Matten, Stroh und Grassoden gedeckt. Die dicken Erdwände schienen sich auf Yikaas herabzusenken, und er musste den Drang bekämpfen, seine Schultern gegen die Finsternis dieser Wände zu stemmen.

Es war nicht schwer, die Seejäger von den Flussmenschen zu unterscheiden. Die Jäger der Meeressäuger hockten auf ihren Fersen, die Arme um die hochgereckten Knie geschlungen. Yikaas schnaubte spöttisch und setzte sich hin, wie Männer es taten. Doch während er darauf wartete, dass die Geschichten anfingen, kroch die Feuchtigkeit von dem Lehmboden in seine Hosen aus Karibuhaut, und mit einem Mal verstand er, warum diese Männer saßen, wie sie saßen. Da sein linker Fuß aber verdreht war – ein Otterfuß, wie Kuy'aa ihn nannte, mit verwobenen Zehen –, entschied er, es sei angenehmer, sitzen zu bleiben, als zu versuchen, auf den Füßen kauernd das Gleichgewicht zu halten. Und so blieb er sitzen. Doch er ermahnte sich, zum nächsten Geschichtenerzählen das Polster aus Robbenfell mitzunehmen, das er in seinem *iqyax* hatte. Es würde ihn trocken halten.

Er war müde, aber die Erwartung, neue Geschichten zu hören, hielt ihn wach. Als die Augen von Yikaas sich an das dämmrige Licht der Robbenöllampen gewöhnt hatten, wandte er den Kopf und suchte nach Kuy'aa. Schließlich fand er sie ganz hinten in der Behausung, inmitten einer Gruppe alter

Frauen. Er sah, dass es ihr schwer fiel, die Augen offen zu halten. Ihr Kopf sank immer wieder nach vorn, wenn sie in den Schlaf hinüberglitt. Sie hatte ihm erzählt, das Geschichtenerzählen könne sehr wohl die ganze Nacht lang dauern. Die Menschen würden kommen und gehen, eine Weile zuhören, dann hinausgehen und später wiederkehren.

Wenn sich beim Flussvolk eine Gruppe Geschichtenerzähler versammelte, so brachte eine Geschichte die nächste hervor. Ein Erzähler schilderte sie auf eine Weise, dann erzählte ein anderer dieselbe Geschichte auf eine andere Weise. Je älter die Geschichte war, desto mehr Gesichter hatte sie. Die meisten Menschen sagten, die alten Geschichten seien die besten, aber Yikaas fand, dass die neuen Geschichten besser waren. Sie schienen in seinen Gedanken zu verweilen, wenn das Erzählen schon lange vorüber war, und er hatte die Bilder so deutlich vor Augen, als hätte er die Geschichten selbst erlebt.

Bald schon war die Behausung voller Menschen. Frauen reichten Robbenblasen mit Wasser und große Haufen Seeigel herum, ein seltener Leckerbissen für die Menschen des Flussvolkes. Yikaas nahm sich zwei Hand voll der stacheligen Panzer und legte sie zwischen seine gekreuzten Beine auf den Boden. Mit der flachen Seite seines Steinmessers brach er einen Seeigel auf. Dann holte er mit dem Daumennagel einen prall gefüllten, ringelblumenroten Eiersack heraus und schlürfte ihn aus. Er schloss die Augen und genoss den reichen Geschmack, fett und salzig.

Dann füllte ein Raunen die Behausung, und Kuy'aa erhob sich, wankte zu ihm herüber und ließ sich an seiner Seite nieder. Sie stieß ihn mit ihrem gekrümmten Finger an und zeigte mit dem Kinn auf den Mann, der in der Mitte der Behausung stand. Er war krumm und hatte unzählige Falten, und er war so dünn, dass Yikaas sich fragte, wie er noch stehen konnte. Der Alte hob an zu sprechen, und Yikaas sah, dass die Jahre zwar das Fleisch des alten Mannes aufgezehrt hatten, nicht aber seine Stimme. Er sprach wie die Seejäger, doch mit anderer Färbung und anderem Tonfall. Die Worte stiegen und fielen wie die Wellen, laut und leise, rau und sanft.

»Waljäger.« Kuy'aa hatte sich flüsternd zu ihm hinübergebeugt.

Der junge *Dzuuggi* sah sie mit weisem Blick an und nickte, als hätte er das bereits gewusst. Er richtete all seine Gedanken auf das, was der Alte sagte, er hörte das Wort *Frau* und einen Hinweis auf die See, und dann merkte er, dass seine Gedanken abschweiften und er sich fragte, ob all die Geschichten in der Sprache der Seejäger erzählt werden würden. Wenn dem so war, dann waren sie den weiten Weg umsonst gekommen. Was brachte es ihnen Gutes ein, unendliche Zeiten hier zu sitzen und Geschichten zu lauschen, die sie nicht verstehen konnten? Dann aber erhob sich eine junge Frau. Tochter des alten Mannes? Enkeltochter?

Sie war nach Art der Seejäger gekleidet. Sie trug einen weiten Parka ohne Kapuze, und ihr dunkles Haar war in den Kragen gesteckt. Der Parka hing fast bis auf ihre Knöchel hinunter, und die Ärmel waren so lang, dass sie ihre Hände verbargen. Er war schwarz, verziert mit Muschelspangen und aus rechteckigen Stücken zusammengenäht, die aussahen wie aus den Federn des Kormorans gemacht. Die Haare der Frau waren über der Stirn kurz geschnitten und hingen wie ein Vorhang bis zu den Augenbrauen hinab. In der Nasenscheidewand steckte eine dünne Nadel aus Elfenbein. Ihr Gesicht war zart, mit hohen Wangenknochen unter schräg stehenden Augen und einem kleinen Mund. Yikaas merkte, dass er sie mit angehaltenem Atem betrachtete. Diese da würde ihn in seinen Träumen besuchen, ganz gewiss.

Sie half dem alten Mann, sich niederzusetzen, dann beugte sie sich hinüber und reichte ihm eine Wasserblase, und mit ihrem Frauenmesser öffnete sie einen Seeigel für ihn. Seine Frau? Yikaas verspürte Enttäuschung. Aber wenn der alte Mann nur bedeutend genug war – *Dzuuggi* bei den Seejägern –, so gebührte ihm das Recht, sich eine junge und schöne Frau zu nehmen.

Sie hob an, zu den Menschen zu sprechen, erst in der Seejägersprache, dann in der Zunge des Flusses. Yikaas lächelte. Sie war seine Übersetzerin, nicht seine Frau, und, was noch besser war, sie beherrschte die Sprache von Yikaas sehr gut, mit nur einer winzigen Färbung.

Wenn sie dann also seine eigenen Geschichten übersetzt hätte, würde sie vielleicht auch eine Nacht in seiner Schlafstatt verbringen wollen. Sein Herz wurde weit vor Hoffnung. Yikaas setzte sich aufrecht hin und reckte den Hals. Er trug einen schönen Parka aus Karibuhäuten, einen der beiden, die seine Mutter ihm allein für das Geschichtenerzählen genäht hatte. Sie hatte die Häute so lange geschabt und geglättet, bis sie beinahe weiß waren, und an Schultern und Ärmeln mit Reihen aus Wolfszähnen und gefärbten Karibuhaaren verziert. Quer über die Brust hatte seine Mutter Fransen genäht, und jede einzelne war um eine Jadeperle geknotet.

Die Übersetzerin ließ ihren Blick für einen Augenblick auf jedem Geschichtenerzähler ruhen, und als die Reihe schließlich an ihm war, lächelte er sie an, doch sie tat, als hätte sie es nicht bemerkt. Ihr Blick glitt über ihn hinweg, als wäre er nichts weiter als ein Junge, Arbeiter der alten Frau.

Er schnaubte voll Abscheu. Sicher war *sie* Arbeiterin. Und wenn dem so war, dann konnte er sie für den Preis von ein wenig Tand in seine Bettstatt holen.

Er wartete. Ungeduld machte sich in ihm breit, während der alte Mann sich mit gekrümmten und geschwollenen Fingern an dem Seeigel zu schaffen machte, den das Mädchen ihm gegeben hatte. Würde er denn niemals mit den Geschichten beginnen? Doch dann hob das Mädchen mit einem Mal die Arme und sprach mit klarer, lauter Stimme. Der alte Mann sah zu ihr hinauf, lächelte und wandte seine Aufmerksamkeit wieder dem Seeigel zu.

Sie war die Geschichtenerzählerin? Ein Mädchen, kaum alt

genug, Frau zu sein? War dies die Art der Seejäger, Menschen vom Flussvolk zu ehren, die von so weit her gekommen waren? Er wollte schon aufstehen, doch Kuy'aa legte eine Hand auf seinen Arm.

»Sei ruhig und höre zu«, sagte sie. »Ich habe von dieser Frau schon Geschichten vernommen, da war sie noch Kind, zu einer Zeit, da du noch gelernt hast und noch nicht würdig warst, an diesem Fest teilzunehmen.«

Yikaas tat, wie ihm geheißen, doch der Zorn brauste von seinem Nabel hinauf bis zu den Ohren und machte es ihm schwer, die Stimme des Mädchens zu hören. Wieder begann sie in der Seejägersprache und fuhr dann in der Weise des Flussvolkes fort. Sie fing mit freundlichen Bemerkungen an. Yikaas wusste, dass er auch die Erzählweisen der Seejäger lernen musste, und er zwang sich, zuzuhören. Sie nannte ihren Namen: Qumalix, ein schwieriges Wort für die Zunge eines Flussmannes, tief unten in der Kehle gesprochen. Doch der *Dzuuggi* schlang seine Zunge um das Wort und ließ es wie ein Flüstern in seinem Mund Platz nehmen, bis er wusste, dass er es sagen konnte, ohne darüber zu stolpern.

Ihr Name bedeutet, wie das Licht zu sein, zu strahlen, so erklärte sie in der Flusssprache.

Yikaas blieb vor Staunen der Mund offen stehen, und der Zorn floss aus seinem Körper hinaus, wurde von den dünnen Rauchschwaden eingefangen, die aus den Robbenöllampen aufstiegen, und durch das eckige Rauchloch hinausgetragen, das in die Decke des *ulax* geschnitten war.

Qumalix – die Bedeutung ihres Namens lag so nahe bei seinem eigenen Namen, Yikaas, Licht.

Er sah Kuy'aa an, sah das Wissen in ihren Augen, als könnte sie in seinen Gedanken lesen.

Dann sagte Qumalix: »*Aaa*, Kinder, dies ist eine Geschichte aus lange vergangenen Zeiten. Lauscht und hört meine Worte.« Ihre Stimme war klar und laut, und sie sprach beherzt, wie eine Frau, die um ihre eigene Weisheit wusste.

»Die Bär-Gott-Krieger kamen aus dem Meer wie eine Flutwelle ...«, hob sie an.

Das Bär-Gott-Volk?, dachte Yikaas. Eine Geschichte, die er noch nicht kannte. Nun denn, womöglich sollte er zuhören, zumindest eine kleine Weile. Kuy'aa wünschte, dass er blieb, und es war immer gut, den Älteren zu Gefallen zu sein, *nae'*? Jedenfalls würde er nicht vergessen, dass Qumalix trotz ihres mächtigen Namens nichts weiter war als ein Mädchen, viel zu jung für die große Ehre, die erste Geschichte erzählen zu dürfen ...

TEIL EINS

1

Mündung des Oi-Flusses, Suruga-Bucht, Honshu-Insel, Japan, 6447 v. Chr.

DIE GESCHICHTE VON TOCHTER

Die Bär-Gott-Krieger kamen aus dem Meer wie eine Flutwelle. Ihre erbärmlich gebauten und klobigen Auslegerboote lagen so tief im Wasser, dass die Menschen des Bootvolkes nur still am Ufer standen und staunten. Sie wussten, dass eine Welle die Einbäume überschwemmen würde, ehe die Krieger an Land gehen konnten. Aber die Götter des Meeres schliefen, und keine Welle erhob sich. Das Wasser war glatt und grau wie die Rinde der Erle.

Zeder, zweite Frau von Feuerberg-Mann, war damit beschäftigt, in einem Steinmörser Samen zu zerreiben. Das Werkzeug gehörte zu den Brautgeschenken, die sie von ihrem Vater bekommen hatte. Bald-Tag, ihre kleine Tochter, war auf ihren Rücken gebunden. Das Kind spielte zufrieden mit schimmernden Muscheln, die eine Tante durchbohrt und an die Schlinge aus Hirschhaut genäht hatte, die das Mädchen auf dem Rücken seiner Mutter hielt.

Als sie Kind war, hatte Zeder in einem anderen Dorf gelebt, weit oben im Norden, nahe bei dem Ring aus kleinen Inseln, wo das Bär-Gott-Volk lebte. Ihr eigenes Dorf war nie angegriffen worden, aber sie kannte die Geschichten über das, was sie taten, jene Haarigen, die mehr Tier als Mensch waren. Sie hatte den Menschen in diesem Dorf von den Bär-Kriegern erzählt, wie sich ihre Haare Stück für Stück verwandelt hatten, das glatte, schwarze Menschenhaar brauner, lockiger Bärenpelz geworden war. Hatte ihnen erzählt von ihren Armen und

Beinen und Brüsten, die ebenso haarig waren wie die des Bären, zu dem sie beteten, und von den Zähnen, die spitz waren wie die Zähne des Bären. Selbst ihre Sprache war nur Grunzen und Knurren, wie die Bär-Sprache.

Sie waren vor langer Zeit gekommen, so sagten die Geschichtenerzähler, aus Westen und aus Norden, und sie hatten ihre seltsamen Bräuche mitgebracht, ihre Verehrung dessen, was wild war. Sie hielten Bären gefangen, und wenn die Tiere starben, dann hoben die Bär-Gott-Menschen die Schädel auf und banden sie vor ihre Behausungen, auf dass die Geister der Bären ihr Dorf beschützten.

Sie waren ein Volk des Landes und wussten nicht, wie man gute Boote baute, wie man die besten, stärksten Zedernbäume mit den geradesten Stämmen aushöhlte, wie man mit Feuer und dem Breitbeil den Kern herausschnitt, damit viele Männer darin Platz fanden. Sie hatten nicht einmal Harpunen außer jenen, die sie dem Bootvolk gestohlen hatten.

Die Menschen starrten und schauten und wunderten sich, Zeder aber erhob ihre Stimme und rief eine Warnung aus, um dem Volk ihres Mannes zu sagen, dass dies Bär-Gott-Krieger waren, dass sie den Frauen Gewalt und den Männern noch Schlimmeres antun würden, dass sie die Jungen fangen und ihren Bären zum Fraß vorwerfen und die Schädel der Säuglinge auf den Felsen zerschmettern würden.

Doch die Menschen sahen sie nur voll Staunen an. Welche Menschen wären im Stande, derart abscheuliche Dinge zu tun? Wenn das Bootvolk sie nur auf die rechte Weise willkommen hieß und ihnen zu essen gab, dann waren diese Fremdlinge sicher gerne bereit, Handel mit ihnen zu treiben. Kamen sie denn nicht von Norden? Vielleicht brachten sie Obsidian wie die Händler aus Hokkaido.

Die Bootmenschen schnippten mit den Fingern zu Zeder hinüber und schickten ihre Worte zurück zu ihr, damit diese törichte Botschaft die Begrüßung nicht besudelte. Dann kam Feuerberg-Mann zu ihr, packte sie am Arm und führte sie an den Saum des Strandes. Er befahl ihr, den Platz einzunehmen, welcher ihr als zweiter Frau zustand – sieben Schritte hinter ihm, zwei hinter seiner ersten Frau.

Das Herz von Zeder schlug in ihrer Brust wie die Flügel eines Vogels. Bald-Tag fing an zu zetern, und Erste Frau bedeutete Zeder mit einem Schnippen zu gehen, das Kind fortzubringen, damit diese Männer in ihren Booten nicht von den Schreien eines Mädchens gekränkt würden. Zeder rannte mit gesenktem Kopf davon, als würde sie sich schämen, doch sie war dankbar. Sie verließ den Strand und eilte zum *iori* ihres Mannes.

Die ganze Familie von Feuerberg-Mann wohnte in diesem *iori* – seine Onkel und Brüder und deren Frauen, eine Schwester, die Witwe war, und ihre Kinder. Es war ein guter, warmer Ort, auch wenn Winter war, mit einer großen Feuerstelle in der Mitte. Der Boden war drei oder vier Handlängen tief in die Erde gegraben. Die Wände waren mit Stämmen von Kastanien umrandet und mit Rinde verschalt, und das Dach wurde alle paar Jahre neu gedeckt, damit der Regen seinen Weg durch das Stroh nicht fand. Zwar war dieses *iori* nicht so groß wie so manches andere in diesem Dorf, doch der Boden war gut gestampft, und Zeder fegte ihn Tag für Tag mit einem Reisigbesen sauber, den sie selbst gemacht hatte. Sie hatte die Erlenzweige aus ihrem eigenen Dorf mitgebracht, und wenn sie sich nach den kühlen Winden des Nordens sehnte, spendeten sie ihren Händen Trost.

In dem *iori* von Feuerberg-Mann hatte jede Frau einen eigenen Platz für sich und ihre Kinder. Der Platz von Zeder war der kleinste von allen, aber er war genauso gut, und besonders für eine Frau, die nur ein Kind hatte, das zudem nur eine Tochter war.

Sie eilte hinein und füllte einen irdenen Topf mit Kastanienfladen und gedörrtem Wild und etwas geräuchertem Fisch. Sie nahm drei Kürbisflaschen, gefüllt mit Wasser, ein Frauenmesser, zwei Decken aus Hirschfell und einen Sack aus

Schilfgeflecht. Sie stopfte das Messer, den Topf, Decken und Kürbisse in den Sack und band sich das sperrige Bündel um die Stirn. Sie gab Bald-Tag ein Stückchen getrockneten Fisch, auf dem sie kauen konnte, nahm das Kind bei der Hand und verließ das *iori*. Geschwind ging sie auf die Hügel zu, an die sich das Dorf schmiegte. Sie kam an den Unterständen der Bootsbauer vorbei und sah, dass das neue Boot von Feuerberg-Mann auf dem Strand an der Förde lag. Der Ausleger war schon angebracht, der große Rumpf war tief und hohl, und es brauchte nur noch ein wenig Arbeit mit dem Breitbeil, um den Rest der Kohle zu entfernen.

Das Boot war für den ältesten Sohn von Erste Frau bestimmt, der selbst schon ein Mann war und der versuchte, sich die Achtung der Ältesten des Dorfes zu verdienen, damit er sich eine Frau suchen konnte. Eine unsägliche Traurigkeit überkam Zeder. Was würde mit ihrem Mann geschehen und mit diesem Kind-Mann? Mit all den guten Menschen in diesem Dorf? War es gerecht, dass der Wunsch dieser Menschen, in Frieden zu leben, ihnen nun den Tod bringen würde? Und was war mit dem Boot, an dem ihr Mann so schwer gearbeitet hatte? Es war auf geweihte Weise gebaut und würde jedem, der es benutzte, Glück bringen, vielleicht sogar einem Bär-Gott-Krieger, dem die rechten Wege verschlossen waren, die Götter des Meeres anzubeten.

Bei dem Gedanken an die Götter des Meeres fielen Zeder mit einem Mal die kleinen Schnitzereien ein, die ihr Mann mehr ehrte als alles andere. Er verwahrte sie gleich bei der Feuerstelle. Sie hingen an geflochtenen Walsehnen von den Stützbalken herunter. Priester hatten sie einst geweiht, und sie bargen große Macht. Zeder durfte nicht zulassen, dass sie den Bär-Gott-Kriegern in die Hände fielen. Welche Hoffnung blieb dem Bootvolk, wenn jene Bär-Gott-Männer sich alle Macht stahlen, sogar die Macht des Meeres?

Vom Strand schallte gellend ein Schrei herauf und ein fürchterlicher Ruf wie das Gebrüll des Bären. Beinahe hätte

Zeder sich umgedreht und wäre davongelaufen, doch dann dachte sie wieder an die Meer-Gott-Schnitzereien, und so hob sie Bald-Tag schnell in das Boot von Feuerberg-Mann und legte das Bündel neben das Kind.

»Sei still, Tochter. Bleib in dem Boot, bis ich zurückkomme und dich hole«, sagte sie, und sie wusste, dass das Mädchen – es zählte schon drei Jahre – tun würde, was sie sagte. Zeder zog die Decken aus Hirschhaut heraus und breitete sie über Bald-Tag und das Bündel. Dann rannte sie zurück zum Dorf und kroch auf Händen und Knien hinüber zu dem *iori* von ihrem Mann. Sobald sie drinnen war, schnitt sie die Meer-Gott-Schnitzereien von dem Stützbalken ab.

Als Wasserkürbis alt wurde, wurden seine Augen trübe, und er konnte seine Harpune nicht mehr werfen. Bald darauf wurden seine Hände knorrig, und er konnte das Breitbeil nicht mehr halten und keine Boote mehr bauen, und seine Beine wurden zu schwach, um den Hirsch zu jagen, der durch die Berge streifte. Wäre es nach ihm gegangen, so hätte er einen Platz bei den Ältesten gewählt und jenen Ratschläge erteilt, die noch nicht lange genug lebten, um selbst weise zu sein. Doch Weisheit hatte nie zu seinen Gaben gezählt, und nun, da er alt war, hatte er nichts weiter zu bieten als seine starken Schultern. Jeden Tag ging er den weiten Weg vom Dorf bis zum Fuß des zweiten Hügels, ging auf wackeligen Beinen zu der Quelle, aus der frisches Wasser floss. Jeden Tag trug er leere Kürbisflaschen, füllte sie und trug sie zurück – kühle, feuchte Knollen, die an den Enden des Muskatnussjochs baumelten, das er sorgfältig geschnitzt hatte, damit es auf die Rundungen und Höhlungen seiner alten Schultern passte.

Einst war sein Name Baumfalke gewesen, doch das war lange her. Jetzt nannten sie ihn Wasserkürbis, und im Dorf wussten nur noch die alten Menschen, wer er wirklich war. Nur die Ältesten erinnerten sich daran, dass er einst jung und stark gewesen war und Vater von vier Söhnen, die nun alle tot waren. Die meisten Menschen im Dorf wussten nur, dass er Onkel von Blumenstängel war, und die war faul und ohne Wert.

Er füllte den letzten Wasserkürbis, verschloss ihn mit einem Zedernstopfen und band ihn an das Joch. An jedem Ende hingen fünf Kürbisse, die sich schubsten und aneinander stießen wie fette gelbe Bienen.

Manchmal nahm er einen Jungen mit, der ihm half, das schwere Joch auf seine Schultern zu stemmen, aber an diesem Tag musste der Junge die Fischnetze seines Vaters flicken, und so war Wasserkürbis allein gekommen. Dieser Junge war wie ein Weib, dachte Wasserkürbis, töricht und schwach. Er hatte dem Jungen Geschichten von sich erzählt. Wie er damals, als er jung war und so wie alle jungen Männer Steine gehoben und sie die Hügel hinaufgetragen hatte, damit die Muskeln in seinen Armen und Beinen stark wurden. Und wenn er nur einmal genau hinschauen würde, dann könnte er die Steinhaufen heute noch erkennen, die Wasserkürbis einst geschleppt hatte. Denn sie lagen noch immer dort, diese Steine, waren noch immer aufgestapelt, mit Gras und Moos bewachsen, als Zeugnis für seinen Ehrgeiz und seine Tapferkeit.

Doch den Jungen schienen diese Geschichten nicht anzuspornen, und Wasserkürbis verabscheute ihn dafür. Es war gut, dass er heute am Strand geblieben war, gut, dass Wasserkürbis sich nicht mit ihm herumplagen musste.

Er legte die Enden des Jochs auf zwei Stapel aus flachen Steinen, die er zu diesem Zweck aufgehäuft hatte, und kauerte sich auf der Höhe des Jochs zusammen. Dann beugte er seinen Rücken darunter. Er legte das Joch auf seinen Nacken, spannte die Schultern an und streckte dann qualvoll die schmerzenden Knie.

Wenn die Götter des Meeres ihm erlaubten, noch ein Jahr zu leben, dann würde er wohl die Anzahl der Kürbisse auf vier an jedem Ende verringern müssen. Dieser Gedanke bereitete ihm Sorgen. Die Vier hatte ihm nie Glück gebracht. Die Geburt seines vierten Sohnes hatte seine Lieblingsfrau getötet, und vier Tage später hatte das Kind beschlossen, ihrem Geist zu folgen.

Er selbst hatte vier Frauen gehabt, und die vierte war mit einer derart bissigen Zunge gesegnet gewesen, dass er ihren Tod mehr gefeiert als betrauert hatte. Vier Kürbisse waren schlecht. Vielleicht sollte er sich kleinere Kürbisse suchen und weiter fünf auf jeder Seite tragen.

Er ging langsam, und die Sonne brannte ihm auf den Kopf, bis ihm der Schweiß aus den Haaren rann und sich einen Weg durch die Rinnen und Furchen in seinem Gesicht bahnte. Auch die Kürbisse schwitzten, als wäre es schwere Arbeit, an einem Joch zu hängen. Wasserkürbis hielt den Blick gesenkt, denn die Wassertropfen auf den Kürbissen ließen ihm vor Verlangen das Wasser im Munde zusammenlaufen.

Obwohl der Sommer noch nicht gekommen war, wuchs das Gras zu beiden Seiten des Pfades bereits hoch. Bis er den Kamm des ersten Hügels erreicht hatte, sah er nichts als Grün, doch er hatte einige Zeit darauf verwandt, den Kamm des Hügels von seinem Bewuchs zu befreien, damit ihn, wenn er ging, eine Brise vom Meer streifen konnte.

Er blieb stehen, streckte sich, so gut er es vermochte, und sah hinaus auf das Blau von Wasser und Himmel.

Ah ee, einst war er Jäger gewesen. *Ah ee*, wie seine Haut sich über den Muskeln gewölbt hatte. Er hätte Mann jeder Frau sein können. Jeder Vater wäre stolz gewesen, ihn Tochtersohn zu nennen; jede Mutter hätte sich nach Enkeln gesehnt, die aus seinen Lenden kamen. Er hatte auch gut gegessen, damals. Wal und Tintenfisch und Seeigel, Fleisch vom Hirsch und jede Art von Vögeln. Kastanienfladen, die junge Frauen ihm bereitet hatten, weil sie hofften, damit seine Gunst zu gewinnen. *Ah ee*, das Leben war gut gewesen.

Er seufzte, und die Erinnerungen überzogen seine Augen mit einer dünnen Wasserhaut und gaben ihm die Sicht gerade lange genug frei, um die Grenze von Meer und Himmel zu erkennen, lange genug, um in der Nähe des Ufers eine Gruppe kurzer, tief im Wasser liegender Boote zu sehen. Wasserkürbis blinzelte. Er war sicher, dass seine alten Augen ihn narrten. Welcher Mann aus dem Bootvolk würde schon solch erbärmliche Einbäume sein Eigen nennen? Verhöhnen würde man ihn. Wasserkürbis schürzte spöttisch die Lippen. Selbst er – mit Händen, die vom Alter knorrig und krumm waren –, selbst er konnte ein besseres Boot bauen als jene, die er da erblickt hatte.

Dann wusste er mit einem Mal, wer in diesen Booten war, und die Erkenntnis warf ihn beinahe zu Boden. Er packte das Joch, als könnte ihn der feste Griff retten. Er fuhr auf dem Pfad herum, wollte an der Quelle vorbei und hin zu den Vorratslagern, die genau unter dem Kamm des dritten Hügels verborgen lagen.

Doch obwohl er an das Gewicht des Jochs gewöhnt war, wenn er bergauf ging, wogen die vollen Kürbisse mehr, als er tragen konnte. Er verlor den Halt und kippte rückwärts um. Er fiel ganz langsam, wie in einem Traum. Er landete auf dem Rücken, die Arme noch immer nach vorne um das Joch geschlungen, und einer Schildkröte gleich gelang es ihm nicht, sich aufzurichten. Er rutschte auf dem Gras hinunter, bis er beinahe am Fuß des ersten Hügels angekommen war, ganz nah am Dorfrand. Einen Augenblick lang blieb er ganz still liegen und sammelte seinen Atem. Dann befreite er sich von den Kürbissen und von dem Joch. Ein Kürbis war zerbrochen, und um das kostbare Wasser zu retten, das noch darin war, barg der alte Mann den größten Scherben in seinen hohlen Händen und trank ihn leer.

Das Wasser trug die Kälte der Quelle in sich und gab ihm seine Kraft zurück. Wasserkürbis ließ sein Joch liegen und kroch vorwärts bis zur Rückseite des nächsten *iori.* Dort drückte er sich ganz eng an die äußere Verschalung aus Kastanienrinde.

Aus dem Inneren war ein Keuchen zu hören, und dann die

Stimme einer Frau, die flehte und bettelte. Er kannte diese Stimme. Sie gehörte Zeder, der zweiten Frau von Feuerbergmann. Sie war jung, diese Frau, und hübsch, mit weicher, glatter Haut und winzigen Zähnen. Er spähte durch die Ritzen in der Verschalung und versuchte, einen Blick ins Innere zu erhaschen.

Ein großer behaarter Mann stand über die Frau gebeugt, einen kurzen Stoßspeer in den Händen.

»Bär-Gott«, flüsterte Wasserkürbis und schauderte bei der Erinnerung an die Geschichten, die Zeder einst erzählt hatte.

Er begann, sich behutsam auf Händen und Knien davonzustehlen, doch dann fiel ihm sein Joch ein. Wenn er es zurückließ, mit den nassen Kürbissen daran, würden sie erkennen, dass er in der Nähe war. Sie würden seine Spur im Gras verfolgen und ihn ganz leicht finden. Wenn er jung wäre, würde er sich freuen auf eine Gelegenheit, zu kämpfen, darauf, Männer zu töten, die ein friedliches Dorf angriffen, die Frauen Gewalt antaten, wie der Bär-Gott-Mann jetzt der Frau von Feuerberg-Mann Gewalt antat.

Selbst mit seinen alten Ohren vermochte Wasserkürbis ihr qualvolles Stöhnen zu hören. Er überlegte, ob er zurückgehen und ihr beistehen sollte, doch was würde das Gutes einbringen? Der Bär-Gott-Mann hatte einen Speer, und Wasserkürbis hatte keine Waffe außer einem kleinen Messer, das in einer Scheide an seinem Handgelenk steckte. Er würde sterben, und er konnte kaum etwas tun, um der Frau zu helfen. Vielleicht würde der Bär-Gott-Mann sie nur benutzen und sie dann gehen lassen. Weil sie aber auf diese Weise benutzt worden wäre, würde die Frau sich wohl voll Scham das Leben nehmen, anstatt zu ihrem Mann zurückzukehren.

Ah ee, wieso sollte er einer Frau helfen, die bereits tot war?

Wasserkürbis hob sein Joch auf, hievte es auf seine Schultern und kroch durch das hohe Gras davon. Dabei machte er oft Rast, wob viele Pausen und Neubeginne in seine Schritte, damit ein Angreifer, der seine Spur verfolgte, denken würde, er sei eher Tier als Mensch. Auf dem Kamm des Hügels angekommen, folgte er wieder dem ausgetretenen Pfad. Der Atem pfiff in seiner Kehle, und er musste Halt machen. Er würde niemals bis zu den Lagern kommen, wenn er versuchte, sein Joch zu schleppen.

Er wollte eine falsche Fährte legen, das Joch am Ende zurücklassen und dann auf den Pfad zurückkehren. Wenn er sich beeilte, konnte er den Kamm des zweiten Hügels überqueren, ohne entdeckt zu werden. Er schlug sich in das hohe Gras und legte aufs Neue eine Spur, wie ein Tier, das bei der Jagd oder auf der Flucht Weisheit in gewundenen Wegen findet.

Schließlich ließ er das Joch fallen und machte sich auf den Weg zurück zu den Vorratslagern. Dann aber sah er sich dort: Zwar wäre er in Sicherheit, doch er ginge vor Durst jämmerlich zu Grunde, während er ausharrte, solange die Bär-Gott-Krieger in seinem Dorf weilten. Er stellte sich vor, wie all seine Gedanken ständig um das Joch und seine Last mit frischem Wasser kreisten, das in den fetten Bäuchen jener Kürbisse war. Er konnte sehen, wie sie ihn in seinen Träumen verspotteten, diese Kürbisse, reich an Wasser und mit Tauperlen geschmückt.

Also eilte Wasserkürbis wieder zurück zu seinem Joch, schnitt ein Bündel Kürbisflaschen ab und huschte zurück auf den Pfad. Dabei umklammerte er mit beiden Händen die Kürbisse und drückte sie fest gegen seinen Bauch. Die Kürbisse machten ihn langsam, aber wenigstens konnte er mit dem Wasser ein paar Tage bei den Lagern bleiben, ohne den Weg zur Quelle wagen zu müssen.

Langsam kroch Wasserkürbis durch das hohe Gras. Vom Kamm des zweiten Hügels sah er hinunter zu seinem Dorf, und er erstickte die Klagelaute, die in seine Kehle stiegen, als er sah, dass aus vielen Behausungen Flammen schlugen. Seine Hilflosigkeit ließ ihn zittern, und er umklammerte seine Kürbisse noch fester. Dann machte er sich wieder auf den Weg zu den Vorratslagern.

Er war nur ein paar Schritte gegangen, als er stehen blieb, von Entsetzen gelähmt. Vor ihm auf dem Pfad gingen Bär-Gott-Krieger. Seine Furcht war so groß, dass seine Blase allen Harn von sich gab. Er nahm sich nicht die Zeit, Scham zu fühlen. Nur ein Gedanke ging ihm durch den Kopf: Verwunderung darüber, dass er, ein alter Mann, der zu niemandem gehörte und der niemanden hatte, um den er sich sorgen musste, so verzweifelt am Leben bleiben wollte. Er drehte sich um und rannte auf das brennende Dorf zu. Kurz vor dem *iori* von Feuerberg-Mann, das inzwischen ebenso in Flammen stand, blieb er stehen und schlug den zugewachsenen Pfad zum Strand der Bootsbauer ein.

Während er rannte, vernahm er in seinem Kopf eine scheltende Stimme. Du bist töricht. Wieso läufst du hier entlang? Die Bär-Gott-Krieger werden auch hier sein. Besser, du kämpfst und erntest ein wenig Ruhm, den du mit dir in den Tod nehmen kannst.

Doch sei es, weil der Zugang zu dem Pfad mit Hanf zugewachsen war oder weil die Bär-Gott-Krieger schon dort gewesen und wieder fortgegangen waren, als Wasserkürbis den ersten Unterstand erreichte, fand er ihn leer. Leise schlich er sich zwischen Stämmen aus Zedernholz und Muskatnussholz hindurch. Einige waren noch heil, andere narbig vom Feuer. Die Bootsbauer hatten bereits damit begonnen, die Stämme auszuhöhlen und ihnen die Form eines Bootes zu geben. Von den Behausungen wehte beißender Rauch herüber, der ihn in der Kehle kratzte und ihm Tränen in die Augen trieb, und die Schreie der Angst und des Kampfes zerrten an ihm wie Krallen.

Er versteckte sich in der dunkelsten Ecke der Hütte, so weit wie möglich fort von der offenen Seite, die auf die Förde hinauszeigte. Die Bootsbauer stellten den Stamm, an dem sie arbeiteten, stets neben den Eingang. Sie dachten, es wäre gut für jene Bäume, auf das kühle Wasser hinauszuschauen, wenn das Feuer sie aushöhlte. Dann wären sie eher bereit, das Land zu verlassen, wenn sie erst Boot waren, und dann würden sie dorthin gehen, wohin ihre Lenker sie führten.

Wasserkürbis hatte von Booten gehört, die in einer einzigen Nacht am Ufer Wurzeln schlugen, mit denen sie sich aufs Neue an die Erde banden; sie warfen die Paddler und Jäger so weit entfernt von ihrem Dorf an den Strand, dass ihre Familien sie niemals wiedersahen. Wer ein guter Bootsbauer war, der brannte dem Baum nicht nur das Landherz heraus, sondern gab ihm zugleich den Traum von neuen Möglichkeiten ein. Welcher Jäger wollte schon von den Launen eines Baumes, der nicht ganz Boot war, auf fremdes Land verbannt werden?

Wasserkürbis kniete sich nieder. Dabei hielt er seine Kürbisse weiter fest umklammert. Ihre Schwere brachte ihn aus dem Gleichgewicht, aber er wollte sie nicht absetzen. Sie waren wie ein Wall zwischen ihm und den Bär-Gott-Menschen, und womöglich bargen sie gar eine gewisse Macht, die ihm Schutz gewährte. Wenn Wasser Schutz gewähren konnte, warum dann nicht auch ihm? Er hatte die Quelle stets mit seiner Dankbarkeit geehrt, seine Hände waren immer sauber gewesen, und seine Füße hatte er stets mit Gras abgewischt. Doch die Kürbisse fassten nur sehr wenig Wasser. Es reichte, um einen Menschen durch vier, womöglich fünf Tage zu bringen, aber nicht, um die Flammen zu ertränken, wenn die Bär-Gott-Menschen diesen Unterstand anzündeten.

Mit einem Mal spürte Wasserkürbis durch seine Fußsohlen hindurch das Zittern der Erde, und er wusste, dass Männer kamen. Er rollte sich, die Kürbisse fest an den Leib gepresst, zu einer Kugel zusammen und durchstieß die Rückseite des Unterschlupfes. Wie ein Käfer krümmte er sich über die Kürbisse und kroch durch das Unterholz, fort von der Hütte, auf die Förde zu, die sich wie ein abgewinkelter Arm vom offenen Meer ins Land hineinzog. Am Ufer lagen Boote, neue Boote, die beinahe fertig waren, ins seichte Gewässer gezogen, um hier Gleichgewicht und Schwimmvermögen zu erproben. Die meisten hatten noch keine Ausleger und lagen mit dem Heck nach oben, und das eingeölte Holz glänzte. Bei einem aber war der Ausleger bereits mit bruchfesten Stangen befestigt, und der Bug lag ganz nah am Wasser, als hätte der Besitzer es gerade zu Wasser lassen wollen. In dem Boot lagen ein Paddel, ein Binsenhemd, wie die Arbeiter es trugen, und zwei Decken aus Hirschfell, so bucklig, als lägen Vorräte darunter verborgen.

Der alte Mann schwang seine Wasserkürbisse in das Boot, und mit aller Kraft, die seinen alten Armen noch innewohnte, schob er das Boot in die Förde. Dabei betete er darum, der Bootsbauer möge seine Arbeit gut gemacht haben.

Wasserkürbis konnte schwimmen, doch wozu sollte er sich mit den Göttern des Meeres messen, die sich einen Spaß daraus machten, nach Fußgelenken zu greifen und Menschen in die Tiefe zu ziehen?

Als das Wasser bis zu den Knien des alten Mannes reichte, kletterte er in das Boot, ergriff das Paddel und stieß sich vorsichtig in dem flachen Wasser ab. Das Boot lag ruhig auf dem Wasser, und der Ausleger hielt es im Gleichgewicht. Wasserkürbis stieß sich aufs Neue ab, und diesmal hätte er um ein Haar das Paddel verloren, so schnell fiel das Land ab, und die Förde wurde tief. Er schob sich in dem Boot Stückchen um Stückchen nach vorn, setzte sich auf die Fersen und spreizte die Knie, um das Gleichgewicht zu halten. Als er aber weiter paddelte, begann das Baumboot sich im Kreis zu drehen, und es gelang Wasserkürbis nicht, sich weiter vom Ufer zu entfernen. Vielleicht wäre er sicher, wenn es ihm gelänge, das Boot aus der Förde in den Fluss zu lenken, dachte er. Bäume, Reben und Moos wuchsen dort so dicht, dass er sich gewiss unter den Zweigen verbergen konnte, denn sie bogen sich weit hinunter zum Wasser, weil sie ihre neuen Frühlingsblätter hineintauchen wollten.

Als junger Mann war er mehr Harpunenwerfer als Paddler gewesen, doch er wusste, dass er mit gleicher Kraft auf beiden

Seiten paddeln musste, wenn er das Boot geradeaus lenken wollte. Er lehnte sich hinüber auf die andere Seite und zog sich dabei in den Knien scharfe Splitter ein. Doch er achtete nicht auf den Schmerz und stieß das Paddel zweimal ins Wasser. Dann hob er es auf die andere Seite zurück und tat wieder zwei Schläge. Er lehnte sich hin und her, bis das Blut aus seinen Knien das rohe Holz rot färbte, doch schließlich war das Boot in der Mitte der Förde. Er wendete und lenkte es gegen die Strömung hinauf, dem Fluss entgegen, doch sowie er die Seite wechselte, verlor er, was er an Entfernung zurückgelegt hatte.

Er versuchte es mit drei Schlägen, dann mit vier, und er hatte den Eindruck, dass er so vorankam, obwohl sein Boot nun keinen geraden Kurs mehr verfolgte. Wann immer er das Paddel hob, sah er zum Ufer hinüber, in der Gewissheit, Bär-Gott-Krieger zu sehen, die ihn beobachteten, die womöglich gar eines der anderen Boote zu Wasser ließen, um ihn zu verfolgen, doch es war niemand zu sehen. Und endlich, als der dichte schwarze Rauch aus dem brennenden Dorf durch die Bäume wogte und sich über der Förde ausbreitete, brachte ihn das Boot in die Mündung des Flusses.

Die Schatten der Bäume hießen ihn willkommen, und dankbar schloss er kurz die Augen. Dann sah er einen Baumstumpf. Die Wurzeln einer Zeder hatten sich mit Erde zu einem Ring verwoben, und das Gewicht hatte so sehr auf die Uferbank gedrückt, dass der Baum schließlich mit den Wurzeln voran ins Wasser gerutscht war. Der alte Mann lenkte das Boot so geschickt, bis es oberhalb des Baumstumpfes war. Dann wendete er und benutzte das Paddel wie ein Fisch seinen Schwanz. Die Strömung bewegte das Boot, und das Paddel lenkte es, bis der Bug in die Lücken des Wurzelballens hineingeglitten war.

Wasserkürbis spähte durch die Bäume. Der Rauch füllte die Förde und nahm ihm die Sicht auf den Himmel. Nun blieb ihm nichts weiter, als zu warten.

2

Irgendwann in dieser Nacht fiel Wasserkürbis in einen unruhigen Schlaf. Böse Geister besuchten ihn und Schrecken, die beinahe so wirklich waren wie jene, welche die Bär-Gott-Krieger gebracht hatten. Als es ihm endlich gelang, die Fangarme des Schlafes abzuschütteln, war es noch immer dunkel, noch immer Nacht. Doch der Rauch aus dem Dorf war verflogen, und in dem kleinen Stückchen Himmel, das sich ihm auf seinem Platz in dem Zederneinbaum offenbarte, konnte Wasserkürbis die Sterne sehen.

Die Flut war gekommen. Der Fluss war angestiegen, und die Spitze seines Einbaumes saß nicht mehr so fest in den Wurzeln des gefallenen Baumes wie zuvor. Die ruckenden Bewegungen des Bootes – fort von dem Wurzelballen und wieder zurück – hatten den alten Mann aus den mit Schrecken gefüllten Träumen zurückgeholt. Die Nacht war warm, doch der Wind wehte kräftiger als zuvor. Wasserkürbis konnte das Rascheln der Blätter hören, die sich über ihm ihre Geschichten zuraunten.

Erzählten sie von geschändeten Frauen, von getöteten Säuglingen, von gemarterten alten Männern? Wohl kaum. Warum sollte sie das bekümmern? Gewiss hassten diese Bäume seinen Stamm. Denn welche Zeder, welcher Muskatnussbaum würde schon aus freien Stücken den dichten grünen Wald verlassen und sich dem Feuer und den Messern der Bootsbauer hingeben? Vielleicht feierten diese Bäume, so wie die Bär-

Gott-Menschen es taten, vielleicht frohlockten sie über den Tod des Bootvolkes.

Wasserkürbis wünschte, er könnte seine Ohren vor dem Geräusch verschließen. Er schloss die Augen und rollte sich in der Mitte des Bootes zu einer Kugel zusammen. Die kalten und feuchten Kürbisse, deren Bäuche noch immer voll mit Wasser waren, wiegte er in seinen Armen. Die Nachtluft war mild, doch vom Fluss hatten sich Nebelschwaden erhoben. Sie schwebten um ihn, hüllten ihn ein, bis sie sich einen Weg durch seine Haut zu den Gelenken gebahnt hatten, bis der Dunst ihn schmerzte, als wäre auf einmal der Winter über das Land gekommen und würde das sanfte Wetter des Frühlings stören, als wäre der ewige Kreis der Vier Zeiten mit einem Mal auf unerklärliche Weise vergessen.

Das Boot schaukelte hoch und fiel nach vorn, schaukelte noch einmal und sprang zurück. Im Schlaf hatten die Bewegungen Wasserkürbis beruhigt, doch jetzt sammelten sie sich hinter seinen Ohren zu einem rasenden Schmerz. Die Holzsplitter in seinen Knien pochten, und neue Träume überfielen ihn – Ungeheuer, die halb böser Geist, halb Bär waren. Sie lachten über seine Angst, seine Trauer, und stießen ihren stinkenden Atem aus, um den Feuern, die sein Dorf zerstört hatten, neues Leben einzuhauchen.

Dann kippte das Boot mit einem Mal und wirbelte herum, und als hätte eine Hand das Heck gepackt, wurde es aus dem Wurzelgewirr herausgezerrt und ungestüm flussaufwärts geschleudert.

Welcher Riese hielt ihn da in seiner Gewalt? Wasserkürbis hatte furchtbare Angst. Er setzte sich aufrecht hin und klammerte sich an die Stangen des Auslegers. Dann sah er, dass die Bäume sich wiegten, obwohl kein Sturmwind wehte. Er spürte, dass die Erde sich aufbäumte, und mit einem Mal spie der Fluss ihn hinaus in die Förde, schickte sein Boot so schnell nach vorn, dass Wasserkürbis um ein Haar rückwärts umgefallen wäre. Er vernahm ein dünnes Wehklagen, und zuerst dachte er, es wäre aus seinem eigenen Mund gekommen. Das Meer schüttelte sich noch einmal, und von beiden Ufern kamen Wellen auf ihn zu. Sie hoben das Boot empor in die Luft und schleuderten es aus der Förde hinaus auf die offene See. Wieder vernahm er das Wehklagen, doch diesmal war er sicher, dass es nicht von ihm stammte, denn er hatte seine Zähne fest aufeinander gepresst, um sich nicht auf die Zunge zu beißen.

Es war das Boot; es musste das Boot sein. Der Baum in ihm war noch nicht ganz tot, und weil sie hinaus auf die See gespuckt worden waren, rief es voll Angst nach seinen Brüdern.

»Das wird dir die Flammen und das Breitbeil ersparen«, rief Wasserkürbis dem Boot über die tosenden Wellen zu.

Er griff nach dem Paddel. Wenn das Boot sah, dass auch er in den Schutz von Fluss und Wald zurückwollte, dann würde es ihm vielleicht helfen. Er stieß das Paddel ins Wasser und schob wieder und wieder, bis es ihm gelang, den Bug so zu wenden, dass er auf die Förde zeigte. Eine Welle erfasste ihn und schob ihn vorwärts, und er tauchte sein Paddel ins Wasser, arbeitete so schnell und so kraftvoll er es vermochte. Eine zweite Welle erfasste ihn und dann eine dritte, bis er endlich die Gegenströmung des Flusses spürte. Und obgleich es dunkel war, sah er mit den Augen seiner Erinnerung, wie sich das grüne Flusswasser mit dem blauen Meerwasser vermischte, sich zu einem strudelnden Tanz traf, der weit draußen, jenseits der Förde, Vollendung fand, an einer Stelle, wo die Fische von der Großzügigkeit des Flusses gespeist wurden.

Wasserkürbis paddelte, und im Stillen segnete er seine Arme, die das Wassertragen stark gemacht hatte, und verfluchte seine Muskeln, die das hohe Alter lang und fasrig hatte werden lassen. Zwei Schläge, um der Strömung des Flusses zu begegnen, zwei, um das Boot nach vorn zu bringen, dann ein Wechsel auf die andere Seite, um zwischen den Stangen des Auslegers paddeln zu können. Zwei Schläge, um den Bug gerade auszurichten, und zwei, um zurückzugewinnen, was er durch den Seitenwechsel wieder verloren hatte. Er zählte die

Schläge, summte sie leise vor sich hin wie einen Gesang, und als er die Mündung der Förde wieder erreicht hatte, da hätte er vor Freude beinahe geweint.

Dann aber, über die Geräusche von Meer und Fluss hinweg, über seinen Gesang und das Platschen des Paddels, vernahm er Stimmen. Sein Herz ballte sich zusammen wie eine Faust, und einen Augenblick lang hatte er nicht einmal die Kraft, das Paddel zu heben. Er ließ es im Wasser, das Blatt flach an die Bootswand gedrückt.

Bär-Gott-Krieger! Sie säumten mit ihren Fackeln das Ufer der Förde, er sah, wie einer nach dem anderen sein Feuer hochhob, bis sich lange Streifen Licht über das Wasser bis zu seinem Einbaum erstreckten. Sie hoben ihre Speere und warfen. Es waren Stoßspeere, nicht für die Entfernung gemacht, und einer fiel ins Wasser. Ein anderer aber schwirrte durch die Luft bis in das Boot, und ehe die Spitze sich in das Holz bohrte, ritzte sie eine Furche in den Schenkel von Wasserkürbis.

Nun wusste er, dass alles verloren war. Er hob das Paddel in sein Boot hinein und bedeckte mit dem Blatt seinen Bauch. Besser, in Brust oder Kehle einen Speer willkommen heißen, der das Leben schnell beendete, als an aufgerissenen Gedärmen zu Grunde zu gehen. Er spürte, wie die Strömung des Flusses ihn aufs Neue zum Meer hintrieb, doch dann drehte sich das Boot, und eine Welle brachte ihn wieder zurück. Die Bär-Gott-Männer warfen noch mehr Speere, und Meer und Fluss spielten mit seinem Boot wie Kinder mit einer Schweinsblase. Ein Speer prallte gegen den Ausleger, und ein weiterer landete im Bug. Wasserkürbis presste seine Finger auf die blutende Wunde in seinem Schenkel. Es war kein schlimmer Schnitt, nicht tief und nicht einmal eine Handbreit in der Länge, doch er tat weh.

Mit einem Mal hob sich die Erde aufs Neue. Wasserkürbis erkannte es zuerst an den Flammen der Bär-Gott-Fackeln. Die Lichter torkelten umher, und eine Fackel stürzte ins Wasser und verlöschte. Als würde der Fluss tief Luft holen, wurde das

Boot tief in die Förde hineingesaugt. Wasserkürbis schloss die Augen, versuchte, sich auf den Tod vorzubereiten, doch dann, ganz unerwartet, atmete der Fluss wieder aus und schleuderte das Boot weit hinaus aufs Meer, viel weiter, als irgendein Speer je fliegen könnte.

Die Fackeln waren nichts als winzige Nadelstiche in der Nacht, und Wasserkürbis war so erleichtert, dass er anfing zu lachen. Besser er ertrank, als dass er den Qualen ins Angesicht schaute, welche die Bär-Gott-Menschen ihm zufügen würden. Besser, er stürzte sich selbst ins Meer und brachte es schnell hinter sich.

Oder, noch besser, er wartete, bis der Morgen kam, ruhte ein wenig aus und lenkte dann sein Boot zum nächsten Dorf hin, um den Stamm zu warnen. Womöglich würden sie dann einen Helden in ihm sehen, und wenn sie den Angriff der Bär-Gott-Krieger erfolgreich abwehrten, dann würden sie ihn in ihrem Dorf willkommen heißen. Gewiss gebührte ihm dann ein Platz bei den Ältesten. Vielleicht würde er gar eine Frau finden und in seinem hohen Alter noch Söhne zeugen. Hatte sein eigener Großvater nicht einst einen Sohn in den Bauch einer jungen Frau gepflanzt?

Wasserkürbis zog das Binsenhemd, das der Bootsbauer im Bug zurückgelassen hatte, heraus, streifte es sich über den Kopf und legte sich wieder ins Boot. Er versuchte zu schlafen, aber die Träume kehrten zurück, und so blinzelte er sie fort und setzte sich auf.

Der Mond war aufgegangen und schickte Licht, ließ es von Welle zu Welle springen. Der Wind strich über das Wasser, nicht stark, doch kalt genug, dass die Haare auf den Armen von Wasserkürbis sich aufstellten. Seine Augen fielen auf das Bündel mit Vorräten, das im Bug seines Bootes lag, und er erinnerte sich, dass es von Decken aus Hirschfell zugedeckt war. Er kroch nach vorn. Mit einem Mal begann sich jedoch die oberste Decke zu regen, sie richtete sich auf, als wäre Leben in ihr.

Wasserkürbis hatte einst einen Hirsch gesehen, der in einen Fluss getrieben worden war, und er hatte nie vergessen, wie sehr das Tier darum gekämpft hatte, wieder sicheren Boden unter den Hufen zu spüren. Vielleicht wollte auch diese Decke wieder ans Ufer zurück. Er überlegte kurz, ob er sie hochziehen und in die Wellen werfen sollte, doch ihm war kalt. Wie töricht, eine Decke fortzuwerfen, nur weil noch ein wenig Hirschleben darin war! Besser, er wickelte sich selbst hinein und bezwang das bisschen Macht, das noch darin sein mochte, mit seinem Hinterteil! Er packte die Decke mit einer Hand, und mit einem kurzen Aufschrei schleuderte er sie hoch und wickelte sie geschwind um seine Beine.

Warm und still schmiegte sich die Decke an ihn. Wasserkürbis nickte zufrieden. Selbst ein alter Mann besaß mehr Macht als eine Hirschdecke. Doch da fing das Boot wieder an zu heulen, lauter diesmal – so laut, dass Wasserkürbis die Geduld verlor.

»Willst du umkehren und von den Bär-Gott-Männern gefangen werden?«, rief er. »Sie wissen nichts über Boote. Sie passen nicht auf dich auf. Sie lassen dich verfaulen.«

Das Wehklagen hielt an, noch lauter – und es war gewiss nicht das Geräusch, das ein Baumboot machen würde. Da erinnerten sich die Ohren von Wasserkürbis an jenes Geschrei, das seine Söhne gemacht hatten, als sie einst Säuglinge waren. Er beugte sich vor, tastete unter der anderen Decke herum, bis seine Hände Fleisch fühlten – warm und weich und rund. Ein Kind!

Er tastete weiter, bis er den Kopf gefunden hatte. Der Junge hatte viele Haare, und sein Mund war voll mit kleinen, harten Zähnen. Wasserkürbis schob die Hände unter die Schultern des Kindes und hob und schob und zog, bis er es auf seinen Schoß gezerrt hatte. Zwei Jahre, womöglich drei, dachte er, nach der Anzahl Zähne in seinem Mund. Das Kind wühlte sich mit dem Kopf zu ihm hin und stieß suchend gegen seine Brust.

»Ich bin keine Frau«, sagte er. »Ich habe keine Milch.«

Das Kind weinte immer verzweifelter. Wasserkürbis zwirbelte eine Ecke der Decke zusammen und steckte sie dem Kind in den Mund. Es begann zu saugen. Das Wehklagen verstummte. Wasserkürbis tätschelte ihm den Rücken und murmelte bestürzt vor sich hin. Die Mutter des Jungen hatte ihn wohl in dem Boot versteckt, als die Bär-Gott-Menschen angriffen. Das Kind zerrte sich die Decke aus dem Mund und begann aufs Neue zu zetern.

Wasserkürbis seufzte. Er zog den Stopfen aus einem Kürbis und trank einen Schluck Wasser. Dann nahm er noch einen Mund voll, senkte seinen Kopf zu dem Kopf des Kindes hinunter, drückte seine Lippen auf die Lippen des Kindes und ließ einen Strahl Wasser in den kleinen Mund laufen. Zuerst verschluckte sich das Kind, aber dann trank es, und Wasserkürbis musste über seine eigene Schlauheit kichern. Nach einigen Mund voll schien es zufrieden zu sein. Wasserkürbis beugte sich nach vorn und schnürte das Bündel auf, das unter dem Jungen im Bug des Bootes gelegen hatte.

Er fühlte einen schweren Topf, einen, in dem Frauen Nahrung aufbewahrten, und mehrere kleine weiche Häute, die Mütter nahmen, um die Hinterteile ihrer Säuglinge zu polstern; ein Frauenmesser und drei gefüllte Flaschenkürbisse; ein kleines Päckchen, womöglich ein Glücksbringer für das Kind. Es war sehr klein, kleiner als die meisten, die Mütter für ihre Söhne bei sich trugen.

Wasserkürbis fingerte an den Häuten herum, in die das Kind gewickelt war, bahnte sich einen Weg durch die Schichten, bis er den weichen, feuchten Rumpf des Kindes spürte. Er zwängte einen Finger zwischen die Beine und zog die Hand wieder zurück. Wasserkürbis stöhnte leise.

Was hatte er nur getan, um all diese Flüche zu verdienen, die über ihn gekommen waren? Er dachte zurück, dachte an die Söhne und Frauen, die er überlebt hatte, an die faule Nichte, auf die er angewiesen war, weil er essen musste. Und nun dies. Das Kind war ein Mädchen. Ein wertloses Mädchen.

Ganz gewiss gab es keinerlei Hoffnung mehr. Welches Tier des Meeres, dem sie begegnen mochten, würde ihnen schon gestatten, am Leben zu bleiben – einem alten Mann, der die Harpune nicht mehr werfen konnte, und einem Kind, das das Holz des Bootes mit seinem Harn besudelte?

Wasserkürbis schob die Kleine von sich fort. Er setzte sie zurück in das Nest auf dem Boden des Bootes, das ihre Mutter für sie bereitet hatte. Er wandte ihr den Rücken zu und gestattete sich nicht, an sie zu denken, während er über den Bug des Bootes hinweg in die Ferne blickte, ostwärts, und auf den Morgen wartete.

3

Wolken zogen auf. Sie verdunkelten den Mond, und obgleich Wasserkürbis fest entschlossen war, wach zu bleiben, schlief er ein. Er schlief tief und fest, bis das Weinen der Kleinen in seine Träume drang und ihn weckte.

Er tröstete sie, so gut er es vermochte, und als die Sonne sich erhob, gab er ihr ein wenig Wild und viel von dem Wasser aus eincm seiner kostbaren Kürbisse, doch sie klagte und weinte noch immer. Sie fragte nach ihrer Mutter, nach ihrem Vater, nach ihrer Tante. Er überlegte, ob er sie ins Meer werfen sollte, doch inzwischen war ihm eingefallen, zu wem sie gehörte. Sie war die Tochter von Feuerberg-Mann. Feuerberg-Mann war immer gut zu ihm gewesen, hatte bereitwillig Fleisch und Fisch mit ihm geteilt, und so hielt Wasserkürbis sich zurück. Er dachte daran, wie die Mutter des Mädchens geschrien hatte, und obgleich er seine Flucht guthieß, so musste er doch jene Gedanken fortdrängen, die ihn feige schalten.

Feige? Nein. Weise. Wenn man ihn getötet hätte, wer würde dann das nächste Dorf vor den Bär-Gott-Kriegern warnen? Sicher hatten die Götter des Meeres ihn nur deshalb verschont. Natürlich war es ebenso gut möglich, dass sie nur das Mädchen retten wollten, obgleich ihm kein Grund einfiel, warum sie es wert sein sollte, gerettet zu werden. Doch wieso sollte er wagen, sie zu töten, wenn er damit womöglich die Götter des Meeres gegen sich aufbrachte?

Schließlich sagte er sich, dass ihr Unbehagen wohl von den besudelten Windeln zwischen ihren Beinen herrührte. Er übernahm die demütigenden Pflichten einer Amme und säuberte die Kleine. Dazu hielt er sie bis zur Hüfte ins Meer, bis aller Schmutz fortgespült war. Dann wickelte er sie in eine frische Windelhaut. Die alte wusch er aus und legte sie über den Rand des Bootes zum Trocknen. Dabei bat er das Holz um Verzeihung für diese Kränkung. Doch das Boot schien es nicht zu kümmern, denn es versuchte nicht, sie zu ärgern, ein weiteres Zeichen dafür, dass Wasserkürbis es mehr dem Mädchen als sich selbst zu verdanken hatte, dass er in Sicherheit und außer Reichweite der Bär-Gott-Krieger war.

Als er gegessen hatte, paddelte Wasserkürbis weiter hinaus, bis er das Land nur noch mit zusammengekniffenen Augen erkennen konnte, ein grauer Streifen, der wie ferne Wolken an der Grenze zwischen Himmel und Erde schwebte.

Dann paddelte er nach Süden, bis er sicher war, dass er sich auf gleicher Höhe mit dem nächsten Dorf des Bootvolkes befand. Zwar war jenes Dorf nicht so mächtig, wie sein eigenes es gewesen war, doch wenn er die Menschen dort warnte, konnten sie womöglich über die Bär-Gott-Krieger siegen. Wasserkürbis kannte viele Fischer aus jenem Dorf. Oft hatte er im Sommer an ihren Festen teilgenommen, und sie hatten viel Handel miteinander getrieben – Fische und Hirschfelle, Muschelperlen und Harpunen im Austausch für die großen irdenen Töpfe, welche die Frauen jener Fischer so gut zu machen verstanden.

Als Wasserkürbis sicher war, dass er weit genug gepaddelt war, hielt er inne. Um sich die Zeit bis zum Abend zu vertreiben, machte er sich daran, mit der Spitze des Messers, das er an seinem Handgelenk verwahrte, die Splitter aus seinen Knien zu holen. Ab und an tat er ein paar Schläge mit dem Paddel, damit sein Boot blieb, wo er es haben wollte. Er beschloss, am Nachmittag zu schlafen. Bei Einbruch der Dunkelheit wollte er sein Boot wenden und an Land paddeln.

Doch wenn die Bär-Gott-Menschen auch dieses Dorf angegriffen hatten – und das würde der Rauch, der aus den Trümmern aufstieg, ihm sagen –, so würde er kehrtmachen und wieder hinaus aufs Meer paddeln, ehe sie ihn entdeckten. Er würde weiter nach Süden fahren, zum nächsten Dorf.

Wasserkürbis gab der Kleinen ein wenig Wasser, sang ihr ein paar Bruchstücke von Liedern vor, an die er sich aus seiner eigenen Kindheit erinnerte, und sagte ihr, dass sie nun ein wenig schlafen sollten. Die Kleine steckte sich zwei Finger in den Mund, blickte ihn mit ernsten Augen an und nickte. Mit Nachdruck zog sie an der Decke, die er noch immer um seine Beine gewickelt hatte. Er gab ihr die kleinere Hirschdecke, doch die wollte sie nicht. Da drohte er ihr mit dem Finger und ermahnte sie streng. Seit wann sagten die Kinder den Männern, was sie zu tun hatten?

Sie nahm die Finger aus dem Mund, fletschte die Zähne und knurrte. Nur gut, dass er wusste, dass sie Tochter von Feuerberg-Mann war, sonst hätte er am Ende noch geglaubt, sie sei Bär-Gott-Kind. Dann hätte er sie ganz gewiss ins Meer gestoßen.

Er seufzte und verfluchte wieder einmal sein Unglück. Doch er überließ ihr die größere Hirschhaut. Sie steckte die Finger zurück in den Mund und legte sich neben ihn. Dann streckte sie die Hand aus und tätschelte sein Bein. Er entblößte seine gelben Zähne, lückenhaft wie sie waren – vier waren es noch, wo doch acht hätten sein sollen. Ihre Lippen zitterten, und sie machte die Augen zu und bedeckte ihr kleines Gesicht mit einer Hand. Wasserkürbis räusperte sich und spie ins Meer. Hatte je ein Mann solche Prüfungen erdulden müssen?

Er begann ein Lied zu singen, und obgleich es der Gesang eines Jägers war, versuchte er, leise zu singen, und während er die Worte summte, streichelte er sie, bis sie beide eingeschlafen waren.

Wasserkürbis erwachte in der Dämmerung, und er konnte kein Land mehr sehen. Er atmete tief ein, füllte seine Nase mit Luft und sagte sich, dass er die Erde riechen konnte. Das Mädchen schlief noch immer, und so paddelte er ganz sanft und wendete das Boot nach Westen.

Als die Nacht sich niedergesenkt hatte, wachte die Kleine auf. Sie hatte wohl schlecht geträumt, denn mit einem Mal weinte sie so bitterlich, dass Wasserkürbis das Paddel beiseite legen und sie in seine Arme nehmen musste. Er gab ihr Wasser und ein wenig Fisch und putzte ihr mit einem Zipfel von ihrer Decke Augen und Nase. Er konnte sich nicht an den Namen erinnern, den ihre Eltern ihr gegeben hatten, und so beruhigte er sie, indem er sie Tochter nannte und ihr auch noch einmal die Windeln wechselte.

Er suchte den Horizont nach Zeichen für ein Dorf ab – Fackeln am Strand, Kochfeuer oder der Rauch der Zerstörung –, doch obgleich er bis weit in die Nacht hinein paddelte, gemurmelte Gebete an das Boot und die Erde schickte, war um sie herum nichts als Meer. Schließlich wurden seine Arme so schwer, dass er sie nicht länger heben konnte. Und so saß er da und spähte, bis der Morgen graute, und er tröstete sich selbst mit dem Versprechen, das Licht des Morgens würde ihm den Anblick von Land bringen. Und wenn er noch eine Nacht lang ausharren musste, welche Not würde das schon bedeuten? Er hatte Wasser, und er hatte Nahrung.

Als der Morgen jedoch kam, schnürte die Furcht ihm die Kehle zu. Es war nichts zu sehen, wohin er auch blickte, und nur der Stand der Sonne am Himmel sagte ihm, in welcher Richtung das Land war. Tochter schien seine Angst zu spüren, und sie begann zu weinen. Es waren nicht die Schreie, die ein böser Traum bringt, oder das Gezeter, wenn der Harn zwischen den Beinen brennt. Es war ein tiefes, kehliges Jammern, wie das einer alten Frau, die trauert.

4

Wasserkürbis paddelte den ganzen Tag hindurch und hörte erst auf, als er im Westen Land erblickte. Er rastete, um zu essen und um Tochter zu füttern. Dann folgte er der Sonne, die sich zur Ruhe bettete. Als der Mond aufging, ragte am Ende des purpurroten Meeres dunkel und groß das Land vor ihm auf.

Er hielt Ausschau nach dem Schein von Nachtfeuern, aber es war nichts zu sehen. Hatten die Bär-Gott-Krieger denn schon alle Dörfer des Bootvolkes zerstört? Nein, sagte er sich. Dann würde er Rauch von den Trümmern aufsteigen sehen.

Womöglich hatte auch ein anderer aus seinem Dorf zu fliehen vermocht, und es war ihm gelungen, die Menschen im Süden davor zu warnen, ihre Nachtfeuer anzuzünden, damit die Bär-Gott-Männer ihre Dörfer nicht fanden, wenn sie in der Dunkelheit vorbeizogen. Wasserkürbis hatte Angst, sein Boot ohne das Licht von den Nachtfeuern ans Ufer zu lenken. Er wusste nicht, wo er war, und wenn ein Mann nicht wusste, wo Untiefen und Felsen lauerten, dann war es weise, wenn er im Tiefen blieb, bis das Licht des Morgens kam und ihm die Gefahren zeigte. Er biss sich auf das Fleisch in seinen Wangen, um den Schlaf fern zu halten.

Schließlich stieg die Sonne über den Horizont, und er paddelte, bis er an eine Bucht kam. Die Flut schlief. Das war gut, wenn vor einem Strand Strömungen wohnten, und es war schlecht, wenn die flache See die Riffe freigab.

»Willst du mich täuschen?«, rief er dem unbewegten Gewässer zu.

Tochter setzte sich auf und schaute über den Rand des Bootes. »Mich täussen?«, ahmte sie ihn nach.

Ein Lächeln breitete sich auf dem Gesicht von Wasserkürbis aus, das erste, seit die Bär-Gott-Krieger in sein Dorf gekommen waren. Er zog das Mädchen zwischen seine Knie und paddelte mit kräftigen Schlägen auf das Ufer zu. Das Boot ließ sich ganz leicht lenken, und Wasserkürbis sah, dass auf dem Grund nichts war als Sand und Wasserpflanzen. Er paddelte so lange, bis der Bug des Bootes den Strand erreicht hatte. Er reckte seine alten Glieder und kletterte hinaus. Tochter streckte ihm die Arme entgegen, und so hob er sie hoch, setzte sie ab und winkte sie fort von dem Boot.

Das Boot war schwer, und Wasserkürbis vermochte kaum, es zu ziehen. Doch er zerrte und schob und machte sich die Macht der kleinen Wellen zu Nutze, die das Boot hochhoben, bis auch das Heck aus dem Griff des Meeres befreit war. Er setzte sich nieder und wartete, bis seine Kräfte zurückgekehrt waren. Dann machte er sich mit Tochter auf, die Umgebung zu erkunden. Sie fanden einen Lauf mit frischem Wasser und wuschen sich. Als er die leeren Kürbisse aufgefüllt hatte, legte sich der alte Mann bäuchlings ans Ufer, streckte einen Arm ins Wasser und blieb regungslos liegen, bis ein Fisch an seinen Fingern vorbeigeschwommen kam. Mit einer einzigen geschickten Bewegung schleuderte Wasserkürbis den Fisch an Land, und Tochter gluckste vor Vergnügen. Obgleich es ein Süßwasserfisch war, machte der alte Mann sich nicht die Mühe, ihn zu kochen. Wozu ein Feuer wagen? Er schnitt den Fisch in dünne Streifen, und sie aßen ihn roh. Er ließ Tochter die Augen und sah sehnsüchtig dabei zu, wie sie die Köstlichkeit hinunterschluckte. Die Backen aber behielt er für sich. Ein gerechter Handel, mehr als gerecht, dachte er bei sich.

In den kleinen Teichen, welche die Flut zurückgelassen hatte, sammelten sie Seeigel, bis die Decke von Tochter sie kaum noch fasste, und sie pflückten Wasserpflanzen: Dulse und Riementang und Nori.

Es gab keinerlei Anzeichen für ein Dorf, nicht einmal einen Pfad oder Fußspuren, und als der Abend gekommen war, kehrten sie zu ihrem Boot zurück. Wasserkürbis legte einige faustgroße Steine in den Bug – etwas, das der Erde gehörte, um das Boot an Land zu halten. Das Verlangen der Steine, an Land zu bleiben, sollte die Sehnsucht nach dem Meer, die das Boot vielleicht verspüren mochte, bezwingen. Er band seine Kürbisse im Heck fest und legte die Seeigel und die Pflanzen zu den Steinen in den Bug. Dann machte er in der Mitte ein Lager für sich und für Tochter. Die Zedernwände hüllten sie ein, und der raue Boden war mit weichem Strandgras bedeckt.

Der Sturm kam ohne Warnung. Wind und Regen rissen sie aus ihren Träumen. Wasserkürbis erwog, das Boot auf den Kopf zu stellen, aber der Sturm fiel von allen Seiten über sie her – der Regen kam erst aus Norden, dann aus Süden, und dann drehte er aufs Neue. Selbst wenn es ihm gelang, das Boot umzudrehen – angenommen, er hätte die Kraft, so etwas zu tun –, bestand die Gefahr, dass die See anstieg und sie überflutete.

Tochter fing an zu weinen, und er nahm sie fest in seine Arme. Ihre Wärme spendete ihm Trost. Eine Weile sang er seine Lieder, doch er war nicht sicher, dass sie ihn durch das Tosen des Sturmes hindurch hören konnte, und schließlich wurde seine Kehle eng und rau, und er verstummte.

Der Regen drang durch die Hirschdecken, und Wasserkürbis begann zu zittern. Seine Zähne klapperten so sehr, dass sein Kopf schmerzte. Mit einem Mal ging ein Ruck durch das Boot, und er wusste, dass der Sturm sie mit sich genommen hatte. Er beugte sich über den Körper von Tochter nach vorn, schlug die größte Decke über den Haufen Seeigel und beschwerte sie mit den Steinen. Er tastete nach dem Topf mit dem Dörrfleisch und brachte ihn unter seinem Gesäß in Sicherheit. Ein unbehaglicher Sitzplatz, aber immer noch besser, als das Essen zu verlieren. Er spaltete einen Kürbis und fing an, das Wasser auszuschöpfen, das vom Meer ins Boot hereinschwappte.

Tochter schlang ihre Arme um ihn und klammerte sich fest. Bei jeder Welle, die über ihnen zusammenschlug, war Wasserkürbis sicher, ihr Boot würde kippen, doch es ging nicht unter. Er schöpfte, bis seine Arme schwer wie Steine waren, bis ein Schmerz in der Mitte seiner Brust brannte, bis er schließlich alles vergessen hatte, alles bis auf den Schmerz, die Angst, die Dunkelheit.

Als der Tag kam, verdeckten dicke Wolken die Sonne, doch wenigstens vermochte Wasserkürbis etwas zu sehen. Er klammerte sich an die Seitenwände und schöpfte. Als der Wind kurz innehielt, brach er einige Seeigel auf und holte die Eier heraus. Reich und mild waren sie. Sie wärmten ihn von innen heraus, und als er Tochter auf seinem flachen Daumennagel einige Eier hinhielt, aß auch sie gehorsam davon.

Er hatte niemals viele Gedanken an kleine Kinder verschwendet. Sie waren zu unruhig und rochen zu schlecht, um bedeutsam zu sein. Nun aber ertappte er sich dabei, wie er das winzige, vollkommene Gesicht von Tochter bewunderte, die schwarzen, glänzenden Augen, die glatte Haut, die ohne Makel war. Ihre Nase war nicht mehr als ein kleiner Buckel, die Fläche zwischen ihren Augen war vollkommen flach, ihre Ohren lagen an ihrem Kopf wie zwei gewundene Muscheln. Der Regen hatte ihr Haar glatt an den Schädel gelegt. Sie leckte seinen Daumennagel ab und umklammerte dabei sein Handgelenk, und er entdeckte, dass einer ihrer Fingernägel zur Hälfte abgerissen war. Eine feine Linie aus dunklem Blut machte den Riss sichtbar. Als sie fertig war, bot er ihr noch etwas an, doch sie wandte den Kopf ab, und er aß die Eier selbst. Dann zog er Tochter wieder in den Schutz seiner Beine und begann von neuem zu schöpfen.

Der Sturm währte vier Tage. Wasserkürbis lebte die meiste Zeit in einem Wachtraum aus Schöpfen und Paddeln. Er hielt nur inne, um ein wenig Regenwasser zu trinken, das er in seinem Schöpfkürbis einfing, oder um von den Wasserpflanzen zu essen, ein wenig Dörrfleisch oder einen Daumennagel voll Seeigeleier. Am dritten Tag fiel er in einen traumlosen Schlaf. Als er erwachte, spürte er ein wenig Kraft und Hoffnung in sich, und als er den Blick hob, sah er, dass sich ein dünner Streifen blauer Himmel zwischen die Wolken gezwängt hatte. Der Wind kam nun von Süden und brachte wärmere Luft mit sich, auch der Regen hatte aufgehört. Wasserkürbis versuchte zu lächeln, doch eine harte Salzschicht hatte sein Gesicht in eine starre Maske der Angst verwandelt. Mit den Fingernägeln fuhr er über seine Wangen und kratzte die Kruste herunter.

Tochter lag zusammengerollt zu seinen Füßen. Sie war so still, dass ihm der Atem stockte. Er streckte den Arm aus und zog sie zu sich empor, und sie reckte sich, ganz langsam, als wäre sie eine alte Frau mit steifen Gliedern. Wasserkürbis setzte sie auf seinen Schoß und erschrak darüber, wie kalt sie war. Ihre Haare waren mit Salz überzogen und starr wie Eis, und sie rieb sich mit aufgerissenen, roten Händen die Augen. Doch als sie zu ihm hinaufblickte, lächelte sie, und als er ihr einen Seeigel gab, aß sie bereitwillig davon.

Auch Wasserkürbis aß etwas. Dann griff er nach dem Paddel, das er zwischen sein Bein und die Bootswand geklemmt hatte. Das Meer war beinahe wieder zur Ruhe gekommen, und hinter den Wolken vermochte er den Platz zu erahnen, wo die Sonne wohnte. Er wollte nach Westen paddeln, nach Hause, und wenn die Sturmwinde sich aufs Neue erhoben, dann hätte er zumindest ein wenig von dem wiedergutgemacht, was er durch den Sturm verloren hatte.

Seine Hand fasste ins Leere. Er tastete umher, ehe die Augen seiner Hand folgten. Das Paddel war fort. Er stieß Tochter von seinem Schoß und kletterte in den Bug, taub für ihren Schrei der Entrüstung. Er wühlte in dem Haufen Seeigel, achtete nicht auf die Stacheln. Dann kroch er in das Heck und über die Auslegerstangen hinüber zu dem kleinen spitzen Stamm, der das Boot davor bewahrte, umzukippen.

Das Paddel war fort. Er stand auf und hielt nach allen Seiten Ausschau. Es trieb auch nicht im Wasser. Seine Verzweiflung war so groß, dass er erwog, sich ins Meer zu stürzen. Wozu sollte er weiterkämpfen, wenn der Sturm ihm seine beste Waffe genommen hatte? Als er aber hinunter in die kalte Tiefe blickte, da verlor er den Mut, oder, anders gesagt, er fand ihn wieder. Mochte die See ihn nehmen, doch aus freien Stücken würde er sich nicht ergeben.

Er zog den Schöpfkürbis unter seinem Binsenhemd hervor, füllte ihn mit dem Wasser, das im Bauch des Bootes stand, und trank. Das Wasser war faulig und trug den Geschmack von verbranntem Holz. Es war dunkel von der Kohle, die nicht weggeschabt worden war, und es war salzig, aber nicht so salzig wie das Wasser aus dem Meer – Regen, vermischt mit dem, was die Wellen zu ihnen hereingespült hatten. Er gab auch Tochter etwas davon und begann wieder zu schöpfen.

Ihm war, als hätte er bis ans Ende aller Zeiten geschöpft. Drei Tage waren vergangen, seit der Sturm gekommen war. Wie viele Tage, seit er sein Dorf verlassen hatte? Fünf? Sechs?

Während er schöpfte, sah er zum Himmel hinauf, und er merkte, dass die See sie nordwärts trug. Dann fuhr aufs Neue der Sturm auf sie nieder, diesmal von Süden und von Osten. Der alte Mann hüllte Tochter und sich selbst in eine Hirschdecke und fuhr fort zu schöpfen, arbeitete den ganzen Tag hindurch und auch den nächsten.

Am Morgen des fünften Tages teilte sich der Himmel. Die Wolken waren in Stücke geschnitten wie von einem Messer, und Wasserkürbis wusste, dass der Sturm seine Macht verloren hatte. Als der Tag zur Hälfte vorüber war, schien die Sonne auf sie nieder.

Das Boot und der Ausleger, die Decken, selbst die Flaschenkürbisse waren mit Eis bedeckt. Der Sturm hatte sie nach Norden getrieben, weit fort von ihrem Dorf und von all den anderen Dörfern seines Volkes. Mochte sein, dass es ihm und Tochter nicht bestimmt war, am Leben zu bleiben, denn der Sturm hatte sie gewiss zu jenen kleinen Nordinseln geweht, wo das Bär-Gott-Volk lebte. Ohne Paddel. Mit einem Häuflein Seeigel, das mit jedem Tag kleiner wurde. Mit nichts als Raureif und etwas Wasser in den Kürbissen. Welche Hoffnung blieb ihnen noch?

Die Tage vergingen, und die Hände von Wasserkürbis waren damit beschäftigt, ihn und Tochter am Leben zu halten. Behutsam schabte er Morgen für Morgen das Eis aus dem Boot und von den Decken, tat es in den gespaltenen Kürbis und hielt den Kürbis zwischen seine Beine, bis das Eis geschmolzen war. Dann teilte er das Schmelzwasser zwischen sich und Tochter auf. Dabei war er sehr darauf bedacht, gerecht zu teilen. Abend für Abend nahmen sie beide einen Schluck Wasser aus dem Kürbis.

Wasserkürbis litt großen Durst, und seine Gedanken kreisten oft um das Wasser. Er war Wasserträger, und das Wasser hatte sein Leben bedeutet, doch jene Tage, als er zum ersten Mal Quellwasser holen musste, war er voller Groll gewesen. All die Jahre, die er gejagt und gefischt hatte, hatten ihm nichts weiter eingebracht als die Schmach, Jungenarbeit verrichten zu müssen. Er war so voller Zorn gewesen, dass er nicht mehr seinen eigenen Speichel schlucken konnte. Er hatte andere alte Männer gesehen, die geiferten, bis der Speichel ihr Kinn nass und schmutzig gemacht hatte, und er wollte nicht sein wie sie. Doch sein Hass wuchs weiter.

Er hasste das Wasser, das er trug. Er hasste die Flaschenkürbisse. Er hasste den Pfad, der sich zu der Quelle wand und der im Winter rutschig war und im Sommer stachelig von den scharfen Grashalmen, die ihn säumten. Wie leicht es doch gewesen war, zu hassen, anstatt einen aufrichtigen Blick auf seine schwachen Beine zu richten und auf seine gekrümmten, knorrigen Finger. Nun aber, da er mit ausgetrockneter Kehle in diesem Boot saß, da sehnte er sich nach jenen Kürbissen, die Wasserperlen auf ihrer harten, glatten Schale trugen. Er erinnerte sich an das dankbare Lächeln der Frauen, wenn er ihre Wassertröge füllte. Er dachte an die kleinen Geschenke, die sie ihm dafür gegeben hatten – Kastanienfladen, Muscheln und Seeigel, auf heißen Steinen geröstete Samen.

Langsam dämmerte ihm, dass die Arbeit des Wasserträgers beileibe nicht ohne Ehre gewesen war. Er hatte getan, was er noch tun konnte. Und womöglich war das auf gewisse Weise gar ehrbarer gewesen als ein Platz bei jenen Ältesten, die dasaßen und redeten und von anderen erwarteten, dass sie ihnen zu essen und zu trinken brachten.

»Wieso habe ich nicht erkannt, dass mein Leben ein gutes Leben war?«, fragte er Tochter.

Sie sah ihn mit ernsten Augen an, erstaunt, dass er zu ihr sprach. Ihre Welt war zumeist eine Welt der Stille. Er summte ein wenig, wenn er wollte, dass sie schlief, doch seine Stimme war tief und rau und vom Alter brüchig. Manchmal hörte er, wie sie ein Lied sang, gedämpft von den Fingern, die sie stets in ihrem Mund hatte, und von Zeit zu Zeit weinte sie, doch sie fragte nicht mehr nach ihrer Mutter.

Wasserkürbis machte sich nicht mehr die Mühe, die Tage zu zählen. Es waren mehr, als er Finger hatte. Zu viele Tage. Zu viele, ohne genug zu essen, ohne Feuer, das sie wärmte, ohne gutes Wasser.

Der Sturm hatte den irdenen Topf mit Wasser gefüllt, und das Dörrfleisch und der Fisch waren verfault. Tag für Tag würgte der alte Mann ein wenig davon hinunter, und Tag für Tag versuchte er, auch Tochter dazu zu bewegen, doch meistens weigerte sie sich. Er war nicht traurig, als die Vorräte in dem Topf zu Ende waren.

Neben dem verdorbenen Fleisch gestand er Tochter einen Seeigel am Tag zu und sich selbst zwei. Schließlich aber war der Morgen gekommen, an dem ihnen nur noch ein einziger

Seeigel geblieben war. Er aß einen Teil der Eier und gab Tochter, was übrig war.

Als Wasserkürbis den letzten Rest von seinem Daumennagel schlürfte, begannen seine Augen zu brennen. Er hielt sie fest geschlossen, rieb mit den Handballen gegen die Lider und merkte erstaunt, dass seine Wangen nass von Tränen waren. Ich weine um Tochter, sagte er sich. Wozu soll ich mich selbst bedauern? Er hatte ein gutes Leben gehabt, Frauen und Söhne. Tochter war es, die verdiente zu leben. Er sah hinab in ihr kleines Gesicht – die einst so strahlenden Augen waren eingefallen und trübe vor Hunger –, und in der Mitte seiner Brust brannte großer Kummer.

Sie ist nur ein Mädchen, hielt er sich vor. Das Leben war nicht leicht für ein Mädchen. Womöglich war so ein Leben nicht einmal gut. Als Frau von einem Mann müsste sie am Tage schwer arbeiten und in der Nacht ihrem Mann zu Gefallen sein, der womöglich nicht leicht zu befriedigen wäre.

Er war immer gut zu seinen Frauen gewesen, versicherte er sich. Zumindest fast immer. Womöglich war er als junger Mann mit seiner ersten Frau etwas ungeduldiger gewesen, als er hätte sein sollen. Er war fordernd gewesen. Doch das hatte er über die Jahre wieder gutgemacht, ganz gewiss, und mit seiner vierten Frau hatte er für all seine Fehler bezahlt. Schlecht und selbstgefällig war diese Frau gewesen.

Womöglich war es gut für sie beide, für ihn und für Tochter, dass die Seeigel nun fort waren. Womöglich hatten sie beide nicht viel vom Leben zu erwarten. Nun konnte er sich ernsthaft über das Sterben Gedanken machen. Wie kann ein Mann über die Notwendigkeit des Todes nachsinnen, wenn er noch zu essen hat?

Er lenkte seine Gedanken auf die Wege des Sterbens. Der Hungertod war sicherlich einer davon, Ertrinken ein anderer, doch keiner dieser Wege erschien ihm verlockend. Wasserkürbis hatte noch immer sein Messer. Er konnte sich die Adern aufschlitzen, die sich unter seiner Haut krümmten wie blaue

Würmer. Doch der Gedanke an Blut lenkte seinen Geist hin zum Schlachten, und beinahe den ganzen ersten Tag, den sie ohne Nahrung waren, verlor er sich in Erinnerungen an die Festmähler der Vergangenheit, an die Zeiten der Freudenfeste.

Er füllte seinen Geist mit der Erinnerung an Seeigel, aufgebrochen und zum Verzehr bereit, ebenso reich wie das Fett des Ebers, das vom Spieß in das Bratfeuer tropfte. Köstliche Kastanienfladen, geröstete Nüsse und Knollen, Grassamen, fein zermahlen und mit Wasser vermengt, auf flachen Steinen gebacken und mit Fischbrei gefüllt. Er schloss die Augen und labte sich im Geiste an solch einem Festmahl. Er beendete es mit Blüten, zerkaut und ausgesaugt, um an den süßen Nektar zu gelangen.

Erst das Wimmern von Tochter brachte ihn zurück in das kalte, nasse Boot, und er sah, dass er beinahe den ganzen Tag lang nicht etwa über den Tod nachgesonnen hatte, sondern über das Leben.

Er war angeekelt von sich selbst. Wie konnte er auf einen ehrbaren Tod hoffen, wenn er seine Zeit mit Gedanken an Essen vergeudete?

»Wir haben nichts zu essen«, sagte er traurig, und Tochter nahm die Finger aus dem Mund und schürzte die Lippen.

»Fisch«, sagte sie.

»Kein Fisch«, sagte er.

Sie deutete auf die leeren Seeigelschalen, die auf dem Boden des Bootes verstreut lagen. »Fisch«, sagte sie noch einmal, und diesmal war ihr Tonfall fordernder. Er beugte sich vor, nahm eine Schale und gab sie ihr. Sie leckte die Innenwand ab und spielte dann eine Weile damit, und zum ersten Mal kam Wasserkürbis in den Sinn, dass sie ein Spielzeug brauchte. Hatten nicht alle Kinder etwas zum Spielen? Er dachte daran, die Ecke einer Decke abzuschneiden und etwas daraus zu knoten, das wie eine Puppe aussah – mit Beinen und Armen und Kopf –, doch dann erkannte er, wie töricht er war. Sie brauchten die Decken viel nötiger, als Tochter eine Puppe brauchte. Sie war zufrieden mit der Schale des Seeigels, so stachelig diese auch war.

Doch die Vorstellung, ein Stück Decke abzuschneiden, brachte ihn auf einen anderen Gedanken. Womöglich konnte er aus der Decke eine Fangleine machen oder, besser noch, aus den Fasern von seinem Hemd. Er fing an, das Hemd zu untersuchen. An den Rändern war ein Saum, der es zusammenhielt. Er zupfte an dem Faden und fragte sich, woraus er sein mochte. Er hatte oft gesehen, dass die Frauen im Dorf Rinde schälten, womöglich hatten sie Fäden zum Nähen daraus gemacht. Von Zeit zu Zeit hatten sie auch Tiersehnen gewunden, doch welcher Mann schenkte solcher Arbeit schon Beachtung? Es lauerten ohnehin allüberall genügend Flüche. Wozu sollte man einen Fluch auf sich lenken, indem man unmäßigen Anteil an Frauenarbeit nahm?

Als er alle Stiche aufgelöst hatte, war der Faden so lang, wie seine Arme sich zu strecken vermochten. Womöglich lang genug, um einen Fisch zu fangen, dachte er. Er zerrte an der Schnur und entschied, dass sie stark genug war. Es gelang ihm, mit seinem Messer ein Stück Holz aus der Seite des Bootes zu lösen, so lang wie seine Faust und zwei Finger breit. Er glättete das Holz in der Mitte und band ein Ende der Schnur darum.

»Eine Fangleine«, sagte er zu Tochter, und sie sprach ihm die Worte nach. »Für Fisch«, sagte er.

»Fisch«, sagte sie. Sie hielt sich den Bauch mit ihren kleinen Händen und begann zu weinen. »Fisch«, sagte sie. »Ich will Fisch.«

Er gab ihr ein wenig von seinem Wasservorrat, und das schien sie zu beruhigen. Er drückte sie eng an seinen warmen Bauch und sah zu, wie ihre Augen zufielen, sich flatternd öffneten und wieder zufielen. Dann schlief sie, und er begann, darüber nachzusinnen, wie er einen Haken machen sollte.

Bei dem Angriff der Bär-Gott-Krieger waren zwei von ihren Speeren in das Boot geflogen. Aus Angst vor dem Fluch, den sie bergen mochten, hätte Wasserkürbis sie beinahe ins Meer geworfen, doch dann hatte er beschlossen, sie zu behalten. Er dachte, er könne sie an Land verwenden, um kleine Tiere für sich und für Tochter zu erlegen, doch nun, da sie so weit draußen auf dem Meer waren und ihr Paddel fort war, wie sollte er noch darauf hoffen zu jagen?

Als sie noch Seeigel hatten, hatte er ganze Tage damit zugebracht, mit einem der Speere in der Hand über das Boot gebeugt zu warten. Er wollte ihn werfen, wenn ein Fisch vorüber kam, doch er hatte keinen Fisch gesehen, und schließlich hatte er aufgegeben. Was konnte er schon erwarten? Der Speer war Bär-Gott, und was wusste das Bär-Gott-Volk schon über die See? Der Speer hatte die Fische wohl gekränkt, und ganz sicher hatten sie gedacht, auch er wäre Bär-Gott-Mann.

Er hatte versucht, ein Paddel zu machen, mit dem Speer als Stiel, doch es war ihm nicht gelungen, ein Stück Holz aus dem Boot zu meißeln, das groß genug für ein Blatt gewesen wäre. Und zudem waren es Stoßspeere, und die Schäfte waren viel zu kurz für ein Paddel. Er hätte sich weit über das Boot hinauslehnen müssen.

Noch ehe er zu einer Entscheidung gelangt war, zog ihn die Wärme von Tochter an seinem Bauch hinüber in den Schlaf, und in seinen Träumen war er wieder ein Junge. Er war müßig und sah dem Steinhauer aus dem Dorf bei der Arbeit zu. Er war schon lange tot, jener Steinhauer, und selbst in seinem Traum vermochte Wasserkürbis nicht, sich an seinen Namen zu erinnern. Doch schließlich fiel ihm der Name ein. Schnitzer – wohl nicht der wahre Name dieses Mannes, sondern einer wie Wasserkürbis, gegeben für das, was der Mann tat.

In jener Zeit, die so lange schon zurücklag, hatte Schnitzer beinahe alle Speere, Messer und Werkzeuge für die Menschen im Dorf gemacht. Zwei Jahre war Wasserkürbis ihm zur Hand gegangen und hatte die geduldige Kunst erlernt, die Steine zu behauen. Dann aber hatte er, töricht, wie junge Männer waren, beschlossen, lieber Jäger oder Fischer zu sein.

In dieser Nacht aber sah Wasserkürbis in seinen Träumen Schnitzer zu, und er erkannte, dass er sich noch an vieles erinnerte. Er sah das Polster aus Rohhaut auf der linken Hand, die den Stein hielt; den Griffel aus einem Stück vom Hirschgeweih und den Hammerstein, groß wie eine Faust; Griffel, Bohrer und Schneidewerkzeug, um Knochen zu Pfeilspitzen zu machen. Die ganze lange Nacht lag Wasserkürbis in tiefem Schlaf und sah zu und lernte.

Am Morgen löste er die Sehne, welche die Bär-Gott-Speerspitze am Schaft hielt. Als er den Stein befreite, sprach er besänftigende Worte zu ihm, damit er keine Angst bekam vor dem, was der alte Mann mit ihm tun würde. Er wollte nicht, dass der Stein in seiner Hand zersplitterte.

Er wickelte die Sehne um sein Handgelenk und knotete sie zu, damit sie nicht verloren ging. Dann schnitzte er aus dem Knochenheft seines Handmessers einen Griffel und machte aus dem Schaft von dem Bär-Gott-Speer einen neuen Griff. Das Messer war nicht schön, doch es war zu gebrauchen. Er wählte sich einen Stein aus dem Bug des Bootes als Hammer und polsterte die linke Hand mit einem Fetzen aus der kleinen Hirschdecke. Er nahm die Speerspitze in die Hand und begann vorsichtig, ihr eine neue Form zu geben. Er machte die Unterseite der Klinge schmaler und dünner, bis es ihm gelang, mehrere lange, schmale Steinsplitter abzuschlagen.

Wasserkürbis blickte auf seine Hände hinab, als sei ein Wunder geschehen. Er sah auf die geschwollenen, krummen Gelenke und war erstaunt, was er damit tun konnte. Ihm war, als spürte er die Hände von Schnitzer auf seinen eigenen. Sie leiteten ihn, sie lehrten ihn, denn diese Arbeit war ganz gewiss nicht allein das Werk von Wasserkürbis.

Er formte das schmale Ende von dem größten Steinsplitter zu einer Spitze und schnitt von dem Speerschaft etwas Holz herunter. Mit seinem Messer bohrte er ein Loch in das Holz und schob das stumpfe Ende des Splitters hinein, so, dass die

Spitze in einem Winkel aus dem Holz hervorstand. Dann band er sie mit einem Stück Sehne fest und benutzte, was übrig war, als Schnur, mit der er den fertigen Haken an der Fangleine festmachte.

Wasserkürbis brauchte beinahe den ganzen Tag, denn oftmals musste er in seiner Arbeit innehalten, um Tochter zu trösten und die Windeln auszuwaschen, die inzwischen immer nass waren. Ihr Gesäß und die winzige Frauenspalte zwischen ihren Beinen waren wund und rot und von einem Ausschlag geschwollen, und von Zeit zu Zeit klagte sie darüber und zerrte an dem Lumpen. Die meiste Zeit aber saß sie einfach nur da, halb im Schlaf, und er fragte sich, ob auch sie über den Tod nachsann, sich darauf vorbereitete, damit ihr Geist es leicht hatte, aus ihrem Körper herauszuschlüpfen.

Er dachte darüber nach, was er mit ihr tun sollte, wenn sie starb. Am einfachsten wäre es wohl, sie ins Meer zu werfen, doch wäre das auch weise? Gewiss war ihr Fleisch gut und süß, aber er würde nicht selbst davon essen. Welcher Mann konnte solch einen Fluch wagen? Wenn er ihren Körper aber in die See warf, würden die Fische sie essen. Was würde es also ändern, wenn er sie als Köder hernahm? Die Fische würden sie dennoch essen, und auch er selbst könnte womöglich etwas zu essen bekommen.

Er saß lange Zeit da und sah sie an, und einmal blickte sie zu ihm auf und lächelte, die Finger in ihrem kleinen Mund. Sein Herz zog sich zusammen, und ärgerlich kämpfte er gegen die Tränen an, die plötzlich in seinen Augen brannten. *Ah ee!* Welche Torheit, sich um ein Kind zu sorgen, so klein, dass es kaum sprechen konnte!

Womöglich konnte er einen Fisch fangen, ehe sie starb, und der Fisch würde ihr die Kraft geben, noch ein wenig zu leben. Er setzte Tochter in die Mitte des Bootes, dorthin, wo es nicht allzu nass war. Mit dem, was vom Speerschaft geblieben war, stocherte er in den Resten umher, die im Bug aufgehäuft lagen. Womöglich fand er etwas – eine harte Flosse von dem geräucherten Fisch aus dem Topf, einen Klecks Seeigeleier, den er auf den Haken reiben konnte.

Ein Fetzen von der Hirschdecke mochte einen Fisch anziehen, doch es barg Flüche in sich, wenn ein Mann Landtiere in die Bäuche von Fischen schickte. Ihm war bereits genug Unglück widerfahren. Wozu sollte er noch mehr heraufbeschwören?

Er hob jeden Stein hoch und durchwühlte den Beutel von Tochter. Schließlich fand er eine halbe Seeigelschale. Sonst fand er nichts, nicht einmal einen kleinen Rest aus den Lumpen von Tochter. So war es nun einmal, wenn ein Mann zu viele Jahre ohne eine Frau war. Er gewöhnte sich an, Ordnung zu halten.

Er nahm die Schale und band sie an den Haken. Dann senkte er die Fangleine ins Wasser. Womöglich würde er einen kleinen Stein daran binden müssen, um die Leine zu beschweren, doch der Steinhaken war schwer genug. Wasserkürbis beugte sich über das Boot und sah zu, wie der Haken sank, während er die Leine von dem hölzernen Griff wickelte.

Er schaute lange Zeit hinab, doch er sah keine Fische, und schließlich richtete er sich mit Schmerzen im Rücken auf und suchte das Meer ab. Wenn die Wellen das Boot hochhoben, konnte er bis zu der Stelle sehen, wo Himmel und Meer sich berührten. Manchmal narrten ihn seine Augen, und ihm war, als sähe er Land, wo keines war. Dann ließ die See das Boot wieder in ein Wellental sinken, und um ihn war nichts als Berge aus Wasser, und er staunte darüber, dass sie so lange überlebt hatten und noch nicht verschluckt worden waren.

An diesem Tag, der ihm den Haken und die Fangleine und die Hoffnung auf Fisch gebracht hatte, beschloss Wasserkürbis, dass die See für ihn Freund war und nicht Feind. Mit seiner alten brüchigen Stimme sang er ein Fischerlied und erzählte Tochter, dass die Wände aus Wasser, die sanft und grün um sie herum wuchsen, seinem Haken bald schon einen Fisch bringen würden.

5

Herendeen-Bucht, Alaska
602 v. Chr.

Eine laute Stimme unterbrach Qumalix in ihrer Erzählung. Sie schloss kurz die Augen und schüttelte den Kopf, als müsste sie sich darauf besinnen, wo sie war. Im trüben Licht des *ulax* sah Yikaas, dass sie denjenigen suchte, der gerufen hatte.

Ein Mann erhob sich. Er kreuzte die Arme vor der Brust und plusterte sich mit einem tiefen langen Atemzug auf. Er war Erster Mensch; er trug einen Otter-*sax*, und durch seine Mundwinkel waren Elfenbeinringe gestochen. Kuy'aa hatte Yikaas erzählt, dass die Lippenpflöcke eines Mannes Merkmale seiner Abstammung waren und den Platz bezeichneten, den er im Dorf und in seiner Familie innehatte. Dieser Mann trug große Ringe, und aus jedem stand ein stumpfer Stoßzahn hervor, so lang wie ein Fingerglied. Ohne Zweifel war er Jäger in einer mächtigen Familie. Er trug die Nadelzeichen eines Jägers, aufrechte Linien, die seine Haut dunkel machten, und einen Pfad von Kreisen und Punkten, der über seine Wangen lief.

Kuy'aa lehnte sich zu Yikaas herüber, und zu seiner Verwunderung flüsterte sie: »Ich kenne ihn. Sein Name ist Himmelfänger, und er ist Geschichtenerzähler in einem Dorf der Ersten Menschen. Es liegt rund einen Tag westlich von hier.«

Der Mann hob an zu sprechen, und obgleich Yikaas nicht verstand, was er sagte, hörte er doch die Streitsucht, die in der Stimme von Himmelfänger lag, und er verspürte den Drang, das Mädchen zu beschützen, das ihnen solch eine gute Geschichte geschenkt hatte.

Yikaas hoffte, sie würde die Worte von Himmelfänger übersetzen, doch sie antwortete dem Mann mit einer Stimme, die voll Achtung war, und übertrug das Gesagte nicht in die Sprache der Flussmenschen. Sie setzten das Zwiegespräch fort, Himmelfänger mit barschen Worten und das Mädchen in sanftem Tonfall, bis einige Flusshändler Einspruch erhoben.

»Was will er?«, fragte einer.

»Sag uns, wovon er spricht«, forderte ein anderer.

Qumalix hob eine Hand, die Handfläche nach außen gekehrt, und bat so um Ruhe. Sie blickte zu den Flusshändlern hinüber und sagte: »Er sagt, dass ihm meine Geschichte wohl gefällt, doch er hat noch nie von dem Bootvolk gehört. Er will wissen, ob sie Erste Menschen oder gar Flussvolk sind, und wenn sie es nicht sind, so möchte er wissen, warum ich von ihnen erzähle und nicht von Menschen, die ihr kennt, Geschichten von Chakliux und K'os oder Aqamdax – jenen Menschen, deren Geschichten aus uralten Zeiten zu uns gekommen sind.«

Yikaas musste gestehen, dass auch er sich diese Fragen schon gestellt hatte. Qumalix war von den Waljägerinseln, und er hatte Geschichten von den Ersten Menschen erwartet, nicht welche über das Bootvolk. Und dennoch war er nicht so rüde, ihr ins Wort zu fallen und sie frei heraus danach zu fragen, wie Himmelfänger es getan hatte.

»Wenn ihr euch geduldet«, sagte Qumalix, »dann werdet ihr sehen, dass die Geschichte von Tochter und Wasserkürbis und jene von Chakliux und den seinen miteinander verwoben sind.«

Wieder stellte Himmelfänger eine Frage. Qumalix antwortete und sagte dann in der Flusssprache: »Er will wissen, ob die Bär-Gott-Krieger vom Flussvolk sind.«

Andere Männer vom Volk der Ersten Menschen murmelten zustimmend, und die Flusshändler erhoben erbost ihre Stimmen. »So sind wir nicht. Niemals würden wir ein friedliches

Dorf angreifen. Womöglich sind die Bär-Gott-Menschen Erste Menschen.«

Andere Erste Menschen riefen ihnen entgegen: »Wir haben eure Geschichten von den Nahe-am-Fluß-Menschen und den Vetter-Fluß-Menschen gehört, die sich um ein Haar gegenseitig ausgelöscht hätten. Wie könnt ihr behaupten, dass ihr den Frieden liebt? Überdies wissen wir Ersten Menschen, wie man gute Boote baut. Niemals würden wir Boote machen wie jene, in denen die Bär-Gott-Menschen gefahren sind.«

Der Streit wuchs. Böse Worte flogen hin und her. Männer erhoben sich und schrien einander an, und Frauen stießen kreischend Kränkungen aus. Yikaas blieb hocken, wo er war. Sein Zorn war gegen sie alle gerichtet, denn sie hatten eine Geschichte unterbrochen, die er hören wollte, und sein größter Zorn richtete sich gegen Himmelfänger, der diesen unsinnigen Streit begonnen hatte.

Kuy'aa erhob sich und humpelte zu dem Kletterstamm hinüber. Seufzend stand Yikaas auf und folgte ihr. Gewiss hatte das Erzählen so lange gedauert, dass selbst in dieser kurzen Sommernacht die Sonne schon untergegangen war. Er wollte nicht, dass Kuy'aa allein im Dorf umherlief und sich auf der Suche nach dem *ulax*, in dem sie schlafen sollte, verirrte. Sie war bereits einige Kerben auf dem Kletterstamm hinaufgestiegen, da wandte sie sich zu seiner Verwunderung um und sah auf die aufgebrachten Menschen hinunter. Sie steckte zwei Finger zwischen die Lippen und stieß einen lauten, schrillen Pfiff aus.

Die Menschen verstummten, und als sie sahen, dass der Pfiff von einer alten Flussfrau gekommen war, da blieben ihnen vor Staunen die Münder offen stehen.

»Seid still!«, rief sie ihnen zu. Dann deutete sie mit dem Kinn zu Qumalix hinüber. Das Mädchen stand auf dem Platz des Geschichtenerzählers und presste die Hände so fest aneinander, dass die Knöchel weiß hervortraten. »Erzähle deine

Geschichte«, sagte Kuy'aa. »Wer sie nicht hören will, kann gehen.«

Die Flussmänner murmelten zustimmend, und die Ersten Menschen stellten Fragen, bis jemand die Worte von Kuy'aa übersetzte. Einige Männer und eine Frau verließen daraufhin das *ulax*, unter ihnen auch Himmelfänger. Die anderen aber ließen sich wieder nieder und baten das Mädchen fortzufahren.

Yikaas fragte sich, ob sie nach diesem Streit und all den Grobheiten wirklich dazu bereit wäre. Sie rieb sich die Augen, und er sah die Müdigkeit in ihrem Gesicht, dann aber begann sie zu sprechen. Anfangs kamen ihre Worte so leise, dass er sie kaum verstehen konnte. Ihre Stimme zitterte, und Yikaas senkte den Kopf, zu verlegen, um sie anzusehen, doch als sie sprach, gewannen ihre Worte wieder an Kraft.

Bald schon war Yikaas wieder von ihrer Geschichte gefangen genommen. Er war wieder Wasserkürbis, ein alter Mann, der versuchte, den Tod zu betrügen, während er und Tochter auf einem Meer nordwärts trieben, das sich bis ans Ende der Welt zu erstrecken schien.

Der Nordpazifik
6447 v. Chr.

DIE GESCHICHTE VON TOCHTER

Zwei Tage fischte Wasserkürbis, ohne dass ein Fisch anbiss. Jeder Morgen war grau vom Nebel, die Sonne nicht viel mehr als ein heller Fleck, kaum stark genug, um die Nacht zu vertreiben. Als endlich ein Fisch anbiss, hatte die Kälte die Finger von Wasserkürbis so taub gemacht, dass er zuerst nicht sicher war, ob er überhaupt etwas gespürt hatte. Dann aber beugte er sich schnell vor, setzte Tochter auf dem Boden ab, und als sie lauthals dagegen aufbegehrte, aus dem warmen Nest seiner Beine vertrieben zu werden, brachte er sie mit einer Handbewegung zum Schweigen.

»Fisch«, flüsterte er, und sie verstummte.

Wieder spürte er das Zuckeln der Leine, und Wasserkürbis spannte die Arme an, bereit, an der Leine zu reißen und den Fisch an den Haken zu bekommen. Er wusste, wenn er sich zu schnell bewegte, würde er ihn vertreiben. Eine lange Weile spürte er gar nichts mehr, und die Angst, nicht schnell genug gewesen zu sein, lag wie ein Stein in seinem Magen. Mit einem Mal wurde ihm schwindelig. Er war schon zu lange Zeit ohne Nahrung, er war zu schwach, und er fragte sich, ob er überhaupt noch genug Kraft hatte, um den Fisch in das Boot zu ziehen, selbst wenn der den Haken schlucken würde.

Aufs Neue verdunkelten Todesgedanken seine Sinne, und er schüttelte den Kopf, um sie zu vertreiben. Welcher Fischer gab schon auf, wenn der Fisch erst ein einziges Mal gebissen hatte? Der alte Mann ließ die Leine zappeln, senkte sie langsam hinab, zog sie wieder herauf und ließ sie dann aufs Neue fallen. Plötzlich zerrte etwas so fest an der Leine, dass sie ihm um ein Haar aus der Hand gerissen worden wäre.

Er schrie auf und begann einen jener Gesänge zu singen, mit denen die Fischer die Fische betörten. Es war ein Lied für Netze und nicht für Leinen, aber so würde der Fisch zumindest seine Bootvolk-Worte hören und wissen, dass er ein Mann war, der das Meer ehrte und mit ihm lebte.

Der Fisch war stark, und als er floh, zog er das Boot mit sich. Wasserkürbis umklammerte den hölzernen Griff und hoffte, dass die Leine stark genug war. Er unterbrach seinen Gesang, um ihr zuzureden, flehte sie an, zu halten, stark zu bleiben.

»Stark«, wiederholte Tochter aus dem Bauch des Bootes heraus. Dann sah sie zu Wasserkürbis hinauf und fragte: »Fisch?«

»Fisch«, sagte Wasserkürbis. »Ein großer Fisch.«

»Ein großer Fisch«, sagte sie ernst.

Vom Meer kam ein Schatten auf sie zu, wurde von Schatten zu Fisch, schwamm, bis er neben dem Boot war. Die Luft blieb Wasserkürbis im Halse stecken, und er hätte sich beinahe verschluckt. Er war riesig, dieser Fisch. Viel zu groß, um ihn zu fangen. Sollte er ihn festhalten, das bisschen Kraft, das ihm geblieben war, auf diesen Fisch verwenden, oder sollte er die Leine durchschneiden?

Er hatte Stein und Holz für einen zweiten Haken, doch was taugten sie schon, wenn seine Leine zu kurz war, um sie zu gebrauchen?

Mit einem Mal wurde er zornig. Nein, er würde die Leine nicht durchschneiden! Wenn der Fisch sich ihnen nicht selbst darbot, dann sollte er sie in Ruhe lassen und sie einen fangen lassen, der gewillt war, gegessen zu werden. Ganz gewiss hatte der Fisch seinen Gesang erkannt, wusste, dass sie Bootmenschen waren und dass Wasserkürbis seine Gräten zurück ins Meer werfen würde, damit der Fisch aufs Neue leben konnte.

Der Fisch zog die Leine unter das Boot und kam hinter dem Ausleger wieder zum Vorschein. Dann tauchte er wieder ab, zog die Leine so weit hinunter, dass die Arme von Wasserkürbis hinab in die Wellen gezerrt wurden. Der Fisch drehte um und stieg so geschwind wieder hinauf, dass Wasserkürbis rücklings ins Boot zurückfiel. Der Fisch sprang, und Wasserkürbis sah ihn, sah das stumpfe Maul, grün und schwarz vor dem nebligen Himmel, sah die gesprenkelte Haut, glänzend wie nasse Felsen. Diesen Fisch kannte er nicht. So einen hatte er noch nie zuvor gesehen, beinahe so groß wie ein Mann. Als der Fisch sich drehte und wieder ins Wasser tauchte, wurde die Leine mit einem Mal schlaff.

Wasserkürbis stieß einen Schrei aus und wickelte den Rest der Leine schnell um den Griff.

»Fisch?«, fragte Tochter.

»Er war zu groß«, sagte Wasserkürbis.

»Fisch«, sagte Tochter noch einmal und begann zu weinen. »Fisch, Fisch, Fisch.«

»Sei still«, sagte er.

Er blickte hinauf in den grauen Himmel und fragte sich, ob er womöglich schon tot sei, ob dies der Tod sei, eine immer währende Fahrt in einem Boot, das nirgendwohin fuhr. Ohne Essen, ohne Wasser und mit einem Kind, für das er sorgen musste. War er so ein schlechter Mensch gewesen, dass er solch einen Tod verdient hatte? Hatte er nicht stets die kleinen und die großen Götter geehrt und die Geister, die im Gras und in der Erde und im Meer lebten?

Er erinnerte sich an seine Selbstsucht, daran, dass er mehr an Essen oder Aufmerksamkeit beansprucht hatte, als ihm gebührte. Wie oft hatte er verlangt, dass seine Frauen mehr als das Nötige taten? Er erinnerte sich daran, wie er sie des Nachts geweckt hatte, damit sie seinen Hunger stillten, den seines Magens und den seiner Lenden, ganz gleich, wie oft sie schon wegen der Säuglinge aufgestanden waren. Er entsann sich seiner Klagen über das schlechte Essen und die schlechte Kleidung.

Doch wozu sonst waren die Frauen denn da? Und arbeiteten die Männer denn nicht schwer? Setzten sie nicht ihr Leben aufs Spiel, um diesen Frauen und ihren Kindern zu essen zu geben? Wie konnten da schon ein paar Augenblicke in der Nacht ins Gewicht fallen?

Und was war mit Tochter? Was hatte sie Schlimmes getan, dass sie einen Tod mit ausgetrocknetem Mund und leerem Bauch verdient hatte, mit blutenden Wunden und aufgesprungenen Lippen?

Dann aber kam er zu dem Schluss, dass sie nicht tot waren. Wie sollten sie tot sein? Im Tode sah ein Mann Geister. Er würde andere sehen, jene, die vor ihm gestorben waren. Wo waren Knotenbinder und Langer Kopf? Gewiss würden sie auch hier sein, in ihren eigenen Booten, denn auch sie waren auf dem Meer geblieben.

Er war am Leben, und Tochter war es ebenso. Der Fisch hatte einen Haken genommen. Nun, er würde einen anderen machen.

»Und was ist mit dem Köder?«, fragte eine leise Stimme in seinem Kopf.

Wasserkürbis hatte das Boot gründlich genug durchsucht, um zu wissen, dass sich zwischen all den Schalen und Steinen nichts Brauchbares mehr versteckt hielt, und doch suchte er noch einmal. Es war nichts da, nicht einmal ein winziges, knochenhartes Stück Fischgräte, keine Muscheln, nicht einmal ein Klecks Eier aus den Seeigeln.

Wasserkürbis sah hinunter auf seine Füße. Gewiss würde ein Mann seinen kleinen Zeh nicht vermissen. Und der Schmerz würde nur von kurzer Dauer sein. Er hielt die Luft an und ließ sie wieder entweichen. Er hatte einen Köder.

Noch ehe die Nacht hereinbrach und sich Wolken vor den Mond schoben, sodass Wasserkürbis nicht einmal mehr seine eigenen Hände sehen konnte, hatte er den zweiten Haken gemacht. Er nahm sein Messer, stemmte einen Fuß gegen das Holz des Bootes und machte sich bereit, zu schneiden.

Da kam die Stimme wieder, lauter diesmal, und sie sagte: »Der Zeh von Tochter ist besser. Er ist kleiner und wird nicht so sehr schmerzen, wenn du ihn abschneidest. Und jeder Fisch wäre williger, deinen Haken zu nehmen, wenn das weiche Fleisch eines Kindes ihn lockt und nicht der harte, schwielige Zeh eines alten Mannes.«

Wasserkürbis dachte über den Ratschlag nach, und er dachte, dass er weise sei. Doch wie auch immer, ob nun der Zeh von Tochter oder seiner, er wollte in jedem Falle warten, bis der Morgen gekommen war. Er wollte nicht in der Nacht fischen, wenn er nicht sehen konnte, was seinen Haken genommen hatte, und mit einem frischen Zeh ließ sich gewiss eher ein Fisch anlocken als mit einem, dessen Blut über Nacht getrocknet war.

Am Morgen, dachte er. Womöglich war sein Verstand wacher, wenn er geschlafen hatte, obgleich seine Gedanken sich mit jedem Tag, an dem er nichts aß, etwas mehr zu verwirren schienen.

»Schlafe erst«, sagte er zu der Stimme in seinem Kopf. Es war immer leichter, sich zu entscheiden, wenn man geschlafen hatte.

Am nächsten Morgen untersuchte Wasserkürbis die kleinen rosigen Füße von Tochter. Die Haut war runzlig von dem Salzwasser, das immer im Bauch des Bootes stand, wie sehr er auch schöpfen mochte. Der Zeh war so klein. Gewiss ließ er sich ganz leicht abtrennen. Seine eigenen Füße waren hart und krumm und voller Schwielen. Kein Zeh, nicht einmal der kleine, würde einer Klinge einfach nachgeben.

Er steckte sich den kleinen Finger in den Mund und biss zu. Der Schmerz war nicht schlimm. Er biss so fest, bis er das Salz seines Blutes schmecken konnte. Immer noch nicht schlimm. Gewiss vermochte er den Schmerz zu ertragen, wenn er einen Zeh verlor. Und was, wenn die Wunde jene Geister der Krankheit rief? Jedermann wusste, dass jede Öffnung im Körper den bösen Geistern Einlass gewähren konnte. Die Nasenlöcher, die Ohren, der Mund, das Loch im Gesäß, das Loch vorne am Geschlecht eines Mannes, sogar die winzigen Nadelstiche in den Augenwinkeln, aus denen die Tränen kamen. Und, nicht zuletzt, alle Schnitte. Wie oft in seinem langen Leben hatte er gesehen, wie ein Mensch krank wurde, wie das Fieber ihn verbrannte und er starb, und das alles von einem winzigen Schnitt in Fuß oder Hand?

Welchen Schutz gegen solche Geister besaß er schon in seinem Boot? Er konnte kein geweihtes Gras verbrennen. Er konnte den Medizinmann nicht bitten, ihm Arzneien zu mischen und den Geister-Sänger nicht um einen Gesang. Und wenn er starb, dann starb auch Tochter. Ohne ihn gab es für sie keine Hoffnung.

Wenn er aber den kleinen Zeh von Tochter nahm, dann

konnte er womöglich selbst Gesänge zu ihrem Schutz anstimmen, und wenn Tochter starb, würde er dennoch leben. Wenn sie fort war, dann wäre es leichter für ihn. Sie würde nichts mehr von dem Wasser brauchen, das er aus dem Raureif schmolz, und er könnte ihren Körper als Köder verwenden.

Wasserkürbis band den neuen Haken ganz fest an die Leine. Dann nahm er den linken Fuß von Tochter in seine Hand. Sie krümmte die Zehen und sah zu ihm hinauf. Dann lächelte sie ihn an und legte sanft eine Hand an sein Gesicht.

Es wird schnell gehen, sagte er sich. Er zog das Messer aus der Scheide. Tochter seufzte und schmiegte sich wieder an seine Brust. Er beugte sich hinunter, rückte den Fuß auf dem Holzboden zurecht und schnitt tief in das Fleisch, schnitt ganz fest.

Die steinerne Klinge stockte einen Augenblick, als sie an den Knochen kam, und der Schmerz tobte in seinem Kopf. Er schrie auf. Es gelang ihm kaum, den Schnitt zu Ende zu führen. Tochter sah ihn an, die Augen vor Entsetzen geweitet, und fing an zu schluchzen. Wasserkürbis tastete in der Blutlache umher, die schnell größer wurde. Er fand den Zeh, alt und krumm und hart. Dann drückte er ein Polster aus Windeln gegen seine Wunde.

»Er hat sowieso immer geschmerzt, wenn der Regen kam«, sagte er. Dann schaukelte er vor und zurück und lenkte seine Gedanken fort von dem Schmerz. Er sah hinunter auf die zwei kleinen, vollkommenen Füße von Tochter, und er war froh.

Zwei Tage vergingen. Mit dem ersten Zeh fing Wasserkürbis keinen Fisch und auch nicht mit dem zweiten, obgleich sie an seiner Leine knabberten, bis von den Zehen nur noch die Knochen übrig waren. Als er sich schließlich bereit machte, noch einen Zeh abzuschneiden, streckte Tochter ihm ihren kleinen Fuß vor die Nase. Sie war sehr schwach, und er wusste, er würde sie bald verlieren. Ein kleines Kind vermochte nicht so viele Tage ohne Essen zu sein. Auch sein eigener Verstand hatte ihn beinahe verlassen, hatte sich verloren in törichten Träumen. Der zweite Zeh hatte ihn viel Blut gekostet, und das Wasser, das er aus dem Raureif machte, reichte nicht aus, um den fürchterlichen Durst zu stillen, den der Verlust des Blutes ihm brachte.

»Meins«, sagte sie mit leiser, müder Stimme. Sie legte die Hände auf das Messer und schüttelte den Kopf. »Nicht deins. Meins.«

Er hatte alte Frauen flüstern hören, dass kleine Kinder mit Weisheit aus der Geisterwelt gesegnet seien. Womöglich wusste Tochter mehr als er. Womöglich konnte sein altes Fleisch keinen Fisch fangen.

»Es wird weh tun, Tochter«, sagte er.

»Meins«, sagte sie noch einmal.

»Schlafe erst«, bat er sie und dachte, es wäre leichter für ihn, wenn sie eingeschlafen war, und womöglich würde der Schlaf ihren Schmerz betäuben.

Er versuchte zu singen, doch seine ausgetrocknete Kehle zerhackte die Worte zu Fetzen ohne Sinn. Schließlich aber, während die Wellen des Meeres das Boot schaukelten, schlief sie ein. Dann hob Wasserkürbis sein Messer, und während Tränen ihm beinahe alle Sicht raubten, trennte er den kleinen Zeh von Tochter ab.

Sie riss vor Schmerzen die Augen auf. Er blickte hinein in die braunen Tiefen und fand nur Verstehen. Als er die Wunde zusammendrückte, um den Blutfluss aufzuhalten, weinte sie, doch sie klammerte sich fest an ihn, und als er den Zeh an den steinernen Widerhaken band, hob sie ihr winziges Kinn und sagte: »Meins.«

Der Fisch biss an, noch ehe die Leine ganz ins Meer hinabgelassen worden war. Wasserkürbis riss die Leine an und fühlte, wie der Haken sich tief in Fleisch bohrte. Er ließ ein wenig nach, ließ den Fisch an der Leine ziehen, bis er erschöpft war, und dann zog er ihn heran. Der Fisch zappelte einmal und war dann still. Es war ein Seehecht, schwarz und silbern, so lang und dick wie sein Arm. Wasserkürbis senkte eine zitternde Hand ins Wasser und hielt den Atem in seiner Brust fest, bis es ihm gelang, dem Fisch seine Finger in die Kiemen zu krallen.

»Jetzt«, flüsterte er und versuchte, den Fisch in das Boot zu ziehen. Doch der Fisch war wie ein Stein, schwer, viel zu schwer. Die Kraft von Wasserkürbis reichte nicht mehr.

»Meins«, sagte Tochter mit leiser Stimme, und schaute über den Rand hinunter zu dem Fisch. Sie streichelte ihren kleinen Fuß, der in blutige Lumpen gewickelt war.

Wasserkürbis holte tief Luft und zog aufs Neue an dem Fisch. Diesmal vermochte er den Seehecht zu heben, jedoch nicht hoch genug, um ihn über den Rand in das Boot zu zerren. Mit einem Mal spürte er die kleinen Hände von Tochter an seinem Arm, ihre Finger spreizten sich um den Stoff von seinem Hemd.

»Jetzt!«, sagte er noch einmal. Sie zogen an, und der Fisch fiel zu ihren Füßen in das Boot.

»Deins«, sagte Wasserkürbis zu Tochter, und in der Torheit seines Alters fing er an zu weinen.

6

Aus den Eingeweiden des Fisches machte Wasserkürbis Köder. Er fing noch mehr Fische, und als sie ein paar Tage lang gegessen hatten, kamen sie wieder zu Kräften. Noch immer trieb die Strömung sie nach Norden, und Nacht für Nacht gefror das Wasser im Rumpf ihres Bootes zu körnigem Eis.

Wasserkürbis fragte sich, ob das Meer sie womöglich zu jenem Land brachte, wo immer Winter war. Er hatte Geschichten über solch einen Ort vernommen. Die Händler sagten, dieses Land liege nördlich der Bär-Gott-Inseln, andere aber sagten, solch einen Ort gebe es nicht. Wie konnte irgendetwas leben an einem Ort, wo immer Winter war?

Die Eiseskälte schien im Nebel zu wohnen, und Wasserkürbis vermochte kaum weiter zu schauen als bis zum Bug des Bootes. Der Nebel verschloss nicht nur seine Augen, er kroch ihm auch in die Ohren, und manchmal glaubte Wasserkürbis, nicht einen Augenblick mehr ohne Sonne und Himmel und Geräusche sein zu können. Eines Nachts aber lichtete sich der Nebel, die Wolken teilten sich, und Wasserkürbis konnte die Sterne sehen. Sie sahen beinahe aus wie zu Hause in seinem Dorf, und der Anblick spendete ihm Trost. Irgendetwas aber war anders in der Art, wie die Sterne zueinander standen – es war mehr als nur die Bahnen, die der Wechsel von Sommer und Winter mit sich brachte. Es folgten mehrere Tage, an denen die Sonne schien, und in dem alten Mann regte sich die Hoffnung, dass das Meer sie nicht zu jenen fernen Ufern des

Winterlandes getragen hatte und dass der Sommer gekommen war. In den Nächten mussten sich Wasserkürbis und Tochter eng aneinanderschmiegen, um sich zu wärmen, doch selbst an Tagen, wo Wolken die Sonne verdeckten, hauchte sie ihren Knochen neues Leben ein, ehe die nächste Nacht sie wieder in Kälte hüllte, und der Frost des Morgens war so schwach, dass er kaum genügte, ihre Vorräte an Wasser aufzufüllen.

Der alte Mann hielt nach Land Ausschau, und von der Wacht tat ihm der Kopf weh, und seine Augen brannten. Der Schmerz in seinen Füßen war beinahe vergangen, und die kleine Wunde von Tochter war gut verheilt, doch die Augen von Wasserkürbis wurden beständig schlechter. Wieder schnitt er ein Stück Holz aus der Wand des Bootes und schnitzte sich daraus einen Augenschutz gegen das blendende Licht von Sonne und Wasser. Wenn er nicht fischte, saß er mit geschlossenen Augen da und erzählte mit eintöniger Stimme Geschichten, die ihn und Tochter für kurze Zeit zurück in ihr Dorf brachten.

Auch Tochter veränderte sich. Ihre zarte Haut wurde dunkel, und ihre Beine wurden dünn. Der Wind hatte das glatte schwarze Haar verknotet und zerzaust, und es hing fast bis auf ihre Schultern herab. Sie hatte mehr Wörter gelernt, und von Zeit zu Zeit nannte sie ihn Großvater. Er mochte den Klang dieses Wortes, wenn es aus ihrem Mund kam, mochte diese Kleinmädchenstimme, die juchzte, weil sie etwas gesehen hatte, das ihr gefiel, und die Kinderwörter nuschelte, wenn Tochter müde wurde und schlafen wollte.

Wenn er sich auch nach seinem Dorf sehnte, nach alten Gefährten und sogar nach der Quelle mit dem frischen Wasser, so konnte er sich doch nicht mehr vorstellen, wie es wäre, ohne Tochter zu sein: ohne ihr Gesicht, das zu ihm aufblickte, ohne ihr glucksendes Gelächter und ihre Kinderworte, die seine Tage füllten.

Manchmal sah er sich in seinen Träumen, in Stücke geschnitten, verstümmelt und nicht mehr zu erkennen, weil er aus seinem Körper Köder gemacht hatte. Zehen, Finger, Nase und Zunge, lange Streifen Fleisch, alles fort, von Fischen gefressen, die zu gierig waren und zu selbstsüchtig, um sich fangen zu lassen.

Wenn er dann erwachte, streckte er dankbar seine Finger aus, zwar krumm und knorrig, aber heil. Seine Füße, denen nur die kleinen Zehen fehlten, und auch Nase und Zunge waren noch immer Teil von ihm, und sein Körper trug nur die Narben der Missgeschicke eines langen Lebens. Auch Tochter war heil, bis auf den einen kleinen Zeh.

An jenem Morgen, an dem sie erwachten und sahen, dass ihr Boot von Seeottern umgeben war, regte sich in Wasserkürbis die Hoffnung, in Küstennähe zu sein. Ihnen waren nur noch drei Kürbisse mit Wasser geblieben. Wenn dieser Vorrat zu Ende war, wie viele Tage konnten sie dann noch hoffen zu leben?

Die Otter um sie herum verloren sich im Nebel wie ein braunes Meer. Manche sprangen und spielten, manche lagen auf dem Rücken und säugten ihre Kinder. Ein Otter mit grauem Gesicht schwamm ganz nah an ihr Boot heran. Auf seiner Brust trug er einen Stein, und zwischen den verwobenen Fingern hielt er eine Muschel. Der Otter schlug die Muschel gegen den Stein, bis die Schale brach. Dann holte er das Fleisch heraus und aß es laut schmatzend auf.

Tochter streckte eine Hand aus, zeigte auf den Otter und sagte: »Meins.«

Das Tier drehte sich herum und tauchte geschwind unter, und andere Otter in der Nähe taten das Gleiche. Tochter sah zu Wasserkürbis auf, und er legte einen Finger an die Lippen.

Behutsam, ganz langsam, bewegte er sich auf den letzten Bär-Gott-Speer zu, der im Rumpf des Bootes lag. Wenn es ihm gelang, seine Fangleine an den Speer zu binden, dann konnte er ihn womöglich verwenden wie eine Harpune und einen Otter fangen. Zwar mussten sie nicht mehr hungern, doch ein Otter hatte viel Fleisch und noch mehr Blut, das sie trinken konnten. Und er hatte sein Fell. Gewiss würde es Wasserkürbis gelingen, den Pelz so sauber zu schaben, dass sie ihn in der Nacht als Decke nehmen konnten. Und dann die Sehnen, für Fischleinen, und Knochen und Zähne für neue Haken.

Schließlich gelang es ihm, die Fangleine und den Speer auf seinen Schoß zu ziehen. Wieder bedeutete er Tochter, ruhig zu sein, und dann knotete er die Leine an das stumpfe Ende des Speerschaftes. Es war ein Stoßspeer, der sich nicht gut dazu eignete, geworfen zu werden. Doch Wasserkürbis hatte in seinem Leben viele Speere geworfen, und er wusste, wie er die Schwerfälligkeit ausgleichen konnte. Und wenn er sein Ziel verfehlte, würde er den Speer mit der Leine zurückholen.

Der Otter mit dem grauen Gesicht tauchte wieder neben ihnen auf. Zwischen den Pfoten hielt er eine neue Muschel. Tochter kniete auf einer Seite und spähte über den Rand.

»Meins«, flüsterte sie und griff nach der Muschel.

Der Otter drehte sich fort, wie ein Kind, und drückte die Muschel fest an seine Seite. Ganz langsam neigte sich Wasserkürbis zu Tochter vor und legte sachte eine Hand auf ihre Schulter, versuchte, sie zurück in die Mitte zu ziehen. Doch sie befreite sich aus seinem Griff und schaute ihn nicht an. Er sah, dass sie ein Stück Fisch in der Hand hatte. Sie streckte den Arm aus und bot dem Otter den Fisch an. Der Otter hob den Kopf, und mit einem Mal hatte Wasserkürbis Angst. Das Tier würde Tochter beißen. Er sprang nach vorne, doch noch ehe er bei ihr war, hatte der Otter den Fisch genommen, und Tochter hielt die Muschel fest in ihrer Hand umklammert, dunkel und nass.

»Meins!«, schrie sie, und der Otter tauchte unter und schwamm fort. Sie hielt die Muschel hoch, damit Wasserkürbis sie sehen konnte.

Voll Erleichterung schloss er die Augen. »Deins«, gestand er ihr zu.

Der Tag verstrich, und Wasserkürbis beobachtete die Otter. Er wartete hoffnungsvoll darauf, dass ein Tier noch einmal nahe genug an das Boot heranschwamm und er seinen Speer werfen konnte. Wie er so dasaß, sann er darüber nach, ob sich aus dem Schulterblatt des Otters wohl ein Paddel machen ließe. Der Bär-Gott-Speer konnte Griff sein. Zwar war er zu kurz und zu dünn für raue See, doch womöglich half er ihm, den Ottern zurück zum Land zu folgen.

Seit er und Tochter sich auf diese seltsame Reise begeben hatten, hatte Wasserkürbis einige Male versucht, ein Stück Holz aus dem Rumpf des Bootes zu schneiden, um ein Paddel zu fertigen. Doch das Salzwasser hatte das Zedernholz weich und faul gemacht, und nicht eines der Stücke war groß genug gewesen.

Dann kam ihm ein anderer Gedanke. Wenn er mit der Harpune einen Otter fing, ein starkes Tier, das die Wunde nicht zu töten vermochte, dann würde es fliehen, das sichere Land suchen. Und wenn der Otter schwamm, obgleich die Leine ihn noch immer an sie fesselte, dann würde die Angst ihm die Kraft schenken, das Boot zu ziehen.

Wasserkürbis spähte und wartete, bis die Sonne, eine gelbe Kugel über dem Dunst, sich daranmachte, unterzugehen. Die Otter blieben fern, und er wollte seine Harpune schon beiseite legen und darum beten, dass die Tiere am Morgen noch bei ihnen waren. Doch dann kam ein Otter geschwommen. Er war groß und sah kräftig aus, war beinahe so lang wie ein Mann. Das Tier tauchte, und Wasserkürbis beugte sich über den Rand und spähte hinab, bis er den Otter in den Tiefen verlor. Dann aber tauchte er ganz plötzlich auf der anderen Seite wieder auf. Er drehte sich auf den Rücken und schwamm langsam auf den Bug zu.

Wasserkürbis wickelte die Fangleine um sein Handgelenk und hob den Speer. Er knirschte mit den Zähnen, denn er konnte kein Gleichgewicht finden. Er brauchte einen Stein, ein Gegengewicht für die Speerspitze. Doch wozu sich etwas wünschen, das er doch nicht haben konnte? Er rieb das Jagdamulett, das er um den Hals trug, seit er Junge gewesen war.

Als er bereit war, den Speer zu werfen, legte Tochter eine Hand auf sein Bein und blickte zu ihm hoch. Er meinte, Angst in ihren Augen zu lesen, doch was wusste ein kleines Mädchen schon von der Jagd? Er schüttelte den Kopf, verstimmt, weil sie seine Achtsamkeit gestört hatte. Kein Tier gab sich einem Mann hin, der nicht genug Achtung besaß, um seine Gedanken allein auf die Jagd zu lenken.

Er wartete auf den richtigen Augenblick, und im Stillen stimmte er einen Gesang an, einen langsamen Takt, um sein Herz ruhig zu machen. Er sperrte Tochter aus und das Boot, alle Dinge außer Harpune und Otter.

Er warf den Speer.

Der Speer traf, und der Otter tauchte.

Die Leine spannte sich, und Wasserkürbis packte mit der Linken das rechte Handgelenk, stemmte die Füße gegen den Boden und fühlte, wie das Boot sich bewegte. Die anderen Otter tauchten einer nach dem anderen unter, bis das Meer wieder leer war.

Tochter stieß einen Finger in die Luft. »Meins! Meins! Meins!«, schrie sie und schürzte die Lippen.

Wasserkürbis fand den Griff der Fangleine, und es gelang ihm, die Leine einmal darumzuwickeln und so etwas Druck von seinem Handgelenk zu nehmen.

»Wie töricht, die Leine um dein Handgelenk zu wickeln«, sagte die lästige Stimme in seinem Kopf. »Du hättest sie an die Stangen der Ausleger binden sollen.«

»Die sind nicht kräftig genug«, presste Wasserkürbis zwischen den Zähnen hervor.

»Und du?«, fragte die Stimme. »Nun wirst du beides verlieren, den Speer und die Fangleine, und womöglich auch deine Hand. Und was wirst du dann tun?«

Mit einem Mal wurde die Leine schlaff, und Wasserkürbis wickelte sie ein zweites Mal um den Griff. Dann spannte sich die Leine wieder. Jetzt zog sie an der Seite des Bootes geradewegs hinunter. Wasserkürbis lehnte sich hinaus. Er konnte den Otter sehen, groß und dunkel, verschwommen in der Tiefe. Plötzlich schoss er durch das Wasser hinauf, so schnell, dass Wasserkürbis vor Schreck nur die Hände vors Gesicht schlagen konnte. Der Otter kam an die Oberfläche, Luftblasen entströmten seiner platten Schnauze, dunkle Lefzen entblößten gelbe Zähne. Das Tier sprang ihn an, und ohne nachzudenken und ohne Grund krallte Wasserkürbis seine Hände in den dicken Pelz. Der Otter drehte und wand sich und fletschte die Zähne. Er rang nach Luft und schnappte nach dem blutigen Speer, der in seiner Seite steckte.

Tochter fing an zu schreien, und Wasserkürbis spürte den Schmerz, als der Otter die Zähne in seinen Arm grub. Einmal und noch einmal und dann zu oft, um es zu zählen. Wasserkürbis versuchte, das Tier zurück ins Meer zu stoßen, der Otter aber hatte die Zähne tief in den Arm gegraben und ließ nicht los. Dunkles Blut quoll aus der Otterwunde, und endlich konnte Wasserkürbis an sein Messer gelangen.

Er stieß es dem Otter in die Kehle, doch das Tier brauchte lange Zeit zum Sterben. Endlich verebbte mit dem Blut des Otters auch seine Kraft, und Wasserkürbis gelang es, mit dem Messer seinen Arm aus dem Maul zu befreien. Er stieß es dem Otter in den Rumpf. Dort lag er mit zuckenden Beinen und meißelte mit seinen Klauen nasse Splitter Zedernholz aus der Wand des Bootes.

»Bleib weg«, schrie Wasserkürbis Tochter zu, und sie hielt sich fern und starrte das Tier mit runden Augen an, einen Finger tief in ihren Mund geschoben. Als der Todeskampf zu Ende war und der Otter still dalag, zeigte sie auf den Arm von Wasserkürbis und auf die zerfetzte Haut, die wie ein Vorhang von einer Wunde herabhing, die vom Ellenbogen bis zum Handgelenk hinunter klaffte.

»Hat dich gegessen«, sagte sie.

Seine Beine trugen Wasserkürbis nicht länger, und er stürzte in den Rumpf des Bootes. Eine so schreckliche Wunde wie diese würde die Geister der Krankheit rufen. Das Fieber würde über ihn kommen, und er würde sterben. Doch er sah Tochter an und sagte mit fester Stimme: »Nein, er hat mich nicht gegessen. Wir werden ihn essen.«

7

Das Binsenhemd von Wasserkürbis hing in Fetzen. Tage voller Gischt und Nächte ohne die Nadel einer Frau hatten die Säume zerfranst und aufgetrennt. Die Zähne des Otters hatten den Ärmel in Fetzen gerissen, die so klein waren, dass sie nur noch als Hakenfäden taugten – das falsche Versprechen von schwimmenden Elritzen. Mit Streifen aus Fischhaut wickelte Wasserkürbis sich das Hemd um den Leib, so gut er es vermochte.

Schlimmer, viel schlimmer noch war sein Arm, der beinahe so in Fetzen hing wie sein Hemd.

Er wusch die Wunde im Meer, biss die Zähne zusammen und unterdrückte den Schrei in seiner Kehle, als das Salz in der Wunde brannte. Was er von seiner Haut zu retten vermochte, zog er über die Wunde, den Rest – blutige Fetzen – schnitt er mit seinem Messer ab und warf es auf den Köderhaufen.

Die tiefen Bisswunden und Risse bluteten noch immer, und als Wasserkürbis alles getan hatte, um sie zu säubern, blieb er einen Augenblick still sitzen und beruhigte seinen Atem. Ohne zu denken, blickte er auf das wirbelnde Muster aus Blut, das sich in der Wasserpfütze im Rumpf des Bootes ausbreitete.

Das meiste davon ist Otterblut, sagte er sich. Er zeigte mit der gesunden Hand darauf und sprach diese Worte zu Tochter.

Sie nickte und sagte: »Otter, sein Blut«, mit sanfter Stimme, als wüsste sie um das Bedürfnis von Wasserkürbis, selbst zu glauben, was er sagte.

Er saß still da, bis sein Herz wieder ruhig geworden war, bis er spürte, wie Schläfrigkeit sich in seine Glieder schlich. Seine Gedanken stiegen hinab in tröstlichen Dunst, wurden, für einen Augenblick, wieder ganz klar, und er erkannte, welche Falle diese Schläfrigkeit barg, geboren aus Schrecken und dem Verlust von Blut. Er zwang sich, noch einmal sein Messer zu gebrauchen. Diesmal für den toten Otter.

Er streckte das Tier im Rumpf des Bootes aus. Er war zu müde, und seine Schmerzen waren zu groß, um sich darüber zu sorgen, welchen Schaden das blutige Wasser dem Pelz zufügen mochte.

Doch mit einem Mal, wie töricht, vermochte er sich nicht mehr daran zu erinnern, wie man den Otter zerlegte. Sollte er den Kopf abschneiden, wie die Jäger es mit der Robbe taten? Sie banden das Tier an ihre Boote, bis die Langwürmer, die in seinen Eingeweiden wohnten, aus dem kalten Körper geflohen waren. Oder sollte er den Otter vom Kinn bis zum Hinterteil aufschlitzen, den Pelz abziehen, die Bauchhöhle leeren und das, was im Gedärm war, in die See drücken? Schließlich entschied er sich für den zweiten Gedanken. Wenn Langwürmer in dem Tier wohnten, so würde er sich mit ihnen beschäftigen, wenn er sie sah.

Mit den Füßen und seinem gesunden Arm zog er dem Otter die Haut ab. Er machte sich nicht die Mühe, Pfoten, Kopf oder Schwanz zu häuten, sondern riss sie im Ganzen herunter und warf sie mit gestammelten Gebeten, wirr und benebelt, ins Meer. Er hoffte, der Geist des Otters möge die Dankbarkeit erkennen, die er trotz seines Armes hegte, und dass die Teile dennoch wieder zu einem heilen Tier zusammenfanden, um aufs Neue durch die See zu schwimmen. Er schnitt schmale Streifen Fleisch herunter, gab Tochter ein wenig und aß einen davon selbst.

Das Fleisch war zäh und schmeckte schal, so salzig wie die

See, doch als es erst eine Weile in seinem Bauch war, spürte Wasserkürbis, wie etwas von seiner Kraft zurückkehrte. Er legte sich den Pelz mit dem Fell nach unten auf den Schoß und begann zu schaben, entfernte Fleisch und Adern und Fett. Er tat es langsam, hielt oft inne, um zu rasten. Tochter saß mit den Fingern im Mund da und beobachtete ihn.

»Sein Blut«, sagte sie einmal und nahm die Finger heraus, um auf die Pfütze im Rumpf zu deuten. Sonst war sie stumm, mit gerunzelter Stirn, die Augen fest auf die blutenden Wunden von Wasserkürbis geheftet.

Als die Nacht sich niedersenkte, hatte Wasserkürbis die Haut so weit geschabt, dass er sie als Decke verwenden konnte. Er ließ das Wasser und das geronnene Blut aus dem Fell rinnen und wickelte sich und Tochter hinein, die haarige Seite nach innen. Zum ersten Mal, seit sie das Land des Bootvolkes verlassen hatten, war Wasserkürbis warm genug, um gut zu schlafen, und am nächsten Morgen fühlte er sich kräftiger, obwohl sein Arm steif war.

Er zerlegte den Otter, teilte das Fleisch in dünne Streifen und klebte sie an die Seiten des Bootes, damit sie das Salz der Gischt fangen konnten. Er reinigte die Gedärme, schnitt einen Teil davon zu Ködern und ließ andere trocknen, um sie zu flechten. Die Sehnen und Bänder hob er auf, um Fangleinen daraus zu machen, und die Schulterblätter, weil er hoffte, daraus ein Paddel fertigen zu können. Er hatte vergessen, die Zähne herauszubrechen, ehe er den Kopf ins Meer warf. Wie töricht! Sie hätten gute Fischhaken abgegeben. Doch wenigstens die Knochen waren ihm geblieben.

Sie aßen wieder. Das Fleisch war nicht gut, doch es machte satt, und es gab Kraft, und da es Otter war, vermochte es ihnen womöglich gar die Richtung zu weisen, in der Land zu finden war. Vielleicht hatten sie diese Fahrt in die Länge gezogen, weil sie immer Fisch gegessen hatten, und Fische waren glücklich in den Tiefen des Meeres.

Die Wunde blutete noch immer, doch über dem Fleisch bildete sich schon eine harte Kruste, die dem Arm etwas von den Schmerzen nahm. Wasserkürbis holte sich ein Stückchen Otterdarm als Köder und fischte beinahe den ganzen Tag. Er fing nichts. Einmal, als er in die Ferne blickte, meinte er, Land zu sehen, doch vom Wasser stieg nebliger Dunst auf, und er war sich nicht sicher.

Der Wind schlief, und Wasserkürbis versuchte, dankbar dafür zu sein, doch er dachte auch, dass ein Sturm sie, wenn er ihr Boot nicht umwarf, an ein Ufer bringen mochte.

Am Abend verwirrten seine Gedanken sich, wurden seltsam, als träumte er mit offenen Augen. Er überlegte, ob er Tochter zu essen gegeben hatte. Ja, Otterfleisch, erinnerte er sich.

Und Wasser? Sie hatten so wenig. Er löste den Kürbis, der um seine Mitte hing und gab ihr einen Schluck, dann trank auch er ein bisschen. Als die Sonne sich für die kurze Nacht zur Ruhe begab, merkte er, dass Tochter zitterte. Sonderbar, dachte Wasserkürbis. Wo ihm selbst doch warm war, zu warm. Er wickelte Tochter in den Otterpelz und spürte, wie sie in seinem Schoß ruhig wurde und der Schlaf über sie kam.

Sicher würde sein Verstand wieder klar werden, wenn er nur schlafen konnte, doch sein Arm pochte, und obwohl er die Fischhäute gelockert hatte, die sein Hemd zusammenhielten, war ihm noch immer zu warm.

Er rutschte auf eine Seite hinüber, beugte sich über den Rand und hielt den wunden Arm hinunter in das Meerwasser. Das Salz brannte nicht mehr, und das Wasser zog die Hitze aus seinem Körper. Er zitterte, mit einem Mal war ihm zu kalt, und das Zittern sagte ihm, dass die Wunde begonnen hatte, die Geister der Krankheit zu rufen. Er dachte daran, Tochter ganz nach vorn in den Bug zu legen, damit sie sicher wäre, und damit das Übel, das er angezogen hatte, sie nicht berühren konnte, doch er zitterte zu sehr, um sie loszulassen.

Schließlich erwachte Tochter von dem Beben, und sie löste

sich selbst aus seinen Armen. Sie erhob sich, stand mit gespreizten Füßen auf zwei dürren Beinchen. Sie wand sich aus dem Otterfell und versuchte, ihn damit zuzudecken. Er zog sie wieder auf seinen Schoß, wickelte sie beide fest ein, und endlich kam der Schlaf zu ihm.

In seinen Träumen kämpfte Wasserkürbis erneut mit dem Otter. Als er aber sein Messer hob, um das Tier zu töten, da wurde der Otter zum Bär-Gott-Krieger. Der Krieger sprang Wasserkürbis an die Kehle, und als er seine Lippen verzog, konnte Wasserkürbis sehen, dass der Mund voll von Otterzähnen war. Er schrie, bis er erwachte, und er merkte, dass auch Tochter schrie und nun ebenso zitterte, wie er es getan hatte, ehe er eingeschlafen war. Furcht packte ihn. Hatte seine Krankheit nun auch sie befallen? Als er aber mit sanften Worten auf sie einsprach, ihr sagte, dass es nur ein Traum gewesen sei, da hörte sie auf zu zittern. Er wiegte sie auf seinem Schoß, bis sie wieder einschlief.

Der Himmel war noch immer dunkel, keine Spur von Dämmerung in Sicht, und Wasserkürbis wusste, dass er nur kurze Zeit geschlafen hatte. Je länger ihre Reise währte, um so kürzer wurden die Nächte. Wenn sie zu Hause wären, in ihrem Dorf, dann würden sie wohl bald das Fest des langen Tages feiern. Für eine kurze Weile wanderten seine Gedanken zu jenen Festen, doch dann erinnerte er sich wieder an die Bär-Gott-Krieger. In seinem Dorf würden die Menschen nicht feiern, und wer konnte sagen, was die Bär-Gott-Männer den anderen Dörfern der Bootmenschen angetan hatten?

Was, wenn überhaupt keine Feste gefeiert wurden? Was wäre dann? Womöglich wäre die Sonne gekränkt, weil das Bootvolk nachlässig war und ihr nicht mehr huldigte, und dann würde sie in diesem Jahr nicht bei ihnen verweilen. Der Winter würde zu schnell zurückkehren, und die Menschen würden hungern.

Die Bär-Gott-Menschen waren Dummköpfe und ohne

Glauben! Wer konnte schon von ihnen verlangen, dass sie um das Gleichgewicht der Erde wussten? Alles war miteinander verbunden, eine Jahreszeit mit der anderen und ein Dorf mit dem anderen.

In Wasserkürbis erwachte der Zorn, und er stöhnte, weil er machtlos war. Vielleicht war er der letzte Bootmann auf der Erde, der Einzige, der all die Gebräuche und richtigen Wege des Lebens kannte. Und dennoch war er hier gefangen, in diesem Auslegerboot, und dazu verdammt, hinzugehen, wohin auch immer die Strömung ihn trieb, und zu allem Übel auch noch Fieber und Krankheit preisgegeben.

Wieder tauchte Wasserkürbis seinen Arm ins Meer. Der Ellenbogen war geschwollen, und er konnte den Arm nicht strecken. Böse rote Linien zogen sich zu seiner Schulter hinauf. Das kalte Wasser half, den Schmerz zu betäuben. Wasserkürbis schlang den gesunden Arm um das Kind und schickte Gebete zum Himmel, flehte um eine dicke Schicht Raureif, genug, um ihre Kürbisse zu füllen. Er war so durstig.

Seine Gebete wurden erhört. Sie erwachten von dem gefrorenen Regen und von den Nadelstichen winziger Eiskörner.

Wasserkürbis kam mühsam zurück aus seinem von Träumen gepeinigten Schlaf. Der Schmerz in seinem Arm war so ungeheuerlich, dass er den ganzen Körper zu verschlingen schien. Der alte Mann kratzte mehrere Hand voll Eis zusammen und schaufelte es in seinen Mund, bis ihm zu Bewusstsein kam, dass er auch Tochter welches geben und genug sammeln musste, um seine Kürbisse wieder zu füllen. Er hob den Kopf und machte den Mund auf. Dann gab er Tochter ein Zeichen und nickte ihr zu, bis sie es ihm gleichtat. Sie schloss die Augen zum Schutz vor den Eiskörnern, den Mund aber machte sie weit auf.

Wie ein kleiner Vogel, dachte Wasserkürbis, und er versuchte, sich auf ein Dankgebet zu besinnen für das, was sie ihm bedeutete. Doch alles, was ihm in den Sinn kam, war ein törichtes Lied, das Männer sangen, wenn sie voll waren vom

Saft gegorener Früchte und Körner. Dieses Lied war eher über Frauen als über Dankbarkeit.

Im Bauch des Bootes schmolz das Eis in der Pfütze aus Blut und Salzwasser zu körnigem Eiswasser. Der alte Mann schöpfte das Boot aus, bis seine gesunde rechte Hand eine taube Klaue geworden war. Er machte mit dem Schöpfkürbis weiter und schlug mit einem Stein das Eis von den Seitenwänden. Als alle Kürbisse gefüllt waren, warf er die Eisstücke in den Bug. Schließlich aber bekam er Angst, dass die schwere Last das Boot zum Sinken bringen könnte, und warf das Eis ins Meer.

Die Arbeit zehrte an seinen Kräften, bis ihm nichts blieb, als sich mit Tochter unter dem Otterfell zusammenzukauern. Mit seiner guten Hand hielt er eine Hirschdecke über ihre Köpfe.

»Genug!«, bellte er schließlich so laut, dass Tochter zu weinen anfing. »Wir haben uns nach frischem Wasser gesehnt, darum gefleht, als unsere Münder rissig und trocken waren, und nun gibst du uns so viel, dass unser Boot sinkt? Was für ein Geschenk ist das?«

Donner rollte aus den Wolken auf sie nieder, und Wasserkürbis kauerte sich furchtsam zusammen. Wie töricht von ihm, den Himmel herauszufordern! Gewiss hatten die Geister des Schmerzes durch ihn gesprochen, denn er war ein Mann, der die Wege der Achtung kannte.

Wieder kam der Donner, und wieder, und dann ein Schlag aus Blitz und Donner, der die Ohren taub machte, und die gleißende Helligkeit währte so kurz, dass Wasserkürbis nicht zu glauben wagte, was seine Augen ihm gezeigt hatten – einen Berg in der Ferne.

»Ich träume«, sagte er und machte sich unter dem Otterfell ganz klein.

8

Die Kruste auf seiner Wunde war aufgeplatzt, und Eiter rann heraus. Wasserkürbis hielt den Arm nun beinahe ständig ins Meer, und einmal, inmitten eines Traumes, dachte er daran, ihn abzuschneiden, ihm zu erlauben, davonzuschwimmen. Womöglich würde er die bösen Geister der Krankheit mit sich nehmen. Doch der Gedanke wurde nie mehr als das, was er war, ein Gedanke, denn es fehlte ihm die Kraft, ihn wahr zu machen. Wenn Tochter größer wäre, dann würde er sie womöglich darum bitten, den Arm abzuschneiden und ihn von den Qualen der Fäulnis zu befreien, ihm stattdessen den klaren Schmerz des Messers zu bringen.

Die Träume von Messern und Schnitten wurden so mächtig, dass sie alle anderen Träume verjagten, und wann immer er erwachte, war Wasserkürbis erstaunt, weil er sah, dass der Arm noch bei ihm war – ohne Form und von falscher Färbung und gehäutet wie der Kadaver eines Tieres.

Drei Tage nach dem Eissturm vermochte er nicht mehr, das Essen bei sich zu behalten. Das Fieber nahm Besitz von seinem Verstand, und er begann, die Sonne zu hassen, weil sie durch den Nebel hindurch in seine Augen stach. Auch die Nacht fürchtete er, weil die Dunkelheit ihn verwirrte und ihn mit Bildern des Todes marterte.

Das kleine Gesicht von Tochter, ernst und besorgt, schwebte vor ihm, und manchmal spürte er ihre kühlen Hände auf seiner Stirn. Mitunter war ihm, als hätte er sie seit Tagen nicht gesehen, und er glaubte, sie sei ins Meer gefallen. War sie klug genug zu wissen, dass sie sich von den Rändern des Bootes fern halten musste? Fielen Kinder denn nicht ständig – ins Wasser, auf steinigen Stränden, in Feuerstellen?

Dann aber fanden seine Augen sie, und beruhigt glitt er zurück in die Welt der Träume.

Tochter hockte vor dem Großvater. Sie wusste beinahe nichts über das Kranksein. Nur, dass es ihr Angst machte, und sie hatte Angst. Von Zeit zu Zeit glühte der Großvater so sehr, dass sie sich beinahe verbrannte, wenn sie ihn berührte. Dann wieder war er so kalt, dass sein Beben das ganze Boot erzittern ließ.

Sie zog ein Stück Otterfleisch von der Wand und kaute es. Die meisten Stücke, die der Großvater dorthin getan hatte, hatte der Eissturm an das Holz gefroren, und als das Eis wieder zu Wasser wurde, blieb das Fleisch, wo es war, hart und fest, als wäre es selbst Holz geworden. Es war schlecht, dieses Fleisch – scharf und bitter –, und manchmal tat ihr der Bauch weh, wenn sie davon gegessen hatte.

Sie hatten auch Fische. Ausgenommen hingen sie an den Stangen des Auslegers, doch Tochter war zu klein, um sie zu erreichen. Möwen waren gekommen, zerrten an den Fischen und zankten sich um jeden Bissen. Sie machten Tochter zornig, diese Vögel, die stahlen, was ihnen nicht gehörte. Was würde der Großvater tun, wenn er erwachte und sah, dass seine Fische fort waren? Würde er denken, sie hätte all die Fische allein aufgegessen?

Tochter fand einen Wasserkürbis und trank. Dann hielt sie ihn hoch, damit der Großvater ihn sehen konnte, doch er wachte nicht auf. Sie zog ein wenig an dem Otterfell, das er sich um den Leib gewickelt hatte, doch obgleich er etwas murmelte, blieben die Augen geschlossen. Sie legte den Kürbis wieder hin, kroch auf den Schoß des Großvaters und deckte sich mit einem Stückchen Otterfell zu.

Das Gesicht ihrer Mutter hatte sie vergessen, doch sie erinnerte sich an ihren Geruch und an die gute Milch, die aus ihren Brüsten geflossen war, warm und reich und süß. Großväter hatten keine Milch; dieser hier zumindest nicht. Und wenn, dann hatte er sie ihr nie gegeben, doch er war warm und konnte gut Fische fangen.

Sie sah hinunter zu ihrem linken Fuß und auf die rote Narbe, wo einst ihr kleiner Zeh gewesen war. Es hatte wehgetan, als er ihn abschnitt, doch nun tat es nicht mehr weh. Sie dachte, der Zeh würde vielleicht wieder wachsen, doch bislang war das nicht geschehen. Sie erinnerte sich an den Fisch, den der Großvater mit ihrem Zeh gefangen hatte. Ihr Magen knurrte, wenn sie an diesen guten Fisch dachte, an sein fettes, öliges Fleisch.

Sie war müde, doch sie versuchte, die Augen offen zu halten. Sie wollte nicht schlafen, wenn der Großvater aufwachte. Sie musste ihm sagen, dass er Fische fangen sollte. Sie hob ihren verstümmelten Fuß vor sein Gesicht und hielt ihn dort, solange sie es vermochte. Wenn er aufwachte und den Fuß sah, dann würde er vielleicht ans Fischen denken. Doch schließlich war sie selbst dazu zu müde.

Ihre Augen fielen zu, und in ihren Träumen kam ihre Mutter zu ihr, bot ihr eine weiche braune Brustwarze, und als Tochter daran saugte, schmeckte die Milch wie Fisch.

Die Stimme des Großvaters weckte sie. Zuerst dachte Tochter, er würde weinen. Er schlug um sich und versuchte, sich aus dem Otterfell zu befreien. Er riss den gesunden Arm hinauf in die Luft und ließ ihn dann wieder fallen. Mit dem Ellenbogen traf er Tochter am Kopf. Von dem Schlag benommen, schrie sie laut auf, rollte sich zu einer Kugel zusammen und rutschte von seinem Schoß. Es war Nacht, doch der Mond stand voll am Himmel, und Tochter vermochte zu erkennen, dass, was immer der Großvater auch bekämpfen mochte, außerhalb des Bootes war. Sie wich zurück, steckte die Finger in den Mund und starrte ihn an.

Etwas hing an seinem Arm, dem wehen Arm, dem, den er im Wasser ließ. Sie wollte wissen, was es war, aber sie hatte Angst. Was, wenn es ein großer Fisch war, der ihn ins Meer zog? Was sollte sie dann tun? Sie war nicht stark genug, um den Großvater im Boot festzuhalten. Tochter fing an zu weinen. Schließlich aber kroch sie nach vorn und packte den Großvater am Fuß. Wenn der Fisch nicht allzu groß war, reichte ihre Kraft vielleicht aus, um ihn festzuhalten.

Sie schaute ihm ins Gesicht, und zu ihrer Verwunderung sah sie, dass er die Augen geschlossen hielt.

»Augen auf!«, rief sie. »Augen auf!«

Er schlug die Augen auf und starrte sie an, doch er sah noch immer aus wie ein Mann, der schlief.

»Zieh!«, schrie sie. »Zieh fest.«

Er schüttelte den Kopf und blinzelte.

»Zieh«, sagte Tochter noch einmal.

Er öffnete den Mund, und ihm entwich ein so fürchterliches Brüllen, dass Tochter erschrocken den Fuß losließ und mit dem Gesäß in das kalte Wasser plumpste, das im Rumpf des Bootes stand.

Brüllend zog Wasserkürbis seinen Arm aus dem Wasser. Als er zum Vorschein kam, waren lange, braune triefende Streifen daran, die aussahen wie verfaultes Fleisch. Tochter floh in den Bug und drängte sich auf die Steine, die hart gegen ihre Knochen drückten.

Dann fing Großvater mit einem Mal an zu lachen, lachte so wie damals, als sie jenen ersten Fisch gefangen hatten. Sie schlug die Hände vors Gesicht, aber mit gespreizten Fingern, damit sie hindurchschauen konnte. Er wiegte den Arm auf seinem Schoß und wickelte das Braune ab. Und aß es! Tochter würgte.

Großvater rief mit singender Stimme: »Seetang! Seetang, Tochter!«

Langsam ließ Tochter die Hände sinken und schaute, was er auf dem Schoß hielt. Ja, sagte sie sich, es war Seetang. Seetang wuchs nahe bei den Stränden. Sie erinnerte sich, dass ihre Mutter die Streifen geschält und in kleine Stücke geschnitten hatte, damit Tochter sie essen konnte. Sie erinnerte sich an den starken, salzigen Geschmack, und sie schob sich über die Steine und streckte Großvater eine Hand entgegen. Er gab ihr ein nasses, glitschiges Blatt, zäh, beinahe zu zäh, um es zu essen, doch Tochter biss hinein, kaute und schluckte.

Es war nicht so gut wie Fisch, aber besser als Otter. Sie setzte sich neben den Großvater und sah ihm dabei zu, wie er mit seinem Messer den Seetang erntete und dann die Streifen schälte. Als sie über den Rand ins Meer blickte, sah sie, dass sie von Seetang umgeben waren. Das Meer war voll davon. Bis hin zum Rand der Erde, wo der Nebel wohnte, war nur Seetang.

Großvater gab ihr noch etwas, und sie aß, bis sie satt war. Dann legte sie die langen geschälten Stiele der Länge nach in das Boot, wie der Großvater es sagte, die knolligen Enden in den Bug.

Als das Boot voll war, hörte er auf zu schneiden, und behutsam legte Tochter eine Hand auf seine Wange. Sein Gesicht glühte noch immer, und der Arm sah schrecklich aus, doch seine Augen waren klar. Er aß noch etwas Seetang und tauchte seinen Arm dann wieder ins Wasser. Tochter wollte das nicht. Sie wollte, dass er aufrecht saß, damit sie auf seinem Schoß schlafen konnte. Sie zerrte an ihm, doch er stieß sie fort.

»Setz dich hin«, sagte er. »Rühr mich nicht an.«

Tochter blieb neben ihm stehen und schob die Lippe schmollend nach vorn. Er erzählte keine Geschichten mehr. Er wollte sie nicht mehr festhalten. Ihr war kalt, und er hatte das Otterfell. Sie hockte sich neben ihn und kroch langsam näher, bis sie an ihm lehnte und sich an der Hitze, die sein Körper ausstrahlte, ein bisschen wärmen konnte.

Sie war ganz still, wagte kaum zu atmen. Der Großvater schob sie nicht fort und schalt auch nicht. Sie steckte die Finger in den Mund, saugte daran und summte sich selbst ein

Lied vor, das ihre Mutter gesungen hatte, wenn Tochter müde war.

Ihre Augen folgten den langen Streifen Seetang, die sich wie Schnüre bis in den Bug streckten. Dann sah sie zum Himmel hinauf, nebelig und ohne Sterne, der Mond ein verschwommener Klecks Silber. Selbst am Tag war der Himmel beinahe niemals klar, fast immer bedeckt von grauen Wolken und Nebel. Sie wollte wissen, wo die Sonne sich versteckt hielt in dieser Welt aus Boot und Meer, die so anders war als das Dorf, in dem ihre Mutter und ihr Vater waren. Sie wollte zurück zu ihnen. Sie hatte versucht, dem Großvater das zu sagen, doch er schien sie nicht zu verstehen. Nur einmal, da hatte er seinen Langmut verloren und sie angeschrien: »Kein Paddel! Siehst du, kein Paddel!«

Da hatte sie die Fischer aus ihrem Dorf vor sich gesehen, wie sie mit den Booten aufs Meer hinausgefahren waren. Rücken und Arme fest gespannt, hoben und senkten sie ihre Paddel. Und zum ersten Mal war ihr aufgegangen, dass es die Paddel waren, die die Boote im Wasser bewegten. Erstaunt hatte sie sich umgesehen, hatte sich sogar auf die Zehenspitzen gestellt und zu dem Ausleger hinübergeschaut, und sie hatte erkannt, dass der Großvater die Wahrheit sagte. Sie hatten kein Paddel.

Dann fuhr das Boot also, wohin es wollte, und wer wusste schon, wo das war? Sie wünschte, es würde kehrtmachen und sie zurückbringen zu ihrem Dorf, zu ihrer Mutter und ihrem Vater, zu der Sonne, die dort fast immer schien. Sie hatte das Boot darum gebeten. Viele Male hatte sie mit dem Boot gesprochen, doch es blieb im Nebel, in der Kälte, weit fort von jedem Land. Es war ein Boot, das die See liebte, ein selbstsüchtiges Boot, das sich nicht um Tochter und den Großvater scherte.

Frierend bahnte Tochter sich den Weg durch diese Nacht, drückte sich so nahe an den Großvater, wie sie es wagte. Sie schlief nur wenig, und als das erste Licht im Südosten den

Himmel erhellte, formte sie ihre Hände zu einer Schale und senkte sie in das trübe Wasser im Rumpf des Bootes und trank. Es war Salz und Blut und geschmolzenes Eis, aber sie war den Geschmack gewohnt.

Wie jeden Tag hob sie die Augen zum Himmel und suchte die Sonne, und endlich sah sie einen hellen Fleck zwischen den Wolken. Die Sonne war da, dachte sie, doch warum hatte sie beschlossen, sich zu verstecken? Großvater wusste wohl, warum, doch er schlief noch immer, mit offenem Mund und geschlossenen Augen.

Sie seufzte, und in diesem Augenblick teilten sich die Wolken, und ein Lichtstrahl fiel herab aufs Meer und malte einen blauen Fleck ins Grau. Die Wolken zogen schnell, sie jagten über den Himmel, stolperten wie Jungen, die Fangen spielen. Tochter fragte sich, ob die Sonne die Mutter sein mochte und die Wolken ihre Söhne, so groß, dass sie die Sonne überragten, sie verdeckten, so wie die kleinen Großmütter in ihrem Dorf von ihren Söhnen überragt wurden, großen Männern, stark und lang.

Wieder folgte ihr Blick einem Riss in den Wolken. Sie wartete darauf, dass sich der Riss vor die Sonne schob, damit mehr Licht durch die Wolken konnte. Doch dann, inmitten des Spalts, erblickte sie den Gipfel eines Berges.

»Großvater!«, rief sie und packte seinen gesunden Arm, versuchte, ihn wachzurütteln. »Großvater! Schau!«

Doch Großvater schob sie nur fort, murmelte zornige Worte. Sie stieg nach vorne in den Bug, kauerte sich auf den Steinen zusammen und begann, mit dem Boot zu sprechen.

»Schau«, sagte sie leise, »fahr da hin, zu dem Berg.« Sie deutete hinüber zu dem Gipfel, der in die Wolken stach und auf dem Meer zu schweben schien, wie eine Insel im Himmel. »Schau«, flüsterte sie dem Boot zu. »Schau. Siehst du den Berg?«

Sie wünschte, der Großvater würde aufwachen, denn er wusste gewiss, wo das Boot seine Augen hatte.

9

Yunaska-Insel, Alëuten

»Alte Frau!«, rief Die-Augen-nimmt. »Kehre nicht mit leeren Händen zurück. Unser Mann mag keine faule Frau.«

Alte Frau drehte ihr den Rücken zu, mit den Fingern schickte sie einen stummen Fluch hinüber zu ihrer Schwesterfrau. Dann kauerte sie neben einer kleinen Pflanze nieder, die gegen den Winter kämpfte, eine Pflanze des Strandes, eine, die sie noch nie zuvor gesehen hatte. Alte Frau wollte sie stehen lassen, zusehen, wie sie wuchs, damit sie sie in allen Vier Zeiten wiedererkannte.

Das war das Ärgerliche daran, in einem neuen Dorf zu leben, in einem Dorf der Ersten Menschen. Es gab so vieles, das sie lernen musste. Doch gewiss gab es auch hier eine Großmutter, die wusste, ob diese Pflanze zu etwas zu gebrauchen war oder ob sie gar Schaden anrichten konnte. Es war gefährlich, die giftigen Pflanzen nicht zu kennen, und Menschen, die lange Zeit am gleichen Ort lebten, wussten, welche Pflanzen töten konnten und welche Krankheit brachten.

Sie war noch immer in den Anblick der Pflanze vertieft, prägte sich ein, wie der Stängel sich verzweigte, die Form der Blätter, den Geruch – als der dünne, klagende Ruf aus dem Nebel zu ihr kam.

Anfangs vermochte die Stimme nicht bis in ihre Gedanken vorzudringen. Es war die Stimme eines Kindes, hoch und voll von Tränen. Alte Frau fand keinen Gefallen an Kindern. Wie sollte sie Kinder mögen, wo ihre eigene Familie sich doch von ihr abgewandt hatte? Sie sollte geachtete Großmutter sein, einfachen Arbeiten in einem *ulax* verrichten, das Kochfeuer hüten, Geschichten erzählen. Und doch war sie hier, zweite Frau von einem Mann, auf der Suche nach Feuerholz in einem seltsamen Land, wo die Erde noch nicht einmal Bäume wachsen ließ und wo die größten Tiere die Otter und Robben waren, die aus dem Meer an den Strand kamen. Nein, sie konnte sich nicht mit dem Kummer eines jammernden Kindes abgeben, das sie von der Arbeit abhielt.

Sie suchte in der Umgebung nach Merkmalen, damit sie die Pflanze wiederfand, und setzte dann ihren Weg auf dem Strand fort. Während sie ging, sammelte sie Treibholz. Wenn ihre Arme voll waren, würde sie die Schlinge aus Robbenhaut von ihren Schultern lösen, das Holz hineinlegen und sich wieder auf die Suche machen. Eine Schlinge war nicht genug. Die-Augen-nimmt würde sie noch einmal hinausschicken, doch Alte Frau war gut darin, ihr Holz sehr langsam zu stapeln, damit sie sich im *ulax* wieder aufwärmen konnte, ehe sie aufs Neue hinausmusste in den kalten Nebel dieses Tages.

Sie ging um eine enge Strandzunge herum, die die Bucht vor den Wellen schützte. Sie beugte sich über einen Haufen Zweige, als sie wieder die Stimme des Kindes vernahm, klarer diesmal.

Seltsam, dachte sie, als sie sich aufrichtete und ihre Schultern gegen das Gewicht auf ihrem Rücken streckte. Die Stimme kam nicht aus dem Dorf und nicht von den Hügeln. War ein Kind hinaus auf das Meer getrieben worden, als es im Fischerboot seiner Mutter spielte?

Wenn sie auch keine Kinder mochte, eines zu retten – oder ihm zumindest zu Hilfe zu kommen – würde ihr etwas Gunst im Dorf eintragen. Sie löste die Schlinge von ihrem Rücken und setzte das Holz im Sand ab. Mit einer Hand beschirmte sie die Augen und blinzelte in den Dunst. Zuerst vermochte sie nichts Ungewöhnliches zu sehen. Dann aber wurde jener dunkle Schatten, den sie nur für einen kleinen Punkt im Nebel gehalten hatte, größer und größer.

Alte Frau trug einen *sax* aus Lundhäuten. Der kapuzenlose Parka hing bis über ihre Knie hinab. Sie trug keine Hosen, keine Stiefel. Alte Frau lüpfte den *sax,* raffte ihn mit einer Hand und watete ins Wasser. Die Kälte machte ihre Haut taub, und die Knochen in ihren Füßen schmerzten. Sie rief das Boot an, doch niemand gab Antwort. Dann aber sah sie ein kleines weißes Gesicht, das über den Bug spähte.

Das Kind streckte Alte Frau eine Hand entgegen, und Alte Frau vergaß ihren *sax* und ließ ihn ins Wasser fallen. Sie drehte sich, um in den Wellen besseren Stand zu haben, und wartete, bis das Meer das Boot zu ihr brachte. Sie packte es mit einer Hand und zog es zum Strand.

Das Kind, ein Mädchen, tätschelte die Schulter von Alte Frau, und Alte Frau schüttelte den Kopf, als sie die Wunden erblickte, mit denen das Kind übersät war.

Das Mädchen trug nichts als die Überreste eines Parkas ohne Kapuze, der aussah wie aus Gras gewebt. Von der Mitte abwärts war sie nackt, nur noch Haut und Knochen, und ihre Beine und Füße waren voller Wunden mit blauen Rändern.

Sie sah aus wie ein Kind der Ersten Menschen, mit rundem Gesicht und kleiner Nase und mit langem, glattem Haar. Doch als sie sprach, konnte Alte Frau die Worte nicht verstehen. Dabei streckte das Mädchen die Hände aus, als wollte sie, dass Alte Frau sie aus dem Boot heraushob. Diese Sprache war weder die der Ersten Menschen noch die der Walrossmenschen und schon gar nicht die Flusssprache.

Alte Frau schüttelte den Kopf, streckte dem Kind eine Handfläche entgegen und versuchte aufs Neue, das Boot auf den Strand zu ziehen. Entlang der Bucht herrschte eine starke Strömung, und Alte Frau verlor mehrmals den Halt, doch es gelang ihr jedes Mal, wieder Fuß zu fassen.

Es war ein seltsames Boot. Es war nicht Floß und nicht *iqyax.* Es war aus zwei Stämmen gemacht. Der größere war ausgehöhlt wie die Kanus, die manche Flussmenschen bauten. Der andere, viel kleinere Stamm, war zwar ganz geblieben, aber er lief an beiden Enden spitz zu. Vier schwere Stangen hielten die beiden Stämme auf einige Armlängen auseinander. Sie waren zu beiden Seiten an die Stämme gebunden.

Alte Frau dachte daran, wie die Jäger der Ersten Menschen mit Hilfe der Paddel ihre *iqyan* aneinander banden, wenn sie auf dem Meer in einen Sturm gerieten. So hatten sie ein Gefährt, das der rauen See besser trotzen konnte und nicht so leicht unterging. Der Mann, der dieses Boot gemacht hatte, war kein Dummkopf, doch es hatte wohl schwere Zeiten gesehen.

Das Boot stank nach Fisch und nach Schlimmerem. An den Seitenwänden klebten Fleischstücke. Viele waren verfault und geradezu mit dem Holz verschmolzen. Im Bauch des Bootes lagen lange Streifen Seetang. Er sah frisch aus, und die Spuren um den Mund des Mädchens sagten ihr, dass sie wohl davon gegessen hatte. Aber der Geruch, der von dem Kind ausging, sagte Alte Frau ebenso, dass sie auch von dem verfaulten Fleisch gegessen hatte.

Im Heck des Einbaumes lag ein großes Bündel. Es war mit Otterfell zugedeckt und mit einer behaarten Decke, die ein wenig aussah wie Karibu. Die Otterhaut war schlecht geschabt, das sagte ihr der üble Geruch, und an manchen Stellen löste sich das Fell, und die Haare fielen aus.

Der Rumpf des Bootes stieß auf Sand, und Alte Frau musste warten, bis die Wellen das schwere, nasse Holz hochhoben. Bei jeder Welle zog sie an und bewegte den Einbaum ein Stückchen weiter hinauf, bis sie zufrieden war. Jetzt konnte das Meer das Boot nicht mehr so leicht zurückholen.

Wieder streckte das Mädchen die Arme aus, und Alte Frau hob sie heraus. Das Kind war beinahe so leicht wie der neue Säugling von Die-Augen-nimmt, doch die langen Beine sagten ihr, dass die Kleine wohl wenigstens drei Sommer zählte.

»Wie bist du in das Boot gekommen?«, fragte Alte Frau.

Das Mädchen plapperte etwas, und die Worte schienen den gleichen Klang zu haben wie die Sprache der Ersten Menschen. Also versuchte Alte Frau es noch einmal, sprach ganz langsam, mit Worten der Ersten Menschen, dann versuchte sie es mit gebrochenen Walrossworten. Das Kind schlug voll Verzweiflung die Hände vors Gesicht und deutete auf den Haufen unter der Otterhaut.

Alte Frau wollte nicht sehen, was darunter verborgen war. Der Gestank war überwältigend. Doch das Mädchen fing an zu weinen, und Alte Frau trug sie hinüber zum Heck. Mit zwei Fingern zog sie die Otterhaut beiseite, und sie keuchte, als sie den Mann sah.

Zuerst dachte sie, er sei tot. Er war blass, die Augen in tiefen Höhlen. Sein rechter Arm war merkwürdig gegen den Rand des Einbaumes gestemmt, und vom Handgelenk bis hinauf zum Ellenbogen fehlte die Haut.

Das Mädchen deutete auf den Mann und sagte etwas. Ein Name, dachte Alte Frau. Die Brust des Mannes hob sich ganz sachte, wie zur Antwort auf die Stimme des Kindes. Alte Frau wiederholte das Wort und legte dem Kind eine Hand auf die Brust. Die Kleine reckte das Gesicht in die Luft, als wäre sie gekränkt, und sagte ein anderes Wort. Alte Frau sprach es nach, strich dem Kind über den Kopf und schlug sich dann selbst auf die Brust.

»Man nennt mich Alte Frau«, sagte sie, »doch das ist nicht mein wirklicher Name.« Sie zeigte auf den Mann und wiederholte das Wort, das wohl sein Name war. Sodann legte sie ihre Hand wieder dem Kind auf die Brust und sagte seinen Namen. Schließlich deutete sie auf sich selbst und sagte: »K'os.«

Das Mädchen sah sie an und zeigte mit dem kleinen Finger auf das Gesicht von K'os: »K'os«, sagte sie ernst.

TEIL ZWEI

10

Herendeen-Bucht, Alaska
602 v. Chr.

K'os!«, entfuhr es Yikaas leise.

Kuy'aa zischte ihm etwas zu, doch der Name drang laut und deutlich durch das *ulax*. Qumalix hörte auf zu erzählen und sah ihn an, die Augenbrauen fragend hochgezogen. Yikaas wandte sich ab und tat, als wäre er mit etwas beschäftigt, das sich bei den verhängten Nischen an der Seite der Behausung befand. Doch das Mädchen war nicht scheu, und sie rief: »Warum störst du meine Geschichte?«

Alles in Yikaas sträubte sich. Hatte sie denn niemand gelehrt, wie ein *Dzuuggi* anzusprechen war? Sie hätte sagen sollen: »Es ist einer unter uns, der den Wunsch hegt, zu sprechen.« Oder, besser noch: »Hier unter uns sitzt ein großer Geschichtenerzähler, den Flussmenschen und dem Seejägervolk wohl bekannt. Hegt derjenige vielleicht den Wunsch, etwas zu sagen?«

Das Mädchen aber behandelte ihn wie ein Kind. Er sammelte seine Gedanken und erhob sie über den Zorn, welcher ihn dazu drängte, sie mit groben Worten zu bedenken.

»Geehrte Geschichtenerzählerin unter den Seejägern«, sagte er zu ihr, »du sprichst doch gewiss nicht mit mir?«

»Doch, mit dir.« In ihren Worten lag keinerlei Achtung. »Wir sind nicht Seejäger und auch nicht Waljäger, wie die Flussmenschen uns nennen. Wir sind Erste Menschen, die Ersten, die in dieses Land gekommen sind und auf diesen Stränden gelebt haben.«

Diese Vorstellung hatte den Menschen des Flussvolkes niemals gefallen, das musste dieses Mädchen wissen. Yikaas hörte, wie sich unter den Flusshändlern ärgerliches Murmeln breit machte, und dann – wie ein Grollen – die Erwiderung der Ersten Menschen. Freude durchfuhr ihn, denn dieses Mädchen hatte ihm – ohne es zu wollen – große Macht gegeben. Er vermochte all die Flussmenschen aus dieser Behausung zu führen. Sie würden ihm folgen. Er schickte sich an aufzustehen, doch Kuy'aa versetzte ihm mit ihrem Ellenbogen einen Stoß und sagte: »Ein *Dzuuggi* lebt für den Frieden, nicht für den Zwiespalt.«

Er seufzte und setzte sich wieder hin. Ein Raunen der Erleichterung ging durch die Behausung.

»Bitte verzeih«, sagte er zu dem Mädchen, doch seine Stimme bebte vor Zorn.

Sie lächelte und neigte den Kopf, als gewährte sie ihm eine besondere Gunst.

Scharfe Worte eilten auf seine Zunge, doch er presste seine Lippen fest zusammen und schluckte sie hinunter. Wie Messer lagen sie in seinem Bauch.

»Hast du je von K'os gehört?«, fragte das Mädchen.

»Sie war eine Flussfrau, die vor langer Zeit gelebt hat«, antwortete Yikaas, »obgleich uns Flussmenschen kein Stolz erfüllt, sie zu uns zu zählen.«

»Unsere Geschichten von K'os nehmen mit Tochter ihren Anfang«, sagte Qumalix, »mit jenem kleinen Mädchen, dem K'os den Namen Uutuk gab. Kannst du uns mehr von K'os erzählen?« Qumalix schien nicht mehr über ihn zu spotten. Stattdessen schien sie wissen zu wollen, was er zu sagen hatte.

Yikaas seufzte. Warum K'os? Es gab so viele Geschichten über Menschen, die voll Ehre waren.

»Ich habe bessere Geschichten«, sagte er.

»Aber wie mir scheint, gehört K'os ebenso zu eurem Volk wie zu dem meinen.«

»Ja«, stimmte er zu, froh, dass sie Anspruch erhob auf diese

Frau. Er holte tief Atem und sagte: »Die ersten unserer Geschichten, die von K'os handeln, erzählen von drei Flussjägern, die sie schändeten. Sie fügten ihr so schlimme Wunden zu, dass sie niemals Kinder bekommen konnte. Wenn es nach jenen Geschichten geht, hat sie ihr Leben damit zugebracht, Rache zu üben.«

Qumalix nickte. »Ich kenne jene Geschichten. Die geehrte Frau, die an deiner Seite sitzt, hat sie einst erzählt, als wir uns im Dorf der Waljäger trafen.« Sie deutete mit dem Kinn auf Kuy'aa, und die alte Frau murmelte ein paar Worte in der Sprache der Ersten Menschen, die Yikaas nicht verstand.

»Auch die Geschichten von Chakliux habe ich vernommen. Er war das Kind, das K'os an Sohnes statt angenommen hat. Wir haben auch von den Kämpfen zwischen dem Flussdorf von K'os und einem anderen Dorf gehört und davon, wie Chakliux – der damals schon Mann war und zudem *Dzuuggi* – versucht hat, Frieden zu bringen. K'os aber hat die Menschen durch falsches Spiel zum Kampf geführt. Wir haben erfahren, wie K'os ihr eigenes Dorf betrogen hat und dass Chakliux viele Menschen aus jenem Dorf retten konnte, selbst nach der Niederlage. Wir wissen auch von der Frau Aqamdax. Sie war eine von uns, eine große Geschichtenerzählerin der Ersten Menschen. Sie liebte Chakliux und wurde seine Frau, obgleich sie einst Arbeiterin bei den Flussmenschen gewesen war.«

Ein boshafter Ton lag in den letzten Worten, als sei das, was vor so langer Zeit geschehen war, noch immer eine Kränkung. Wozu sollte man an diese Dinge rühren, fragte sich Yikaas. War es den Geschichtenerzählern der Ersten Menschen nicht ebenso bestimmt, für den Frieden einzutreten?

»Auch wir halten die Frau Aqamdax in Ehren«, sagte er behutsam. »Ihre Geschichten sind im Flussvolk weitergetragen worden, von Geschichtenerzähler zu Geschichtenerzähler, damit wir niemals vergessen, was Vergeben heißt.«

Während er das sagte, sah er Qumalix geradewegs in die Augen, und zu seinem Erstaunen errötete sie.

Sie senkte den Blick, streichelte über die Federn ihres Parkas und hockte sich wieder auf die Fersen, die Füße flach gegen den Boden gedrückt und die Arme um die Knie geschlungen. Sie hob das Kinn, als forderte sie ihn dazu auf, sich zu erheben, und sagte: »Genau wie die Flussmenschen erzählen auch wir unsere Geschichten für gewöhnlich im Sitzen, doch es sind zu viele Menschen in dieser Behausung, die dich nicht hören würden. Möchtest du uns nicht noch etwas von K'os erzählen?«

Diese Bitte versetzte Yikaas so sehr in Erstaunen, dass er sich zu Kuy'aa umwandte und sie um Rat bat. Aus den Augenwinkeln sah er, dass Qumalix lächelte, und er fühlte, wie ihm das Blut ins Gesicht schoss. War er ein Kind, das um Erlaubnis bitten musste? Um zu verbergen, wie verlegen er war, beugte er sich ganz nahe hinüber zu der alten Frau, rieb seine Wange an ihrer und flüsterte: »Werde ich jemanden kränken, wenn ich es tue?«

Sie lächelte ihn an. Ihre Zähne waren nur noch kleine Knoten über dem Zahnfleisch. »Erzähle deine Geschichte«, sagte sie.

Er begab sich hinüber, an die Seite des Mädchens, und bat sie mit aller Höflichkeit, für ihn zu übersetzen. Widerwillig stand sie auf, doch Yikaas begann ohne weitere Entschuldigung zu erzählen. Sie war es gewesen, die ihn aufgefordert hatte zu sprechen. Er hatte nicht um diese Gunst gebeten.

»Meine Geschichte nimmt ihren Anfang einige Jahre vor der Geschichte von Tochter, und sie beginnt – wie sollte es anders sein – mit K'os«, sagte Yikaas. Er sprach mit der Stimme eines Geschichtenerzählers, in tiefem Tonfall, damit seine Worte alle erreichten, die in der Behausung waren. »Das Böse wohnte schon seit so langen Zeiten in K'os, dass es sich bis in ihren Geist gefressen hatte«, sagte er. »Wie das Fleisch des Otters mit dem Boot von Tochter war das Böse mit ihrem Fleisch verschmolzen.«

Von den Flussmenschen erhob sich ein Gemurmel der Anerkennung, und Yikaas lächelte. Er hielt inne, und Qumalix übersetzte seine Worte in die Sprache ihres Volkes. Die Ersten Menschen nickten wissbegierig und murmelten zustimmend, und so fuhr Yikaas fort, seine Geschichte zu erzählen, und die Worte der Ersten Menschen und des Flussvolkes wanden sich umeinander, verwoben sich wie die feinen Halme eines Graskorbes.

Das Dorf der Flussmenschen am Iliamna-See, Alaska
Vorfrühling 6452 v. Chr.

DIE GESCHICHTE VON K'OS

K'os stand vor dem Rat der Ältesten und verbarg das Zittern so tief in ihrem Herzen, dass sie trotz ihres Zorns zu lächeln vermochte.

»War sie dir eine gute Arbeiterin?«, fragte Chakliux Möwenschnabel.

Möwenschnabel zuckte mit den Schultern. »Sie hat mich viel über die Pflanzen gelehrt, aber ...« Die alte Frau verstummte.

K'os schien es, als wäre Möwenschnabel über die Jahre einem Vogel noch ähnlicher geworden, mit ihren kleinen, eng beieinander stehenden Augen und der Nase, die sich fast bis auf ihr Kinn hinabkrümmte. Ihr Rücken war geschrumpft und hatte einen Buckel geboren, und Arme und Beine, die seit jeher viel zu lang für ihren Körper gewesen waren, schienen ins Lachhafte gewachsen zu sein.

»Aber?«, fragte Chakliux.

»Aber von Zeit zu Zeit ereilt einen die Furcht, wenn eine Arbeiterin mehr weiß als man selbst.«

Er deutete auf die Hände von K'os. Sie waren verkrüppelt,

mit geschwollenen Knöcheln und Fingern, die gekrümmt waren wie Krallen. »Kann sie noch immer nähen?«, fragte er.

»Ja. Sie macht sehr schöne Parkas.«

K'os sah unentwegt auf das Gesicht von Chakliux. Irgendwann während des Rates würde er sie ansehen. Sie beschwor ihre Tränen, damit ihr Blick weicher wurde.

»Ich bin kein Mann, der dafür ist, Arbeiter zu halten«, sagte Chakliux. »Ich glaube, es ist besser, wenn wir keine Arbeiter haben.«

Zwei der Ältesten erhoben zornig murmelnd Einspruch: Möwenschnabel selbst und Sonnenrufer, der stets stotterte.

Wolfkopf erhob sich. Er war ein großer Mann. Sein dichter, schwarzgrauer Haarschopf stieß beinahe an das gewölbte Dach aus Karibuhaut. »Willst du sie freilassen?«, fragte er. »Du darfst ihr nicht trauen. Weißt du noch, was sie jenem jungen Mann angetan hat, den ich einst Sohn gerufen habe? Sie hat ihn mit einem Zauber belegt, damit er sie zur Frau nimmt, und dann hat sie ihn dazu gebracht, alle meine Vorräte zu stehlen. Und nun ist er tot, so wie *sie* es sein sollte.«

K'os machte den Mund auf, um zu widersprechen. War es denn ihre Schuld, dass die Männer sie begehrten? Wer hätte denn ahnen können, dass Flusseistänzer den Brautpreis von seinem Vater stehlen würde? Wer hätte ahnen können, dass jemand kam und ihn tötete, kurz nachdem er ihr Mann geworden war?

»Ich weiß ebenso viel über diese Frau wie irgendein anderer«, sagte Chakliux. »Ich kenne ihre bösen Taten. Meine Frau ist einst ihre Arbeiterin gewesen, doch da ist etwas, das ich niemals vergessen kann. Wenn sie nicht wäre, so wäre ich nicht am Leben, dann hätte man mich schon als Säugling in die Geisterwelt geschickt, wegen meines Fußes. Ich schulde ihr mein Leben.«

»Chakliux«, murmelte K'os. Sie streckte ihm demütig flehend die Hände entgegen und blinzelte, sodass die Tränen, die sie in ihren Augen festgehalten hatte, herunterrollten, eine auf jeder Wange. »Welche Mutter könnte ihren Sohn mehr lieben als ich dich?«

»Hör nicht auf sie, Bruder«, rief der Mann, den sie Sok nannten. »Sie trägt nichts als Hass in ihrem Herzen.«

Sok und Chakliux waren Brüder vom gleichen Fleisch und Blut, doch sie ähnelten sich kaum. Sok hatte ein breites Gesicht mit groben Zügen, während das von Chakliux schmal und fein war. Die dunklen Augen von Sok neigten sich in den Winkeln nach unten und die von Chakliux nach oben. Nur hin und wieder vermochte K'os in der Art, wie sie den Kopf neigten, oder in einem Lachen aus voller Kehle eine gewisse Ähnlichkeit zu erkennen. Für einen Augenblick gingen ihre Gedanken zurück zu jenem Tag, als sie den Vater dieser beiden getötet hatte. Voll Genugtuung erinnerte sie sich daran, wie ihr Messer in sein Herz gedrungen war, an die Verwunderung in seinen Augen. Doch jener Tod war nicht annähernd genug, um für das zu bezahlen, was er und seine Freunde ihr angetan, für das, was sie ihr genommen hatten.

Der Vater dieser beiden war ein großer Mann gewesen, und Sok war noch größer als er, breitschultrig und stärker als jeder andere Mann, den K'os je gekannt hatte. Doch auch Chakliux war stark. Er besaß die Stärke des Geistes, etwas, das K'os in all den Jahren, in denen sie ihn großgezogen hatte, nicht zu brechen vermocht hatte. Sie hatte seine erste Frau getötet und auch ihrer beider Kind, und sie hatte gejubelt, als sie hörte, dass auch seine zweite Frau tot war. Und nun war die Seejägerfrau Aqamdax bei ihm. Sie hatten zusammen einen Sohn gezeugt – einen guten, gesunden Jungen –, und obgleich K'os diese drei Tag für Tag mit ihren Flüchen überhäufte, schien eine größere Macht sie zu beschützen.

»Du kennst mich nicht wirklich, Sok«, sagte K'os. »Du hast von anderen gehört, dass ich böse bin, doch das bin ich nicht. Wie Chakliux schon sagte, ich habe ihm einst das Leben gerettet. Seine Mutter – deine Mutter – wollte ihn nicht. Hätte ich ihn nicht als meinen eigenen Sohn angenommen, er wäre als Säugling auf dem Großvater-Felsen gestorben, dort, wo sie ihn zurückgelassen hat. Wenn du schon nicht auf deinen eigenen Bruder hörst, dann höre auf all jene Menschen in diesem Dorf, denen meine Medizin geholfen hat. Würde eine böse Frau die Menschen heilen, die sie als Arbeiterin halten?«

»Sei still«, sagte Chakliux zu ihr, und in seiner Stimme lag nichts Weiches.

K'os versuchte aufs Neue, Tränen hervorzuzwingen, doch der Zorn hatte ihre Augen trocken gemacht, und sie musste die Zähne zusammenbeißen, damit sich die Flüche in ihr nicht in Worten Luft machten, die sie gewiss bereuen würde.

»Meine Frau und ich, wir wollen nicht im gleichen Dorf leben wie K'os«, sagte Sok.

Im Kreise der Ältesten erhob sich Gemurmel.

Sok besitzt mehr Macht, als ihm zusteht, dachte K'os. Nun, da Sok und Chakliux beschlossen hatten, in dieses Dorf zurückzukehren, würde Sok gewiss bald schon zum obersten Jäger des Stammes berufen werden, obgleich diese Ehre sicherlich eher einem der vielen Nahe-am-Fluß-Männer gebührte. Die Nahe-am-Fluß-Menschen hatten nach den Kämpfen zu viele Hungerwinter erdulden müssen. Denn wenn sie auch den Sieg davongetragen hatten, so waren doch zu viele von ihren jungen Männern gestorben, und sie hatten nicht mehr genug Jäger, um allen Nahrung zu geben.

Sie war Arbeiterin, und sie hatte gelernt, die eisige Kälte des tiefen Winters zu fürchten. Sie hatte Fische, um ihren Bauch zu füllen, doch Fisch war niemals genug, um die Kälte davon abzuhalten, sich in die Knochen einer Frau zu fressen. Nachts konnte K'os kaum schlafen, so sehr schüttelte das Zittern ihren Körper, und wenn die Träume endlich kamen, dann waren sie erfüllt von dem Geschmack des Karibus, von dem Fleisch und dem guten, triefenden Fett.

Als Sok und Chakliux und die Vetter-Fluß-Männer gegen Ende des vergangenen Winters in das Nahe-am-Fluß-Dorf gekommen waren, da schienen sie auch das Glück mitzubringen.

Es war die Zeit des Hungers, doch die Jäger erlegten Karibus und Bären und sogar einen Elch. Da ließen die Menschen zu, dass ihre Bäuche für sie dachten, und sie baten Chakliux und die anderen Vetter-Fluß-Menschen, bei ihnen zu leben. Sie begannen, Sok oberster Jäger zu rufen, und ehrten ihn mehr als ihre eigenen Jäger.

Wer wollte schon bei Menschen leben, die so dumm waren, dass sie nicht weiter zu denken vermochten als bis zu einem vollen Vorratslager und einem Kochbeutel voll Fleisch?

»Lasst mich frei, dann werde ich gehen«, sagte sie zu den Ältesten. »Ihr werdet mich niemals wiedersehen.«

Sok schüttelte den Kopf, und Chakliux hob warnend die Hand. »Ich habe gesagt, du sollst still sein«, sagte er noch einmal.

Da räusperte sich Möwenschnabel und sagte: »Ich bin eine alte Frau, eine Witwe ohne Mann. Wie soll ich überleben, wenn ich keine Arbeiterin habe, die mir hilft, zu fischen und Holz zu sammeln?«

Sok und Chakliux flüsterten geraume Zeit miteinander, und obgleich K'os das eine oder andere Wort von Sok hören konnte, vermochte sie keinen Sinn darin zu erkennen. Es schien, als redete er über seine Frau. Dieser Dummkopf! Als müsste er während des Rates der Ältesten über eine junge Frau nachdenken.

Schließlich hob Sok die Hand und nickte Möwenschnabel zu. »Viele Menschen sagen, dass du eine gute Arbeiterin bist. Sie sagen, in dir wohnt keine Faulheit. Du weißt, dass meine Frau jung ist und ich drei Söhne habe. Einer ist beinahe Mann und bald bereit, selbst eine Frau zu nehmen, doch die anderen zwei ...« Er hielt inne und lächelte. »Wer, der an meiner Behausung vorübergeht, kann nicht die lauten Klagen von Trägtviel vernehmen, über die viele Arbeit, die er zu tun hat? Wer hört unseren Säugling nicht die meiste Zeit des Tages weinen? Würdest du wohl darüber nachdenken, meine zweite Frau zu werden?«

Der Schrecken über diese Frage stand in den Augen von Möwenschnabel zu lesen, aber er gelangte nicht auf ihre Zunge. »Kann ich meine Behausung behalten?«, fragte sie.

»Wenn du bereit bist, für mich zu nähen«, sagte Sok und blickte hinunter auf den Parka, den er trug. Die Karibuhäute waren wohl geschabt und weich, aber die Säume waren nicht schön gearbeitet. »Meine Frau hat viele Gaben, doch was das Nähen angeht, muss sie noch viel lernen.«

Möwenschnabel lächelte. Es war das Lächeln einer Frau, die mit einem Mal etwas zählte, und K'os spürte, wie ihr die Galle in die Kehle stieg und ihr beinahe die Luft nahm. Wer in diesem Dorf vermochte besser mit Nadel und Ahle umzugehen als sie selbst? Selbst die schönen Parkas von Möwenschnabel konnten sich nicht messen mit dem, was K'os zu tun vermochte, und jedermann wusste das.

Als könnte Chakliux ihre bitteren Gedanken lesen, starrte er sie an, bis sie die Augen niederschlug.

»Dann sehe ich keinen Grund, warum wir warten sollten«, sagte er. »Je eher wir es hinter uns bringen, desto eher können wir das Winterdorf verlassen und zu den Fischlagern ziehen.«

Als die Vetter-Fluß-Menschen eingewilligt hatten, in das Nahe-am-Fluß-Dorf zu ziehen und mit den Menschen dort zu leben, hatten sie sich leer stehende Behausungen genommen und in Stand gesetzt, oder aber sie waren zu Nahe-am-Fluß-Familien gezogen, bis sie sich ihre eigenen Behausungen bauen konnten. Sie waren mit Tragen gekommen, beladen mit Karibufett und Elchfleisch, mit getrocknetem Fisch und Vögeln, die im Ganzen in Fett eingemacht waren. Selbst ihre Hunde waren fett, und die Gesichter ihrer Kinder waren glänzend und rund. Die Nahe-am-Fluß-Menschen hatten sie in ihren warmen, gut gebauten Behausungen willkommen geheißen, und von da an waren die Vorratslager des Dorfes endlich wieder gefüllt.

Im Frühling wollten die Stämme wie bisher ihre eigenen Bräuche pflegen und in ihre eigenen Fischlager zurückkehren.

Doch K'os hatte gehört, wie der Rat der Ältesten die Männer dazu ermutigt hatte, sich gegenseitig zu besuchen, damit die Freundschaft, die der Winter geschmiedet hatte, im Sommer nicht starb.

K'os schüttelte den Kopf über das Wunder, das Chakliux vollbracht hatte, als er die beiden Dörfer vereinte. Woher hatte er nur diese Macht, ihr Sohn Chakliux? Nicht von seinem wertlosen Vater oder von jener wimmernden Frau, die ihn geboren hatte, nein, nicht einmal von dem Mann, der ihn großgezogen hatte, ihrem toten Mann Erdschläger. Erdschläger hatte den Frieden geliebt, doch er war ein Feigling gewesen. Womöglich hatte Chakliux seine Macht von ihr und auch seinen Mut, und von Erdschläger das Bedürfnis nach Frieden. Wieso nicht? Die meisten Kinder hatten in ihren Gesichtern einen Teil von beiden Eltern – die Augen von der Mutter, das Lächeln von dem Vater –, wieso sollten sie nicht auch einen Anteil des Geistes von jenen haben, die sie großzogen?

Chakliux erhob sich von seinem Platz im Kreise der Ältesten und zog die Türklappe beiseite, doch Sok ging ihm nach und flüsterte ihm etwas ins Ohr. K'os verbarg ihre rechte Hand in der linken und machte Zeichen des Fluches gegen die Zunge von Sok.

Chakliux schlug Sok wie zur Bestätigung auf den Arm und rief etwas hinaus. Der junge Mann, den man Schreit-laut nannte, betrat die Behausung. Wenn es ein anderer Junge gewesen wäre, so hätte K'os womöglich gehofft, dass sie beschlossen hätten, ihr einen Mann zu geben, doch Schreit-laut war der Sohn von Sok.

»Mein Sohn und seine Freunde werden dich in das Walrossdorf bringen und dich dort als Arbeiterin eintauschen«, sagte Sok zu ihr.

»Zu den Walrossmenschen?«, fragte K'os einfältig, und das Wort kam stockend aus ihrem Mund, als hätte die gebrochene Stimme von Sonnenrufer von ihrer Kehle Besitz ergriffen.

»Wenn sie dich dort nicht wollen«, sagte er, »dann können sie dich den Seejägern geben.«

K'os stieg der Inhalt ihres Magens in die Kehle. Sie hatte Geschichten gehört von jenen Seejägern, davon, wie Frauen und Arbeiter Tage und Monde geduckt in mit Häuten bezogenen Booten hockten, um zu ihren Dörfern zu ziehen. Wie sollte sie es ertragen, in den engen Wänden aus Robbenhaut gefangen zu sein, in einem Seejägerboot, von den Wellen geschaukelt und ständig in Angst vor den Meerestieren? Was würde mit ihrem Geist geschehen, wenn sie ertrank? Würde sie dann für immer im Meer leben und niemals den Weg zurück zum Flussvolk finden?

Die Angst wurde zu Zorn, doch dann kam eine leise Stimme zu ihr, erinnerte sie an Geschichten, die sie vor langer Zeit gehört hatte. Etwas, das bei den Walrossjägern geschehen war. Sok hatte etwas gestohlen ... nein, er hatte getötet ... was war es nur? Mit einem Mal fuhr ein Windstoß durch das Rauchloch herab und erfüllte die Behausung, und mit sich brachte er das Geschenk der Erinnerung. K'os vernahm die Erzählerstimme von Aqamdax. Die Stimme kam aus der Vergangenheit zu ihr, von einem Tag, an dem Aqamdax anlässlich eines Festes ihre Geschichten erzählt hatte.

Sok und Chakliux und Aqamdax hatten in dem Walrossdorf Halt gemacht, und während sie dort gewesen waren, war Yehl, der große Schamane der Walrossmenschen, gestorben. Die Menschen hatten Sok die Schuld gegeben, und auch Aqamdax, doch mit seinen Zauberkräften war es Chakliux gelungen, sie sicher nach Hause in das Flussdorf zurückzubringen. Wenn die Walrossmenschen erst entdeckten, dass Schreit-laut Sohn von Sok war ... In der Kehle von K'os brodelte Gelächter. *Aa*, aber wozu sollte sie Sok wissen lassen, welch wundervolle Waffe sie auf dieser Handelsreise bei sich tragen würde? Sie senkte den Kopf, schüttelte sich und spie leise Kränkungen aus, und ihre List fesselte den Hass, der in ihr war.

Yaa saß im Windschutz der Behausung von Aqamdax und versuchte, ihre Gedanken auf den Sehnenfaden zu lenken, den sie wand. Doch mit jeder Drehung, die ihre Hand vollführte, verknotete sich auch ihr Bauch, bis sie die Arbeit sinken lassen musste, regungslos hinüber zur Behausung der Ältesten blickte und darauf wartete, dass Schreit-laut wieder zum Vorschein kam. Sie wusste, was Chakliux vorhatte. Sie hatte ihn in der Nacht mit Aqamdax flüstern hören. Für gewöhnlich lauschte sie nicht auf die nächtlichen Gespräche der beiden, auf die leisen Worte, die so oft vorausgingen, ehe jenes freudenvolle Stoßen und Winden unter den Schlaffellen seinen Lauf nahm. Aqamdax schlief nicht oft auf der Frauenseite der Behausung.

Auch Ghaden, der jüngere Bruder von Yaa, zählte schon elf Sommer und schlief nun, zusammen mit seinem alten Hund Beißer, auf der Männerseite. Yaa und Angax blieb die Frauenseite, doch Yaa machte sich nichts daraus. Angax war ein guter Junge. Er hatte das runde Gesicht von Aqamdax und von Chakliux die Augen, die Nase und den Mund. Sie hatten ihm den Namen gegeben, der einst dem ersten Kind von Aqamdax gehört hatte – jenem Sohn, den sein Vater Nachtmann ertränkt hatte. Angax zählte bereits fünf Sommer und sprudelte über von Worten; beinahe jeden Abend redete er Yaa in den Schlaf. An jenem Abend aber, vor der Versammlung der Ältesten, war er schnell eingeschlafen. Und Yaa hatte gehört, dass Chakliux mit Aqamdax sprach. In seiner Stimme war kein Locken zu vernehmen, und obgleich Yaa sich auf ihrem Lager von den beiden fortgedreht und sich ihr Schlaffell über die Ohren gezogen hatte, lauschte ein kleiner Teil von ihr noch immer seinen Worten. Als sie den Namen von Schreit-laut hörte, hatte sie ohne Scham das Fell beiseite geschoben, um zu verstehen, was Chakliux sagte.

Sie und Schreit-laut waren einander versprochen, und seit dem Ende der Karibujagd im späten Herbst hatten sie genug Häute für eine eigene Behausung zusammen. Den endlosen

Winter lang hatte sich Yaa Tag für Tag nach getaner Arbeit hingesetzt und die Häute geschabt und gesäubert. Im kommenden Sommer würde sie die Häute zu einer Abdeckung zusammennähen, wann immer sie nicht gerade Fische ausnehmen und zerlegen musste. Und wenn sie und Schreit-laut dann aus dem Fischlager zurückkehrten, würden sie als Mann und Frau zusammenleben.

Schreit-laut wollte ein Brautgeschenk für sie geben, obgleich der Brauch von Brautpreis und Brautgeschenken im Vetter-Fluß-Dorf beinahe schon verschwunden gewesen war, ehe die Vetter-Fluß-Menschen zu den Nahe-am-Fluß-Menschen gezogen waren. Das Dorf war zerstört, beinahe jede Behausung verbrannt, und es waren mehr Frauen als Männer geblieben. Welcher Vater wollte da noch einen Brautpreis verlangen? Es war schon genug, wenn sich ein Jäger fand, der noch eine weitere Frau zu füttern bereit war.

Im Dorf sah man sie schon als Mann und Frau an, denn Schreit-laut verbrachte so manche Nacht in der Behausung von Aqamdax. Er teilte das Lager von Yaa, obgleich sie beide in solchen Nächten nicht viel schliefen. Doch sie hatten ihre Verbindung bislang noch nicht mit einem Fest gefeiert. Es wäre töricht, solch ein Fest im Frühling zu begehen. Wozu sollte man all das, was in den Vorratslagern geblieben war, an einen einzigen Tag, an eine einzige Nacht verschwenden? Es war besser, das Wenige an die Männer zu verteilen, damit sie die Kraft bekamen, die sie brauchten, um zu jagen.

Einstweilen war es Yaa genug, dass sie zusammen waren. Schreit-laut konnte seine Hände nicht von ihr lassen. Stets streichelte er ihr Haar, fasste sie ans Kinn, kniff sie in die Brust. Mehr als einmal schon hatten sie die Spottgesänge der Kinder über sich ergehen lassen müssen, die sie in enger Umarmung ertappt hatten, oder das Gekicher einer alten Frau, die in einem der Weidendickichte nahe beim Dorf über sie stolperte.

Doch nun hatte Chakliux entschieden, dass Schreit-laut zu

den jungen Männern gehörte, die K'os zu den Walrossjägern bringen sollten, um sie dort gegen was auch immer einzutauschen.

In jener Nacht lag Yaa wach in ihrer Schlafstatt und sehnte sich nach den Armen von Schreit-laut. Wenn er ihr nur versprechen würde, dass er im Dorf bliebe, ganz gleich, was Chakliux entschieden hatte! Wer konnte K'os schon trauen? Selbst als Arbeiterin war sie im Stande, Böses zu tun. Sie waren erst wenige Monde bei den Nahe-am-Fluß-Menschen, und schon schien Ligige', die alte Tante von Schreit-laut, viel schwächer zu sein, und Krummer Halm, jene alte Frau mit der scharfen Zunge, war gestorben, obgleich sie doch ungeachtet ihres Alters gesund und stark gewesen war.

Yaa fragte sich, ob K'os diesen Tod womöglich mit ihren Giftpflanzen und ihren Flüchen herbeigerufen hatte. Es schien, als hätten auch andere so gedacht, denn die Ältesten hatten beschlossen, K'os fortzuschicken. Doch warum musste gerade Schreit-laut zu jenen Männern gehören, die sie fortbrachten?

An dem Morgen der Versammlung hatte Yaa Chakliux bei seinen Hunden aufgesucht. Seine waren die besten Hunde im ganzen Dorf. Die meisten waren goldäugig – jene weisen Hunde, die den Flussmenschen so lange schon so viel bedeuteten –, und von beinahe allen war Schneefalke die Mutter oder Großmutter, jene tapfere Hündin, die nun seit zwei Sommern tot war.

»Bruder«, sagte sie leise, und Chakliux, der neben einem der Hunde hockte, schrak auf.

»Ich habe nicht gemerkt, dass du die Behausung verlassen hast«, sagte er und sah zu ihr hinauf.

Sie warf anmaßend den Kopf zurück. Die Kapuze ihres Parkas war hinter die Ohren gerutscht, und der Wind fing eine Haarsträhne und rupfte sie heraus. »Ich muss mit dir sprechen.«

»Hier?«, fragte Chakliux. Er erhob sich und streifte sich

mit der Hand den Schmutz von seinen Hosen aus Karibuhaut, den eine Hundepfote dort hinterlassen hatte.

»Hier ist ein guter Ort«, sagte sie. »Ich weiß, dass du zum Rat der Ältesten gehen musst.« Seine Augen waren von klarem Braun, und wann immer Yaa ihn ansah, hatte sie das Gefühl, direkt bis hinein in seine gütige Seele blicken zu können. »Der Rat tagt wegen K'os, *nae'*?«, fragte sie.

»Ja«, sagte er, »zum größten Teil.«

»Werden sie sie töten?«

»Ich schulde ihr mein Leben, das weißt du«, sagte Chaklīux. »Sie war mir eine Mutter, als niemand sonst es war, doch ich denke, wir alle sind uns einig, dass sie nicht länger in diesem Dorf leben kann.«

»Dann werdet ihr sie eintauschen?«

»Möglich.«

»Wo?«

»Nicht bei einem anderen Flussstamm.«

»Bei den Walrossmenschen«, sagte Yaa. Sie senkte den Kopf. »Ich habe dich und Aqamdax in der letzten Nacht reden hören.«

Sie warf ihm einen Blick zu, um zu sehen, was er dazu sagen würde, aber seine Augen waren noch immer milde.

»Du darfst Schreit-laut nicht gehen lassen«, sagte sie. »K'os wird versuchen, ihm etwas anzutun, um dich und Sok zu bestrafen.«

»Schreit-laut ist stärker, als du denkst, Yaa«, sagte Chakliux. »Du kannst ihm keine gute Frau sein, wenn du zur gleichen Zeit versuchst, ihm eine Mutter zu sein. Lass ihn die Entscheidung treffen. Ich werde ihn nicht zwingen zu gehen.«

Er wies sie an, die Hunde zu füttern, und ließ sie stehen. Später hockte sie sich mit einem Knäuel Karibusehne in den Windschatten der Behausung und begann, die Sehne zu einem Faden zu winden. Als Schreit-laut zu der Versammlung gerufen wurde, saß sie da und beobachtete die Behausung der Ältesten.

Die Zeit schien stillzustehen. Endlich aber wurde die Türklappe der Behausung aufgestoßen, und Schreit-laut kam heraus. Yaa erhob sich geschwind, und die rasche Bewegung sagte ihm, dass sie da war. Er gab ihr ein Zeichen, und sie eilte zu ihm.

Sie ließen das Dorf hinter sich und gingen zu den Bäumen oberhalb der Winterbehausungen. Schreit-laut war zu einem großen Mann herangewachsen, ebenso groß wie Sok. Yaa dachte an Rotes Blatt, und ihr wurde bewusst, wie ähnlich er seiner Mutter sah. Das kräftige Gesicht von Rotes Blatt war mehr das von einem Mann als das von einer Frau gewesen. Sie war so geschickt mit Nadel und Ahle gewesen, dass die Menschen gesagt hatten, ihre Parkas könnten ein ganzes Dorf durch den Winter bringen, so viel brächten sie beim Handel ein. Doch wo das Herz von Rotes Blatt hart und böse gewesen war, so schlecht, dass ihr selbst das Töten nichts ausmachte, da kam Schreit-laut mehr seinem Vater nach – zwar schroff und von Zeit zu Zeit gedankenlos, sonst aber ein guter und gerechter Mann.

Schreit-laut fand eine trockene Stelle, wo helle Fichtennadeln den Waldboden bedeckten. Er setzte sich und zog Yaa an seine Seite.

»Frau«, sagte er, »ich muss dir etwas sagen.«

»Du willst K'os in das Dorf der Walrossjäger bringen«, antwortete Yaa. Schwer wie Steine fielen die Worte aus ihrem Mund. »Ich habe gehört, wie Chakliux mit Aqamdax darüber gesprochen hat. Nur ihr zwei, du und K'os?«

»Nein. Backenhörnchen, Schwarzer Stock und Wolfkopf werden mit uns gehen.«

Als sie den Namen Wolfkopf hörte, verflog ein wenig von ihrer Angst. Backenhörnchen und Schwarzer Stock waren kaum mehr als Jungen, Wolfkopf aber war Ältester, und er besaß noch immer die Kraft eines Mannes in den mittleren Jahren. Er würde wissen, wie man mit einer Frau wie K'os umspringen musste. Womöglich würde er den Tod seines Sohnes

Flusseistänzer rächen und K'os töten, noch ehe sie das Dorf der Walrossjäger erreicht hatten, und dann wäre es nichts weiter als eine gewöhnliche Handelsreise.

»Ich wollte immer schon in das Dorf der Walrossjäger gehen«, sagte Schreit-laut. Er sah sie nicht an. Sein Blick schweifte über den Wald hinweg, als könnte er durch die Bäume geradewegs bis zu jenem fernen Strand schauen, an dem die Walrossjäger lebten.

»K'os wird versuchen, euch zu täuschen, oder irgendetwas Schreckliches aushecken«, sagte Yaa. »Erinnerst du dich noch an die Verwünschungen, mit denen sie uns alle bedacht hat, als Chakliux sie damals aus unserem Karibulager fortgejagt hat?«

»Ich habe meine Amulette. Sie beschützen mich. Und ich habe meine Waffen.«

»Iss nichts, was sie dir gibt«, sagte Yaa.

»Ich bin kein Tor.«

Seine Worte waren mit Wut gefärbt, wie die von einem Jungen, der mit seiner Mutter spricht, und Yaa erinnerte sich an das, was Chakliux ihr gesagt hatte. Wütend auf sich selbst, ließ sie den Kopf hängen. Schreit-laut streckte die Arme aus, ließ seine Hände unter ihren Parka gleiten und tastete nach ihren Brüsten. Er war sehr ungestüm in seinem Liebesspiel, und Yaa hatte Aqamdax deswegen schon um Rat gebeten. Sie hatte ihr erzählt, dass seine Hände zu hart waren und er sie zu schnell bewegte, um ihr viel Freude zu bringen, und wenn er erst in ihr war, ging es ihm nur noch um seine eigene Befriedigung.

»Sag ihm, was du willst«, hatte Aqamdax zu ihr gesagt, als wäre sie erstaunt darüber, dass Yaa nicht selbst auf diesen Gedanken gekommen war.

Doch als Schreit-laut sie auf den Boden legte, als er das Band ihrer Karibuhosen löste, da entschied sie, dies sei kein guter Augenblick, um mit ihm darüber zu sprechen. Für diesen Tag war sie genug Mutter gewesen.

11

Sowie Sok seine Behausung betreten hatte, platzte er mit den Neuigkeiten heraus. Seine Stimme erhob sich laut über das Geschrei von seinem jüngsten Sohn. »Ich habe mir eine neue Frau genommen.«

Dii stritt mit Trägt-viel, dem Sohn von Sok, weil er die Hunde füttern sollte. Der schreiende Säugling besudelte indessen ihre Arme. Sie fuhr herum und starrte Sok an.

»Ohne mit mir darüber zu sprechen?« Ihre Stimme war tief und sehr beherrscht, und so merkte Sok nicht gleich, wie zornig sie war.

Als Kind hatte man sie gelehrt, höflich zu sein und den Mund zu schließen, damit voreilige Entgegnungen und scharfe Worte nicht hervorsprudeln konnten. Und so geschah, was immer geschah, wenn sie die Fassung verlor. Tränen schossen ihr in die Augen, und sie richtete ihren Zorn gegen sich selbst. Wie töricht! Warum gestattete sie den Tränen immer, ihre Kehle vor dem zu verschließen, was gesagt werden musste?

»Wen?«, fragte Trägt-viel. Breitbeinig und mit gekreuzten Armen stand er da und versuchte, auszusehen wie sein Vater.

Mit einem Mal herrschte Ruhe in der Behausung; selbst der Säugling war verstummt, als wartete auch er wie gebannt auf den Namen jener, die sein Vater gewählt hatte. Das Feuer regte sich und schickte tanzende Funken zum Rauchloch hinauf.

Sok zog die Elchfäustlinge aus und ging hinüber zu seiner Waffenecke. Mit dem Rücken zu Dii und Trägt-viel zog er einen Wurfspeer und mehrere Pfeile hervor, als hätte er die Frage nicht gehört.

»Dein Sohn hat dich etwas gefragt«, sagte Dii mit fester Stimme.

»Möwenschnabel«, antwortete Sok, noch immer mit dem Rücken zu ihnen.

Er legte zwei Pfeile zurück an ihren Platz und behielt die anderen in Händen. Dann drehte Sok sich zu Dii um und sagte noch einmal: »Möwenschnabel.«

»Möwenschnabel?«, wiederholte Dii einfältig, und ihr Zorn verflog ebenso schnell, wie er gekommen war.

»Welche ist Möwenschnabel?«, wollte Trägt-viel wissen.

»Die alte Frau, die am Rande des Dorfes lebt, nahe am Fluss«, erklärte Dii. Sie hob eine Hand und ahmte die Form von Möwenschnabels Nase nach.

Trägt-viel brach in schallendes Gelächter aus, doch mit einem Blick auf seinen Vater presste er die Lippen zusammen und sagte ernst: »Sie ist eine gute Frau für einen Mann.«

Diese Schmeichelei, gewöhnlich von einer älteren Frau an eine junge gerichtet, klang seltsam, wenn sie aus dem Munde eines kleinen Jungen kam, und Dii verspürte den Drang zu lachen. Doch aus Angst, Sok zu verletzen, beherrschte sie sich. Eines wusste sie: Sok hatte sicher gute Gründe, wenn er Möwenschnabel zu seiner Frau machte. Er mochte ein strenger Mann sein, der nicht oft zum Scherzen neigte, doch er war kein Dummkopf.

»Eine gute Näherin«, sagte Dii und blickte mit kläglichem Lächeln auf den Parka, den Sok trug. Er war warm, doch Nähte und Schnitt waren ohne Geschick gefertigt, und die Schutzamulette waren unbeholfen angebracht.

»Wird sie dir einen neuen Parka machen? Und mir und Schreit-laut auch?«, fragte Trägt-viel, der stets besorgt war um das Wohlergehen seines großen Bruders.

»Ja«, sagte Sok unwirsch. »Hast du die Hunde gefüttert? Sie bellen.«

»Er wollte gerade gehen«, sagte Dii und sah den Jungen mit hochgezogenen Augenbrauen an.

Trägt-viel trat mit der Fußspitze gegen die Bodenmatten, seufzte aus tiefster Seele und zog die Stiefel an. Der Kleine hatte wieder begonnen zu zetern, und Dii hob ihr Hemd aus Karibuhaut hoch und hielt ihm eine Brust hin, bis er die Warze gefunden hatte. Dann setzte sie sich an die Feuerstelle und wedelte den Rauch fort, der zu ihr wehte, als Trägt-viel die Türklappe hochhob.

»Für die weiße Hündin einen Fisch mehr!«, rief Sok seinem Sohn nach und sagte zu Dii: »Sie trägt wieder Junge in ihrem Bauch.«

Dii tat, als wäre sie überrascht, obgleich sie schon vorher von den Kindern im Bauch der Hündin gewusst hatte. »Womöglich schenkt sie dir noch mehr goldäugige Hunde.«

Sok zuckte mit den Schultern. »Ihre Jungen sind stark und gesund«, sagte er. »Ich habe Männer, die sie nehmen wollen, egal, von welcher Farbe ihre Augen sind.«

Dii hob das Kinn und presste ihre Lippen zu einem schmalen Strich zusammen. Sie wollte ihm zeigen, dass sie nicht gerade erfreut war und er ihr wenigstens eine Erklärung schuldete. »Warum?«, fragte sie ihn. »Von den Parkas abgesehen?«

»Ich will keine neue Frau«, sagte Sok. Er hockte sich nieder, legte seine Waffen ab und beugte sich vor, um ihr Gesicht zu streicheln.

Sie wandte den Kopf ab, und er runzelte die Stirn.

»Mir blieb keine Wahl. Chakliux will, dass K'os unser Dorf verlässt.«

»Es wäre besser für uns alle, sie wäre tot.«

»Und welcher Mann sollte sie töten?«, fragte Sok mit einer Stimme, die zu laut war.

Dii senkte den Kopf. Auf diese Frage wusste niemand eine

Antwort. Wer mochte bezweifeln, dass K'os selbst dann noch eine Bedrohung sein konnte, wenn sie tot war? Sicherlich würde ihr Geist ihren Tod rächen und jene zerstören, die sie zerstört hatten. Gewiss, sie konnten den Schamanen eines anderen Dorfes holen, ihn dafür bezahlen, dass er Schutzgesänge anstimmte. Sie konnten jedes Gelenk in dem toten Körper von K'os durchtrennen, damit der Geist an die Begräbnisstätte gefesselt blieb. Doch so böse wie K'os war, wer mochte da sicher sein, dass all diese Dinge auch genug waren?

»Chakliux will sie in das Dorf der Walrossjäger schicken und sie dort als Arbeiterin eintauschen.«

»Wirst du mit ihr gehen?«, fragte Dii. Sie hielt den Atem an, bis Sok den Kopf schüttelte.

»Die einzige Schwierigkeit ist Möwenschnabel«, sagte Sok. »Sie braucht jemanden, der für sie Fische fängt, der Holz für sie trägt. Dii weiß, wer ihr Mann war und wie wenig er für seine Frauen getan hat. Er vermochte nicht einmal, ihnen Söhne zu schenken.«

Für eine Weile ruhten seine Augen auf dem Kind an der Brust von Dii.

»Manche Männer sind besser darin«, sagte Dii und schenkte ihm ein Lächeln. Sie verspürte kein Bedauern darüber, dass Bellender Fuchs – jener Mann, den sie und Möwenschnabel einst geteilt hatten – ihr kein Kind hinterlassen hatte. Was, wenn dieses Kind geworden wäre wie sein Vater, faul und grausam? Doch sie wusste, dass Möwenschnabel sich ihr ganzes Leben nach einem Sohn oder auch nur einer Tochter gesehnt hatte. Welche Freude blieb einer alten Frau, die ohne Kinder und Enkelkinder leben musste?

»Dann wollte sie nicht, dass K'os weggegeben wird?«, fragte Dii.

»Nein. Und so habe ich getan, was getan werden musste. Möwenschnabel wird auch weiterhin in ihrer eigenen Behausung wohnen; sie wird nähen, und ich werde für sie jagen, ebenso wie unsere Söhne, und wir werden dafür sorgen, dass sie genug Holz und Fisch hat. Sie geht noch immer zu ihren Fallengründen. Selbst Ligige' hat aufgehört, die ihren zu pflegen.«

»Und wird es nicht zu viel sein, für zwei alte Frauen zu jagen?«, fragte Dii. Chakliux und Sok versorgten nicht nur ihre eigenen Familien mit Fleisch, sie jagten auch für ihre Tante Ligige'.

»Es wird nicht leicht werden, doch Schreit-laut ist nun fast ein Mann, und Trägt-viel zählt schon sechs Sommer. Seine Kraft wird wachsen, so wie die von Möwenschnabel schrumpft. Und auch jener da«, er zeigte mit dem Kinn auf den Säugling, »wird bald schon jagen.« Er grinste Dii an. »Womöglich habe ich dir bis dahin eine Tochter geschenkt, die dir bei der Arbeit helfen kann.«

»Ich wäre froh um eine Tochter«, sagte Dii.

»Und ich ebenso.« Sok beugte sich vor, rieb seine Wange an ihrer, legte dem Kind eine Hand auf den Kopf und hob dann seine Pfeile wieder auf.

»Wird Chakliux gehen?«, fragte Dii, als er sich schon auf halbem Wege zum Eingangstunnel befand.

»Wohin?«

»Mit K'os, in das Dorf der Walrossjäger.«

»Nein, nicht Chakliux«, sagte er, und etwas in seiner Stimme ließ ihr Herz hart gegen die Rippen schlagen.

»Nicht Chakliux«, wiederholte sie leise.

Die Türklappe fiel hinter Sok herunter, und ein Hauch frische Luft wehte in den Rauch der Behausung. Sie drückte das Kind mit einer Hand gegen ihre Brust und folgte Sok nach, kriechend und stolpernd. Sie zog die innere Türklappe beiseite und rief ihm nach. Doch er hatte den Eingangstunnel beinahe schon verlassen.

»Wer?«, rief sie und folgte ihm hinaus. Sie stand im Schnee und Schmutz vor der Behausung, das Karibuhemd über dem Kind hochgezogen, ihre Seite und den Bauch dem Wind preisgegeben.

»Wer, Sok?«, rief sie, und endlich war ihre Stimme so laut, dass er sich umwandte.

»Backenhörnchen«, sagte er, »und sein Bruder Schwarzer Stock und Wolfkopf.«

Er hielt inne, und sie fragte: »Wer noch?« Doch sie kannte die Antwort, noch ehe er den Namen aussprach.

»Hast du gehört?«, fragte Yaa. Sie kam in die Behausung von Aqamdax, und der Zustand ihres Parkas verriet, was sie und Schreit-laut getan hatten.

»Von K'os und Schreit-laut?« Aqamdax beantwortete Frage mit Gegenfrage. »Ich habe es schon letzte Nacht gewusst. Dreh dich um. Dein Parka ist am Rücken voll mit Fichtennadeln.«

Yaa drehte sich um und wartete geduldig, bis Aqamdax die Nadeln aus dem Fell gepflückt und in die Feuerstelle geworfen hatte.

»Warum hast du zugelassen, dass Chakliux Schreit-laut auswählt?«, fragte Yaa.

»Glaubst du, Schreit-laut ist nicht stark genug, sich gegen K'os zu behaupten?«

Yaa gab keine Antwort.

Aqamdax packte Yaa bei den Armen und sah ihr streng ins Gesicht. Dann sprach sie zu ihr wie zu einem kleinen Kind. »Ein Mann wird sich nicht wirklich einer Frau zugehörig fühlen, bis diese Frau bereit ist, ihn Mann sein zu lassen. Chakliux hat Schreit-laut nicht gezwungen, K'os fortzubringen. Er hat ihn vor die Wahl gestellt. Achte diese Wahl, Yaa.«

Yaa machte den Mund auf, um etwas zu sagen, doch dann fing sie an zu weinen. »Er wird in diesem Dorf niemals glücklich sein«, sagte sie mit gebrochener Stimme. »Er wird immer auf der Suche nach seiner Mutter sein. Das ist der Grund, warum er zum Dorf der Walrossjäger gehen will. Er glaubt, dass sie noch am Leben ist.«

»Dann bete darum, dass er sie findet«, sagte Aqamdax,

»und dass er weise genug ist, zu erkennen, was für eine Frau sie ist, wenn er sie gefunden hat.«

»Sie ist seine Mutter. Er sieht nichts anderes in ihr. Er wird niemals etwas anderes in ihr sehen.«

Aqamdax setzte sich auf ein Polster aus Fuchspelz und nahm die Matte zur Hand, an der sie gearbeitet hatte. »Ich hoffe, dass Schreit-laut deinen Bauch bald mit einem Kind füllt, Yaa«, sagte sie und beugte sich wieder über ihre Arbeit. »Es ist an der Zeit, dass du Mutter für jemand anderen als deinen Mann wirst.«

12

Zwei Tage voll von Regen und Graupel mussten sie warten. Am Morgen des dritten Tages kehrte die Sonne des Frühlings zurück. Sie brannte durch den Dunst und ließ in großen Nebelschwaden die Kälte aus der Erde aufsteigen. Sie zogen los, vier Männer, vier Hunde und K'os.

Bis zur Mitte des Tages hatten sie die vertrauten Fichtenwälder hinter sich gelassen, und ihr Weg führte sie durch dichte Erlengehölze. Zweige verfingen sich in den Bündeln, die die Hunde schleppten, zerrten an den Parkas und zerkratzten die Gesichter, bis Wolfkopf sie an das Flussufer führte, auf einen Pfad aus Schlamm, den die Frühlingsschmelze schon von Eis und Schotter befreit hatte.

Gegen Abend hatten sie die Tundra erreicht, welche die Strände des Nordmeeres von den Wäldern trennte. In dem Wind, der von jenem Meer herüberwehte, spürten sie noch die knirschenden Zähne des Winters. Sie sahen ferne Berge aus Eis, weiße Spitzen, von Wind und Wellen geformt, die unter der erbarmungslosen Frühlingssonne mit jedem Tag kleiner wurden.

Was K'os betraf, schien Wolfkopf sich nicht zu bekümmern. Schließlich war sie alt. Welches Unheil konnte eine alte Frau schon anrichten? K'os tat alles, um ihn in seinem Glauben zu belassen, und verbarg ein Lächeln. Wieder und wieder blieb sie stehen und klagte bitterlich über ihre Füße und ihren Rücken und die Last, die sie zu tragen hatte.

Gegen die Brüder Backenhörnchen und Schwarzer Stock hatte sie nichts einzuwenden. Backenhörnchen trug seinen Namen zu Recht. Er war klein und flink, mit dunklen, runden Augen, und über die eine Seite seiner Stirn hing ihm ein Büschel schwarzer Haare ins Gesicht. Er sprach mit hoher, gackernder Stimme, und die meiste Zeit wurde er von seinem Bruder nicht beachtet. Schwarzer Stock war ebenfalls klein, doch er hatte schwere Knochen, und sein kräftiger Körper entfachte in K'os den Wunsch, sein Lager zu teilen.

Schreit-laut aber hatte mehr verdient als ihre Gleichgültigkeit oder ihre Tagträume. Sohn von Sok. Neffe von Chakliux. Er nannte sich selbst Mann der jungen Frau Yaa, obgleich sie ihre Verbindung nie mit einem Fest gefeiert hatten. Yaa würde ihm in seinen Schlaffellen wohl kaum viel Freude bereiten, stolz wie sie war, alte Frau im Körper eines jungen Mädchens. Womöglich sollte sie Schreit-laut, all den Dingen zum Trotz, die sein Vater ihr angetan hatte, die Freude daran lehren, eine Frau zu nehmen, die seiner würdig war.

Als sie ihr Lager aufschlugen, befahl Wolfkopf ihr, die Hunde anzubinden und zu füttern. Dann schickte er sie los, um Holz für das Feuer zu sammeln. Dies war keine leichte Aufgabe am Rande der Tundra, und obwohl K'os sich abmühte, kam sie mit nichts weiter zurück als mit Zweigen von Weide und Erle, die nur langsam brannten und viel beißenden Rauch abgaben, dafür aber nur wenig Wärme und noch weniger Licht. Sie würden ihr wohl auftragen, Heidekraut zu sammeln, wenn sie sich am nächsten Tag wieder auf den Weg machten, Heidekraut und Tundraweide. Wie sonst sollten sie Feuer machen? Sie trug das Holz zum Lager zurück. Die Männer hatten zwei Unterstände errichtet, die offenen Seiten einander zugewandt. Sie ließ das Holz fallen und schichtete es zwischen den beiden Unterständen auf. Mit einem Feuerbogen und etwas Flaum vom Rohrkolben entfachte sie das Feuer.

K'os kauerte sich über die Flammen, um sich zu wärmen,

bis Backenhörnchen ihr auftrug, noch mehr Holz zu sammeln, ehe die kurze Frühlingsnacht sich auf sie niedersenkte. Sie zischte ihn an und blieb, wo sie war, die Hände um die winzigen Flammen gekrümmt. Schreit-laut trat von hinten an sie heran, packte sie bei den Schultern und zerrte sie hoch.

»Du gehst jetzt«, befahl er ihr, »oder aber mein Gehstock wird dein Blut zum Fließen bringen.«

Sie hob eine Hand ans Gesicht, als hätten seine Worte ihr Angst eingejagt, und verließ die Wärme des Feuers. Als sie einen Arm voll Zweige beisammen hatte, kehrte sie wieder zum Lager zurück. Schreit-laut hatte hinter einem der Unterstände gestanden und sie bei ihrer Arbeit beobachtet.

»Brauchst du in dieser Nacht eine Frau, Tigangiyaanen?«, fragte sie ihn mit leiser Stimme, sodass die anderen sie nicht hören konnten.

Er lachte. »Ja, *meine* Frau.«

K'os schnaubte verächtlich. »Sie ist nichts weiter als ein Kind. Was weiß sie schon davon, wie man einem Mann Freude bereitet? Wie lange dauert es, wenn du mit ihr dein Lager teilst?« Sie schnippte mit den Fingern. »So lang?«, fragte sie.

Sie ging an ihm vorbei, ließ das Holz fallen und kehrte zurück, um mehr zu sammeln. Zumindest lagen auf der Erde genügend Äste, die der Frost abgebrochen hatte. Die trockenen Winde eines kalten Winters hatten sie blank gescheuert, und so waren sie nicht so grün, wie sie hätten sein können. K'os sammelte noch drei Arm voll, genug für die Nacht, und jedes Mal wenn sie zum Lager zurückkehrte, schenkte sie Schreitlaut einen vielsagenden Blick, und wenn sie ihn ansprach, so nannte sie ihn Tigangiyaanen.

Als sie den dritten Arm voll brachte, hieß Wolfkopf sie Platz nehmen und ein wenig von dem Dörrfleisch essen, das Möwenschnabel ihr für die Wanderung gegeben hatte. Sie setzte sich neben Schreit-laut, und während sie aß, sprach sie ihn verwegen an, als wäre sie nicht Arbeiterin.

Er beachtete sie nicht und versuchte, mit Schwarzer Stock oder mit Backenhörnchen ein Gespräch zu beginnen, doch die Männer waren müde und murrten nur. Er stellte Wolfkopf Fragen über die Walrossjäger, und Wolfkopf gab ihm auch ein- oder zweimal Antwort. Auch K'os lauschte seinen Worten. Sie hatte noch nicht entschieden, ob sie bei den Walrossmenschen bleiben würde. Wenn sie blieb, lief sie zumindest nicht Gefahr, dass man sie tötete, weil sie versuchte, davonzulaufen. Andererseits war sie nichts weiter als eine alte Frau. Wem würde es schon etwas ausmachen, wenn sie fortging? Ein Maul weniger, das gefüttert werden wollte.

Hätte sie aber versucht, aus dem Nahe-am-Fluß-Dorf zu fliehen, so wäre Wolfkopf ihr gefolgt, und er hätte sie getötet aus Rache für den Verlust seines Sohnes. Besser am Leben und Arbeiterin, als von der Hand von Wolfkopf zu sterben.

Wenn man den Worten von Wolfkopf Glauben schenkte, so waren die Walrossmenschen ein guter Stamm, ein Volk des Gelächters und der Scherze. Sollte dem so sein, dann würde sie bei ihnen bleiben, sich ihren Weg von Arbeiterin zu Frau bahnen und von Frau zu Heilerin, und wenn sie erst Heilerin war, so gab es keine Grenzen mehr für ihre Macht. Als er sie fortschickte, hatte Chakliux ihr ein größeres Geschenk gemacht, als er ahnen konnte.

Das Feuer rauchte zwar, doch es wärmte sie, und das Fleisch tröstete ihren Bauch. K'os entspannte sich ein wenig. Sie versank in Träumereien von den Waffen, die sie benutzen wollte, um jene zu töten, die getötet werden mussten. Versunken in ihre Gedanken, hatte sie die Frage von Schreit-laut nicht gehört.

»Verzeih«, sagte sie zu ihm. »Ich habe nicht zugehört. Was hast du gesagt?«

»Warum hast du mich Tigangiyaanen genannt?«

»Du bist jetzt Mann«, sagte K'os. »Du solltest deinen Kindernamen ablegen. Wer sonst verdient es, großer Jäger gerufen zu werden, starker Krieger? Backenhörnchen vielleicht?«

Sie legte eine Hand auf den Mund, jedoch mit gespreizten Fingern, damit er ihr Lächeln sehen konnte.

Schreit-laut grinste. In ihm war eine Unschuld, die K'os sehr gefiel, doch wenn er seinen Mund zu solch einem Lächeln verzog, hatte er zu viel Ähnlichkeit mit Sok.

»Denk darüber nach. Ein neuer Name ist etwas Gutes.«

Sie nahm einen Bissen getrockneten Fisch. Er füllte ihren Mund mit dem rauchigen Geruch einer Behausung.

»Nein«, sagte Schreit-laut. »Ich werde meinen Namen behalten. Meine Mutter hat ihn mir gegeben.«

»Und sie willst du ehren, jene Frau, die deinen eigenen Großvater getötet hat?« K'os schnaubte. »Es gibt jene, denen Ehre gebührt, und jene, denen keine Ehre gebührt.«

Schreit-laut sah sie an, und mit einem Mal fühlte K'os sich unwohl unter seinem Blick.

»Du hast womöglich Recht«, sagte er. »Doch diesen Namen muss ein Mensch voll Ehre mir geben. Ich werde Chakliux darum bitten.«

K'os knirschte mit den Zähnen und wandte ihre linke Seite dem Feuer zu. »Dann solltest du dir lieber selbst einen neuen Namen geben«, sagte sie. »Und während du über diesen Namen nachsinnst, sinne auch über dieses Rätsel nach.«

Sie warf ihm einen Blick über die Schulter zu und sah, dass seine Neugierde geweckt war. Die Menschen aus dem Vetter-Fluß-Dorf gaben sich oftmals Rätsel auf. Rätsel waren mehr als nur ein Spiel. Sie vermochten zu lehren, und sie waren zudem ein Weg für die Frauen, zu sagen, was gesagt werden musste, wenn die Männer zu eigensinnig waren, um die Worte zu verstehen, wenn sie frei heraus gesprochen wurden.

»Schau! Was sehe ich?«, fragte sie.
»Im Herbst fällt es herab, der Wind trägt es davon,
der Baum aber lebt weiter.«

»Ein Blatt«, mischte Backenhörnchen sich ein.

»Das war einfach«, sagte Schwarzer Stock zu ihr und verzog verächtlich die Lippen.

»Und damit habt ihr Recht«, sagte K'os, doch sie sah Schreit-laut dabei fest ins Gesicht. »Der Wind ist immer einfach, *nae'*? Und wir verstehen stets, woher er kommt und wohin er weht.«

Schreit-laut riss kurz die Augen auf, dann tat er, als hätte er nichts gemerkt. Hatte er verstanden, dass dieses Rätsel von seiner Mutter Rotes Blatt handelte? K'os war sich nicht sicher. Doch bis zum Dorf der Walrossjäger lagen wenigstens noch zwei Tage Wanderung vor ihnen, wenn nicht mehr.

Mochte sein, dass sie ihm während dieser Zeit erzählte, dass seine Mutter einst im Vier-Flüsse-Dorf gelebt hatte und Frau des Händlers Cen gewesen war. K'os würde ihm vielleicht nicht sagen, dass seine Mutter tot war. Doch sie wollte ihm sagen, dass er dort eine Schwester hatte, die Tochter von Sok. Das Mädchen war nun wohl fünf oder sechs Sommer alt. Wenn Schreit-laut dies von ihr erfuhr, dann mochte er womöglich den Wunsch hegen, zum Vier-Flüsse-Dorf zu gehen. Und dort würde er auf Cen stoßen. Gewiss erinnerten sich die Nahe-am-Fluß-Männer dann daran, wie Cen einst gegen sie gekämpft hatte, und die Vetter-Fluß-Männer würden sich daran erinnern, dass er fortgelaufen war, als die Not am größten war und sie für den Kampf jeden Mann brauchten.

Welche Freude, wenn Sok erst erfuhr, dass Cen Rotes Blatt zur Frau genommen hatte, wo Sok sie doch fortgejagt hatte, damit sie zu Grunde ging! Wie Sok sich wohl fühlen würde, wenn er wüsste, dass Cen sich nun Vater seiner Tochter nannte? Und was Cen wohl tun würde, wenn er entdeckte, dass seine Frau Rotes Blatt war, jene Nahe-am-Fluß-Frau, die einst Daes getötet hatte, seine Frau Daes, die er mehr geliebt hatte als alle anderen? Bei dem Gedanken daran, dass Cen die Tochter von Rotes Blatt als sein eigen Fleisch und Blut aufzog, ihr sogar den Namen von Daes gegeben hatte, musste

K'os lächeln. Sehr traurig, dass Rotes Blatt gestorben war. Sie hätte den Zorn verdient, der in Cen erwachen würde, wenn er endlich die Wahrheit erfuhr.

K'os schluckte das Lächeln hinunter. »Welches ist mein Unterstand?«, rief sie Wolfkopf zu.

»Du wirst hier bei mir schlafen«, sagte er zu ihr.

K'os setzte sich nicht zur Wehr, obgleich sie die Nacht lieber an der Seite von Backenhörnchen oder Schwarzer Stock verbracht hätte. Es war immer leicht, Jungen mit neuen Freuden für sich zu gewinnen.

Auf Händen und Knien kroch sie in den hinteren Teil des Unterschlupfs und fragte: »Oder willst du, dass ich vorne liege, um das Feuer zu hüten?«

»Ich kümmere mich um das Feuer«, sagte er.

»Und hast den wärmsten Schlafplatz«, murmelte sie mit verhaltenem Atem.

»Für diesen Tag habe ich genug von deinen Klagen vernommen, Frau. Du selbst bist schuld daran, dass wir unsere warmen Behausungen verlassen mussten, um dich zu den Walrossmenschen zu bringen.«

Er zog ein Seil aus seinem Bündel hervor und fesselte ihre Fußgelenke. Dabei ließ er eine Handbreit Platz, damit sie noch humpeln konnte, und wand das andere Ende um sein linkes Handgelenk. Sobald sie sich niedergelegt hatten, streckte K'os ohne Scham ihre Hand aus und streichelte seine Leisten. Zu ihrem Erstaunen konnte sie fühlen, dass sein Geschlecht hart und geschwollen war.

Er stieß ihre Hand fort und sagte: »Es gibt Dinge, die ein Mann nicht in seiner Gewalt hat, doch er hat immer die Wahl.«

»Was kann es schon schaden?«, fragte sie. »Du hast sicher davon gehört, dass ich sehr gut darin bin, Männern Freude zu bereiten.«

»Ich kenne die Geschichten. Wer kennt sie nicht? Aber du warst Frau meines Sohnes. Es gibt Tabus.«

»Einst, vor langer Zeit, da sagtest du mir, du hast keinen Sohn.«

»Einst, vor langer Zeit, da habe ich mich getäuscht.«

13

Das Walrossdorf lag am Meer, und am letzten Tag ihrer Wanderung führte Wolfkopf sie über die weite, schlammige Tundra. Der Boden unter ihren Füßen war weich und nass, durchzogen von versteckten Wasserläufen, kaltem Wasser, das aus den Eisschollen sickerte, die der Winter an Land gespült hatte – dicke graublaue Eisplatten, die sich mahlend und schleifend zu Hügeln und Bergen getürmt hatten und nun in der Sonne dahinschmolzen.

Der Schlamm steckte voller Geheimnisse. Überall gab es sprudelnde Quellen und tiefe Sandlöcher, welche die Wanderer unvermutet in die Knie zwangen und festhielten, sodass sie sich mit aller Kraft wieder freikämpfen mussten. Die Hunde keuchten und jaulten, und K'os sehnte sich nach dem kalten Nordwind, der den Boden gefrieren würde. Doch der Wind wehte aus Westen, und am späten Morgen brachte er Regen. Nun wünschte K'os sich statt festem Boden unter den Füßen einen jener schönen Parkas von Aqamdax, aus Därmen gemacht, die das Wasser fern hielten. Als Aqamdax noch ihre Arbeiterin gewesen war, hatte K'os gleich mehrere davon besessen.

Wie sehr hatte sich doch ihrer aller Leben seit jenen Tagen verändert! Nun war sie Arbeiterin und Aqamdax Frau, und ihr Mann Häuptling der Ältesten. Ihr Dorf war stark, denn es besaß das Jagdgeschick der tapferen Nahe-am-Fluß-Männer, und es wurde beschützt von der Weisheit der Vetter-Fluß-

Menschen. Welchem anderen Mann als Chakliux wäre es jemals gelungen, zwei Dörfer, die sich ums Haar gegenseitig zerstört hätten, dazu zu bringen, sich zu einem einzigen Stamm zu vereinen und in Frieden zu leben?

Und als sie so über all ihre Wünsche nachdachte, da wurde K'os klar, dass einer darunter war, der größer war als all die anderen: zurückkehren zu können zu jenem Tag vor langer Zeit, als sie Chakliux gefunden hatte. Ein kleiner Säugling, auf dem Großvater-Felsen ausgesetzt, dem Wind preisgegeben, wegen eines eingerollten Otterfußes mit verwobenen Zehen.

Hätte sie damals geahnt, welchen Lauf ihr Leben nehmen würde, so hätte sie ihn dort sterben lassen.

Ihr rechter Fuß versank im Schlamm, und K'os schwankte und stürzte auf Hände und Knie. Die Männer machten sich nicht die Mühe, ihr zu helfen, und sie kämpfte gegen das Gewicht des Bündels auf ihrem Rücken. Sie befreite sich und stand auf. Ihren Mund hielt sie indessen fest geschlossen. Sie legte ihre Zunge behütend über die Flüche und verbot sich zu sprechen. Dann versank sie aufs Neue in ihre Gedanken.

Sie hatte Geschichten vernommen von Schamanen, deren Macht so groß war, dass sie den Mond besuchen konnten und die Wege kannten, Menschen allein mit Worten zu töten. Aber von jemandem, der zu Tagen zurückkehren konnte, die schon gewesen waren, hatte sie noch nie gehört. Was Chakliux widerfahren war, ließ sich nicht mehr ändern. Womöglich wünschte sie sich tief in ihrem Herzen auch nur die Möglichkeit, ihn noch einmal großzuziehen, und diesmal mithilfe all der Weisheit, die sie in ihrem langen Leben gesammelt hatte.

K'os fuhr sich mit der Hand über das Gesicht und wischte den Regen fort. In der Ferne waren Nebelschwaden zu sehen. Sie blinzelte und sah noch einmal hin. War es Nebel oder Rauch? Konnte es sein, dass sie dem Walrossdorf schon so nahe waren?

K’os beschleunigte ihren Schritt, bis sie Schwarzer Stock eingeholt hatte. Er hielt den Kopf gesenkt und wehrte mit seiner Kapuze den Angriff des Regens ab.

»Meine Augen sind alt«, sagte sie zu ihm. »Sehe ich Rauch, oder ist es nur der Nebel?«

Er blickte auf, und nach einem kurzen Augenblick blieb er stehen. Er runzelte die Stirn und rief: »Backenhörnchen, ist das Rauch?«

»Es ist das Dorf«, rief Wolfkopf ihnen zu. »Wir sind beinahe da.«

Mit einem Mal begann K’os zu zittern, und ihre Zähne schlugen so hart aneinander, dass die Flüche, die sie so lange zurückgehalten hatte, aus den Mundwinkeln hervorquollen. Die Wolke ihres Atems wurde dunkel von geflüstertem Hass, und ihre Worte wirbelten im Wind, bis sie in die Ohren von Wolfkopf gelangten.

Er machte kehrt, stampfte zu ihr zurück, ballte eine Hand zur Faust und schüttelte sie drohend vor ihrem Gesicht. »Wenn deine Flüche nicht enden, werde ich dich töten, ganz gleich, was Chakliux möchte.« Er machte ein Schutzzeichen und ließ sie vorbei. Dann ging er hinter ihr weiter.

K’os presste sich den Fäustling an die Lippen, bis es ihr gelang, die Flüche hinunterzuschlucken. Und um ihr Missbehagen zu bezwingen, lenkte sie ihre Gedanken auf all die Möglichkeiten, die sich ihr in einem neuen Dorf eröffnen würden.

Die Walrossbehausungen waren aus Stein und Häuten gemacht. Sie standen mit dem Rücken zum Meer, hoch über dem Strand auf den Klippen, dort, wo die Wellen ihnen nichts anhaben konnten. Wolfkopf befahl den anderen zu warten und ging allein weiter. Das Herz von K’os raste wie ein Tier, das im Käfig ihrer Rippen gefangen war. Sie war sich so sicher gewesen, dass es ihr während dieser Wanderung gelingen würde, einen der Jungen in ihr Lager zu locken. So hätte sie ihn seiner Treue zu den anderen berauben können und eine Möglichkeit gehabt zu entfliehen. Doch Wolfkopf war achtsam gewesen und hatte sie Nacht für Nacht gefesselt.

Die drei Jungen standen dicht beieinander im Regen, die Hände um die hölzernen Schäfte ihrer Wurfspeere gefaltet. K'os kauerte im Windschatten ihrer Körper und versuchte mit aller Kraft, die Hunde davon abzuhalten, sich gegenseitig an die Kehle zu gehen. Ihr fiel auf, dass Schreit-laut und Schwarzer Stock schon aussahen wie Männer, Backenhörnchen aber noch immer die schmalen Schultern und die fleischlosen Beine eines Jungen hatte. Backenhörnchen und Schwarzer Stock hielten ihre Speere fest umklammert vor der Brust. Schreit-laut aber hielt den seinen nachlässig an der Seite, als käme er oftmals in fremde Dörfer und als verspürte er keinerlei Angst, sondern wäre auf beides gefasst: Freundschaft und Feindschaft.

Schwarzer Stock vollführte einen fahrigen Tanz. Ständig trat er von einem Fuß auf den anderen, und Backenhörnchen beklagte sich quiekend mit Worten, die jene Mann-Stimme zu verspotten schienen, die er einst haben würde.

K'os rutschte ganz nah an Schreit-laut heran und fragte: »Hast du mein Rätsel gelöst?«

»Dein Rätsel?«, fragte er verwundert. »Wir haben keine Zeit für Rätsel.« Er wandte sich zu ihr um und sah sie an. Dann seufzte er und sagte: »Es handelt von meiner Mutter.«

»Dann ist dir wohl gleichgültig, dass ich weiß, wohin sie gegangen ist, als sie das Vetter-Fluß-Dorf einst verlassen hat?«

»Ich habe nun eine Frau. Ich brauche meine Mutter nicht mehr.«

»Und wie steht es mit einer Schwester?«, fragte K'os. »Für einen Mann ist es immer gut, eine Schwester zu haben.«

»Ist meine Schwester am Leben?«, fragte er.

»Soweit ich weiß«, sagte sie. »Ein Mann, der im Vier-Flüsse-Dorf lebt, hat sie als seine Tochter angenommen. Womöglich erinnerst du dich noch an ihn. Sein Name ist Cen. Er ist Händler.«

»Cen?«

K'os lachte. »Verwundert dich das? Deine Mutter war nicht dumm. Du hättest viel von ihr lernen können. Listig wie der Wolf. Fragst du dich nicht, wieso ich das weiß? Als Chakliux mich einst aus eurem Jagdlager vertrieben hat, bin ich in das nächste Dorf gegangen. Denk einen Augenblick darüber nach. Welches Dorf kann das wohl sein?«

»Das Vier-Flüsse-Dorf«, sagte er leise.

»Hör nicht auf sie, Schreit-laut«, sagte Backenhörnchen. »Sie lügt. Jedes Wort aus ihrem Mund ist eine Lüge.«

Schreit-laut machte den Mund auf, als wollte er etwas erwidern, doch er blieb stumm, und schließlich drehte er sich wieder um und beobachtete das Dorf.

K'os sprach einfach weiter. Sie beugte sich ganz nah zu ihm, sodass Backenhörnchen und Schwarzer Stock ihre Worte nicht hören konnten. »Erinnerst du dich noch an Cen?«, flüsterte sie.

Schreit-laut fuhr herum, und an seinem angespannten Gesicht konnte K'os erkennen, dass er zornig war. »Ich glaube dir nicht. Wieso sollte Cen sie zur Frau nehmen? Sie hat Daes getötet, die Frau, die er liebte, und sie hat auch versucht, seinen Sohn Ghaden zu töten.«

»Cen ist Händler«, sagte K'os. »Denk einmal darüber nach, wie viele Frauen er sieht, wie viele Dörfer er besucht. Wieso sollte er sich daran erinnern, wie Rotes Blatt aussah? Als er sie zum letzten Mal im Nahe-am-Fluß-Dorf sah, wusste noch niemand, dass sie diejenige war, die getötet hat. Er hatte keinen Grund, sich an das Gesicht deiner Mutter zu erinnern.«

»Aber an ihren Namen würde er sich erinnern.«

K'os lachte ihn aus. »Im Vier-Flüsse-Dorf nennt man sie Gheli.«

»Dann ist sie also nicht tot«, sagte Schreit-laut leise. Und obgleich K'os wusste, dass er zu sich selbst gesprochen hatte, gab sie ihm Antwort.

»Sie war nicht tot.«

Der Zorn in seinen Augen war der Furcht gewichen, und mit einem Mal verharrte Schreit-laut so bewegungslos wie ein Tier, das den Fuchs täuscht, indem es von Fleisch zu Erde wird.

»Sie ist gestorben«, sagte K'os, und der Schmerz, den sie in dem Gesicht von Schreit-laut sehen konnte, machte ihr Herz singen. »Sie ist gestorben, als ich noch in jenem Dorf gelebt habe.«

»Wie?«, fragte er.

Beinahe hätte sie es ihm gesagt. Die Worte – an einer Krankheit im Bauch und in den Eingeweiden – rutschten schon in ihrer Kehle hinauf. Doch K'os hütete ihre Zunge und hielt die Worte zurück. Sicher würde Schreit-laut an Gift denken, und dann würde er ihr die Schuld geben. Stattdessen sagte sie: »Bei der Geburt ihres Kindes.«

»Bei der Geburt meiner Schwester?«, fragte er.

K'os unterdrückte ein Lächeln. Dieser Junge war selbst sehr gut in Rätseln. Gut darin, Schlingen auszulegen. Alte Frau sollte er sein. Er hatte die Begabung, Fallen zu stellen und jemanden festzubinden. »Deine Schwester wurde geboren, ehe ich in das Vier-Flüsse-Dorf gekommen bin. Cen hat deiner Mutter ein neues Kind in ihren Bauch gepflanzt, zu bald nach der Geburt deiner Schwester. Doch was sonst könnte man erwarten von einem Mann, der das Leben nach dem bemisst, was er besitzt? Deine Mutter starb, und auch das Kind, ein Sohn.«

Sie sah das Leid auf seinem Gesicht, und so senkte sie ihre Stimme und legte die Farbe der Trauer hinein. »Es tut mir Leid. Es ist nicht leicht, eine Mutter zu verlieren. Vielleicht vermag das Wissen um deine Schwester etwas von dem Schmerz von dir zu nehmen.«

Er wandte sich ab, und K'os setzte sich auf ihre Hinterbacken, stützte die Ellenbogen auf die Knie und wartete auf die Rückkehr von Wolfkopf.

Geduldig lauschte Yehl den Worten des Flussmannes, der sich Wolfkopf nannte. Der Mann war Krieger, doch nun wurde er alt, und in seinen Augen lag eine Müdigkeit, die von Verlust erzählte.

Einen solchen Schmerz konnte Yehl wohl nachfühlen. Noch immer trauerte er um seinen Vater. Sein Vater war Schamane gewesen, von starkem Verstand und mit einem ebenso starken Geist gesegnet. Auch er hatte einst den Namen Yehl getragen. Ein guter Name für einen Mann, der mehr weiß als die gewöhnlichen Dinge des Lebens.

Nur ein einziges Mal in all den Jahren, die der alte Mann gelebt hatte, war sein Urteil falsch gewesen. Yehl beugte sich nah zu Wolfkopf hinüber, als hörte er ihm zu, doch seine Augen blickten zurück in jene Zeit, als sein Vater noch am Leben gewesen war.

Die Männer erlegten genug Walross, um jeden im Dorf zu füttern, und genug Robben für Öl und Häute. Ihre Kinder waren gesund und kräftig, und ihre Frauen waren eifrig darauf bedacht, ihnen Freude zu bereiten. Doch all das wurde anders, als sein Vater eine Gruppe Flusshändler in ihrem Dorf willkommen hieß.

Yehl gestattete sich nicht oft, an das zu denken, was geschehen war. Für eine Frau, die so mächtig war wie Aqamdax – ganz gewiss war sie eine Zauberin, die das Böse so leicht zu tragen vermochte wie andere Frauen ihre Amulette –, war es gewiss ein Leichtes, ihre Flüche zu ihnen zurückzuschicken, wenn Yehl ihr erlaubte, in seinen Gedanken zu weilen.

Ein ganzes Jahr hatte er den Tod seines Vaters betrauert. Ein ganzes Jahr hatte er sich von den Frauen fern gehalten, hatte sich in sein Fleisch geschnitten und sein Blut in die Feuerstelle seiner Behausung tropfen lassen, hatte sein Haar abgeschnitten und seine Parkas zerrissen. Als jenes Jahr vorüber gewesen war, hatte er den Namen seines Vaters angenommen und auch seinen Platz als Schamane dieses Dorfes. Gab es einen besseren Weg, um den Geist des alten Mannes am Leben zu erhalten?

Selbst jetzt, da er mit Wolfkopf sprach, konnte er spüren, dass sein Vater über ihnen schwebte, und die Kraft des alten Mannes verlieh ihm Zuversicht. Was vermochten diese Flussmenschen seinem Dorf denn schon für Schaden zuzufügen? Ein Krieger, an dem bereits die Schwäche des Alters zu nagen begann, und drei Jungen, die noch nicht einmal ganze Männer waren, dazu einige Hunde. Und auch eine Arbeiterin, hatte Wolfkopf gesagt, eine Frau, die ihre Bündel schleppte und die geschickt war im Lager eines Mannes.

Sie waren nichts als Händler, auf der Suche nach einem guten Tauschhandel. Was konnte es schaden, wenn sie ein oder zwei Tage blieben? Waren die Walrossjäger denn nicht bekannt für ihre Gastfreundschaft?

»Ihr oberster Jäger hat uns die Erlaubnis gegeben, in sein Dorf zu kommen und Handel zu treiben«, verkündete Wolfkopf.

Backenhörnchen schnaubte verächtlich. »Und welche Tauschgüter haben wir mit uns gebracht, abgesehen von dieser alten Frau?«

»Ich sagte euch doch, nehmt etwas mit, mit dem sich Handel treiben lässt, *nae'*? Habt ihr nicht Hunde, die eure Bündel tragen können?«

»Junge Männer müssen ihre Karibuhäute für den Brautpreis behalten«, sagte Schwarzer Stock.

»Das ist eure Entscheidung«, sagte Wolfkopf. »Beklagt euch also nicht bei mir.«

Schwarzer Stock machte ein finsteres Gesicht. Wolfkopf reckte das Kinn und bedeutete K'os, ihm zu folgen. Dann sagte er zu Schreit-laut: »Ihr drei könnt tun, was ihr wollt. Bleibt hier oder kommt mit. Und fangt keinen Streit mit ihren Jägern an.«

Wolfkopf ging voran. Ihm folgte K'os mit den Hunden, und danach gingen Schreit-laut, Backenhörnchen und Schwarzer Stock. Sie hielten ihre Waffen in Händen und forderten mit ihren Blicken jeden heraus, der in ihre Nähe kam.

Die Behausung lag in der Mitte des Dorfes, und als K'os sie erblickte, regte sich in ihr das Verlangen nach der Wärme einer Feuerstelle.

Sie wollte Wolfkopf in den Eingangstunnel folgen, doch er stieß sie zurück und befahl ihr zu warten, während die Jungen hinter ihm herdrängten. Als K'os schließlich die Hunde von ihrer Last befreit und gefüttert hatte, durfte auch sie die Behausung betreten. Wolfkopf befahl K'os, ihre Bündel mitzubringen. Backenhörnchen hielt die innere Türklappe auf, und sie zerrte und schob ihre Bündel durch den Eingang.

Als sie die Behausung betrat, knirschten ihre Knie, und als sie sich aufrichtete, fuhr ein Krampf durch ihre Schultern. Doch nach so vielen Tagen der Wanderung über die Tundra fühlte sich die Wärme gut an, strich sie ihr sanft über das Gesicht.

Wolfkopf wandte sich in ihrer Sprache an die Walrossmänner. Er sprach langsam und hielt oft inne. K'os kannte nur die wenigen Walrosswörter, die sie einst als junge Frau aufgelesen hatte, wenn sie einen Walrosshändler in ihrem Lager willkommen geheißen hatte, und das waren gewiss nicht die Wörter gewesen, die Männer sprachen, wenn sie Handel trieben.

Der Häuptling der Walrossmenschen trug Halsketten ohne Zahl, und sein Haar war mit Perlen und Federn geschmückt. Er hielt sich sehr aufrecht, doch in seinen Augen meinte K'os etwas zu sehen, das beinahe aussah wie Furcht. Er war groß und hatte dicke Arme und einen mächtigen Bauch. Seine Nase war so schmal wie der Schnabel einer Möwe. Einst war sie wohl gebrochen gewesen, und man hatte sie sehr schlecht wieder gerichtet. Wenn der Mann sprach, blinzelte er, als kämen seine Worte nicht nur durch die Arbeit seines Mundes, sondern auch durch die seiner Augen zu Stande, und ihm fehlten mehrere Zähne.

Er nannte sich Yehl. K'os wusste, dass sie diesen Namen schon einmal gehört hatte. Gab es bei den Walrossmenschen nicht einen Schamanen, der diesen Namen trug? Doch das war vor vielen Jahren gewesen. Womöglich war dieser neue Häuptling Sohn oder Enkelsohn jenes alten Schamanen, und die Macht dieses Namens hatte die Augen der Menschen trübe gemacht, sodass sie nicht erkannten, dass dieser neue Yehl weniger war, als sie meinten.

K'os war so sehr in die Betrachtung dieses Mannes versunken, dass sie beinahe das Zeichen von Wolfkopf übersehen hätte. Er wollte, dass sie an seine Seite kam. Sie bemühte sich, sich unter dem Gewicht ihrer Bündel anmutig zu bewegen, und als sie in den Lichtschein trat, der durch das Rauchloch in die Behausung fiel, zauberte sie ein Lächeln auf ihr Gesicht. Wolfkopf verlangte murmelnd, sie solle Yehl einen der Parkas zeigen, die sie gemacht hatte. K'os ging in die Hocke, schnürte eines ihrer Bündel auf und zog einen Parka hervor, warm und weich, aus den Fellen des Erdhörnchens gemacht.

Sie beobachtete, wie Yehl den Parka auseinander rollte, und als sie das Verlangen in seinen Augen sah, biss sie voll Genugtuung die Zähne zusammen. Yehl hob den Blick und sah sie zum ersten Mal an. Sie verwandelte ihr Lächeln in das einer Arbeiterin, scheu und voller Demut, und sie fragte sich, wie viel von ihrer Schönheit wohl noch geblieben war in einem Gesicht, das alt wurde. Selbst ihr Haar hatte begonnen, sie mit weißen Strähnen zu verraten, und ihre Hände wurden mit jedem Jahr knorriger.

Yehl fragte etwas, und Wolfkopf gab ihm brummend Antwort. Er nickte K'os zu und sagte: »Er fragt, ob du je Frau von einem Mann gewesen bist.«

Mit leiser Stimme antwortete K'os: »Ehe ich Arbeiterin wurde, hatte ich zwei gute Männer. Der eine war oberster Jäger im Vetter-Fluß-Dorf. Womöglich hast du schon von diesem Stamm gehört.«

Wolfkopf übersetzte, was sie gesagt hatte, und Yehl entgegnete etwas in seiner Sprache. »Das Dorf ist ihm bekannt«, sagte Wolfkopf.

»Womöglich hat er dann auch einmal von meinem Mann Erdschläger gehört.«

Wolfkopf übersetzte die Frage, und Yehl neigte den Kopf, sann einen Augenblick darüber nach und hob dann die Finger zum Zeichen der Händler für *nein*.

Wieder ergriff Wolfkopf das Wort und erklärte dann: »Ich habe ihm gesagt, dass Erdschläger ein guter Mann gewesen ist.«

»Danke«, sagte K'os, obgleich sie wusste, dass Wolfkopf nur an sich selbst dachte. Je mehr er für sie bekommen konnte, desto besser für ihn und für das Flussdorf.

Yehl stellte eine Frage, und Wolfkopf sagte: »Er will wissen, was mit deinen Männern geschehen ist.«

Diese Frage barg Gefahren. Es war möglich, dass eine Frau, deren Mann gestorben war, einen Fluch in sich barg, den sie von ihrem alten Mann zu dem neuen trug, und K'os hatte schon zwei Männer überlebt. Zählte man auch Flusseistänzer hinzu, so waren es gar drei gewesen, doch wozu sollte sie einen jungen Mann erwähnen, der ihr Lager nur wenige Nächte geteilt hatte? K'os sprach langsam, wählte ihre Worte mit Bedacht.

»Ich bekam meinen ersten Mann, als ich noch Mädchen war. Mein Vater wählte ihn, weil er ein geachteter Ältester war. Er war schon sehr alt, und nachdem er mich zur Frau genommen hatte, lebte er noch lange Zeit. Er starb im Schlaf, reich an Jahren und reich an Ehre.«

Sie wartete, bis Wolfkopf ihre Worte übersetzt hatte, und sprach dann weiter. »Wie ich dir schon gesagt habe, war Erdschläger, mein zweiter Mann, oberster Jäger in unserem Dorf. Er war in ein anderes Dorf gezogen, um Handel zu treiben.

Dort schlief er in der Behausung einer alten Frau. Sie war unachtsam mit ihrem Feuer, und in der Nacht begann die Behausung zu brennen. Die Flammen töteten meinen Mann und auch die alte Frau und ihren Mann.

Kurze Zeit darauf wurde mein Dorf, das Vetter-Fluß-Dorf, von den Nahe-am-Fluß-Männern zerstört. Sie nahmen mich als Arbeiterin, und das bin ich seit jener Zeit geblieben.«

Wieder hielt sie inne und wartete auf Wolfkopf. Yehl nickte und machte Händlerzeichen, um zu zeigen, dass er von den Kämpfen zwischen den Nahe-am-Fluß-Menschen und den Vetter-Fluß-Menschen gehört hatte. Wer hatte nicht davon gehört?

K'os hob die Schultern. »Sie haben viele von uns zu Arbeiterinnen gemacht«, sagte sie. »Doch nun leben die Stämme in Frieden, und die meisten Arbeiterinnen sind als Töchter oder Frauen aufgenommen worden. Doch wer im Nahe-am-Fluß-Dorf kann mir schon vertrauen? Ich war Frau des obersten Jägers. Sie haben Angst, dass ich Rache nehmen will. Und so bin ich noch immer Arbeiterin.«

Wolfkopf hob eine Hand und unterbrach ihren Redefluss. Als er diesmal zu Yehl sprach, tat er es eine sehr lange Zeit, und K'os fragte sich, ob er übersetzte, was sie gesagt hatte, oder ob er seine eigene Geschichte erzählte.

Ihr Herz schlug heftig in ihrer Brust, es pochte in den Handgelenken und an ihrem Hals. Ihre Angst machte sie zornig. Dieser Yehl wäre so einfach zu beherrschen. Warum sollte sie sich sorgen? Wolfkopf hatte nicht vor, sie zu töten und sich mit einem Fluch zu beladen. Er würde sie hier lassen. Ihr Herz kam zur Ruhe, und beinahe hätte sie gelächelt. Nein. Bleibe ruhig, bleibe stumm, sagte sie sich. All deine Furcht war nur Torheit, aber hüte dich davor, Wolfkopf mit einem Lächeln in Versuchung zu führen.

Während der Flussmann sprach, beobachtete Yehl die Arbeiter-Frau. Wolfkopf sprach mit gebrochenen Worten, und der

Klang seiner Sprache war seltsam. Schon mehr als einmal hatte Yehl ihn gebeten zu wiederholen, was er gerade gesagt hatte. Yehl wollte diese Frau, doch er bemühte sich, jedes Zeichen für sein Verlangen aus seinen Augen zu verbannen. Sie war alt, womöglich schon jenseits der Zeit, in der Frauen Kinder gebaren, doch jeder Mann konnte sehen, dass sie noch immer die Schönheit einer jungen Frau besaß. Ihr Haar war voll und ihre Haut weich. Ihre Hände hatte sie in die Ärmel ihres Parkas geschoben, doch während sie sprach, hatte sie sie ein- oder zweimal hervorgezogen, um ihren Worten Gewicht zu verleihen. Da hatte Yehl gesehen, dass diese Hände missgebildet waren, die Knöchel geschwollen und die Finger gekrümmt. Gewiss wirkten solche Hände auf die meisten Männer abstoßend, doch auch seine eigene Mutter hatte solche Finger besessen – knorrig und krumm und oft voll Schmerzen –, und das bereits als junge Frau. Und doch war sie in der Lage gewesen, zu nähen und all die anderen Dinge zu tun, die eine Frau tun musste.

Wenn diese Frau nähen konnte, wenn sie jenen Parka wirklich gemacht hatte, wie Wolfkopf behauptete, dann war sie viel wert, als Arbeiterin oder als Frau von einem Mann. Was ihre Männer anging, so gab es wohl nichts zu befürchten. Der eine hatte ein langes Leben geführt und war alt geworden, und das war gut so. Der andere war oberster Jäger in seinem Dorf gewesen. Womöglich hatte sie ihm das Unglück gebracht, doch es war wohl eher so, dass das Unglück von jener alten Frau gekommen war, in deren Behausung er verbrannt war.

Endlich unterbrach Yehl den Wortschwall von Wolfkopf und fragte: »Was verlangst du für sie?«

Wolfkopf tat, als wäre er überrascht von dieser Frage. Als er keine Antwort gab, sagte Yehl: »Sie ist alt. Ich kann dir nicht viel für sie geben.«

»Drei Robbenhäute voll Öl und das Fell von einem Walross«, gab Wolfkopf zurück.

»Gibst du den Parka obendrein?«

»Dafür will ich noch eine Robbenhaut mit Öl.«

»Ich gebe dir das Öl für den Parka«, sagte Yehl, »und obgleich ich dir glaube, dass sie ihn gemacht hat, so bereiten mir ihre Hände doch Sorgen. Womöglich hat sie ihn schon vor langer Zeit gemacht, damals, als sie jung war.«

K'os sah die Bestürzung in dem Gesicht von Wolfkopf. »Was ist geschehen?«, fragte sie.

»Er glaubt, du hast den Parka nicht gemacht.«

»Sag ihm, er soll mir eine Ahle und Nadeln geben, ein Frauenmesser und Häute zum Nähen.«

Wolfkopf trug ihre Bitte weiter, und Yehl sprach mit einer der alten Frauen, die im hinteren Teil der Behausung versammelt waren. Die alte Frau gab K'os Nadel, Messer und Ahle und auch eine Robbenhaut. Ehe sie anfing zu nähen, streifte K'os ihren eigenen Parka ab und reichte ihn Wolfkopf.

»Zeige diesen den Frauen«, sagte sie. »Wer würde wohl den Parka einer Arbeiterin nähen, wenn nicht die Arbeiterin selbst?«

Es war eine einfache Arbeit; keine Büschel aus Fuchsfell auf den Schultern, keine Besätze aus vom Frost gebleichten Därmen, keine Perlen, keine Federn. Doch jedermann konnte sehen, wie gut er gearbeitet war. Jedermann konnte sehen, wie gut er ihr zu Gesicht stand.

Mehrere Walrossfrauen beugten sich über den Parka und nahmen ihn in Augenschein. Sie drehten das Fell nach innen, um die Nähte zu untersuchen. Schließlich hob die älteste unter ihnen in widerwilliger Anerkennung die Augenbrauen. Als die alte Frau zu sprechen anhob, beugte K'os ihren Kopf tief über die Robbenhaut.

»Sie sagt, es ist ein guter Parka, ein schöner Parka«, flüsterte Wolfkopf K'os zu.

K'os antwortete nicht. Sie arbeitete, so schnell sie konnte, stach mit der Ahle Löcher in das Fell. Dann band sie den Sehnenfaden an die Nadel und nähte den Saum. Die Stiche waren klein und ebenmäßig und fest. Ohne ein Wort reichte sie Wolfkopf die Robbenhaut. Er gab sie an Yehl weiter. Yehl besah sich die Arbeit, dann fiel sein Blick auf K'os. Seine Augen blieben an ihren Brüsten hängen, ruhten kurz auf ihrer Mitte und dem kleinen Hügel ihres Bauches, der sich über dem Zugband ihrer Hosen wölbte.

Er ist mein, dachte K'os, und sie lächelte ihn an. Er nickte der alten Frau zu, und sie gab K'os den Parka zurück. K'os ließ ihn über ihren Kopf gleiten und streifte mit den Händen geschwind ihre Brüste. Er würde sie als Arbeiterin nehmen, dessen war sie sicher. Für eine Arbeiterin musste er weniger geben als für eine Frau. Doch wenn sie erst den Weg in sein Lager gefunden hatte, dann gäbe es keine Grenzen mehr für ihre Macht.

14

Herendeen-Bucht, Alaska
602 v. Chr.

DIE GESCHICHTE VON TOCHTER

Yikaas war so in seiner Geschichte gefangen, dass er noch eine Weile weitersprach, über die zunehmende Unruhe der Menschen ringsum hinweg. Dann wurde er gewahr, dass die Bemerkungen nicht das zustimmende Gemurmel waren, welches Geschichtenerzähler erwarten. Frauen greinten, alte Männer klagten; zwei junge Mütter, die sich ihre Säuglinge vor die Brust gebunden hatten, standen auf und gingen, schüttelten dabei die Köpfe, als wollten sie ihre Ohren von seinen Geschichten befreien. Ein Seejägermann erhob heftig die Stimme und rief etwas, das sich anhörte wie eine Kränkung.

Yikaas sah Qumalix an und hob fragend die Hände.

Sie sprach zu den Menschen ihres Volkes, hörte sich ihre Erwiderungen an, und schließlich wandte sie sich Yikaas zu und sagte: »Sie sind deiner Geschichte überdrüssig. Sie kennen die Menschen nicht, von denen du sprichst, und sie können K'os nicht leiden.«

»Natürlich können sie K'os nicht leiden«, sagte Yikaas. »Sie ist eigensüchtig. Sie ist böse.«

Qumalix zuckte mit den Schultern. »Und darum wollen sie nichts von ihr hören. Sie macht sie zornig.«

»Manchmal machen Geschichten die Menschen zornig«, sagte Yikaas. »Wenn wir nichts über das Böse hören, wie wollen wir verstehen, was gut ist? Überdies endet deine Geschichte von Tochter mit K'os.«

»Ich bin froh, mehr von K'os zu erfahren«, sagte Qumalix.

»Aber nur deshalb, weil ich Geschichtenerzählerin bin, und je mehr ich weiß, umso besser werden meine Geschichten.« Sie wies mit der Hand auf die Menschen, die in der Behausung saßen. »Sie sagen, sie haben genug über K'os erfahren. Vielleicht ist es Zeit, von Chakliux oder Sok zu sprechen. Sie scheinen gute Menschen zu sein. Warum erzählst du uns nicht ihre Geschichten?«

Eine alte Seejägerfrau stand auf. Ihr Gesicht war so faltig und braun wie die Rinde eines Baumes, und sie sprach mit besonnener Stimme, ohne zu greinen, ohne zu klagen. Als sie zu Ende war, sagte Qumalix zu Yikaas: »Diese alte Frau ist bekannt für ihre Weisheit, und sie hat drei starke Söhne großgezogen. Sie sagt, es ist gut, etwas mehr von einer Frau wie K'os zu wissen und zu verstehen. Aber sie sagt auch, dass ihre Ohren schwer sind, weil sie von einer so boshaften Frau gehört hat. Sie möchte jetzt lieber eine neue Geschichte von Tochter hören.«

Obwohl sein Herz brannte vor Zorn, war Yikaas höflich, und er nahm bei denen Platz, die zuhörten. Aber als Qumalix von Tochter erzählte, waren ihre Worte nur Worte, und er konnte sich nicht in der Geschichte verlieren. Seine Gedanken wanderten zurück zu dem, was er den Menschen erzählt hatte. Seine Stimme war stark gewesen, seine Worte waren gut gewählt, und doch hatte ihnen seine Geschichte nicht gefallen.

Vielleicht lag die Schuld nicht bei ihm, sondern bei den Seejägern selbst. Vielleicht waren ihre Gemüter wie die Gemüter von Kindern, und sie brauchten einfache Geschichten, die leicht zu verstehen waren, Geschichten wie die von Tochter.

Er seufzte und wandte seine Gedanken wieder der Erzählung von Qumalix zu, doch er fand noch immer nichts Gutes daran, und als er lange genug gelauscht hatte, sodass sein Fortgang nicht unhöflich erscheinen würde, stand er leise auf und verließ die Behausung.

Er ging zu der kleinen Bucht, hockte sich auf sein Gesäß und blickte auf das Wasser. Ein Adler hatte sich auf einer Sandbank niedergelassen und pickte an einem Fisch, den er in einer Klaue hielt. Als er ihn verzehrt hatte, breitete der Vogel die Schwingen aus und erhob sich in den Himmel, bis er in den Wolken verschwand.

Yikaas wünschte, er könnte sich ebenso leicht von seinen Erinnerungen an das Geschichtenerzählen lösen. Der Wind blies Sand in sein Gesicht, er kratzte an seiner Haut, wie das Missfallen der Seejäger an seinem Herzen gekratzt hatte. Er kam sich vor wie ein kleiner Junge, seiner selbst nicht sicher, und er zweifelte nicht nur an seinen Geschichten, sondern er fragte sich auch, ob Kuy'aa unrecht daran getan habe, ihn zum *Dzuuggi* zu machen. Sie war schließlich eine alte Frau. Was wussten alte Frauen schon? Sie jagten nicht und lernten daher wenig von den Tieren. Sie besuchten selten andere Dörfer. Was war das Leben einer Frau anderes als die Behausung, die sie für ihren Mann unterhielt und für die Kinder, die sie ihm gab? Wie konnte einer erwarten, dass daraus Weisheit zu gewinnen war?

Er hörte hinter sich ein Schlurfen im Sand, und als er sich umdrehte, sah er, dass Kuy'aa ihm an den Strand gefolgt war. Er ärgerte sich über sie. Konnte sie nicht sehen, dass er allein sein musste?

»Warum bist du hier?«, fragte er, und seine Stimme war schroff.

Sie sah ihn an, als wäre er ein ungezogenes Kind, ihre Augen waren so hart wie Napfschnecken. Schwerfällig ließ sie sich auf dem Sand neben ihm nieder; der Wind blies ihr die spärlichen weißen Haarsträhnen aus der Stirn.

»Ich bin gekommen, um mit dir über deine Geschichte zu sprechen«, sagte sie.

»Sie verstehen nichts vom Geschichtenerzählen, diese Seejäger«, sagte Yikaas.

»Ach ja?«, fragte sie. »Wie eigenartig, dass sie nichts vom

Geschichtenerzählen verstehen, wo sie doch ihr Leben lang Geschichten gehört haben. Sie müssen sehr dumm sein.«

»Ich habe mein Leben lang Geschichten erzählt«, sagte Yikaas. »Ich weiß mehr als jemand, der nur zugehört hat.«

»Und du bist so alt«, erwiderte sie.

»Wenn du nichts weiter anzubieten hast als Spott, dann verschwende ich in diesem Dorf meine Zeit«, sagte er. »Ich weiß den Weg nach Hause. Ich muss nicht warten, bis die Händler bereit sind, zurückzukehren. Ich gehe allein.«

»Das wäre töricht. Du würdest die Geschichten von Qumalix versäumen.«

Yikaas sah sie finster an. »Warum sollte ich ihre Geschichten hören wollen? Sie will meine nicht hören.«

Kuy'aa schwieg lange Zeit. Sie zog einen Strandgrashalm aus dem Sand und zerrupfte ihn mit dem Daumennagel. »Du irrst«, sagte sie schließlich. »Vielleicht möchten einige Seejägermenschen dich nicht hören, aber Qumalix möchte es.«

»Hat sie dir das gesagt?«

»Welche Geschichtenerzählerin möchte keine neuen Geschichten hören? Alte Geschichten trösten uns, und neue Geschichten unterweisen uns. Wir brauchen beide, aber ich glaube, es gibt da etwas, das du nicht verstehst. Du und ich, wir sind Geschichtenerzähler, und wir lauschen, um zu lernen. Die Menschen lauschen, um die Geschichten zu leben. Deine Geschichten von K'os sind gut, aber wer möchte K'os werden? Würdest du es wollen?«

»Natürlich nicht«, sagte Yikaas. »K'os ist eine Frau. Welcher Mann möchte eine Frau werden?«

Sie kicherte. »Und wenn alles an K'os genauso wäre, außer, sie wäre ein Mann?«

Yikaas beeilte sich nicht mit der Antwort. Er fand einen harten Strandgrashalm, nahm ihn zwischen die Daumen, dann blies er darauf, bis das Gras einen langen, klaren Ton in den Wind pfiff.

Er blickte auf und sah, dass Kuy'aa lächelte, und in seinem

Herzen rührte sich Zorn auf sich selbst, auf das Kind, das in seinem Inneren wohnte. Er ließ den Grashalm fallen und sah zu, wie der Wind ihn erfasste und über den Strand tanzen ließ.

»Nein«, antwortete er. »Ich wollte nicht K'os sein, auch nicht, wenn sie ein Mann wäre.«

»Verstehst du jetzt, warum die Seejäger deine Geschichte nicht hören wollen?«

»Aber sie müssen von K'os erfahren.«

»Natürlich, doch es gibt viele Wege, eine Geschichte zu erzählen. Das ist zugleich die Schwierigkeit und die Freude, wenn man Geschichtenerzähler ist. Und deswegen bin ich hier. Um dir zu sagen, wie du deine Geschichten besser machst.«

»Ich bin ein guter Geschichtenerzähler. Besser als Qumalix.«

»Ja, du bist ein guter Geschichtenerzähler«, sagte die alte Frau. »Darüber will ich nicht mit dir streiten. Aber verlange nicht von mir zu sagen, dass du besser bist als Qumalix oder andere Geschichtenerzähler. Wie kann man Geschichtenerzähler vergleichen?« Sie hob fragend die Schultern. »Wir sind alle verschieden. Wem ein Geschichtenerzähler ans Herz rührt, für den sind seine Geschichten die besten. So kommt es, dass ein Geschichtenerzähler für einen Menschen gut ist und für einen anderen nicht. Das kannst du nicht ändern, warum sich also deswegen grämen? Aber wenn ein Geschichtenerzähler die Ohren vor den Geschichten anderer verschließt, wie will er dann sein Wissen vergrößern? Ein jeder von uns sieht die Welt mit anderen Augen, und das ist das größte Geschenk, das ein Geschichtenerzähler machen kann – die Gabe des Sehens und der Reichtum, den jemand durch das Verstehen dieses Sehens erlangt.«

»Dann erzählt Qumalix noch ihre Geschichten?«, unterbrach Yikaas sie.

Kuy'aa sah ihn aus den Augenwinkeln an und seufzte wie eine Mutter über ein Kind. »Die Menschen waren müde und hungrig«, sagte sie, »darum ist das Erzählen zu Ende, bis morgen. Aber ich hoffe, dann wirst du mit mir kommen.«

»Um Qumalix zu hören?«

»Nein. Die Menschen baten mich, die Geschichten von Chakliux und Aqamdax zu erzählen. Wirst du kommen?«

»Natürlich werde ich kommen.«

Ihr froher Blick brachte ein widerwilliges Lächeln auf seine Lippen, und er dachte, sie würde noch mehr sagen. Meistens war sie eine Frau der vielen Worte. Aber sie sagte nur: »Ich bin hungrig. Hilf mir auf.«

Er erhob sich und reichte ihr seinen Arm, stützte sie, bis sie fest auf den Füßen stand.

»Kommst du mit?«, fragte sie.

»Später«, erwiderte er und sah ihr nach, als sie davonwankte, auf dem Sand unbeholfen wie ein Lund.

Abermals war die Erdbehausung voll von Menschen. Abermals nahm Yikaas einen der Ehrenplätze ein, welche den Geschichtenerzählern vorbehalten waren, und als Kuy'aa zu erzählen begann, trug ihre Stimme ihn zu längst vergangenen Zeiten, und wieder war er gefangen von den Geschichten von Chakliux und Aqamdax. Er wurde der Mann, der für die Menschen Tier-Gabe war, und er sah sich erfüllt von der Weisheit von Chakliux, von seiner Kraft.

Es dämmerte schon, als die alte Frau mit ihren Geschichten zu Ende war. Unterdessen waren neue Menschen gekommen, und andere waren gegangen, aber die Behausung war noch voll. Yikaas konnte das Licht dieser Geschichten in den Gesichtern jener sehen, die lauschten. Sie hatten Weisheit erlangt und neue Sichtweisen. Ein gerechter Tausch für eine Nacht ohne Schlaf.

Er sah, dass Kuy'aa müde war, und er ging zu ihr, damit sie sich auf ihn stützen konnte. Er half ihr den gekerbten Stamm hinauf und das rutschige Grasdach hinunter.

»Du musst schlafen, Tante«, sagte er.

»Wie kann ich schlafen, Junge?«, fragte sie. »Chakliux und Aqamdax tanzen noch in meinem Kopf. Ich werde eine kleine Weile im Wind wandern, und wenn ich bereit bin, werde ich schlafen.« Sie hob das Kinn und strich mit ihrer runzligen Hand über den Wolfspelz, mit dem die Kapuze seines Parkas eingefasst war. »Geh zurück und lausche. Qumalix ist die nächste Geschichtenerzählerin. Diesmal sieh, was du von ihr lernen kannst. Lausche mit aufrichtigem Herzen, dann komme und sage mir, was du denkst.«

Sie drehte sich um und ging fort von ihm, und er sah ihr nach, um sich zu vergewissern, dass ihr Schritt sicher war. Als sie zu dem Pfad gelangte, der zum Strand führte, kletterte er auf das Dach der Behausung und stieg durch die viereckige Öffnung, die zugleich Rauchloch und Eingang war.

Qumalix saß auf dem Platz der Geschichtenerzähler, und sie erzählte dieselbe Geschichte – die von Tochter. Aber Yikaas hatte versprochen, dass er zuhören würde, und so ließ er sich in der Behausung nieder, nicht auf einem der Plätze für Geschichtenerzähler, sondern in einer engen, dunklen Nische neben dem Kletterstamm. Er lauschte nicht nur als Geschichtenerzähler, sondern auch als Mann, sodass er ohne Voreingenommenheit zuhörte, ohne Neid und Eifersucht.

Alsbald zog ihre Stimme ihn fort an einen anderen Ort. Er vergaß, dass er in einer Behausung der Seejäger saß, einer Seejägerfrau lauschte. Stattdessen wurde er Tochter. Er wurde Wasserkürbis, und er sah die Welt auf neue Weise.

15

Yunaska-Insel, Aleuten
6447 v. Chr.

DIE GESCHICHTE VON TOCHTER

Tochter zog das Otterfell enger um die Schultern und machte sich so klein, wie sie konnte. Sie hatten das Boot verlassen, und darüber war sie froh, aber durch einen Zauber hatte die alte Frau sie ins Innere der Erde gebracht, und Tochter fürchtete sich. Durch einen anderen Zauber hatte die Frau auf einem Stein ein Feuer entfacht, und nun machte sie sich mit Messern und Schneidsteinen an dem Arm des Großvaters zu schaffen.

Tochter wagte einen Blick auf die dicke Schicht aus Erde über ihnen, und sie fragte sich, ob sie tot seien, sie und der Großvater und die alte Frau. Sie hatte einmal an der Totenfeier für eine Tante teilgenommen und gesehen, wie sie sie in die Erde legten. Hatte jemand für sie – die Tochter, den Großvater und die alte Frau – eine Totenfeier abgehalten und sie begraben?

Auf dem Boden war geschnittenes Gras ausgestreut. Tochter hatte mit ihrem Fuß darin gebohrt und war darunter auf festgestampfte Erde gestoßen, wie der Boden in dem *iori* von ihrem Vater. Er schenkte ihr ein wenig Trost, dieser Boden. Lehm unter den Füßen zu haben, kein Boot, kein Wasser.

So klein das Feuer war – Flammen, die im Kreis um einen Stein tanzten –, so verbreitete es doch große Hitze. Tochter, die so lange im kalten Boot gewesen war, schauderte in der Wärme und dem Licht. Über den Stein hatte die alte Frau einen Fellbeutel mit Wasser gehängt. Sie hatte allerlei Dinge in das Wasser gegeben, aber nichts davon sah nach Nahrung aus, es sei denn, die Menschen aßen lieber Staub und Blätter als Fisch.

Die Frau tauchte eine Kelle aus Knochen, ganz ähnlich jener, welche die Mutter von Tochter benutzte, in den Beutel, dann hob sie den Kopf des Großvaters an und drückte die Kelle an seinen Mund. Der Großvater stöhnte, doch obwohl seine Augen geschlossen waren, trank er. Plötzlich keuchte er, würgte und drehte den Kopf fort. Die alte Frau kniff ihm die Nase zu, und als er den Mund öffnete, um Atem zu holen, goss sie ihm die übrige Flüssigkeit in die Kehle. Er würgte abermals.

Tochter sprang auf und lief zu ihm, die kleinen Hände zu Fäusten geballt, die Zähne gebleckt. Die alte Frau sah sie an, und ihre Augen wurden vor Staunen noch runder, dann warf sie den Kopf zurück und lachte. Sie sprach in Worten, die Tochter nicht verstand, und beim Sprechen nahm sie die Hände zu Hilfe, um den Worten Sinn zu geben. Sie lenkte den Blick von Tochter auf den Arm, der geschwollen und purpurrot war und eiterte. Dann hob sie ein Messer. Die Klinge war so schwarz und glänzend, dass sie wie Wasser aussah, das zu Stein gefroren war. Sie fing das Licht vom Feuer ein und schien in der Hand der alten Frau zu glühen.

Sie gab Tochter mit einer Gebärde zu verstehen, dass sie das Messer für den eiternden Arm benutzen werde. Die alte Frau hatte Tochter ein Stück Fisch zu essen gegeben, und nun kam es Tochter in der Kehle hoch. Sie beugte sich vor und übergab sich auf den Boden. Die Frau zischte sie an, schimpfte zornig, dann stieß sie Tochter zurück an ihren Platz vor der Erdwand. Tochter kauerte sich hin, und die alte Frau hockte sich neben den Großvater. Ihr Messer blitzte wie Funken, die von einem Feuer aufstiegen. Tochter hielt sich mit den Händen die Augen zu, versuchte, sich die Ohren zu verstopfen, indem sie die Schultern hochzog, indes der Großvater schrie und schrie.

Als er endlich aufhörte zu schreien, nahm Tochter langsam die Hände von den Augen. Die alte Frau hatte ihr Federgewand abgelegt und war von der Mitte aufwärts nackt. Ihr Gesicht war nass und glänzte wie ihr Messer, und kleine Rinnsale aus Schweiß bildeten Pfade zwischen ihren Brüsten.

Tochter nahm ihren Mut zusammen und sagte: »Tu ihm nicht mehr weh.« Aber ihre Stimme war dünn, und es schien, als hätte die Erde den Klang ihrer Worte verschluckt. Die alte Frau sah nicht auf von ihrem Tun. Ein scharfes Krachen, Stein auf Knochen, wieder ein erstickter Schrei des Großvaters, und dann hielt die alte Frau den abgetrennten Arm in die Höhe.

Blut troff auf das Gras auf dem Boden, und Tochter drehte sich fort, lehnte den Kopf an die kühle Erdwand und weinte. Was würde der Großvater ohne seinen Arm anfangen? Wie könnte er Wasser tragen? Wie könnte er fischen?

Sie blieb zusammengekauert an der Wand, bis die alte Frau kam und sie fortzog. Tochter kniff die Augen zu, um die Erinnerung an das Messer und das Blut zu verscheuchen. Sie schlug die Arme eng um sich, aus Furcht, die alte Frau könnte beschließen, auch ihr etwas abzuschneiden, aber die Frau hob sie nur auf und summte mit einer vollen, beruhigenden Stimme einen Gesang.

Zuerst verharrte Tochter steif und still, schließlich aber wagte sie es, den Kopf zu drehen, zu dem Großvater hinzusehen. Er schien zu schlafen, das Gesicht friedlich, als träumte er schöne Träume. Die Augen von Tochter füllten sich mit Tränen, als sie an seine Traurigkeit dachte, wenn er aufwachen und sehen würde, dass sein Arm fort war. Wenn sie ihn finden und irgendwie aufbewahren könnte, dann könnte der Großvater ihn vielleicht wieder annähen, so wie ihre Mutter Ärmel an einen Parka genäht hatte.

Sie suchte mit den Augen den Boden nach dem Arm ab. Das blutige Bündel lag neben einem gekerbten Stamm, der vom Fußboden bis zu einem eckigen Loch in der Erde reichte. Über dem Loch war es dunkel. Führte der Stamm in die Nacht hinaus, oder war die Dunkelheit nur noch mehr Lehm über ihnen? Als die alte Frau sie aus dem Boot geholt hatte, waren dort andere Menschen gewesen, die ihr halfen, aber jemand hatte Tochter in eine Felldecke gewickelt und sie von oben bis unten eingehüllt, sodass sie nicht gesehen hatte, wie sie hinabgekommen waren in die Erde.

Als die alte Frau mit ihrem Gesang fertig war, gab sie Tochter Wasser und noch etwas Fisch. Der Fisch roch gut, wie der Rauch von einem Kochfeuer, und Tochter versuchte zu essen, aber ihr Schlund schien zu eng, und das Schlucken fiel ihr schwer. Schließlich gab die alte Frau ihr eine Schale mit Brühe, aber nach einem Schluck trank Tochter nichts mehr. Die Frau bereitete ihr eine Bettstatt, mit Pelzen gepolstert und mit mehreren Lagen Otterfellen, die süß rochen wie die Felle, die ihre Mutter für die Schlaflager verwendet hatte.

Sie nahm Tochter die Holzschale aus der Hand, sagte etwas, das Tochter nicht verstand, deutete dann mit dem Kinn auf die Bettstatt. Tochter kroch zwischen die Pelze, machte sich ein Nest, schloss die Augen und tat, als schliefe sie. Doch als sie dort lag, dachte sie daran, wie sie und der Großvater seinen Arm wieder annähen könnten. Wenn die alte Frau Messer hatte, musste sie auch Nadeln und Sehnengarn haben. Tochter hatte nicht gelernt, wie man nähte. Ihre Mutter hatte gesagt, sie sei zu klein für Nadeln. Aber sie hatte ihrer Mutter und ihrer Großmutter zugesehen, und sie war sich sicher, dass sie wusste, wie es gemacht wurde. Vielleicht verstand sogar der Großvater etwas davon. Denn wenn ein Mann fort war, um zu jagen oder zu fischen, wer sollte seine Kleider ausbessern, wenn nicht er selbst?

Sie dachte an Nadeln und Garn, Fingerschützer aus Fell, an Ahlen und Nähmesser, bis sie am Ende alle durcheinander tanzten wie windgezauste Blumen. Sie sah ihnen zu, bis ihr war, als wäre sie wieder im Boot und würde vom Meer geschaukelt, und dann schlief sie ein.

Die Nacht hindurch hielt K'os Wache bei dem Alten. Er war stark, dieser Mann. Sein Arm hatte so schlimm geeitert, dass er schon vor Tagen hätte sterben sollen. Sie legte ihre Hand auf seine Stirn. Krank machende Geister waren in ihm, ohne Zweifel, aber sein Puls ging gleichmäßig.

Sie war froh, dass ihr Mann Robbe auf der Jagd war. Er hätte es wohl nicht zugelassen, dass sie den Mann oder das kleine Mädchen in das *ulax* brachte.

Der oberste Jäger war wenigstens nicht so töricht gewesen. Man erzählte sich von anderen, die Sturmwinde von fernen Ufern zu den Inseln der Ersten Menschen gebracht hatten. Es hieß, die Familie des obersten Jägers selbst habe Ahnen, die auf diese Weise hierher gekommen waren. So berichteten es die Geschichtenerzähler.

Das Boot des alten Mannes war eigenartig, anders als diejenigen, welche die Flussmenschen bauten. Niemand vom Stamm der Ersten Menschen hatte so eins schon einmal gesehen, aber wenn man den Gestank ertrug, dann konnte man sehen, dass die Bauweise ihr Gutes hatte. Sogar etliche Jäger hatten gelobt, wie ruhig und sicher es in den Wellen des Meeres lag. Aber wer wollte zwei gute Baumstämme für den Bau eines einzigen Bootes verschwenden, wenn man aus ihrem Holz vier oder fünf *iqyan* bauen konnte? Dies müsse ein habgieriger Mann sein, hatten die Jäger befunden.

K'os war für ihn eingetreten, sie hatte von Ländern erzählt, wo es genug Bäume gebe, um für jeden Jäger zwei Hand voll Boote aus Stämmen zu bauen. Die Jäger hatten ihre Worte bedacht, aber keiner war weit über diese Insel hinausgekommen, und der Mann von K'os, der einzige Händler unter ihnen, war nicht hier, um für sie Partei zu ergreifen. Erstaunlicherweise hatte ihre Schwesterfrau Die-Augen-nimmt es getan. Prahlerisch erzählte sie von den vielen fremden Ländern, zu denen ihr Mann gefahren war, von Orten, wo Bäume wuchsen, so dicht wie Gras. Und schließlich hatte K'os, von Die-Augen-nimmt unterstützt, die Erlaubnis erhalten, den alten Mann zu retten.

Sie könne auch das Mädchen behalten, sagte der oberste Jäger. Zumindest bis Robbe von der Jagd zurück sei. Dann werde sich das ganze Dorf versammeln und beschließen, was mit dem Mann und dem Kind geschehen solle.

So dünn und schorfig das Mädchen war und obwohl ihm ein Zeh fehlte, war es nicht hässlich, und vielleicht könnte es eines Tages Frau einer ihrer Söhne sein. Bis es ihre Sprache gelernt hätte, würde es natürlich vergessen haben, was es von seinem eigenen Volk wusste, wo es lebte und warum es seine Boote auf diese Weise baute, denn das Mädchen war noch nicht im Alter des Erinnerns. Der alte Mann aber würde viel wissen, und der oberste Jäger war begierig zu erfahren, was er ihnen zu erzählen hatte. Denn der Mann war nicht Flussmensch, nicht vom Karibuvolk und nicht aus der Nord-Tundra. All diese Völker kannten die Ersten Menschen, oder sie hatten zumindest von ihnen gehört. Und so waren der oberste Jäger und die Ältesten übereingekommen, dass K'os versuchen sollte, ihn zu retten. Sie würden in ihren *ulas* Platz für Die-Augen-nimmt und ihre Kinder finden; denn Die-Augen-nimmt war zu dem Schluss gelangt, der alte Mann trage möglicherweise einen Fluch. Solange er krank war, würden sie und ihre Kinder das *ulax* von Robbe verlassen und in sicheren Behausungen unterkommen.

Aber wen kümmerte es, wenn K'os mit einem Fluch belegt würde? Sie war schließlich vom Stamm des Flussvolkes, alt und nur zweite Frau.

Als das Grau des Sonnenaufgangs schließlich die Nacht fortdrängte, aß K'os ein Stück getrockneten Fisch und weckte den alten Mann auf, um ihm zu trinken zu geben. Er wehrte sich gegen sie, aber schließlich brachte sie ihn dazu, einen Sud aus Weidenrinde zu schlucken. Das Mädchen schlief noch, und K'os erwog kurz, es zu wecken, beschloss dann aber, zu warten. Sie kletterte aus dem *ulax* in den Wind der Morgendämmerung und ging ans Ufer, wo das Boot des Großvaters noch lag, das Heck in den Wellen.

Mit einem schmalen Stück Treibholz kratzte sie das verfaulte Fleisch und den verdorbenen Fisch aus dem Inneren des Bootes, dann kehrte sie ins Dorf zurück und holte einige Jungen, damit sie ihr halfen. Sie näherten sich mit zugehaltenen Nasen dem Boot, und selbst K'os konnte nicht umhin, angewidert die Lippen zu schürzen, als der Wind den Gestank zu ihnen trug.

»Ihr müsst mir helfen, es in den Schutz der Felsen dort zu tragen, wo die Sturmwellen es nicht erreichen können«, sagte K'os zu den Jungen. Sie wies mit dem Kinn auf eine Felsbank, die sich über dem Ufer erhob.

»Warum sollen wir es behalten?«, fragte ein Junge. »Es wird seinen Gestank nie verlieren.«

»Vielleicht will der alte Mann es eines Tages wiederhaben«, sagte K'os zu ihm.

»Mein Onkel sagt, er wird sterben, sein Arm ist so verfault.«

K'os hob die Schultern. »Wenn er stirbt, dann stirbt er«, sagte sie, »aber vorerst bringen wir das Boot fort.«

Sie klagten, halfen ihr aber, stöhnend und jammernd, bis K'os sie wegen ihrer Stärke lobte. Da arbeiteten sie umso eifriger, ein jeder wetteiferte um ihr Lob, und endlich war das Boot hinter den Felsen. Die Jungen liefen ins Dorf zurück, aber K'os setzte sich neben das Boot, legte ihre Hand auf das nasse Holz und dachte über das Geschenk nach, das das Meer ihr gemacht hatte – ein gutes Boot und eine Tochter, um sie klüger aufzuziehen, als sie Chakliux aufgezogen hatte.

Sie dachte an ein Rätsel, und sie musste lächeln. Sie sprach es zum Himmel und sagte dem Wind, er solle es über die Wolken tragen zu den wenigen Sternen, die über den Inseln der Seejäger wohnten. Sie schienen selten, diese Sterne, und wenn, dann war ihr Licht schwach, als hätten sie alle Helligkeit verbraucht, als sie den Weg durch die Wolken suchten. Aber jeder matte Stern erinnerte sie an die große Wölbung des Nachthimmels, die sich über den Dörfern des Flussvolkes erhob. Und nun hatte sie neue Hoffnung, dass sie dereinst wieder unter jenen hellen Sternen leben würde.

»Schau! Was sehe ich?«, rief sie den Sternen der Ersten Menschen zu.

»Einen Otter aus Holz, mich nach Hause zu tragen,
eine Tochter aus Licht, um mein *iqyax* zu lenken.«

16

Tochter träumte, dass der Otter aus dem Meer in ihr Boot sprang. Er biss dem Großvater den Arm ab und kam dann mit gebleckten Zähnen zu ihr. Sie schrie und wachte davon auf. Sie öffnete die Augen und sah, dass sie nicht mehr im Boot war, und die Erinnerung an das, was geschehen war, kehrte zurück. Sie waren im Inneren der Erde, sie und der Großvater und eine alte Frau.

Sie wickelte sich aus den Schlaffellen und stand auf, aber die Bewegung vom Boot des Großvaters schien in ihren Armen und Beinen zu sein, und sie torkelte beim Gehen so sehr, dass sie nach den Erdwänden griff, um das Gleichgewicht zu halten.

Dann sah sie den Großvater. Er lag, wo die alte Frau ihn gelassen hatte, auf Matten aus geflochtenem Gras, die ein wenig so aussahen wie die Matten, die ihr eigenes Volk verwendete. Nur ein kurzer Stumpf, wenig länger als die Hand von Tochter, war geblieben, wo sein linker Arm gewesen war. Tochter erinnerte sich an das Bündel neben dem gekerbten Stamm und an ihre Hoffnung, den Arm wieder anzunähen, aber als sie zu dem Stamm ging, war das Bündel verschwunden, nichts war zurückgeblieben außer getrockneten Blutspritzern auf dem Gras, wo es gelegen hatte. Die alte Frau war auch verschwunden, und Tochter kam zu dem Schluss, dass sie den Arm des Großvaters mitgenommen hatte.

Traurig hockte sie sich neben den Großvater und summte

einen Gesang, den ihre Mutter sie gelehrt hatte. Es war ein Gesang für Schnittwunden, die man sich durch Gras zuziehen konnte, und für aufgeschürfte Knie; er war wohl nicht sehr gut für den Großvater, aber einen anderen kannte Tochter nicht. Sie legte ihre Hand auf seine Stirn und stellte zu ihrem Erstaunen fest, dass sie sich kühl anfühlte.

War es der Arm gewesen, der ihn krank gemacht hatte? Wenn ja, dann hatte die alte Frau vielleicht recht daran getan, ihn abzuschneiden. Wenigstens war der Großvater am Leben. Tochter sah auf ihre eigenen kleinen Arme, so dünn, dass sie kaum mehr als Knochen zu sein schienen. Sie hielt die linke Hand hinter ihren Rücken und stellte sich vor, mit nur einem Arm zu leben.

Sie könnte noch essen, sagte sie sich. Sie könnte Sachen aufheben. Für den Großvater würde es schwer sein, etwas Schweres zu tragen, aber sie hatte ja noch zwei gesunde Arme. Sie würde tragen, was er nicht konnte.

Wasserkürbis schlief fünf Tage, und als er im Dunkel des *ulax* die Augen aufschlug, dachte er als Erstes, er sei tot. Er war gestorben, natürlich, und man hatte ihn in die Erde gelegt. Man hatte ihm mehr Ehre erwiesen, als er verdiente; denn seine Grabstätte war groß. Er versuchte, sich zu besinnen, was er getan hatte, um ein solches Grab zu verdienen, aber er konnte sich auf keine Tapferkeit oder Weisheit besinnen. Vielleicht kam es nur daher, dass er getötet worden war, als die Bär-Gott-Menschen das Dorf überfallen hatten, und alle, die umgekommen waren, hatten ein ehrenvolles Begräbnis erhalten. Aber dann kam die Erinnerung an die vielen Tage im Auslegerboot zu ihm, und er dachte an Tochter.

Plötzlich entdeckte er Rippen in der Dunkelheit über ihm. Es waren Knochen, ganz sicher. Er erinnerte sich an seinen Kampf mit dem Seeotter; er erinnerte sich an seinen Arm, der geschwollen war und so schmerzte, dass er es schließlich nicht mehr hatte aushalten können und sich in einen Schlaf der Seelenwanderung geflüchtet hatte.

Ein Seedrache hatte sie gefunden, ohne Zweifel, und im Ganzen verschluckt, als Wasserkürbis schlief. Er war jetzt im Bauch des Ungeheuers, denn keine Grabstätte, die er je gesehen, war aus Knochensparren gemacht. Wo war Tochter? Er dachte an das kleine Mädchen, und das Herz schlug ihm bis zum Hals. Warum war er in seiner Feigheit eingeschlafen? Er war gewiss Manns genug, um Schmerzen zu ertragen, und wenn er wach geblieben wäre, hätte er sie vielleicht beide vor dem Drachen retten können.

Sein Arm tat noch weh, stechende Schmerzen, die in seiner Schulter begannen und am Handgelenk endeten, aber einige Geister, die mit den Zähnen des Otters eingetreten waren, hatten ihn verlassen, denn der Schmerz war nur noch lästig, nicht zu vergleichen mit dem, was gewesen war. Er versuchte, sich aufzusetzen, aber in seinem Kopf drehte sich alles, und er fiel wieder auf den Boden vom Bauch des Drachen. Dort lag er eine Weile, gab sich Gedanken hin, die beinahe Träume waren, aber dann versuchte er es noch einmal. Dieses Mal gelang es ihm, wenngleich ein Schmerz einsetzte, der in seiner Schädeldecke begann und sich in seine Zähne bohrte, sodass er den Kiefer zusammenpresste und sich auf die Zunge biss. Er schmeckte Blut, schluckte und würgte. Er fühlte sich wackelig, wie ein Kind, das soeben lernt, sein Gleichgewicht zu halten. Er kippte auf die Seite und griff aus, um den Sturz abzufangen, aber sein Arm gehorchte nicht. Er schaute hin, und was er sah, ließ ihn entsetzt aufschreien.

Er fiel, sein Gewicht drückte auf das, was von seinem Arm übrig war, und der zweite Schrei war ein Schrei des Schmerzes.

Dann war Tochter an seiner Seite, ihre kleinen kühlen Hände streichelten sein Gesicht, und bei ihr war eine Frau.

Sein erster Gedanke galt seiner Lieblingsfrau, der Guten,

die schon lange tot war. Aber wie konnte das sein? Sie hatte kein Seedrache verschluckt. Sie war erstickt.

Als ihn die Frau dann von seiner Schulter hob und auf den Rücken legte, sah er ihr Gesicht und wusste, dass sie nicht aus seinem Dorf war. Ihre Augen waren zu rund, ihr Gesicht zu lang, ihre Nase zu groß.

Tochter wimmerte, und ohne zu überlegen, streckte Wasserkürbis die rechte Hand nach ihr aus und holte tief Luft vor Erleichterung, als er sah, dass Hand und Arm heil waren. Aber wie sollte er Wasser tragen ohne seinen linken Arm?

Wasser tragen, dachte er und verspottete sich wegen seiner Dummheit. Er war tot! Brauchten die Toten Wasser?

»Sie hat ihn abgeschnitten, Großvater«, sagte Tochter zu ihm. »Sie hat ihn abgeschnitten. Ich finde ihn nicht.« Furcht war in der Stimme des Mädchens, aber Wasserkürbis entdeckte noch etwas anderes. Sie sah kräftiger aus, ihre Augen waren strahlender, ihr Gesicht voller.

»Wo sind wir?«, fragte er.

»Kleines Dorf«, sagte sie und wies mit ihrem Finger auf die großen Rippen, die sich wie Sparren über ihren Köpfen erstreckten. »In der Erde«, sagte sie. Sie steckte einen Finger in den Mund, lutschte kurz, dann zog sie ihn schmatzend heraus und sagte: »Du warst krank.« Sie wies mit dem Kopf auf die Frau und erklärte: »Sie hat dir und mir zu essen gegeben. Guten Fisch.«

Die Frau sagte etwas zu ihm, mit tiefer, kehliger Stimme, die Worte schabten gegen ihre Zähne mit Lauten, die eher ein Grummeln als ein Sprechen waren. War sie vom Bär-Gott-Volk?

Nein, dachte er. Ihre Haut war zu dunkel, und ihre Haare waren schwarz und glatt. Er roch Rauch, schmeckte Fischöl, wenn er Atem holte. Die Frau verbrannte es wohl, folgerte er. Das Feuer, irgendwo hinter seinem Kopf, spendete Licht, sodass er den grauen Schimmer in ihren Haaren erkannte. Sie musste älter sein, als sie aussah, und wenn sie auch nicht dem entsprach, was das Bootvolk als schön empfand – ihre Züge waren zu streng für eine Frau –, war etwas in ihrem Gesicht, das den Blick auf sich zog.

»Wir sind im Inneren der Erde?«, fragte er Tochter.

Sie lutschte an ihren Fingern, und die Frau, die sich von ihnen abgewandt hatte, tat etwas, das einen Teil des Lichtes verdunkelte.

Tochter nickte.

»Kannst du hinausgehen? Kannst du diese Stätte verlassen?«

Tochter drehte sich um und zeigte auf einen großen Treibholzstamm, der schräg vom Fußboden bis zum Dach führte. Wasserkürbis sah, dass er durch ein eckiges Loch in die Dunkelheit hinausragte. Die Augen von Wasserkürbis waren trüb, aber er meinte, in diesem Loch das Funkeln der Sterne zu sehen.

»Ist es Nacht?«, fragte er.

»Nacht«, sagte Tochter nuschelnd, ohne die Finger aus dem Mund zu nehmen. »Wir gehen am Morgen hinaus. Fische fangen.«

»Sind dort andere Menschen?«

Tochter sah ihn ernst an, und plötzlich waren ihre Augen feucht von Tränen. »Aber nicht meine Mama«, sagte sie mit dünner Stimme.

»Andere Mamas?«

»Andere Mamas«, sagte sie. »Und kleine Kinder.«

»Männer? Jäger? Fischer?«

»Männer«, sagte sie. »Viele Männer.«

Zuerst war er erleichtert über ihre Antworten. Sie waren nicht tot. Ihr Boot hatte ein Dorf gefunden. Aber sie waren weit entfernt von ihrer eigenen Insel, und wenn diese Menschen alle so sprachen wie die Frau, die ihn pflegte, dann kannten sie die Sprache des Bootvolkes nicht.

Er und Tochter würden zu nichts nütze sein in diesem Dorf. Zwei Münder mehr zu füttern: ein Mädchen, viele Sommer fern der Mutterschaft, und ein alter Mann, schwach und krank, mit nur einem Arm.

Bei diesem Gedanken begann sein Ellenbogen zu schmerzen, nicht der Ellenbogen seines gesunden Arms, sondern der Ellenbogen, der nicht mehr da war. Würde dieser Arm ihn verfolgen, ihn strafen für die Torheit, einen Otter fangen zu wollen? Würde er ihm Schmerzen bereiten, die durch nichts gelindert werden konnten? Wenn ihm als junger Mann die Arme vom Jagen oder Fischen wehtaten, hatte seine Frau seine Muskeln gerieben, mit ihren Händen wieder Leben in sein Fleisch gebracht, aber wie konnte jemand etwas reiben, das nicht da war? Konnte ein Mann, der sich auf die Heilkunst verstand, in die tote Haut schneiden, um die Geister der Schmerzen auszubluten? Konnte ein Schamane, der Gebetsgesänge wusste, zu einem Arm singen, der vergraben oder verbrannt worden war?

Die Frau kam zu ihm, schob ihre Hand unter seinen Kopf und richtete ihn sachte auf, sodass er aus einer Holzschale trinken konnte. Er hatte Wasser erwartet, aber es war ein warmer Sud, der nach Erde und Pflanzen schmeckte, und er tat seiner Kehle wohl. Er umklammerte die Hand von Tochter, zog sie auf die Knie hinunter. Sie schmiegte sich an ihn, und die Frau brachte eine Decke für das Mädchen.

Es gibt Schlimmeres, als es warm und trocken zu haben und eine Frau, die mich behütet, sagte sich Wasserkürbis. Es gibt Schlimmeres, als Tochter in Sicherheit zu wissen. Und mit Tochter warm an seiner Seite und dem Sud im Bauch glitt Wasserkürbis in einen sanften Schlaf.

Als er wieder aufwachte, strömte Licht durch das eckige Loch im Dach des Erd-*iori*. Die Frau und Tochter nähten, und zur Überraschung von Wasserkürbis gab Tochter Antwort, wenn die Frau etwas sagte. Manchmal waren die Worte des Mädchens in der Sprache des Bootvolkes, aber zuweilen schien sie die Sprechweise der Frau nachzuahmen. Wie lange hatte er geschlafen? Durch den ganzen Lauf des Mondes? Durch den Wechsel der Vier Zeiten? Oder war Tochter noch so klein, dass Worte ihr leicht zufielen und sie alle Sprachen verstand?

Als er sich dieses Mal abmühte, sich aufzusetzen, wurde ihm nicht schwindelig, und die leichte Benommenheit, die er fühlte, verging rasch. Er stützte sich auf seinen gesunden rechten Arm und überlegte, wie er der Frau sagen könnte, dass er Wasser lassen musste.

Als er sicher war, sein Gleichgewicht zu halten, hob er die Decke an, unter der er lag, und sah, dass er nackt war. Er beugte sich vor, raffte die Decke um seine Mitte und versuchte, auf die Knie zu kommen. Die Frau blickte von ihrer Näharbeit auf und zischte, dann eilte sie herbei, ihm zu helfen. Sie legte seinen Arm um ihre Schultern und zog ihn langsam hoch. Die Welt wurde dunkel, bis Wasserkürbis nur noch einen Lichtpunkt sah, aber er biss die Zähne zusammen und blieb stehen, bis die Dunkelheit wich.

Er deutete auf sein Geschlecht, das unter der Schlafdecke verborgen war, sprach das Wort für Harn, aber die Frau verstand nicht. Dann sah er, dass Tochter auf eine Rinne zeigte, die dort gegraben war, wo der Fußboden an die Erdwand stieß. In diese Rinne war ein großer Holztrog eingelassen. Die Frau half dem alten Mann beim Gehen, setzte Schritt auf Schritt, bis er neben dem Trog stand. Am Geruch erkannte Wasserkürbis, dass Harn darin war.

Die Frauen in seinem Dorf sammelten ebenfalls Harn. Wenn er zu einer Schärfe herangereift war, dass er in den Nasenlöchern brannte, ließ er sich für vieles verwenden – zum Entfernen von Fett oder Öl, zur Pflege von Fellen, zum Abtöten des Schimmels, der die Grasmatten während der Regenzeit verrotten ließ. Aber die Frauen des Bootvolkes lagerten den Harn nicht in ihren Häusern.

Er war es gewöhnt, allein zu sein, wenn er sich erleichterte, und obwohl die Frau den Kopf abwandte, brauchte er eine Weile, bis sein Strahl fließen konnte. Als er fertig war, führte sie ihn zu seiner Schlafstatt zurück und half ihm, sich zu setzen.

Sie bot ihm eine Schale Brühe an, und er trank gierig, erstaunt über seinen Hunger. Als er eine zweite Schale geleert hatte, kniete die Frau sich hinter ihn, stemmte ihre Knie in seinen Rücken und begann, seinen Nacken zu kneten, bis unter dem Druck ihrer Hände sogar der Schmerz in seinem Geistarm nachließ.

Sie legte ihn sanft auf sein Lager und strich mit den Fingern durch sein Haar, bis er schließlich wieder einschlief, und dieses Mal hatte er gute Träume.

Als Robbe von der Jagd zurückkehrte, versammelten sich die Ersten Menschen im *ulax* des obersten Jägers. Gewöhnlich saß K'os an dem Platz, der den Geringsten zustand – bei den Kindern, am weitesten von der Öllampe entfernt –, dieses Mal aber saß sie neben ihrem Mann, bei dem obersten Jäger, seiner dicken Frau und ihrer hässlichen Tochter. Ko's bewahrte eine aufrechte, entschlossene Haltung. Sie war alt, doch die meisten Männer kamen lieber in ihre Schlafstatt als in die von der Tochter des obersten Jägers. Sie lächelte bei dem Gedanken an den Tag, als sie und ihr Mann Robbe in dieses Dorf gekommen waren.

Die Männer, die sie von weitem sahen, hatten gedacht, Robbe habe eine junge, schöne Frau in ihr Dorf gebracht. Erst als sie näher kamen, erkannten sie, dass sie so alt war wie eine Großmutter.

Sie verstand ihre Sprache nicht, aber der Klang ihrer Worte hatte ihr gesagt, dass sie Robbe verspotteten. In Gedanken hatte sie ihrem Hohn Trotz geboten. Warum habe Robbe ein altes Weib zur Frau genommen? Selbst ein junger Jäger könne nicht hoffen, mit einer alten Frau Kinder zu zeugen.

Robbe hatte ihnen mit zornigen Schreien erwidert und ihnen die Narben von seiner Wunde gezeigt. Während er sprach, wies er auf sein in Stand gesetztes *iqyax* und zeigte mehrmals auf sein Bein, und so wusste K'os, was er ihnen erzählte. Dann zog er sie an sich, griff mit einer Hand oben in ihren Parka, ohne auf das plötzliche Gelächter der jungen Männer zu achten, und zog den Medizinbeutel aus Flussotterfell heraus. Da wurden sie ganz still, die jungen Männer, zum Schweigen gebracht von der Erkenntnis der Macht, die K'os in diesem Beutel verbarg, und ihr Spott war verstummt.

Jetzt, in der Behausung des obersten Jägers, legte sie eine Hand an ihr Herz, wo, weich gebettet an ihren Brüsten, der Beutel hing. Gemäß dem Brauch der Ersten Menschen hatte sie ihren *sax* ausgezogen, als sie das *ulax* des obersten Jägers betrat. Dies zu unterlassen, wäre eine Kränkung gewesen, ein Zeichen, dass es ihr in der Behausung nicht warm genug war.

Ja, es war Macht in diesem Otterbeutel, aber sie mochte nicht daran denken, wie wenige Päckchen von jedem Mittel sie noch hatte und wie wenige von den Pflanzen, die sie benötigte, auf dieser Seejäger-Insel wuchsen. Sie lernte die Pflanzen der Insel kennen, aber die Frauen unterwiesen sie nur widerstrebend, und keine von ihnen war sehr bewandert in der Kunst, mit Pflanzen zu heilen. Sie hatte von einem jungen Jäger etwas über ein Gift gelernt, ein Wissensgeschenk als Gegengabe für einen Nachmittag in ihrem Lager. Die Pflanze war todbringend, und sie hatte einige gesammelt, getrocknet und in Päckchen verwahrt, die mit roten, viermal geknoteten Schnüren gekennzeichnet waren. Es gab eine hohe, dickstämmige grüne Pflanze, aus deren Wurzeln man einen guten Umschlag für schmerzende Muskeln bereiten konnte, und es gab andere, die sie schon vorher gekannt hatte – Schafgarbe, Feuerkraut und niedrige Weidengewächse –, aber sie fürchtete, dass ihre Heilkräfte schwanden, wenn ihre Vorräte aufgebraucht sein würden. Was sollte sie dann tun, ein altes Weib, dazu vom Stamm des Flussvolkes und nur zweite Frau?

Besser zweite Frau als Arbeiterin, sagte sie sich. Robbe war zur rechten Zeit gekommen, als ihre Tage bei den Walrossjägern gezählt waren. Es war schrecklich gewesen, zu erfahren, dass Yehl, der Schamane der Walrossjäger, sie nicht haben wollte. Selbst als sie sich aus der Behausung der Arbeiterinnen fortschlich, in die Wärme seiner Bettstatt kroch, ihn wachgestreichelt hatte – einerlei, was sie mit Händen, Zunge oder Lippen vollbrachte –, er hatte kein Verlangen nach ihr gezeigt.

Als sie die Sprache des Volkes der Walrossjäger nach und nach verstehen lernte, hatte sie gehört, wie seine Frauen flüsterten, dass er sie alle von sich wies, dass er keine Frau in sein Lager ließ, seit K'os in dem Dorf lebte. Sie hörte die Geschichten von Aqamdax und Chakliux und Sok, und sie erfuhr, was dem Vater von Yehl durch deren Schuld widerfahren war, und am Ende verstand sie, dass die Art, wie Yehl sie behandelte, nichts mit Verlangen zu tun hatte, sondern mit seiner Furcht vor dem Flussvolk.

Wenn ein Mann erst seine Macht über eine Frau verloren hatte, wie wollten dann die Geister ihre Achtung vor ihm bewahren? Wie lange würde es dauern, bis das Volk einen anderen Mann als seinen Schamanen ansah? Und wie lange, bis Yehl befinden würde, dass K'os ihn mit einem Fluch belegt habe? Er würde sie ohne Zweifel töten. Welche Hoffnung hatte sie? Wer würde für eine Arbeiterin eintreten?

K'os hatte eine Vollmondnacht gewählt, um das Dorf der Walrossjäger zu verlassen, und sie war viele Tage in die Richtung gegangen, wo der Strand der Händler lag. Wohin hätte sie sonst gehen können? Nicht zurück in das Dorf des Flussvolkes. Nicht zum Vier-Flüsse-Volk. An diesen Stätten erwartete sie nur der Tod. Was blieb ihr übrig, als zu den Seejägern zu gehen? Dort hatte sie die Möglichkeit, Macht zu erwerben. Vielleicht konnte sie einen Schamanen finden, der gewillt war, seine Zauberkräfte zu benutzen, um jene zu vernichten, die versucht hatten, sie zu vernichten.

Sie hatte einen Strand nach Treibholz abgesucht, als sie über das Tosen der Wellen hinweg den Totengesang von Robbe hörte. Sie war dem Gesang gefolgt, einen Schieferhang hinauf zu einer Höhle in einer Felswand nicht weit vom Ufer.

Ein krank machender Geist war in seinen Leib gefahren, hatte Eingang gefunden durch eine klaffende Wunde, die sein Bein offen gelegt hatte bis auf den Knochen. Sie hatte ihm Arzneien verabreicht, die Wunde genäht, sein Feuer gehütet, Nahrung und Wasser gebracht. Während der langen Tage seines Krankseins hatte er sie zuweilen Frau genannt, und als er wieder bei Kräften war, hatte sie ihm gezeigt, dass sie die Hautverkleidung von seinem *iqyax* gefunden, viele Stücke des Rahmens aufgelesen hatte. Sie bauten es gemeinsam wieder zusammen, Robbe schnitzte den Rahmen, und K'os setzte die Verkleidung in Stand, und als er sich aufmachte, in das Dorf seines Volkes zurückzukehren – eine lange Fahrt von mehreren Tagen –, hatte er K'os gebeten, mit ihm zu kommen.

Bis dahin war sie die Starke gewesen, die Kriegerin, die Schamanin, aber als sie im Dorf der Ersten Menschen waren, brauchte sie ihn mehr als er sie. Sie plagte sich immer noch mit der Sprache der Ersten Menschen, und dass sie ein wortkarges Volk waren, tagelang nichts sagten, machte es nicht leichter; die Männer sahen aufs Meer hinaus und hielten nach Robben, Seelöwen und Fischen Ausschau, die Frauen arbeiteten schweigend.

Sie war verzagt wegen der spärlichen Pflanzen auf der Insel, und sie musste einen langen Winter warten, bevor sie anfangen konnte, die Pflanzen zu sammeln, die sie kannte, oder etwas über jene in Erfahrung zu bringen, die sie nicht kannte. Sie ging sparsam mit ihrem Vorrat an Arzneien um und hoffte auf gebrochene Knochen und ausgerenkte Gelenke, aber ein Geist hatte sie mit einem Fluch belegt. Selbst bei Geburten brauchten die Frauen nur selten ihren Beistand. Alle Kinder, die seit ihrer Ankunft in dem Dorf geboren wurden, waren mit dem Kopf voran und dem Gesicht nach unten auf die Welt gekommen, wie es sich gehörte.

Die Ersten Menschen waren kurzbeinig, mit gröberen Knochen als das Flussvolk, mit runderen Köpfen und kleineren Nasen. Die Frauen ließen die Haare lang wachsen und wanden sie zu straffen Knoten im Nacken oder an den Ohren. Mit Nadel und geschwärztem Faden brachten sie durchbrochene Linien unter die Haut der Wangen und Muster aus Dreiecken unter die Haut der Schenkel. Die Männer zeichneten lange Linien vom Kinn bis zu den Wangenknochen und steckten sich dünne Nadeln aus Elfenbein durch die Nasenwände. Sie durchbohrten auch die Haut in den Mundwinkeln und steckten Ringe aus Elfenbein hinein, manche im Umfang so groß wie die Eckzähne eines Walrosses.

Ihre derart gezeichneten Gesichter waren ihr zunächst fremd gewesen, aber jetzt sah sie die Schönheit in den Bemalungen der Frauen, die Wildheit in den Zeichen der Männer. Und wenn sie zufällig in einem stillen Tümpel ihr Spiegelbild erblickte, schien es das Gesicht eines Kindes zu sein, noch unvollendet.

Wenngleich sie in dem Dorf als die geringste Frau angesehen wurde, war sie nicht Arbeiterin, und Robbe behandelte sie gut. Doch mit der Ankunft des alten Mannes und des Mädchens war ihr Ansehen gestiegen, und sie spürte, dass Männer wie Frauen sie furchtsam beobachteten, als warteten sie ab, ob ein Fluch oder aber ein Segen über sie kommen würde. Denn wenn der oberste Jäger das Blut von Menschen wie diesen in sich trug, konnten sie dann wirklich böse sein? Und wenn die Heilkräfte von K'os ihnen das Leben gerettet hatten, dann musste auch sie mehr Macht haben, als sie gedacht hatten.

K'os hörte aufmerksam zu, als die Ersten Menschen berieten, was zu tun sei. Sie schienen sich einig zu sein, dass das Mädchen bei ihnen aufwachsen sollte, wenngleich die meisten Frauen sich scheuten, sie in ihren *ulas* aufzunehmen. Schließlich fragte der oberste Jäger Robbe, ob er bereit sei, sie bei sich zu behalten. Robbe zuckte mit den Schultern, sah

K'os an, und als K'os nickte, achtete er nicht auf den Ärger von Die-Augen-nimmt und stimmte zu.

»Als Arbeiterin«, sagte er, »für meine Frau Alte Frau.«

Dann tat K'os, was keine zweite Frau tun sollte, sie sprach, ohne ihren Mann um Erlaubnis zu fragen.

»Ich will sie als Tochter aufnehmen«, sagte sie, und als Robbe sie ansah, Mund und Augen weit offen vor Staunen, neigte sie ehrerbietig den Kopf, setzte aber rasch hinzu: »Ich brauche Hilfe mit meinen Arzneien. Ich bin eine alte Frau, und die Heilkräfte, die mir gegeben sind, sind die des Flussvolkes. Diese Kräfte haben Gutes in euer Dorf gebracht.« Sie wies mit dem Kopf auf das Bein ihres Mannes und hob den Blick zum jüngsten Sohn des obersten Jägers, der sich bei einem Sturz auf einem Felsen das Gesicht zerschnitten hatte. »Doch wer vermag zu sagen, was euren Kindern geschehen wird, wenn ich versuche, mein Wissen an eines von ihnen weiterzugeben? Die Heilkunst des Flussvolkes könnte es mit einem Fluch belegen. Es ist besser, dieses Mädchen einer solchen Gefahr auszusetzen.«

Zustimmendes Gemurmel ging durch die Versammlung, und Robbe lächelte K'os zu. Die-Augen-nimmt verbarg ihren Zorn durch ein rasches Nicken, und wieder neigte K'os ehrerbietig den Kopf.

»Und der alte Mann?«, fragte der oberste Jäger.

Unter den Jägern hob ein Streit an. Einige wollten ihn töten, andere behaupteten, er sei ein Geschenk des Meeres. Schließlich ergriff Robbe das Wort, und obwohl er ein junger Mann war, galt er als weise, darum hörten auch die älteren auf zu murren und lauschten.

»Meine Frau sagt mir, dass er wohl sterben wird. Sie musste ihm schon den Arm abschneiden, und er ist alt und schwach. Warum das Wagnis eingehen, einen Fluch auf uns zu laden, indem wir eine solche Entscheidung treffen? Warum nicht abwarten, was geschehen wird? Wenn er ein Geschenk des Meeres ist, dann wird ihm das Meer die Kraft zum Leben geben. Wenn er kein Geschenk ist, dann wird er sterben, denn ein Mann, der so alt und krank ist wie dieser, hat gewiss nicht die Kraft in sich, um zu leben.«

So wurde die weise Entscheidung getroffen, dass Mann und Kind am Leben bleiben und als Geschenke angenommen werden sollten. K'os verbarg ihre Freude im Herzen, und von diesem Tage an begann sie, Tochter in den mannigfachen Wegen der Heilkunst des Flussvolkes zu unterweisen.

17

Herendeen-Bucht, Alaska,
602 v. Chr.

Es war eine kurze Geschichte, doch nach den langen Geschichten von Chakliux und Aqamdax, die Kuy'aa erzählt hatte, verstand Yikaas den Grund, warum Qumalix sich kurz fasste. Die Menschen verließen nach und nach das *ulax*, die meisten blieben stehen, um mit Qumalix zu sprechen.

Yikaas schob sich von hinten durch die Menge. Gab es eine bessere Möglichkeit, diese Seejäger zu verstehen, als allein hier zu verweilen, wenn alle anderen gegangen waren? Dann könnte er versuchen, die Welt so zu sehen wie sie, eingeengt durch die Erdwände ihrer Behausungen.

Er ließ sich im Dunkeln hinter dem Kletterstamm nieder, eine Hand an den Stamm gedrückt. Auf seiner langen Seereise zu dieser Insel seiner Rinde beraubt, musste der Stamm seine eigenen Geschichten haben. Vielleicht verlangte es ihn danach, sie zu erzählen, da er sich Tag für Tag Geschichten aus anderen Mündern anhören musste. Aber da die Stimme eines Baumes in seinen Blättern lag, war er es als Stamm vielleicht zufrieden zu schweigen, anderen zu lauschen, statt zu sprechen.

Yikaas ließ seine Gedanken zu den Seejägern wandern, und er fragte sich, wie es wohl sei, so nahe am Meer zu leben, dem Wasser, das Begrenzung und Fahrweg zugleich war.

Er dachte über die Geschichten von Qumalix nach. Sie waren gut, aber nicht so meisterhaft wie die von Kuy'aa. Yikaas schloss die Augen und versuchte, sich die alte Frau als Mädchen vorzustellen, wie sie ausgesehen und geklungen haben musste. Er fragte sich, ob sie eine so gute Geschichtenerzählerin gewesen war, wie Qumalix es jetzt war. Besser, sagte er sich. Sie musste besser gewesen sein. Wie sonst könnte sie heute so gut sein, da sie schon so alt war? Ihre Haut schien so dünn und runzlig wie der Darm eines Seelöwen, den eine Frau weich gerieben hatte, und ihre Stimme war ebenso vom Alter gezeichnet wie ihr Gesicht.

»Möchtest du Wasser?«

Die Stimme schreckte Yikaas auf, und er öffnete die Augen. Qumalix stand vor ihm, keine Geschichtenerzählerin mehr, nur eine Frau, die ihm eine Robbenblase mit einem Stopfen aus Elfenbein anbot.

Er nahm die Blase, zog den Stopfen heraus und trank. Das Wasser war gut, so frisch, dass es den Geschmack der Blase kaum angenommen hatte. Er gab sie zurück, und auch Qumalix trank, dann verschloss sie die Blase und hängte sie an einen Pflock. Sie hockte sich neben Yikaas und wedelte mit der Hand vor ihrem Gesicht herum, um den Qualm von der Öllampe zu vertreiben, der an dem Kletterstamm zu dem eckigen Loch im Dach des *ulax* hinaufstieg.

»Gehst du jetzt?«, fragte sie, obwohl er sich nicht von seinem Platz hinter dem Stamm erhoben hatte.

Er saß im Licht des Eingangslochs, sie hingegen war im Dunkeln.

»Nein«, sagte er und fragte: »Gehst *du*?«

Sie richtete den Blick auf den Kletterstamm, als spräche sie mehr zu diesem als zu Yikaas, als wäre der Stamm ein Geschichtenerzähler, dem Achtung gebührte. »Es ist zuweilen gut, allein in diesem *ulax* zu sitzen«, sagte sie. »In meinem Dorf haben wir kein *ulax*, das abseits steht, eigens zum Geschichtenerzählen. Ich nehme an, hier am Strand der Händler müssen sie es haben, wo doch im Frühjahr und Sommer so viele Menschen zu Besuch hier sind.«

Sie hielt inne, als erwartete sie eine Erwiderung von ihm,

aber da sie zu dem Stamm sprach, gab Yikaas keine Antwort. Sollte der Stamm etwas sagen, wenn er Geschichtenerzähler war.

»Die Stille schenkt mir Eingebungen«, sagte sie. »Manchmal, wenn sich die vielen Menschen in dem *ulax* drängen, ist mir, als würde ich das Getöse ihrer Gedanken in meinem Kopf hören, sodass ich vergesse, was ich sagen wollte.«

Ihre Worte erstaunten ihn. Sie gaben beinahe seine eigenen Gedanken wieder. »Deswegen bin ich hier«, sagte er. »Um die Menschen deines Volkes besser zu verstehen. Ich hoffte, einige der Gedanken und Eingebungen einzufangen, die sie zurückgelassen haben.«

Wieder wedelte Qumalix mit der Hand vor ihrem Gesicht herum, dann hustete sie und rutschte zurück, fort von dem Qualm. »Die Lampe müsste mit Walöl gefüllt sein«, sagte sie. »Es brennt sauberer, insbesondere das Öl von Zahnwalen.«

Yikaas sah sie mit hochgezogenen Augenbrauen an. Er verstand nichts von Walen oder Walöllampen, und die Erkenntnis der mannigfachen Unterschiede zwischen ihnen bereitete ihm Unbehagen. »Holzfeuer riechen besser«, sagte er.

»Manchmal haben wir Strandfeuer«, erwiderte sie. »Sie riechen wohl gut, aber meistens bewahren wir das Treibholz auf, damit wir unsere *ulas* und die Männer Rahmen für ihre *iqyan* bauen können.«

»Habt ihr keine Bäume auf eurer Insel?«, fragte er. Kuy'aa hatte es ihm erzählt, aber er konnte es sich nicht vorstellen. Wie lebten die Menschen ohne Bäume?

»Nur Weiden, und die sind nicht wie die Weiden hier.« Sie hielt eine Hand dicht über den Boden. »Sie wachsen nur so hoch, aber wir verwenden die Rinde für Arzneien, und die alten Frauen sagen, dass die Menschen vor langer Zeit manchmal die Wurzeln gespalten haben, um Körbe zu flechten. Körbe aus Gras sind besser.«

Er grunzte nur. Warum sollte ein Mann über Körbe nachdenken?

Qumalix stand auf und sagte: »Wenn du hier allein sein möchtest, gehe ich ...«

Aber Yikaas fasste sie am Handgelenk und zog sie zu sich herunter. »Wirst du das nächste Mal beim Geschichtenerzählen von Tochter sprechen und wie K'os sie großgezogen hat?«, fragte er.

»Das will niemand hören«, sagte Qumalix.

»Ich wohl«, erwiderte er.

»Die Ersten Menschen haben es schon gehört, und es ist nicht sehr bewegend. Die besten Geschichten von Tochter und K'os geschehen später, wenn Tochter Frau geworden ist und K'os so alt, dass nur das Böse in ihrem Herzen ihre Seele mit ihrem Leib verbunden hält.«

»Wenn ich höre, wie K'os Tochter aufgezogen hat, dann kann ich die Feindschaft zwischen K'os und Chakliux vielleicht besser verstehen.«

Qumalix legte den Kopf zurück, als betrachtete sie die Sparren des *ulax*. Sie war hübsch anzuschauen, wenn ein Mann sich erst an die Seejägerfrauen gewöhnt hatte, mit ihrem runden Gesicht und der kleinen Nase, dem bemalten Kinn.

»Was kann ich dir erzählen?« Ihre Frage war mehr an sich selbst als an Yikaas gerichtet. »Wenngleich Wasserkürbis kein Mann der neuen und klugen Gedanken war, konnte er sich doch gut die Weisheiten anderer merken. Als er die Sprache der Ersten Menschen gelernt hatte – und er brauchte mehr als ein Jahr dazu –, teilte er die Geschichten und Weisheiten mit, die er im Dorf des Bootvolkes gehört hatte. Für die Ersten Menschen war dies neues Wissen, und so verdiente sich Wasserkürbis einen Platz unter den Ältesten, und obwohl er nur einen Arm hatte, sah er sich nun vollkommener, als er als junger Mann gewesen war.

K'os gab Tochter einen neuen Namen – Uutuk, das bedeutet Seeigel; denn Ko's hatte sie ans Ufer gespült gefunden, ein Geschenk der Fluten. K'os unterwies Uutuk in der Pflanzenheilkunst und lehrte sie, wie man Knochen einrichtete, schadhafte Zähne zog und Fieber senkte. Tochter wuchs zu einer Schönheit heran, aber K'os war bestrebt, sie den bösen Wegen zu unterwerfen.«

»So wurde Tochter böse, wie K'os.«

»Oh, das habe ich nicht gesagt«, entgegnete Qumalix. Sie saugte an ihrer Unterlippe, als dächte sie über etwas nach, und sagte dann: »Vielleicht gibt es eine Geschichte von Tochter, die du hören solltest. Ich könnte sie dir jetzt erzählen, wenn du möchtest, hier in diesem *ulax*, oder wir könnten an einen Ort gehen, wo wir den Strand und das Wasser und den Himmel sehen.«

Yikaas blickte in die dunklen Winkel des *ulax* und auf die Erdwände, die warm und dick waren und vor dem Wind schützten, aber plötzlich wollte er ins Freie. Er schlüpfte in seinen Parka aus Karibufell und wartete, bis Qumalix ihren *sax* angezogen hatte. Der *sax* war aus Kormoranhäuten gefertigt, die schwarzen Federn waren glatt und glänzend. Qumalix hatte keinen Mann, daher trug sie die langen Haare offen und nicht am Hinterkopf zusammengebunden, aber als sie den *sax* anzog, steckte sie die Haare in den Kragen.

Sie führte Yikaas an einen geschützten Platz in einem Tal zwischen zwei Anhöhen; der Weg führte sie außer Sichtweite des Dorfes. Sie setzten sich hinter einen Grashügel, und die Grashalme hielten den Wind ab, sodass er nur in kleinen Stößen zu ihnen kam, zu schwach, um ihre Worte zu verwehen.

Als Qumalix zu sprechen anhob, war es noch hell; Wolken zogen in Streifen über den Himmel wie die Schnüre von Geschichtenerzählern, die von flinken Fingern zu Tieren, Menschen und Vögeln gewunden wurden. Yikaas beobachtete Qumalix, während sie sprach, und der Wind blies die Wolkenstränge zu Bildern. Als der Tag sich zur Nacht trübte, schienen selbst die Sterne ganz nahe, und Yikaas fragte sich, ob die Stimme von Qumalix auch sie herbeirief.

Yunaska-Insel, Alëuten
6440 v. Chr.

DIE GESCHICHTE VON TOCHTER

Du kannst nicht erwarten, dass sie dir zugetan sind, Uutuk«, sagte K'os. »Sieh dich an. Du bist noch ein Mädchen, aber du weißt mehr als die meisten Frauen. Nicht einmal ihre Großmütter wissen so mit Pflanzen umzugehen wie du. Deine Finger sind flink mit der Nadel, und deine Stimme ist die Stimme einer Geschichtenerzählerin. Wenn die jungen Frauen bei dir sind, fühlen sie sich wie Kinder. Kannst du es ihnen verargen, wenn sie dich von ihren Spielen ausschließen?«

Die Worte von K'os fielen sanft in die Ohren von Tochter und sagten ihr wieder, wo ihr Platz in der Welt war. K'os gab Tochter eine Schale mit gelbem Wurzelsud und sagte: »Gib das deinem Großvater. Es wird ihm ein wenig Kraft schenken.«

Den Winter über war Wasserkürbis schwach geworden. Viele Tage war er nicht kräftig genug, um in den Wind zu klettern, sich oben auf das *ulax* zu setzen und mit den Ältesten zu palavern. Sie vermissten seine Weisheit, sagten sie zu Tochter. Welcher andere Mann wusste so viel über das Leben und erteilte doch seinen Rat mit solcher Sanftmut?

Er nahm die Schale aus den Händen von Tochter, und sie hielt den Atem an, bis es ihm gelang, den Sud an seine Lippen zu heben. Als er fertig war, beugte sie sich zu ihm, um ihm die Schale abzunehmen, und er flüsterte ihr ins Ohr, in der Sprache, die nur sie beide kannten.

»Ich hatte ein gutes Leben, Tochter, aber ich bin alt, und bald werde ich dich verlassen, um zu unserem Volk zurückzukehren. Ich wurde als Ältester geehrt. Robbe und K'os waren großzügig zu mir, und du warst eine gute Tochter. Mehr kann ich nicht verlangen.«

»Du könntest um einen weiteren Sommer bitten«, sagte Tochter. Ihre Gedanken waren auf einmal selbstsüchtig, wünschte sie doch, der Großvater möge leben, obwohl er zum Sterben bereit war.

Sie flüsterten miteinander, damit K'os sie nicht hörte. Sie hatte versucht, die Sprache des Bootvolkes zu erlernen, aber mehr als eine Hand voll Wörter konnte sie sich nicht merken. In den letzten Jahren war K'os jedes Mal zornig geworden, wenn sie Tochter und Wasserkürbis in jener Sprache reden hörte, deshalb benutzten sie sie jetzt nur noch, wenn sie allein waren. Aber K'os hatte ihre eigenen kleinen Wege, sich zu rächen. Wenn Wasserkürbis etwas tat, das ihr missfiel, sprach sie mit Tochter in der Sprache des Flussvolkes, die er nicht verstand. Manchmal vergingen Tage, ohne dass K'os die Sprache der Ersten Menschen benutzte. Aber Wasserkürbis begegnete ihrem Starrsinn mit einem Schulterzucken und achtete nicht auf ihren Zorn.

Meistens lebten sie glücklich zusammen. Robbe hatte vor kurzer Zeit ein neues *ulax* für Die-Augen-nimmt gebaut. Sie war eine kräftige Frau und mit vielen Kindern gesegnet, fast alle zwei Jahre kam ein neues, und nun waren es acht, zu viele für das kleine *ulax*, wo Tochter und K'os und der Großvater lebten. Aber K'os war noch immer Frau von Robbe, und sein Leben als Händler und Jäger sorgte dafür, dass sie stets genug zu essen hatten.

War Tochter auch dankbar, dass sie K'os und den Großvater hatte, so gab es doch Zeiten, da wünschte sie, sie wäre mehr wie die anderen Mädchen im Dorf, hätte Onkel und Tanten, Basen und Vettern, die in der Nähe lebten. Sicher, sie hatte die Familie von Robbe und Die-Augen-nimmt und deren Kinder, aber Tochter hatte erkannt, dass das nicht dasselbe war wie die Bande des Blutes. K'os hatte den Großvater mit einem Flussnamen geehrt, Taadzi, der, erklärte sie ihm, sich auf die Baumfalle bezog, mit der die Männer des Flussvolkes ein Tier fingen, das Luchs genannt wurde, und Luchse besaßen bekanntlich große Geist-Kräfte.

Tochter hatte nie einen Luchs gesehen, aber K'os besaß den

braun und gelb gefleckten Pelz von einem; Robbe hatte ihn von einer Handelsfahrt mitgebracht. Tochter hatte den Pelz betrachtet, hatte das dicke, weiche Fell gestreichelt und versucht, sich ein Bild zu machen, wie ein Luchs aussah. Sie kam zu dem Schluss, es müsse so etwas wie ein Eber sein, ein Tier, an das sie sich aus ihrer Kindheit bei dem Bootvolk erinnerte, aber mit einem weicheren, schöneren Pelz.

Tochter fand, dass K'os eine großzügige Frau war. Sie machte Kleidung für die Ältesten und teilte mit ihnen das viele Fleisch, das dem Großvater als Anerkennung für seine Weisheit geschenkt wurde. An den Tagen, wenn der Großvater draußen war und mit den Ältesten sprach und wenn Robbe fort war, um zu jagen oder zu handeln, teilte K'os sogar ihr Bett mit ihnen, denn sie war willens, einem Mann zu geben, was er brauchte, auch wenn er nicht ihr eigener war.

»Eines Tages wirst du dir auch diese Freude machen, Uutuk«, sagte K'os oft zu ihr, und dann erklärte sie, wie Männer berührt werden wollten und wie eine Frau bekommen konnte, was sie wollte, indem sie Freuden gegen viele Dinge eintauschte.

Wenn Tochter mit den anderen Mädchen des Dorfes zusammen war, sprachen sie zuweilen über die Wege der Männer mit Frauen. Keines der Mädchen war schon in der Zeit der Mondblutung, und keine hatte bei einem Mann gelegen, daher wussten sie nur, was sie erspähen oder erlauschen konnten. Bei dem Gekicher und den Albernheiten tat Tochter so, als wäre sie eine von ihnen, eine, die wenig wusste und viel fragte, und sie sagte ihnen nichts von den Dingen, die K'os ihr erzählt hatte; denn als Kind hatte sie gelernt, dass die Wege des Dorfes nicht die Wege von K'os waren, und dass die Wege von K'os nicht immer Zustimmung fanden. Es war besser zu schweigen; es war besser, für sich zu behalten, was sie wusste, denn hatten Worte erst ihren Mund verlassen, konnte sie sie nicht wieder unter ihrer Zunge verstecken.

Eines Abends, als der Großvater schlief und Tochter im Licht der Walöllampe nähte, kam K'os und hockte sich zu ihr.

»Ich mache mir Sorgen um deinen Großvater«, sagte K'os. »Ich habe ein wenig Beifuß, eine Pflanze, die ich mitgebracht habe, als ich vor vielen Jahren vom Flussvolk hierher kam. Es ist eine starke Pflanze mit vielen heilenden Kräften, und ich habe sie für jemand besonderen aufbewahrt. Nun ist die Zeit gekommen, sie zu benutzen. Andernfalls, denke ich, wird er vor dem Sommer sterben.«

Sie öffnete den Medizinbeutel aus Flussotterfell. Sie zog die Päckchen mit Pflanzenarzneien hervor, ein jedes mit gefärbter Sehne verschnürt. Zum Schluss nahm sie eines heraus, so alt, dass das Päckchen aus Tierhaut brüchig geworden war. K'os schnitt die Knoten auf und schüttete den Inhalt des Päckchens in ihre Hand. Die Beifußblätter waren nur noch Staub, so leicht, dass ein Atemhauch sie fortgeweht haben würde. Sie verteilte das Pulver in drei Holzschalen, reichte Tochter eine und hieß sie, das Pulver mit Öl zu vermischen und das Gesicht von Wasserkürbis damit einzureiben.

In einer Vorratsnische in der Wand des *ulax* verwahrten sie einen Robbenpelz mit Fett. Der Pelz war umgedreht, mit den Haaren nach innen, und im Sommer zuvor hatte Tochter ihn prall voll gestopft mit in Streifen geschnittenem Robbenfett, von dem alles Fleisch entfernt war. Mit der Zeit hatte der Druck das Öl aus dem Fett herausgepresst.

Tochter holte den Robbenpelz, öffnete die Halsklappe und kippte den Pelz, um etwas Öl auszugießen. Mit den Fingern rieb sie das Beifußpulver hinein, dann ging sie zu dem Großvater, zu seinem Schlafplatz im hinteren Teil des *ulax*, zog den Vorhang beiseite und machte sich daran, ihm das Öl ins Gesicht zu reiben. Er schnaubte ein wenig, wachte aber nicht auf, und kurz darauf lächelte er sogar.

Sein Körper war im Laufe der Jahre hagerer geworden, sein Gesicht spitz und runzlig, und seine Augen waren tief eingesunken. Er hatte seine Haut nie mit Nadelzeichen bemalen lassen, noch hatte er seine Lippen durchstochen, um Pflöcke hindurchzustecken. Er trug vielmehr einen langen, dünnen Schnurrbart, der von seinem Mund herabhing, wie es der Brauch des Bootvolkes war, der Menschen, deren Gesichter im Traum wie Geister zu Tochter kamen, da sie sich ihrer nur verschwommen erinnerte.

K'os hatte sich ihre Wangen und sogar die Oberschenkel bemalen lassen. Oft stritten sie und der Großvater über die Nadelzeichen, die Tochter erhalten sollte, die Linien auf den Wangen, die Kreise und Dreiecke, um ihre Beine zu verschönern. Tochter wünschte sich diese Bemalungen, um wie die anderen Mädchen im Dorf sein zu können, aber der Großvater sagte, sie würden sie nur hässlich machen, und wenn sie alt sei, würden die Linien unter ihrer Haut schmutzig verwischen und sich nicht fortwaschen lassen.

»Er ist ein alter Mann und wird nicht ewig leben, Uutuk«, hatte K'os gesagt, als Tochter sich beklagte. »Wenn er tot und die Trauerzeit vorüber ist, werden wir mit deinen Bemalungen beginnen.«

Tochter dachte an das Versprechen von K'os, als sie das Öl in die Haut des Großvaters rieb. Gern würde sie wie ein Kind bleiben, die Haut ohne Zeichnung, wenn dem Großvater noch Jahre guter Gesundheit beschieden wären. Sie sprach kleine Gebete der Hoffnung und ermahnte sich, dass die anderen Mädchen sagten, die Nadelbemalung sei schmerzhaft, und manchmal behalte eine Frau Narben zurück, Wülste, welche die glatte Haut von Gesicht und Beinen entstellten.

Als Tochter fertig war, brachte sie den Rest des Öls zu K'os zurück. »Es ist noch etwas übrig«, sagte sie. »Soll ich seinen Hals oder seine Hand damit einreihen?«

»Ist er aufgewacht?«, fragte K'os, ohne auf die Frage von Tochter zu achten.

»Nein«, sagte Tochter, und als sie an das Lächeln des alten Mannes dachte, lächelte auch sie und fragte sich, was er geträumt haben mochte. War er im Schlaf wieder jung gewesen, hatte er sich an Frauen erfreut und Erfolg gehabt bei der Jagd?

»Du wirst ihn aufwecken müssen. Er muss diesen Sud trinken. Eine Schale jetzt und die andere morgen.«

Tochter stellte das Öl beiseite und nahm den Sud. »Lass ihn schlafen, bis der Sud abgekühlt ist«, sagte K'os, »dann weck ihn und sieh zu, dass er alles trinkt. Ich überlasse es dir, denn ich muss in das *ulax* von Die-Augen-nimmt gehen. Robbe möchte, dass ich einen *sax* für ihn ausbessere. Es ist sein bester, und er traut der Nadel von Die-Augen-nimmt nicht.«

Tochter drehte sich um, sodass die Öllampe ihren Rücken wärmte, die Schale aber vor der Hitze geschützt war. Sie war froh, dass sie einen Grund hatte, den Großvater aufzuwecken. Ihre schönsten Zeiten beisammen waren die, wenn K'os das *ulax* verlassen hatte, aber seit dem letzten Sommer schlief er so viel, dass es diese Zeiten nicht oft gab.

Er erzählte wundersame Geschichten von der Insel, wo er und Tochter einst gelebt hatten, und zuweilen sprach er sogar über die leiblichen Eltern von Tochter, ihre schöne Mutter und ihren starken, jungen Vater. Tochter hatte ihnen Namen vom Volk der Ersten Menschen gegeben, um so tun zu können, als gehörten sie zu diesem Dorf, als hätte sie noch andere Angehörige neben dem Großvater. Wenn die Dorfmädchen hässlich zu ihr waren, halfen ihr die Namen ebenso wie die Geschichten des Großvaters.

Sie tauchte einen Finger in den Sud. Er war abgekühlt, und so stand sie auf und trug ihn vorsichtig zum Schlafplatz des Großvaters. Sie zog den Grasvorhang zurück und kniete sich neben den alten Mann, flüsterte ihm zu, bis er langsam die Augen aufschlug. Er blickte sie erstaunt an, als sähe er jemand anderen, dann aber lächelte er.

»Mir träumte, wir waren in unserem Dorf, Tochter«, sagte er mit schläfriger Stimme. »Deine Mutter war dort und dein Vater und diese faule Frau, meine Nichte. Wir feierten das Fest der Mondverheißungen, und eine junge Frau versprach sich einem jungen Jäger. Es gab Kastanienfladen, Tochter, und ich hatte gerade einen zum Mund geführt. Du hast mich genau in dem Augenblick aufgeweckt, als ich abbeißen wollte. Weißt du, wie lange es her ist, seit ich Kastanienfladen gekostet habe?«

»Es tut mir Leid, Großvater«, sagte Tochter.

»Es muss dir nicht Leid tun. Ich werde wieder einschlafen und so viele Kastanienfladen essen, wie ich vertragen kann.« Er lachte, und das Lachen keckerte in seinem Hals.

Tochter hielt die Schale mit dem Sud in die Höhe, sodass er sie sehen konnte. »Mutter hat eine Arznei für dich dagelassen. Sie sagt, sie wird dich stark machen.«

»Sie hieß dich, mich aus meinem schönen Schlaf aufzuwecken, um mir das zu geben?«, murrte er. »Was weiß sie denn? Schlaf und schöne Träume, das macht einen alten Mann stark.« Aber er stützte sich auf seinen Ellenbogen und beugte sich vor, um zu trinken. Als er die Schale geleert hatte, stellte Tochter sie beiseite, legte die Hände hinter seinen Kopf und bettete ihn sanft wieder auf seine Schlafmatten. Der Großvater schloss die Augen, doch dann schlug er sie auf und sah Tochter an. Er blinzelte und flüsterte: »Wo ist K'os?«

»Sie ist in das *ulax* von Robbe gegangen.«

Der Großvater lächelte. »Dann habe ich vielleicht Zeit, dir eine Geschichte zu erzählen.« Er sprach in der Sprache des Bootvolkes, und seine Stimme wirkte kräftiger. »Habe ich dir schon erzählt, wie ich einmal weit vom Ufer entfernt gefischt habe und ein Sturm aufkam?«

Er hatte Tochter die Geschichte viele Male erzählt, aber sie riss die Augen weit auf, um ihre Wissbegierde zu bekunden. »Wenn du sie erzählt hast, Großvater«, sagte sie, »dann habe ich das meiste vergessen. Bitte erzähle sie mir noch einmal.«

Er ergriff ihre Hand, sie ließ sich neben ihm nieder, und er erzählte die Geschichte.

K'os beugte sich über den Leib von Chiton und berührte mit ihrer Zungenspitze seine Brustwarzen. Seine Frau hatte ihm soeben eine Tochter geboren und lebte noch in der Geburtshütte.

Als K'os in das *ulax* von Robbe gegangen war, waren die Schwester und die Tante von Chiton bei Die-Augen-nimmt zu Besuch gewesen, und sie hatten K'os von der Geburt erzählt. K'os war nur geblieben, um den *sax* zu holen, dann hatte sie vorgegeben, sie müsse zurück zu Wasserkürbis. Stattdessen war sie in das *ulax* von Chiton gegangen.

Wie sie gehofft hatte, war er allein. Sie beglückwünschte ihn zu seiner Tochter, aber er machte ein finsteres Gesicht und sagte: »Jeder Mann wünscht sich einen Sohn.«

»Vor langer Zeit, als ich bei dem Flussvolk lebte, hatte ich einen Sohn«, sagte K'os zu ihm. »Ich war eine gute Mutter, habe ihm alles gegeben, habe seine Kleidung genäht und eine schöne Frau für ihn gefunden. Aber als ein anderes Dorf das unsere überfiel, hat er uns verraten und ist zu unseren Angreifern übergelaufen, weil sie stärker waren und er wusste, dass sie siegen würden. Als fast alle unsere Männer getötet waren und unser Dorf niedergebrannt war, wurde ich als Arbeiterin an die Walrossjäger verkauft, und mein Sohn hat keinen Finger gerührt, um mir zu helfen. Nur durch einen glücklichen Zufall kam ich in dieses Dorf, wo ich wieder Frau und Mutter bin. Wenn ich zwischen meinem Sohn und meiner Tochter wählen müsste, würde ich meine Tochter wählen. Sei dankbar, dass du ein gesundes Kind hast. Töchter bringen Glück, Söhne nicht immer.«

Er erwiderte nichts, kehrte ihr nur den Rücken zu und grunzte. Sie ging zu ihm, blieb dicht bei ihm stehen. Er trug nur einen Lendenschurz aus Otterfell, und sie schlang die Arme um seine Mitte, schob die Finger unter das Fell.

»Ich habe eine Frau«, sagte er, drehte sich aber mit dem Gesicht zu ihr und kniete sich hin, um seine Finger unter ihren *sax* zu schieben. Sie zog den *sax* über ihren Kopf, führte dann seine Hände an ihre Brüste.

»Warum soll ich dir meinen Samen geben?«, fragte er. »Du bist zu alt, um Kinder zu bekommen.« Seine Finger wanderten zum Band der Schürze aus geflochtenem Gras, die um ihre Mitte hing.

»Ich behaupte nicht, jung zu sein«, sagte K'os. »Aber ich bin nicht hässlich.« Sie legte ihre Hände um ihre Brüste. »Sind dies die Brüste einer alten Frau?«

»Du musst eine Arznei haben, die dich jung erhält«, sagte er. »Wenngleich sie nicht bei deinen Händen wirkt und vielleicht auch nicht bei deinen Haaren.« Er zog ein paar graue Strähnen aus dem Knoten an ihrem Hinterkopf.

Sie lächelte ihn an. »Es ist eine gute Arznei«, sagte sie. »Was glaubst du, wie ich sonst einen alten Mann vom Stamm des Bootvolkes so viele Jahre am Leben gehalten hätte? Jeder Jäger, den ich erwähle, wird seine Jugend lange Zeit bewahren. Ich kann dir keine Kinder geben – dafür hast du eine Frau –, aber meine Arznei wird dich stark machen.«

»Ich bin stark«, sagte er und sah sie finster an.

K'os ermahnte sich, dass die Seejäger stolze Männer waren. Eine Frau tat nicht gut daran, sie zu kränken. »Ich meinte nur, ich würde dir helfen, stark zu bleiben«, sagte sie, und dann: »Genug gesprochen.« Sie schob ihn zu seinem Schlafplatz, einer Nische, die mit einem Vorhang abgeteilt war.

Er fasste ihre Arme, legte sie auf die Felle und fiel über sie her. »Ich habe so lange keine Frau gehabt«, stöhnte er, »und das ganze Warten – nur für eine Tochter.«

Die Worte des Großvaters brachen unversehens ab, und Tochter, die bei ihm kauerte, die Augen geschlossen, damit sie die Geschichte sehen konnte, wartete. Es war die Stelle, die am spannendsten war. Wo die Sturmwellen das Paddel des Bootes fortgerissen hatten. Aber sie nahm an, dass der Großvater eingeschlafen war.

Je länger er lebte, desto leichter kam der Schlaf zu ihm.

Was hatte K'os gesagt? Das Leben ist ein Kreis, und alte Menschen streben wieder der Zeit zu, als sie kleine Kinder waren. Sie schlafen so viel wie kleine Kinder, und wie bei Kindern geraten ihre Gedanken und Worte manchmal durcheinander. Natürlich war der Verstand des Großvaters klar. Niemand im Dorf zweifelte daran, dass er immer noch der weiseste unter den Ältesten war.

Tochter öffnete die Augen. Zu ihrer Überraschung sah sie, dass der Großvater an die Decke seines Schlafplatzes starrte. Neugierig beugte sie sich zu ihm und blickte ebenfalls nach oben. Da war nichts als Dunkelheit.

»Schau, was sehe ich?«, fragte sie und wartete, dass er das Rätsel ergänzte. Rätsel waren ein Zeitvertreib der Menschen des Flussvolkes, aber K'os hatte sie beide das Vergnügen dieser Denkspiele gelehrt.

Als er nicht antwortete, nahm Tochter seine Hand. »Großvater?«

Ein Stöhnen kam aus seiner Kehle, und plötzlich hatte Tochter Angst. Sie schob ihren Arm unter seine Schultern und schlüpfte in seine Schlafstatt, sodass sein Kopf auf ihrem Schoß lag. Sie legte die flache Hand mitten auf seine Brust. Sein Herz war immer stark gewesen, jetzt aber fühlte sie nur ein schwaches Flattern.

»Großvater!«, rief sie ihn an. »Großvater, verlass mich nicht! Ich brauche dich.«

Tochter raffte Pelze von seinem Schlafplatz – alle, die nicht unter ihn gestopft waren –, rollte sie zusammen und schob sie ihm unter Kopf und Schultern. Sie riss eine Wasserblase von den Sparren, füllte eine Schale und versuchte, ihn zum Trinken zu bewegen. Er würgte, und sie wischte ihm die Wassertropfen vom Kinn, sagte ihm, sie gehe K'os holen. K'os habe gewiss eine Arznei, die ihm helfen werde.

Sie merkte nicht, dass sie ihren *sax* vergessen hatte, bis sie im Freien war und den schneidenden Wind auf ihrer bloßen Haut spürte, aber sie kehrte nicht um. Sie lief zum *ulax* von

Die-Augen-nimmt, und ohne sich mit Höflichkeiten aufzuhalten, stieg sie den Kletterstamm hinunter.

»Mein Großvater ...« keuchte sie außer Atem.

»Wo ist dein *sax*?«, fragte Die-Augen-nimmt. Robbe blickte von dem Speerschaft auf, den er glättete, und runzelte die Stirn.

»Du solltest dich besser schützen«, sagte er. »Die Windgeister kommen in deinen Bauch.«

Einer der Söhne furzte, und die anderen Kinder lachten. Tochter sah sie kopfschüttelnd an, und ihre Augen liefen über von Tränen.

»Meine Mutter«, sagte Tochter, »sie sollte hier sein. Mein Großvater ist sehr krank.«

Sie sah die plötzliche Besorgnis in ihren Gesichtern, und die Kinder scharten sich um sie, sodass sie an sich halten musste, um sie nicht fortzustoßen. »Meine Mutter?«, fragte sie noch einmal.

»Sie war hier«, sagte Robbe, »aber sie ist schon lange fort. Sie wird wohl jemanden besuchen.«

Er hieß seine zwei Söhne, Jungen von acht und zehn Sommern, in alle *ulas* zu gehen, um K'os zu suchen und nach Hause zu schicken. Dann wies Die-Augen-nimmt eines der Mädchen an, einen *sax* zu bringen. Sie zogen ihn Tochter über den Kopf, und erst als sie das Gewicht des Kleidungsstücks auf ihren Schultern spürte, merkte sie, wie kalt ihr war. Sie schauderte, ihre Zähne klapperten so heftig, dass sie ihre Worte nur in Stößen hervorbrachte.

»Ich gehe mit dir zu deinem *ulax*«, sagte Die-Augen-nimmt und schob Tochter eilends zum Kletterstamm und nach draußen. »Mein Vater war ein Schamane. Ich weiß Gesänge, die vielleicht helfen können.«

Tochter nickte. Sie erinnerte sich an den Vater der Frau. Er war gestorben, kurz nachdem sie und der Großvater in das Dorf gekommen waren. Der Schamane hatte drei Lippenpflöcke gehabt, einen in jedem Mundwinkel und einen dritten unterhalb der Unterlippe. Das Gewicht dieses Pflocks hatte seine ganze Lippe heruntergezogen, sodass seine Zähne stets entblößt waren zu einer Grimasse, die zuweilen noch in schlechten Träumen zu Tochter kam. Er war ein Mann mit lauter Stimme und vielen Worten gewesen, und bei seinem Tod schienen diese Worte von seiner Zunge in den Mund von Die-Augen-nimmt übergegangen zu sein. Ständig prahlte die Frau mit ihm, und wenn sie sprach, sprach sie kühn wie ein Mann.

Als sie in das *ulax* kamen, stöhnte Wasserkürbis. Seine Augen waren geschlossen, und sein Atem warf vor seinem Mund Bläschen, als habe ein Fluss plötzlich beschlossen, in seinen Lungen zu wohnen. Die Rolle aus Pelzen, die Tochter ihm unter den Kopf geschoben hatte, war zur Seite gerutscht, und er lag zusammengekrümmt in seiner Bettstatt. Sie kniete sich hin, stemmte ihre Arme abermals unter die Schultern des Großvaters und richtete ihn etwas auf, bis er leichter zu atmen schien.

Die-Augen-nimmt fing an zu singen, und ihre Worte trommelten Tochter in den Ohren. Tochter beugte sich vor und sprach flüsternd zu dem Großvater, sagte ihm, wie sehr sie ihn vermissen würde, wenn er stürbe. Sie hoffte, ihre Not sei stark genug, um ihn an die Erde zu binden.

Schließlich kletterten die Söhne von Die-Augen-nimmt in das *ulax*, und schreiend und johlend berichteten sie, wo sie K'os gefunden hatten.

Ihre Worte waren bei den Gesängen schwer zu verstehen, und Die-Augen-nimmt hörte nicht auf, sondern fing an zu tanzen und zu hüpfen, bis Tochter schien, das ganze *ulax* sei von Torheit erfüllt und sie allein sei da, um den Großvater zu beschützen. Doch schließlich verstand sie trotz der lauten Stimme von Die-Augen-nimmt, was die Jungen sprachen.

Ihre Mutter hatte bei Chiton gelegen, einem Mann, dessen Frau soeben ein Kind geboren hatte. Gewiss lag ein Fluch in einem solchen Tun. Die Wangen von Tochter brannten vor Scham, und sie versuchte, nicht daran zu denken, was die anderen Mädchen im Dorf zu ihr sagen würden.

Zorn umfasste ihren Hals wie eine Hand und drückte zu, bis sie nicht mehr atmen, nicht sprechen konnte. Sie beugte sich vor und legte ihre Wange an die Stirn des Großvaters, ließ die Tränen aus ihren Augen auf sein Gesicht tropfen.

Dann war K'os in dem *ulax,* und die Jungen verstummten. Sogar Die-Augen-nimmt hielt mit ihrem Gesang inne. K'os warf ihren *sax* ab. Ihr Medizinbeutel hing zwischen ihren Brüsten, und sie zog ein Päckchen hervor, das mit einer blauen, zweimal verknoteten Sehne verschnürt war. Sie band es mit den Zähnen auf und schüttete den Inhalt in ihre Hand. Mit der Zunge befeuchtete sie die Fingerspitzen, tauchte sie in das graue Pulver und steckte die Finger in den Mund des Großvaters, in seine Nasenlöcher und seine Augenwinkel. Sie tat dies zweimal, und es schien Tochter, dass der Atem des Großvaters leichter ging.

Tochter sog tief die Luft ein, als arbeiteten ihre Lungen für sie beide. Die Augen des Großvaters gingen auf, und Tochter fand die Sprache wieder.

»Großvater«, sagte sie. »Mutter hat eine Arznei für dich gemacht. Bald geht es dir wieder gut.«

Tochter lächelte und sah K'os an. Die Frau hatte einen eigenartigen Ausdruck im Gesicht, beinahe Bedauern, nahezu Schmerz, und die Faust schloss sich wieder um die Kehle von Tochter, drückte ihr erneut die Worte ab. Die-Augen-nimmt schob sich vor und stellte sich neben den Großvater. Die Frau wiegte heftig und gleichmäßig den Kopf, als wäre ihr Schädel eine Trommel. Sie bewegte die Lippen, aber es kam kein Laut heraus. Ein Gesang ohne Worte? Dann gab Die-Augen-nimmt den Worten Stimme, und Tochter erkannte, dass sie nicht zur Heilung sang, sondern in Trauer, einen Totengesang.

»Nein!«, sagte Tochter.

Das Wort war wie ein Messer, und es öffnete ihre Kehle, entschlüpfte als ein Schrei, sodass die Söhne von Die-Augen-nimmt die Handflächen an ihre Ohren drückten.

»Nei-ei-ei-ein! Nein, Großvater! Nein! Nein! Nein!«

Sie beugte sich über seinen Leichnam, und als Die-Augen-nimmt und K'os sie fortziehen wollten, trat und kratzte sie, bis sie sie schließlich bleiben ließen, wo sie war.

»Lass sie die Nacht über dort«, sagte Die-Augen-nimmt zu K'os. »Vielleicht wird sie morgen wieder bei Verstand sein und trauern, wie es sich für eine Tochter gehört.«

So blieb Tochter die ganze Nacht bei dem Großvater, hütete seinen Leichnam mit Gebeten und Gesängen.

Als sie am Morgen endlich zuließ, dass die Dorffrauen eintraten, sahen diese mit Entsetzen, dass sie sich wieder einen Zeh abgeschnitten hatte, den kleinsten an ihrem anderen Fuß, und dass sie ihn in die Hand des alten Mannes gelegt hatte. Als sie ihn aus seinen Fingern klauben wollten, knurrte Tochter sie an wie ein Otter, stand da mit gebleckten Zähnen, bis K'os bat, man solle den Zeh lassen, wo er war.

»Ich kannte einen Mann, der hatte sich einen Finger abgeschnitten und ihn den Geistern geopfert für das Leben seines Sohnes«, erzählte K'os den Frauen vom Volk der Ersten Menschen.

»Lag der Sohn im Sterben?«, fragte eine Frau.

»Er war schon fast tot.«

»Und blieb er am Leben?«

»Er blieb am Leben«, sagte K'os.

Darauf ließen die Frauen von dem Toten ab, flüsterten nur untereinander über die seltsamen Gebräuche und Torheiten anderer Völker. K'os vernähte die Wunde von Tochter, und fortan sprach sie nie mehr darüber, weder Worte des Trostes noch des Tadels.

»Was wissen wir denn schon über dieses Bootvolk?«, fragte K'os Die-Augen-nimmt. »Ich habe das *ulax* mit Wasserkürbis geteilt und habe dennoch nicht alles verstanden, was er sprach, aber er war ein weiser Mann. Er war Uutuk ein guter Großvater.«

Wohl sprachen die Menschen noch mehrere Tage nach dem

Tod von Großvater über den Besuch von K'os im *ulax* von Chiton, aber sie war so aufrichtig in ihrer Trauer, dass das Geflüster bald erstarb. Und als Robbe K'os wieder in sein Schlaflager nahm, ehrte ihn das ganze Dorf für seine Selbstlosigkeit, eine Frau zu behalten, die alt war und ihm keine Kinder geben würde.

18

Herendeen-Bucht, Alaska
602 v. Chr.

Danke«, sagte Yikaas leise.

Qumalix lächelte ihn an, und der Wind ergriff eine Strähne ihres Haares, zog sie aus dem Kragen ihres *sax* und trug sie an die Wange von Yikaas. Qumalix fing sie ein und steckte sie wieder zurück.

»Es ist eine gute Geschichte«, sagte sie zu ihm, »aber ich erzähle sie nicht so gut wie derjenige, der sie mir erzählt hat.«

»Der alte Mann, der bei dir ist?«, fragte er.

»Nein, er ist mein Großvater. Er war nie Geschichtenerzähler. Die Worte kommen nicht leicht zu ihm. Wohl hat er viele Geschichten im Kopf, aber er hat Mühe, sie zu erzählen.«

»Und wer hat es dich gelehrt?«

»Sein Vater.«

Yikaas hielt den Atem an. »So ein alter Mann?«, fragte er.

»Er ist tot. Seit vielen Jahren schon. Du siehst, ich musste schnell lernen, und ich war noch sehr jung. Als er keine Kraft mehr hatte, um etwas anderes zu tun, als stillzuliegen, saß ich an seiner Bettstatt, und er erzählte mir Geschichten. Jedes Wort kam so langsam aus seinem Mund, wie eine Frau mit der Ahle Löcher stanzt für einen Saum.«

»Ein guter Weg, um Geduld zu lernen«, sagte er.

Sie nickte, ihr Blick wandte sich dem Himmel zu, und da wusste er, dass sie ihn für einen Augenblick verlassen hatte, um jene Tage des Lernens zurückzurufen.

»Ich habe seine Worte gesammelt wie eine alte Frau, die

verstreute Perlen aufliest, und seine Langsamkeit gab mir die Möglichkeit, Licht und Farbe einer jeden zu betrachten.«

Sie pflückte zwei Grashalme, ließ zu, dass der Wind sie ihr aus den Fingern nahm. Yikaas spürte die Wärme ihres Körpers mit Behagen, und er wusste, sie musste müde sein, aber er wollte nicht, dass sie fortging. Er öffnete den Mund, um etwas zu sagen, in der Hoffnung, Worte möchten sie zurückhalten, aber auch sie sprach, und beider Worte purzelten gleichzeitig heraus, sodass er nicht wusste, was sie gesagt hatte.

Sie lachte, und er hörte die Verlegenheit in ihrem Lachen. Was hatte die Großmutter ihm gesagt? Die Seejäger – die Ersten Menschen – waren ein Volk, das es nicht nötig hatte, die Luft mit Worten zu erfüllen. Wenn sie sprachen, dann taten sie es, weil etwas gesagt werden musste.

»Verzeih. Was hast du gesagt?«, fragte er.

»Nur, dass ich für heute genug gesprochen habe. Jetzt bist du an der Reihe. Ich habe dir eine Geschichte erzählt, darum musst du mir nun eine erzählen. Geschichtenerzähler sind Händler, *nae*'? Reise um Reise.«

Aa, sie würde bleiben, aber Yikaas ermahnte sich, in ihrer Bitte nicht mehr zu sehen als den Wunsch einer Geschichtenerzählerin, etwas zu lernen. Vielleicht war ihr zu Mute wie ihm, wenn er zu viele Geschichten erzählt hatte und der Klang seiner Stimme so matt wurde, dass er nicht sagen konnte, ob seine Worte stark waren oder schwach. Das waren die Zeiten, in denen man anderen zuhörte, von ihren Erzählungen seinen Geist anrühren ließ, sodass die Freude am Geschichtenerzählen wiederkehrte.

»Gibt es etwas, das du gerne hören möchtest?«, fragte er.

»Ich kenne nicht viele Geschichten vom Flussvolk. Erzähl mir eine, die dir gefällt.«

Er überlegte einen Augenblick und sagte: »Erinnerst du dich, wie du von Tochter gesprochen hast, wie K'os einen Vater erwähnte, der sich einen Finger abschnitt, um seinem Sohn das Leben zu retten?«

»Ja.«

»Möchtest du eine Geschichte von diesem Jungen hören?«

»Dem Sohn?«

»Ja. Sein Name war Ghaden, und er wuchs zu einem Mann heran, der bekannt war für seine Stärke und Weisheit.«

»Ich möchte gerne von Ghaden hören«, sagte sie.

Sie zog die Beine unter ihren *sax* und lehnte sich an einen Grashügel. Sie nahm einen Streifen getrockneten Fisch aus ihrem Ärmel und reichte ihn Yikaas, dann nahm sie einen für sich heraus und sagte: »Ich bin bereit. Erzähl mir seine Geschichte.«

Yikaas biss von dem Fisch ab, und über das vom Wind gezauste Gras blickend, stellte er sich sein Dorf vor: die gewölbten Winterbehausungen aus Karibufell, die Fleischlager, den breiten Fluss, der in der Nähe floss. Ghaden hatte in einem ganz ähnlichen Dorf gelebt. Etwas näher am Meer, sagten die Ältesten, aber Ghaden hatte vor so langer Zeit gelebt, dass es keiner genau wusste.

In jenen Tagen konnten Tiere sich in Menschen verwandeln, und die Geschichten, die Yikaas jetzt als *Dzuuggi* erzählte, waren erlebt worden.

Er schloss die Augen und sah Ghaden, Sohn einer Seejägermutter, mit den breiten Schultern der Menschen ihres Volkes. Groß wie sein Vater, der teils vom Flussvolk war und behauptete, auch etwas Blut vom Stamm der Walrossjäger in sich zu haben, die für ihre Tapferkeit bekannt waren. Die Walrossjäger lebten nicht weit vom Strand der Händler, aber sie waren ein anderes Volk, sie waren aus dem Norden gekommen, waren grimmig und stark, bald Freund, bald Feind. Diese ersten Walrossjäger waren nun fort, und niemand wusste, wohin sie gegangen waren, wenngleich manche Geschichtenerzähler sagten, sie seien mit ihren *iqyan* weit nach Süden gezogen und lebten dort an fernen Ufern und auf Inseln, jagten nicht Walrosse, sondern Wale. Eine törichte Geschichte, so schien es. Warum wollte jemand die reichen Gewässer des Nordmeeres verlassen wegen eines Landes, wo Ungeheuer lebten, *c'et ae-*

ni, nuhu'anh und andere? Doch genug des Verwunderns. Qumalix hatte um eine Geschichte gebeten.

Yikaas öffnete die Augen und begann. »Als Junge hatte Ghaden gelernt, mit Kummer zu leben«, sagte er. »Seine Mutter war von einer Frau mit Namen Rotes Blatt getötet worden, als Ghaden noch kaum das Alter des Erinnerns erreicht hatte. Rotes Blatt hatte auch versucht, Ghaden zu töten, aber zum Erstaunen aller hat er überlebt. Rotes Blatt hatte ein Messer genommen, und seine Wunden waren tief.«

»Und damals hat der Vater seinen Finger für das Leben von Ghaden geopfert?«, unterbrach Qumalix.

»Ja. Und zum Tausch wurde Cen das Leben seines Sohnes gegeben. Später zog Cen in ein anderes Dorf und nahm sich eine Frau mit Namen Gheli.«

»*Aa*, ja, Gheli«, sagte Qumalix.

»Das ist eine andere Geschichte und soll ein andermal erzählt werden«, sprach Yikaas zu ihr, als wäre sie ein Kind. Aber sie war nicht gekränkt, sondern lachte nur, und so fuhr Yikaas fort.

»Cen und Gheli hatten zwei Töchter, und obwohl Cen Händler und viel auf Reisen und Ghaden sein einziger Sohn war, wagte Cen es nicht, in das Dorf zu kommen, wo Ghaden lebte, weil er fürchtete, dass die Männer dort ihn töten würden.«

»Warum?«, fragte Qumalix. »Er war ein Mann vom Flussvolk, *nae'*?«

»Erinnerst du dich an die Geschichte, wie zwei Flussdörfer gegeneinander kämpften, bis eines zerstört war und nur wenige Jäger übrig blieben?«

»Ich erinnere mich.«

»Auch von dem Dorf, das den Kampf gewann, waren viele junge Männer getötet worden, und so beschlossen sie nach ein paar Jahren, ihren Zorn zu vergessen und ein einziges Volk zu werden. Auf diese Weise vereinten sie die Stärke der Jäger, die ihnen geblieben waren.«

»Was hat das mit Cen und Ghaden zu tun?«

»Bevor Cen Gheli als Frau nahm, hatten er und Ghaden in dem Dorf gelebt, das später den Kampf verlor. Schwierig wurde es erst, als Cen mit den Jägern jenes Dorfes in den Kampf zog. Cen sah, dass sie in der Minderheit waren, und er verließ sie in der Nacht und kehrte nicht zurück.«

»Er war ein Feigling«, sagte Qumalix.

»Aber mutig genug, sich den Finger abzuschneiden, als er dachte, die Geister würden ihn als Geschenk annehmen und das Leben von Ghaden verschonen.«

»Das ist alles sehr verwirrend.«

»Du wirst meine Geschichte verstehen«, sagte Yikaas.

»Es würde mir helfen, wenn du meine Sprache sprächest und ich nicht den Worten des Flussvolkes lauschen müsste.«

Ihre Klage erzürnte Yikaas, aber er zuckte mit den Schultern und sagte: »Dann würde ich jemanden brauchen, der sie mich lehrt.«

»Deine Tante Kuy'aa spricht meine Sprache«, sagte sie.

Zorn überkam ihn, und Yikaas sagte: »Gut, dann hole sie. Sie kann sie mich jetzt lehren, schnell, auf dass ich diese Geschichte mit Worten sprechen kann, die lieblicher klingen für deine Ohren.« Ihre Augen wurden schmal, und sie stopfte sich ein großes Stück Fisch in den Mund, wie um sich vor einer hastigen Erwiderung zu bewahren. Schließlich sagte sie, den Mund voll Fisch: »Ich will deinen Worten in der Flusssprache lauschen.«

»Unterbrich mich, wenn du etwas nicht verstehst«, sagte er. »Ich lehre dich mit Freuden neue Wörter.«

Er wartete, fragte sich, ob sie ihm anbieten würde, ihn im Tausch dafür ihre Sprache zu lehren, aber sie tat es nicht, und als er nun fortfuhr, sprach Yikaas mit harter, von Enttäuschung gefärbter Stimme – eine gute Stimme für die Geschichte von Ghaden.

In der Nähe des Iliamna-Sees, Alaska
Später Winter, 6447 v. Chr.

DIE GESCHICHTE VON GHADEN

Du vergeudest Nahrung, wenn du ihn fütterst«, sagte der Jäger Sok.

Ghaden hockte neben Beißer, strich mit der Hand über das weiche Fell des Hundes.

»Er ist alt, Ghaden. Er jagt nicht mehr, und er wird nicht mehr mit uns mithalten können, wenn wir zu den Fischlagern ziehen.«

Ghaden wusste keine Antwort. Sok hatte recht. Beißer war ein Hund, der bekannt war für seine Klugheit, aber jetzt war er alt und litt Schmerzen.

»Ich nehme ihn mit«, sagte Sok. »Ich ziele genau. Er wird tot sein, bevor er den Speer spüren kann.«

Ghaden hielt den Kopf gesenkt. Mit sechzehn Sommern war er längst ein Mann, und welcher Mann vergoss Tränen um einen Hund? Er durfte Sok nicht seine Augen sehen lassen.

»Ich tue es«, sagte Ghaden, und seine Stimme war bestimmt, fest.

Sok grunzte und ging fort. Ghaden blieb bei dem Hund, und lange Zeit strich er mit seinen Händen über das Fell von Beißer.

Schließlich sagte er: »Wir sollten heute jagen, Beißer. Sieh, schau zum Himmel. Bald werden Wolken kommen, und morgen gibt es wieder Schnee. Aber das Flusseis ist fest, und das Gehen wird leicht sein. Würde ein frischer Hase nicht gut schmecken heute Abend? Wenn wir zwei erlegen, können wir Yaa einen geben. Schreit-laut ist noch nicht von der Verfolgung der Karibus zurück, die nahe dem Dorf ihre Spuren hinterlassen haben.«

Er dachte an alle Hunde, die er gekannt hatte. Den Hund von Ligige', der noch in hohem Alter geholfen hatte, Nachtmann zu töten, den Bösewicht. Ligige' war nun schon zwei Winter tot, bis zuletzt war sie voll Weisheit und Übermut gewesen.

Im Sommer vor ihrem Tod hatte Ligige' im Tausch noch einen Hund erworben, und während ihrer letzten Krankheit hatte sie Ghaden diesen Hund geschenkt. Es war ein Weibchen, er hatte sie mit Beißer gepaart und drei gesunde Welpen bekommen. Einer sah aus wie Beißer, er hatte dieselbe dunkelbraune Zeichnung und wohl auch etwas von seiner Klugheit, wenngleich dies bei einem jungen Hund schwer zu sagen war. Diesen Welpen hatte Ghaden behalten, einen hatte er Schreitlaut gegeben, dem Mann von Yaa, und einen bei Trägt-viel, dem jüngeren Bruder von Schreit-laut, gegen Fuchspelze eingetauscht – weniger, als der Hund wert war, aber Trägt-viel würde gut für ihn sorgen.

Sok hatte gemurrt, als Ghaden dem Jungen den Hund gegeben hatte, obwohl Trägt-viel der Sohn von Sok war. Sok hatte den Hund für sich selbst gewollt, aber er war grob zu Tieren, ein guter Mann mit seinen Frauen und seinen Kindern, aber nicht so gut mit Hunden – er vernachlässigte sie zu lange, wenn er sie nicht brauchte, und geizte mit Futter.

Ghaden schlüpfte in die Behausung seiner Schwester, holte sein Bündel mit den Schneeschuhen, zwei Wurfspeere und einen Bogen. Es war noch Winter, aber der Tag war warm genug, sodass der Bogen, wenn er straff gespannt wurde, nicht brechen würde, und kleine Tiere konnte Ghaden besser mit einem Pfeil erlegen als mit dem Speer.

Aqamdax saß bei ihrer kleinen Tochter und half dem Mädchen, eine Sehnenschnur durch Ahlenlöcher zu fädeln, die in großem Abstand in ein Stück Karibuhaut gestanzt waren. Vor lauter Eifer steckte das Mädchen die Zunge aus dem Mundwinkel. Das Kind grunzte mutlos, wenn der Faden sich verdrehte, und obwohl die Augen von Aqamdax auf Ghaden gerichtet waren, sprach sie zu ihrer Tochter: »Du weißt, was du tun musst?«

Das kleine Mädchen ließ die Nadel hängen und sah zu, wie der Faden sich von selbst drehte und entwirrte.

»Wenn du dich zu sehr anstrengst«, erklärte Aqamdax, »geraten die Dinge durcheinander, und du kannst sie nur entwirren, wenn du sie loslässt.«

Ghaden schloss kurz die Augen. Es war schwer, eine Schwester zu haben, die immer seine Gedanken kannte.

»Sei vorsichtig«, sagte sie zu ihm, als er ging.

Anders als die anderen Hunde im Dorf schlief Beißer meistens in der Behausung, doch zur Fütterzeit band Ghaden ihn draußen an. Jetzt band er den Hund los, spornte ihn mit Rufen an und mit dem Versprechen einer guten Jagd. Beißer seufzte und stand schwerfällig auf.

Sie gingen auf den festgestampften Pfaden des Dorfes, bahnten sich ihren Weg zwischen den Winterbehausungen hindurch hinunter zum Fluss. Eine feste, dicke Kruste aus Schnee bedeckte das Eis, aber Ghaden ging vorsichtig und prüfte beim Gehen mit dem dickeren Ende des Speers die Oberfläche. Selbst schmalen Rissen konnte Wasser entströmen, das unter der Schneedecke eingeschlossen und nicht gefroren war. Wenn ein Mann in dieses Wasser einbrach, wurden seine Stiefel durchnässt, und seine Füße erfroren. Mehr als einen Jäger hatten sie auf diese Weise verloren.

Er ging, bis er zu einem Frauenpfad kam, der vom Fluss abbog und zu den Fallengründen führte. Dort blieb er stehen und zog seine Schneeschuhe an. Er setzte die Füße schräg in den Schnee, der locker lag im Schutz der Weiden und Erlen. Er hatte nicht vor, weit zu gehen. Es war zu beschwerlich für Beißer, doch jeder Schritt schien zum nächsten zu führen, und schließlich merkte er, dass er nur weiterging, weil er nicht stehen bleiben wollte.

Er drehte sich nach Beißer um. Der Hund kämpfte sich vorwärts, mit gesenktem Kopf und hängender Zunge. Ghaden ging zurück, hockte sich neben den Hund, schlang einen Arm um seinen Hals.

Wie oft hatten sie so gesessen, hatten die Wärme und die Kraft von Beißer den kleinen Jungen getröstet, der sich vor so vielen Dingen fürchtete?

»Ich werde nie einen besseren Hund haben«, sagte er zu Beißer. Beißer wedelte mit dem Schwanz, und Ghaden sagte: »Ich weiß nicht, wohin Hunde gehen in der Welt der Geister.« Seine Kehle schloss sich um seine Worte, und Ghaden musste innehalten, um Atem zu holen. »Aber wenn du kannst, warte auf mich.«

Beißer winselte tief in der Kehle, und Ghaden wusste, dass die Beine des Tieres vor Kälte schmerzten. Hatte nicht auch Ligige' geklagt über die Kälte, darüber, was sie ihren Knien und Knöcheln antat?

Genug gewartet, sagte Ghaden bei sich, und zum letzten Mal schmiegte er seinen Kopf an den Hals von Beißer, vergrub sein Gesicht in dem weichen Fell. Yaa hatte ihm versprochen, aus dem Fell seines toten Hundes einen Parkabesatz für Ghaden zu machen. Das wäre wenigstens ein Trost und würde Ghaden vielleicht etwas von der Stärke von Beißer geben.

Beißer war zu alt, um auf dem Pfad vorauszurennen und Ghaden die Möglichkeit zu geben, von hinten geschwind einen Speer zu werfen. Die einfachste Art, ihn zu töten, wäre, ihm die Kehle durchzuschneiden und ihn zu halten, wenn er starb. Ghaden zog sein Ärmelmesser aus dem Futteral und bewegte sich langsam, damit Beißer nicht fortsprang. Ghaden umfasste die Klinge fest, bereit zu einem tiefen Stoß, doch plötzlich sprang Beißer auf, den Blick auf etwas gerichtet, das im Gestrüpp verborgen war. Sein Winseln war in ein tiefes Knurren übergegangen, und der Hund sprang davon.

Ghaden machte einen Satz nach vorn und versuchte, die geflochtene Schnur aus *babiche* um den Hals von Beißer zu erhaschen, doch behindert von seinen Schneeschuhen, bekam er nur eine Hand voll Fell zu fassen.

Als wären seine Beine auf einmal wieder jung, sprang Beißer

durch den Schnee, bald aufgeregt kläffend, bald heulend und jaulend. Ghaden folgte dem Hund in ein Dickicht aus Schwarzfichten. Zwei Schneegänse flogen aus ihrem Versteck im Schnee auf, und Ghaden erschrak so sehr, dass er schützend die Arme vor sein Gesicht hielt. Dann hörte er ein Brummen – nicht Hund, sondern Bär –, und er blieb stehen, nahm das Messer in die linke Hand und zog einen Speer heraus. Er wandte den Kopf hin und her, bis er das Tier durch die Bäume sehen konnte, einen Blick auf das dunkle Fell erhaschte. Beißer bellte immer noch, und Ghaden ging langsam vorwärts, schob sich durch ein Gestrüpp von Erlen und blieb erschrocken stehen.

Es war ein riesiger Braunbär, der größte, den er je gesehen hatte.

Der warme Tag musste das Tier aus seiner Winterhöhle gelockt haben, dachte Ghaden, obwohl es noch zu früh war für Bären, um hinauszugehen. Er war so groß wie zwei Männer, so breit wie ein Baum, und er war wütend, wie es Bären oft sind im späten Winter, wenn ihre Bäuche leer sind, die Flüsse noch zu dick mit Eis bedeckt, als dass sie Fische fangen könnten, und die Kinder des Dorfes alle Winterbeeren gepflückt haben.

Wenn Beißer Ghaden nicht gewarnt hätte, wäre der Bär zu ihnen gekommen, als sie zusammen im Schnee saßen. Was hätten sie dann ausrichten können?

Wie alle Hunde beim Flussvolk war Beißer zur Bärenjagd abgerichtet worden, aber die Flussjäger erlegten Schwarzbären – kleiner und weniger angriffslustig, berechenbarer in ihrem Tun. Braunbären, die zwei-, gar dreimal größer waren als die schwarzen, zeigten keine Furcht vor Menschen, und warum sollten sie? Welcher Mann, und sei er auch mit Speeren, Messern und einem Bogen bewaffnet, könnte gegen ein solches Tier etwas ausrichten, vor allem, wenn es hungrig war oder seine Jungen beschützte?

Der Bär war vom Bellen des Hundes abgelenkt und sah Ghaden zunächst nicht. Er machte einen Satz auf den Hund zu, doch Beißer sprang fort.

Ghaden fasste seinen Speer, und als der Bär sich auf den Hinterbeinen aufrichtete, zielte er auf das Herz und warf. Der Bär schlug mit seiner Tatze nach dem Speer, die braungelben Krallen, so lang wie die Finger von Ghaden, wehrten den Weg der Waffe ab, sodass die Spitze in das rechte Vorderbein des Bären eindrang, statt ihr Ziel zu treffen.

Brüllend wandte sich der Bär von Beißer ab und untersuchte die Speerspitze, die von Blut glänzte und aus der Innenseite des Beines ragte. Beißer rannte geschwind hinter den Bären, um dem Tier die Kniesehnen aufzureißen.

»Weg da, Beißer!«, schrie Ghaden. Ein so alter Hund war nicht schnell genug, um herbeizustürzen, zuzubeißen und sich dann außer Reichweite der Krallen oder Zähne des Tieres in Sicherheit zu bringen. Dass Beißer dem ersten Angriff des Bären entkommen konnte, war erstaunlich genug.

Ghaden rief noch einmal, aber Beißer bellte weiter und ließ nicht von dem Bären ab. Du bist ein Dummkopf!, sagte Ghaden zu sich selbst. Flieh und überlass den Hund dem Kampf. Gibt es für Beißer eine ehrenvollere Art zu sterben? Sein Tod würde schnell sein. Ein krachender Hieb auf den Schädel. Doch Ghaden blieb.

Der Bär brach den Schaft des Speeres ab, biss in die Speerspitze, die ihm die Zunge zerstach und seine Schnauze mit Blut färbte. Das Tier drehte sich um, schlug wieder nach Beißer, und mit klopfendem Herzen warf Ghaden seinen anderen Speer. Dieses Mal traf der Speer das Tier genau unterhalb des Brustbeins.

Ghaden wartete, dass der Bär umfiel, aber der brummte nur und ergriff den Speer mit beiden Tatzen, nahm das dickere Ende in die Schnauze und zerrte, bis er den Speer herausgezogen hatte.

Der Bär sah Ghaden an, seine Augen waren so klug und wissend wie die eines Menschen, dann machte er einen Schritt nach vorn und ließ den Speer in den Schnee fallen.

Ghaden fasste nach seinem Bogen, löste die Schnur, mit der

er auf seinen Rücken gebunden war, riss Pfeile aus dem Köcher. Der Bär ließ sich auf alle viere nieder. Ghaden stockte der Atem, und ihm wurde schwarz vor Augen.

Das Tier würde ihn angreifen. Was konnte ein Pfeil gegen einen Bären ausrichten, den nicht einmal Speere zu töten vermochten?

Plötzlich sprang Beißer hinter den Bären, schlug seine Zähne in das linke Hinterbein des Tieres. Zuerst schüttelte der Bär das Bein nur, aber Beißer stemmte seine Pfoten in den Schnee und ruckte mit dem Kopf hin und her. Der Bär hielt ein, und Ghaden legte seinen Pfeil auf die Kerbe, schoss ihn ab.

Er traf den Bären in die linke Schulter, und bevor das Tier sich dem Schmerz zuwenden konnte, ließ Ghaden den nächsten Pfeil los. Er traf den Hals des Bären.

Der Bär brüllte, brach mit einem Hieb beide Schäfte ab, hob eine Tatze und ließ sie schwer auf den Kopf von Beißer fallen. Der Hund jaulte, ließ von dem Tier ab, fiel in den Schnee und blieb strampelnd liegen, wobei er ein dünnes, hohes Klagen ausstieß.

Ghaden zielte mit dem dritten Pfeil auf das Auge des Bären, wartete, bis das Tier sich ihm wieder zukehrte. Aber er verfehlte sein Ziel, der Pfeil prallte vom Schädel des Bären ab und hinterließ eine blutende Furche. Dann rannte das Tier los, und für Pfeile war keine Zeit mehr.

In dem tiefen Schnee konnte sich Ghaden selbst mit Schneeschuhen nicht flink bewegen. Er ließ seinen Bogen fallen und zog seine Messer heraus, nahm das Ärmelmesser in die linke Hand und das Jagdmesser mit der langen Klinge, das er ans Bein geschnallt hatte, in die rechte. Er kugelte sich zusammen, hievte sich mit einem Anheben der Schultern sein Bündel in den Nacken und wartete auf den Angriff.

Ghaden fühlte, wie die Krallen durch das Karibufell seines Parkas kratzten, durch den Innenparka und in seine Haut. Die Schnauze des Bären roch nach verfaultem Fleisch, nach langem Winterschlaf und Blut. Die Zähne des Tieres streiften die

Schulter von Ghaden, dann gruben sie sich in das Bündel auf seinem Rücken. Der Bär richtete sich auf und zerrte so heftig an dem Bündel, dass die Riemen rissen.

Um Ghaden herum wurde alles langsam. Sogar die Stimme des Windes wurde schwach, und das Winseln von Beißer war ein ferner Laut, der sich in den Zweigen der Fichten und Erlen verlor. Er hatte Geschichten von Jägern gehört, die sich tot gestellt hatten, als sie von einem Bären angegriffen wurden. Aber dieser Bär war hungrig, und selbst wenn er Ghaden für tot hielte, würde er fressen.

Ghaden wandte den Kopf und sah durch den Kragen seines Parkas, dass der Bär noch immer auf das Bündel einschlug. Wenn es eine Möglichkeit gab, sich zu retten, dann musste es jetzt sein. Er hatte seinen Bogen nicht mehr, und seine Pfeile lagen im Schnee verstreut. Selbst wenn es ihm gelänge, beide Messer tief in den Hals des Bären zu stoßen, die großen Gefäße zu durchtrennen, die das Blut in den Kopf brachten, würde das Tier zu lange zum Sterben brauchen.

Da der Bär vom Verlust des Blutes geschwächt war, konnte Ghaden sich vielleicht retten, wenn er rannte. Das Tier hatte ihm den Rücken zugekehrt, war aber so nahe, dass Ghaden das Brummen hören konnte, das seiner Kehle entstieg, während er in dem Bündel wühlte. Ghaden sprang auf und rannte los. Bei jedem Schritt blieben Eis und verkrusteter Schnee an seinen Schneeschuhen hängen, als wollten sie ihn zurückhalten. Mit jedem Atemzug sog er einen Mund voll kalte Luft ein, bis seine Lungen brannten wie Eis.

Er sah den Fluss durch die Bäume und schöpfte Hoffnung. Dann plötzlich ein scharfer Riss, ein Schmerz. Die Krallen des Bären schlugen in seine Seite. Ghaden drehte sich um, fühlte die Zähne, diesmal in seinem linken Arm. Er stieß dem Tier sein Jagdmesser in die Kehle, tief bis zum Heft, und schnitt eine blutige Rinne in den Hals des Bären.

Der Bär hieb mit einer Tatze auf die Schulter von Ghaden, und plötzlich flog Ghaden durch die Luft. Er landete an einer großen Fichte, hörte das Krachen seiner Rippen, fühlte, wie der Schmerz wie eine Klinge in seine Seite schnitt.

Ghaden griff nach den untersten Ästen des Baumes und schlang die Beine um den Stamm; seine Schneeschuhe schlugen kratzend und klappernd gegen die raue Rinde. Der Atem des Tieres war in seinem Nacken, aber Ghaden konnte sich nicht hochziehen. Er wappnete sich für den Todeshieb, als er das gequälte Jaulen seines Hundes hörte.

Obwohl er hätte versuchen sollen zu klettern, sah Ghaden unwillkürlich hin, und er machte fassungslos den Mund auf, als er Beißer hinter dem Bären stehen sah. Das Fleisch, das der Bär Beißer vom Kopf gerissen hatte, hing als blutiger Fetzen über seinem linken Ohr, sein Schädel war entblößt.

Das Gejaule des Hundes war entsetzlich, und sogar der Bär verhielt kurz, sah sich um und griff augenblicklich an. Er senkte seine Krallen in die Seite von Beißer. Beißer rannte nicht fort, sondern versuchte, einen Angriffspunkt am Hals des Bären zu finden. Der Bär richtete sich auf, und Beißer biss sich fest, riss Fleisch heraus, als der Bär ihn abschütteln wollte.

Das Brüllen des Bären hallte von den Bäumen wider, sodass es klang, als würden viele Tiere kämpfen. Ghaden sah seinen Bogen im Schnee, und sich die Seite haltend, schlich er hin. Er legte einen Pfeil auf die Kerbe und zielte, schrie auf vor Schmerz, als er die Bogensehne spannte.

Der Pfeil blieb im linken Auge des Bären stecken. Das Tier machte die Schnauze auf, und ein Blutstrom sprudelte heraus, ergoss sich über das Fell von Beißer. Der Hund ließ los und fiel auf die Erde. Der Bär legte den Kopf schief, als lauschte er, und hieb auf etwas ein, das Ghaden nicht sehen konnte, dann kippte er langsam und begrub Beißer unter sich.

Ghaden wartete, ob der Bär sich noch einmal ins Leben schüttelte, doch er blieb, wo er war, und schließlich nahm Ghaden noch einen Pfeil und schickte ihn in den Hals des Bären. Der Bär rührte sich nicht. Ghaden trat nahe heran, stieß das Tier mit dem Ende seines Bogens an. Der Bär war tot.

Die Rippen von Ghaden schmerzten bei jedem Atemzug, und aus seiner linken Schulter tropfte Blut, aber er stemmte die rechte Schulter gegen den Kadaver, holte so viel Luft, wie er konnte, und wälzte das Tier so weit auf die Seite, dass er Beißer darunter hervorziehen konnte.

Die Augen von Beißer waren weit offen, und Ghaden kniete sich neben ihn und schob mit einer Hand die Kopfhaut des Hundes über seine Schädelkuppe. Ghaden streichelte seine Schnauze und stimmte einen leisen Lobgesang an, einen, der gesungen wurde, um Krieger zu ehren. Eine kurze Weile ruhte der Geist des Hundes in seinen offenen Augen und sah Ghaden an. Voller Liebe.

19

Herendeen-Bucht, Alaska
602 v. Chr.

Eine traurige Geschichte«, sagte Qumalix, doch legte sie die Hand auf ihren Bauch, als hätte sie soeben ein reichliches Essen verzehrt.

Yikaas zuckte mit den Schultern. »Gibt es einen besseren Tod für einen tapferen Hund? Zudem war er alt.«

»Wie ist es Ghaden danach ergangen?«

»Wie die meisten Geschichtenerzähler berichten, hatte er gebrochene Rippen, und die Narben von den Krallen und Zähnen des Bären sind ihm sein ganzes Leben geblieben. Er muss ein Mann gewesen sein, der Achtung zu zeigen wusste. Ein so mächtiger Bär würde einen Fluch über ihn gebracht haben, hätte er nicht alle Tabus befolgt.«

»Tabus? Was für Tabus?«

Yikaas war von ihrer Frage überrascht. Wer einem Braunbär keine Achtung erwies, war ein Tor. »Dieselben, die alle Völker befolgen«, sagte er. »Ein Jäger darf den Namen des Tieres kaum aussprechen, und dir als Frau, auch wenn du eine Geschichtenerzählerin bist, ist es verboten. Nur einer alten Frau ist es erlaubt, Fleisch vom Bären zu essen, und nur bestimmte Teile. Das Fell muss von einem Mann geschabt werden, und man muss es einen Sommer oder zwei hängen lassen, bevor man es verwenden darf. Manche Stämme schneiden es in kleine Stücke und vergraben es. Weil so viel Leben in dem Tier ist. Sogar die Haare können einen mit einem Fluch belegen. Wissen die Ersten Menschen nichts von diesen Tabus?«

»Auf der Insel, wo ich lebe, gibt es keine ...« Qumalix hielt inne, »... großen Tiere«, sagte sie schließlich. »Die Jäger, die am Strand der Händler leben, kennen vielleicht Tabus. Ich habe sie sagen hören, dass es solche Tiere hier in den Bergen gibt und dass manche sogar an den Flüssen leben.«

»Habt ihr keine Bären auf eurer Insel?«

»Nein.«

»Karibus?«

»Nein.«

»Was jagen eure Männer?«

Kaum hatte er die Frage gestellt, da wusste Yikaas, dass sie dumm war. Die Ersten Menschen waren Seejäger. Sie erlegten Robben und Seelöwen, Walrosse und zuweilen sogar Wale.

»Ihre Beute sind säugende Tiere, die im Meer leben.«

Es lag keine Spur von Spott in ihren Worten, und ihre sanfte Antwort gefiel ihm sehr.

»Aber erzähl mir mehr von Ghaden«, sagte sie. »Wie ging es nach dem Kampf weiter?«

»Die Schwester von Ghaden hat das Hundefell geschabt, und bis ans Ende seiner Tage trug er das Fell von Beißer als Besatz an der Kapuze seines Parkas. Die Alten sagen, dass der Hund ihn weiterhin beschützt hat, denn Ghaden hatte ein langes Leben und wurde oberster Jäger seines Volkes.«

Qumalix stand auf und schüttelte den Sand von ihrem *sax.* »Das ist ein gutes Ende. Zu viele Geschichten gehen traurig aus.«

Yikaas zuckte mit den Schultern. »Jede Geschichte kann glücklich oder traurig ausgehen, je nachdem, wo der Geschichtenerzähler aufzuhören beschließt.«

Sie lächelte. »Ich verstehe, warum sie dich zum *Dzuuggi* erwählt haben«, sagte sie. »Du solltest heute Abend die Geschichte von Ghaden erzählen. Sie wird den Männern gefallen.«

»Und den Frauen nicht?«

»Den Frauen auch, aber die Männer sind schwerer zufrieden zu stellen.«

Sie sagte ein paar Worte in der Sprache der Ersten Menschen, wechselte dann in die Sprache des Flussvolkes, um zu sagen: »Diese Worte sprechen die Ersten Menschen, wenn sie Abschied nehmen. Ich sagte, ›Ich gehe jetzt‹.«

Yikaas wiederholte es, verdrehte mit Absicht einige Laute. Qumalix legte den Kopf schief und sprach die Worte noch einmal. Yikaas verbarg ein Lächeln über ihre Geduld, denn sie verbesserte ihn, bis er es richtig machte.

Der lange Tag verblasste und kündigte die kurze Dunkelheit an. Die Menschen verließen ihre Fischgründe, und jene Jäger, die nicht mit *iqyan* draußen waren, versammelten sich mit den Frauen und Kindern in der Behausung der Geschichtenerzähler. Diesmal sprach zuerst ein Mann aus einem anderen Dorf der Ersten Menschen. Er trug einen Seejägerhut, bemalt in leuchtenden roten und blauen Tönen, mit Augen auf jeder Seite und einem langen Schirm, der wie die Schnauze eines Tieres über seine Stirn ragte.

Er kannte die Flusssprache nicht, und Qumalix übersetzte seine Worte. Yikaas fühlte sich wie ein junger Mann, der zum ersten Mal seine Frau mit anderen teilte, und seine Haut kribbelte bei dem Gedanken, dass die Worte des Jägers aus dem Mund von Qumalix flossen. Schließlich konnte er nicht mehr zusehen; er musste die Augen schließen und nur lauschen.

Die Geschichten handelten von der Jagd, und Yikaas wartete und hoffte, dass der Mann mit seinem Erfolg prahlte, doch er schien ohne Fehl, erzählte nur Geschichten von anderen und tat dies mit großer Achtung.

Einige Geschichten waren lustig und brachten die Menschen zum Lachen, andere riefen Tränen hervor. Wenn Qumalix mit dem Übersetzen innehielt, wartete Yikaas mit angehaltenem Atem, bis er hörte, wie es weiterging. Doch der Erfolg, den der Seejäger mit seinen Geschichten einheimste, kratzte rau wie Lava am Gemüt von Yikaas.

In den Pausen dachte er über die Geschichten nach, die er selbst erzählte. Die meisten handelten von Menschen, die in uralten Zeiten gelebt hatten. Manchmal waren diese Geschichten kaum des Hörens wert, doch welcher *Dzuuggi* konnte zulassen, dass dieses Wissen verloren ging? Keine seiner eigenen Geschichten war lustig, doch wäre es gut, Geschichten zu haben, die Gelächter hervorriefen anstatt nur ernsthafte Zustimmung oder gründliches Nachdenken. Kuy'aa hätte ihm solche Geschichten erzählen sollen; gewiss hatten auch die Flussmenschen lustige Dinge erlebt.

Wenigstens sprach der Seejäger nur mit seiner eigenen Stimme und schickte seine Worte nicht zum Dach der Behausung, auf dass sie vom Rauchloch widerhallten; er sprach nicht in rauen Tönen, um einen Jäger nachzuahmen, hob nicht die Stimme, um zu zeigen, dass er für eine Frau sprach. All dies machte Yikaas, und er machte es gut. Und es gab keine Rätsel. Freilich hatten nur die Flussmenschen Rätsel, aber es könnte sein, dass auch die Seejäger Freude daran hatten. Sie waren Denker. Das bewiesen sie mit ihrer Schweigsamkeit, und oft sagten sie etwas sehr Kluges, Worte, die Yikaas in seinem Herzen bewahrte.

Schließlich war der Seejäger mit seinen Geschichten zu Ende, doch bevor er die Mitte des *ulax* verließ, griff er in einen Beutel, der an seiner Mitte hing, zog eine Halskette aus Vogelknochenperlen hervor und gab sie Qumalix. Yikaas musste den Blick abwenden, er konnte ihre überschwengliche Freude nicht mit ansehen. Er fragte sich, ob solche Gaben bei den Seejägern Brauch seien. Wenn ja, dann war seine Unhöflichkeit schon bemerkt worden. Es würde wenig nützen, Qumalix jetzt etwas zu geben. Lieber warten, bis das Geschichtenerzählen zu Ende war, und ihr dann ein großes Geschenk machen, etwas, das eine Frau schätzte. Er könnte Kuy'aa fragen, was das sein mochte. Vielleicht würde Qumalix gerne einen von den Parkas haben, die er zum Tauschen mitgebracht hatte.

Kuy'aa saß neben ihm, und sie stieß ihn an, um ihn aus seinen Gedanken zu holen, dann wies sie mit dem Kinn auf Qumalix. Qumalix winkte Yikaas zu sich, er trat in die Mitte des *ulax,* nahm neben ihr Platz. Sie sprach kurz zu den Menschen in der Behausung, flüsterte ihm dann zu, sie habe die Geschichte von Ghaden erläutert, und sie seien bereit, mehr über Ghaden und seinen tapferen Hund Beißer zu erfahren.

Yikaas erzählte die Geschichte mit seinen verschiedenen Stimmen, und obgleich er keine Scherze machte, lachten die Menschen doch, wenn das Bellen des Hundes vom Dach des *ulax* kam. Sogar Qumalix lachte so sehr, dass sie mit dem Übersetzen innehalten musste, und Yikaas meinte, dass sie vielleicht etwas mehr Freude an seinen Geschichten zeigte als an den Erzählungen des Seejägers.

Er fragte sich, wie es sein würde, Qumalix zur Frau zu haben. Sie war gut anzusehen, und sie könnten ihre Geschichten miteinander teilen, doch er ermahnte sich, dass die meisten Seejägerfrauen lieber Frau von einem Jäger der Ersten Menschen sein wollten als von einem Mann des Flussvolkes. Die Menschen des Flussvolkes und die Ersten Menschen betrachteten das Leben so verschieden. Dann erinnerte er sich an die Geschichten von Aqamdax und Chakliux. Waren ein Mann und eine Frau jemals glücklicher gewesen? Und Aqamdax stammte vom Seejägervolk, Chakliux vom Flussvolk. Vielleicht hatte ihre Verschiedenheit nicht so viel bedeutet, weil sie beide Geschichtenerzähler gewesen waren.

Dieser Gedanke machte ihm Mut, bis ein Lärmen im hinteren Teil des *ulax* Qumalix beim Übersetzen unterbrach. Sie hielt inne, und der Großvater, der mit ihr gekommen war, stand auf und schalt einen Mann und eine Frau für ihre Unhöflichkeit. Qumalix beugte sich zu Yikaas vor und erklärte, die beiden seien Mann und Frau und bekannt für ihr Gezänk.

Der Mann stampfte den Kletterstamm hinauf und zischte Kränkungen, als er fortging. Da fragte sich Yikaas, warum er überhaupt erwägen sollte, eine Frau zu nehmen. Er war noch jung und hatte viele Jahre, bevor er eine so schwere Entscheidung treffen, eine Frau vor allen anderen erwählen musste. Was, wenn er und Qumalix so werden würden wie dieser Mann und diese Frau – ein Gespött in ihrem eigenen Dorf? Warum nicht nur sehen, ob sie bereit war, in seine Schlafstatt zu kommen? Er war ein Mann, der es gewöhnt war, Frauen zu haben. Er war *Dzuuggi.* Frauen wiesen ihn niemals ab.

Plötzlich wurde er gewahr, dass er im Erzählen innegehalten hatte. Qumalix sah ihn fragend an. Er entschuldigte sich und fuhr fort, lebte wieder ganz in seiner Geschichte, während die Worte aus seinem Mund kamen. Als er vom Angriff des Bären erzählte, waren die Menschen so still, dass er ihren Atem hören konnte. Beim Tod von Beißer weinten einige Frauen, und die Männer räusperten sich, machten mit rauen Stimmen Bemerkungen über Bären, taten es still und leise.

Dann sprach der Geschichtenerzähler der Seejäger; er erhob sich von seinem Platz und fragte, ob er noch eine Geschichte erzählen könne. Yikaas wollte eine Geschichte von Qumalix hören, und einige Menschen in der Behausung schienen dasselbe zu wünschen, denn zwei Frauen wiesen mit den Köpfen auf sie. Aber aus Höflichkeit überließ Qumalix dem Geschichtenerzähler der Seejäger ihren Platz und übersetzte abermals seine Worte, damit die Flussmenschen ihn verstanden.

Yikaas setzte sich voll Empörung hin. Der Mann hatte seine Gelegenheit gehabt. Qumalix verdiente es, an die Reihe zu kommen. Yikaas wurde noch zorniger, als er zuhörte, doch sein Zorn schwand, als der Seejäger versuchte, seine Stimme zum Dach des *ulax* steigen zu lassen, wie Yikaas es getan hatte, als er versuchte, mit verschiedenen Stimmen zu sprechen und so Tier, Frau oder Mann zu sein. Er machte es nicht gut, und im *ulax* begannen einige zu murren. Andere gingen hinaus, doch Yikaas saß ganz still, lauschte aufmerksam und lernte, wie man eine Geschichte nicht erzählte.

Schließlich war der Mann fertig, und wie aus einem Munde verlangten die Menschen nach Qumalix. Yikaas sah die Enttäuschung im Gesicht des Seejägers, und er fragte sich, ob er auch so dreingesehen hatte, als die Menschen mit ihm unzufrieden gewesen waren. Es war nicht gut für einen Geschichtenerzähler, sich zu benehmen wie ein Kind, über Tadel zu schmollen. Gab es etwas Besseres, um zu lernen?

Kuy'aa lehnte sich an ihn, und er meinte, sie wäre vielleicht erschöpft und wollte gehen. Er war verzagt vor Enttäuschung, doch er lächelte liebevoll und sagte: »Tante, bist du müde? Ich bringe dich ich in die Behausung, wo du untergebracht bist.«

»Nein, nein«, sagte sie unwillig, als wäre er ein lästiges Kind. »Welche Geschichtenerzählerin wird müde, wenn sie den Geschichten anderer lauscht?« Dann fügte sie hinzu: »Du hast deine Sache gut gemacht. Ich bin stolz auf dich. Siehst du den Geschichtenerzähler der Seejäger?« Sie wies mit dem Kopf auf den Mann und senkte die Stimme zu einem Flüstern. »Er ist neidisch. Er weiß, dass deine Geschichte besser war als seine.«

»Seine Jagdgeschichten waren gut«, sagte Yikaas.

»Natürlich waren sie gut. Als er sie erzählte, dachte er mehr an die Geschichten als an sich. Als er das zweite Mal sprach, dachte er an sich selbst und an dich und daran, wer der bessere war. Wenn ein Geschichtenerzähler sich so vordrängt, sich so über das stellt, was er sagt, dann lebt die Geschichte nicht mehr. Sie wird nur erzählt.«

Es war ein weiser Ratschlag, wie beinahe alles, was Kuy'aa zu ihm sagte, und Yikaas machte den Mund auf, um ihr zu danken, aber sie legte die Finger an die Lippen und nickte zu Qumalix hinüber.

Qumalix hatte angehoben zu sprechen, und sie erklärte, dass ihre neue Geschichte von Tochter sich fünf Sommer nach dem Tod des Großvaters ereignete. Die Menschen bekundeten murmelnd, dass sie verstanden hatten, und sie begann.

20

Yunaska-Insel, Alëuten
6435 v. Chr.

DIE GESCHICHTE VON TOCHTER

Heulend und klagend blies der Wind über sie hinweg. Das frühe Sommergras wuchs bereits kräftig. Der *sax* von Tochter war noch um ihre Mitte hochgeschoben, der breite Rücken und die starken Arme von Weißer Lachs waren trotz der Kälte entblößt. Tochter schmiegte ihren Kopf an seine Schulter. Ihre Vereinigung war schnell gewesen, zerstreut, und sie wusste, er dachte an den heutigen Abend, wenn er mit K'os und Robbe über den Brautpreis sprechen wollte.

Sie hatte sich ihm vor beinahe einem Sommer hingegeben, und seither betete sie um ein Kind. Sie konnte sich keinen Grund denken, warum K'os und Robbe das Angebot von Weißer Lachs zurückweisen sollten, aber ein Kind würde sie verbinden, über alle Einwendungen hinweg, die ihre Eltern vorbringen mochten.

Weißer Lachs bot einen großzügigen Brautpreis, gewiss mehr, als die meisten jungen Männer geben würden. Niemand konnte leugnen, dass sie geschickt mit der Nadel war, fleißig arbeitete und nicht mit Lächeln sparte, aber sie gehörte nicht richtig zum Stamm der Ersten Menschen. Wer konnte sagen, wie ihre Kinder sein würden?

Als junge Männer anfingen, die Freundinnen von Tochter zu begehren – einen Kreis der Vier Zeiten, nachdem ihre Mondblutungen begonnen hatten –, da hatte Tochter wenig Hoffnung gehabt, dass ein Jäger sie in Betracht ziehen würde. Vielleicht für die Nacht, aber als Frau? Nein. Sie war zu verschieden von den anderen, ihre Mutter stammte vom Flussvolk, ihr Großvater vom Bootvolk. Als Weißer Lachs das erste Mal zu ihr kam, hatte sie ihn abgewiesen. Warum sich einem Mann hingeben, der sie nur benutzte? Wäre er alt gewesen, ein schlechter Jäger und schwach, hätte sie es vielleicht bedacht, doch warum die trügerische Hoffnung hegen, dass seine Zuwendungen ihrem Herzen galten? Es war besser, ihn nicht zu beachten, sich vorzumachen, ihm liege nichts an ihr. Dann würde ihre Seele nicht von Bitterkeit zerfressen werden, nachdem er sie vergessen hatte.

Aber er war beharrlich gewesen, und schließlich hatte sie nachgegeben. Sie waren zu den Hügeln über dem Dorf geklettert, hatten auf den Büscheln von breithalmigem Gras, zwischen den hohen dicken Stängeln von *iitikaalux* beisammengelegen. Sie hatte alle Künste angewendet, die K'os sie gelehrt hatte, um einen Mann zu erfreuen, und sie hatte gesehen, wie erstaunt er zuerst über ihre Kenntnisse war und dann, als er in sie eindrang, darüber, dass sie unberührt war. Er war in jener Nacht liebevoll zu ihr gewesen, und Tochter hatte es zugelassen, dass sie Freude über ihre Vereinigung empfand. Doch hernach, als sie in das *ulax* von Robbe zurückgekehrt war, hatte sie nicht zugelassen, dass ihre Gedanken bei Weißer Lachs verweilten.

Am nächsten Tag behandelte sie ihn, als wäre zwischen ihnen nichts geschehen. Erst nachdem er wieder und wieder zu ihr gekommen war, als er begonnen hatte, sie in dem *ulax* von Robbe aufzusuchen, und kein Geheimnis aus seinen Absichten machte, als er mit dem Brautpreis prahlte, den er für sie bezahlen würde, erst dann hatte sie die Hoffnung zugelassen, dass sie wohl einen jungen Jäger haben mochte wie die anderen Mädchen im Dorf, dass sie mehr sein würde als zweite Frau von einem alten Mann, Dienerin für ihren Mann im Bett, Arbeiterin für ihre Schwesterfrau.

»Ich muss jetzt gehen. Ich habe alles bereit«, sagte Weißer Lachs zu ihr. Seine Stimme war fest und zerstreute jegliche

Zweifel, die Tochter hegte. K'os und Robbe würden es schwer haben, einen besseren Mann für sie zu finden.

Er setzte sich auf und zog seinen *sax* aus Vogelhaut an. Tochter hatte heimlich einen Parka aus Robbenfell für ihn genäht; den wollte sie ihm heute Abend geben, nachdem er und Robbe bestimmt hatten, an welchem Tag das Fest ihrer Verbindung gefeiert werden sollte. Bald, dachte Tochter. In drei oder vier Tagen, Zeit genug für sie und K'os und Die-Augen-nimmt, das Essen zu bereiten. Zeit genug für die Töchter von Die-Augen-nimmt, genügend Seeigel zu sammeln und genügend Muscheln auszugraben, genügend kleine Wale zu fangen.

Robbe hatte in diesem Sommer wenig Glück bei der Jagd gehabt – ein weiterer Grund, froh zu sein über den Tochtermann, der helfen würde, genug Fleisch für den kommenden Winter herbeizuschaffen. Aber Weißer Lachs hatte versprochen, das Fleisch von Robben und Seelöwen für das Festessen zu bringen, sogar etwas von dem Wal abzugeben, den er in diesem Frühjahr gefangen hatte, einen schönen Buckelwal.

Tochter stand auf und wischte das Gras vom Rücken des *sax* von Weißer Lachs. Er drückte rasch ihre Hand, dann schritt er davon. Sie sah ihm nach, bis er in der Senke eines Tales verschwand, dann drehte sie sich um und ging in die entgegengesetzte Richtung zu der Stelle, wo sie und K'os ihren Großvater begraben hatten.

»Er ist jetzt gegangen, um um mich zu bitten, Großvater«, sagte sie und kniete sich neben den Steinhügel, der seinen Leichnam bedeckte. Sie hatte die meisten Steine für das Grab selbst vom Strand heraufgetragen, hoffend, dass das Wasser, das diese Steine gerundet und geglättet hatte, einst die Ufer der Insel des Bootvolkes berührt hatte, hoffend, dass ihr Großvater in diesen vom Wasser gehöhlten Steinen ein wenig Trost finden würde. »Wenn ich das nächste Mal komme, bin ich vielleicht Frau von einem Mann.«

Die Worte stärkten ihre Hoffnung, und sie fühlte dasselbe

Flattern, das jedes Mal in ihren Bauch kam, wenn Weißer Lachs sie ansah. Sie sprach Gebete – für Weißer Lachs und ihre Verbindung und für ihren Großvater –, doch schließlich stand sie auf und machte sich auf den Weg ins Dorf, ging in den langen Schatten des Abends zurück durch Gräser und Wind.

Tochter wartete auf dem Dach des *ulax*. Sie hörte die Stimmen von Robbe und von Weißer Lachs aufsteigen. Hin und wieder sagte K'os etwas, aber Tochter konnte nichts verstehen. Es gab viele Dinge zu regeln, wenn ein Mann und eine Frau sich verbanden, nicht nur den Brautpreis, sondern Vereinbarungen für die Behausung und Abmachungen für die Jagd. Tochter hatte zu Weißer Lachs gesagt, sie wolle lieber bei seiner Familie leben, und er hatte versprochen, sobald ein Kind da war, würden sie ihr eigenes *ulax* haben. Zunächst wollte Tochter fort aus dem *ulax* von K'os, fort von Robbe und seinen tastenden Händen, fort von der eifersüchtigen K'os, die nicht ertrug, dass die Jahre ihre Schönheit stahlen und die von Tochter vermehrten.

Weißer Lachs blieb lange Zeit drinnen, und während Tochter wartete, wurde der Wind so heftig, dass er die Sterne wegzuschieben schien, sie so klein machte, dass sie nur noch Nadelstiche am Himmel waren.

Als Weißer Lachs endlich den Kletterstamm hinaufkam, war es so dunkel, dass Tochter sein Gesicht nicht sehen konnte. Sie stand auf dem Grasdach und streckte die Hände aus, flüsterte seinen Namen, und als er nicht antwortete, fasste sie seinen Arm. Er sagte nichts, riss nur seinen Arm los und sprang von dem *ulax* herunter, schritt in die Nacht hinaus. Tochter stand zitternd im Wind.

Als sie hineinging, entblößte Robbe die zusammengebissenen Zähne zu einem Lächeln, das sie erschauern ließ. K'os hatte dem Kletterstamm den Rücken zugekehrt, aber sie musste Tochter gehört haben; denn sie sagte, ohne sich umzudrehen: »Manche Männer denken, sie können haben, was sie wollen, ohne für den Wert zu bezahlen. Manche Männer sind dumm, und ein dummer Mann tut einer Frau nicht gut.«

Die Angst, die Enttäuschung von Tochter verwandelten sich in Zorn, und obwohl sie sonst nie auf die Nörgeleien von K'os antwortete, sagte sie diesmal: »Mutter, sprich nicht so von deinem Mann. Denn er hat uns wenigstens Robben zum Essen gebracht, zwei seit dem Winter.«

Sie hörte K'os zischen und war klug genug, zu gehen. Sogar Jungen von zehn oder elf Sommern hatten schon fünf oder sechs Robben gefangen. Die zornige, zankende Stimme von K'os folgte Tochter, als sie vom Dach des *ulax* rutschte. Was konnten sie ihr antun, wenn sie und Weißer Lachs einfach für sich beschlossen, Mann und Frau zu sein? Ohne Brautpreis. Ohne Abmachung für die Jagd.

Sie ging zu dem *ulax* von Weißer Lachs, stand lange Zeit draußen, hoffte, dass er vielleicht herauskam. Dass sie darüber sprechen konnten. Er war ein stolzer Mann, und sie hatte keinen Zweifel, dass K'os und Robbe ihn gekränkt hatten. Wie hatte K'os Robbe überzeugt, dass es besser für ihn war, auf einen Sohn wie Weißer Lachs zu verzichten? Gewiss, die Söhne von Robbe, jetzt erwachsen, waren großzügig und, anders als ihr Vater, gute Jäger.

Tochter kletterte auf das Dach des *ulax*, holte einige Male tief Atem, ließ den Wind in ihre Brust ein, auf dass er ihr Mut machte, und rief zu der Familie von Weißer Lachs hinunter. Zuerst kam keine Antwort, doch dann steckte die Mutter von Weißer Lachs den Kopf aus dem Dachloch. Das Licht, das von dem *ulax* heraufkam, ließ ihr Gesicht wie eine Maske aussehen, eine, wie sie die Tänzer trugen, um das Böse abzuwehren und die Geister zu vertreiben. Eine, die nach dem Gebrauch zerbrochen und verbrannt wurde, um die Geister an der Rückkehr zu hindern.

»Warum bist du hier?«, fragte sie. Ihre Stimme war hart und zornig.

»Ich muss mit Weißer Lachs sprechen«, sagte Tochter beinahe flüsternd.

»Lass ihn in Ruhe. Er will dich nicht sehen.«

»Bitte ...«

»Geh fort.«

Die Frau kletterte wieder in ihr *ulax* hinunter, Tochter aber blieb, wartete, hoffte, dass der Zorn von Weißer Lachs vergehen und er zu ihr kommen würde. Als die Kälte der Nacht in ihre Knochen biss und sie nur noch zittern konnte, ging sie fort. Warum bleiben, wenn sie wusste, dass sie den Mund nicht öffnen konnte, um zu sprechen, ohne dass ihre klappernden Zähne die Worte verstümmelten?

Sie ging zu dem *ulax* des obersten Jägers, schlüpfte hinein. In den Sommern seit dem Tod des Großvaters hatte K'os ihren Mann zweimal auf Handelsfahrten begleitet. Beide Male war Tochter im Dorf geblieben. Während der ersten Fahrt hatte sie bei Die-Augen-nimmt und ihren Kindern gelebt, aber während der zweiten war Tochter bei dem obersten Jäger und seiner großen Familie gewesen. In jenem Sommer hatte der oberste Jäger eine Frau durch Geburt verloren, und die übrigen zwei Frauen sagten, sie brauchten die Hilfe von Tochter beim Nähen der Kleidung für ihre Kinder, als Ausgleich für die verlorene Nadel der gestorbenen Frau.

Tochter war dort glücklich gewesen; die Frauen des obersten Jägers behandelten sie wie eine von ihnen, sie schalten, belehrten und lachten.

Im *ulax* des obersten Jägers schien alles leichter zu sein. Wenn etwas bis zum Abend nicht fertig geworden war, schön, dann konnte es am nächsten Tag getan werden. Wenn Tochter einen krummen Saum nähte, konnte sie es beheben. Wenn jemand Öl verschüttete, schön, dann versüßte sein Geruch das Heidekraut, mit dem der Fußboden ausgelegt war. Es gab wenig Zorn, wenig Bereuen, und kein Tag wurde verdorben durch die Augen von Robbe, der Tochter mit schweren Lidern aus dem Schatten beobachtete.

Wohin konnte sie sonst gehen, nun, da die Familie von Weißer Lachs sie nicht wollte?

Nur eine Lampe brannte in dem *ulax*. Der oberste Jäger, seine Frauen und ihre Kinder waren schon in ihren Schlafplätzen, aber die Großmutter war noch wach. In ihrem hohen Alter fiel es ihr schwer, den Schlaf einzufangen. Sie hieß Tochter mit einem Lächeln willkommen, klopfte auf den Boden neben sich, und als Tochter sich setzte, gab sie ihr eine Nadel und einen *sax* aus Kormoranhaut, der ausgebessert werden musste.

So blieb Tochter in dieser Nacht wach, und als der alten Frau am Morgen endlich die Augen schwer wurden, bettete Tochter sie in einen Schlafplatz und blieb allein in dem *ulax* sitzen, bis sie hörte, dass eine der Frauen wach war. Da schlich Tochter den Kletterstamm hinauf und in den Tag hinaus. Ihr Kummer war abgestumpft, zum einen aus Mangel an Schlaf, aber auch, weil sie, als sie bei der Großmutter saß, so getan hatte, als gehörte sie zu dem obersten Jäger, eine geliebte Tochter, eine, deren Verbindung mit einem Mann gefeiert statt verflucht werden würde.

In den nächsten Tagen blieb Tochter in dem *ulax* von Robbe, beschäftigte ihre Finger mit Nähen. Einmal kehrte sie in das *ulax* des obersten Jägers zurück, doch da wusste sogar die Großmutter, was geschehen war, und Tochter konnte das Mitleid dieser Menschen nicht ertragen. Lieber bei K'os sein, die barsch zu ihr war, als wäre alles, was geschehen war, die Schuld von Tochter. Sie bemühte sich, nicht zu hoffen, dass Weißer Lachs zu ihr kommen würde, aber jeder Schritt auf dem Dach des *ulax* ließ ihr Herz rasen.

Am Morgen des fünften Tages kam Robbe herein, vom Wind zerzaust und nach Fisch riechend. »Wir sind bereit«, sagte er zu K'os, wies mit dem Kinn auf Tochter und hob fragend die Augenbrauen.

K'os schüttelte den Kopf, und der Magen von Tochter verkrampfte sich vor Furcht. Etwas war geschehen. Waren sie übereingekommen, sie einem anderen Mann zu geben? Einem alten, der einen besseren Brautpreis bieten konnte?

Sie ließ ihre Näharbeit fallen und stand auf, umklammerte mit den Fingern das Amulett, das sie um den Hals trug. Es war warm in dem *ulax,* doch plötzlich wünschte sie, sie hätte mehr angezogen als nur die gewebten Grasschürzen, die von dem Gürtel um ihre Mitte herabhingen.

»Was hast du getan?«, fragte sie Robbe.

»Nichts«, sagte er und lächelte sie mit weit offenem Mund an. »Deine Mutter und ich meinen, es ist eine gute Zeit für dich, um fortzugehen aus diesem Dorf. Wir machen eine Handelsfahrt. Du kommst mit uns.«

»Nein«, sagte sie. »Ihr geht, aber ich nicht. Die-Augen-nimmt braucht meine Hilfe bei ihren Kindern.«

»Du denkst, wenn wir dich hier lassen, wird Weißer Lachs dich als Frau nehmen, während wir fort sind?«, sagte K'os.

Tochter antwortete nicht.

»Das wird er nicht tun. Frag den Vater von Grüner Zweig, wie viel Weißer Lachs für seine Tochter geboten hat.«

Die Worte waren so tückisch wie ein Hieb, und Tochter hatte Mühe, sich auf den Beinen zu halten. Aber K'os hatte sie schon früher belogen, in Kleinigkeiten, auf dumme Art. Tochter sagte nichts, nahm nur ihren *sax* von einem Pflock an der Wand und zog ihn an.

»Wann brecht ihr auf?«, fragte sie Robbe.

»Morgen, wenn das Wetter gut ist. Vielleicht am nächsten Tag.«

Sie kletterte aus dem *ulax*, ging an den Strand, hoffte, Weißer Lachs dort zu finden oder wenigstens einen von seinen Brüdern. Er war bei den *iqyax*-Gestellen, lachte und sprach mit anderen jungen Männern. Sonst würde sie sich zu ihnen gesellt haben, sie hätte sich ehrerbietig hinter Weißer Lachs gestellt, wie eine Frau es tut bei ihrem Mann, doch dieses Mal unterbrach sie ihn beim Sprechen, legte kühn ihre Hand auf seinen Ärmel, zog ihn zu sich hin, sodass er sie ansehen musste.

»Was ich von Grüner Zweig höre, ist das wahr?«, fragte sie.

Er blickte auf den Strand hinunter, dann über die Schulter auf das Meer und hinauf zum Himmel, als wäre sie nicht da. Einer der jungen Männer verdeckte sein Lachen mit der Hand und wandte sich ab. Andere fingen an zu spotten.

»Ich habe einen Brautpreis versprochen«, sagte Weißer Lachs schließlich.

Zorn erfüllte Tochter, und obwohl sie gern sanfte Worte von sich gegeben hätte, kamen ihr nur Flüche in den Sinn, deshalb wandte sie sich ab und ließ den Wind das Gelächter der Männer aus ihren Ohren wehen.

Ein Stein war von dem Grab des Großvaters gerollt, und Tochter legte ihn an seinen Platz zurück. Wer würde sich um das Grab kümmern, wenn sie fort war? Bald würden Erdbeben und Wind alle Steine entfernen, und über den Knochen ihres Großvaters würde Gras wachsen. Und falls sie doch zurückkam, wie würde sie wissen, wo er war? Es schien grausam, ihn hier zu lassen bei Menschen, die nicht sein Volk waren, aber was konnte sie anderes tun?

»Ich will versuchen wiederzukommen, Großvater«, sagte Tochter zu dem Grab. »Aber K'os will zurück zu ihrem Volk, den Flussmenschen, und ich glaube nicht, dass sie wieder auf diese Insel kommen wird.«

Tochter zog die Schultern hoch, sodass der steife Kragen von ihrem *sax* ihre Ohren bedeckte. Sie hätte den Kapuzenparka aus Otterfell anziehen sollen, den K'os ihr für die Handelsfahrt gemacht hatte, doch Tochter brauchte den Trost von vertrauten Kleidungsstücken.

Sie hob den Kopf und sprach ein paar Worte in der Flusssprache, als könnte der Wind sie verstehen. Vielleicht konnte er es, dachte sie bei sich. Vielleicht trug der Wind, der über die Inseln der Ersten Menschen wehte, auch Wolken und Regen zu dem Flussvolk.

K'os sagte, dass Tochter die Sprache gut sprach. Robbe gab

vor, sie zu sprechen, aber er kannte nur einige gebrochene Sätze, Wörter, die Händler gebrauchen konnten. Er sprach sie eigenartig aus, und wenn er sie sagte und sich seines Wissens rühmte, musste Tochter angestrengt nachdenken, um zu erkennen, was er meinte. Mehr als einmal hatte er ihr mit der Hand einen Hieb versetzt, wenn sie ihn nicht verstand.

»Großvater, ich bin gekommen, um Abschied zu nehmen und dir zu sagen, dass ich dich und deine Geschichten und deine Weisheit nie vergessen werde. Ich werde meinen Kindern von dem Bootvolk erzählen und von dir, und davon, wie du mich vor den Bär-Gott-Kriegern gerettet hast.«

Tränen schnürten ihre Kehle zu, und sie konnte nichts mehr sagen. Sie rupfte das Gras von dem Grab, legte eine Ecke mit nackter Erde frei, dann ordnete sie die Steine neu, presste sie aufeinander zu einem festen Hügel, der Wind, Eis und Beben eine Weile standhalten würde. Die zwei Berge der Insel ragten im Süden und Westen ihres Dorfes auf, und Tochter sprach zu diesen Bergen, bat um Schutz für das Grab. Es war nur so ein kleiner Flecken Erde, und die Berge hatten so viel Land auf der Insel, das sie erschüttern konnten, warum diesen kleinen Hügel aus Steinen stören und den Mann, dessen Knochen darunter schliefen?

Sie hatte ihre Abschiedsworte gesprochen und wandte sich ab, doch dann fiel ihr noch etwas ein, das sie tun wollte. Sie hatte eine Halskette aus Holzperlen gemacht, die sie aus den Überresten des Auslegerbootes geschnitzt hatte, in dem sie und der Großvater von ihrer Insel hierher gefahren waren. Sie zog die Halskette unter ihrem *sax* hervor, schob einige Steine auf dem Hügel beiseite und ließ die Kette auf das Grab fallen. Als sie die Steine wieder an ihren Platz rückte, bemerkte sie zwischen zwei Steinen ein Stück Fell, dunkel und fast verrottet. Es ließ sich mühelos herausziehen, und sie erkannte, dass es ein Amulett war, eines, das der Großvater immer bei sich getragen hatte.

Das Fell zerfiel in ihren Fingern, sie befühlte, was darin

war – Sand, von hellerer Farbe als der Sand auf der Insel der Ersten Menschen –, und schloss die Faust darum, sodass der Wind nicht stehlen konnte, was sie in der Hand hielt. Es war ohne Zweifel ein Geschenk von Großvater.

Als sie in das Dorf zurückging, verschränkte sie die Hände vor sich, hielt den Schatz fest. Sie kletterte zu dem *ulax* von Robbe hinauf und blickte zum Strand. Zu ihrer Erleichterung war Robbe bei dem *iqyax*-Gestell und ölte sein Händlerboot. Als sie hineinging und sich für die Fragen von K'os bereit machte – mit einer Geschichte auf ihrer Zunge, dass sie Sand von der Insel mitnehme, der Glück bringen solle –, fand sie das *ulax* leer, ein Durcheinander aus Bündeln mit Nahrung und Handelswaren mitten auf dem Boden.

Tochter schlüpfte in ihren Schlafplatz und zog mit den Zähnen ein Schlaffell auf ihren Schoß, mit der Hautseite nach oben, dann schüttete sie den Sand darauf.

Sie hatte gedacht, es sei nur Sand, aber sie sah auch winzige Bruchstücke von einem beinahe durchscheinenden grünen Stein und einen dünnen gebogenen Schnipsel von etwas, das Tochter schließlich als ein Stückchen Wasserkürbis erkannte. Wie hatte sie diese Kürbisse vergessen können, die sie auf ihrer Fahrt am Leben erhalten hatten?

Tochter hob den Kürbisschnipsel auf und hielt den Atem an, als sie die winzige geschnitzte Perle darunter sah. Sie war klein, nur so groß wie eine Krähenbeere, und fast so hart wie ein Stein, aber nicht aus Stein. Als sie sie genau betrachtete, sah sie, dass auf einer Seite ein winzig kleines Gesicht war. Ein Loch war in die Perle gebohrt, und während Tochter den Sand, die Steine und den Wasserkürbisschnipsel in ihr eigenes Amulett tat, fädelte sie die Perle auf eine Sehnenschnur und band sie sich um den Hals.

Zwei Tage später brachen sie auf. K'os saß vorne mit einem Paddel und Tochter hinter ihr, zwischen die Bündel mit Nahrung und Handelswaren gezwängt. Tochter sah lange auf die

Insel, das grüne Gras, die leuchtenden Blumen auf den niedrigen Wiesen – gelbes Fingerkraut, Lupinen, Primeln und Glockenblumen – und auf die Berge, die ihre Schneekappen noch aufbehielten.

Einige Menschen waren an den Strand gekommen, und Tochter hielt nach Weißer Lachs Ausschau, fragte sich, ob er Lebewohl sagen würde. Aber er war nicht da. Die Frauen des obersten Jägers und ihre Kinder drängten sich am Ufer, die Jungen riefen ihr zu, sie möge ihnen Geschenke mitbringen. Sie feierten ihr Fortgehen, weil sie dachten, sie würde wiederkommen. Die Augen von K'os sagten etwas anderes, und Tochter wusste, dass K'os sie bei sich behalten wollte. Welche Mutter wollte im hohen Alter allein gelassen werden?

Aber K'os würde gewiss wollen, dass Tochter einen Mann hatte, und ein Mann nahm seine Frau immer in Schutz, auch vor ihrer Mutter. Es würde wohl ein Mann vom Flussvolk sein, und Tochter würde neue Wege lernen müssen, aber die Flusssprache verstand sie schon, und K'os hatte ihr viele Geschichten vom Flussvolk erzählt, hatte darauf bestanden, dass auch Tochter lernte, diese Geschichten zu erzählen. Sie hatte Parkas und Stiefel genäht, wie die Flussmenschen sie trugen, aber sie hatte sie aus Robbenpelzen oder Otterfellen gemacht statt aus Karibufellen.

So verstand sie manche Wege des Flussvolkes, aber vieles würde ihr neu sein. Sie hatte nie einem Karibu das Fell abgezogen, nie bei einer Jagd geholfen. Sie hatte nie Karibufleisch gegessen, und sie fragte sich oft, wie Menschen ohne den guten Geschmack von Robbenspeck lebten, ohne die Wärme, die er an den kalten Tagen und Nächten des Winters in den Bauch brachte.

Wenn sie den schönen Parka trug, den K'os ihr gemacht hatte, engte die Kapuze sie ein. Wie drehte eine Frau den Kopf? Wie konnte sie etwas sehen neben dem, was sie unmittelbar vor Augen hatte?

»Du denkst, unsere Winter hier auf dieser Insel sind kalt?«, hatte K'os sie einmal gefragt. »Wenn wir bei dem Flussvolk leben, wirst du sehen, wie kalt Winter sein können.«

Tochter hatte nicht geantwortet. Seit sie ein kleines Mädchen war, hatte sie gemerkt, dass K'os ihr gerne Angst machte, und sie hatte gelernt, stark zu sein und allen Schwierigkeiten zu begegnen, die K'os voraussagte. Die wenigen Male, wenn Tochter an ihren Fähigkeiten zweifelte, sagte sie sich, dass K'os einmal jung gewesen war; sie hatte sich denselben Sorgen, denselben Gefahren gegenübergesehen, und sie hatte überlebt. Wenn K'os es konnte, dann konnte sie es auch.

Anfangs erschien alles neu, doch bald kehrte auf ihrer Fahrt, wie bei allem im Leben, Eintönigkeit ein. Ihre Tage begannen mit den ersten Sonnenstrahlen. Robbe sagte ihnen, dass Händler am Morgen nicht aßen, nur am Abend, aber K'os hörte nicht auf ihn und hielt stets getrockneten Fisch und eine Blase mit Wasser bereit. Sie packte das Boot nicht, bevor sie gegessen hatte, und auch Tochter aß, furchtsam zuerst, doch nach mehreren Tagen mit scharfen Worten von Robbe und Widerworten von K'os aß auch Robbe einen Anteil von dem Fisch. Es schien Tochter klug zu essen. Robbe konnte so kräftiger und länger paddeln.

Jeden Morgen packten sie und K'os das Boot, während Robbe den Himmel betrachtete und befand, ob die Flut hoch oder niedrig genug war, um wieder aufzubrechen. Das Landen ging meist bei hoher Flut leichter. Robbe versuchte, jene Strände zu meiden, an denen das Wasser sehr unruhig war. Sie brachen auf, wenn der Wasserstand richtig war, manchmal spät am Vormittag, manchmal, sowie sie gepackt hatten.

Robbe paddelte den ganzen Tag hinten im Boot, während Tochter und K'os sich vorne abwechselten und diejenige, die nicht paddelte, schöpfte.

Das Schöpfrohr war ein Stück Bambustreibholz, auf die Länge eines Unterarms geschnitten. Die Jäger tauchten ein

Ende des Schöpfrohrs ins Wasser und saugten am anderen Ende, bis das Rohr voll war. Dann schütteten sie das Wasser über die Seite des Bootes aus. Ein Mann mit beiden Händen am Paddel konnte mit dem Mund schöpfen, und das Rohr passte leicht in eine kleine Lücke zwischen den Bündeln, sogar in die enge Luke von einem *iqyax*.

Tochter hatte gesehen, wie Jungen im seichten Wasser, wenn keine Flut war, mit Schöpfrohren übten. Damals hatte sie in das Hohngelächter der anderen Mädchen eingestimmt. Warum etwas üben, das so einfach war? Nun aber merkte sie, dass sie nicht genug Atem hatte, um viel Wasser anzusaugen. Robbe hatte sich über sie lustig gemacht, hatte etwas von der Schwäche der Frauen gesagt, aber sie beachtete ihn nicht und übte, bis ihr so schwindelig war, dass der Himmel sich drehte. Als die Tage vergingen, wurden ihre Lungen kräftiger, und konnte sie auch nie so viel Wasser ansaugen wie Robbe, so war sie darin bald besser als K'os.

Im Laufe der Fahrt sickerte nach und nach Wasser in die Nähte der Seelöwenverkleidung des Bootes, und manchmal spritzten Wellen über die Seiten. Dann verfluchte Robbe sein Händlerboot und sagte zu K'os, wenn sie und Tochter nicht wären, würde er wie ein Mann in einem *iqyax* fahren.

K'os dichtete die Nähte mit Streifen von Fischfett ab, und sie erinnerte Robbe mit groben Worten daran, dass fast alle Händler offene Boote benutzten. Wenn er bessere Verkleidungen aus Seelöwenhaut beschaffte, um Bug und Heck zu schützen, hätten sie nicht so viele Schwierigkeiten. Robbe machte ein verkniffenes Gesicht und sagte nichts mehr, denn wenn es zum Streit kam, wer war darin besser als K'os?

Wenn sie einen guten Strand fanden, machten sie Halt. Manchmal geschah dies früh am Tag, ein andermal nicht vor Sonnenuntergang. Zweimal hatten sie keinen Strand gefunden, keine kleine Bucht, und waren die Nacht hindurch gepaddelt.

Jedes Mal wenn sie Halt machten, trugen sie das Boot und ihre Bündel hoch über die Flutgrenze. Das Boot war länger und breiter als ein *iqyax* und lag somit sicherer im Wasser, dennoch konnten K'os und Tochter es ohne große Anstrengung tragen.

Um einen Unterstand zu machen, kippten sie das Boot so auf die Seite, dass der Rumpf dem Wind zugekehrt war, bauten an jedem Ende eine Wand aus Bündeln und breiteten dann Robbenfelle als Dach darüber. Wenn es am Strand Treibholz gab, machten sie an der offenen Seite ihres Obdachs ein Feuer.

Tochter suchte Treibholz, während Robbe die Verkleidung des Bootes ölte und K'os die Nähte ausbesserte. Dies war Tochter die liebste Zeit des Tages. Wohl zwickte ihr leerer Bauch, aber sie wusste, sie würde bald essen, und es tat gut, wieder festen Boden unter den Füßen zu fühlen.

An manchen Stränden waren die Wellen großzügig und brachten mehr Treibholz, als sie in vielen Nächten verbrauchen konnten, aber andere Strände waren karg, und es gab nichts als ein paar Muscheln. An solchen Stränden benutzte Robbe seine Jägerlampe, um sich zu wärmen. Sie war aus Stein gemacht wie alle Lampen der Ersten Menschen, und Robben- oder Walöl speiste ihren Docht aus Moos, aber sie war klein, nur so groß wie die Hand eines Mannes mit gespreizten Fingern, und spendete nicht viel Hitze. In besonders kalten Nächten hockte Robbe sich ganz nah an die Lampe, kauerte sich manchmal gar darüber, sodass sein *sax* die Wärme zu seinen Beinen und Leisten leitete und Rauch aus der Halsöffnung kam. Tochter und K'os mussten in der Kälte zittern, für sie gab es keine Wärme außer der, die sie sich gegenseitig gaben.

»Wir hätten Lampen und Öl für uns selbst mitnehmen sollen«, hatte Tochter an dem ersten Abend, als sie kein Feuer machen konnten, zu K'os gesagt.

K'os hatte nur mit den Schultern gezuckt und erwidert:

»Wir müssen vorsichtig sein, wenn wir auf dem Meer fahren. Was das Meer sich von einem Mann gefallen lässt, versteht es bei einer Frau als Missachtung.«

»Jägerlampen sind für Frauen tabu?«, hatte Tochter gefragt.

»Vielleicht«, hatte K'os erwidert. »Warum sich der Gefahr aussetzen? Im Land des Flussvolkes wird es kälter sein als hier. Möchtest du, dass das Meer deine Klagen hört? Zieh deinen Parka an.«

In dieser Nacht wärmte der Parka sie, deshalb trug Tochter ihn am nächsten Tag im Boot. Aber es war ein Tag mit Wind und Wellen, und bald hatte die Gischt sie durchnässt. Als sie ein Lager für die Nacht bereiteten, war Tochter so nass und kalt, dass ihre Zähne klapperten. Sie blickte sehnsüchtig auf den wasserdichten Kapuzenparka, den Robbe trug, hütete sich aber, sich zu beklagen oder gar den Wunsch nach einem solchen Parka auszusprechen. Obwohl K'os es nicht sagte, mussten auch diese für Frauen tabu sein. Sonst würde K'os einen haben. Seltsam, dass nur Jäger einen *chigdax* tragen durften, wenn es doch die Hand einer Frau war, die ihn aus Seelöwendärmen fertigte, und die Nadel einer Frau die wasserdichten Nähte machte.

Robbe und K'os trugen Stiefel aus Robbenflossen, aber Tochter ging barfuß, wie sie es ihr Leben lang getan hatte. Sie hatte sich Stiefel in der Art der Flussmenschen gemacht, aber sie wollte nicht, dass sie mit jedem Tag mehr moderten, weil ihre Füße in dem Wasser standen, das stets den Boden des Bootes bedeckte.

An den ersten Tagen auf dem Meer hatte sie sich gefürchtet, und in den Nächten quälten sie Träume von Ottern, die mit scharfen, tückischen Zähnen angriffen. In einem Traum hatte sie auf ihre Füße geblickt, war erstaunt, sie heil zu sehen, mitsamt den kleinen Zehen. Dann hatte der Großvater ein Messer genommen, eine große Klinge, dunkel von getrocknetem Blut, und sie war schreiend aufgewacht, hatte hinuntergefasst, dahin, wo ihre kleinen Zehen gewesen waren, hatte die wulstigen Narben gefühlt und sich erinnert, dass sie einen gerechten Tausch für den ersten Zeh erhalten hatte, das Leben, nicht nur das ihre, sondern auch das des Großvaters.

Im zweiten Mond auf dem Meer kam ein heftiger Sturm über sie, und Robbe, den Tochter ansonsten wenig achtete, begegnete Wellen und Wind mit Kraft und sprach mit beruhigender Stimme zu seiner Frau und Tochter. Seine Gelassenheit vertrieb ihre Angst, und das Schöpfen wurde zu einem Gleichklang, bestimmt durch seine Worte.

Es gelang ihm, das Boot an einen Strand zu bringen. Es war kaum mehr als eine Felsenplatte, ohne Sand oder Treibholz, vor Klippen gelagert, die so hoch waren, dass Tochter in dem Regen und Nebel ihre Spitzen nicht sehen konnte.

Obwohl es kalt und nass war und der Boden hart unter ihren Schlafmatten, fühlte Tochter nur Dankbarkeit, weil sie nicht mehr auf dem Meer waren. Und auf der ganzen weiteren Fahrt wohnte die Angst von Tochter nie wieder so nahe an ihrem Herzen.

In dieser Nacht lagen sie eng beieinander, K'os in der Mitte, und einmal wurde Tochter aus dem Schlaf geweckt, als K'os Robbe dafür belohnte, dass er sie in Sicherheit gebracht hatte.

Am nächsten Tag blieben sie an Land, obwohl das Wetter gut war; denn K'os hatte Nistlöcher in den Klippen gesehen. Sie und Tochter gingen auf dem schmalen Uferstreifen, bis sie eine Stelle fanden, wo Tochter bis zur Abbruchkante der Klippen hinaufklettern konnte. Wären sie eine Gruppe von Frauen, jungen Männern oder flinken Jungen gewesen, dann hätten sie eine Schlinge gemacht und jemanden von oben abgeseilt, um die Eier zu stehlen, aber weil nur K'os da war, um das Gewicht von Tochter zu halten, machten sie keine Schlinge. Stattdessen legte Tochter sich bäuchlings an den Rand der Klippe, schob die Hände in die Löcher, die sie erreichen konnte, und sammelte Eier. Am Ende waren ihre Hände wund und blutig, zerhackt von den Schnäbeln der Vögel, aber es war ihr gelungen, einen Korb voll Eier zu sammeln und mehrere kleine Alken zu fangen, denen sie die Hälse umdrehte.

Sie und K'os trugen Eier und Vögel zu ihrem Lager, wo Robbe ungeduldig auf sie wartete.

»Hochwasser!«, rief er, und ohne noch etwas zu sagen, wies er auf das Boot.

Er saß schmollend da, als Tochter und K'os packten, und Tochter verbarg ihren Ärger, als Robbe seine Daumen in fast die Hälfte der Eier stieß und sie aussaugte.

Einmal wies sie mit dem Kinn auf ihn und sagte zu K'os: »Sieh, was er tut.«

Doch K'os erwiderte nur: »Und wer paddelt den ganzen Tag? Du nicht.«

Sie wusste, dass K'os Recht hatte, aber die Einsicht nährte nur ihren Zorn. Als sie im Dorf der Ersten Menschen lebten, hatten K'os und Robbe die ganze Zeit gezankt, doch hier auf dem Meer war K'os plötzlich eine gute Frau geworden, stets um ihren Mann besorgt; nachts blieb sie auf und flickte seinen *sax* oder *chigdax,* wenngleich ihre eigenen Kleider mehr Zuwendung gebraucht hätten als seine; stets sah sie zu, dass er das beste Essen bekam und die dicksten Schlaffelle.

Als könnte sie die Gedanken von Tochter hören, sagte K'os: »Denk daran, Uutuk, bis wir zu den Dörfern des Flussvolkes kommen, sind wir tot ohne ihn.«

Da begriff Tochter, dass ihre Mutter sich nicht verändert hatte. K'os wusste, was sie wollte, und setzte alles daran, es zu bekommen.

Nach mehr als zwei Monden auf dem Meer begannen auf der Erde Bäume zu wachsen – Schwarzfichten nannte Robbe sie. K'os sagte, sie seien kümmerlich und schwächlich, krumm von ihrem Kampf gegen den Wind, und sie erzählte Tochter, dass die Bäume, die im Land des Flussvolkes wuchsen, gerade und kräftig seien. Tochter sagte nichts. Doch plötzlich kam die Erinnerung an jene Bäume, die nahe dem Dorf gewachsen waren, wo sie und der Großvater einst gelebt hatten. Jene Bäume waren so hoch gewesen, dass es aussah, als könnten ihre Äste die Sterne herunterkratzen. Hier waren die Schwarzfichten nicht größer als ein Mann, aber es waren wenigstens Bäume, und Tochter feierte mit K'os, indem sie einen Flussgesang von tanzenden Bäumen anstimmten.

Robbe beklagte sich über den Gesang, und es war wahr, dass das Salz des Meeres sich auf ihre Kehlen gelegt hatte, sodass selbst Tochter mit der Stimme einer alten Frau sang.

Das Meer hatte auch ihre Gesichter geschunden, die Haut von Lippen und Nasenlöchern war aufgesprungen und blutig. Die Hände von K'os waren rau, und an manchen Tagen, wenn sie mit Paddeln an der Reihe gewesen war, waren ihre Finger so fest gekrümmt, dass sie sie erst am nächsten Morgen wieder strecken konnte.

Einen Tag nachdem sie zum ersten Mal Bäume gesehen hatten, sahen sie auch ein Dorf, und Tochter hoffte, sie würden Halt machen. Es war ein Dorf von Ersten Menschen, klein, aber selbst vom Meer aus konnte Tochter die Erhebungen der *ulas* ausmachen, die *iqyax*-Gestelle, die Kinder und die Alten, die am Strand Holz sammelten und Muscheln ausgruben. Aber Robbe machte nicht Halt, äußerte nur eine Kränkung, gemein und gehässig, über die Frauen dieses Dorfes.

K'os drehte sich zu ihrem Mann um, und Tochter erwartete, dass sie ihn schalt, aber sie verzog nur den Mund zu einer Grimasse und paddelte weiter. Nach kurzem Nachdenken erkannte Tochter, dass K'os über ihren Mann gespottet hatte, und sie mutmaßte, dass er dort schlechte Tauschgeschäfte gemacht oder schlimmer noch, den Mann einer Frau erzürnt hatte.

Der lange Tag dehnte sich bis zum Überdruss, doch bevor es Abend wurde, paddelten sie in eine kleine Bucht und kamen zu einem anderen Dorf. Dieses Mal lenkte Robbe das Boot zum Strand. Die Kinder entdeckten sie zuerst und kamen ihnen mit lautem Geschrei entgegengelaufen. Dann waren die jungen Männer und Jäger bei dem Boot, schleppten es ans

Ufer. Einer half Tochter hinaus und bot ihr einen Robbenmagen mit Wasser an. Tochter griff danach, ihre Kehle war rau und heiser vom Meer, doch bevor sie den Robbenmagen an die Lippen heben konnte, fasste K'os sie am Arm und schüttelte den Kopf.

»Sieh, ob er das Wasser aus Freundlichkeit anbietet, nicht zum Tausch«, sagte sie zu Tochter, und sie sprach in der Flusssprache, damit der junge Mann es nicht verstand.

»Es ist nur Wasser, Mutter«, sagte Tochter.

Aber K'os wandte sich dem jungen Mann zu und fragte ihn, was er als Gegengabe erwartete. Er antwortete mit einem Scherz und der Bitte, Tochter möchte zu ihm in das *ulax* seines Vaters kommen.

Tochter schüttelte den Kopf, lächelte den jungen Mann aber an, um die Zurückweisung zu mildern. Dann halfen sie und K'os Robbe, das Boot außer Reichweite der Wellen zu ziehen. Sie warteten, während Robbe mit dem obersten Jäger sprach, und Tochter lächelte den Kindern scheu zu, die sich um sie scharten; eines war sogar so kühn, ihre Hand zu berühren.

Sie war müde, und ihre Beine schmerzten, weil sie den ganzen Tag im Boot gesessen hatte, und als K'os ihr bedeutete zu folgen, ging sie mit, ohne nachzudenken, den Blick auf den Pfad gerichtet. Sie wünschte sich, sie könnten die Wärme eines *ulax* genießen. Sie hatten so viele Nächte an Stränden verbracht, Wind und Regen und den Wellen des Meeres ausgesetzt.

Sie wurde in das *ulax* einer alten Frau geführt. Es war klein, aber warm, und die Frau bereitete ihr hinter dem Kletterstamm eine Schlafstatt. Tochter hatte gehofft, schlafen zu können, sobald das Bett gemacht war, doch die alte Frau wollte sich unterhalten. Tochter versuchte verzweifelt, ihre Augen offen zu halten, sie biss sich in die Innenseite der Wangen, damit der Schmerz sie daran hinderte, einzuschlafen.

Das Alter hatte die Haut der alten Frau welk und ihr Gesicht dunkel werden lassen. Ihr Rücken war zu einem Buckel gekrümmt, und die spärlichen weißen Haarsträhnen waren straff aus ihrem Gesicht gezogen und oben auf ihrem Kopf zu einem Knoten gewunden.

»Deine Mutter und dein Vater sind bei dem obersten Jäger untergebracht«, sagte sie und lachte. »Er denkt, ihm wird die größte Ehre zuteil, dieser Jäger, aber er ist auch ein Dummkopf, denn Kinder sind das Beste, und Töchter sind sehr gut. Ich freue mich, dich hier zu haben.«

Sie plapperte weiter, sprach von Dorfmenschen, die Tochter nicht kannte. Schließlich sagte sie: »Gefällt es dir, Händler zu sein?«

Die Worte der alten Frau hatten Tochter eingelullt, sodass sie einen Augenblick brauchte, bis sie merkte, dass die Frau eine Antwort erwartete.

»Dies ist meine erste Handelsfahrt«, sagte Tochter.

»Weißt du, wo du bist?«

»Nein«, bekannte Tochter, »aber dies ist das zweite Dorf, an dem wir heute vorbeikamen.«

Die alte Frau lachte. »Wie willst du diesen Ort wiederfinden, wenn du nicht weißt, wo du bist?«, fragte sie, aber sie schien nicht zu zürnen, denn sie fügte hinzu: »Dies ist der Strand der Händler.«

Ihre Worte machten Tochter froh. Sie hatte gehört, wie Robbe von diesem Ort gesprochen hatte, und sie wusste, dass er bleiben und tauschen wollte.

Die alte Frau legte den Kopf zurück und sah Tochter ins Gesicht, dann fragte sie: »Hast du immer im Dorf deiner Mutter gelebt?«

Tochter wusste nicht, was sie antworten sollte. Doch als sie eine Weile nachgedacht hatte, sagte sie: »Es gibt jene, die sagen, ich lebte einst an einem anderen Strand. Es gibt jene, die sagen, Sturmwinde haben mich und meinen Großvater einen weiten Weg zu einem Dorf der Ersten Menschen gebracht.«

Als würde sie mit sich selbst sprechen, murmelte die alte Frau: »Ich wusste, dass etwas anders ist an dem Gesicht. Die Augen sind nicht Augen von Ersten Menschen, und die Nase ist zu klein.« Dann hob sie die Stimme und fragte: »Erinnerst du dich an den anderen Ort, wo du gelebt hast?«

»In meinen Träumen kommt er manchmal zu mir«, sagte Tochter.

»Dann vergiss deine Träume nicht. Der Großvater, von dem du gesprochen hast, erinnert er sich?«

»Er hat sich an vieles erinnert, und er hat mir viele Geschichten erzählt.«

»Ich würde mich gerne mit dem Großvater unterhalten«, sagte die alte Frau, »aber er muss sein wie ich, zu alt für eine Fahrt.«

»Er ist vor fünf Sommern gestorben«, sagte Tochter. »Aber vielleicht kann ich einige von seinen Geschichten erzählen.«

Das Gesicht der alten Frau leuchtete auf.

»Heute Abend?«, fragte sie, doch Tochter schüttelte den Kopf.

»Verzeih, Großmutter«, sagte sie höflich, »aber ich bin zu müde. Kannst du bis morgen warten?«

Als merkte die alte Frau erst jetzt, dass sie einen Gast hatte, äußerte sie Entschuldigungen und zeigte auf eine Blase mit Wasser, die an einem Sparren hing. »Du kommst leichter an sie heran als ich«, sagte sie zu Tochter, »aber du bist gewiss auch hungrig, und ich sitze hier und bitte dich um Geschichten.«

Sie wies mit dem Kinn auf einen Korb mit Seeigeln, und Tochter holte den Korb, setzte sich und stellte ihn zwischen sie beide. Die Frau nahm einen Seeigel, brach ihn auf und kratzte mit dem Daumennagel die Eier heraus. Sie saugte sie in den Mund und sagte: »Mein Mann ist vor langer Zeit gestorben und alle meine Kinder auch, bis auf eine Tochter, die in einem anderen Dorf lebt. Es gab eine Zeit, als ein Mädchen kam und bei mir gelebt hat. Ich habe ihr meine Geschichten erzählt, aber dann hat sie mich wegen eines Mannes vom Stamm des Flussvolkes verlassen. Doch in diesem Jahr ist etwas Gutes geschehen. Der Bruder des Mädchens ist in dieses Dorf gekommen, er und sein Vater, ein Händler. Der Junge sagt mir, seiner Schwester gehe es gut, sie und ihr Mann hätten jetzt drei Kinder.«

»Das ist gut«, sagte Tochter.

»Ja, es ist gut«, sagte die alte Frau. »Und für eine kleine Weile habe ich diesen Händler und seinen Sohn bei mir. Sie bringen allerlei gute Dinge zu essen, Dinge, an die eine alte Frau allein schwer herankommt.« Sie wies mit geschürzten Lippen auf die Seeigel.

»Wenn ich lange genug bei dir bleibe«, sagte Tochter, »kann ich dir vielleicht auch Seeigel bringen.«

Die alte Frau kicherte, und dann war plötzlich ein Poltern auf dem Dach des *ulax* zu hören, die laut lachende Stimme eines Mannes.

»Ah! Sie sind da!«, rief die alte Frau und stützte sich auf die Schulter von Tochter, um auf die Beine zu kommen.

»Wir essen«, sagte sie zu dem Mann, der in das *ulax* kam.

Er war größer als die Männer in dem Dorf von Tochter, hagerer und schmaler in den Schultern. Ihm folgte ein jüngerer Mann, der ihm sehr ähnlich sah, wenngleich er den kräftigeren Körperbau der Ersten Menschen hatte. Beide hatten lange Nasen, mit einem Höcker in der Mitte, und schmale Gesichter. Sie trugen die Haare am Hinterkopf geflochten, hatten Federn und Perlen in die Zöpfe gewunden.

»Cen, der Händler«, sagte die alte Frau, »und sein Sohn Ghaden.«

Die Augen des jungen Mannes waren dunkel und rund, sanft im flackernden Lampenlicht des *ulax*, und Tochter merkte zu ihrer Verlegenheit, dass sie ihn anstarrte. Doch er schenkte ihr ein schiefes Grinsen, und ihre Unhöflichkeit schien ihn nicht zu kümmern.

»Cen, Ghaden, dies ist die Tochter des Händlers«, sagte die

alte Frau und lachte wieder. »Ich weiß deinen Namen nicht«, sagte sie.

»Ich bin Uutuk, aber die meisten nennen mich Tochter.« Sie lächelte die alte Frau an und fügte ein wenig keck hinzu: »Und wenn ich dir morgen Geschichten erzählen soll, wäre es gut, wenn ich auch deinen Namen wüsste.«

Da lachten Cen und Ghaden, und sie hockten sich hin, nahe dem Korb mit den Seeigeln. Als wäre sie die Mutter der Behausung, hielt Tochter den Korb vor sie hin, und als sie sich genommen hatten, nahm auch sie einen Seeigel, brach ihn auf und gab ihn der alten Frau.

»Ich habe dir meinen Namen nicht gesagt?«, fragte diese. »Ich dachte, alle wissen ihn. Wer ist älter als ich in allen Dörfern der Ersten Menschen? Ich denke, ich werde wohl leben, bis ich endlich jemanden gefunden habe, der meine Geschichten lernen will, eine Geschichtenerzählerin, die bei den Ersten Menschen bleibt und nicht mit einem Mann vom Stamm des Flussvolkes fortgeht.«

Hierauf lächelte Cen, zog den Kopf ein, zog eine Augenbraue hoch und blickte Ghaden an. »Sie ist noch böse auf deine Schwester«, sagte er.

Die alte Frau runzelte die Stirn. »Ich bin noch böse auf dich, aber wenigstens hast du Ghaden mitgebracht.« Dann sagte sie zu Tochter: »Ich werde Qung genannt. Ich freue mich darauf, morgen deine Geschichten zu hören.«

Sie stieß Ghaden mit dem Ellenbogen an und sagte: »Und wenn sie gut genug sind, werde ich beschließen, dass auch du sie hörst.«

»Vielleicht habe ich schon beschlossen, sie zu hören, Tante«, sagte Ghaden. »Gibt es ein besseres Geschenk, um es meiner Schwester Aqamdax mitzubringen, als neue Geschichten?«

Da wurde Qung plötzlich ernst, und sie sagte: »Bring sie einfach mit, wenn du das nächste Mal kommst. Es wäre gut, sie ein letztes Mal zu sehen, bevor ich sterbe.«

»Du musst lange leben, Großmutter«, sagte Ghaden leise; das Lachen war aus seinen Worten gewichen. »Wir brauchen deine Weisheit.«

21

Denke nicht daran, zu essen, solange du nicht mit dem Ausbessern der Nähte fertig bist«, sagte Robbe zu K'os.

Sie lächelte ihn liebevoll an. »Denke daran, eine neue Verkleidung einzuhandeln, Mann«, sagte sie, ließ ihre Stimme sanft klingen, füllte ihre Worte mit Achtung. »Mit dieser werden wir nicht mehr sehr weit kommen.«

»Verstehst du so viel von Booten?«, fauchte er.

»Von Häuten, Mann«, sagte sie leise, als er fortgegangen war. Andere Händler beobachteten sie, und sie wollte Uutuk nicht die Aussicht verderben, einen guten Mann zu finden. Zu oft wurde der Wert einer Tochter nach dem Benehmen ihrer Mutter bemessen.

K'os fädelte einen Sehnenfaden in das Ende ihrer Nadel, nässte die Finger mit Wasser aus einer Trinkblase, die sie in dem Boot verwahrten, und befeuchtete die Naht. Sie war schwach von zu vielen Ahlenlöchern, klaffte auf, wo sich die Verkleidung durch die Gewalt von Wellen und Nässe gedehnt hatte. Robbe hatte das Boot in die Nähe der *iqyax*-Gestelle gebracht, und während sie arbeitete, betrachtete K'os die Zeichnungen auf jedem Boot. Die meisten gehörten Jägern, doch da waren drei große, oben offene Boote, ein jedes gelb gekennzeichnet, um zu zeigen, dass sie Händlern gehörten. Die *iqyan* trugen die Zeichen ihrer Besitzer in verschiedenen Farben, einige mit sorgsamer Hand ausgeführt, andere achtlos aufgetragen.

Ein schönes *iqyax* hob sich von den übrigen ab, zweifellos von einem Jäger vom Stamm der Ersten Menschen gefertigt, aber seine Zeichnungen wiesen auf einen Besitzer vom Flussvolk hin. K'os nahm ihre Nadel aus Vogelknochen zwischen die Zähne und befeuchtete eine besonders schlechte Naht. Sie knetete sie mit den Knöcheln, um die Haut weich zu machen, und versuchte, ein großes Stück genügend zu dehnen, um eine Falte über die schwächste Stelle zu schlagen, aber das hatte sie schon zu oft getan. Die Haut gab nicht mehr nach. K'os würde einen Flicken nehmen müssen.

Sie steckte die Nadel in einen weichen Streifen aus Vogelhaut, den sie vorne an ihrem *sax* befestigt hatte, und griff in ihren Nähkorb. Sie zog eine Rolle Robbenfell hervor, drei Finger breit. Mit Daumen und Mittelfinger maß sie ein genügend großes Stück ab, um die schlechteste Stelle der Naht zu bedecken, dann trennte sie den Streifen mit ihrem Frauenmesser von der Rolle.

Der Streifen war steif und hart, und sie befeuchtete ihn mit Wasser aus der Blase, dann rollte sie ihn wieder stramm zusammen, steckte ihn in den Mund und prüfte ihn nach einer Weile mit der Zunge. Als er geschmeidig war, begann sie, den Streifen zu kauen, bearbeitete ihn mit den Zähnen.

Der Wind war kalt jenseits der Bucht, und K'os zog die Hände in die Ärmel, in der Hoffnung, dass die Wärme den Schmerz aus ihren Gelenken zog. Ihre Hände hatten immer geschmerzt, schon seit sie ein Kind war, doch auf dieser Fahrt, da sie paddeln und schleppen musste, waren die Schmerzen fast unerträglich geworden. Manchmal hielten sie sie fast die ganze Nacht wach.

Wenn sie den richtigen Mann für Uutuk gefunden hatte, wollte sie sich von Robbe befreien, faul, wie er war, und eine warme Behausung in einem Flussdorf bauen, sich viele Pelzfäustlinge nähen. Ihre Hände würden nie wieder kalt sein.

Sie würde nicht lange warten müssen. Wie schwer konnte es sein, einen Mann für eine Tochter wie Uutuk zu finden?

Uutuk hatte ihre erste Nacht im Dorf der Händler bei Qung verbracht, der Geschichtenerzählerin des Dorfes, einer alten Frau, die allein lebte. Was gab es Besseres, um Uutuk von Männern fern zu halten? K'os hatte das Mädchen gelehrt, einen Mann im Bett zu erfreuen, aber es war unsinnig, die Gunst von Uutuk an solche zu verschwenden, die sie nicht verdienten. Überdies wollte K'os einen Mann vom Flussvolk für sie, und die Flussmänner waren knauserig mit ihren Frauen, teilten sie nicht gerne mit anderen. Ohne Zweifel hatte Weißer Lachs Uutuk in seiner Schlafstatt gehabt, aber Weißer Lachs war weit fort, an seine kleine Insel gebunden.

Selbst wenn K'os einen Mann vom Stamm der Ersten Menschen für Uutuk ausgesucht hätte, wäre ihre Wahl nicht auf Weißer Lachs gefallen. Es war besser, einen Mann zu nehmen, der hier in dem Dorf der Händler lebte. Selbst in seinen stärksten Zeiten war das Nahe-am-Fluß-Dorf nicht so groß gewesen. Natürlich würde K'os lieber in einer Flussbehausung leben als in einem *ulax*, aber sie verstand die Notwendigkeit von unterirdischen Behausungen, nahe dem Nordmeer, wo der Wind oft so stark wehte, dass er einen erwachsenen Mann umwarf.

Zu schade, dass ihre Fahrt sie nicht hierher geführt hatte, als sie den Walrossjägern entkommen war. Es wäre besser für sie gewesen, in diesem Dorf einen Mann zu finden – es war reich an all den Dingen, die Händler bringen konnten, und nicht ganz so weit von dem Flussvolk entfernt wie das Dorf von Robbe. Aber wenn sie hierher gekommen wäre, hätte sie Uutuk nicht gefunden.

K'os rieb den Streifen Robbenfell zwischen ihren Knöcheln, dann legte sie ihn auf die Innenseite der Naht und stichelte sorgfältig, sah zu, dass die Nadel die Außenhaut der Bootverkleidung nicht ganz durchstach. Es war eine knifflige Arbeit, und manchmal musste sie innehalten und die Finger strecken, weil sie taub wurden, aber schließlich war sie fertig.

Sie richtete sich auf und zog die Schultern hoch, dann machte sie sich daran, die übrigen Nähte zu prüfen. Wenn ihre Augen ausruhen mussten, hielt sie inne und blickte in die Ferne oder betrachtete abermals die *iqyan* auf den Bootgestellen. Das *iqyax* der Ersten Menschen mit den Farben des Flussvolkes schien sie anzuziehen.

Du hast Sehnsucht nach deinem Volk, sagte sie sich, doch dann befand sie, dass es einen anderen Grund gab, weshalb die Zeichnungen ihren Blick auf sich zogen. Sie hatte sie schon einmal gesehen. Aber wo?

Plötzlich wusste sie es, und die Erkenntnis war wie ein Faustschlag in ihren Magen. Nicht an einem *iqyax,* nein. An dem Futteral vom Bogen eines Jägers, an dem Bündel eines Händlers, an der Seite einer Behausung des Flussvolkes. Es war das Zeichen, das Cen als Besitzer auswies. Ihr Herz schlug wild gegen ihre Rippen. Wenn er das *iqyax* im Tausch weggegeben hatte, würde der neue Besitzer seine Farben über die von Cen gemalt haben, und wie groß war die Möglichkeit, dass zwei Männer dieselbe Zeichnung benutzten, dreifache Kreise und gezackte Linien?

Sie würde Robbe überreden müssen, das Dorf zu verlassen und bald aufzubrechen. Cen würde nur Übles über sie zu sagen haben, und es war durchaus möglich, dass er entdeckt hatte, dass sie es war, die seine Frau Gheli getötet hatte.

Cen sollte dankbar sein. Gheli war dumm gewesen, als sie zu verbergen suchte, wer sie war, indem sie einfach ihren Namen änderte. Gheli oder Rotes Blatt, was war der Unterschied? Sie war dieselbe selbstsüchtige Frau geblieben, aber Cen hatte nur die gute Seite von ihr gekannt, hatte keine Ahnung gehabt, dass seine Frau töten konnte. K'os hätte es ihm sagen sollen, aber wann hatte Cen jemals etwas geglaubt, was sie sagte?

Wenn Cen es nun für geboten hielt, Rache zu üben? Was würde geschehen, wenn er sie tötete?

K'os stieß ein schnaubendes Lachen aus. Eine dumme Frage. Sie wusste, was geschehen würde. Robbe würde Uutuk als Frau nehmen.

Sogar ein Kind konnte die Begierde in den Augen von Robbe erkennen, jedes Mal, wenn er das Mädchen ansah, besonders dann, wenn er dachte, dass K'os es nicht merkte. Warum sonst würde Uutuk immer vor dem Mann zurückschrecken, wenn er in ihre Nähe kam?

K'os zuckte mit den Schultern. Ja, wenn sie starb, würde Robbe Uutuk nehmen. Aber das wäre gar nicht so schlimm. Im Tode würde K'os gewiss genügend Macht haben, um das Schicksal von Robbe zu wenden, seinem Leben schwere Zeiten zuzufügen. Natürlich wünschte sie Uutuk kein Unglück, aber das Mädchen war jung und konnte sich einen anderen Mann nehmen, einen Flussjäger, der sie in das Dorf von Chakliux bringen würde.

Wer wusste nicht, dass Geister in Träume eindringen konnten? Wenn sie tot war, könnte K'os ihre Wünsche in die Ohren von Uutuk flüstern, und das Mädchen würde die Rache ausführen, die K'os plante, nicht nur an Robbe, auch an Chakliux und Aqamdax.

So war der Tod nicht das Schlimmste, was ihr geschehen konnte. Warum sich sorgen wegen Cen? Wie konnte sie sich vor ihm verstecken, wenn sie beide in demselben Dorf waren? Sie hatte sich etwas verändert, aber nicht genug. Selbst mit den Nadelzeichen und den Haarfransen auf der Stirn, selbst in den Kleidern der Ersten Menschen, würde er sie erkennen.

K'os hob das Kinn, presste die Zähne zusammen. Selten spielte sie die Rolle des Hasen, verwandelte sie sich von Fleisch in Erde, um ihre Feinde zu täuschen. Meistens war sie Wolf.

»Du sprichst unsere Flusssprache gut«, sagte Cen.

Tochter schlug höflich die Augen nieder, konnte aber ein Lächeln nicht von ihren Lippen fern halten. Sie lehnte sich nahe an Qung und übersetzte das Lob. Cen lachte, und Tochter blickte verwirrt auf.

»Ich verstehe, was er spricht, Kind«, sagte Qung. »Ich bin schließlich Geschichtenerzählerin, und das Erlernen von Sprachen ist eine Gabe, die sich alle Geschichtenerzähler zu Eigen machen sollten.«

Sie saßen in dem *ulax* von Qung und aßen Fisch, getrocknet und geräuchert und in Robbenöl getunkt. So hatte er in der Kindheit von Tochter geschmeckt, in ihren ersten Tagen in dem *ulax* von K'os, und sogleich fühlte sie sich bei diesen neuen Menschen behaglich.

Sie hatte am Morgen lange geschlafen, und als sie aufwachte, warteten Cen und sein Sohn. Sie wusste, dass Robbe Arbeit für sie hatte, und K'os wünschte, dass sie allerlei Aufgaben zu Ende brachte, aber wie konnte sie sich so rasch abwenden von der Gastlichkeit von Qung? K'os würde es verstehen, und der Zorn von Robbe würde nicht lange anhalten.

Sie lauschte, als Cen erzählte, wie er in das Dorf seines Sohnes und dann an diesen Strand gefahren war, danach aber nahm sie ihren *sax* und stand auf.

»Ich muss zu meiner Mutter. Sie wird Arbeit für mich haben.«

Qung fasste Tochter am Handgelenk und zog sie wieder hinunter auf die Bodenmatten.

»Deine Mutter hat mir gesagt, du kannst hier bleiben, solange es dir gefällt«, sagte Qung. »Zudem hast du mir Geschichten versprochen von der Insel, wo du als Kind gelebt hast, bevor du eine von uns wurdest.«

Ghaden hob den Kopf, und Tochter sah sein Erstaunen.

»Du bist nicht vom Stamm der Ersten Menschen?«, fragte er.

»Sieht sie aus wie eine von den Ersten Menschen?«, fragte Qung.

Ghaden betrachtete Tochter und lächelte, zog eine Hälfte seines Mundes hoch, als würde er einen Scherz verbergen. Sie fühlte, wie ihr Gesicht heiß wurde unter seinem Blick, und sie deckte ihre Verlegenheit mit Worten zu.

»Ich komme aus einem Dorf weit weg, jenseits des Meeres«, sagte sie und blickte auf den Boden, auf Cen, überallhin, nur nicht auf Ghaden. »Wir nannten uns nach den Booten, die wir gebaut haben. Ich war noch sehr klein, deshalb habe ich wenig Erinnerungen an das Dorf oder an mein Volk. Aber mein Großvater sagte, dass wir von einem anderen Dorf angegriffen wurden. Er und ich haben uns in einem Boot versteckt, und in der Nacht kam ein Sturm und trug uns aufs Meer hinaus. Ich erinnere mich an die lange Fahrt, und dass es jeden Tag kälter wurde, schließlich aber fanden wir die Inseln der Ersten Menschen.«

»Dein Großvater lebt nicht mehr?«, fragte Cen.

Tränen sammelten sich in der Kehle von Tochter, und sie musste husten, bevor sie sprechen konnte. »Er ist jetzt seit fünf Sommern tot«, sagte sie. »Aber ich bewahre seine Weisheit und seine Geschichten hier.« Sie legte ihre Hand auf ihre Brust, auf ihr Herz.

»Du hast uns Geschichten versprochen«, sagte Qung, »und jetzt ist eine gute Zeit dafür.« Sie hob die Augenbrauen und sah Cen an. *»Nae'?«* Sie lächelte, als sie das Wort der Flusssprache sagte.

»Ja«, antwortete Cen. »Jetzt ist eine gute Zeit für eine Geschichte von dem Bootvolk. Erinnerst du dich an seine Behausungen? Erinnerst du dich an seine Insel? Weißt du, wie viele Tage du in dem Boot warst?«

Qung lachte. »Die Fragen eines Händlers, ohne Zweifel«, sagte sie.

»Und was ist daran auszusetzen, Tante?«, fragte er. »Ich bin Händler.«

Qung stopfte sich ein Stück Fisch in den Mund und löste ihren Blick von Cen, eine Kränkung, aber scherzhaft gemeint. Sie schnippte mit den Fingern und sagte zu Tochter: »Beginn, beginn. Wir hören.«

Tochter senkte einen Augenblick den Kopf, überlegte, womit sie anfangen sollte. Mit dem Angriff der Bär-Gott-Krieger, entschied sie dann. Cen und Ghaden sollten sich an der Geschichte erfreuen. Männer schienen gerne von Kämpfen zu hören. Sie erzählte ihnen alles, woran sie sich erinnern konnte, dann antwortete sie auf ihre Fragen. Sie wiederholte Geschichten, die ihr Großvater sie gelehrt hatte von ihrem Dorf und ihrem Volk, den Männern und ihrem Fischfang. Cen stellte Fragen über Auslegerboote, aber Tochter konnte sich nicht gut genug daran erinnern, um sie zu beschreiben.

Schließlich sagte sie: »Es ist wohl besser, du fragst meine Mutter. Sie versteht es, Dinge zu erklären, und kann dir vielleicht eine Zeichnung im Sand machen. Das Boot ist vor langer Zeit verrottet, und ich war ein Kind, als ich es das letzte Mal sah.«

»Du sagst, der Name deines Vaters ist Robbe?«, fragte Cen.

»Ja.«

»Ich dachte, ich kenne die meisten Händler vom Stamm der Ersten Menschen, aber an ihn erinnere ich mich nicht.«

»Er macht nicht viele Handelsfahrten. Es ist ein weiter Weg zu unserer Insel. Bist du einmal dort gewesen?«

»Nein. Es sind zu wenige Dörfer zwischen hier und dort. Die Entfernung lohnt die Zeit eines Händlers nicht.«

Ghaden beugte sich vor, um den Blick von Tochter auf sich zu ziehen, und sagte: »Aber mein Vater ist in den Dörfern des Tundravolkes gewesen, wo die Sonne den ganzen Winter verschwindet und den ganzen Sommer am Himmel tanzt. Er hat mit den Männern der Karibudörfer gehandelt, mit den Männern vom Walrossvolk und vom Flussvolk und vom Stamm der Ersten Menschen.« Es war eine milde Prahlerei, die das Herz von Tochter für Ghaden erwärmte.

»Und bist du auch Händler?«, fragte sie.

»Nein, ich bin Jäger«, sagte er.

Tochter sah Enttäuschung in den Augen von Cen aufblitzen, aber sie verging sogleich, und Ghaden sagte: »Manchmal tue ich so, als sei ich Händler. Es ist die Mühe wert, um mit meinem Vater zusammen zu sein.«

Cen lachte, dann fragte er Tochter: »Deine Mutter ist mit dir hier?«

Die meisten Frauen von Händlern begleiteten ihre Männer nicht. Es gab in jedem Dorf immer Frauen, die bereit waren, für eine kleine Weile Frau von einem Mann zu sein, und welche Frau wollte ihr *ulax* oder ihre Kinder verlassen für lange Nächte an kalten Stränden, für lange Tage auf Tundrapfaden?

»Sie fährt gerne mit ihm«, sagte Tochter. »Aber dies ist meine erste Handelsfahrt. Meine Mutter ist vom Stamm des Flussvolkes, und sie hat mich mitgenommen, weil sie hofft, bei den Flussmenschen einen Mann für mich zu finden.«

Qung schnaubte. »Einen Mann vom Flussvolk! So eine Dummheit! Einer vom Stamm der Ersten Menschen ist viel besser.« Tochter biss sich in die Wangen, um nicht von Weißer Lachs zu sprechen, und sie hütete sich, Ghaden anzusehen. Sie hatte schon mehr gesagt, als für höflich erachtet wurde, und ihre Gedanken waren noch zu sehr von Weißer Lachs erfüllt, um sich vorzustellen, Frau eines anderen Mannes zu sein. Zudem war ihr das Gesicht von Ghaden fremd, seine lange Adlernase, seine breite Stirn. Aber sie nahm an, dass jede Frau sich an das Gesicht ihres Mannes gewöhnte, einerlei, wie er aussah. Schließlich hatte der Armstumpf ihres Großvaters, so verschrumpelt er war, sie nicht gestört. Was war dagegen eine lange Nase?

»Deine Mutter ist vom Stamm des Flussvolkes«, sagte Cen, und seine Worte waren leise, als spräche er mit sich selbst. »Wie ist sie zu den Inseln der Ersten Menschen gekommen?«

»Darüber spricht sie nie«, sagte Tochter. »Aber einmal erwähnte eine andere Frau im Dorf, dass sie Arbeiterin bei den Walrossjägern war. Vielleicht ist sie von ihnen fortgelaufen, oder vielleicht haben sie sie den Ersten Menschen im Tausch gegeben.«

»Als du noch ein Kind warst«, sagte Cen zu Tochter, »gab es viele Kämpfe zwischen zwei Flussdörfern. Frauen und Kinder wurden als Arbeiterinnen genommen. Vielleicht ist sie aus einem von diesen Dörfern, und dann kann es sein, dass ich sie kenne.«

»Bei den Ersten Menschen trug sie den Namen Alte Frau«, sagte Tochter, »aber bei dem Flussvolk war sie als K'os bekannt.«

Just als Tochter den Namen sagte, reichte sie Qung eine Robbenhaut mit Fisch, und sie sah den Ausdruck im Gesicht von Cen nicht.

»K'os«, sagte Qung, »den Namen habe ich schon gehört.«

Sie sah Cen über die Schulter von Tochter an, dann schürzte sie nachdenklich die Lippen. Tochter drehte sich um und sah, dass Cen aufgesprungen war und zu dem Kletterstamm ging.

»Du kennst sie, Cen?«, fragte Qung.

Er blieb stehen und blickte zurück, wollte lachen, doch das Lachen kam heraus, als wäre es ein Fluch. »Einmal«, sagte er, »vor sehr langer Zeit, war sie beinahe meine Frau.« Er hob das Kinn und sprach zu Ghaden. »Erinnerst du dich an sie?«

»Ja«, sagte Ghaden. »Als ich im Vetter-Fluß-Dorf lebte, nach den Kämpfen, da lebte sie dort. Meine Schwester Aqamdax war ihre Arbeiterin.« Seine Worte waren bitter.

Dem Gesicht von Cen sah man die Anspannung an, aber er dankte Qung für das Essen und entschuldigte sich höflich, um zu gehen. »Komm mit, Ghaden«, sagte er. »Ich habe einiges für dich zu tun. Vielleicht ist ein andermal Zeit zum Geschichtenerzählen.« Und als wäre ihm gerade eingefallen, dass Tochter noch bei ihnen war, fügte er hinzu: »Es war gut, von dem Bootvolk zu hören.«

Sie gingen, und Qung schüttelte den Kopf über das viele Essen, das übrig geblieben war, sie zuckte mit den Schultern und sagte: »Männer sind immer zu beschäftigt, um lange an einem Platz zu sitzen.«

Als sie draußen waren, fort von dem *ulax* von Qung, sagte Cen zu Ghaden: »Uutuk ist schön, aber halte dich von ihr fern. Wenn sie ist wie ihre Mutter, wird sie dir nur Unglück bringen.« Dann sah er Ghaden mit strengem, kaltem Blick an und sagte: »Du hast Handelswaren anzubieten, *nae'*? Handle schnell. Wir werden nicht so lange in diesem Dorf bleiben, wie ich gedacht hatte.« Dann schritt er zu dem *ulax* des obersten Jägers.

Ghaden hatte von K'os gehört, geflüsterte Geschichten. Sie hatte ihren eigenen Mann getötet, wurde erzählt. Als er mit Chakliux und Aqamdax in das Nahe-am-Fluß-Dorf zurückgekehrt war, hatten sie nur bleiben wollen, wenn K'os, die damals Arbeiterin bei der alten Frau Möwenschnabel war, an ein anderes Dorf verkauft wurde. Sok, der Bruder von Chakliux, wollte sie töten, aber Chakliux sah die Frau immer noch als Mutter an, und er wollte ihr Blut nicht an seinen Händen haben.

Sie hatte auch in dem Dorf von Cen gelebt, dem Vier-Flüsse-Dorf, und Ghaden hatte Gerüchte gehört, dass Cen sie gezwungen hatte fortzugehen. Ghaden war nie in jenem Dorf gewesen, obwohl Cen mit seiner Frau und den zwei Töchtern dort lebte. Dieses Jahr wollte er hingehen, gelobte sich Ghaden, und den zwei Schwestern begegnen, die er nie gesehen hatte.

Manchmal neckte sein Vater ihn, er möge doch eine vom Stamm des Flussvolkes als Frau nehmen und bei ihm in seiner Behausung leben, aber das Herz von Ghaden war bei den Menschen im Dorf von Chakliux. Sie hatten ohnehin so wenige Jäger. Außerdem, wie konnte er Yaa verlassen? Sie war ihm zugleich Mutter und Schwester gewesen, seit Rotes Blatt seine Mutter Daes getötet hatte. Wie konnte er Aqamdax und Chakliux oder gar Sok verlassen? Nein, er wollte in dem Dorf von Chakliux bleiben, eine von dort als Frau nehmen ...

Das Gesicht von Uutuk leuchtete plötzlich in seinem Inneren auf, und er dachte über die Geschichten nach, die sie erzählt hatte. Sie sprach nicht wie eine Geschichtenerzählerin, sondern mehr wie eine Mutter, die einem Kind etwas erzählt, und das war wahrlich eine Gabe, die jeder Mann bei seiner Frau schätzen würde.

Nein, sagte Ghaden bei sich. Sie war die Tochter von K'os. War er so ein Dummkopf, dass er die Gefahr darin nicht sehen konnte?

Als Cen K'os sah, trug sie einen *sax* nach Art der Ersten Menschen. Sie saß mit dem Rücken zu ihm, und ihre Haare waren mit Grau durchzogen, aber er erkannte sie. Kraft lag in der Haltung ihrer Schultern, Anmut in ihren Bewegungen, und wer würde die geschickte Näharbeit an ihrem *sax* nicht erkennen? Gemacht wie die Kleidung der Ersten Menschen, war er nach Art des Flussvolkes verziert, mit Vogelschnäbeln und Muscheln und Fransen aus bunt gefärbten Sehnen.

Sie arbeitete am Boot eines Händlers. Den Nähkorb an ihrer Seite hatte Cen ihr gegeben, und bei dem Gedanken, dass sie ihn nach so langer Zeit noch besaß, zog sich ihm das Herz zusammen. Manchmal kam sie in seinen Träumen zu ihm, so jung und schön, wie sie gewesen war, als er ihr zum ersten Mal begegnet war und sich nichts sehnlicher in seinem Leben gewünscht hatte, als sie zur Frau zu haben.

Vor langer Zeit hatte er Gerüchte gehört, dass sie als Arbeiterin an die Walrossmenschen verkauft worden war. Aus diesem Grunde hatte er das Walrossdorf gemieden. Aber dann hatte sie ihn so oft in seinen Träumen besucht, dass er daraus schloss, sie müsse tot sein. Er hatte nicht getrauert, sondern war vielmehr froh gewesen, dass es keine Aussicht mehr gab, sie wiederzusehen.

Sie war unvorstellbar böse, böser als jeder Mensch, den er je gekannt hatte. Ihm schauderte bei dem Gedanken, dass sie Uutuk großgezogen hatte, und er fragte sich, welche Schrekken wohl hinter den dunklen Augen des Mädchens wohnten.

Während K'os arbeitete, hob sie hin und wieder den Kopf und betrachtete die *iqyan.* Gewiss hatte sie seines bemerkt, und er bezweifelte, dass sie die Farben und Muster vergessen hatte, die er benutzte, um sein Eigentum zu kennzeichnen.

Er ließ seinen Blick kurz über die kleine Bucht schweifen. Sie war geschützt, die beste Lage für ein Dorf, gute Fischgründe in ruhigem Wasser und ein leichter Zugang zum Meer. Nebel zog heran, waberte in Streifen die Täler hinauf, hin zu den Bergen, die sich hinter der Bucht erhoben.

Als Händler trug er die Kleidung des Dorfes, das er besuchte, teils, weil es zumeist die beste Wahl für das Wetter war, teils, damit ihn die Dorfbewohner als einen der ihren ansahen. Der *sax* der Ersten Menschen war ein bequemes Kleidungsstück, weit genug in den Schultern zum Paddeln, und die Vogelhäute stießen den Regen ab. Aber er hatte so viele Sommer Hosen aus Karibufell getragen, dass ihm nicht warm wurde, wenn er nur den langen *sax* anhatte. Die Luft war feucht, und er spürte die Kälte an Knien und Knöcheln.

Er seufzte und sah wieder zu K'os. Sie hatte die Haare wie eine Frau vom Stamm der Ersten Menschen zu einem straffen Knoten im Nacken gewunden, und während sie arbeitete, hob sie eine Hand, um einige Strähnen in den Knoten zurückzuschieben. Die Gebärde war ihm allzu vertraut. Plötzlich konnte er ihr warmes Haar auf sich fühlen, als sie nackt in seiner Behausung beisammen lagen. Er konnte ihren Frauengeruch riechen.

Als er Gheli fand, hatte Cen gedacht, K'os hätte ihre Macht über ihn verloren, doch wie konnte er leugnen, dass ein Stück von ihr immer noch in seinem Herzen wohnte? Plötzlich war er zornig, weil er so wenig Herr war über das, was er fühlte. Ein Mann, alt genug, um Großvater zu sein, sollte sich nicht benehmen wie ein junger Jäger, dessen Begierde seine Sinne beherrschte.

Er war zu lange fort gewesen von seiner Frau. Vielleicht gab es bei den Ersten Menschen eine, die ihre Gunst eintauschen würde gegen Öl oder getrocknetes Karibufleisch. Wenn es sie gab, musste er sie finden.

Sein Unbehagen trieb ihn weiter, er überquerte den Strand und ging zu den *iqyax*-Gestellen, kehrte K'os mit Absicht den Rücken zu, während er vorgab, die Boote zu betrachten.

»Ich sehe, du hast einen Mann vom Stamm der Ersten Menschen gefunden«, sagte er in der Sprache des Flussvolkes, als würde er seine Worte an die *iqyan* richten.

»Und du, hast du eine neue Frau gefunden?«, fragte K'os, als hätte sie auf ihn gewartet, als sprächen sie oft miteinander und als wäre zwischen ihnen keine Begrüßung oder Höflichkeit vonnöten.

»Eine neue Frau?«, fragte Cen verwundert. Dann legte er den Kopf zurück und nickte. Natürlich, als K'os das Vier-Flüsse-Dorf verließ, war Gheli krank gewesen. Er musste zugeben, dass K'os gut zu ihnen gewesen war, dass sie Gheli viele verschiedene Arzneien gegeben hatte, aber sie musste geglaubt haben, dass es keine Hoffnung gab.

»Denkst du, ich würde ohne eine Frau leben?« Er drehte sich zu ihr um, als er die Frage stellte.

Sie hatte sich stärker verändert, als er gedacht hatte. Über Jahre war sie dieselbe geblieben, die Haut faltenlos, die Haare dunkel, die Augen strahlend. Nachdem sie das Vier-Flüsse-Dorf verlassen hatte, musste ihr Leben schwer gewesen sein. Tiefe Kerben durchzogen ihre Wangen von der Nase bis zum Kinn. Falten breiteten sich von ihren Augenwinkeln aus, und ihre Haut wies noch die Schrunden und Wunden von der Fahrt auf dem Meer auf. Freilich, auch das Gesicht von Uutuk war noch von Wunden entstellt, aber die würden heilen. Doch während die Wangen von Uutuk unversehrt waren wie das Gesicht einer Frau vom Stamm des Flussvolkes, trug K'os die Nadelzeichen der Ersten Menschen – blaue Linien, fast schwarz – auf den Flächen ihrer Wangen.

Der Wind hatte ihren *sax* hochgeweht und ein Stück von ihrem Schenkel entblößt, und auch hier sah Cen die Male, die sie als Frau von den Ersten Menschen kennzeichneten. Doch obwohl sie älter aussah, und trotz der Nadelzeichen, war sie schön. Kein Mann würde an ihr vorübergehen, ohne noch einmal hinzusehen, um sich an diesem Gesicht zu erfreuen, und er nahm an, dass für einen Jäger vom Stamm der Ersten Menschen die Nadelzeichen ihre Schönheit vermehrten. Er hatte plötzlich den törichten Drang, den *sax* über ihr Bein zu ziehen, eine Besitzergebärde, die nur einem Mann zustehen sollte, der mit einer Frau verbunden war.

Sie ist nicht mein, sagte er sich. Sie ist nie mein gewesen, und ich will sie nicht.

»Warum sollte ich eine neue Frau haben?«, fragte er. »Es ist schwer genug für einen Händler, für nur eine Frau zu sorgen und eine zu finden, die zu ihrem Mann hält, auch wenn er lange Monate fort ist von ihrer Behausung.«

»Ich dachte nicht, dass du Daes ohne eine Mutter aufziehen wolltest«, sagte K'os. »Ich wäre ihr eine gute Mutter gewesen. Du weißt, dass ich meinen jungen Mann vom Flussvolk nicht getötet habe. Du weißt es am besten.«

Er trat einen Schritt näher, hockte sich hin, kniff die Augen zu vor dem groben Sand, den der Wind in sein Gesicht blies. »Ich glaube immer noch, dass du ihn getötet hast.«

Sie lächelte ihn an. »Du irrst. Es war so schrecklich für mich, als du die Vier-Flüsse-Menschen überzeugt hast, dass ich es getan hätte.«

»Wenn ich sie überzeugt hätte, dann wärst du tot. So aber verlangten sie nur, dass du fortgingst. Mir scheint, es ergeht dir gut. Ich bin deiner Tochter Uutuk begegnet. Sie ist eine brave junge Frau, und sie spricht gut von dir und deinem Mann.«

»Freu dich für mich, Cen«, sagte K'os. »Ich bin alt, aber ich habe ein gutes Leben. Erzähl mir von dem Vier-Flüsse-Dorf und deiner Familie. Hast du einen Mann für Daes gefunden? Sie muss bald in dem Alter sein, einen Mann zu nehmen.«

»Sie ist einem Jäger versprochen, aber beide sind jung, und sie lebt noch in meiner Behausung. Ihre Mutter sagt, sie arbeitet fleißig, und sie hilft, für ihre jüngere Schwester zu sorgen.«

»Dann hast du Ghaden noch eine Schwester gegeben«, sagte K'os. »Als ich Ghaden zuletzt sah, war er ein Junge. Er muss jetzt ein Mann sein. Hat er eine Frau? Hat er Kinder?«

Cen antwortete nicht, sondern kehrte sich wieder seinem *iqyax* zu. Es war eine Sache, von seinen Töchtern zu sprechen, die weit entfernt von diesem Strand der Händler lebten, außer Reichweite von der Bosheit von K'os, aber Ghaden, das war etwas anderes. Gewiss hatte er sich so verändert, dass K'os ihn nicht erkennen würde.

Cen fuhr mit einer Hand über sein *iqyax,* und K'os sagte: »Es ist bei weitem das schönste am Strand. Wo hast du es bekommen?«

»Getauscht«, sagte er. »Es gibt einen Flussjäger, der macht *iqyan* nach der Art der Ersten Menschen.« Er drehte sich zu ihr um, sah ihr in die Augen und sagte: »Er hat die Gabe des Seeotters.« Er sah auf seine Füße hinunter, nur ein kurzes Flackern seiner Augenlider, doch er hörte K'os zischen, und er wusste, sie hatte verstanden, dass Chakliux, ihr Sohn mit dem eingerollten Otterfuß und den verwobenen Zehen, das *iqyax* gebaut hatte.

K'os machte ein paar rasche Stiche in die Verkleidung vom Boot ihres Mannes. Den Blick auf ihre Arbeit gerichtet, sagte sie: »Dann hast du eine neue Frau gefunden.«

»Deine Arznei war stärker, als du dachtest. Gheli lebt.«

Fassungslosigkeit, Zorn, Hass verzerrten ihr Gesicht; es war, als ob jedes Mal die Maske eines Tänzers herabfiele und durch eine neue ersetzt würde, doch am Ende lächelte sie. »Ich bin froh. Für dich und Gheli. Jetzt erzähl mir von deiner neuen Tochter.«

Cen zuckte mit den Schultern. Er wollte dieses Gespräch beenden. K'os war wie eine Baumfalle, bereit, zuzuschnappen und jeden zu zerquetschen, der nicht wachsam war. »Sie ist ein Säugling«, erwiderte er. »Was gibt es da zu sagen? Sie schreit und sie schläft und sie isst.«

Bevor K'os eine weitere Frage stellen konnte, ging er fort, straffte die Schultern, fuhr mit den Händen durch seine Haare, wie es ein Mann in der Tundra während des Mondes der Fliegen und Mücken tun mochte.

22

Der Tauschhandel am Morgen war spärlich gewesen, und nach einer Weile hatte Ghaden gefragt, ob er mit einigen Männern von den Ersten Menschen in die Bucht hinausfahren könne, um zu fischen.

Cen hatte es ihm mit einem Schulterzucken erlaubt. Warum Ghaden bei sich behalten, wenn ein Mann den Handel leicht allein handhaben konnte? Außerdem würde es gut sein, Qung ein paar Fische zu geben, insbesondere da sie beschlossen hatten, das Dorf in wenigen Tagen zu verlassen.

Ghaden fing mehrere kleine Wale, diese wohlschmeckenden Fische mit dem grünen Fleisch, die von den Ersten Menschen so geschätzt wurden, und Cen sagte ihm, er solle sie Qung geben und dann kommen und seinen Platz einnehmen, damit Cen eine Weile auf den *ulax*-Dächern mit den Ältesten palavern könnte. Oft wurden die besten Tauschgeschäfte aus Freundschaft gemacht. Aber am Nachmittag war Ghaden noch nicht zurückgekommen, und schließlich ließ Cen seine Tauschwaren allein und ging in das *ulax* von Qung.

Ghaden war dort, neben Uutuk, gegenüber von Qung, und die drei steckten die Köpfe zusammen. Sie spielen ein Spiel, kein Zweifel, dachte Cen. Ghaden hatte immer Glück beim Knochenwerfen, und mehr als einmal hatte er den kostbaren Schatz eines Jägers gewonnen.

Händler mussten vorsichtig sein mit dem Glück, das sie beim Spielen hatten. Meistens verwandelte es sich in schlechte Geschäfte. Aber als Cen sich neben ihn hockte, sah er, dass Ghaden den Frauen die Narben zeigte, die er von dem Kampf mit dem Braunbären zurückbehalten hatte, der seinen alten Hund Beißer und beinahe auch Ghaden selbst getötet hatte. So, sein Sohn hatte den Geschichtenerzählerinnen Geschichten erzählt. Warum nicht? Es war eine gute Geschichte, und der Junge erzählte sie ohne Aufschneiderei, abgesehen davon, dass er gern mit seinem Hund prahlte. Aber es war so viel Traurigkeit im Tod des Hundes, und das Leid in der Stimme von Ghaden, wenn er erzählte, was geschehen war, zerriss Cen jedes Mal das Herz.

Er sah dasselbe Leid im Gesicht von Uutuk, und plötzlich fühlte er sich als ihr Beschützer, als wäre sie seine eigene Tochter, und so wurde seine Stimme barsch, als er zu seinem Sohn sprach.

»Du sitzt hier, obgleich ich dich bat, zu kommen und auf unsere Tauschwaren aufzupasssen? Du wärst wohl lieber eine Frau und möchtest den ganzen Tag in dem *ulax* verweilen.«

In Ghadens Gesicht zuckte es, aber er stand auf und zog seinen Parka an, dann ging er, ohne etwas zu sagen, sprach nur ein Wort der Höflichkeit zu Qung.

Uutuk bot Cen eine Blase mit Wasser an und dann Fisch, sie deutete auf die Matten und forderte ihn auf, sich zu setzen. Er blieb stehen und wies den Fisch zurück, aber die Blase hob er an den Mund, drückte einen Strahl Wasser heraus, und als er genug getrunken hatte, wischte er sich mit der Hand den Mund ab.

Qung schüttelte den Kopf, kam zu sich, als erwachte sie aus einem Traum, und sah ihn schlitzäugig an. »Du hast dich nicht sehr verändert, Cen. Du hast immer noch mehr Worte als nötig. Dein Junge erzählt eine gute Geschichte.«

Cen machte den Mund auf, als wollte er etwas erwidern, aber Qung hob eine Hand und gebot ihm Schweigen. »Du hast keinen Grund, dich zu sorgen. Er wird nie ein Geschichtenerzähler sein. Er hat die Worte und die Gabe, aber nicht den

Wunsch.« Sie rappelte sich hoch, und Cen reichte ihr hilfsbereit die Hand. Als sie stand, hob sie einen Finger und hielt ihn ihm drohend vor das Gesicht, dann schalt sie ihn, als wäre er ein Kind. »Mach ihn nicht zu einem Händler. Seine Hände und sein Herz gehören dem Jagen. Wenn du das nicht erkannt hast, bist du dümmer als deine Worte.« Sie kehrte ihm den Rücken zu und beschäftigte sich mit Frauenarbeit.

Cen wusste nichts zu erwidern, und anstatt dazustehen und sich zu überlegen, was er sagen sollte, verließ er das *ulax*. Auf dem Dach hielt er an und blickte zum Strand. Er sah Ghaden, der Bündel anordnete, Tauschwaren auslegte. Für das Wenige, das er dem Jungen gegeben hatte, war Ghaden ein viel besserer Sohn, als Cen verdiente. Allzu oft hatte er Ghaden in der Obhut anderer zurückgelassen, zu oft sich auf die Schwestern von Ghaden und ihre Männer verlassen, auf dass sie ihn unterwiesen und sich seiner annahmen.

Cen hatte Ghaden nie aufgefordert, in seine Behausung im Vier-Flüsse-Dorf zu kommen, aber das war wegen seiner Frau Gheli. Sie war scheu, stark in mancherlei Weise, aber unsicher, wenn es um ihren eigenen Wert ging. Cen sah die Furcht in ihren Augen, jedes Mal wenn er von Ghaden sprach. Und warum nicht? Er war der Sohn jener Frau, die Cen über alles geliebt hatte. War Gheli auch noch so eine gute Frau, sie konnte die tote Daes nicht aus dem Herzen von Cen vertreiben. Er wünschte, er hätte der Tochter von Gheli nicht den Namen von Daes gegeben. Sie war zu einer braven Frau herangewachsen, groß und stark wie ihre Mutter, aber allzu oft verglich Cen sie mit Daes, und dann wogen die Mängel seiner Tochter mehr als ihre Fähigkeiten.

Als Cen seinen Sohn beobachtete, schien sein Herz zu wachsen, bis es in der Enge seiner Brust schmerzte. Schließlich wandte er den Blick ab, sah zu den Ausläufern der Berge hinüber und dachte an andere Dinge als an gute Söhne und starke Töchter.

K'os strich ein letztes Mal mit den Händen über die Seiten des Handelsbootes von Robbe. Die Nähte waren so gut, wie sie sie machen konnte. Vielleicht würde das Boot sie zu den Dörfern des Flussvolkes bringen, aber ihr Magen zog sich zusammen, wenn sie an diese Fahrt dachte. Mehr als einmal hatte die Halsstarrigkeit von Robbe sie in Not geraten lassen.

Sie war klug genug, um zu wissen, dass ein Streit mit ihm über eine neue Verkleidung für das Boot ihn nur um so entschlossener machen würde, die alte zu behalten. Sie hatte Robbenmägen mit Öl, die ihr gehörten, und diese konnte sie tauschen, aber es widerstrebte ihr, sie für Häute für eine Verkleidung zu verschwenden. Vielleicht konnte sie Robbe überreden, sie und Uutuk hier zurückzulassen, während er in einem Dorf der Ersten Menschen, ein, zwei Tagesfahrten die Küste hinunter, Tauschgeschäfte machte. Gewiss würde er nicht versuchen, das schwerfällige Boot ganz allein zu handhaben, sondern einen anderen Händler auffordern, mit ihm zu fahren. Ohne Zweifel würde so ein Mann alsbald darauf hinweisen, dass Robbe eine neue Verkleidung brauche, und Robbe würde eher auf einen Fremden hören als auf das, was K'os sagte.

Es war ihr verhasst, so machtlos zu sein. In mancherlei Weise würde ihr Leben leichter sein ohne Robbe, aber wie konnten sie und Uutuk allein zu dem Flussvolk gelangen? Sie konnten ein Boot nicht den ganzen Weg paddeln, und selbst wenn sie es könnten, würde sie es nicht wagen, allein, ohne einen Mann, zu den Walrossjägern zurückzukehren. Was würde diese daran hindern, sie wieder als Arbeiterin zu verlangen?

Im Dorf von Chakliux war sie nicht willkommen. Sicher, es gab andere Flussdörfer, aber die waren weiter von der Küste entfernt. Es würde sehr schwierig sein, so weit durch die Tundra zu wandern, sie und Tochter allein. Zu schade, dass Cen einen solchen Groll gegen sie hegte. Er kannte alle Flussdörfer.

Sie dachte an Gheli. K'os hatte der Frau genug Gift gegeben, um drei Männer zu töten. Wie hatte sie überlebt?

Plötzlich musste K'os lächeln. Sie würde bei dieser Frau gerne noch einmal ihr Glück versuchen. Sie und Gheli sahen die Welt mit denselben Augen. Es würde ein guter Kampf werden, und K'os würde im Vorteil sein, weil Gheli nicht wusste, dass K'os immer noch kämpfte. Frauen waren kriegerisch auf eine Weise, die Männer niemals verstehen würden.

K'os dachte einen Augenblick an die Kämpfe, die sie geführt und gewonnen hatte: mit Gguzaakk, der ersten Frau von Chakliux, mit Bellender Fuchs, mit Erdschläger. Jeder Sieg hatte seine eigene Macht gebracht, und jetzt fühlte sie, dass diese Siege ihr, wenngleich sie viele Sommer zurücklagen, aufs Neue Kraft verliehen.

Sie blickte zu der Anhöhe, die sich hinter dem Strand erhob, und sah Uutuk dort stehen. K'os zwang sich zu einem Lächeln. Uutuk hob eine Hand zum Gruß und eilte zu ihr. Die dunklen Haare des Mädchens wehten im Wind, und das Herz von K'os schlug vor grimmiger Freude. Diese Tochter würde K'os alles bringen, was sie sich wünschte.

Vielleicht war das die Macht, die Gheli besaß, die Stärke, die sie dem Gift von K'os entgegengesetzt hatte – ihre Hoffnung in ihre Tochter. K'os lachte. Eine Tochter, genannt nach der Frau, die Gheli selbst getötet hatte!

Sie schürzte nachdenklich die Lippen. Und vielleicht war das der Weg, um die Macht von Gheli zu schwächen, die Vernichtung dieser Tochter. Der einfache Weg wäre natürlich, Cen zu sagen, dass Gheli Rotes Blatt war. Dann würde Cen Gheli mit eigener Hand töten. Aber der Sieg von K'os würde größer sein, wenn sie diejenige war, die tötete. Warum sich die Freude versagen? Schließlich gab es viele Wege zu dem Vier-Flüsse-Dorf.

K'os beugte sich über das Boot von Robbe. Auf Handelsfahrten band sie immer mehrere leere Beutel an eine Ducht des Bootes. Sie wählte den größten, versuchte, den Knoten zu lösen. Die Gischt hatte ihn so hart werden lassen, dass die Kraft ihrer Finger nicht ausreichte. Sie benutzte ihre Zähne und wies das Angebot von Uutuk, ihr zu helfen, zurück. Als sie den Beutel befreit hatte, brannten ihre Lippen von den salzverkrusteten Schnüren. Sie verzog vor Schmerzen das Gesicht, ging mit dem Beutel zu einem Tümpel, den die Flut zurückgelassen hatte, las drei Seeigel auf und ging zum nächsten Tümpel.

»Du hast den ganzen Morgen gearbeitet, Mutter«, sagte Uutuk. »Geh in die Behausung der Geschichtenerzählerin. Qung ist allein dort. Du wirst viel über diese Menschen erfahren, wenn du ihr zuhörst.«

K'os runzelte die Stirn. Dachte Uutuk, sie wäre ein Kind, das in den Wegen der Ersten Menschen unterwiesen werden musste? Dann aber erkannte sie, dass das Mädchen nur besorgt war, dass ihre Mutter zu schwer arbeitete.

»*Aa*, Uutuk, du weißt, wie das ist, wenn zwei alte Frauen beisammen sind. Wir würden das *ulax* alsbald so mit Worten füllen, dass niemand anders mehr hineinkönnte.«

Uutuk lachte. »Dann lass mich wenigstens die Seeigel sammeln.« Sie nahm K'os den Beutel ab, dann beugte sie sich zu ihr, wies mit dem Kinn auf die Händler, die am Strand saßen, und flüsterte: »Siehst du den jungen Mann, der hinter dem Stapel mit Häuten steht? Er ist ein Jäger vom Flussvolk, und sein Vater ist ein Händler.«

K'os hob den Kopf, aber ihre Sehkraft war nicht mehr so stark wie einst, und sie konnte nur erkennen, dass er stattlich war, größer als die Ersten Menschen, aber klein für einen Jäger vom Flussvolk.

»Er sieht aus wie einer von den Ersten Menschen«, sagte sie.

»Qung sagt, seine Mutter war von den Ersten Menschen.«

K'os räusperte sich, machte ihre Stimme fest. »Bist du seinem Vater begegnet?«, fragte sie und bemühte sich, ihre Worte ruhig und leise zu halten. Sie bückte sich, um einen Seeigel aufzulesen.

»Ja. Der Name seines Vaters ist Cen. Er ist ein Händler vom Flussvolk.«

»Geh hin und sieh, was er hat«, sagte K'os. »Ich habe Öl. Vielleicht nimmt er einen Magen mit Robbenöl für etwas, das du gerne möchtest.«

»Komm mit mir, Mutter«, sagte Uutuk. »Was weiß ich vom Handeln?«

»Du hast gesagt, er sei Jäger, nicht Händler. Eine junge Frau mag im Stande sein, von einem solchen Mann mehr zu bekommen, als sie sollte.«

K'os sah die Unsicherheit in den Augen von Uutuk, aber das Mädchen gab ihr den Beutel zurück und lief am Strand entlang zu den Händlern. K'os tat so, als würde sie eifrig Seeigel sammeln, doch sie ging rasch von einem Tümpel zum anderen, bis sie nahe genug war, um den Sohn von Cen zu sehen.

Ghaden, ja, ohne Zweifel. Allerdings wusste sie nicht, ob sie ihn erkannt hätte, wenn man ihr nicht gesagt hätte, wer er war. Er trug einen *sax* nach Art der Ersten Menschen. Klug. Cen mochte ein Dummkopf sein, wenn es um Frauen ging, aber er war der beste Händler, den K'os je gekannt hatte. Nur schade, dass sie nicht zusammen fahren konnten, auf dass Robbe dem Manne zusah und etwas lernte. Freilich war Robbe so starrköpfig, dass er wohl gar nichts lernen würde.

Der Junge hatte die Nase von Cen, ein Jammer. Aber er hatte auch das starkknochige Gesicht von seinem Vater. Sie wünschte, sie hätte die Mutter von Ghaden gekannt. Seine Augen hatten etwas, das sie an die Ersten Menschen erinnerte. Und wer konnte daran zweifeln, dass er die breiten Schultern vom Volk seiner Mutter hatte?

Eine auffällige Narbe verlief von seinem linken Ohr über den Hals bis irgendwo in seinem *sax*. Als Gheli versucht hatte, den Jungen zu töten, hatte sie ein Messer benutzt, aber diese

Narbe war zu frisch, bereits silbrig, aber sie hob sich noch wulstig von der Haut ab, die sie umgab.

K'os beobachtete, wie Uutuk sich ihm näherte. Der junge Mann blähte seine Brust, als machte er sich bereit, sich einer großen Tat zu rühmen. Uutuk wartete, den Kopf bescheiden gesenkt, während etliche Männer handelten. Sie befühlte eine Karibuhaut, streichelte einen Fuchspelz.

Die vertrauten Dinge vom Flussvolk riefen zu K'os, und sie sehnte sich danach, fort zu sein von Stränden und Meer, wieder auf Waldpfaden zu gehen, den Wind in den Ästen von Schwarzfichten zu hören. Sie träumte von den Pflanzen, die sie sammeln, von den Menschen, die sie zu heilen beschließen würde, und denen, die sie nicht heilen wollte.

Selbst bei den Flussmenschen würde Uutuk mit ihrem schönen Gesicht bald einen starken Mann finden. Was würde K'os dann daran hindern, die Heilerin im Dorf dieses jungen Mannes zu werden? Bald würden sie und Uutuk so viel eigene Kräfte gesammelt haben, dass nicht einmal Chakliux ihnen Widerstand leisten könnte.

Ghaden beobachtete Uutuk aus den Augenwinkeln. Es war schwer, sich vorzustellen, dass K'os ihre Mutter war. Allein sie anzuschauen bereitete seinen Augen Freude. Er fragte sich, ob alle Frauen von ihrer Insel, diese Frauen des Bootvolkes, von dem sie gesprochen hatte, so schön waren wie sie.

Es entging ihm, was ein Jäger der Ersten Menschen sagte, und er zwang seine Gedanken, sich wieder dem Tausch zuzuwenden, den der Mann machen wollte – Seelöwenhäute gegen Karibufelle. Ghaden gab vor, das Angebot zu bedenken, sagte aber schließlich: »Ich kann Seelöwenhäute von Walrossjägern bekommen, und sogar in Flussdörfern ganz nahe am Nordmeer.«

Aber dann schien Ghaden es noch einmal zu überdenken. Er strich mit den Händen über die Häute, die der Mann anbot. »Sie sind gut«, sagte er, »groß und gut geschabt.« Er sprach leise – als sei er mit sich selbst im Streit –, doch laut genug, dass der Jäger von den Ersten Menschen ihn hören konnte. »Wenn ich dich einen zu guten Tausch machen lasse, wird mein Vater mich auf die nächste Handelsfahrt nicht mitnehmen.«

»Dann drei für zwei«, sagte der Jäger von den Ersten Menschen.

»Drei Seelöwen, zwei Karibu?«, wiederholte Ghaden und sah den Mann mit hochgezogenen Augenbrauen an.

»So habe ich gesagt.«

Ghaden strich sich mit der Hand über den Kopf, seufzte, als wäre er enttäuscht. »Du solltest selbst Händler sein«, sagte er. »Du machst gute Geschäfte.« Dann lächelte er unwillig und schob dem Mann den Stapel mit Karibufellen hin. »Zwei für drei«, sagte er. »Such dir aus, welche du willst.«

Der Jäger von den Ersten Menschen schlug Ghaden mit der Hand auf den Arm. »Du wirst es lernen«, sagte er. »Dein Vater wird es nicht bereuen, dass er dich mitgenommen hat.«

Der Jäger suchte seine Felle aus und ließ die Seelöwenhäute zurück. Ghaden legte sie mit den Tauschwaren aus. Ein anderer Jäger, der einen Parka betrachtet hatte, ging fort, und Tochter, die jetzt mit Ghaden allein war, sagte in der Sprache des Flussvolkes: »Du hast bei dem Tausch bekommen, was du wolltest, *nae'*?«

Er lächelte sie an. »Es sind gute Häute«, sagte er, »und der Jäger wird wiederkommen, um zu handeln.«

»Du sagst, dies ist die erste Handelsfahrt, die du mit deinem Vater machst?«

»Zum Strand der Händler, ja, aber ich habe mit ihm und mit Chakliux, dem Mann meiner Schwester, in Flussdörfern gehandelt.«

Tochter runzelte die Stirn. Chakliux. Der Name war ihr bekannt, wie etwas, das sie als Kind gehört hatte. Sie versuchte, sich genau zu besinnen, ließ aber davon ab, als Ghaden fragte: »Hast du etwas zum Tauschen?«

»Nein«, sagte sie, »aber meine Mutter hat Öl.«

»Was möchte sie haben?«

»Sie sagte, ich soll mir etwas aussuchen.«

Tochter nahm einen Parka in die Hand. Er war aus Karibuleder gemacht, das geschabt worden war, bis es weiß war. Die Nähte an den Ärmeln und auf den Schultern waren mit weißem Pelz verbrämt.

Ghaden strich mit der Fingerspitze über den Pelz und sagte: »Winterwiesel. Das sind kleine Tiere wie Lemminge, nur schmal und lang mit spitzer Nase und schwarzer Schwanzspitze. Im Sommer sind Wiesel braun, und im Winter werden sie weiß.«

Sie lächelte ihn an und schüttelte den Kopf. »Es gibt so viele Tiere, die ich nicht kenne«, sagte sie. »Ich muss einmal alle Vier Zeiten in einem Flussdorf verbringen, nur um zu sehen, was ich versäumt habe.«

»Es mag einen Jäger vom Flussvolk geben, der dir gerne sein Dorf zeigen würde«, sagte Ghaden.

Das Gesicht von Tochter brannte mit einem Mal vor Verlegenheit. Sie war alt genug, um zu wissen, dass sie so etwas nicht sagen sollte. Was war mit ihrer Zunge geschehen? Plötzlich war es, als gehörte ihr Mund eher einem Kind als einer Frau.

»Ich hatte gehofft, mein Vater würde beschließen, als Händler zwischen den Flussdörfern zu fahren«, sagte sie, und als sie zu ihm aufblickte, sah sie Enttäuschung in seinen Augen. Sie hatte es nur noch schlimmer gemacht. »Es wäre vielleicht gut, wenn wir zusammen fahren würden«, sagte sie, dann wünschte sie, sie könnte auch diese Worte zurückholen. Sie war eine von den Ersten Menschen, und die Ersten Menschen wussten zu schweigen, wenn etwas besser ungesagt blieb.

Um ihn abzulenken, nahm sie den Parka wieder in die Hand und staunte laut über den grauen und weißen Pelz, der die Kapuze einfasste.

»Wolf«, sagte Ghaden, und sie sah, dass er Mühe hatte, ein Lächeln von seinen Lippen fern zu halten.

Ja, warum ein Lächeln wagen, das jemanden zu dem Glauben verleiten könnte, dass der Händler meinte, den besseren Teil des Handels gemacht zu haben? Trotzdem zuckte der Mund von Ghaden an einer Seite aufwärts, zitterte, als würde er ein Lachen vor ihr verbergen. Und warum nicht? Sie benahm sich wie ein dummes Kind, sagte alles falsch.

»Diese ...« sagte Tochter und nahm eine Reihe Anhänger in die Hand, die auf der Vorderseite des Parkas aufgenäht waren.

»Schnäbel und Federn von Goldspechten. Der Goldspecht ist ein Vogel mit Geist-Macht, und er ist sehr selten zu sehen. Ein Mann, der einen Goldspecht erlegt, bringt sich selbst Glück für den Rest seines Lebens. Du siehst also, Schnäbel von Goldspechten sind nicht leicht zu haben im Handel.«

Sie betrachtete die Nähte. Die Stiche waren so fein und gleichmäßig, als hätte K'os das Kleidungsstück gemacht. »Die Arbeit ist sehr gut«, sagte sie.

»Ich sollte es sein, der das sagt«, erklärte Ghaden. »Ich bin der Händler. Du solltest mir sagen, was daran schlecht ist, und warum du mir nicht so viel dafür geben willst, wie ich haben möchte.«

Ein Lächeln formte seine Augen zu schmalen Bögen, wie eben wiedergeborene Monde.

»Es tut nichts zur Sache. Ich habe nichts, um es gegen diesen Parka einzutauschen«, sagte sie. »Meine Mutter und ich haben nur wenige Robbenmägen mit Öl.«

Tochter hielt den Parka an ihr Gesicht und atmete den schönen Geruch der gut geschabten Häute ein. Sie legte den Parka hin, befühlte den Besatz aus Wolfspelz.

»Es wäre ein guter Parka für eine Frau«, sagte Ghaden.

»Eine Frau mit einem Mann, der mehr Öl hat, als er braucht«, sagte Tochter und wandte sich zum Gehen.

»Und der *sax,* den du anhast?«, rief Ghaden ihr nach. »Für etwas Öl, gutes Robbenöl in Robbenmägen, und einen *sax* von den Ersten Menschen bin ich vielleicht bereit, diesen Parka zu tauschen.«

»Ich brauche meinen *sax*«, sagte Tochter. »Wie wollte ich im Boot meines Vaters überleben, wenn ich nur einen Parka zum Anziehen hätte?«

Sie sah, dass ihre Mutter immer noch Seeigel sammelte, und sie eilte zu ihr, nahm ihr den Beutel ab. Er war schwer und prall gefüllt.

»Möchtest du, dass das *ulax* des obersten Jägers sie bekommt?«, fragte Tochter.

»Es wäre ein gutes Geschenk«, sagte ihre Mutter.

Tochter ging mit dem Beutel am Strand entlang, und wieder rief Ghaden ihr nach. »Vielleicht möchte ich etwas gegen Seeigel eintauschen!«

Lachen quoll aus der Kehle von Tochter, und sie ging zu ihm, nahm einen Seeigel mit grünen Stacheln aus dem Sammelbeutel und legte ihn auf seine Händlermatte.

»Ein Geschenk«, sagte sie.

Er zog eine Goldspechtfeder aus einem Anhänger des Parkas und gab sie ihr.

»Bringt Glück«, sagte er.

K'os sah Uutuk nach, bis sie im hohen Gras der Anhöhe hinter dem Strand verschwand, dann eilte sie zu Ghaden. Er starrte noch auf den Pfad, der in das Dorf führte, als könnte er Uutuk mit der Kraft seines Willens zurückholen. Schließlich merkte er, dass K'os vor ihm stand.

»Wir haben Öl und Karibufett und getrocknetes Karibufleisch«, sagte er zu ihr, »Parkas und Hosen aus Karibufell. Wir haben Wolfspelze und Fuchspelze, Vogelhäute und getrockneten Fisch, Schäfte für Speere, so gerade wie der Rand des Meeres, wo es dem Himmel begegnet.«

Er sprach die Worte, wie es Händler tun, in einem Gleichmaß, fast wie ein Gesang, und seine Stimme war wohltuend für das Ohr, wie die Stimme eines Geschichtenerzählers. Cen hatte gesagt, er sei ein Jäger, und doch schien es, dass er ebenso gut Händler sein könnte, wenn er wollte, oder sogar Geschichtenerzähler. Ein junger Mann mit vielen Möglichkeiten. K'os fragte sich, ob Ghaden die Klugheit besaß, die richtige Entscheidung für sich zu treffen.

»Ich bin die Mutter von Uutuk«, sagte K'os in der Flusssprache. »Ich habe gesehen, dass sie diesen Parka betrachtet hat.« Sie bückte sich, um die Nähte in Augenschein zu nehmen. Hätte sie daran gezweifelt, dass Rotes Blatt noch lebte, so hätte dieser Parka ihr den Zweifel genommen. Wer sonst konnte so nähen?

»Ich habe ihr gesagt, ich würde ihn gegen einen gut gemachten *sax* der Ersten Menschen und einige Mägen Robbenöl eintauschen.«

»Und sie wollte nicht tauschen?«

»Sie sagte, sie braucht ihren *sax*.«

»Sie ist eine kluge Frau, meine Tochter.«

K'os blickte Ghaden streng ins Gesicht. »Kennst du mich nicht, Ghaden?«, fragte sie.

»Ich kenne dich. Ich erinnere mich an die Zeit, als meine Schwester deine Arbeiterin war.« Seine Stimme war ruhig, aber K'os hörte seinen Zorn.

»Hasst du mich deswegen?«, fragte sie. »Hattest du nie eine Arbeiterin? Ich selbst war Arbeiterin bei der alten Möwenschnabel im Nahe-am-Fluß-Dorf. Vielleicht erinnerst du dich an sie. Sie war damals alt. Sie muss schon tot sein.«

»Sie lebte, als ich das Dorf verließ«, sagte Ghaden.

K'os lächelte. »Gut. Ich hatte sie gern. Obwohl es nicht leicht war, Arbeiterin zu sein.«

»Du hättest meine Schwester besser behandeln können.«

»Das sehe ich jetzt ein«, sagte K'os. »Aber damals war ich unwissend. Als Mädchen war ich einzige Tochter eines guten Jägers. Als Frau hatte ich Männer, die Häuptlinge ihres Volkes waren. Ich war als Heilerin geachtet, und ich habe vielen geholfen. Ich wusste nicht, wie es war, Arbeiterin zu sein. Jetzt, da ich es weiß, möchte ich nie wieder eine Arbeiterin haben.«

Ghaden betrachtete ihr Gesicht, als versuchte er zu entscheiden, ob er ihr glauben könne oder nicht.

»Jemand erzählte mir, dass die Ersten Menschen nicht dieselben Pflanzen haben wie wir Flussmenschen«, sagte er, als hätten sie nie über Arbeiterinnen gesprochen. »Vielleicht gibt es Pflanzen, die du auf den Inseln der Ersten Menschen gefunden hast, welche für Heiler vom Flussvolk von Nutzen sein können. Mein Vater hat Aufrechten Beifuß zum Tauschen mitgebracht.«

»Ich habe Pflanzen«, sagte K'os langsam, indes sie überlegte, was sie in ihrem Medizinbeutel hatte.

Wer würde vermuten, dass Cen mit Arzneien handelte? Doch warum überrascht sein? Sie war Heilerin gewesen, als Cen bei ihr lebte. Gewiss hatte er in jener Zeit den Nutzen von Pflanzenarzneien erkannt. Sie brauchte Aufrechten Beifuß. Wie schade, dass die meisten Pflanzen, die sie mitgebracht hatte, auch im Land des Flussvolkes wuchsen.

»Ich habe *cixudangix*«, sagte sie. Es war nur die Seemöwenblume, aber die Wurzel hatte die Macht, Blut gerinnen zu lassen. »Es ist schwer zu bekommen, selbst auf den Inseln der Ersten Menschen, und es wächst nirgendwo in der Nähe unserer Flussdörfer.« Sie log, aber das würde Ghaden nicht merken. »Eine Frau, die geboren hat, oder ein Mann, der aus einer Wunde blutet, diese Menschen sollen einen Sud trinken, der aus der Wurzel gemacht ist.«

»Ich brauche einen Beweis, dass es so ist«, sagte er.

»Du denkst, weil ich einst Arbeiterin war, mache ich keinen ehrlichen Handel?«

»Wie soll ich es weitertauschen, wenn ich nicht weiß, was ich habe?«

Er war kein Dummkopf, dieser Junge. Er erinnerte sie an

seine Halbschwester Aquamdax, eine Frau, die K'os viel Ärger bereitet hatte.

»Ich gebe dir ein Päckchen«, sagte sie. »Zeig es einigen Ältesten von den Ersten Menschen. Sie werden dir sagen, was es ist.«

»Und wenn die Ältesten denken, es ist ein weiser Handel«, sagte er, »dann gebe ich dir den Aufrechten Beifuß dafür.«

»Gut. Ich komme wieder, und gib den Parka nicht so schnell fort. Er würde schön aussehen an meiner Tochter.«

Sie ging eilends zum *ulax* des obersten Jägers. Sie war erleichtert, als sie dort niemanden fand außer dem alten Vater des Jägers, einen Mann, der seine Tage meistens damit zubrachte, in einer Welt zu leben, die er als Kind gekannt hatte. Als er sie sah, dachte er, sie wäre seine Schwester, eine Frau, die schon lange tot war. Er rief sie mit deren Namen, und K'os meinte, den Geist der Schwester nahe zu fühlen. Sie schauderte.

Sie schöpfte Brühe für ihn in eine Schale und sagte: »Sei still und iss. Du weißt ja nicht, was du auf uns herabrufst.«

Dann kramte sie in ihrem Medizinbeutel, fand das gewünschte Päckchen, nahm außerdem einen von ihren Robbenmägen mit Öl und verließ das *ulax*.

Als sie Ghaden das *cixudangix* gab, sagte sie: »Du hast gesagt, du würdest Öl und einen *sax* von den Ersten Menschen für den Parka tauschen.« Sie wies mit dem Kinn auf den Karibuparka, konnte es sich nicht versagen, den weichen Wolfspelz zu berühren, mit dem die Kapuze eingefasst war. Sie hatte einst solche Parkas gemacht, schönere sogar, aber wo hatte Rotes Blatt all die Schnäbel von Goldspechten bekommen? So viele hatte sie noch nie gesehen. Sie und Uutuk könnten das Glück gebrauchen, das so ein Parka bringen würde.

Sie gab ihm den Robbenmagen und beugte sich über die Tauschwaren, um den Elfenbeinstopfen herauszuziehen. Sie drückte sacht mit einem Finger auf die Seite des Magens, bis ein dünner Strahl Öl aus der Öffnung spritzte.

»Koste«, sagte sie. »Es ist frisches Öl, und es ist kein Robbenhaar darin. Ein besseres wirst du nicht finden.«

Er rieb mit der Hand über das herausgespritzte Öl, dann leckte er seinen Handteller ab. »Wie viele Mägen hast du?«, fragte er.

»Sechs.«

»Vier und einen *sax*«, sagte er.

»Meine Tochter hat Halsketten gemacht. Aus Muscheln von unserer Insel, die du hier nicht findest.«

»Ich habe genug Halsketten.«

K'os zuckte mit ihren Schultern und streckte die Hände vor, mit den Handflächen nach oben. »Wir haben keinen *sax* zum Tauschen«, sagte sie. »Aber sicher gibt es Wege, um einen zu bekommen. Ich erzähle Uutuk, was du gesagt hast. Wirst du den Parka beiseite legen, wenn ich dir das Öl jetzt gebe?«

»Woher willst du den *sax* bekommen?« Er nahm den Parka und steckte ihn in eins von seinen Bündeln.

»Junge Frauen, die so schön sind wie Uutuk, haben immer etwas zum Tauschen, und alte Männer sind bereit, mehr zu geben, als sie sollten.«

Sie ging fort und blickte nicht zurück.

K'os fand Uutuk auf dem Dach des *ulax* von Qung sitzend. Sie kletterte hinauf und hockte sich neben sie. Gemäß dem Brauch der Ersten Menschen sprachen sie eine Weile nicht, schließlich aber sagte K'os: »Du solltest wieder an den Strand gehen. Ghaden ist vielleicht bereit, einen Tausch mit dir zu machen. Nimm drei Robbenmägen mit Öl. Sie sind im *ulax* des obersten Jägers bei dem Schlafplatz, der am nächsten beim Kletterstamm ist. Nimm ein paar Halsketten und zwei Robbenhäute, auch etwas getrockneten Fisch. Sag deinem Vater nicht, dass du sie genommen hast. Ich denke, Ghaden wird gerne tauschen.«

K'os sah die Freude im Gesicht ihrer Tochter und verbarg ein Lächeln in ihrer Wange. »Sei weise, Tochter«, sagte sie zu Uutuk. »Du handelst dir mehr ein als einen Parka.«

23

Herendeen-Bucht, Alaska
602 v. Chr.

Yikaas hob die Stimme, um die Geschichte von Qumalix zu preisen, und andere in der Behausung stimmten ein. Qumalix ließ ihren Blick kurz auf seinem Gesicht ruhen, und sie lächelte. Er stand auf, streckte sich, dann machte er Anstalten, sich durch die Menge einen Weg zu ihr zu bahnen, doch plötzlich schob ihn eine Hand grob beiseite. Ein Geschichtenerzähler der Ersten Menschen – jener Jäger, der versucht hatte, die Geschichtenstimmen von Yikaas nachzuahmen – trat vor ihn, gebrauchte seine Ellenbogen, um sich an Ältesten und Kindern vorbeizuschieben, und kam zuerst bei Qumalix an.

Er sprach zu ihr in der Sprache der Ersten Menschen, unterbrach die anderen. Schließlich hob Qumalix die Hand, als wäre der Mann ein Junge, und gebot mit einem Zeichen Schweigen.

Yikaas fühlte, wie Lachen in seiner Kehle blubberte, dann aber beugte Qumalix sich zu dem Geschichtenerzähler und flüsterte ihm ins Ohr. Der Mann lächelte und drückte seine Finger an ihre Schulter, als wären sie Mann und Frau.

Dann war die alte Frau Kuy'aa bei Yikaas, stellte sich auf die Zehenspitzen, sodass ihr Kopf an seine Schulter reichte, und sagte: »Sein Name ist Himmelfänger. Er kennt eine Geschichte von dem Jäger, welcher die Sonne zu den Inseln der Ersten Menschen rief. Er hat angeboten, Qumalix diese Geschichte zu erzählen.«

»Hier? Jetzt?«

Kuy'aa wich seinem Blick aus, aber sie sagte: »Das Wort der Ersten Menschen, das er benutzt hat, bedeutet irgendwo draußen, im Wind. Nicht hier.«

Yikaas sah zu Qumalix hinüber. Sie und Himmelfänger lachten, die Köpfe einander zugeneigt. Schmerz und Zorn erfüllten ihn bis zum Bersten, und er sprach durch die Zähne zu Kuy'aa: »Ich gehe jetzt. Möchtest du fort, oder willst du bleiben und mehr Geschichten hören?« Er bot ihr seinen Arm, um ihr den Kletterstamm hinaufzuhelfen, doch sie schüttelte den Kopf und hockte sich wieder hin, indes ein anderer Geschichtenerzähler zu sprechen anhob.

Yikaas stieg den Kletterstamm hinauf, konnte es sich aber nicht versagen, noch einmal zurückzublicken. Qumalix zog ihren *sax* an, und sie sprach noch immer mit Himmelfänger. Yikaas zuckte mit den Schultern, als wollte er sich einreden, dass es ihm nichts ausmachte, und kletterte hinaus in den Wind.

Nebel lag über der Bucht, und alle Dinge schienen kalt und nass zu sein. Das Grau drang in sein Herz und schob sich in seinen Kopf, trieb alles fort bis auf seine Gedanken, seinen Schmerz. Er ging an den Strand, zu den Matten, wo die Händler ihre Waren ausgelegt hatten, und sah sich nach etwas um, das er für die Karibuhäute eintauschen konnte, die er aus seinem Dorf mitgebracht hatte. Aber das Öl, das die Händler anboten, hatte einen sauren Geruch, die Felle waren stumpf und dünn, und selbst die Perlen waren missgestaltet.

Der Nebel drückte auf seine Ohren wie zwei Hände, die sich an seinen Kopf legten. Gesprochene Worte waren verloren, bevor er sie verstand, und schließlich entfernte er sich von den Händlern und ging über den Strand zu den *iqyax*-Gestellen. Dort hockte er sich hin, die Arme um die Knie geschlungen wie ein Jäger von den Ersten Menschen, und dachte an Qumalix und Himmelfänger. Er schüttelte den Kopf, als er sich an die Hand von Himmelfänger auf ihrer Schulter erinnerte, so als ob sie ihm schon gehörte.

Und wenn es so wäre?

Der Gedanke kam so plötzlich, dass es schien, als hätte ihn jemand gerufen. Qumalix hatte gesagt, sie sei nicht Frau von einem Mann, aber was, wenn sie jemandem versprochen war? Himmelfänger? Vielleicht war sie deswegen den weiten Weg bis zum Strand der Händler gekommen. Immerhin waren beide vom Stamm der Ersten Menschen, und beide waren Geschichtenerzähler.

Yikaas hörte hinter sich ein Kichern und drehte sich um; sein Herz tat einen Sprung, da die Stille so unvermittelt gebrochen wurde. Sein erster Gedanke galt Qumalix, aber er lachte über sich selbst. Wann hatte er sie jemals kichern hören? Sie war eine Frau, kein Mädchen. Ihr Lachen war voll und kräftig, niemals töricht.

Zwei Mädchen von den Ersten Menschen traten aus dem Nebel. Sie trugen die Haare offen nach der Art von Frauen, die keinem Mann gehörten, und ihre Wangen trugen Nadelzeichen. Das eine Mädchen war füllig, das andere dünn, doch davon abgesehen sahen sie aus wie Zwillinge, so sehr glichen sich ihre Gesichter.

Sie stürzten sich auf ihn wie kleine Alken auf dem Weg zu ihren Höhlennestern und begannen beide zugleich zu sprechen. Sie benutzten die Sprache der Ersten Menschen. Plötzlich brach die Dünne ab und schlug die Hände vor ihren Mund.

»Du Fluss«, sagte sie in seiner Sprache zu ihm.

Er musste unwillkürlich lächeln darüber, wie ihr Mund die Worte der Flusssprache verbog. »Ja, ich bin Fluss«, sagte er.

»Sprichst du Sprache von Ersten Menschen?«

Er schüttelte den Kopf. Kichernd und flüsternd ließen sich die Mädchen zusammen auf den Sand sinken. Plötzlich sprangen sie auf, packten ihn an den Armen und zogen ihn hoch, bedeuteten ihm durch Gebärden, mit ihnen zu kommen.

Er äußerte ein paar Worte des Widerspruchs, machte aber keine Anstalten, sich loszureißen, als sie die Dünen aus Sand und Kieseln hinaufstolperten, hin zum Dorf. Der Nebel versperrte ihm die Sicht auf ihr *ulax*, bis sie fast angelangt waren. Sie waren auf der landeinwärts gelegenen Seite des Dorfes, wo die *ulas* kleiner waren und dicht an die Hügel grenzten. Die Mädchen bedeuteten ihm, auf das Dach aus Moos und Gras zu klettern. Er stieg hinauf, dann drehte er sich um und blickte zu ihnen hinunter.

Sie steckten die Köpfe zusammen, hielten sich die Hände vor den Mund, während sie miteinander flüsterten, und die füllige Schwester, deren Augen über ihren runden, feisten Wangen nur Schlitze waren, lächelte ihn mit geöffneten Lippen an, indes ihre Zungenspitze über ihre Zähne fuhr.

Sie sprach in der Sprache der Ersten Menschen, aber Yikaas hatte keine Mühe zu verstehen, was sie meinte. Sie kamen zu ihm auf das Dach des *ulax*, bedeuteten ihm dann, ihnen hinein zu folgen. Er warf rasch einen Blick auf die Behausung der Geschichtenerzähler, dachte an Qumalix und daran, wie sie sich, im Gras der Hügel verborgen, gegenseitig Geschichten erzählt hatten. Dann dachte er an Himmelfänger, sein breites Gesicht, seine starken Arme und Schultern, seine kurzen, kräftigen Beine. Er war ein Mann mit Perlen und Federn, mit geölten Haaren und Lippenpflock. Wenn so ein Mann geht, spürt die Erde seine Schritte. Wenn so ein Mann spricht, welche Frau hört ihn nicht an?

Yikaas kletterte in das *ulax* hinunter.

Drinnen waren nur die zwei Mädchen. Eine jede hatte ihren *sax* ausgezogen. Sie hatten kleine Brüste, ihre Haut war glatt und duftete nach Öl. Sie sahen ihn mit halbgeschlossenen Lidern an. Warum sollte er sich wegen Qumalix grämen? Er zog seinen Parka aus, und sie kamen mit einer Blase Öl zu ihm. Sie begannen mit seinen Schultern, rieben seine Haut ein, bis sie den Nebel aus seinen Knochen vertrieben hatten.

Er schloss die Augen und schob Qumalix aus seinen Gedanken.

»Nun«, sagte Himmelfänger zu Qumalix, »ich habe dir die Geschichte von Sonnenbringer erzählt. Was hast du mir dafür zu geben?«

Himmelfänger fand immerzu einen Grund, sie zu berühren, eine Hand über ihr Knie oder einen Arm um ihre Schultern zu legen. Sie war schließlich so weit von ihm fortgerutscht, dass er sie nicht erreichen konnte, ohne dabei töricht auszusehen, und wie sie vermutet hatte, war Himmelfänger kein Mann, der sich freiwillig als Tor gebärdete.

Seine Geschichte war gut gewesen, und er hatte Qumalix erlaubt, sie ihrerseits zu erzählen. Sie hatte aufmerksam zugehört und, noch während er sprach, beschlossen, wo sie etwas ändern würde, damit ihre Zuhörer das Gefühl hätten, sie wären selbst der junge Mann, der die Sonne überlistet und dazu bringt, so weit nach Norden zu kommen, in ein Land voll Schnee und Eis. Himmelfänger hatte ihr erzählt, dass Jäger in ihren *iqyan* noch heute dem Weg folgen konnten, den die Sonne genommen hatte, als sie zu den Ersten Menschen kam. Welcher Jäger – von Stürmen weit aufs Meer hinausgetrieben oder von Walen gezogen – suchte nicht die warmen Strömungen, die aus dem Süden kamen und an den Ufern der Inseln der Ersten Menschen vorbeiflossen? Welcher Jäger sang keine Dankgesänge für die Spuren, welche die Sonne hinterlassen hatte auf ihrer Suche nach der schönen Frau von den Ersten Menschen, mit welcher Sonnenbringer geprahlt hatte?

Als Himmelfänger mit seiner Geschichte fertig war, beugte er sich zu Qumalix und sah ihr in die Augen.

»Wie schade, dass du in jenen längst vergangenen Tagen nicht hier warst«, sagte er. »Dann wäre die Sonne sogar bis in die Winternächte geblieben. Wie könnte sie sich von deinem Gesicht abwenden?«

Es war eine Nettigkeit, wie sie Qumalix selten zuteil wurde, doch aus einem unerfindlichen Grund lenkte dies ihre Gedanken zu dem Geschichtenerzähler Yikaas, und sie fragte sich, ob er dergleichen jemals sagen würde. Dann war sie empört über sich selbst. Warum an Yikaas denken? Jeder konnte sehen, dass Himmelfänger stattlicher war, mit seiner kleinen geraden Nase und den strahlenden dunklen Augen. Er war breiter in den Schultern und hatte kräftigere Arme. Yikaas hinkte sogar. Kein Wunder, dass er lieber Geschichtenerzähler war als Jäger.

Und welche Frau würde einen Geschichtenerzähler einem Jäger vorziehen? Welcher Jäger würde mit einem Geschichtenerzähler Vorräte tauschen? Viel besser, sich auf sich selbst zu verlassen als auf den Großmut anderer.

»Was bekomme ich nun im Austausch für meine Geschichte?«, fragte Himmelfänger mit Verärgerung in der Stimme.

Qumalix war daran gewöhnt, dass Männer schnell aufbrausten. Ihr Vater war so, wenngleich sein Zorn immer nur in seinen Worten war, gesprochen und rasch vergessen. Er hatte nicht gewollt, dass sie in dieses weit entfernte Dorf zurückkehrte, und die Furcht stand deutlich in seinen Augen, bis ihr Großvater sich bereit erklärt hatte, sie zu begleiten.

»Wenn du einen Mann mitbringst«, hatte er halb im Spaß gesagt, als sie aufbrachen, ein Scherz, um das Zittern in seiner Stimme zu verdecken, »sorge dafür, dass es ein Jäger ist.«

Ihr Vater würde gewiss erfreut sein, wenn sie Himmelfänger mitbrächte, einen Mann, der beides war, Jäger und Geschichtenerzähler. Aber was, wenn sie Yikaas mitbrächte? *Aa*, ihr Vater würde zornig sein. Ein Mann vom Flussvolk, der nicht die Sprache der Ersten Menschen sprechen konnte. Ein Mann vom Flussvolk, der nicht von einem *iqyax* aus jagen konnte. Ebenso wenig würde sie im Dorf von Yikaas willkommen sein. Sie hatte keine Fertigkeiten, wie sie den Flussmenschen eigen waren, sie hatte nie eine Fallenschlinge gelegt, aber die konnte gewiss nicht viel anders sein als die Vogelfallen, die sie an Alkenlöchern aufgestellt hatte.

Und einen Parka machen, wie schwierig konnte das sein für eine Frau, die Vogelhäute nähen konnte?

Das Gesicht von Himmelfänger, das zu nah an ihrem war, riss sie aus ihren Gedanken.

»Eine Geschichte natürlich«, gab sie ihm auf seine Frage zur Antwort. »Was habe ich dir anderes zu geben?«

»Ich glaube kaum, dass du eine Geschichte hast, die ich hören möchte«, stieß er zwischen den Zähnen hervor. »Denkst du, ich möchte Geschichten von Frauen hören? Welcher Mann möchte das?«

Seine Worte waren scharf wie ein Hieb, und seine Kränkung brannte, als hätte er sie geschlagen, aber sie sagte: »Ich habe Geschichten von Waljägern.«

»Nicht schlecht«, sagte er, »doch ich glaube, ich habe schon alle deine Geschichten von Waljägern gehört.«

Sie zuckte mit den Schultern. »Dann will ich dir von Tochter erzählen. Lausche, wenn du möchtest. Wenn nicht, dann geh.«

Er ließ seinen Blick auf ihren Hüften und Brüsten ruhen, und plötzlich wünschte sie, sie wäre nicht allein mit ihm an diesem Ort, zu weit entfernt von dem Dorf. Sie schlang die Arme um die Knie, umfasste mit der Hand das krumme Messer, das sie an ihren linken Unterarm geschnallt hatte. Es machte ihr Mut, dieses kleine Messer, und mit einem Mal füllte sich ihr Mund mit Worten. Als sie zu erzählen begann, umgab die Geschichte von Tochter sie wie die starken Wände von einem *ulax*, ein Schutz vor einem Mann, der mehr wollte, als Qumalix zu geben bereit war.

24

Herendeen-Bucht, Alaska
6435 v. Chr.

DIE GESCHICHTE VON TOCHTER

K'os umfasste die Hände von Uutuk. Sie saß mit ihr auf dem Dach von dem *ulax* des obersten Jägers, und nur der Wind war bei ihnen.

»Wir haben dich unter anderem auf diese Handelsfahrt mitgenommen, um einen Mann für dich zu finden«, sagte K'os. Sie ließ die Hände von Uutuk los und stand auf, stemmte sich die Fäuste ins Kreuz, beugte sich in den Wind, rollte mit den Schultern. Sie lachte und sagte: »Ich bin zu alt, um so viel Zeit mit dem Sammeln von Seeigeln zu verbringen.«

Uutuk stellte sich neben K'os, legte ihre kräftigen Hände auf die Schultern ihrer Mutter und knetete die Muskeln. K'os schloss die Augen.

»*Aa*, Uutuk, du bist eine gute Tochter«, sagte sie und fragte, die Augen noch geschlossen: »Was denkst du von Ghaden, dem Mann vom Flussvolk?«

Die Hände von Uutuk hielten inne, dann aber knetete sie noch fester, bis K'os sich ihrem Griff entwand.

»Uutuk, du brichst mir die Schultern!«

Uutuk blickte über das Dorf und murmelte eine Entschuldigung, aber sie stand mit dem Gesicht zum Wind, und als ihre Worte zu den Ohren von K'os kamen, waren sie verzerrt und wirr wie Strandgras. K'os drehte das Mädchen zu sich hin.

»Ich konnte dich nicht hören.«

»Er ist ein guter Händler«, sagte Uutuk, »und ich höre, das Glück ist ihm gewogen, wenn er jagt, aber er ist vom Flussvolk.« Sie hielt die Handflächen aufwärts, als wollte sie den Himmel fragen, was er dachte.

»Das bin ich auch«, sagte K'os. Sie hatten in der Sprache der Ersten Menschen gesprochen, jetzt wechselte K'os in die Worte der Flusssprache. »Und das bedeutet, du bist es auch.«

»Denkst du, wenn er eine Frau von den Ersten Menschen nähme, wäre er bereit, mit ihr zu gehen und auf ihrer Insel zu leben?«, fragte Uutuk.

Sie kauerte sich wieder hin und zog ihren *sax* über ihre Knie bis hinunter zu den Füßen. K'os hockte sich ebenfalls und wölbte die Hände vor den Mund, damit der Wind ihre Worte nicht fortblies.

»Nein«, sagte sie. »Er würde nicht mitkommen. Er ist kein Händler. Er ist Jäger. Du kannst nicht erwarten, dass ein ausgewachsener Mann wieder Junge wird und lernt, Seetiere zu jagen, wenn er schon Karibu, Elch und Bär erlegen kann. Aber wenigstens ist sein Vater Händler und hat ihn unterwiesen, wie man ein *iqyax* handhabt. Wenn seine Frau von den Ersten Menschen eine sehr gute Frau wäre, würde er sie vielleicht, bevor sie alt würde, auf ihre Insel zurückbringen, damit sie ihre Familie besuchen kann.«

»Du möchtest, dass ich Frau von einem Flussmann werde.«

»Nur, wenn er dir ein guter Mann und deinen Kindern ein guter Vater sein wird.«

»Weißer Lachs wäre ein guter Mann und ein guter Vater gewesen.«

In der Stimme von Uutuk war eine Schärfe, die K'os überraschte. Das Mädchen hatte kaum geklagt, als Robbe den Brautpreis von Weißer Lachs zurückwies.

»Er hat zu wenig für dich geboten«, sagte K'os. »Welcher Mann achtet eine Frau, wenn er sie so leicht bekommen kann? Ich stimme deinem Vater nicht immer zu, aber hierin hatte er Recht. Wenn Weißer Lachs dich wirklich gewollt hätte, wäre er willens gewesen, noch einen Sommer für deinen Brautpreis zu jagen.«

»Ich wusste nicht, dass er so wenig geboten hat«, sagte Uutuk. Sie sprach wieder in der Sprache der Ersten Menschen, und ihre Stimme war klein wie die Stimme eines Kindes. »Er hat mir gesagt, er wolle zehn Mägen mit Öl geben, zehn Otterfelle, fünf Robbenpelze und viele Mägen mit getrocknetem Fisch. Er hat gesagt, wenn das nicht genug sei, habe seine Mutter einen *sax* aus Vogelhäuten und drei Paar Stiefel aus Robbenflossen, die sie geben wollte, dass ich aber für sie nähen müsse in dem ersten Winter, in dem ich Frau sei.«

»Er hat gelogen«, sagte K'os.

Uutuk verschränkte die Arme über den Knien. »Warum sollte er lügen?« In ihrer Stimme war der Klang von Tränen.

»Wer kann das sagen?«, antwortete K'os. »Vielleicht dachte er, du würdest eine bessere Frau sein, wenn du glaubtest, dass er so viel für dich gegeben hat.«

»Was hat er geboten?«

»Das brauchst du nicht zu wissen. Mehr als viele junge Frauen einbringen würden, aber nicht genug für dich.«

K'os rutschte zurück, bis sie hinter Uutuk saß, dann zog sie sanft die Haare des Mädchens aus dem Kragen ihres *sax* und kämmte sie mit den Fingern, kämpfte mit dem Wind, der ihr die Strähnen aus den Händen stehlen wollte. »Weißer Lachs hat kein Glück beim Jagen. Sein *iqyax* und seine Waffen sind schlecht gearbeitet. Denkst du, ein Seetier ist geehrt, wenn es ein *iqyax* mit schwachen Verbindungen oder einer klaffenden Verkleidung sieht? Denkst du, eine Harpune mit einem krummen Schaft wird jemals ihr Ziel treffen? Vielleicht hat er gesagt, er hätte so viel für dich geboten, um zu verbergen, dass sein Geschick beim Jagen nicht so gut ist, wie es sein sollte.«

K'os beugte sich über die Schulter von Uutuk nach vorn, um ihr ins Gesicht zu sehen. »Erinnerst du dich, als du ein kleines Mädchen warst, wie ich dir die Haare nach Art einer Flussfrau geflochten habe?«

Uutuk lächelte. »Ich erinnere mich.«

»Lass sie mich für dich flechten.«

»Tu, was du möchtest«, sagte Uutuk.

»Es ist zu viel Wind hier oben.« K'os wies mit dem Kinn auf die windgeschützte Seite des *ulax*.

Uutuk rutschte von dem Grasdach und half ihrer Mutter hinunter. Dann setzte sie sich mit gekreuzten Beinen hin wie eine Flussfrau und ließ sich von K'os die Haare zu Zöpfen flechten.

»Was würdest du für den Parka nehmen?«, fragte Ghaden Cen.

»Hast du jemanden, der ihn möchte?«

»Die Frauen zeigen Gefallen.«

»Gut!«, sagte Cen. »Spiele sie gegeneinander aus. Nimm, so viel du bekommen kannst.«

»Sie haben Öl und einen *sax* geboten.«

»Sieh, ob du auch Stiefel aus Robbenflossen und einen *chigdax* bekommen kannst. Die kann man beim Flussvolk gut tauschen. Ihre Frauen können weder das eine noch das andere machen.«

»In meinem Dorf können alle Flussfrauen einen *chigdax* machen.«

»Hayh!«, sagte Cen und schnippte mit den Fingern. »Deine Schwester ist großmütiger, als es ihr zusteht.« Aber er lachte und nahm so den Stachel aus seinen Worten.

»Zwei Hand voll Robbenmägen?«, fragte Ghaden.

Cen nickte, sagte dann: »Und den *sax* und einen *chigdax*. Vielleicht Stiefel. Ich möchte meiner Frau einen guten Preis für den Parka bringen. Es ist viel Glück in ihm. Vergiss nicht, auf die Schnäbel von Goldspechten hinzuweisen.«

»Ich habe es ihnen gesagt.«

»Gut.« Cen blickte zum Himmel, fand den hellen Flecken, welcher die Sonne war, die sich hinter einer hohen Wolkenbank versteckte. »Der Tag ist halb vorbei. Bist du hungrig?«

»Ich könnte etwas essen«, sagte Ghaden.

»Qung wird etwas in ihrem Kochbeutel haben.«

Ghaden verließ den Strand, drehte sich um und beobachtete, wie Cen die Stimme hob, um mehrere Jäger zu seinen ausgelegten Tauschwaren zu locken. Zwei Gruppen Männer vom Walrossvolk waren an diesem Tag gekommen. Die Walrossmänner waren immer auf Waffen erpicht, und Cen hatte einen reichlichen Vorrat an Speerschäften aus Birkenholz. Er würde einige gute Tauschgeschäfte machen.

Ghaden ging nicht sogleich zu dem *ulax* von Qung, sondern suchte das Vorratslager auf, wo er und Cen Nahrung und besondere Tauschwaren aufbewahrten. Er hatte einem Jäger von den Ersten Menschen für sechs Mägen mit Öl einen Parka von Aqamdax versprochen. Er nahm den Parka heraus und auch einige Wolfspelze, ein Päckchen mit Bärenzähnen und mehrere Halsketten aus Klauen. Vielleicht würde der Mann bereit sein, für eine Bärenklaue oder einen Wolfspelz mehr Mägen mit Öl zu geben.

Ghaden rieb die Narbe an seinem Hals. Sie juckte, und manchmal brannte sie sogar, als dächte der Geist des Bären hin und wieder an ihn. Bei den Ersten Menschen konnte eine Bärenklaue beim Tausch viel oder auch gar nichts einbringen. Wie Cen oft zu ihm sagte, der Wert einer Sache wechselte von Mann zu Mann.

»Da, der Junge vom Flussvolk«, sagte K'os und zeigte auf Ghaden, der mit mehreren Jägern von den Ersten Menschen sprach. Er hielt einen Wolfspelz in die Höhe, und etwas baumelte an seiner linken Hand, doch K'os war zu weit entfernt, um erkennen zu können, was es war.

»Als Mann für Uutuk?«, fragte Robbe.

»Nur eine Überlegung«, sagte sie. »Ich kenne seine Familie. Seine Schwester ist Frau von dem Häuptling der Ältesten in einem Flussdorf, und seine Mutter war von den Ersten Menschen, deswegen spricht er unsere Sprache.«

»Es wäre vielleicht besser für uns, wenn sie Frau von einem Jäger würde«, sagte Robbe. »Da ich Händler bin und alles bekommen kann, was wir brauchen ...«

»Mehr, als wir brauchen«, unterbrach K'os ihn. »Es gibt nicht viele Händler, die so geschickt sind wie du.«

Er verkniff abwehrend den Mund, aber K'os hörte den Stolz aus seinen Worten, als er sagte: »Und wozu ist es dann gut, sie einem Händler als Frau zu geben?«

»Er ist Jäger«, sagte K'os. »Sein Vater ist Händler, und manchmal fährt Ghaden mit ihm.«

»Ein guter Jäger?«, fragte Robbe.

»Qung sagte mir, er habe einen Braunbären getötet, als das Tier ihn angriff.«

Robbe legte den Kopf schief und machte ein Geräusch in der Kehle. Lachen oder Geringschätzung? K'os wusste es nicht.

»Soll ich Uutuk sagen, dass sie sich von ihm fern halten soll?«, fragte sie.

»Mal sehen, was er als Brautpreis bietet. Mal sehen, ob er willens ist, auf unsere Insel zu kommen, um dort zu bleiben und zu jagen.«

K'os hätte beinahe erklärt, dass Ghaden nicht viel vom Jagen von Seetieren verstehen würde, aber sie schwieg still. Sollte Robbe glauben, was er wollte. Hatte Ghaden Uutuk erst als Frau, würde es für Robbe zu spät sein, die Dinge zu ändern, nur weil Ghaden lieber Karibu jagte als Seelöwen.

Sie neigte den Kopf zum Zeichen der Zustimmung, dann fragte sie: »Soll ich dir Essen bringen?«

»Die erste Frau des Häuptlings hat mir Essen gegeben«, sagte er. »Aber es ist lange her, seit ich dich in meinem Lager hatte.«

K'os kräuselte die Lippen zu einem Lächeln, senkte den Blick und ließ ihn kurz auf dem Schritt von Robbe verweilen. »Wenn du genug Tauschgeschäfte gemacht hast, komm zu mir«, sagte sie und ging mit schwingenden Hüften davon.

Als sie wusste, dass Robbe sie nicht mehr hören konnte, blickte sie zur Sonne, die hinter einer dichten Wolkenmasse verborgen war, und sagte:

»Schau! Was sehe ich?
Im Geben nimmt es. Im Nehmen lebt es.
Ein Rätsel für dich, meine Schwester im Himmel.«

Ghaden summte vor sich hin und betrachtete den *sax* aus Robbenpelz. Er war schön und für eine Frau vom Flussvolk besser geeignet als ein *sax* aus Vogelhäuten, er war wärmer und zerriss nicht so leicht, aber die Flussfrauen nähten keine Vogelhäute mit Federn, und daher würde ein *sax* aus Vogelhäuten mehr wert sein.

»Zwei Zähne und eine Klaue«, sagte der Mann, »und für einen Wolfspelz gebe ich dir diese Stiefel aus Robbenflossen.«

Die Stiefel waren alt, aber sie sahen aus, als wären sie selten getragen worden.

»Ich habe sie immer mit Öl eingerieben«, sagte der Mann.

Ghaden tauschte die Zähne und die Klaue gegen den *sax* aus Robbenpelz, ließ den Mann ein Fell aussuchen für die Stiefel, dann fragte er ihn, ob er noch jemanden wisse, der Stiefel aus Robbenflossen zum Tauschen habe.

»Manchmal machen die alten Frauen einige Paare mehr und nehmen gerne Nahrung dafür. Hast du Karibufleisch?«

»Ein wenig«, sagte Ghaden, der sofort an Qung dachte. Er und sein Vater wollten der alten Frau einen guten Vorrat getrocknetes Fleisch geben, weil sie sie in ihrem *ulax* wohnen ließ, aber sie hatte vielleicht Stiefel zum Tauschen oder kannte jemanden, der welche hatte.

Er ging zu ihr, als er seinen Handel mit dem Jäger von den Ersten Menschen abgeschlossen hatte. Qung nannte ihm die Namen von drei Frauen, und jede hatte etwas Wertvolles zum Tauschen, Stiefel, zierliche Muschelketten, einen *sax* aus Lundhaut, Graskörbe, so fein geflochten, dass Ghaden kaum glauben konnte, dass die Finger einer Frau sie gemacht hatten.

Er erstand alles und brachte die Sachen in seinem Vorratslager unter. Dann ging er zu Cen und bot ihm an, seinen Platz bei den Händlermatten einzunehmen.

Cen blieb einen guten Teil des Nachmittags fort, und in dieser Zeit ging Ghaden zu seinem Vorratslager, holte die Mägen mit Robbenöl hervor, den *sax* aus Lundhaut, die Stiefel aus Robbenflossen und die Graskörbe, zwei von seinen eigenen Karibuhäuten und eine Hand voll Muschelketten. Er legte diese Sachen zu den Tauschwaren von Cen und nahm den Karibuparka mit.

Ghaden hatte vorgehabt, Cen von dem Handel zu erzählen, aber sobald Cen zurückkehrte, wurde dieser von einer Gruppe Walrossmänner umringt, die Angebote für Speerschäfte und behauene Spitzen machten. Daher überließ Ghaden seinem Vater das Handeln und kehrte in das *ulax* von Qung zurück. Er hatte ihr einige Fragen zu stellen über die Gebräuche der Ersten Menschen und über Brautpreise.

Er war noch bei Qung, als Cen hereinkam. Ghaden sah auf, erstaunt, weil sein Vater seine Tauschwaren allein gelassen hatte. In diesem Dorf musste ein Mann nicht befürchten, dass jemand etwas nimmt, das ihm nicht gehört, aber warum mit dem Handel aufhören mitten am Tag, wenn oft die besten Geschäfte gemacht wurden?

»Der Parka ist nicht mehr da.« Mit diesen barschen Worten platzte Cen herein, ohne Qung zu grüßen.

»Ich freue mich, dass du in mein *ulax* gekommen bist«, sagte Qung und stand auf. Sie war so gebeugt durch ihren Buckel, dass sie Ghaden an eine watschelnde Ente erinnerte. Sie humpelte zu einem niedrigen Haken, wo sie eine Blase mit Wasser verwahrte, und bot sie Cen an.

Cen wurde rot im Gesicht. Er nahm das Wasser, murmelte seinen Dank und trank.

»Setz dich«, sagte Qung, und ihre Worte waren wie ein Befehl, den sie einem Kind gab. »Bist du hungrig?«

»Nein.« Cen stieß das Wort mit zusammengebissenen Zähnen hervor.

»Nun, hast du Ghaden etwas zu sagen?«, fragte sie und zog die Augenbrauen so hoch, dass sie eins wurden mit den Runzeln auf ihrer Stirn.

»Ja, ich habe Ghaden etwas zu sagen. Der weiße Karibuparka ist nicht mehr da.«

»Ich habe ihn eingetauscht«, sagte Ghaden.

Cen atmete tief ein und blies die Luft zwischen den Zähnen heraus. »Du hättest es mir sagen sollen«, sagte er mit leiser, ruhiger Stimme.

»Es war ein guter Tausch.«

»Was hast du bekommen?«

»Einen Lund-*sax* und einen *sax* aus Robbenpelz, zwei Paar Stiefel aus Robbenflossen, Halsketten und Körbe und acht Mägen mit Öl. Ich habe den *sax* aus Robbenpelz, das Öl und die Stiefel und einige Halsketten ausgelegt, aber der Lund-*sax* und die Körbe sind in meinem Vorratslager.«

Cen war noch zornig, aber Ghaden konnte sehen, dass er sich über die Tauschwaren freute, und nach und nach verrauchte sein Zorn. Doch er hob einen Finger und drohte Ghaden damit wie eine alte Frau.

»Du hättest es mir sagen sollen, und auch wenn es ein guter Tausch war, hättest du mich vorher fragen sollen. Der Parka gehört meiner Frau.«

»Graskörbe und ein *sax* aus Vogelhäuten werden sie nicht erfreuen?«, fragte Qung.

Cen blinzelte und sah die alte Frau an, als hätte er vergessen, dass sie bei ihnen war. »Sie ist nicht schwer zu erfreuen«, sagte er. »Sie wäre allein mit den Körben zufrieden, aber ich will, dass sie weiß ...«

Er brach ab, als wüsste er nicht recht, wie er ausdrücken sollte, was er meinte, und Qung sagte: »Du willst, dass sie weiß, dass du sie vermisst hast und dass du denkst, sie ist eine gute Frau.«

Cen grunzte nur, und als er zum Kletterstamm ging, waren seine Schritte schwer, als müsste er sich auf seine eigene Bedeutung besinnen. Als er oben auf dem *ulax* angekommen war, sah er zu Qung hinunter und sagte: »Sieh, ob du ihn ein wenig Weisheit lehren kannst, Tante.«

Als Cen gegangen war, hielt sich Qung die Hände vor den Mund und lachte, als aber Ghaden in ihr Lachen einstimmte, hockte sie sich wieder auf ihr Gesäß und sagte: »Dein Vater hat Recht, musst du wissen. Du hättest den Tausch nicht allein machen sollen. Was, wenn du zu wenig genommen hättest?«

»Es war nicht schwierig«, sagte Ghaden.

Sie hielt den Kopf schief, stellte eine Frage, ohne zu sprechen.

»Der Parka aus Karibuhaut gehört mir«, sagte er. »Ich habe ihn allein eingetauscht. Wenn mein Vater mit dem Handel nicht zufrieden gewesen wäre, hätte ich mehr genommen.«

»Diese Frau vom Bootvolk – Uutuk, die Tochter von K'os – , willst du ihn ihr geben?«, fragte Qung.

»Woher weißt du das?«

»Ich bin alt, aber ich sehe noch genug.« Sie wies mit dem Kinn auf einen Sparren und sagte zu ihm: »Hol mir den Robbenmagen herunter. Ich brauche Öl für die Lampe.«

Er stand auf, nahm ihn herunter, zog den Stopfen heraus und goss Öl in die Seite der Steinlampe, die am weitesten entfernt war von dem Klumpen Moos, den Qung als Docht benutzte.

»Sei vorsichtig«, sagte sie, »sonst löschst du das Feuer.«

Als die Schale der Lampe gefüllt war, winkte Qung ihm mit einer Hand und sagte: »Häng ihn wieder auf.«

Er hängte den Magen an den Haken, und Qung schürzte die Lippen und wies auf den Boden. »Ich denke, es ist wohl besser, wenn du dich hinsetzt und mit mir sprichst.«

Er drehte sich zu ihr, blieb aber stehen.

»Setz dich!«

Er setzte sich.

»Du besorgst einen Brautpreis«, sagte sie, »aber du kennst das Mädchen kaum. Ihr Vater ist nicht viel wert, und du hast von ihrer Mutter gehört. Welcher Mann vom Flussvolk weiß nicht von ihr?«

»Ja, ich kenne ihre Mutter«, sagte Ghaden, »und ich weiß, was sie meiner Schwester angetan hat.«

»Töchter sind wie ihre Mütter. Du bist gewiss alt genug, um das zu erkennen.«

»Uutuk ist nicht wie K'os.«

Qung wiegte ihr Haupt, gleichmäßig, als würde sie einem Trommelschlag lauschen. Schließlich sagte sie: »Und wenn du Unrecht hast? Möchtest du Gefahr laufen, eine neue K'os in dein Dorf zu bringen?«

»Ich habe es dir gesagt. Sie ist nicht wie K'os.«

»Hast du ihre Näharbeiten gesehen?«

»Sie sind sehr gut.«

»Sie hat ihren eigenen Medizinbeutel, einen Seeotter. Hast du das gewusst?«

»Nein.«

»Weißt du, dass K'os eine Heilerin ist?«

»Das weiß ich.«

»Und sie benutzt ihr Wissen über Pflanzen auch, um zu töten.«

»Einige Menschen sagen das.«

»Hast du gewusst, dass sie sehr gut näht?«

»Ich habe Parkas gesehen, die sie gemacht hat.«

»Wie kannst du dann sagen, Uutuk ist nicht wie ihre Mutter?«

»In diesen Dingen – in den guten – mag sie wie K'os sein.«

»Nur in den guten Dingen?«

»Uutuk ist nicht K'os. Es ist kein Hass in ihr.«

Qung wiegte wieder ihr Haupt, und am Ende schloss sie die Augen, sodass Ghaden dachte, sie wäre eingenickt. Er war fast entschlossen aufzustehen, als sie sagte: »Es scheint, Uutuk ist eine gute Frau, und das heißt entweder, sie *ist* eine gute Frau, oder, sie ist sehr gut darin, böse zu sein.«

Ghaden bedachte ihre Worte, dann sagte er: »Sie ist eine gute Frau. Ich weiß es.«

»Wenn du es so genau weißt, und wenn du entschlossen bist, sie als Frau zu nehmen, dann gibt es Dinge, die du über die Gebräuche der Ersten Menschen wissen solltest.«

Er wartete, aber Qung sagte nichts mehr. Schließlich fragte er: »Kennst du jemanden, der mit mir über diese Gebräuche sprechen kann?«

»Denkst du, es gibt jemanden, der mehr weiß als ich?«

Er lächelte sie an. »Nein, aber ich bin nicht sicher, ob du mir erzählen willst, was du weißt.«

»Besser, ich erzähle es dir, als jemand, der dir einen schlechten Rat gibt. Aber du bist nicht der Einzige in diesem *ulax*, der handelt.«

»Ich habe Öl«, sagte er, »und Karibufleisch.«

Sie winkte abwehrend mit einer Hand. »Ich habe mehr als genug, um mich durch den nächsten Winter und gar darüber hinaus zu erhalten, und ich bin noch nicht zu alt, um Fische zu fangen und Seeigel zu sammeln.«

»Körbe? Halsketten? Ein Parka. Ich habe einen Parka, den meine Schwester Yaa gemacht hat, nicht so schön wie manche, aber die Karibuhaut ist gut geschabt, und die Nähte sind gerade und stark.«

Qung rümpfte die Nase, als sie sein Angebot bedachte, dann nahm er in einer plötzlichen Eingebung eine von den Bärenklauen, die er auf Sehnen gefädelt und um seinen Hals gehängt hatte. Er band die Sehne auf und hielt Qung die lange braune Klaue hin, die mit Karibufett glänzend gerieben war. Qung sah sie blinzelnd an, nahm sie in die Hand, bettete sie in ihren Schoß, aber dann fragte sie: »Was kann eine alte Frau mit einer Bärenklaue anfangen?«

»Macht ist Macht«, sagte Ghaden.

Sie gluckste vor sich hin, bog die Finger um die Klaue und hielt sie fest, während sie Ghaden in den Gebräuchen unterwies, welche die Ersten Menschen pflegten, wenn sie sich eine Frau nahmen.

»Sie ist mehr wert als einige Robbenmägen mit Öl und sechs Halsketten«, sagte Robbe zu Ghaden.

Sie saßen vor dem *ulax* des obersten Jägers, auf der windgeschützten Seite. Pfadgeher, Bruder von einer der Frauen des obersten Jägers, saß bei ihnen. Er war dünn, langbeinig und groß. Seine große Nase und das schmale Gesicht ließen ihn aussehen, als wäre sein Platz nicht unter den Ersten Menschen. Wie Robbe hatte er die Haare auf der Stirn zu Fransen geschnitten und große runde Pflöcke durch die Haut an seinen Mundwinkeln gebohrt.

»Hol etwas Karibufleisch«, sagte Pfadgeher zu Robbe, und die Pflöcke schlugen klickend an seine Zähne.

»Tauschgeschäfte werden besser unter zwei Männern gemacht«, sagte Robbe zu ihm. »Sei still und lass mich nachdenken.«

Pfadgeher beugte sich zu Robbe und flüsterte ihm ins Ohr, aber Robbe stieß den Mann fort und sagte: »Sie näht gut. Möchtest du einen Parka sehen, den sie gemacht hat?«

Ghaden war einverstanden, obwohl er wusste, dass Robbe nur versuchte, den Handel schwieriger zu machen.

Robbe kletterte auf das Dach des *ulax*, ging hinein und kam mit einem großen, viereckigen Händlerpacken zurück. Er band die Klappe auf und zog einen schwarz gefiederten *sax* aus Vogelhäuten heraus, rollte ihn auseinander und hielt ihn in die Höhe. Ghaden grunzte beifällig, dann bemerkte er am oberen Rand des Kragenbesatzes einige Stiche aus rotem Sehnengarn.

»Deine Frau hat einmal in meinem Dorf gelebt«, sagte Ghaden. »Ich kenne das Zeichen von K'os.« Er befingerte die roten Stiche. »Das ist keine Arbeit von Uutuk. Vielleicht schämst du dich für das, was sie näht ...«

Pfadgeher stieß Robbe mit dem Ellenbogen an und schüttelte schnell den Kopf.

»Halt mich nicht für dumm«, sagte Robbe zu Pfadgeher. »Ich habe nicht gesehen, dass dies eine Arbeit von meiner Frau war. Warte.«

Er durchsuchte den Packen, zog einen anderen zusammengerollten *sax* heraus, dann noch zwei, betrachtete den Kragenbesatz von jedem. Schließlich grunzte er und warf Ghaden einen *sax* zu. Ghaden rollte ihn auseinander. Er verstand wenig von Stichen und Machart, aber er hatte gesehen, wie Cen bei einem Kleidungsstück das Innere nach außen wendete, mit den Fingern über die Nähte fuhr und an den Häuten schnupperte, und nun tat Ghaden dies alles. Er sah, dass die Stiche klein und gleichmäßig waren, was ihm gut erschien. Vogelhäute riechen anders als Karibufelle, deshalb konnte er nicht erkennen, ob der Geruch gut oder schlecht war, aber es war kein Modergestank an dem Kleidungsstück.

Ghaden schob das Kinn vor, als wüsste er genau, wovon er sprach, und sagte: »Gut gemacht.«

»Sie näht schnell. Einen *sax* aus Lundhäuten kann sie in wenigen Tagen machen.«

Pfadgeher rieb sich die Nase und bemerkte: »Was weiß er von Lundhäuten? Er ist vom Flussvolk.«

»Lundhäute sind kleiner als die von Kormoranen«, erklärte Robbe Ghaden. »Eine Frau braucht mehr Zeit, um einen *sax* daraus zu machen.«

Ghaden antwortete nicht. Pfadgeher hatte ihn gekränkt mit seiner Annahme, er verstehe nichts von Lunden und Kormoranen, aber Robbe schien sein Schweigen nicht zu bemerken. Er plapperte weiter über die Fertigkeiten seiner Tochter.

»Ihre Mutter hat sie in Pflanzen unterwiesen. Es ist nützlich, eine Frau zu haben, die etwas vom Heilen versteht.«

»Würde sie willens sein, beim Flussvolk zu leben?«, fragte Ghaden.

»Sie wünscht sich einen Mann, der für ihre Familie jagt. Wie kannst du das tun, wenn du in einem Flussdorf lebst?«

Zuerst fand Ghaden keine Antwort. Robbe war gewiss weise genug, um zu erkennen, dass ein Mann, der sein ganzes Leben gelernt hatte, Karibus zu jagen, von geringerem Nutzen sein würde als ein Junge, wenn es galt, Seetiere zu erlegen. Aber warum das sagen?

»Ich könnte dafür sorgen, dass mein Vater jeden Sommer einen guten Vorrat getrocknetes Karibufleisch zum Strand der Händler bringt«, sagte Ghaden. »Du könntest es dir hier holen. Bei deinem eigenen Jagdgeschick brauchst du gewiss nicht noch mehr Fleisch von Robben oder Seelöwen, und weil du Händler bist, könntest du gute Tauschgeschäfte machen mit dem Karibufleisch, das ich dir besorge.«

Pfadgeher sprach wieder in das Ohr von Robbe. Diesmal hörte Ghaden, was er sagte. Es war eine Kränkung, aber Ghaden hielt seinen Zorn zurück und wartete ab, was Robbe sprach.

»Woher weiß ich, dass du das tun wirst? Ich komme nicht alle Sommer an diesen Strand. Es ist eine zu weite Fahrt.«

»Ich gebe dir mein Wort. Frag irgendjemanden, der mich kennt, und alle werden dir sagen, dass ich nicht lüge. Ich werde Fleisch schicken, ob du hier bist oder nicht. Wenn du nicht kommst, kann der oberste Jäger es verwenden und dir später Öl geben für das, was er und die seinen gegessen haben. Du weißt, dass man den Männern dieses Dorfes vertrauen kann. Sie tun dergleichen oft für Händler. Was denkst du, warum Händler immer wieder an diesen Strand kommen?«

Robbe machte ein verkniffenes Gesicht. »Ich werde nächsten Sommer nicht hier sein«, sagte er, »daher solltest du mir vielleicht jetzt geben, was mir zustehen würde.«

»Was, wenn sie keine gute Frau ist?«, entgegnete Ghaden. »Man kann nicht erwarten, dass ein Mann für eine Frau bezahlt, die ihn nicht erfreut.«

Robbe sah Pfadgeher an, aber Pfadgeher zuckte nur mit den

Schultern. »Eine Karibuhaut mit getrocknetem Fleisch«, sagte Robbe schließlich. »Ich will sie dir geben für zwei Wolfspelze, das Öl und die Halsketten und eine Karibuhaut mit getrocknetem Fleisch. Sie gehört dir, sowie du das Öl und das Fleisch bringst. Vergiss die Halsketten nicht, aber gib die schönste meiner Tochter. Sag ihr, sie ist von mir. Sag ihr, dass ich dafür Enkelsöhne erwarte.«

Pfadgeher beugte sich wieder zu ihm, und Robbe hörte zu, lächelte dann. »Ein Letztes noch«, sagte Robbe und wies mit dem Kinn auf die Brust von Ghaden. »Eine Bärenklaue.«

Mit seinem Ärmelmesser schnitt Ghaden die Sehne durch, mit der die Klaue an seine Halskette geknotet war. »Abgemacht«, sagte er.

25

Gibt es noch etwas, das Du mich fragen musst?«, sagte Cen zu Ghaden. Die Ungeduld machte seine Stimme rau, und er sah auf die Bucht hinaus, wo zwei Walrosshändler in ihren *iqyan* warteten. Sie hatten ihn aufgefordert, sie auf eine Handelsfahrt zu einem nahen Dorf der Ersten Menschen zu begleiten.

Ghaden holte Atem und ließ die Luft mit einem kurzen Lachen heraus. »Nichts«, sagte er.

»Du bist eingeladen mitzukommen.« Cen sah seinen Sohn mit gerunzelter Stirn an, aber Ghaden schüttelte den Kopf. Es würde keine lange Fahrt sein, je nach Flut und Wetter zwei oder drei Tage auf dem Wasser, eine Nacht oder zwei in dem Dorf und dann die Rückfahrt zum Strand der Händler.

Du machst dir zu viele Sorgen, sagte Cen bei sich. Ghaden ist vom Kind zum Mann gereift, seit K'os ihn zuletzt sah. Sie weiß nicht einmal, dass er hier ist. Wenn sie es wüsste, würde man davon gehört haben. Sie ist keine Frau, die kleine Siege für sich behält.

»Willst du bestimmt nicht mitkommen? Wir könnten sehr gute Tauschgeschäfte machen.«

»Du hast mir einmal von dem Dorf erzählt«, sagte Ghaden. »Erinnerst du dich? Es hat sich nicht angehört, als wären die Frauen sehr freundlich.«

»*Aaa*, immer die Frauen«, sagte Cen und lachte, dann aber wurde sein Gesicht ernst. »Vergiss nicht, was ich dir von K'os und ihrer Tochter erzählt habe.«

Ghaden sah fort, hinaus auf die kleine Bucht, wo die Händler warteten. »Ich vergesse es nicht«, sagte er.

Cen schob sein *iqyax* ins Wasser und kletterte hinein, dann stieß er sich mit dem Paddel vom Ufer ab. Es war ein Einblattpaddel aus Zedernholz, das mit den Farben von Cen umwunden war. Ghaden hatte es nach den Anweisungen von Chakliux selbst geschnitzt und Cen zum Geschenk gemacht.

Cen hob das Paddel zum Abschied, dann lenkte er sein *iqyax* in den Nebel, der über der Bucht lag.

Ghaden dachte, er würde Erleichterung fühlen, wenn sein Vater erst fort war, Freude, wieder Mann zu sein statt der Junge, den Cen offenbar immer noch in ihm sah.

Er streichelte die Bärenklauen, die an seinem Hals hingen. Einerlei, wie viel Lob er für seinen Erfolg beim Jagen bekam, einerlei, wie listig er beim Tauschhandel war, für Cen blieb er ein Kind.

Seine Gedanken eilten voraus zu dem Tag, an dem Cen zurückkehren und erfahren würde, dass Ghaden Uutuk zur Frau genommen hatte.

Ein Mann trifft seine Entscheidungen allein, sagte Ghaden zu sich. Er hatte Frauen gehabt, hatte die eine oder andere von ihnen als Frau nehmen wollen, wenn er in das Dorf von Chakliux zurückkäme. Aber keine von ihnen zog seinen Blick an oder wohnte in seinen Träumen wie Uutuk. Wie konnte er ohne sie zu seinem Volk zurückkehren? Sowie er wieder in dem Dorf von Chakliux war, wollte er eine alte Witwe als zweite Frau nehmen, Chakliux und Cen besänftigen, indem er diese Frau ernährte.

Und K'os? Sie würde mit ihrem Mann zu seinem Volk zurückkehren, zu der fernen Insel, wo sie lebten. Was konnte einfacher sein?

K'os hob die Stimme und kreischte: »Du hast sie einem Flussjäger versprochen! Wer ist er?«

Natürlich wusste sie, wer er war, und sie war froh, aber bei Robbe verfuhr man am klügsten, wenn man Missfallen vortäuschte, denn dann ging jegliche Unsicherheit, die er in sich haben mochte, in seinem Bedürfnis auf, sich zu verteidigen.

»Der Sohn des Händlers, der, den du selbst vorgeschlagen hast«, sagte Robbe mit lauter, zorniger Stimme. »Ich dachte, das wolltest du.«

»Es war nur eine Überlegung, etwas, das zu bedenken wäre. Du hast gesagt, du wolltest sehen, was er als Brautpreis bietet, nicht, dass du sein Angebot annehmen würdest.«

»Schau.« Robbe hielt ihr die Bärenklaue hin. »Hierin ist so viel Macht, dass sie mir bis ins hohe Alter erhalten bleiben wird.«

»Uutuk ist meine Tochter. Du hättest mich zuerst fragen sollen.«

»Welche Frau erwartet, dass sie beim Geben und Nehmen von Frauen etwas zu sagen hat?«, entgegnete Robbe, und er stampfte in das Krähenbeerenkraut, das auf dem Boden vom *ulax* des obersten Jägers ausgestreut war.

Geflecktes Blatt, die dritte Frau des obersten Jägers, war da, und sobald Robbe und K'os angefangen hatten zu streiten, hatte sie ihnen den Rücken zugekehrt, als würde sie nicht zuhören. Als aber einer von ihren kleinen Söhnen sich anschickte, den gekerbten Stamm in den Hauptbereich des *ulax* hinunterzuklettern, hatte die Frau über dem Kopf mit den Fingern geschnippt und ihm bedeutet fortzugehen. Der Junge war gegangen, aber nicht, bevor er eine Weile dort gestanden und mit einem breiten Grinsen im Gesicht dem Streit gelauscht hatte.

»Ich habe acht Mägen mit Öl bekommen, zwei Wolfspelze, eine Karibuhaut mit getrocknetem Fleisch und einige Halsketten. Er hat auch versprochen, für uns zu jagen.«

»Du erwartest, dass ein Mann, der gelernt hat, Karibu zu jagen, auf unsere Insel kommt und aus einem *iqyax* Seetiere jagt? Er wird ein Junge sein, schlimmer als ein Junge, weil wir ihn ernähren müssen und er essen wird wie ein Mann.«

Aber Robbe lächelte und sah sie an, als wäre sie ein Kind. »Du denkst, das weiß ich nicht?«

Hoffnung regte sich in der Brust von K'os. Vielleicht hatte Ghaden, da er wusste, dass er keine Seetiere jagen konnte – jedenfalls nicht ohne mehrere Sommer harter Arbeit, um es zu lernen –, Robbe schon überredet, den Winter mit ihm zu verbringen, eine Handelsfahrt zum Flussvolk zu machen.

Sie senkte den Kopf, als wäre sie plötzlich unterwürfig. »Wann brechen wir auf?«, fragte sie.

Robbe sah sie erstaunt an. »Wenn ich mit dem Tauschen fertig bin«, sagte er. »Doch zuvor möchte ich ein paar Tage mit anderen Händlern zu einem nahen Dorf der Ersten Menschen fahren. Du und Uutuk könnt hier bleiben, wenn ihr wollt.« Er hielt inne. »Aber vielleicht ist sie bis dahin mit ihrem Flussmann schon fortgegangen«, sagte er. »Sie ist eine gute Tochter. Ich werde sie vermissen.«

K'os versuchte zu sprechen, doch der Zorn über die Dummheit ihres Mannes schnürte ihr die Kehle zu. Was dachte er, wie Ghaden für sie jagen würde? Wollte Robbe jeden Sommer die weite Fahrt zum Strand der Händler machen? Konnte er so dumm sein?

»Du kannst mit mir kommen, wenn du willst«, sagte Robbe mit einem verwirrten Ausdruck im Gesicht, als hätte sie ihm soeben eins von ihren Rätseln aufgesagt. »Ich weiß, du wirst einsam sein ohne Uutuk.«

»Wir gehen mit ihr, *nae'*?«, fragte K'os, und in ihrer Empörung merkte sie nicht, dass sie in der Flusssprache gesprochen hatte. Robbe stieß einen derben Laut aus und kränkte sie mit flatternden Fingern – dem Zeichen für die Möwe, einen Vogel, der so faul ist, dass er Futter stiehlt.

Sie achtete nicht auf die Kränkung und wiederholte ihre Worte in der Sprache der Ersten Menschen.

»Wie können wir mit ihr gehen?«, fragte Robbe. »Wir müssen in unser Dorf zurückkehren. Unser oberster Jäger und mein Onkel haben mir Robbenhäute, Robbenpelze und Öl zum Tauschen gegeben. Wenn ich nicht zurückkehre, werden sie denken, ich hätte sie betrogen.«

»Oder sie denken, wir sind tot, vom Meer verschluckt«, sagte K'os. »Wer könnte darüber zürnen? Wenn wir dann zurückkehren, werden sie froh sein. Du hast mir gesagt, du würdest gern mit dem Flussvolk handeln. Warum die Gelegenheit ungenutzt lassen? Nun hast du einen Tochter-Mann, der dir bei diesem Tauschhandel helfen kann.«

»Ich bin klug genug, meinen Handel allein zu machen.«

»Natürlich«, sagte K'os und hob die Schultern. »Du hast Recht. Du brauchst ihn nicht, aber ich möchte nicht sehen, dass meine Tochter ganz allein mit einem Mann vom Flussvolk geht. Was, wenn die Menschen in seinem Dorf sie hassen? Sie ist eine Frau vom Volk der Ersten Menschen, und nicht nur von den Ersten Menschen, sondern auch vom Bootvolk. Wie kann sie hoffen, als eine von ihnen aufgenommen zu werden?«

»Du hast mir erzählt, dass Ghaden selbst teils vom Volk der Ersten Menschen ist. Er lebt in Frieden bei dem Flussvolk.«

»Wer möchte Gefahr laufen, einen jungen Mann zu erzürnen, der einen Braunbären töten kann?«

Robbe streichelte die Klaue an seinem Hals und hob den Blick zum Dach des *ulax*, als würde er dort zwischen den Sparren und Grasmatten kluge Antworten finden.

Schließlich sagte er: »Du hast Uutuk in Pflanzenarzneien unterwiesen. Alle Menschen sind froh, eine Heilerin zu haben.«

»Sie kennt die Arzneien der Ersten Menschen.«

»Sie kann diejenigen des Flussvolkes lernen.«

»Wenn sie jemanden findet, der sie unterweist.«

Robbe kniff die Augen zusammen. »Du willst mit ihr gehen, damit du sie unterweisen kannst.«

»Niemand weiß mehr über Pflanzenarzneien als ich«, sagte K'os. »Von einem Sommer zum anderen kann ich ihr beibringen, wozu sie ohne Hilfe ein Leben brauchen würde, um es zu lernen.«

Robbe stand auf und griff nach einer Blase mit Wasser. Er trank und bot sie K'os an. Sie war nicht durstig, aber es war immer klug, Gaben von Robbe anzunehmen, und seien es auch kleine wie ein Schluck Wasser. Sie nahm die Blase, trank und dankte ihm.

Er brachte die Blase zu dem Pflock zurück und sagte: »Du denkst also, ich mache gute Tauschgeschäfte?«

Sie lächelte. »Du machst immer gute Tauschgeschäfte. Ich denke, du würdest Gelegenheit haben, Dinge einzutauschen, die wir hier nicht bekommen können; vielleicht etwas von dem Volk der Nordtundra oder von den Karibujägern, die weit im Osten leben.«

»Es wäre vielleicht nicht übel, zwölf Monde bei dem Flussvolk zu verbringen«, sagte Robbe. »Ich werde mit Ghaden darüber sprechen.«

K'os neigte den Kopf und fuhr sich mit der Zunge über die Lippen, gab Versprechen ohne Worte. »Ich hatte Unrecht«, sagte sie. »Es war eine gute Entscheidung von dir, Uutuk an Ghaden zu geben.«

Robbe zuckte mit den Schultern. »Von Frauen wird bei der Wahl von Männern für ihre Töchter nicht viel Klugheit erwartet. Aber wenn wir mit Ghaden und Uutuk gehen, merke dir: Ich werde einen guten Parka brauchen.«

Robbe näherte sich seiner Tochter, die im Gras auf der Hügelseite des Dorfes Bitterwurz ausgrub. Sie trug einen Sammelbeutel bei sich, der fast voll war.

»Bitterwurz«, sagte sie und hielt ihm den Beutel hin. Gekocht und mit Robbenöl vermischt, war Bitterwurz eine seiner Lieblingsspeisen.

»Es ist früh für Bitterwurz«, sagte er.

»Hier ist der Sommer wärmer, und alle Pflanzen sind vor der Zeit reif.«

Während sie sprach, blickten ihre Augen unruhig hin und her, und er wusste, dass sie überlegte, wohin sie laufen könnte, sollte er sie berühren. Der Gedanke machte ihn zornig. Er hatte sie nie anders berührt, als ein Vater seine Tochter berührt. Es gab Tabus. Natürlich war sie nicht Tochter von seinem Blut, und bei einer Frau wie Uutuk zu liegen, würde einen kleinen Fluch wert sein. Er berührte die Bärenklaue, fühlte, wie Macht in seine Finger strömte, und ermahnte sich, dass Uutuk ihm zumindest vorerst als Tochter besser dienen würde denn als Gefährtin für sein Lager.

»Ich muss mit dir sprechen«, sagte er.

Sie hob das Stück Treibholz, das sie als Grabstock benutzte, vom Boden auf und hielt das Ende hoch, sodass Robbe sehen konnte, wie scharf sie es angespitzt hatte. Sie wies mit dem Kinn zum Strand.

»Die *iqyax*-Gestelle halten den Wind ab«, sagte sie.

»Es sind zu viele Menschen am Strand«, erwiderte er.

Sie presste den Mund entschlossen zu einem dünnen Strich zusammen und hockte sich hin; den Grabstock legte sie über ihre Knie.

»Sprich«, sagte sie.

»Ich habe einen Brautpreis für dich angenommen.«

Sie verzog das Gesicht, sagte aber nichts, und ihr Schweigen vermehrte seinen Zorn.

»Du bist alt genug, um Frau zu sein – über das Alter hinaus, Frau von einem Mann zu werden«, sagte er. »Du solltest schon Kinder haben. Stattdessen muss ich dich ernähren.« Undankbare Tochter! Er und K'os hätten sie schon längst einem der Ältesten in ihrem Dorf geben können oder dem Bruder von Robbe, der schon zwei Frauen hatte.

»Wer?«, fragte Uutuk, ohne auf seine Kränkung zu achten. »Ist er vom Flussvolk oder von den Ersten Menschen?«

»Flussvolk«, sagte Robbe barsch. Er umfasste die Bärenklaue, die an seinem Hals hing, und sah, wie sich die Augen von Uutuk weiteten, als sie verstand. »Sei froh. Ich hätte mehr für dich bekommen können von einem alten Mann, der nicht einmal im Stande sein würde, deinen Bauch mit Kindern zu füllen.«

Er wartete nicht, um sich ihren Widerspruch anzuhören. Als er davonschritt, zurück zum Dorf, kam er an zwei alten Frauen mit Sammelnetzen vorüber. Sie entboten ihm einen Gruß, er aber fauchte sie an, stampfte beim Gehen auf den Boden, damit niemand daran zweifelte, dass er ein Mann war, der die Mächte der Erde verstand und gut zu nutzen wusste.

Qung schlummerte mitten am Tag, wie sie es oft tat. Wann sonst konnte eine Geschichtenerzählerin schlafen? Die meisten Menschen wollten während der langen Nächte des Sommer-Zwielichtes Geschichten hören. Tochter saß neben der Öllampe von Qung, bog mit den Zähnen Sohlen für Stiefel aus Robbenflossen zurecht und dachte daran, dass sie Frau eines Flussmannes werden sollte. Wenn ihre Ängste zu groß wurden, holte sie das Gesicht von Ghaden, sein Lächeln, in ihre Gedanken und linderte so den ziehenden Schmerz in ihrem Bauch.

Eine Stimme, die vom Dach des *ulax* rief, unterbrach ihre Gedanken. Es war K'os. Tochter legte die Stiefelsohle beiseite und kletterte ein Stück den Stamm hinauf, flüsterte ihrer Mutter zu, dass Qung schlief.

»Ich habe einen Tee aus Afterkreuzkraut gemacht. Möchtest du welchen?«, fragte Tochter.

K'os winkte abwehrend mit einer Hand und sagte: »Ich habe dir etwas zu sagen.«

Selbst nachdem sie viele Sommer fort war von ihrem Volk, waren die Wege von K'os viel mehr jene des Flussvolkes als die der Ersten Menschen; sie sagte Dinge frei heraus, ohne Höflichkeit oder die stille Freude, Essen oder Tee miteinander zu teilen.

K'os kletterte in das *ulax*, und Tochter hockte sich wieder neben die Öllampe und wartete, bis ihre Mutter ihren Parka ausgezogen und sich gesetzt hatte.

»Dein Vater hat einen Brautpreis für dich angenommen«, sagte K'os, und sie schien nicht besorgt, was Tochter dachte oder fühlte. »Sein Name ist Ghaden, und er ist Jäger.«

»Ich habe es gehört«, sagte Tochter und überließ es ihrer Mutter zu erraten, ob sie meinte, sie habe gehört, dass Ghaden Jäger war oder dass Robbe einen Mann für sie gewählt hatte. »Ich werde dich vermissen.«

»Denkst du, ich würde dich allein fortgehen und bei einem Mann leben lassen, den ich nicht einmal kenne?«, fragte K'os. »Ich bin eine bessere Mutter.«

Die Erleichterung von Tochter war so groß, dass sie die Augen verschließen musste vor den brennenden Tränen.

»Und Robbe?«, fragte sie. »Was sagt er?«

»Er ist ein guter Vater«, sagte K'os, aber sie sah fort, als machte es sie verlegen, dies zu äußern. »Er hat versprochen, dass wir bis nächsten Sommer bei dir bleiben. So haben wir Gelegenheit, mit dem Flussvolk zu handeln und vielleicht auch mit dem Karibuvolk. Während er handelt, werde ich dich in den Arzneien des Flussvolkes unterweisen, damit du bei den Flussmenschen nicht nur Frau sein wirst, sondern auch Heilerin.«

Fragen füllten die Gedanken von Tochter, aber ihre Kehle war so eng vor Dankbarkeit, dass sie aus ihrer Schale mit Tee trinken musste, bevor sie ihre Stimme wiederfand. »Und wenn die Zeit vorbei ist, werdet ihr auf eure Insel zurückkehren?«, fragte sie schließlich.

»So wird es wohl sein«, sagte K'os, »aber bis nächsten Sommer ist eine lange Zeit, wir wollen abwarten und sehen, was geschieht.«

Tochter wollte fragen, ob sie mit ihnen zurückkehren könnte, aber warum um ein Versprechen bitten, das ihre Mutter vielleicht nicht würde halten können? Lieber dachte sie an all die guten Dinge, die eine Frau bekommt, wenn sie Frau von einem Mann ist – ihr eigenes *ulax*, Kinder und einen Mann, mit dem sie die Schlafstatt teilt. Sie dachte erneut an das Lächeln von Ghaden und die Güte, die aus seinem Gesicht schien. Um ihre Tränen zurückzuhalten, richtete sie den Blick auf die Flammen, die in der Steinlampe tanzten, und hörte K'os zu, die ihr sagte, wie sie ihren Mann erfreuen könne in der ersten Nacht, die sie zusammen verbringen würden.

An diesem Abend half K'os Tochter in dem *ulax* des obersten Jägers ihre Haare zu waschen, zuerst mit Harn, um das alte Öl herauszuziehen, dann mit drei Blasen frischem Wasser, um den Harn herauszuspülen. Sie rieben die Haare mit Lemminghäuten trocken, dann nahm K'os einen Elfenbeinkamm – ein Geschenk von den Frauen des obersten Jägers zur Verbindung von Tochter mit Ghaden –, um die Knötchen zu lösen.

Die Haare reichten Tochter fast bis auf die Hüften, und sie waren so dunkel, dass sie im Sonnenlicht zuweilen blau schimmerten. K'os kämmte die Strähnen mit frischem Robbenöl durch, dann rieb sie auch Gesicht, Arme und Brüste von Tochter mit Öl ein. Sie trat zurück und lächelte, als aber Tochter das Lächeln erwiderte, veränderte sich das Gesicht von K'os – ein rasches Straffen der Kinnbacken, ein Zusammenbeißen der Zähne, ein Ausdruck, zu flüchtig für Tochter, um ihn zu benennen.

»Du bist schön«, sagte K'os, »und es ist vielleicht gut, dass du nicht die Nadelzeichen der Ersten Menschen trägst, da du nun zum Flussvolk gehören wirst.«

»Auch viele Frauen vom Strand der Händler tragen keine Zeichen in ihren Gesichtern«, sagte Tochter; dies hatte sie gesehen, als sie in das Dorf gekommen waren.

K'os nickte und blinzelte, legte den Kopf zurück, um die Haare von Tochter zu betrachten.

»Ein Zopf könnte gut sein, Uutuk«, sagte sie schließlich,

»da du Frau von einem Flussmann wirst. Um deinem Mann zu zeigen, dass du sein Volk achtest.«

Tochter verzog das Gesicht. Ihr gefiel der Brauch der Ersten Menschen, dass eine Braut mit offenen Haaren zu ihrem Mann ging und sie dann am nächsten Tag zu einem Knoten im Nacken wand, ein stolzes Zeichen, dass sie als Frau anerkannt worden war.

»Ein kleiner Zopf«, sagte K'os und kniete sich neben Tochter, teilte mit den Fingern auf der linken Seite des Gesichtes von Tochter eine Strähne ab. Als sie fertig war, band sie ein Stück Sehnengarn darum und hob dann die Hand von Tochter an den Zopf. »Hier, siehst du?«

Tochter lächelte. Er war nicht dicker als ihr kleiner Finger, doch wie K'os sagte, würde er von Achtung für die Gebräuche von Ghaden künden, wenngleich das meiste von ihren Haaren noch offen über ihre Schultern fiel, wie es die Haare einer Frau sollten.

»Du bist schön«, sagte K'os wieder, »und wenn du an alles denkst, was ich dich gelehrt habe, wie eine Frau ihren Mann erfreuen ...«

Sie wurde von einer Stimme unterbrochen, die vom Dach des *ulax* kam. Es war einer von den kleinen Söhnen des obersten Jägers. Er sprang von der Mitte des Kletterstammes auf den Boden. Der Packen, den er bei sich hatte, war beinahe so groß wie er. »Hier, für dich, von dem Flussmann. Von dem, der nicht Händler ist.«

Der Packen war viereckig und aus gehärteter Karibuhaut gemacht, an allen Nähten mit *babiche* eingefasst, ähnlich wie ein Vorratspacken, den K'os in der Kindheit von Tochter benutzt hatte, bis er in der feuchten, nebeligen Luft ihrer Insel verrottet war. Tochter band die Klappe auf und griff hinein. Sie hielt den Atem an, als sie den weißen Karibuparka hervorzog.

»Für dich! Für dich!«, rief der Sohn des obersten Jägers. Seine dünnen Arme zuckten, als er tanzend einen kleinen Kreis vollführte und mit den Füßen das Gras und das Heidekraut auf dem harten Lehmboden aufwarf. »Und Gamaschen. Schau hinein.«

Tochter zog die Gamaschen hervor. Sie waren aus ganz kleinen Fellen von rötlicher Färbung gemacht. Sie stand auf und hielt den Parka und die Gamaschen in die Höhe, damit ihre Mutter sie sehen konnte.

»Der Parka ist Karibu«, sagte Tochter, »aber was sind die Gamaschen?«

»Rotes Eichhörnchen«, sagte ihre Mutter. »Sie sind warm und leicht und sollten mehr als einen Winter halten.«

Die dritte Frau des obersten Jägers, eine Frau, die eine Vorliebe hatte für Halsketten und schöne Kleidung, kam aus ihrem Schlafplatz, und als sie den Parka sah, bekundete sie lauthals ihren Neid. Sie befühlte den Pelzbesatz und zählte die Schnäbel von Goldspechten. Die Freude von Tochter äußerte sich in perlendem Gelächter.

»Du bist von den Ersten Menschen und an deinen *sax* gewöhnt«, sagte K'os, »aber du musst die Geschenke von Ghaden tragen.«

Tochter legte eine Hand an ihren Lund-*sax*. Sie hatte ihn für diese Nacht ausgebessert und gesäubert, und er war ein Andenken an ihre Insel, aber sie wusste, dass K'os Recht hatte. Sie musste die Wege des Flussvolkes lernen.

Sie hatte keine Gamaschen getragen, seit sie ein kleines Mädchen war, und bald brachte sie die Frau und den Sohn des obersten Jägers zum Lachen, als sie sichtlich um ihr Gleichgewicht bemüht, zuerst auf einem Bein stehend und dann auf dem anderen, die Gamaschen anzog. K'os half ihr mit dem Parka, dann nahm sie eine Kette von ihrem Hals und streifte sie über den Kopf von Tochter.

»Dein Vater wünscht, dass du sie trägst«, sagte sie.

Tochter dankte K'os, aber die Halskette wirkte dunkel und alt gegen das Weiß des Parkas, als würden die Hände ihres Vaters wieder einmal zu nahe verweilen.

Die Zähne von Qung waren vom Alter so abgenutzt, dass ihr Mund wie eine breite, leere Höhle aussah, wenn sie lächelte. Ihr Lachen kam tief aus ihrer Kehle, und ihr Glück vertiefte die Runzeln in ihren Wangen.

»Eine Frau!«, sagte sie zu Ghaden. »Du bist ja kaum ein Mann! Wirst du wissen, was du mit ihr anfängst?« Sie machte eine Reihe derber Scherze, und es war so eigenartig, sie aus dem Mund einer alten Frau zu hören, dass Ghaden lachen musste.

»Ich habe Essen genug für alle«, sagte Qung. »Oder willst du die Nacht in dem *ulax* des obersten Jägers verbringen? Du und deine Braut seid hier willkommen, sollst du wissen.«

Ghaden sah die Hoffnung in ihren Augen, und auch er machte einen Scherz und sagte: »Es sind mehr Menschen als Schlafplätze in seinem *ulax*. Denkst du, meine Frau und ich wollen unser erstes Lager mit dem obersten Jäger teilen?«

Qung lachte. Sie kroch zu der Bodennische, in der sie ihre Vorratsbeutel mit getrocknetem Fleisch und Fisch aufbewahrte. Sie zog sie heraus, einen nach dem anderen, kramte darin und häufte Fisch und Karibufleisch auf die Matten neben ihrer Öllampe.

»Du kannst gehen und sehen, ob jemand Seeigel zum Tauschen hat«, sagte sie zu ihm, indes sie geschälte Stängel von *iitikaalux* neben dem Fleisch auslegte.

Er hätte lieber in dem *ulax* auf Robbe gewartet, der Uutuk bringen würde, aber Ghaden tat, worum Qung gebeten hatte. Die Gedanken an Uutuk vertrieben sein Bedürfnis nach Nahrung, aber Robbe würde gewiss essen wollen.

Wenigstens waren sie nicht in einem Flussdorf. Dort würde die Verbindung von Mann und Frau mit einem Fest und einer langen Nacht mit Tänzen, Gesängen und Rätseln begangen werden. Die Ersten Menschen waren da weiser, und sie begingen nichts weiter als die Übergabe des Brautpreises.

Er brauchte nicht lange, um jemanden mit Seeigeln zu finden, ein Mädchen, das bereit war, eine Halskette zu nehmen für das, was sie einen Morgen lang gesammelt hatte.

Als Ghaden kurz darauf in das *ulax* zurückkam, waren Robbe und Uutuk da.

Uutuk trug den Karibuparka und die Gamaschen; ihre Haare waren ein dunkler, glänzender Fluss über dem Weiß des Parkas.

Lobpreisungen ihrer Schönheit füllten den Mund von Ghaden, aber ein Mann sagte solche Dinge nicht zu seiner Frau, damit es nicht aussah, als würde er sich selbst loben; deshalb hielt er nur den Beutel mit Seeigeln hoch und sagte: »Seeigeleier für unser Fest.«

Robbe hockte sich neben die Matten mit Essen und nahm den Fisch und das Fleisch, die Qung ihm anbot. Sie gab ihm eine Schale mit Robbenöl zum Eintunken, und Uutuk schöpfte Brühe aus dem Beutel aus Karibuhaut, der über der Öllampe hing. Sie gab Robbe die erste Schale. Er hob sie an den Mund und schlürfte laut zum Zeichen der Anerkennung.

Sie füllte eine andere Schale und gab sie Ghaden. Er versuchte, ihren Blick aufzufangen, doch sie hielt das Gesicht gesenkt. Dies war Brauch bei den Bräuten der Ersten Menschen, aber er war enttäuscht. Er hatte gehofft, sie würde Freude zeigen, weil sie seine Frau war, oder wenigstens Dankbarkeit für den Parka.

Robbe beugte sich zu seiner Tochter vor und fuhr mit einer Hand über die Vogelschnäbel; einen Augenblick ruhte seine Hand auf den Hügeln der Brüste von Tochter. Zorn füllte den Mund von Ghaden, aber er schloss fest die Lippen darüber, schluckte ihn hinunter, und nahm das Tun von Robbe als Anerkennung.

Sie aßen meist schweigend, und Uutuk bediente sie, als wäre sie seit langem seine Frau. Als Robbe und Ghaden fertig waren, nahm Qung sich kühn das übrige Essen.

»Wo ist dein Vater?«, fragte sie Ghaden, den Mund voll gestopft mit getrocknetem Fisch.

»Habe ich es dir nicht gesagt?«, fragte Ghaden. »Er und zwei andere Händler haben beschlossen, zu einem Dorf im Westen vom Strand der Händler zu fahren.«

Qung hob eine Schale mit Brühe an den Mund und sah Ghaden über den Rand hinweg an. »Er sollte hier sein«, sagte sie.

»Sie wollen fünf oder sechs Tage fortbleiben. Ich habe beschlossen, nicht auf ihn zu warten.«

»Eine gute Entscheidung«, sagte Robbe. Seine Stimme war beinahe zu laut, um höflich zu sein.

»Er sollte hier sein«, sagte Qung wieder.

»Aber er ist nicht hier«, erwiderte Ghaden bestimmt. Wer war Mann, und wer war eine alte Frau? Sollte ein Jäger zulassen, dass Qung für ihn Entscheidungen traf?

Dann kniete Uutuk sich neben Robbe und bat: »Willst du jetzt meine Mutter holen? Sie soll nicht von dem Festmahl ausgeschlossen sein.«

»Sie ist glücklich in dem *ulax* des obersten Jägers«, sagte Robbe. »Sie braucht nicht hier zu sein.«

»Ich möchte, dass sie hier ist«, sagte Uutuk.

»Ich hole sie«, sagte Ghaden, froh, aus dem *ulax* zu kommen, fort von den Fragen und Forderungen von Qung.

Tochter sah ihn mit leuchtenden Augen an, und seine Wangen brannten, als wäre er ein kleiner Junge, der zum ersten Mal daran dachte, bei Frauen zu liegen.

Als Ghaden hinausging, beschäftigte Tochter sich damit, das Essen auf den Matten neu auszulegen, während Qung weiteraß, und als Tochter von draußen Stimmen hörte und Erdkrumen von den Sparren des *ulax* herabfallen sah, stand sie auf und zog ihren Parka gerade. Für ihre Mutter, sagte sie sich, aber Ghaden kam als erster den Kletterstamm hinunter, und sie musste den Kopf senken, als sie das Begehren in seinem Gesicht sah.

Sie wandte sich ab, stellte sich auf die Zehenspitzen, um an eine Blase mit Wasser zu gelangen. Dann waren die Hände von Ghaden auf ihren, sein Leib eng an ihren Rücken gedrückt, und er zog die Blase herunter, hielt sie fest, bis Uutuk ihn ansah. Sein Lächeln machte, dass der Bauch von Tochter sich zusammenzog und ihr der Atem stockte.

K'os brach das Schweigen mit Lob für das Essen und den Parka. Sie fragte Ghaden nach seiner letzten Karibujagd, und Ghaden hockte sich neben sie und antwortete ihr achtungsvoll, als wäre sie seine eigene Mutter.

Aber Tochter, die beide beobachtete, während sie aß, sah die Wachsamkeit in den Augen von Ghaden, hörte die Vorsicht in seinen Antworten und sah, dass auch K'os auf der Hut war, steif und besonnen, wie sie selten zu einem Mann war.

Als die Frauen sich satt gegessen hatten und Qung und Tochter das Essen forträumten, begriff Tochter, und die Wahrheit pikte in ihrem Kopf wie ein Stein in einem Stiefel aus Robbenflossen.

Ghaden und ihre Mutter konnten sich nicht leiden. Warum war K'os aber dann so erpicht darauf gewesen, dass Tochter Frau von Ghaden wurde?

K'os wandte sich fort von Ghaden, sprach einen Segen in der Flusssprache, den Tochter noch nie gehört hatte, etwas von Frauen und Männern und Kindern.

»Ein Segen für die Verbindung von Mann und Frau«, sagte K'os und übersetzte ihn für Robbe.

Er nickte zum Zeichen der Zustimmung und fügte einen Segen der Ersten Menschen an, machte dann einen Scherz über Schlafplätze und die Geheimnisse, die Frauen zwischen ihren Beinen bergen.

Ghaden lachte, und Qung ebenso, K'os aber stimmte nicht ein. Sie hatte ein Lächeln im Gesicht, und Tochter erkannte, dass es ein Händlerlächeln war, eine geheime Freude, nicht in Worte gefasst, auf dass der Handel weiterhin gedeihe.

Als Qung ihre Alte-Frau-Stimme zu einem Gesang über das Bekommen von Kindern erhob, standen K'os und Robbe auf, nahmen Tochter an den Armen und schoben sie zu einem Schlafplatz. Dann schloss sich der gewebte Grasvorhang hinter ihr, und für wenige Augenblicke war Tochter allein.

Im Dunkeln konnte sie noch das Lächeln ihrer Mutter sehen, und sie fragte sich, welchen großen Schatz K'os zum Tausch für das Leben einer Tochter in ihren Besitz zu bringen gedachte.

26

Vor zwei Sommern hatte Tochter sich mit Weißer Lachs vereint. So viele Frauen in ihrem Dorf waren zwölf Monde nach ihrer ersten Mondblutung schon als Frau erwählt worden, dass Tochter sich sorgte, sie würde, von einigen älteren Witwen abgesehen, die einzige Frau ohne Mann sein.

Als Weißer Lachs Gefallen an ihr bekundete, hatte sie mit ihm zusammengelegen. Schließlich hatte K'os sie sorgfältig darin unterwiesen, wie man einen Mann erfreute.

Als sie nun auf Ghaden wartete, wünschte sie, sie hätte sich für ihren Mann aufbewahrt. Er war beim Flussvolk groß geworden. Wie oft hatte K'os ihr gesagt, dass Flussmänner ihre Frauen nicht gerne teilten, außer mit ihren Jagdgefährten? Wenn er entdeckte, dass sie schon einen Mann gekannt hatte, würde er sie dann verstoßen? Selbst in der Wärme des mit Fellen ausgelegten Schlafplatzes war ihr plötzlich kalt.

Dröhnendes Gelächter drang aus dem *ulax* zu ihr, und der Vorhang wurde aufgerissen. Man schob Ghaden zu ihr hinein. Robbe rief einen derben Scherz, aber in dem Licht, das durch das gewebte Gras des Vorhangs sickerte, sah Tochter, dass Ghaden nicht lachte. Seine Augen waren sanft. Er hob die Hände, berührte ihren Nacken, dann hob er ihre Haare an und strich sacht mit seinen Fingern über ihren Hinterkopf.

»Ich wollte dein Haar schon seit langem berühren«, sagte er. »Es ist so weich wie der Flaum von Gänsen.« Er sprach in der Sprache der Ersten Menschen, und sie fühlte sich dadurch noch mehr geachtet als durch sein Lob.

Er hatte seinen Parka ausgezogen, was der Grund für das Gelächter gewesen sein mochte, und sie sah, dass er seine Haut mit Öl eingerieben hatte. Sie legte ihre Hände auf seine Brust. Seine Wärme zog die Kälte aus ihren Fingern und etwas von der Furcht aus ihrem Herzen. Er blickte ihr ins Gesicht, als sähe er sie zum ersten Mal, und drückte seine Wange an ihre. Sie schauderte, schlang die Arme um seine breiten Schultern. Seine Muskeln waren stramm und hart unter seiner Haut.

Auf einmal kamen Erinnerungen an Weißer Lachs zu ihr, als hätte er sich zwischen sie gedrängt. Tochter wollte nicht an ihn denken, an seine Hände, die ihre Haut streichelten, an seinen Leib in ihrem. Ghaden nahm ihre Brüste in seine Hände, und Tochter hielt den Atem an. Doch in der stickigen Hitze des Schlafplatzes schob Weißer Lachs sich abermals zwischen sie, ein lästiger Geist.

»Mein Mann«, flüsterte Tochter, »es gibt etwas, das du wissen musst.«

Ghaden drückte seine Finger auf ihre Lippen, drehte sie herum, sodass sie an seiner Brust lehnte, dann hob er sie auf seinen Schoß, als wäre sie ein Kind. Sein Mund war so nah, dass seine Worte ein sanfter Hauch an ihrem Ohr waren.

»Meine kleine Frau«, sagte er, »gewiss hat Qung dir erzählt, dass meine Mutter von den Ersten Menschen war. Wenngleich ich beim Flussvolk aufgewachsen bin, kenne ich die Wege der Ersten Menschen. Du hast andere Männer in deinem Schlafplatz gehabt.«

Es war keine Frage, und daher wusste Tochter, dass sie ihm nicht antworten musste, doch sie sagte: »Nur einen, und ich dachte, er würde mein Mann, aber Robbe wollte seinen Brautpreis nicht annehmen.«

Ghaden hob den Kopf, und sie hielt ihre Hand an die Augen, drückte die Finger auf die Lider, um die Tränen zurückzudrängen. Was würde K'os sagen, was würde Robbe tun, wenn ihr Mann sie verstieße, noch bevor die Nacht zu Ende war?

»Wünschst du dir, du wärst jetzt bei ihm?«, fragte Ghaden.

»Nein!«

Ghaden gab ein merkwürdiges Geräusch von sich, und Tochter sah erstaunt, dass er lachte. »Sprich leise, Frau. Sie denken sonst, du hast mich zurückgewiesen.«

Sie sah ihm ins Gesicht, dann setzte sie sich auf seinem Schoß so hin, dass sie die Beine um seine Mitte schlang. »Ich werde meine Insel vermissen.« Es waren Worte, die sie ihm nicht zu sagen gedacht hatte, doch so wenig sie ihn kannte, hatte sie doch schon erfasst, dass Ghaden ein Mann war, dem man Geheimnisse erzählen konnte. »Ihn werde ich nicht vermissen.«

»Bestimmt nicht?«, fragte er.

Sie hob die Hände und streichelte sein Gesicht. »Ich werde dir auf immer eine gute Frau sein«, sagte sie.

Er beugte sich vor und bettete sie auf die Schlaffelle, legte sich auf sie. Dann konnte sie das Gesicht von Weißer Lachs nicht mehr sehen, konnte sich nicht einmal mehr erinnern, wie er aussah. Es gab nur Ghaden.

Als ihre Vereinigung vollzogen war, schlief Ghaden ein, ein Bein über sie geworfen, eine Hand auf ihrer Brust. Eine Weile lag Tochter wach und spürte, wie der Samen ihres Mannes aus ihrem Leib lief.

Bei allen Ratschlägen, welche K'os ihr für die Vereinigung mit einem Mann gegeben hatte, war nie die Rede davon gewesen, dass auch eine Frau Vergnügen daran finden konnte. Vielleicht war dies so selten, dass K'os selbst es nie erlebt hatte.

In ihrer Freude konnte Tochter den Großvater ganz nahe fühlen, und sie fragte sich, ob es ihm möglich gewesen war, mit ihr von ihrer Insel zu kommen. Vielleicht durch den Sand in ihrem Amulett oder durch die Perle des Bootvolkes, die sie an ihrem Hals trug. Er freute sich für sie. Sie zweifelte nicht daran, und irgendwie wusste sie, was er zu ihr sagen würde.

»Zweifle nicht an deinem Glück, aber hüte dich, es K'os zu erzählen. Sie ist keine Frau, die sich am Glück anderer erfreut.«

Wie weise, dachte Tochter, als der Schlaf zu ihr kam. Dem Großvater war immer mehr Weisheit gegeben als anderen Männern. Wie gut, dass der Tod sie ihm nicht genommen hatte.

Ihr Schlaf war tief und fest, ein Schlaf ohne Träume, und sie wachte erst auf, als sie die Arme von Ghaden fühlte, die sie umfingen. Sie lächelte, glaubte, dass er sie wieder begehrte, doch als sie eine Hand zu seinen Lenden schob, nahm er ihre Finger in seine und sagte: »Horch.«

Selbst durch die dicken Wände des *ulax* konnte Tochter das Stöhnen des Windes hören, als er an den Erdwänden zerrte.

»Ein Sturm«, sagte sie und schmiegte sich eng an Ghaden.

Er rückte von ihr ab und setzte sich auf. Enttäuschung legte sich schwer auf ihre Brust, und sie musste unwillkürlich an Weißer Lachs denken, wie seine Zuneigung für sie jedes Mal schwand, wenn ihre Vereinigung vollzogen war. Die Zärtlichkeit von Ghaden hatte sie hoffen lassen, dass er anders sei.

»Mein Vater«, sagte er.

Da schämte sich Tochter ihrer Selbstsucht. »Wann ist er aufgebrochen?«

»Gestern am frühen Morgen.«

»Sie sind zu einem anderen Dorf der Ersten Menschen gefahren, um dort zu handeln?«, fragte Tochter, und ohne ihm Gelegenheit zur Antwort zu geben, fuhr sie fort: »Wie viele Tage sind es bis zu dem Dorf?«

»Zwei.«

»Wollten sie die Nacht an einem Strand verbringen?«

»Nein«, sagte Ghaden leise. »Es gibt keine guten Strände zwischen diesem Dorf und jenem. Ich habe andere Händler von dieser Fahrt erzählen hören. Über Nacht binden sie ihre *iqyan* mit ihren Paddeln zusammen, sodass jeder Mann ein wenig schlafen kann, während die anderen wachen.«

Tochter hörte die Furcht in der Stimme von Ghaden, und sie griff nach ihrem Amulett, nahm es in die Hände und drückte es an die Brust ihres Mannes.

Trotz des Sandes, den es aus dem Amulett ihres Großvaters enthielt, war es nur das Amulett einer Frau, allenfalls stark genug, um ihr zu helfen, ein paar Seeigel zu finden, um Büschel von Korbgras über den Winter lebendig zu halten, sodass neues Gras aus dem alten wachsen konnte. Nicht mächtig genug, um das Leben eines Mannes zu retten.

Aber Ghaden schloss seine Hand um ihre und hielt das Amulett mit ihr, und Tochter hoffte, dass ihre gemeinsam emporsteigenden Gebete stärker sein würden als jene, die einer allein hinaufschicken konnte.

Herendeen-Bucht, Alaska
602 v. Chr.

Sobald sie die letzten Worte gesprochen hatte, stand Qumalix auf und trat fort von Himmelfänger. Ehe er viele Klagen äußern konnte, hob Qumalix eine Hand und sagte: »Siehst du diese Wolken? Sie bringen Regen. Du hast keine Frau, die sich um deinen *sax* kümmert, wenn er nass wird.«

»Ich bin nicht hilflos«, sagte er und schürzte schmollend die Lippen. »Ich weiß, wie man einen nassen *sax* behandelt.« Aber er stand auf, und als Qumalix sich auf den Weg ins Dorf machte, folgte er ihr.

»Ich möchte wissen, was Cen zugestoßen ist«, rief er ihr zu. »Ist er in dem Sturm gestorben?«

»Das wirst du erfahren, wenn ich das nächste Mal in der Behausung der Geschichtenerzähler an der Reihe bin.«

Er holte sie ein, drängte sie zur Seite in das höhere Gras, sodass er in der Mitte des Pfades ging.

»Du könntest mir die Geschichte jederzeit erzählen. Wir können einen Platz finden, wo wir allein sind. Ich habe ein Händlerboot, darunter können wir uns setzen, und wir bleiben trocken.«

Sie wölbte eine Hand vor ihren Mund und hustete, räusperte sich und spuckte ins Gras. »Ich habe genug erzählt für einen Tag«, sagte sie. »Meine Stimme muss ausruhen.« Sie fiel auf dem Pfad hinter ihm zurück, ein Regentropfen platschte ihr ins Gesicht. »Spute dich«, sagte sie zu Himmelfänger, wenngleich es ihr nicht viel ausmachte, nass zu werden. Die Lundhäute von ihrem *sax* stießen das Wasser gut ab.

Himmelfänger fiel in einen gemächlichen Trab, und sie desgleichen. Der Regen zerriss die Wolken, strömte schwer und kalt herab. Himmelfänger fing an zu rennen, aber Qumalix hielt ihren gemächlichen Schritt bei und dankte dem Himmel.

Yikaas kroch aus dem Schlafplatz, schüttelte den Kopf über das törichte Kichern der zwei Schwestern. Er hatte Erleichterung gefunden in ihren Körpern, aber ihm war unwohl zu Mute, er fühlte einen Schmerz in seinen Eingeweiden, als hätte er über seine Bedürfnisse hinaus geprasst, und war beschämt über seine Gier. Wie konnte er denken, er sei weise genug, um Geschichtenerzähler zu sein, wenn er mehr nahm, als ihm zustand, sogar von Frauen?

Schlimmer noch, wie konnte er sich diese zwei vom Halse schaffen? Jede Nacht, die er hier verbringen würde, jedes Mal, wenn er in ihr Dorf käme, würden sie ihn in Anspruch nehmen. Was, wenn Qumalix es herausfände?

Er streifte seinen Parka über und zog seine Karibugamaschen zurecht. Du sorgst dich wegen Qumalix?, fragte er sich. Warum? Sie ist Geschichtenerzählerin, mehr nicht. Überdies hatte sie es vorgezogen, den Tag mit Himmelfänger zu verbringen. Als er selbst in die *chisum naga* der dicken Schwester eingedrungen war, da hatte Himmelfänger vielleicht dasselbe bei Qumalix getan.

Der Gedanke stieß Zorn in die Brust von Yikaas wie eine Speerspitze.

»Du hast keinen Anspruch auf sie«, sagte er und merkte nicht, dass er laut gesprochen hatte, bis die dünne Schwester ihre Hand auf seinen Rücken legte und sich vorbeugte, um in sein Gesicht zu sehen. Sie stellte eine Frage in der Sprache der Ersten Menschen. Yikaas hob die Schultern und schüttelte den Kopf, um zu zeigen, dass er nicht verstand. Er war ansonsten immer höflich gewesen zu Frauen, die ihn in ihre Schlafstatt genommen hatten, aber was konnte er zu zwei Mädchen sagen, die die Flusssprache nicht verstanden?

Er zog zwei Halsketten aus einem Päckchen. Sie waren nichts Besonderes, längliche Perlen aus Vogelknochen, und er sah einen Schatten der Enttäuschung über das Gesicht der Schwester huschen, aber er gab ihr die Halsketten und wies mit der Hand zu dem Kletterstamm. Er versuchte zu lächeln, doch es gelang ihm nicht recht. Schnell kletterte er den Stamm hinauf und stöhnte, als er sah, dass es regnete.

Das Gras, das auf dem Dach des *ulax* wuchs, war glitschig, und als er zum Rand ging, rutschten seine Füße unter ihm weg; er schlitterte auf die Erde und landete hart auf seinem Hinterteil. Er hörte Gelächter, wandte den Kopf und sah Qumalix. Wasser tropfte von den Federn ihres *sax*.

»Du bist nass«, sagte er zu ihr, und sie sah ihn mit gerunzelter Stirn an.

»Ich war draußen und habe Geschichten erzählt.«

Sie sah hoch, als die Schwestern über die Kante des *ulax* lugten. Sie trugen nur ihre Grasschürzen. Die Dünne sagte etwas und warf sich in die schmale Brust, als sei sie stolz auf sich.

Qumalix übersetzte für Yikaas. »Sie sagt, es ist zu schade, dass du auf deinen Füßen nicht so gut bist wie im Bett.«

Yikaas stand auf, wischte mit der Hand über die Vorderseite seines Parkas. »Du warst bei Himmelfänger«, sagte er, aber kaum waren die Worte aus seinem Mund, da wünschte er, er könnte sie zurücknehmen.

»Was meinst du damit? Wenn ich hier gewesen wäre, dann wäre ich die glückliche Frau gewesen, die das Bett mit dir hätte teilen dürfen?« Qumalix kehrte ihm und den Schwestern den Rücken zu und machte sich auf den Weg zu der Behausung der Geschichtenerzähler.

Die Schwestern riefen zu ihm hinunter, aber er achtete nicht auf sie. »Qumalix!«, rief er. »Qumalix, warte!«

Sie ging nicht langsamer, hielt nur die Hand über den Kopf, als könnten ihre Finger sie vor dem Regen schützen.

Yikaas hörte jemanden hinter sich und drehte sich um, bereit, die Schwestern schroff zurückzuweisen. Stattdessen blickte er in das Gesicht von Himmelfänger.

»Sie ist deinen Kummer nicht wert«, sagte er in der Flusssprache; seine Worte waren gestelzt und gebrochen. »Die da denkt an nichts anderes als Geschichten.«

Yikaas nickte grimmig, doch als der Mann fortging, ließ er das Lächeln, das hinter seinen Zähnen lauerte, auf seinen Lippen spielen.

Der schwere, kalte Regen trieb die Händler vom Strand herein, und die Behausung roch nach nassen Parkas und Schlamm, denn die Füße der Männer hatten den festgestampften Boden zu einer dicken Lehmsuppe aufgewühlt.

»Setzt euch!«, rief Qumalix, und ihre Stimme klang fremd und schrill. Sie war enttäuscht von Yikaas und zürnte sich selbst deswegen. Gab es einen besseren Weg, etwas von diesem Zorn abzuschütteln, als zu versuchen, Ordnung in das Durcheinander in der Behausung der Geschichtenerzähler zu bringen? »Setzt euch«, rief sie wieder. »Braucht irgendjemand Wasser?«

Sogleich fing sie an, Blasen mit Wasser herumzureichen;

andere kramten in Packen und Beuteln nach geräuchertem Fisch und süßen getrockneten Beeren. Nicht lange, und Feuchtigkeit und Schmutz verloren sich in dem Gelächter der Menschen, die beschlossen hatten, aus den Unbilden ein Fest zu machen. Qumalix hob ihren Arm und zeigte auf Yikaas, der soeben in die Behausung getreten war. »Du musst eine Geschichte erzählen«, sagte sie, dann stellte sie sich auf die Zehenspitzen, um über die Menge hinwegzusehen. »Wenn du nicht willst, Kuy'aa ist auch hier.«

»Ich werde eine Geschichte erzählen«, sagte Yikaas.

»Von der Vereinigung mit Frauen von den Ersten Menschen, ohne Zweifel«, sagte Qumalix spitz.

»Wir haben zumeist Händler hier«, sagte Yikaas, ohne auf den Stachel zu achten. »Vielleicht möchten sie gern eine Geschichte von einem der ihren hören. Ich weiß eine gute.«

Qumalix schnippte mit den Fingern zu Yikaas hin, beinahe eine Kränkung. »Erzähl deine Geschichte. Ich werde froh sein, sie zu hören.«

Aber die Unruhe in der Behausung war wieder größer geworden, und so stieß Yikaas einen kurzen, scharfen Pfiff zwischen seinen Zähnen aus.

Der Lärm verstummte, und Yikaas sagte: »Die junge Frau neben mir bittet um eine Geschichte von Händlern.«

Wie mit einer Stimme bekundeten die Männer in der Behausung laut ihre Zustimmung.

In diesem Augenblick kam Himmelfänger den Kletterstamm hinunter. Sein *sax* war durchnässt, und seine Beine waren mit Schlamm bespritzt. Die Männer, die nahe bei dem Stamm saßen, murrten unwillig, als er das Wasser von seinem *sax* schüttelte.

Himmelfänger tat, als hörte er sie nicht. »Yikaas wird eine Geschichte von Händlern des Flussvolkes erzählen«, sagte er. »Wie viele von euch sind vom Flussvolk?« Er stand mit vorgerecktem Kinn, seine Lippenpflöcke sahen aus wie die Stoßzahne von einem Walross. »Ihr wollt eine Geschichte. Ich werde euch eine Geschichte erzählen, und es wird eine von Händlern der Ersten Menschen sein.«

Ein leises Murren ging durch die Behausung, die Händler vom Stamm der Ersten Menschen und jene vom Flussvolk stritten miteinander. Das Herz von Qumalix tat einen Ruck. Wie konnte eine Frau einen Streit zwischen Männern schlichten?

»Yikaas zuerst«, rief sie. »Weil er zuerst gebeten wurde.« Aber ihre Stimme ging in der Auseinandersetzung unter. Plötzlich war sie sehr zornig. Sie bahnte sich zwischen den Händlern einen Weg zu dem Kletterstamm, packte Himmelfänger an seinem schmutzigen Knöchel und zog ihn unsanft herunter. Es war nicht tief, und er landete heil auf den Füßen. Ehe er widersprechen konnte, kletterte Qumalix den Stamm so weit hinauf, bis sie einen Kopf größer war als die Männer in der Behausung. Sie wölbte die Hände um ihren Mund und rief, aber niemand schien sie zu hören.

Plötzlich durchschnitt der schrille Pfiff von Yikaas abermals den Lärm, und in dem Augenblick der Stille, der darauf folgte, sagte Qumalix: »Ihr Händler seid gekommen, um eine Geschichte zu hören, aber ihr vergesst, dass wir dank der Gastlichkeit anderer Menschen in dieser Behausung sind. Wir trinken ihr Wasser und machen ihren Boden schmutzig und hinterlassen den Gestank von unseren Parkas in diesen Wänden.«

Als sie begonnen hatte, war raues Gelächter ertönt, doch jetzt waren die Männer still, und eine der wenigen Händlerfrauen in der Gruppe schlug ihren Mann mit dem Handrücken und sagte laut genug, dass es alle hören konnten: »Wie würde es dir gefallen, wenn dieser ganze Schmutz in deiner Behausung wäre?«

Sie murmelten Entschuldigungen, doch Qumalix sagte: »Niemand hat euch gesagt, dass es euch Leid tun soll, aber ihr solltet höflich sein. Yikaas wurde aufgefordert, die erste Geschichte zu erzählen. Wenn er fertig ist, kommt Himmelfänger an die Reihe. Die Wolken sind dick, der Regen wird uns nicht so schnell verlassen. Wir werden viel Zeit für Geschichten haben.«

Sie nickte Yikaas zu und sagte: »Wir sind bereit, deine Geschichte von Händlern zu hören.«

Yikaas sah, dass Qumalix die Mundwinkel zu einem halben Lächeln hob, und ihre Augen leuchteten, als sie ihn ansah, aber er zog seine Gedanken fort von ihr und holte die Erinnerung an schwere See und peitschende Winde in seinen Sinn.

Als Yikaas mit der Geschichte begann, war er Cen.

27

Beringmeer
6435 v. Chr.

DIE GESCHICHTE VON CEN

Sie hatten ihre drei *iqyan* zusammengebunden, das größere *iqyax* von Hundefüße in der Mitte, das von Cen und Der-den-Weg-weist je an einer Seite. Wenn die einzigen Strände tückischer waren als das Meer, wie sollten Händler anders über Nacht für ihre Sicherheit sorgen?

Ein klarer Himmel war ihnen beschieden, und sie sahen kein Zeichen, das auf einen Sturm hinwies, keinen Dunst, der Regen ankündigte, keine dünnen weißen Linien auf dem Meer, die daher rührten, dass ein entfernter Wind Schaumkronen aufwarf. Selbst die Luft roch nach Fisch und Seetieren und hatte nicht den Geruch von Wäldern oder fernen Ländern, den fremde Winde herbeitrugen.

Sie hatten bestimmt, dass Der-den-Weg-weist Wache hielt, während Cen und Hundefüße schliefen. Spät in der Nacht hörte Cen, wie er Hundefüße für die zweite Wache weckte. Cen wurde munter genug, um einen Blick auf das schwarze Meer zu werfen. Er rieb sich die Augen und blinzelte zum Himmel. Es waren keine Sterne zu sehen, aber das war nicht verwunderlich. Was Wolken nicht verdeckten, verdeckte oft der Nebel. Ein leichter Wind war aufgekommen, Cen vermutete, von Westen – ohne Sterne und eine klare Sicht auf die Wasserströmungen war es schwer zu sagen –, aber das Meer war noch fast ruhig, hob und senkte sich in einem sanften Gleichmaß, lullte ihn wieder in den Schlaf.

Als er die Stimme von Hundefüße hörte, dachte er, er wäre

mit Wachen an der Reihe und war daher erstaunt zu sehen, dass der Himmel noch schwarz und im Osten keine Spur von Dämmerung zu erkennen war. Hundefüße konnte nicht seine volle Zeit gewacht haben. Cen kannte den Mann nicht gut, aber er war wohl nicht viel wert, wenn er mit der Länge seiner Wache betrog. Dennoch, sagte sich Cen, war es besser, ein wenig geschlafen zu haben als gar nicht. Er hatte dieselbe Fahrt schon allein gemacht, hatte nur hier und da ein paar Augenblicke Schlaf gefunden in der langen, strandlosen Nacht zwischen dem Dorf der Händler und der Anhäufung von Dörfern der Ersten Menschen im Westen.

»Bin ich an der Reihe?«, fragte er und bemühte sich, die Empörung aus seiner Stimme zu halten.

»Nein«, antwortete Hundefüße, und im Dunkeln hörte Cen das Paddel des Mannes tropfen, als er das Blatt aus dem Wasser hob. »Was hältst du davon?«

Cen setzte sich in seinem *iqyax* aufrecht. Er sah nichts als Dunkelheit.

»Wovon?«, fragte er, und diesmal bemühte er sich nicht, seine Wut zu verbergen. Hundefüße war ein junger Mann, der sich vermutlich allen möglichen Ängsten anheim gab. Er hatte zu viele Geschichten vom Blau-Eis-Volk und von Seeungeheuern gehört.

»Hör mal.«

Zuerst hörte Cen nichts als die Wellen, die an ihre *iqyan* schlugen, dann aber erhob sich über diesen sanften Stimmen ein Heulen, das aus vielen Kehlen sprang.

»Wölfe«, sagte er. »Wir müssen nahe am Land sein.«

»Nein, horch!« Die Stimme des jungen Mannes war angespannt vor Angst.

Der-den-Weg-weist rief aus dem anderen *iqyax.* »Was gibt es? Seid leise, ihr zwei. Ich muss schlafen.«

»Das sind keine Wölfe«, sagte Hundefüße. Er zeigte auf eine undeutliche weiße Masse, die über das Wasser auf sie zukam. »Siehst du?«

Die Kehle von Cen schnürte sich zusammen, nahm ihm den Atem. Wenn sie in dem Meer gewesen wären, das im Süden der Inseln der Ersten Menschen liegt, hätte er gedacht, es sei eine Flutwelle, aber solche Wellen gab es hier im Nordmeer nicht, wenngleich ein Beben das Wasser in solche Höhen heben konnten, dass es die meisten Boote zum Sinken brachte.

Der-den-Weg-weist rief: »Der Wind! Seht! Er treibt das Meer zu uns.«

Cen begann die Paddel aufzuschnüren, die sein *iqyax* mit den anderen verbanden, aber Hundefüße äußerte Widerspruch.

»Wir können mehr ausrichten, wenn wir zusammenbleiben.«

Der Wind war plötzlich so laut geworden, dass Cen kaum hören konnte, was Hundefüße sagte. »In einem Sturm, ja«, schrie Cen, »aber bei einer Welle wie dieser lenken wir unsere *iqyan* besser einzeln hinein, statt zu versuchen, auf ihr zu treiben.«

»Du bist ein Dummkopf!«, sagte Der-den-Weg-weist, und in dem Getöse von Wasser und Welle schien seine Stimme von weit her zu kommen.

»Tut, was ihr wollt«, sagte Cen zu ihnen, »aber ich versuche es allein.«

Im Dunkeln war es schwierig zu ermessen, wie nah die Welle war – näher, als Cen zuerst gedacht hatte, oder sie bewegte sich viel schneller, als eine Welle es sollte. Er kappte die letzte Verbindung, nahm sein Paddel und tauchte es ins Wasser. Er stieß sich fort von Hundefüße und Der-den-Weg-weist. Cen wusste, dass er der Welle nicht entkommen konnte, aber er paddelte mit aller Kraft.

Das Wasser unter ihm war aufgewühlt, wurde kabbelig, als hätte die See selbst Angst. Cen blickte zurück und sah, dass der Himmel sich geöffnet hatte, die dunklen Wolken waren aufgerissen. Er konnte Sterne in dem Spalt sehen, das letzte schwache Licht, das kurz vor Anbruch der Morgendämmerung scheint. Sie zeigten ihm, wo er sich befand, und er wusste, dass er zum Land paddelte. Nicht gut. Die Welle würde ihn in die Untiefen oder gegen eine Klippe schmettern. Er wendete und paddelte aufs Meer hinaus. Die Welle kam von Norden, und er lenkte sein *iqyax* nach Nordosten.

Aus den kabbeligen Wellen wurden hohe Wogen. Cen paddelte sein *iqyax* darüber hinweg, darauf bedacht, seinen Bug so auszurichten, dass es nicht kippte. Er musste aufrecht bleiben bis zu dem Augenblick, da die Welle ihn erfasste. Er blickte über die Schulter zurück, in der Hoffnung zu sehen, dass Hundefüße und Der-den-Weg-weist beschlossen hatten, ihre *iqyan* zu trennen. Eine Welle hob sie in Sicht, und Cen wurde gewahr, dass er weiter gekommen war, als er gedacht hatte. Sie waren so klein für seine Augen, dass er sie, wenn er eine Hand hob, mit der Handfläche verdecken konnte.

»Losschneiden! Losschneiden!«, schrie Cen ihnen zu, aber er wusste, dass seine Warnung über den Wind hinweg nicht zu hören war, und selbst wenn sie es hörten, würden sie es nicht tun.

Er wandte sich ab. Die Welle war so nah, dass sie aussah wie ein Berg, der sich im Meer erhob. Einmal war auf einer seiner Handelsfahrten in der Nähe seines *iqyax* ein Wal aufgetaucht. Cen war jung gewesen und wie gelähmt vor Angst, hatte aber hingesehen, als der Wal näher kam und einen Berg von Wasser vor sich herschob. Schließlich hatte das Tier sich herumgerollt und gewendet, eine lange Flosse schlug gen Himmel. Sein Nachsog hatte Cen erfasst, sein *iqyax* war über das Wasser gehüpft und gerutscht wie ein flacher Stein, den ein Junge warf.

Diese Welle war größer als die Bugwelle des Wales, und es sah aus, als lebte eine Macht darunter, die sie vorwärts trieb.

»Hier ist es zu flach«, zischte Cen vor sich hin und paddelte weiter ins tiefere Wasser. Wenn die Welle nur ein Berg aus Wasser blieb, könnte er es schaffen, über sie hinwegzukommen, aber wenn sie an Masse und Geschwindigkeit zunähme und so hoch würde, dass sie mit der Unterseite den Meeresboden berührte, würde sie sich überschlagen und brechen. Dann hatte Cen nur noch die Möglichkeit, sein *iqyax* mit der Oberseite zuunterst zu drehen, damit der Boden des Bootes die Wucht des Brechers abfing.

Mit ihren zusammengebundenen Booten würden Hundefüße und Der-den-Weg-weist das nicht können, und selbst wenn die *iqyan* in ihrer Weisheit sich selbst umdrehten, könnten die Männer sich nicht aufrichten und würden ertrinken.

Die Wogen wurden stärker, und Cen schaute sich ein letztes Mal nach Hundefüße und Der-den-Weg-weist um. Was er sah, ließ ihn bekümmert aufschreien, denn sie paddelten mit ihren zusammengebundenen *iqyan* auf das Ufer zu.

»Dummköpfe! Bleibt im tiefen Wasser. Das ist die einzige Möglichkeit! Losschneiden, losschneiden, losschneiden!«

Plötzlich hörte die Bewegung der Wogen auf, und Cen löste den Blick von den Männern und starrte entsetzt auf das Meer. Es war glatt, als hätte ein Riese es straff gezogen, und er erkannte, dass das Wasser zu der Welle gesogen wurde, als wäre sie ein großer Schlund. Er spürte, wie sein *iqyax* von der Strömung erfasst wurde, und er wusste, dass er verschlungen würde.

Er prüfte die Schnüre, mit denen sein zweites Paddel ans Deck seines *iqyax* gebunden war. Wenn er den Sog überlebte, würde er sich ohne Paddel nicht aufrecht drehen können, und dasjenige, das er in Händen hielt, würde ihm gewiss entrissen werden.

In seiner Angst hatte er den Atem angehalten, und er zwang sich, zum Himmel aufzublicken, Kraft aus der Luft zu ziehen, bis seine Lungen zum Bersten voll waren.

Dann schien es einen Augenblick lang, als bliebe die ganze Welt stehen. Er sah seine Frau Gheli und seine Töchter. Er sah seine Eltern und fürchtete, sie riefen von den Toten nach ihm. Er sah K'os, wie sie gewesen war, als sie beide jung waren, und Daes, die Frau, die er mehr geliebt hatte als alle anderen, tot auch sie. Aber Cen richtete seinen Sinn auf Ghaden, als könnte sein Sohn mit der ganzen Kraft der Jugend und der Macht, die er durch die Tötung des Braunbären gewonnen hatte, ihm Glück verleihen.

Er prüfte den Knoten, mit dem die Kapuze seines *chigdax* eng um sein Gesicht gebunden war, dann stemmte er die Beine breit in das *iqyax.* Noch einmal füllte er seine Brust mit Luft, noch einmal füllte er seine Augen mit dem Anblick des Himmels, und als die Welle sich vor ihm auftürmte, als die Gischt an den glatten grünen Seiten hinunterschäumte, kippte Cen sein *iqyax* um und lenkte den Bug in den Schlund.

Herendeen-Bucht, Alaska
602 v. Chr.

Yikaas brach ab. Himmelfänger hatte sich unmittelbar vor ihn gesetzt, und je länger Yikaas sprach, desto lauter wurde Himmelfänger. Zuerst sog er nur an seinen Zähnen, dann schlug er mit der Klinge seines Ärmelmessers auf seine Fingernägel. Jetzt schnaubte er und hustete und räusperte sich.

Yikaas hatte versucht, seine Gedanken bei seiner Geschichte zu halten, aber die kleinen Störungen von Himmelfänger schoben sich zwischen jedes seiner Worte.

Es ist eine gute Stelle, um aufzuhören, sagte sich Yikaas. Er hatte erlebt, dass andere Geschichtenerzähler es so machten. Er nickte mit dem Kopf und sprach den überlieferten Schluss einer Geschichte: »So ist es geschehen, so heißt es.« Dann dankte er Qumalix für ihre Übersetzung.

»Bist du fertig? Ist die Geschichte aus?«, fragte sie.

»Du kannst nicht da aufhören«, rief ein Flussmann.

Mehrere andere bekundeten ihren Unmut, diese in der Flusssprache, jene riefen Worte in der Sprache der Ersten Menschen.

Himmelfänger stand auf und stolzierte in den Kreis der Geschichtenerzähler. »Ich will euch eine bessere Geschichte erzählen«, sagte er. Qumalix übersetzte seine Worte in die Flusssprache, aber sie warf Yikaas einen Blick zu, als sollte er etwas tun, um den Mann aufzuhalten.

Sie lehnte sich nahe an Yikaas und sagte: »Beende deine Geschichte.« Aber ihre Worte waren mehr eine Forderung als eine Bitte, daher sagte er zu ihr: »Sie ist zu Ende.«

Der Händler, der am nächsten saß, stand auf und stieß seine flachen Hände gegen die Brust von Himmelfänger. »Setz dich, geh zurück und setz dich«, sagte der Händler, dann wies er mit dem Kinn auf Yikaas und fragte höflich: »Wirst du uns die Geschichte zu Ende erzählen?«

»Die Geschichte ist erzählt«, sagte Yikaas und sah Qumalix an, sah, dass ihr Gesicht verkniffen war, ihre Lippen zusammengepresst. Aber dann lächelte sie ihn an, ein hübsches Lächeln, das ihre Zähne zeigte, weiß wie Möwenfedern. »Vielleicht gibt es eine Geschichte, die auf diese folgt«, sagte sie, »aber wenn du keine Geschichten von Cen mehr hast, dann, denke ich, wollen wir Himmelfänger hören.«

Mehrere Männer von den Ersten Menschen sprachen, und Qumalix sagte zu Yikaas: »Sie würden lieber deine Geschichte hören.«

»Frage, wie viele meine Geschichte hören wollen und wie viele die von Himmelfänger.«

Sie fragte, und alle Männer in der Behausung wählten Yikaas. Himmelfänger blähte seine Backen und fauchte ein Wort der Kränkung, dann begab er sich zu dem Kletterstamm und verließ die Behausung.

»Er ist ein Kind im Körper eines Mannes«, sagte Qumalix zu Yikaas. »Ich bin froh, dass du klüger bist als er.«

»Manchmal bin ich klug«, sagte Yikaas. »Ein andermal bin ich töricht, wie es nur ein Kind sein kann.«

»Auch Frauen haben ihre Torheiten«, sagte Qumalix, und obwohl niemand ein Wort der Entschuldigung gesprochen hatte, wurde Yikaas leichter ums Herz.

»Und nun, mein Freund«, sagte Qumalix, »wirst du die Geschichte zu Ende erzählen?«

»Sag ihnen, dass diese Geschichte nach der Sitte des Flussvolkes zuweilen an dieser Stelle unterbrochen wird, damit die Zuhörer dem Geschichtenerzähler ihre Gedanken sagen können.«

Als sie seine Worte übersetzte, erhob sich unter den Händlern erstauntes Gemurmel, dann rief einer von den Ersten Menschen, ein Jäger mit Namen Fisch, Worte in gebrochener Flusssprache: »Cen tot. Keine Hoffnung.«

Einige Männer von den Ersten Menschen fingen an zu streiten. Qumalix lachte und sagte zu Yikaas: »Sie meinen, Fisch verflucht die Aussichten für Cen zu überleben.«

Ein Händler vom Flussvolk, der ihre Übersetzung hörte, machte ebenfalls Einwände und zog andere Flussmänner mit. Zwei Jäger besprachen sich, wie man am besten ein *iqyax* umdrehte, und mehrere Männer erzählten von ihren eigenen Erfahrungen in schwerer See. Wieder gab es Streit, und schließlich hob Qumalix lachend beide Hände. Sie kniff sich in den Nasenrücken, als wollte sie sagen, dass ihr Kopf schmerzte.

»Genug!«, sagte sie in der Flusssprache. »Streitigkeiten sind zu schwer zu übersetzen. Erzähl deine Geschichte, Yikaas. Bitte.«

Yikaas nahm seinen Platz im Kreis der Geschichtenerzähler wieder ein und streckte die Arme aus, die Handflächen nach oben. »Vielleicht sind die Gebete all jener, die gelebt haben in den vielen Jahren, seit Cen mit der Welle kämpfte, vielleicht sind diese Gebete in der Zeit zurückgereist, um sein Geschick zu ändern.«

Beifall erhob sich bei den Männern, die dachten, dass Cen überleben würde, dann aber sagte Yikaas: »Natürlich ist es möglich, dass die Gebete nicht geholfen haben.«

Darauf lachten die anderen Händler, und Yikaas hob die Stimme, um die Geschichte von Cen zu Ende zu erzählen.

Beringmeer
6435 v. Chr.

DIE GESCHICHTE VON CEN

Er war zuvor schon im Inneren von Wellen gewesen, hatte sein *iqyax* umgedreht, damit der Boden des Gefährtes und nicht sein eigener Kopf die Wucht eines Brechers abbekam. Er hatte mit der Kälte gerechnet, die plötzlich seinen Körper umfing. Er hatte keine Angst, als der Lärm des Windes von dem Geräusch des Wassers abgelöst wurde und von der hohlen Stimme seines eigenen Herzens, das sein Blut bewegte.

Aber in dieser Welle hatte er Dunkelheit erwartet. Welches Licht konnte im Bauch des Meeres überleben? Zu seinem Erstaunen hatte die Welle, obwohl sich kaum die ersten Strahlen der Morgendämmerung am Himmel zeigten, diese Helligkeit eingefangen, und das Wasser glühte.

Cen versuchte, sich aufzurichten, bog sein Rückgrat über die harte hölzerne Kante des Süllrandes, stieß seinen Oberkörper und das Paddel mit aller Kraft nach vorn, um sich rasch durch das Wasser zu bewegen. Die See erfasste ihn und das Blatt seines Paddels, verlangsamte den Stoß. Einmal, zweimal bog er sich zurück und zog. Beim dritten Mal drehte sich das *iqyax* aufrecht, aber mit lähmender Verzweiflung sah Cen, dass er immer noch in dem Berg aus Wasser gefangen war.

Er hatte seine Luft falsch bemessen, hatte den Atemvorrat, der seine Lungen gedehnt hatte, durch die Zähne ausströmen lassen, als das *iqyax* sich endlich umdrehte. Jetzt lechzten seine Lungen nach neuem Atem.

Es waren Strömungen innerhalb der Welle. Sie erfassten Cen und kämpften, um ihn und sein *iqyax* herumzurollen, ihnen die Rippen zu brechen. Ohne auf seine Lungen zu achten, stieß Cen das Paddel gegen die Strömung, und es gelang ihm geraume Zeit, sich aufrecht zu halten. Just als er dachte, das Wasser würde hell – als reichte der Himmel herab, um ihm zu zeigen, dass er nicht mehr sehr weit zu paddeln hatte –, schlug die Welle an den Boden seines *iqyax* und stieß die Spitze des Bugs so schnell in die brechenden Wirbel, dass Cen nichts dagegen tun konnte.

Sie drehte ihn ganz herum und schleuderte ihn hinab, dem Meeresboden entgegen. Er verlor sein Paddel und klammerte sich an die Kanten des Süllrandes, zog die Knie hoch, bis sie an die Verkleidung des *iqyax* stießen, und auf diese Weise hielt er sich in dem Boot.

Ein Schmerz stach in seine Ohren, und er sah Blut um sein Gesicht wirbeln. Die Welle warf ihn und sein Boot wieder aufwärts, und der Druck ließ nach. Seine Hände, zu Fäusten geballt, wurden von der Gewalt des Wassers böse zugerichtet, aber diese Qual war nichts im Vergleich mit seinen Lungen, die jetzt so schlimm schmerzten, dass es schien, jemand habe in seinen Brustkasten gegriffen und sie zerfetzt.

Das Gesicht von Cen brannte, dann sah er abermals Daes, hörte ihre Stimme, als hieße sie ihn im Tode willkommen.

»Daes«, flüsterte er und ließ seine letzte kleine Blase mit Luft entweichen. Sie stieg an seinen Augen vorbei nach oben, vereinte sich mit dem Schaum der brechenden Welle und verlor sich dort.

Er sog einen großen Mund voll Wasser ein, fand darin einen Augenblick Erleichterung, und dann würgte er, bekam Wasser in die Lungen, den Bauch, hustete und schnaufte, bis sein ganzer Körper in Krämpfen zuckte.

Und dann war plötzlich alles ruhig. Als wären seine Lungen zufrieden mit dem Wasser, das sie füllte, versuchten sie nicht, noch mehr einzusaugen, und das *iqyax* wurde ruhig in der Welle. Sogar seine Ohren hörten auf zu pochen, wenngleich noch dünne Blutfäden vor seinen Augen strudelten, rot wie die Blüten vom Afterkreuzkraut.

Die Schönheit des Wassers erfasste ihn, und er war dankbar, dass er das Meer von innen sah, als wären ihm zum Ausgleich für seinen Tod die Augen eines Otters geschenkt worden. Und warum nicht? Sein Freund Chakliux, der Mann mit dem Otterfuß und der Weisheit des Otters, hatte das *iqyax* von Cen gemacht.

Und dann, als verstünde das *iqyax* sich selbst als Otter, schauderte es und stieß den Bug aufwärts, der Sonne entgegen. Es stieg im Wasser hinauf, tauchte schließlich in die Dämmerung empor, rutschte seitwärts auf dem Rücken der Welle herunter wie ein Flussotter auf dem Eis. Es landete auf der Seite, richtete sich dann auf, schaukelte in dem kabbeligen Nachsog der Welle auf und ab.

Dies alles sah Cen, als beobachtete er einen anderen Mann, der in der See gefangen war. Dann aber brach das Wasser, das er geschluckt hatte, aus seinen Lungen und seinem Bauch hervor, seine Kehle hinauf und durch seinen Mund und seine Nase hinaus; es brannte wie Salz auf rohem Fleisch.

Er würgte und erbrach sich, die Hände noch um den Süllrand geklammert; seine Finger waren so kalt und steif, dass es schien, als gehörten sie einem Toten und würden auf immer mit dem *iqyax* verbunden bleiben.

Der Inhalt seines Magens kam hoch, Fisch und Gallenflüssigkeit und noch mehr Wasser, und dann konnte er endlich Atem holen. Er erkannte, dass, mehr noch als Kälte und Wasser, seine Angst ihn erfüllt hatte, und als sie nun langsam aus seinem Körper wich, entspannten sich seine Finger endlich, und er fing an zu zittern.

Lange Zeit konnte er nichts tun, als dazusitzen und seine Furcht zu bekämpfen, zu versuchen, sich über seinen Schmerz zu erheben. Er war Felsen, dann Tier und schließlich Mensch, war im Stande, seine Gedanken zu sammeln, sie miteinander zu verflechten wie jemand, der aus vielen Strängen eine Schnur macht und in diesem Zusammenfügen Kraft findet.

28

Zwei Tage nach dem Sturm brachten Jäger Teile von zerbrochenen *iqyan* an den Strand der Händler, und ein junger Mann wurde ausgeschickt, um den Familien im Walrossdorf zu sagen, dass Hundefüße und Der-den-Weg-weist in einem Sturm umgekommen waren. Das Meer hatte die Leiber verschlungen, wie es das Meer oft tut, und obwohl sie wenig Hoffnung hatten, die Überreste zu finden, brachen der Bruder von Hundefüße und mehrere ältere Jäger vom Strand der Händler auf, um Ufer und Buchten abzusuchen.

Wenngleich Tochter Ghaden bat, im Dorf zu bleiben, ihm zu bedenken gab, dass nichts von den Wrackteilen zu dem *iqyax* von Cen zu gehören schien, ging Ghaden mit den Jägern. An allen Tagen, die sie fort waren, blieb der Himmel klar und die See ruhig, als wäre die ganze Wut des Sommers in dem einen Sturm verbraucht worden.

Als die vier Tage der Trauer im Dorf vorüber waren, ging das Leben weiter wie immer; Händler kamen und gingen, Frauen fischten und sammelten und nähten, Männer jagten und setzten ihre *iqyan* in Stand.

Der Sturm hatte Strandgut zu ihrer Bucht gebracht, und die Kinder halfen den Alten, Riesentang zu sammeln, den die Frauen mit Fleisch füllten und buken oder für Arzneien zerstampften, die halfen, Knochen zu heilen. Die jungen Frauen sammelten Treibholz für Kochfeuer und Jägerhüte, *iqyax*-Rahmen und *ulax*-Sparren.

Tochter tat mehr als ihren Anteil an Arbeit; sie begann ihre Tage zu früh und blieb bis lange in die Nacht hinein wach. Sie wanderte an den Stränden entlang, ein schweres Bündel Treibholz auf dem Rücken, wartete mit Hoffnung und Angst auf Ghaden, fürchtete, was er finden würde, sehnte sich nach seiner Rückkehr.

K'os schien auf ihre eigene seltsame Weise zu trauern; zuerst sang sie für Cen, als wäre sie seine Frau, kränkte Robbe mit ihren Tränen und schlitzte sich sogar die Arme auf, wie es einer Frau anstand, wenn sie ihren Mann verlor. Aber am dritten Tag war sie mit klaren Augen und neuer Kraft von ihrem Schlaflager aufgestanden, sodass Tochter, wenn sie in ihrer Nähe war, das Summen einer Macht hören konnte, die sich in der Luft bewegte wie der schnelle Flügelschlag von Enten.

An diesem Tag ging K'os mit Tochter an den Strand, half ihr, Treibholz und Tang zu sammeln, aber K'os richtete unablässig den Blick auf die Bucht, hielt mit dem Sammeln inne, wann immer ein *iqyax* in Sicht kam.

Zuerst dachte Tochter, ein Traum sei zu K'os gekommen und habe ihr gesagt, dass Cen noch lebte. Wenngleich Tochter vor allem auf Ghaden wartete, blickte sie angestrengt hin, um zu sehen, ob ein herankommendes *iqyax* die leuchtenden Zeichen von Cen trug.

Schließlich hatte Tochter K'os gefragt, ob sie denke, dass Cen noch lebte. K'os hatte gelacht, mit Spott in der Stimme, und gesagt: »Wie könnte ein Mann einen solchen Sturm überleben? Er kam zu schnell. Hast du gehört, wie ein Händler von dem Dorf in der Nähe der Stelle erzählte, wo sie die Überreste der *iqyan* fanden, wie viele *ulas* zerstört wurden?«

»Wenn aber die Männer am Ufer waren und nur die *iqyan* aufs Meer getrieben wurden?« Sie hatte gehört, wie einige jüngere Frauen diese Hoffnung geäußert hatten.

K'os schüttelte den Kopf. »Selbst wenn sie Zeit hatten, ans Ufer zu gelangen – ich habe gehört, wie der oberste Jäger sagte, dass dort, wo der Sturm am schlimmsten gewütet hat,

Frauen noch auf den Hügelkuppen Treibholz gefunden haben. Sie könnten am Leben geblieben sein, aber die Aussichten sind gering. Wenn Ghaden zurückkehrt, sollten wir diesen Ort verlassen und mit ihm zu den Flussdörfern gehen. Vielleicht finden die Menschen etwas Trost, wenn sie hören, dass Ghaden dich als Frau genommen hat. Vielleicht wird es die Frau von Cen freuen, dass sie eine neue Tochter hat.«

Der Gedanke an eine Fahrt zu dem Dorf von Cen schien K'os aus ihrer Trauer zu holen, deshalb sagte Tochter nichts von ihren Zweifeln, ob sie willkommen sein würden. Am besten ließ sie K'os ihr Glück finden, wo sie konnte. Aber Ghaden hatte Uutuk erzählt, dass Gheli, die Frau von Cen, ihm nie begegnet war und nicht den Wunsch zu haben schien, ihn als Sohn anzuerkennen. Warum sollte sie dann Uutuk wollen? Es war besser, wenn Tochter alle ihre Gedanken auf die unversehrte Rückkehr von Ghaden an den Strand der Händler richtete.

Herendeen-Bucht, Alaska
602 v. Chr.

Eine laute Stimme schnitt durch die Worte von Yikaas, und er bedauerte, dass er seine Geschichte vorwiegend Männern erzählte. Frauen waren als Zuhörerinnen höflicher, und die Männer waren ruhiger, wenn ihre Frauen und Mütter bei ihnen waren.

»Cen blieb also am Leben«, rief ein Händler vom Flussvolk Yikaas zu.

»Er blieb am Leben«, sagte Yikaas.

Mehrere Männer stimmten einen Jägergesang an, einen Gesang des Sieges, den das Flussvolk sang, wenn es etwas zu feiern hatte, aber sie wurden durch einen barschen Ruf unterbrochen, der vom oberen Ende des Kletterstammes erschallte.

Yikaas erkannte die Stimme von Himmelfänger, aber weil der Mann in der Sprache der Ersten Menschen sprach, musste er warten, bis Qumalix übersetzte.

»Er hat Fragen«, sagte Qumalix. »›Wenn Cen lebt, warum müssen wir von den Frauen hören? Erzähl uns von ihm. Wo ist er? Warum ist er noch nicht an den Strand der Händler zurückgekehrt?‹« Qumalix lächelte entschuldigend und sagte: »Die Worte von Himmelfänger, nicht meine.«

Yikaas schritt zu dem Kletterstamm, beschirmte die Augen vor dem grauen Licht, das von dem Loch im Dach des *ulax* hereinfiel. »Dann hast du also zugehört?«, fragte er.

Die Stimme von Himmelfänger war noch kämpferisch, als er sprach, und Qumalix beugte sich nahe zu Yikaas und sagte zu ihm: »Er hat gesagt, dass es zu regnen aufgehört hat und dass er Besseres zu tun hat, als sich Geschichten von Frauen anzuhören.«

Yikaas kehrte an den Platz der Geschichtenerzähler zurück, um mit seiner Geschichte fortzufahren, als wäre er nicht unterbrochen worden, und Qumalix sah ihm in die Augen und sagte: »Er ist barsch, aber er hat Recht. Diese Männer wollen nicht viel von K'os und Tochter hören. Sie wollen wissen, was aus Cen geworden ist. Erzähle ihnen diese Geschichte.«

Die Männer, die nahe genug saßen, um Qumalix zu hören, bekundeten murmelnd Beifall, und so hob Yikaas die Stimme, um die anderen in der Behausung zu fragen, was sie wünschten.

»Mach den Teil mit Tochter kurz«, rief ein Mann.

»Erzähle uns, was Ghaden gefunden hat«, sagte ein anderer.

»Wo ist Cen?«

Yikaas zuckte mit den Schultern und hob die Hände. »Welche Wahl hat ein Geschichtenerzähler, als jene zu erfreuen, die ihm zuhören?« Er lachte, und die Männer lachten mit ihm. Sogar Himmelfänger ließ sich auf einer der Kerben nieder, die in den Kletterstamm gehauen waren, und hockte dort, die Hände auf den Knien, ganz so, als wäre er bereit zu hören.

»Dann«, sagte Yikaas, »genügt es, von Tochter und K'os zu wissen, dass K'os bestrebt ist, zu dem Flussvolk aufzubrechen, das sie vor so vielen Sommern verlassen hat, und dass Tochter eine gute Frau ist, um die Rückkehr ihres Mannes besorgt. Doch bevor ich euch von Cen erzähle, lasst mich ein wenig von Ghaden sprechen.«

Es erhob sich zustimmendes Gemurmel, nur Himmelfänger beschwerte sich murrend. Qumalix schalt ihn, und die zwei begannen zu streiten. Ausnahmsweise war Yikaas froh, dass er nicht viel von der Sprache der Ersten Menschen verstand und daher nicht hören musste, welche Meinung Himmelfänger von seinen Geschichten hatte.

Er kniff die Lippen zusammen und überlegte, wo er beginnen sollte. Schließlich erhob er die Stimme über das Murren von Himmelfänger und sagte: »Wohl liebte Ghaden seinen Vater, aber er zürnte ihm auch, weil Cen Ghaden nie in das Vier-Flüsse-Dorf mitgenommen hatte und manchmal mehrere Sommer vergingen, ohne dass er ihn sah. Doch als Ghaden nach seinem Vater suchte, vergaß er seinen Zorn und erinnerte sich nur an die guten Dinge ...«

Beringmeer, Alaska
6435 v. Chr.

DIE GESCHICHTE VON GHADEN

Der Nebel lag so nass und schwer, dass er die Augen von Ghaden umflorte, als wären sie vom Alter getrübt. Er paddelte langsam und vorsichtig. Die Männer waren mit ihren *iqyan* nahe am Ufer geblieben, hatten zweimal das Wasser verlassen, um in Haufen von Treibholz zu suchen, das der Sturm an den Strand gespült hatte, aber sie hatten nichts gefunden. Die Gedanken von Ghaden bewegten sich so langsam wie seine

Paddel, und wieder und wieder sah er das Gesicht seines Vaters, in den Wellen, am Himmel, sogar in den Gräsern, die im Wind schwankten.

Seine erste deutliche Erinnerung als Kind hatte er an Cen, der ihn über ein zerbrochenes Spielzeug hinweg anlächelte. Ein Speer war es gewesen, ja, geschnitzt aus einem Stock, den Cen angespitzt und gehärtet hatte, indem er ihn im Feuer anbrennen ließ. Ghaden war mit dem Speer hinausgegangen. In der Arglosigkeit des Kindes, das denkt, es ist zu allem fähig, was sein Vater tut, hatte er wahrhaftig geglaubt, er könnte einen Hasen erlegen. Doch sein erster Wurf hatte damit geendet, dass der Speer tief in einem Büschel Steppengras steckte. Bei dem Versuch, den Speer herauszuziehen, war er zu seinem Schrecken gestolpert, war auf seine kleine Waffe gefallen und hatte den Schaft zerbrochen.

Noch heute, als Mann, konnte Ghaden den Kummer fühlen, den der Verlust des Speeres ihm bereitet hatte. Als er ihn zu Cen brachte, in der Erwartung, gescholten zu werden, hatte Cen nur gegrunzt und Ghaden sodann einen neuen geschnitzt. Mit diesem Speer hatte Ghaden seine erste Beute erlegt, aber da hatte Cen das Dorf schon verlassen.

Viele Monde später war Cen zurückgekehrt und hatte Ghaden und seine ältere Schwester Aqamdax entführt. Er brachte sie in das Vetter-Fluß-Dorf, ein Dorf, das später im Kampf zwischen dem Vetter-Fluß-Volk und dem Nahe-am-Fluß-Volk zerstört worden war.

Während dieses Kampfes hatte Cen Schande über sich gebracht. Ghaden hatte gehört, wie die Menschen davon sprachen, dass Cen geflohen sei, noch bevor der Kampf begonnen habe. Ghaden hatte immer mit ihm darüber sprechen wollen, aber wie bringt ein Sohn die Feigheit seines Vaters zur Sprache? Ghaden wünschte, dass Cen es bestritt oder wenigstens einen guten Grund für sein Handeln nannte, aber was, wenn Cen keinen anderen Grund gehabt hatte als seine Furcht? Vielleicht war es besser zu hoffen, dass sein Vater einen guten Grund gehabt hatte, statt zu entdecken, dass es nicht so war.

Als Daes, die Mutter von Ghaden, getötet und Ghaden mit einem Messer verletzt worden und fast gestorben war, hatten sie Cen die Schuld gegeben. Aus Rache hatten die Menschen in dem Dorf Cen beinahe das Leben genommen, aber Cen hatte sich vor sie gestellt, hatte gefragt, ob sein Sohn Ghaden noch lebe, und einem der Männer, die ihn gefangen hielten, ein Messer entrissen und sich zum Opfer für die Genesung von Ghaden einen Finger abgeschnitten. Wie konnte ein Mann, der den Mut hatte, das zu tun, sich vor dem Kampf fürchten?

Cen war kein Feigling, und er hatte dem Sturm sicherlich mit ganzer Kraft getrotzt. Wenn überhaupt einer hätte überleben können, versicherte sich Ghaden, so war es sein Vater gewesen.

Ein Ruf von einem der anderen Männer riss Ghaden aus seinen Gedanken. Der Jäger wies mit einem Paddel zum Strand, und Ghaden sah einen anderen Haufen mit zerbrochenem Holz. Die Flut war niedrig, aber es waren einige Felsen da, und die See brandete sacht ans Ufer; es war unwahrscheinlich, dass an dieser Stelle etwas angespült wurde, doch in einem Sturm konnte jeder Strand tückisch sein.

Einer der Männer war der älteste Bruder von Hundefüße, ein Walrosshändler von vielleicht acht Hand voll Sommern. Die anderen – es waren drei – kannte Ghaden nur als Jäger von den Ersten Menschen, und er konnte sich nicht einmal auf ihre Namen besinnen, aber sie waren so geschickt mit ihren *iqyan*, dass Ghaden allein durch Zuschauen seine Fähigkeiten vermehrt hatte.

Der Bruder von Hundefüße hatte sein *iqyax* schon zum Land gewendet, und Ghaden folgte ihm. Als er im flachen Wasser war, löste er die Spritzdecke, die seinen Süllrand rundum wasserdicht machte, und sprang aus seinem *iqyax*, bevor es auf Grund lief.

Das Meer war kalt an seinen nackten Füßen und Knöcheln, aber es tat gut, nach so langer Zeit des Paddelns zu stehen. Er sah zum Himmel hinauf und versuchte, den Stand der Sonne zu erkunden, aber der Nebel war zu dicht. Doch die Farbe des Lichtes, das zu ihnen heruntersickerte, ließ Ghaden wissen, dass der Tag sich dem Ende neigte und sie klug daran tun würden, über Nacht an diesem Strand zu bleiben.

Einer der Jäger, der jetzt im flachen Wasser war, hielt eine Schnur mit Fischen in die Höhe, die er an diesem Tag unterwegs gefangen haben musste, aber Ghaden erinnerte sich nicht, gesehen zu haben, dass er eine Handleine hinter sich hergezogen hatte.

»Ich bin hungrig«, rief der Mann. »Wollt ihr mit mir essen?«

Jeder hielt etwas in die Höhe, einen Beutel mit getrocknetem Fisch, ein Netz mit Seeigeln. Der Bruder von Hundefüße, der auf einem Hügel stand, rief: »Hier wächst *iitikaalux*.« Er zeigte auf mehrere hohe, dickstielige Pflanzen, die sich über die Gräser erhoben.

Uutuk hatte Ghaden einen Magen mit geräuchertem Fisch und einen mit Robbenöl mitgegeben, und ihre Mutter hatte ein Päckchen getrocknetes Afterkreuzkraut für Tee hinzugefügt. Er zog die Vorratspacken aus seinem *iqyax*, und der Bruder von Hundefüße, der, das *iitikaalux* mit Grashalmen gebündelt, den Hügel hinabschritt, rief, er sei bereit zu essen. Doch mit einem Mal brach die Stimme des Mannes, und er machte ein Geräusch, als würde er würgen. Er lief zu dem Haufen Treibholz, und fortwährend Klagelaute ausstoßend, fing er an, darin zu wühlen.

Die anderen, die noch auf dem Wasser waren und sich mit dem Unterstrom der Wellen und den Felsen plagten, die das flache Wasser durchsetzten, schienen nichts zu merken, aber Ghaden hörte die Verzweiflung in der Stimme des Mannes, und sein eigenes Herz krampfte sich in seiner Brust zusammen. Er ließ seine Packen fallen und lief eilends zu dem Bruder von Hundefüße.

Als Ghaden den Arm sah, gab auch er ein qualvolles Stöhnen von sich und fing an, das Treibholz zur Seite zu werfen. Die Tage im Meer hatten den Leichnam aufgebläht, und die Haut war so weiß geworden wie der Bauch von einem Fisch. Als Ghaden die linke Hand des Leichnams sah, an der der kleinste Finger fehlte, war er überzeugt, dass es sein Vater war. Dann aber sah er, dass der Finger und viel von der Hand abgefressen worden waren. Er sah auf den *chigdax,* der großenteils noch heil war, und wusste, der Mann war nicht Cen. Der Bruder von Hundefüße drehte sich um und erbrach sich, und als er nichts mehr herauswürgte als seinen Kummer, gelang es ihm, mit erstickter Stimme zu sagen: »Es ist mein Bruder. Ich kenne seinen *chigdax.*«

Ghaden hockte sich neben ihn, legte ihm den Arm um die Schultern und half ihm auf, zog ihn dorthin, wo der Wind den Gestank des Toten fortblies.

Als die anderen ihre *iqyan* an den Strand gebracht hatten, erhoben sie gemeinsam die Stimmen und sangen die Trauergesänge, so gut sie es vermochten, ohne die hohen Klagetöne der Frauen, welche über Wind und Himmel hinaustrugen zu den tanzenden Lichtern, wo Hundefüße es hören und wissen würde, dass er geehrt wurde.

Aus Steinen machten sie eine Grabstätte. Der Bruder von Hundefüße legte eine von seinen Harpunen über den Leichnam, auf dass Hundefüße Waffen hatte in der Geisterwelt. Ghaden gab ein Ärmelmesser; ein anderer Jäger opferte eine Handleine und Haken, wieder ein anderer eine Jägerlampe.

»Er wird froh sein über eure Gaben«, sagte der Bruder mit gepresster Stimme, seine Worte waren rau vor Schmerz.

Als Ghaden danach das Treibholz am Rand des Wassers durchsuchte, fand er nichts, was Cen gehörte, und wenngleich er über Hundefüße trauerte, war er erleichtert, weil er sich noch an eine Hoffnung klammern konnte.

Sie lagerten in einiger Entfernung von der Grabstätte, weit genug, dass sie den Hügel aus Steinen nicht sehen konnten, und so, dass jeder Geist, der durch den Tod von Hundefüße an den Strand gerufen worden war, sie nicht so leicht sah. Sie legten Essen aus, aßen aber wenig, sprachen wenig, bevor sie sich für die Nacht in Schlaffelle rollten.

Ghaden wachte oft auf, gequält von Träumen von Tod und Ertrinken. Am nächsten Morgen hatte der Bruder von Hundefüße Schmerz mit Zorn vertauscht, und sein Verlust hatte seine Zunge geschärft.

»Dein Vater ist auch tot«, sagte er zu Ghaden, »und ebenso Der-den-Weg-weist. Kein Mann konnte besser mit seinem *iqyax* umgehen als mein Bruder. Wenn er tot ist, dann sind alle tot.«

Ghaden, dessen Geist noch von seinen Träumen beherrscht war, ließ sich von den Worten des Mannes überzeugen. Und an diesem Tag sang Ghaden auf dem Meer Trauergesänge, und in Gedanken legte er Steine auf den Leichnam von Cen, einen nach dem anderen, wie sie es bei Hundefüße gemacht hatten, und als sie nach weiteren zwei Tagen zwei treibende Paddel fanden, war Ghaden nicht überrascht zu sehen, dass beide Cen gehörten.

Am Abend begrub er eines am Ufer, stimmte Gesänge an in der Hoffnung, dass das Paddel den Weg zu Cen in der Geisterwelt finden würde, und er begrub auch ein Messer und eine Harpune, einen *sax* und ein Paar Stiefel aus Robbenflossen, die er mitgebracht hatte in der Hoffnung, seinen Vater zu finden, neue Kleidungsstücke, um das Unglück fortzunehmen, mit welchem die alten behaftet waren.

Sie fanden nichts von Der-den-Weg-weist, aber wie hätte dieser Händler am Leben bleiben können, wenn die anderen nicht überlebt hatten? Und so trauerten sie am nächsten Abend und machten eine Grabstätte für ihn, opferten wiederum Waffen und einen Magen mit Öl. Dann kehrten sie zum Strand der Händler zurück, und als sie dort waren, trauerte das

Dorf abermals um die drei verlorenen Männer, schenkte Nahrung und Kleidung und Waffen, auf dass Cen und Der-den-Weg-weist hatten, was sie brauchten, um sie stark zu halten in der anderen Welt, wo sie jetzt wohnten.

29

DIE GESCHICHTE VON CEN

Das Meer hatte ihm alles genommen, was er brauchte, um zu überleben: seine beiden Paddel, all seine Harpunen. Es hatte sogar die Kapuze von seinem *chigdax* gerissen und sein Ärmelmesser aus der Scheide gezogen. Die Rippen waren gebrochen, die von Cen ebenso wie die von seinem *iqyax*. Jeder Atemzug, den Cen tat, rasselte, als würde der Wind in seiner Brust mit Spielknochen werfen.

Doch weit schlimmer: Das Meer hatte ihm sein Gehör genommen. Noch jetzt, einen ganzen Tag nachdem die Welle vorüber war, sickerte frisches Blut in die Kruste, die seine Ohren verstopfte. Er erinnerte sich an alte Menschen, denen das Innere der Ohren mit dem Alter ausgetrocknet war. Sie klagten, dass sie nichts hörten, aber die Ohren von Cen waren gefüllt mit dem Brausen der Welle, als hätte sie alle Geräusche der Erde fortgenommen und durch ihre eigene Stimme ersetzt.

Das Meer hatte seinen Kopf schwer verletzt, seine Augen waren zugeschwollen, die Nase gebrochen. Er hatte zwei Zähne verloren, einen Eckzahn und den spitzen Zahn dahinter. Dieser Zahn war nicht ganz fort, aber was in seinem Mund davon übrig war, schmerzte mehr als seine Nase. Vor langer Zeit, als das Nahe-am-Fluß-Volk Cen beschuldigt hatte, Daes getötet zu haben, hatten sie ihn verprügelt und ihm die Nase eingeschlagen, ihm das Nasenbein gebrochen. Über die Jahre war die Nase zu einem Höcker verheilt. Jetzt war sie wieder flach, aber er hatte seit langem gelernt, durch den Mund zu atmen.

Mit den Schmerzen konnte er leben. Welcher Händler lernt nicht, Verletzungen als Gefährten hinzunehmen? Aber wenn ein Mann kein Paddel hat, wenn sein *iqyax* nur durch die Verkleidung aus Robbenhaut zusammengehalten wird und sein *chigdax* das Meer nicht mehr abhalten kann, was tut er dann? Er lauscht, und wenn er die Vögel hört, die Seeschwalben und die Möwen, dann lenkt er sein *iqyax* mit den Bewegungen seiner Beine, paddelt mit den Händen, bis er, wenn er Glück hat, in eine Strömung gerät, die ihn ans Ufer trägt. Wenn er kein Glück hat, wird er von Brechern auf Klippen geworfen, aber es gibt zumindest eine Möglichkeit für ihn.

Aber ein Mann ohne Gehör, wie weiß er, in welche Richtung er sein *iqyax* lenken soll? Durch Schauen. Wenn er die Möwen sieht, folgt er ihnen. Aber ein Mann, der nicht sehen und nicht hören kann, was tut er?

Cen stellte sich diese Frage viele Male, und die Antwort, die zu ihm kam, war diese: Ein Mann hat zwei Möglichkeiten. Er kann aufgeben und auf den Tod warten, oder er kann singen. Denn es bestand immer Aussicht, dass ein Jäger oder Händler seine Stimme hörte und ihn fand. Selbst wenn dies nicht geschah, könnten die Gesänge die Geister erfreuen, sodass diese sein *iqyax* lenken würden. Und wenn er lange genug am Leben bliebe, würden seine Augen gewiss wieder aufgehen; denn wenn er an den Lidern zupfte, konnte er Licht sehen, und so hatte er Hoffnung, dass die Verletzung heilen würde.

Die Welle hatte ihm viel genommen, aber sie hatte ihm auch ein wenig gelassen. Er hatte noch getrockneten Fisch und einen Magen mit Öl sowie zwei Blasen mit Wasser. Seine Hände waren aufgeschürft und wund, aber es waren keine Finger gebrochen, und seine Arme waren stark, seine Beine unversehrt und kräftig. Die Spritzdecke seines Süllrandes war noch wasserdicht, und er zog sie unter seinen Armen so hoch, wie er konnte.

Er hob die Stimme und sang, aber ohne seine Ohren wusste er nicht, ob er laut sang oder nur flüsternd, denn seine Lungen schrien bei jedem Atemzug vor Pein, und seine Kehle war wund von dem Meerwasser, das er geschluckt hatte. Dennoch sang er, meistens Lobpreisungen an die Erde und das Meer und den Einen, der Erde und Meer geschaffen hatte, denn Cen wusste nicht, welche Geister in der Nähe weilten, wenn überhaupt welche da waren, aber keiner sollte gekränkt sein durch Gesänge, die allein dem Schöpfer galten oder der Erde oder dem Meer. So sang er und wartete, zog hin und wieder die Hände durch das Wasser, um jegliche Änderung in der Richtung von seinem *iqyax* zu erfassen. Und während er sang, schickte er Gebete empor, dass eine gute Strömung ihn an einen sicheren Strand lenken möge, wo er warten konnte, bis seine Augen wieder sähen.

DIE GESCHICHTE VON TOCHTER

An den Tagen, nachdem Ghaden aufgebrochen war, fand Tochter viele Gründe, nahe beim Strand zu arbeiten. Sie musste über die Tauschwaren ihres Mannes wachen und über diejenigen seines Vaters. Sie musste Seeigel sammeln und vom Ufer aus mit einer Handleine fischen oder bei niedrigem Wasser hinauswaten und Napfschnecken abschaben, nach Muscheln graben. Doch selbst wenn sie arbeitete, hatte sie den Blick immer auf die Bucht gerichtet, suchte sie immer die Stelle ab, wo Meer und Himmel sich vereinten, und hoffte, ihren Mann und seinen Vater in ihren *iqyan* zu sehen.

Der Tag, an dem Ghaden zurückkam, war nebelverhangen, sodass Tochter, obwohl sie am Strand war, ihn erst sah, als er schon aus seinem *iqyax* war und es ans Ufer zog. Ihr blieb ein

Augenblick, um in seinem Gesicht zu forschen, und da wusste sie, dass Cen tot war. Ihre Brust zog sich vor Furcht und Kummer zusammen, und erst als mehrere Frauen einen Trauergesang anstimmten, war sie im Stande, ihre Füße zu ihrem Mann hinzubewegen.

Im Gehen grübelte sie über den Schmerz nach, der sie einhüllte. Sie war erst kurze Zeit Frau von Ghaden, doch schon schien es, dass ein starker Strick sie an ihn band, und ihr Schmerz war ein Widerschein des seinen. Warum würde sie sonst um einen Händler trauern, den sie kaum kannte?

Als Ghaden sie sah, bahnte er sich einen Weg durch die klagenden Frauen, vorbei an den Männern, die Fragen riefen, den Kindern, die tanzten und sangen, weil sie nur die Aufregung verstanden und nicht die Ursache. Wenn die Männer von den Ersten Menschen mit anderen zusammen waren, zeigten sie nicht oft ihre Zuneigung zu ihren Frauen durch Berühren und Festhalten, aber Tochter merkte, dass die Flussmenschen anders sein mussten. Denn Ghaden nahm sie und zog sie in einer heftigen Umarmung an sich. Er hatte seinen *chigdax* noch an, und das Kleidungsstück machte sie nass. Selbst durch die Federn ihres *sax* fühlte Ghaden sich kalt an.

»Habt ihr etwas gefunden?«, fragte Tochter.

Ghaden versuchte zu sprechen, aber seine Stimme schnappte über und brach. Er hustete und begann von neuem. »Nur den Leichnam von Hundefüße«, sagte er. »Nicht Der-den-Weg-weist, aber wir haben Teile von seinem *iqyax* gefunden, und die Paddel von meinem Vater.«

Sie fühlte, wie er schauderte, wie seine Arme, die sie hielten, zitterten. »Ghaden, mein Mann, es tut mir so Leid«, flüsterte Tochter.

Er schloss die Arme noch fester um sie, sodass sie kaum Atem holen konnte. »Den ganzen Tag, den wir gefahren sind, hat mich ein Geist mit dem Gedanken gequält, dass ich auch dich verloren hätte, dass ich an diesen Strand zurückkommen würde, und du wärst fort.«

Er sprach sanft, aber seine Worte waren so scharf wie ein Hieb. Tochter löste sich aus seinen Armen, sah ihm in die Augen, sah die Erschöpfung darin und den Schmerz. Tränen schnürten ihr die Kehle zu, aber sie sagte: »Du denkst, ich würde dich so einfach verlassen? Ich habe versprochen, deine Frau zu sein. Du denkst, ich würde dieses Versprechen vergessen?« Sie zwang sich zu einem Lächeln. »Ich erinnere mich, als mein Großvater starb, da habe ich gefürchtet, andere zu verlieren, meine Freundinnen und meine Mutter. Ich verstehe.«

Jemand streichelte Tochter den Kopf, und zuerst dachte sie, es sei Ghaden, dann aber wurde sie gewahr, dass die Hand K'os gehörte; die Finger waren steif und knotig. Sie drehte sich um und sah, dass ihre Mutter hinter ihr stand.

»Kommt mit mir«, sagte sie zu Ghaden und Tochter. »Robbe wird sich um dein *iqyax* kümmern.« Ihre Augen waren hart und trocken, und sie stellte keine Fragen, als hätte sie schon lange vor der Rückkehr der Männer gewusst, dass Cen tot war.

Ghaden stapfte hinter ihr den Strand hinauf, einen Arm um die Schultern von Tochter gelegt. Er lehnte sich so schwer auf sie, dass Tochter fürchtete, die Fahrt und seine Trauer hätten ihm all seine Kraft genommen, aber als sie zu dem *ulax* von Qung kamen, war er der Erste, der hinaufkletterte, und er streckte den Arm aus, um beiden Frauen zu helfen, zog Tochter so mühelos hoch, dass ihre Füße kaum das Gras berührten.

»Bist du hungrig, mein Mann?«, fragte sie.

Ehe Ghaden antworten konnte, sagte K'os: »Natürlich ist er hungrig. Geh hinunter in das *ulax* und hilf Qung mit dem Essen. Robbe wird bald hier sein, und andere gewiss auch.«

Tochter wollte in der Nähe von Ghaden bleiben, aber er sagte: »Ich bin hungrig, Frau. Wir haben heute Morgen nicht gegessen.«

Sie setzte einen Fuß auf den Kletterstamm, aber selbst als Qung anfing, aus dem Inneren des *ulax* heraus Fragen zu stellen, blieb sie eine Weile unter dem Dachloch stehen und hörte, was K'os sagte. Sie fragte nach Cen, und Ghaden erzählte ihr, was er zu Tochter von den Paddeln gesagt hatte, dass sie den Leichnam von Hundefüße und Teile von zerbrochenen *iqyan* gefunden hatten.

Qung kam an das untere Ende des Kletterstammes und rief laut ihre Fragen, weil sie dachte, dass Tochter sie nicht gehört hätte. Tochter stieg hinab, nahm den Arm von Qung und ging mit ihr zu der Öllampe, erzählte ihr, was Ghaden gesagt hatte. Qung rang die Hände, bis Tochter die Gelenke ächzen und knacken hörte.

»Ghaden ist draußen, und er muss essen.«

Das Gesicht von Qung leuchtete auf, und sie nickte kurz. »Warum stehen wir dann hier herum und tun nichts?«, fragte sie und wies mit ihrem krummen Finger auf eine Vorratsnische. »Bring mir Öl und Fisch, geschwind.«

Tochter eilte zu der Bodennische, schob den Holzdeckel beiseite und kniete sich, um hineinzugreifen.

»Kommt Robbe?«, fragte Qung.

Tochter richtete sich auf. »Robbe und wohl auch andere.«

Qung schnalzte mit der Zunge. »Es ist traurig, dass sie Ghaden nicht allein lassen können, um zu trauern. Aber nein, alle haben Fragen. Alle wollen wissen, was geschehen ist. Und dann wollen ihm alle erzählen, dass sie gute Freunde des Toten waren.« Qung schlug hilflos die Hände über dem Kopf zusammen. »Alle Menschen sind gleich. Sie ändern sich nie. Es ist hoffnungslos. Er muss zuhören und vorgeben, dass ihm alles wichtig ist, was sie sagen.«

»Vielleicht wird es wichtig sein«, sagte Tochter. »Als mein Großvater starb, hatte eine alte Frau in dem Dorf genau die richtigen Worte für mich.«

Qung zuckte mit den Schultern. »Manche Menschen wissen die richtigen Worte. Andere Menschen sagen lauter falsche Dinge.« Sie seufzte, dann wies sie mit dem Kinn auf die Vorratsnischen, und Tochter legte Mägen mit Öl und Fisch aus, einen Packen mit getrocknetem Karibufleisch.

Qung humpelte zu Tochter und stellte sich neben sie, dann wurde ihr runzliges Gesicht noch runzliger, und sie sagte mit gebrochener Stimme: »Er hat mir das Karibufleisch gegeben. Das musste er nicht tun. Ich habe meine Gastfreundschaft gerne gewährt. Wer konnte ahnen, dass ich es jenen zu essen geben würde, die um ihn trauern.«

Tochter nahm die alte Frau in die Arme, tätschelte die harten, knubbeligen Knochen auf ihrem Rücken. Selbst auf den Knien war sie größer als Qung, die von den Jahren gebeugt war.

»*Aaa*, hierfür haben wir keine Zeit!«, sagte Qung und rieb sich heftig die Augen. »Hör auf zu weinen und mach das Essen fertig. Denkst du, du hilfst deinem Mann mit Tränen?«

Tochter fasste sich mit den Fingerspitzen an die Augen und merkte, dass sie weinte; ihr Gesicht war nass.

Als K'os und Ghaden in das *ulax* kamen, blickte Tochter von dem Essen auf, das sie auf Matten und Holzschalen auslegte. Das Gesicht von Ghaden war abgespannt und grau, seine Erschöpfung trat noch mehr hervor. Hatte K'os etwas gesagt, das seinen Kummer vermehrte? Oder hatte die Freude, als sie ihn wiedersah, die Augen von Tochter getrübt, sodass sie nicht deutlich gesehen hatte, wie sehr er vom Schmerz gezeichnet war?

Er trat zu ihr, ganz nahe, als wollte er Kraft sammeln. Sie legte ihren Arm um seine Mitte und achtete nicht auf das Stirnrunzeln von K'os. Was machte es schon, wenn nur K'os und Qung es sahen? Wenn ihre Berührung helfen konnte, dann wollte sie die üblichen Wege der Höflichkeit vergessen. Er strich mit einem Finger über den dünnen Zopf, den Tochter in den Knoten an ihrem Hinterkopf gesteckt hatte, und sie wünschte, sie hätte ihre Haare nach Art der Flussfrauen zu zwei langen Zöpfen geflochten, einen auf jeder Seite von ihrem Kopf. So eine Kleinigkeit, um einen Mann zu erfreuen.

Dann kamen Stimmen zu ihnen, einige laut, einige zu Trauergesängen erhoben. Ghaden hockte sich hin, und K'os half mit dem Essen, zog Wasserblasen herab, zischte, als sie sah, wie viele gefüllt werden mussten. Sie gab Tochter die leeren Blasen und richtete die Augen auf das Dach des *ulax*.

Als Frau desjenigen, der seinen Vater verloren hatte, war es nicht Aufgabe von Tochter, Blasen mit Wasser zu füllen. K'os spielte die Rolle der Frau von Ghaden. Als der oberste Jäger und die Ältesten hereinkamen, geleitete sie sie zu ihm und nahm sogar Beileidsbezeugungen von ihnen entgegen, gestattete sich zu weinen, als ihre Frauen sie umarmten.

Als Tochter Qung anblickte, sah sie den zornig verkniffenen Mund der alten Frau. Tochter schloss nur verlegen die Augen und hoffte, dass das Handeln von K'os ihrem Mann nicht zur Schande geriet. Sie selbst war an das Bedürfnis von K'os gewöhnt, die Beachtung der Menschen auf sich zu ziehen.

Tochter beugte sich zu Ghaden und flüsterte ihm ins Ohr, dass sie Wasser holen müsse. Er stand auf, nahm ihr einige Blasen ab und ging mit ihr. Tochter sah, dass manche Menschen in dem *ulax* große Augen machten, sah das Erstaunen der Männer und Frauen, die noch auf dem Dach waren.

»Wir brauchen Wasser«, sagte Ghaden und hielt die Blasen in die Höhe, die er in seinen Händen flach gedrückt hatte.

Einige Frauen traten vor, nahmen die Blasen von Ghaden und auch jene, die Tochter hielt. Dann kletterte Ghaden wieder in das *ulax*, wartete unten an dem Stamm auf Tochter, führte sie an den Platz, wo er gesessen war.

»Setz dich neben mich«, sagte er mit leiser, sanfter Stimme.

»Qung braucht Hilfe, Mann«, erwiderte Tochter.

»Es sind andere Frauen hier. Sie wird genug Hilfe haben.«

Dann rief er nach K'os. Sie kam, sah Tochter einen Augenblick mit gerunzelter Stirn an und formte mit den Lippen das Wort »Wasser?«.

»Mehrere Dorffrauen holen Wasser«, sagte Tochter.

Ghaden drückte die Hand von Tochter, damit sie wusste, dass sie schweigen sollte. »Ich brauche meine Frau bei mir«, sagte er mit fester Stimme. »Aber Qung ist eine alte Frau, und sie braucht Hilfe.«

K'os streckte die Hände aus, wie um Ghaden daran zu erinnern, dass ihre Finger verkrüppelt waren, doch er hielt den Blick auf ihr Gesicht gerichtet. »Du bist nicht meine Frau«, sagte er.

Tochter hielt den Atem an. K'os legte den Kopf schief und lächelte mit zusammengebissenen Zähnen. »Du hast recht. Deine Frau soll hier bei dir sein. Ich werde Qung helfen.«

Ghaden drückte die Hände von Tochter, dann drehte er sich um und nahm das Mitgefühl jener entgegen, die in das *ulax* gekommen waren. Aber der Atem von Tochter kam so schwer, dass es schien, als hätte jemand Steine auf ihr Herz gelegt. Ja, K'os würde Qung helfen, und sie würde tüchtig arbeiten, aber Ghaden würde ihren Zorn erleben, und K'os würde zu einer Zeit zuschlagen, wenn weder Tochter noch Ghaden es erwarteten. So waren ihre Wege.

Du hast ihre Rache schon früher erlebt, ermahnte sich Tochter. Sorge dich um deinen Mann. Es gibt nichts Wichtigeres.

Sie presste grimmig die Zähne zusammen und holte die Erinnerung an jene lange vergangene Zeit zurück, als sie und der Großvater auf dem Meer getrieben waren. Er war zu krank gewesen, um ihr zu helfen, und wenngleich sie nur ein Kind war, war sie es gewesen, die dem Boot sagte, wohin es fahren sollte. Sie hatte auf den Berg gezeigt, der die Insel der Ersten Menschen kennzeichnete. Sie war die Starke gewesen.

TEIL DREI

30

DIE GESCHICHTE VON TOCHTER

Die *iqyax*-Verkleidung aus Robbenhaut war zu nah am Gesicht von Tochter, und ein Vorratsbündel zwängte ihre Füße ein, aber da K'os in dem *iqyax* von Robbe lag, ohne zu klagen, wie sollte Tochter es anders machen? Zudem war sie es gewesen, die gebeten hatte, in dem *iqyax* ihres Mannes mitzufahren statt in dem Händlerboot ihres Vaters, und weil auch Ghaden dies wünschte, hatte Robbe sein größeres Boot gegen ein eigenes *iqyax* eingetauscht.

Uutuk war immer diejenige gewesen, deren Wünsche nicht beachtet wurden, und welche Frau erwartet etwas anderes? Schließlich war sie nur eine Tochter, nicht ein Sohn, der Jäger werden würde. Und da nun ein leise geäußerter Wunsch so viele Veränderungen mit sich brachte, würde sie eher sterben, als eine Klage zu äußern.

Die erste Nacht verbrachten sie an einem breiten grauen Sandstrand. Er wand sich so weit in die Hügel hinein, dass es beinahe eine kleine Bucht war, ein schöner Flecken mit vielen Vögeln und großen Haufen Treibholz, die das Meer angespült hatte.

»Warum lebt hier niemand?«, hatte K'os gefragt.

»Zu weit zum Wasserholen«, sagte Ghaden und wies zu den Hügeln. »Ein halber Tag zu gehen. Aber es ist ein gutes Lager für die erste Nacht, wenn ein Mann noch volle Blasen mit Wasser aus dem Dorf der Händler hat. Wenn man Glück hat, sieht man hier sogar manchmal Karibus.«

Tochter sammelte genug Treibholz, um das Feuer die ganze Nacht in Gang zu halten, denn wenn es Karibus gab, dann konnte es auch Wölfe geben, so war es zumindest in den Geschichten, die K'os ihr erzählt hatte. Sie war immer froh gewesen, zum Stamm der Ersten Menschen zu gehören und nicht zum Flussvolk, denn bei den Flussmenschen gab es so viele Tiere, die man fürchten musste. Wölfe und Vielfraße, Luchse und Füchse, Elche und Karibus, ein jedes konnte Schaden anrichten, im Großen oder im Kleinen. Und jetzt war sie Frau von einem Flussmann und fuhr mit ihm zu seinem Dorf.

Als Ghaden in das Dorf der Händler zurückgekehrt war, blieben sie dort, um die zweite Trauer einzuhalten. Ghaden hatte gedacht, vierzig Tage zu trauern, wie es die Ersten Menschen oft taten, doch K'os hatte ihn überzeugt, dass es besser war, zu dem Vier-Flüsse-Dorf aufzubrechen, wo die Frau von Cen lebte, um ihr zu sagen, was geschehen war, und für eine weitere Trauerzeit bei ihr zu bleiben.

»Bis dahin trauere in deinem Herzen um ihn, so wie wir alle es tun«, hatte K'os gesagt, und wie konnte Ghaden einer solchen Weisheit widersprechen?

Tochter hatte gehofft, die vollen vierzig Tage am Strand der Händler zu verbringen. Sie hatte die alte Frau Qung lieb gewonnen und sich gewünscht, mehr von ihren Geschichten zu hören und sich an der Weisheit von Qung zu erfreuen. Aber K'os hatte Recht. Bald würde das Herbstwetter kommen, und dann konnte man nicht mehr so gut abwägen, wie das Meer sein würde. Wenn ein Sommersturm einen Mann wie Cen töten konnte, der viele Sommer gefahren war, welche Hoffnung hätten dann Ghaden und Robbe, belastet mit ihren Frauen in ihren *iqyan*?

Sie warf den letzten Arm voll Treibholz neben das lodernde Feuer, das Robbe entfacht hatte. Er machte ein finsteres Gesicht und beobachtete Ghaden und K'os. Auf einmal wurde Tochter gewahr, dass sie, seit sie die *iqyan* an den Strand gezogen hatten, in der Flusssprache sprachen, die Robbe nicht verstand.

»Er erklärt, warum es kein Dorf gibt in dieser Bucht«, sagte Tochter zu Robbe. »Er spricht in der Flusssprache, weil sie leichter für ihn ist als die Sprache der Ersten Menschen, und auch weil er weiß, dass du, der du Jäger und Händler bist, keine Erklärung brauchst; denn jeder Mann würde erkennen, warum hier kein Dorf ist, obwohl der Strand gut ist und es reichlich Treibholz gibt und sogar die Bäume oben auf den Hügeln gerade und hoch sind.«

Robbe blähte seine Brust. »Ja, ein Mann würde das sehen«, sagte er. Er wies mit dem Kinn zu den Bäumen und lachte. »Aber du denkst, sie sind hoch? Warte, bis wir in das Land des Flussvolkes kommen. Dann wirst du Bäume sehen, so hoch, dass sie den Himmel versperren. Ist es nicht so, Ghaden?«

Ghaden hockte sich neben Robbe und sagte in der Sprache der Ersten Menschen: »Es ist wahr, Frau. Die Bäume sind so hoch, dass ihre Schatten die Erde zudecken. Unter ihren Ästen scheint es selbst an den hellsten Tagen beinahe Nacht zu sein.«

Tochter schüttelte ungläubig den Kopf. »Ich weiß, es ist wahr, was du sagst, aber es ist schwer für mich, es mir vorzustellen.«

K'os hatte sich neben ein *iqyax* gekniet und mühte sich ab, einen Packen mit getrocknetem Fisch aus dem Heck zu ziehen. Als sie ihn endlich freibekommen hatte, drehte sie sich um und sagte: »Es sind Schätze dort in den Wäldern. Eine Heilerin kann viele Dinge finden, um anderen zu helfen. Ich werde dich unterweisen, Uutuk, und dann wird das Flussvolk froh sein, dass Ghaden dich zu ihnen gebracht hat, selbst wenn du eine von den Ersten Menschen bist.«

Tochter wusste, dass die Worte von K'os ihr Mut machen sollten, doch sie lösten nur eine bange Vorahnung in ihr aus. Später, als sie gegessen hatten und das Dunkel der Nacht ihren

Strand einhüllte, rollten sie und Ghaden sich unter ihren Schlaffellen zusammen, und die Berührung seiner Hände beruhigte sie, sodass sie gut schlief, mit guten Träumen und ohne Angst.

Herendeen-Bucht, Alaska
602 v. Chr.

Genug von diesen Weibergeschichten!«

Yikaas sah zu dem Kletterstamm. Er war nicht überrascht, den Unmut von Himmelfänger zu hören. Wer sonst machte ihm solchen Verdruss?

»Wir haben dir schon gesagt, dass wir nicht so viel von Tochter hören wollen. Fast jeder Mann hier ist Händler oder Jäger. Erzähle uns die Geschichte von einem Mann. Wir haben alle selbst die Fahrt von diesem Dorf zum Festland gemacht.«

»Ja«, sagte Yikaas, »aber stell dir vor, du wärst eine Frau, die in einem *iqyax* liegt und den Himmel nicht sehen kann! Das ist etwas, das es zu bedenken gilt.«

Viele Männer bekundeten murmelnd ihre Zustimmung. Einer rief: »Kein Wunder, dass Frauen nicht gerne mitfahren. Es wäre schwierig, sich nicht zu fürchten.«

»Ha!«, sagte ein anderer. »Wenn eine Frau Vertrauen zu ihrem Mann hat, soll sie froh sein, einfach den ganzen Tag dazuliegen und nichts zu tun, nicht einmal zu paddeln.«

Himmelfänger kam den Kletterstamm herunter und hockte sich auf eine der Kerben, sodass er immer noch höher war als die anderen Männer in der Behausung. »Du hörst dich an, als wärst du gern eine Frau«, sagte er zu dem Jäger.

Einige Männer lachten. »Wer hat das Glied in deinem

ulax?«, rief ein Händler von den Ersten Menschen. »Deine Frau?«

Qumalix beugte sich zu Yikaas, um zu übersetzen, was der Händler gesagt hatte, und Yikaas sagte voll Zorn über die Torheit der Männer: »Mann oder Frau, es ist gut, das Leben durch die Augen von jemand anderem zu sehen.«

Einige Männer bekundeten laut ihre Zustimmung, andere aber riefen Kränkungen, erläuterten gar die Möglichkeit von Flüchen, wenn ein Mann sich zu sehr bemühte, zu verstehen, was eine Frau fühlte, wie sie die Welt sah.

»Diese Dinge sollte man besser den Geschichtenerzählern überlassen«, sagte der oberste Jäger schließlich, dann forderte er Himmelfänger auf: »Du musst herunterkommen und dich zu uns setzen.« Als Himmelfänger blieb, wo er war, stand der oberste Jäger auf und stieß den Finger in die Luft wie ein Vater, der ein Kind schilt. »Jetzt!«

Himmelfänger verließ seinen Platz auf dem Kletterstamm und setzte sich hinten in das *ulax*, aber er verkniff unwillig den Mund und murmelte Klagen, bis Yikaas sagte: »Die Geschichte von Cen.«

Da bekundeten die Männer ihren Beifall, nur Himmelfänger nicht, der die Lippe vorschob wie ein schmollendes Kind, die Arme verschränkte und die Augen schloss, als wollte er lieber schlafen als zuhören.

Beringmeer
6435 v. Chr.

DIE GESCHICHTE VON CEN

Drei Tage lang hatte das Meer das *iqyax* von Cen in seiner Gewalt. Es gab Augenblicke, da das Brausen in seinen Ohren schwächer zu werden schien, dann schöpfte er Hoffnung, dass sein Gehör wiederkehren würde. Doch obgleich er angestrengt lauschte, wenn die Stimme des Meeres leise wurde, drangen keine anderen Geräusche zu ihm.

Seine Augen konnten die Nacht vom Tag unterscheiden, wenn die Wolken nicht zu dicht waren. In diesen Zeiten, wenn alles grau war, glaubte er beinahe, er sei tot und auf der Reise in die Geisterwelt, denn was wusste ein Mensch von dieser Reise? Es gab Schamanen, die behaupteten, in jene Stätte der Geister gegangen zu sein, aber sie sagten nicht, wie die Reise gewesen war. Zudem war Cen ein Mann, der gelernt hatte, nicht zu viel zu glauben von dem, was andere behaupteten, insbesondere wenn das, was sie sagten, ihnen Gewinn brachte.

Er versuchte, mit den Tagen Schritt zu halten, die vergangen waren, sie im Kopf zu zählen, doch ohne Augen und Ohren, um Grenzen zu ziehen, wanderten seine Gedanken auf Irrwegen und törichten Pfaden. Er trank sein Wasser sparsam, beschränkte sich auf drei Schlucke, die er nur nach einer langen Zeit der Dunkelheit zu sich nahm, am Ende einer Nacht. Nach diesem Bemessen schien es, dass vier oder fünf Tage vergangen waren, denn er hatte fast eine Blase mit Wasser geleert.

Anfangs hatte sein Magen nichts behalten können, was er aß, doch der letzte getrocknete Fisch war ihm bekommen. Er hatte noch genug Fisch für viele Tage, doch irgendwie war Wasser in den Packen gesickert; wohl war der Fisch bislang nur weich geworden durch die Feuchtigkeit, doch Cen fürchtete, er würde schimmeln.

Er sang zu dem Wind, bat ihn, er möge ihn an einen guten Strand tragen, aber seine Kehle war noch rau, und die Worte kratzten über seine Zunge wie ein Breitbeil. Wenn die Schmerzen in seinem Hals ein Anzeichen waren, dann waren seine Gesänge nicht angenehm anzuhören, und Cen fragte sich, ob es besser sei, zu schweigen, als den Wind mit seiner armseligen Stimme zu kränken. Am Ende aber entschied er, dass der Wind wusste, was er durchgemacht hatte, und die Seetiere, die ihn hörten, würden gar seinen Mut bewundern und bereit sein, ihn zu lenken.

In der fünften Nacht, wenn er richtig gezählt hatte, wurde Cen plötzlich von etwas geweckt, das an die Seite von seinem *iqyax* schlug. Seine erste Eingebung war, sich so eng zusammenzurollen, wie er konnte, sich klein zu machen, um dem, was immer es war, eine geringere Möglichkeit zu bieten, ihn mit Zähnen oder Krallen zu packen. Als er vollends wach war, gewahrte er, dass das Meer ruhig war, dass aber etwas an die linke Seite von seinem *iqyax* schlug.

Der Sturm hatte ihm nicht das lange Messer genommen, das er an seine Wade geschnallt hatte. Er zog es aus der Scheide, nahm es in die rechte Hand, ballte dann die linke zur Faust und schob sie langsam über das Wasser. Er hielt den Atem an, sein Herz schlug heftig, bis das Blut in seinen Adern pochte. Nichts geschah. Er tat einen langen Atemzug und tauchte die Hand ins Wasser.

»Es ist Nacht, und du versuchst, mich zu überlisten, damit ich denke, du bist nicht da. Du denkst, ich kann dich im Dunkeln nicht sehen. Du irrst dich. Ich weiß, wo du bist. Siehst du mein Messer?« Er hob die rechte Hand, ließ sein Handgelenk kreisen, sodass die Obsidianklinge das Licht des Mondes einfangen würde, falls ein Mond da war. »Mein Messer hungert nach dem Geschmack von Blut.«

Er sprach diese Worte einmal und dann noch einmal, doch noch immer geschah nichts, und weil er seine eigene Stimme nicht hören konnte, fragte er sich, ob er vielleicht nur flüsterte. Er füllte seine Lungen mit Luft, schrie die Worte.

Nichts.

Er tauchte die Hand wieder ins Wasser und wartete auf einen Schmerz, aber da war nur die Kälte der See.

»Was bist du?«, fragte er fordernd. »Fisch? Otter? Robbe?«

Etwas berührte den Stummel seines kleinsten Fingers, und er riss die Hand aus dem Wasser. Etwas schlug gegen sein *iqy-*

ax. Durch die dünne Haut der Verkleidung fühlte er, dass es sich bewegte, aber nicht so, wie ein Tier sich bewegt. Sein Herz tat einen hoffnungsvollen Sprung. Seetang? Das würde bedeuten, dass er nahe an einem Ufer war.

Nein, sagte er sich. Es war zu fest für Seetang. Vielleicht war es Treibholz, getragen von derselben Strömung, die sein Boot erfasst hatte.

Cen nahm seinen Mut zusammen und tauchte abermals seine Hand ins Wasser, dieses Mal mit gespreizten Fingern, bereit, zu packen, was immer ihn gefunden hatte.

Er bekam es zu fassen, nass und hart, glitschig von einer langen Reise im Meer. Ein Ast von einem Baum. Er versuchte, ihn in sein *iqyax* zu wuchten, aber der Ast war schwer und hätte ihn fast ins Wasser gezogen. Er schob sein Messer wieder in die Scheide, nahm beide Hände, lehnte sich nach rechts, als er den Ast hob. Schließlich bekam er ihn in sein *iqyax* und legte ihn quer über den Süllrand, rückte ihn hin und her, bis er mittig zu liegen schien. Er streckte die linke Hand aus, so weit er reichen konnte, und bekam das Ende des Astes nicht zu fassen, tat dann dasselbe mit der rechten Hand. Der Ast war länger als ein großer Mann, aber rundum nur so dick wie seine Handgelenke, und er roch nach Zeder, dem besten Holz für Paddel, leicht und stark.

Ein solcher Ast könnte gut sein für einen Mann, wenn eine Welle ihn gegen Felsen warf, aber er war zu lang. Er würde ihn kürzen müssen. Vielleicht konnte er ihn sogar als eine Art Paddel benutzen, kein gutes Paddel, aber besser als nichts.

Freilich, ohne zu sehen, ohne zu hören, wie konnte er wissen, wohin er sein *iqyax* lenken musste? Cen schob den Gedanken aus seinem Kopf. Das Meer hatte ihm ein Geschenk geschickt. Warum es als etwas Geringeres sehen?

Er hatte seine Paddel immer nach dem Maß seiner ausgestreckten Arme gemacht und daran das Blatt angefügt. Nun beugte er sich nach vorn, griff mit beiden Händen, so weit er konnte, fasste die Stelle, die die Fingerspitzen seiner rechten

Hand berührten, und zog dieses Ende des Astes zu sich heran. Mit dem Daumennagel ritzte er ein Merkzeichen in das vom Wasser aufgeweichte Holz, dann erforschte er mit den Fingern das Ende des Astes. Er erweiterte sich zu Zweigen, wie die Knochen einer Hand, und plötzlich sah Cen im Geiste eine neue Art von Paddel vor sich, die Magenhaut, die seine getrockneten Fische enthielt, straff über diese fingerartigen Zweige gespannt, um ein Blatt zu bilden.

Ein solches Blatt würde Felsen oder starken Strömungen nicht standhalten, aber in ruhiger See könnte es von Nutzen sein – sofern er wusste, in welche Richtung er paddeln musste.

Er schob die Hände an das andere Ende. Wo der Ast von dem Baum abgebrochen war, war er zweimal so dick wie sein Handgelenk, und das Ende war noch splittrig. Dann war der Ast also nicht lange genug im Wasser gewesen, um zu verrotten. Was sollte er tun? Das dicke Ende, wo die Kraft lag, abschneiden, oder die Zweige abschneiden, die als Blatt dienen könnten? Er erwog die Möglichkeiten, dann beschloss er, den Ast in der Mitte durchzuschneiden. Der Teil, der das Paddel ergab, würde kurz sein, aber er könnte sich dicht über das Wasser beugen, um es zu benutzen, und dann hätte er noch ein genügend langes Stück mit dem dicken Ende, um sich von Felsen und Untiefen abzustoßen.

Zweimal maß er den Stock mit Handlängen, dann nahm er sein Messer, um ihn in der Mitte durchzuschneiden. Das Meer hatte die Borkenschicht abgeschält, und das Holz war schwammig, aber als er eine tiefe Kerbe geschnitten hatte, kam er zu dem Kernholz, das noch trocken und kräftig war und sich mit jedem Schnitt gegen sein Messer wehrte.

»Gut, du bist ein Krieger«, sagte Cen zu dem Ast. »So brauche ich dich. Wir mögen klein sein gegen das gewaltige Meer, aber wir haben beide ein starkes Herz.«

Er drehte den Ast um und schnitt abermals durch das schwammige Holz bis zum Kern, dann weiter, bis er fast durch war, und brach den Ast in zwei Hälften. Er schnitzte die geschnittenen Enden glatt und schob sie in das *iqyax* hinunter. Er war erschöpft und musste schlafen. Wenn er aufwachte, wollte er das Ende mit den Zweigen mit Robbenmagen von seinem Fischpacken bespannen. Dann würde er ein Paddel haben.

In seinem Schlaf träumte Cen, dass er sehen konnte, und als die Sonne ihn aufweckte und mit ihrem starken Licht sein rechtes Auge aufzwang, fand er es nicht ungewöhnlich, diese Helligkeit zu sehen und das Auge dagegen abzuschirmen. Dann fiel ihm ein, wo er war und was ihm geschehen war. Er öffnete das Auge, so weit er konnte, schrie auf, weil das Licht ihm wehtat, dann jubelte er vor Freude, als er gewahr wurde, dass er die braune und gelbe Hautbespannung von seinem *iqyax* sehen konnte.

Er vergaß die Vorsicht, die jeder Mensch, der von Wunden genas, walten lassen sollte, und zwängte sein Augenlid auf, um auf das Meer zu schauen. Der Nebel war zu weißen Wolken aufgestiegen, die hoch wie Berge über den Wellen standen, und Cen war es, als hätte sein *iqyax* inmitten der See ein Tal gefunden, mit Wolken und Nebel als Bergwänden und dem Wasser als breitem Fluss, der die Talsohle durchschnitt.

Sein Auge war noch immer so stark geschwollen, dass es nicht allein offen blieb, deshalb hob Cen das Lid mit einem Daumen an, und mit Hilfe der anderen Hand und den Bewegungen seines Körpers drehte er sein *iqyax* im Kreis herum, aber da war nichts als Meer und Wolken.

Er beschloss, sein Paddel fertig zu machen und dann, sobald der Nebel sich lichtete, seine Richtung zu nehmen, denn gewiss würde er einen dunklen Rand ausmachen können, der Land bezeichnete, und wenn nicht, würden ihn wenigstens die Sterne leiten, die wenigen, die stark genug wären, um ihr Licht durch den bewölkten Nachthimmel zu drücken.

Doch als er die Haut mit getrocknetem Fisch aus dem Bug gezogen hatte, hatte sich das Licht durch sein Auge in sein Gehirn gebohrt, und davon schmerzte sein Kopf so schlimm, dass er nichts tun konnte, als stillzusitzen und das *iqyax* abermals allein seinen Weg durch das Meer suchen zu lassen.

Er schlief ein, und als er aufwachte, war es Nacht. Die Schmerzen in seinem Kopf waren einem Pochen gewichen, das unmittelbar über seinen Ohren schlug, aber das war ein Schmerz, den ein Mann vernachlässigen konnte. Wieder zwängte er sein Auge auf und blickte in die Nacht hinaus. Der Nebel lag feucht und dicht, verhüllte sogar das Meer. Cen hob den Kopf zum Himmel und sah einen Riss in den Wolken; der Spalt war voller Sterne. Da gewahrte er mit großer Verzweiflung, dass er weit entfernt war vom Land, dass er irgendwie nach Norden und Westen getrieben war anstatt nach Süden und Osten.

»Nun gut«, sagte er schließlich, und er sprach laut, damit das Meer wusste, dass er nicht aufgegeben hatte, »ich werde mein Paddel morgen fertig machen, und dann werden wir auf das Land zuhalten. Es wird nicht ewig dauern, bis es regnet, dann werde ich meine Trinkschale füllen, und ich habe genug Fisch, um lange Zeit zu überleben.«

Er ließ sich wieder in den Schlaf sinken, verbarg seine Angst so tief, dass sie nicht auf seine Träume einwirkte.

DIE GESCHICHTE VON GHADEN

Es dauerte mehr als einen Mond, bevor Ghaden, Robbe, K'os und Tochter in das Flussdorf von Ghaden gelangten. Sie hatten angehalten, um mit dem Walrossvolk zu handeln, wenngleich K'os gefürchtet hatte, dass man sie abermals als Arbeiterin begehren würde. Sie hatten sie nicht erkannt, und Ghaden hatte gesehen, wie darauf Erleichterung und Zorn in ihr kämpften. Dennoch war sie vorsichtig gewesen, hatte keine Pflanzen für Arzneien gesammelt, wenn Walrossfrauen in der Nähe waren, und hielt ihre knotigen Hände sorgsam verborgen, denn die hatten sich kaum verändert seit den Jahren, als sie Arbeiterin gewesen war.

Bei den Tauschgeschäften sprach sie nicht in der Walrosssprache und nicht in der Flusssprache, nur in der Sprache der Ersten Menschen, und obgleich sie ihre Haare geflochten hatte, sobald sie den Strand der Händler verließen, trug sie nun einen Knoten, wie es Brauch war bei den Frauen der Ersten Menschen, die einen Mann hatten.

In dem Dorf von Chakliux würde es anders sein. Ghaden hatte keinen Zweifel, dass man sie erkennen würde. Sie hatten sie schließlich immer gekannt, und sie war sowohl Frau von einem Mann als auch Arbeiterin gewesen. Überdies musste er Chakliux erklären, dass Uutuk die Tochter von K'os war und daher die Schwester von Chakliux. Was war neben dem Verhältnis von Mutter und Kind wichtiger als das von Onkel und Schwestersohn? Wenn er und Uutuk Kinder hätten, würde Chakliux Ghaden helfen wollen, die Jungen in den Wegen von Jagen und Fischen zu unterweisen.

Vor langer Zeit hatte Chakliux K'os aus dem Flussdorf verwiesen. Viele meinten, er hätte sie töten sollen, weil sie so vielen Menschen Böses zugefügt hatte, aber Chakliux hatte Ghaden oft erzählt, wie K'os ihn als Kind vor dem Tod bewahrt hatte, nachdem seine eigene Mutter ihn dem Sterben anheim gegeben hatte, ein Geschenk an den Wind wegen seines klumpigen Otterfußes.

Die frühen Erinnerungen von Ghaden an K'os, als K'os seine Schwester Aqamdax als Arbeiterin besaß, waren Erinnerungen an eine böse Frau, die alle Menschen betrog. Aber wie konnte er jene Erinnerungen mit dem in Einklang bringen, was er jetzt von ihr kannte? Sie war Uutuk eine sehr gute Mutter, liebevoll und fürsorglich. Zuweilen sah er eine Selbstsucht in ihr, die den wenigsten Müttern eigen war, aber oft gab sie Uutuk das Beste vom Essen, und sie behandelte ihren Mann Robbe mit Achtung, obwohl Robbe ein schwacher Mann war und die Ehrerbietung von K'os nicht immer verdiente. Waren seine frühen Erinnerungen verzerrt von Zorn und Furcht in jener Zeit des Krieges? Vielleicht. Welches Kind versteht immer alles, was um es herum geschieht?

Zumindest schuldete er K'os Achtung. Sie war die Mutter von Uutuk und hatte sie gut unterwiesen. Wenngleich Uutuk eine junge Frau war, konnte ihr Geschick mit Nadel und Ahle, beim Geschichtenerzählen und bei der Zubereitung von Essen mit jenem von alten Frauen wetteifern. Im Bett gab sie sich bereitwillig hin, und sie war sorgsam darauf bedacht, die Tabus zu beachten, in denen sie als Frau von den Ersten Menschen unterwiesen worden war. Wenngleich sie noch viel zu lernen hatte über die Wege des Flussvolkes, hatte Ghaden keinen Zweifel, dass sie ihm eine gute Frau sein würde, auch wenn sie beschlossen, bei dem Flussvolk zu leben.

Aber er hatte auch keinen Zweifel, dass er mit Uutuk als Frau in dem Dorf von Chakliux nicht mehr wahrhaft willkommen sein würde.

Er seufzte. Er wünschte, er könnte Cen um Rat fragen. Er würde gern in seinem eigenen Dorf leben, bei Aqamdax und Yaa und ihren Familien, aber er hatte seine Wahl getroffen, und er würde Uutuk nicht aufgeben, auch nicht für seine Schwestern. Wenn K'os und Robbe erst zu den Ersten Menschen zurückgekehrt wären, würde Chakliux Ghaden und Uutuk vielleicht gestatten, in seinem Dorf zu bleiben, und wenn nicht, gab es andere Dörfer. Vielleicht würde es Gheli, der Frau von Cen, lieb sein, wenn Ghaden sie und ihre Töchter mit Fleisch versorgte, nun, da sie Witwe war.

Ghaden blickte auf. Uutuk beobachtete ihn. Sie wäre nicht so besorgt, wenn sie wüsste, wie viel Trost sie ihm gab. Ghaden lächelte sie an, und sie erwiderte sein Lächeln.

Sie würden glücklich sein, ganz gleich, wo sie lebten, aber gewiss würde Chakliux sehen, dass K'os jetzt nur mehr eine harmlose alte Frau war, nur darauf bedacht, dass ihre Tochter ein gutes Leben hatte.

31

Sie lenkten ihre *iqyan* flussaufwärts, dorthin, wo das Dorf von Chakliux lag, und weniger als eine halbe Tagesreise entfernt machten sie Halt für die Nacht. Ghaden wollte weiterfahren, doch er wusste, K'os hatte Recht, als sie mahnte, dass sie rasten sollten. Es war ein guter Platz für ein Nachtlager, eine Lichtung, die K'os und Ghaden beide kannten, aber K'os war erstaunt, wie viel enger die Stelle geworden war. In den Sommern seit dem Fortgang von K'os hatten sich auf allen Seiten Fichten und Birken breit gemacht.

Sie errichteten aus Fichtenzweigen einen Unterstand, entfernten die *iqyan*-Verkleidungen und hoben alsdann die Holzrahmen in die Bäume hinauf, um sie vor Bären und Vielfraßen zu schützen. Diese könnten die Sehnen fressen, welche die Fugen verbanden, oder die Blutpaste, welche die Elfenbeinplatten festhielt, die zum Schutz vor Abnutzung dort angebracht waren, wo Holz auf Holz traf. Die Tiere würden Schaden anrichten, hatte Ghaden Robbe erklärt. Anders als auf den Inseln der Ersten Menschen gab es im Land des Flussvolkes viele Tiere, und die kleinen, hungrigen konnten mühelos auf Bäume klettern.

Robbe murrte, doch Ghaden achtete nicht auf ihn. Der Mann hatte schon früher mit dem Flussvolk gehandelt. Vielleicht war er nie bis zu dieser fernen Insel gekommen, aber mit Bäumen und Tieren kannte er sich aus.

»Die Flussmenschen geben so viel, wie sie nehmen, wenn

nicht mehr«, hatte Ghaden gesagt, dann war er mit Uutuk in den Wald gegangen. Dort saßen sie und schauten, und Ghaden wies sie auf die verschiedenen Vögel und Tiere hin und erklärte deren Geist-Mächte.

Nach einer Weile kam K'os hinzu und machte sich mit Uutuk auf die Suche nach Heilpflanzen. Ein kleines Stück Weges ging Ghaden mit ihnen, aber K'os pflückte so viele verschiedene Pflanzen, erzählte so viel über jede, dass in seinem Kopf bald alles durcheinander schwirrte. Er fragte sich, ob Uutuk sich einprägte, was K'os ihr erzählte, oder ob sie nur aus Höflichkeit zuhörte. Aber als sie am Abend beisammensaßen und zwei Hasen brieten, die Ghaden mit einem Wurfstock erlegt hatte, stellte seine Frau Fragen und wiederholte, was sie von K'os vernommen hatte, auf dass K'os sie verbessern konnte. Er freute sich, war stolz auf sie. Eine Frau mit einem wachen Verstand war gewöhnlich eine gute Mutter, und wenn Uutuk lernen konnte, Heilerin zu sein, würde das allein vielleicht genügen, um ihnen einen Platz in dem Dorf von Chakliux zu verdienen.

Als die Sonne unterging, schickte K'os Uutuk noch mehr Holz sammeln, damit es für die ganze Nacht reichte.

»Es ist warm«, sagte Ghaden zu ihr. »Warum sich wegen des Feuers sorgen?«

»Um Bären fern zu halten«, sagte sie.

Er zuckte mit den Schultern. Die Furcht vor Bären war stets vorhanden, aber die meisten, die so dicht bei dem Dorf von Chakliux lebten, waren Schwarzbären, und es war nicht anzunehmen, dass sie zu nahe herankommen würden, wenn sie den Rauch von einem Feuer witterten, selbst von einem, das irgendwann in der Nacht erloschen war. Er vermutete, die Angst von K'os vor solchen Tieren rührte eher daher, dass sie so viele Sommer auf der Insel der Ersten Menschen gelebt hatte.

»Außerdem«, sagte sie zu ihm, »muss ich mit dir sprechen, ohne dass Uutuk es hört.«

»Was ich weiß, wird meine Frau wissen«, sagte er.

K'os sah ihn mit gerunzelter Stirn an und lächelte, als wäre sie eine liebevolle Mutter, die ein törichtes Kind betrachtet. »Wie du willst.«

Ghaden wollte fortgehen, aber er sagte sich, dass er stärker war als ihre Kränkungen. Daher tat er, als wäre sie achtungsvoll gewesen, wie es die Mutter einer Frau sein sollte, hockte sich wieder hin, verschränkte die Arme über den Knien und nickte, um sie wissen zu lassen, dass er zuhörte.

»Ich werde in dem Dorf meines Sohnes nicht willkommen sein«, sagte sie. »Ich denke, ich sollte hier in diesem Lager auf dich und Robbe warten. Sowie ihr bereit seid, zu dem Vier-Flüsse-Dorf zu gehen, kommt ihr Uutuk und mich holen.«

»Uutuk?«, sagte Ghaden. »Ich will sie mit in mein Dorf nehmen. Chakliux mag dich fortgeschickt haben, aber er hat nichts gegen meine Frau.«

»Sie ist meine Tochter. Das wird genügen. Sie werden Robbe als Händler begrüßen, und er ist ein Mann, der für sich selbst sorgen kann. Zudem, welcher Händler von den Ersten Menschen ist nicht willkommen in dem Dorf von Chakliux, da Chakliux sich eine Frau von den Ersten Menschen genommen hat? Aber Uutuk ist jung, und ich habe Angst um sie. Lass sie hier bei mir.«

»Denkst du, ich kann nicht auf meine Frau aufpassen?«

»Ich denke, es wäre klug, wenn du zunächst allein gehen würdest.«

Ghaden dachte lange über die Worte von K'os nach, und bevor er Antwort gab, fügte K'os hinzu: »Als ich jung war, war ich töricht. Ich hatte gute Männer, und ich habe sie nicht gewürdigt. Ich hatte eine Arbeiterin und habe sie nicht gut behandelt. Ich hatte einen Sohn, der die Dinge anders sah als ich. Manchmal hatte er Recht, manchmal ich, aber dass wir das Leben nicht auf dieselbe Weise sahen, war kein Grund für den Zorn, den ich gegen ihn hegte. Das Gute, wenn man alt wird, ist, dass es einem Zeit gibt, Weisheit zu erlangen. Als ich Uutuk und ihren Großvater an dem Strand von der Insel meines Mannes fand, dachte ich nur an mich, dass sie mir helfen könnten, bei den Menschen jenes Dorfes mehr Achtung zu erringen. Aber der Großvater von Uutuk war ein sehr weiser Mann. Er hat mich viel gelehrt, und zum ersten Mal sah ich, wie selbstsüchtig ich war und wie wenig ich für andere tat. Ich habe mich geändert, seit mein Sohn mich zuletzt sah. Ich erwarte nicht, dass er das glaubt, aber ich hoffe, dass du mir Glauben schenkst.«

In der einbrechenden Dunkelheit schien das Feuer heller zu leuchten, und Ghaden sah es jetzt, gelb und rot, in den Augen von K'os.

»Ich weiß, dass du meiner Frau eine gute Mutter gewesen bist«, sagte er. »Ich sehe, dass du deinen Mann mit Achtung behandelst. Wenn du denkst, dass es das Beste ist, wenn Uutuk bei dir bleibt, dann lasse ich sie hier, aber es wäre mir lieber, wenn auch Robbe bliebe, um euch zu beschützen.«

»Wir sind in Sicherheit«, sagte K'os. »Aber sei klug, wenn du mit Chakliux sprichst. Wenn du ihm sagst, dass du eine Frau genommen hast, halte ich es für das Beste, wenn du nicht erwähnst, dass ich ihre Mutter bin. Es leben Menschen in dem Dorf, die ich gerne sehen würde – deine Schwester Yaa, den Jungen Schreit-laut.« Sie stieß ein leises Lachen aus und schüttelte den Kopf, als riefe sie alte Erinnerungen wach. »Er muss jetzt ein Mann sein. Wenn du denkst, du kannst ihm vertrauen, magst du ihn hierher bringen, um mich zu sehen. Wenn Chakliux sich freut, dass du eine Frau von den Ersten Menschen genommen hast, und du beschließt, Uutuk mit in das Dorf zu nehmen, um deine Schwestern zu treffen, dann magst du Schreit-laut mitbringen, wenn du sie holen kommst. Er hatte viel Kummer in seinem Leben, da er seine Mutter verlor, und ich habe immer die Kraft bewundert, mit der er diesen Verlust trug.«

»Er ist ein starker Jäger und sorgt gut für meine Schwester Yaa«, sagte Ghaden.

K'os lachte abermals auf. »Yaa ist seine Frau?«, fragte sie.

»Seit vielen Sommern schon.«

»Gewiss hat er sie mit Söhnen und Töchtern gefüllt«, sagte K'os und sah Ghaden mit zusammengekniffenen Augen an, als er nicht antwortete.

Ghaden wandte den Kopf und erspähte Uutuk, die ein Bündel Holz trug, eine gute Entschuldigung für ihn, das Gespräch mit K'os zu beenden. Sie brauchte nicht zu wissen, dass Yaa und Schreit-laut keine Kinder hatten, dass jedes Kind, das Yaa in sich trug, zu früh gekommen und bald nach der Geburt gestorben war. Würde er K'os mehr vertrauen, könnte er sie fragen, ob sie eine Arznei hätte, die helfen würde, aber wenn ihre Behauptung, dass sie sich geändert hatte, nicht wahr war, brauchte sie nicht mehr als nötig von Yaa und Schreit-laut zu wissen. Immerhin war Schreit-laut einer von den jungen Männern gewesen, die sie zum Walrossvolk gebracht hatten, um sie als Arbeiterin zu verkaufen. Vielleicht hegte K'os deswegen bis heute einen Groll gegen ihn. Chakliux hatte immer erklärt, dass diese Frau dafür lebte, um Rache zu nehmen. Was, wenn er Recht hatte? Was, wenn sie Flüche kannte, die alle Aussichten für Yaa zunichte machten, doch noch ein gesundes Kind zu gebären?

Ghaden ging zu seiner Frau und nahm ihr den Arm voll Holz ab. Uutuk murmelte einen Dank und zwinkerte Ghaden zu. Er spürte, wie eine Wärme in seinen Lenden wuchs, dachte an die Finger seiner Frau, ihre sanfte, kundige Berührung.

»Tochter, du hast schwer gearbeitet«, sagte K'os. Sie stand von dem Baumstamm auf, auf dem sie saß, und bot Uutuk ihren Platz an. Dann stellte sie sich hinter das Mädchen und kämmte ihre Zöpfe aus.

Ghaden beobachtete im Licht des Feuers, wie K'os die Strähnen löste, die sie geflochten hatte, er sah, wie seine Frau die Augen schloss und ganz locker wurde, er hörte das gedämpfte Schnarchen von Robbe, das aus dem Unterstand aus Fichtenzweigen kam.

Es gab bessere Männer als Robbe, und es gab Frauen, denen man mehr vertrauen konnte als K'os, aber nichts, was Chakliux sagen könnte, würde ihn überzeugen, dass er keine kluge Wahl getroffen hatte, als er Uutuk zur Frau nahm.

Als Ghaden und Robbe am nächsten Tag in das Dorf kamen, war Yaa die erste, die ihren Bruder sah. Zwei längliche trichterförmige Sammelkörbe, die von reifen Moosbeeren überquollen, hatte sie an breiten Riemen aus Karibuhaut über die Schultern geschlungen, aber beim Anblick ihres Bruders schrie sie auf und ließ die Körbe fallen, drehte nicht einmal den Kopf, um nachzusehen, ob die Beeren verstreut waren, als die Körbe auf die Erde plumpsten.

Sie warf sich in seine Arme, und zur Erheiterung von Ghaden fragte Robbe: »Du hast noch eine Frau in diesem Dorf?«

Er sprach in der Sprache der Ersten Menschen, und als Ghaden abwehrend lachte und seine Schwester vorstellte, übersetzte er die Worte für Yaa, aber sie hatte in ihrem Leben genug von der Sprache der Ersten Menschen gehört, um zu verstehen, was er sagte, und die drei standen lachend beisammen, indes sich die Dorfbewohner um sie scharten.

Als Chakliux sich seinen Weg durch die Menschen bahnte, umfing er Ghaden in einer rauen Umarmung, dann drehte er sich zu Robbe um. Er fasste seinen *sax* ins Auge, die Lippenpflöcke und die Nadel, die durch seine Nasenwände gesteckt war, dann lächelte er und sprach in der Sprache der Ersten Menschen einen Willkommensgruß, doch Ghaden sah die Fragen in den Augen von Chakliux, eine aufkommende Bangnis.

Chakliux trat zurück und klopfte Ghaden auf die Schulter. »Wo ist Cen?«, fragte er.

Zu seiner eigenen Verlegenheit füllten sich die Augen von Ghaden mit Tränen.

Chakliux tat seufzend mehrere tiefe Atemzüge, dann schüttelte er den Kopf, und schließlich sagte er abwehrend: »Nein, sage mir, dass Cen wohlauf ist.«

Die Worte waren wie ein Segen, und zum ersten Mal, seit Ghaden die im Nordmeer treibenden Paddel seines Vaters gefunden hatte, milderte ein kleiner Hoffnungsstrahl seinen Kummer, doch dann holte ihn die Wirklichkeit seines Wissens wieder ein, und er sagte zu Chakliux: »Das *iqyax* meines Vaters wurde von einem Sturm erfasst. Er und die zwei Händler, mit denen er fuhr, sind ertrunken.«

Durch diese Worte traf ihn die Wahrheit vom Tod seines Vaters abermals wie ein Hieb, und der Kummer schnürte ihm die Kehle zu. Dann war Aqamdax plötzlich bei ihnen, ohne dass Ghaden sie hatte kommen hören; ihr jüngstes Kind, eine Tochter, die geboren war, kurz bevor Ghaden im Frühjahr fortging, hatte sie auf den Rücken geschnallt. Sie zog ihn an sich und umarmte ihn freudig, bis sie sich zurückbeugte und in sein Gesicht sah.

»Was fehlt dir?«, fragte sie, und ihre Worte klangen fordernd, als wäre sie eine Mutter, die ihr Kind nach dem Grund für seine Tränen fragt.

»Cen«, sagte Chakliux leise, und Ghaden war ihm dankbar; denn sein Kummer über den Tod von Cen und seine Freude über das Wiedersehen mit seiner Schwester hatten ihm abermals die Worte geraubt.

Yaa drängte sich heran, fasste die Hand von Aqamdax, zog ihre ältere Schwester fort und wiederholte, was Ghaden berichtet hatte. Ghaden bemerkte, dass jeder Mann, jede Frau in diesem Dorf ein wenig älter aussah; Chakliux hatte graue Haarsträhnen über den Ohren, die Kummerfalten von Aqamdax hatten sich etwas tiefer zwischen ihre Augen gegraben.

Sok trat hinter ihn, legte ihm seine große Hand auf die Schulter, und auch Sok wirkte kleiner – noch massig, aber nicht mehr ganz so groß wie ehedem.

»Es tut mir Leid«, sagte er, »du und ich werden um ihn trauern, auch wenn ihr schon eine Trauerzeit hattet.«

»Wir haben alle drei Männer die vier Tage geehrt, die ein Geist braucht, um von dieser Erde zu scheiden«, sagte Ghaden, »aber ein Gedenken in diesem Dorf wäre gut. Danach werde ich zum Vier-Flüsse-Dorf aufbrechen und es seiner Frau und meinen Schwestern sagen.«

Er hatte die letzten Worte gemurmelt, hatte sie mehr zu sich selbst und Chakliux gesprochen als zu den anderen, daher war er erstaunt, dass einer seine Stimme erhob, ein Mann, der sich erbot, mit ihm zu gehen. Er drehte sich um und sah Schreitlaut.

Yaa schob sich zwischen sie. »Vielleicht könnt ihr mich auch mitnehmen«, sagte sie.

»Ich denke, es gibt hier Dinge, die eine Frau tun soll, wenn ihr Mann fort ist«, sagte Schreit-laut zu ihr.

Yaa verzog beleidigt das Gesicht, und da wusste Ghaden, dass die Jahre die zwei nicht enger verbunden hatten, obwohl sie schon lange Zeit Mann und Frau waren. Sie hatten voneinander gelernt zu streiten, sich gegenseitig zu verletzen.

»Ich nehme meine Frau mit«, sprach Ghaden unüberlegt, er hatte nur im Sinn, die Spannung zwischen den beiden zu lockern. Er hatte es nie mit ansehen können, wenn seine Schwester unglücklich war.

»Du hast beschlossen, eine Frau zu nehmen? Bald?«, fragte Chakliux, und Ghaden wünschte, er könnte die Worte in seinen Mund zurückziehen und herunterschlucken, bevor sie jemand hörte.

Er hatte ursprünglich geplant, zuerst mit Aqamdax zu sprechen, dann mit Chakliux, um ihnen alles über Uutuk zu erzählen, anstatt dem ganzen Dorf mitzuteilen, was er getan hatte. Es gab Mütter hier, die hofften, er würde eine von ihren Töchtern als erste Frau nehmen.

Aus einem unerfindlichen Grund waren seit dem Kampf vor vielen Sommern mehr Jungen als Mädchen geboren worden, aber unter den Menschen in seinem Alter gab es immer noch zu viele Frauen für die Anzahl Männer. Ghaden konnte daher unter vielen jungen Frauen wählen.

»Da ich nun um meinen Vater trauere«, sagte Ghaden, »will ich in diesem Jahr keine zweite Frau nehmen. Wenn aber eine Frau da ist, die ernährt werden muss, will ich für sie sorgen.«

Er sah das Verstehen in den Augen von Chakliux.

»Wo ist sie? Wer ist sie?«, fragte er.

Ghaden stellte sich auf die Zehenspitzen, um über die Menschen hinwegzusehen, und entdeckte schließlich Robbe, der am Rande der Gruppe stand. Er hatte sich von der Menge abgewendet, um das Dorf zu betrachten. Mehrere kleine Jungen umringten ihn und beäugten seinen *sax*, ereiferten sich über die Harpune, die er über die Schulter geschlungen hatte. Die Waffe nützte nicht viel in den Wäldern des Flussvolkes, und Ghaden fragte sich, warum Robbe sie mitgebracht hatte. Vielleicht, um einen Jäger zum Tauschen zu verlocken.

»Eine Frau von den Ersten Menschen«, sagte Ghaden und hörte, wie Gemurmel einsetzte, sah, dass die Menschen Robbe zornige Blicke zuwarfen.

»Seine Tochter?«, fragte Sok und wies mit dem Kopf auf den Vater von Uutuk.

»Ja«, sagte Ghaden leise. »Sie ist eine weise Frau, eine Heilerin, die viele Pflanzen kennt.«

»Was kann eine Heilerin von den Ersten Menschen in diesem Dorf nützen?«, fragte Sok, und bevor Ghaden antworten konnte, fügte er hinzu: »Ich hoffe, du hast ihr gesagt, dass du bald auch eine Frau aus deinem Dorf nehmen wirst.«

Eine Frau sagte: »Welcher Mann würde das seiner jungen Frau antun?«

Ghaden wandte den Kopf dorthin, woher die Stimme kam, und sah, dass es Dii war. Ungehalten gab sie ihrem Mann einen Stoß, und mehrere Jäger in der Gruppe legten sich die Hand vor den Mund, um ihr Lächeln zu verbergen. Dii war nur halb so groß wie Sok, und sie fürchtete ihn nicht, obwohl kein Mann in dem Dorf, ausgenommen Chakliux, es wagen würde, ihm zu widersprechen.

»Heilerin ist Heilerin«, sagte sie. »Wir brauchen eine in diesem Dorf, *nae*'! Wenn sie etwas über die nützlichen Pflanzen gelernt hat, die nahe bei den Dörfern der Ersten Menschen wachsen, dann wird sie auch etwas über unsere Pflanzen lernen. Möwenschnabel wird ihr helfen.« Sie verließ die Seite ihres Mannes und hob die Stimme, um ihre Frage in das Ohr von Möwenschnabel zu rufen.

Die alte Frau machte den Mund auf und lächelte. »*Aa*, vor langer Zeit hatte ich eine Arbeiterin, die mich vieles gelehrt hat«, sagte Möwenschnabel mit zu lauter Stimme. »Was wird mein Wissen nützen, wenn ich sterbe, ohne es weiterzugeben? Aber es gibt vieles, was ich nicht weiß.«

»Es wird ein Anfang sein für sie«, sagte Dii zu Ghaden. »Aber du musst deiner Frau helfen, unsere Sprache zu lernen, und sie muss sie schnell lernen.«

»Sie spricht sie.«

»Wie das?«

Ghaden antwortete nicht gleich. Er wollte K'os nicht erwähnen, wollte nicht einmal sagen, dass die Mutter von Uutuk dem Flussvolk angehörte. Es würden zu viele Fragen kommen, aber dann lächelte er, bezog auch Chakliux in das Lächeln ein. »Sie ist Geschichtenerzählerin«, sagte er, »und übersetzt am Strand der Händler für die Flussmenschen und die Ersten Menschen, damit sie sich gegenseitig verstehen können.«

Er sah, dass die Augen von Aqamdax sanft wurden. Sie blickte ihren Mann mit gerunzelten Augenbrauen an, als wolle sie ihn warnen, die Wahl von Ghaden anzuzweifeln.

»Sie kommt zu dir, Schwester, mit einer Botschaft von Qung«, sagte Ghaden, und wenngleich er wusste, dass seine Worte Aqamdax Freude bringen würden, war er nicht gefasst auf die plötzlichen Tränen, ihre erstickte Stimme, als sie fragte: »Qung lebt? Sie ist wohlauf?«

»Sie ist wohlauf«, antwortete Ghaden, »und hat meine Frau einige neue Geschichten für dich gelehrt.«

Als habe sie die Ersten Menschen nie verlassen, bedeckte Aqamdax nun das Gesicht mit den Händen, vergaß, dass sie Frau von einem Flussmann war und ihre Tränen zurückhalten sollte, bis sie allein war in ihrer Behausung.

Als Sok über den Kopf von Dii hinweg zu Ghaden hinsah, war sein Blick noch finster, doch Chakliux sagte: »Deine Frau ist willkommen. Hast du sie irgendwo allein gelassen? Die meisten Frauen von den Ersten Menschen würden sich fürchten in unseren Wäldern.«

»Sie ist bei ihrer Mutter«, sagte Ghaden. »Ich werde sie morgen holen und in das Dorf bringen.«

Chakliux wies mit dem Kinn auf Robbe. »Lass ihn bleiben, wenn er es wünscht. Ist er Jäger oder Händler?«

»Händler.«

»Sag ihm, sobald seine Tochter hier ist, werden wir einen Tag der Trauer haben, um deines Vaters zu gedenken, aber danach werden wir mit Freuden Handel treiben. Werden er und seine Frau den Winter bei uns verbringen?«

»Vielleicht hier oder in dem Vier-Flüsse-Dorf«, sagte Ghaden. »Er möchte im Frühjahr zu seinem Volk zurückkehren.«

»Dann hat er eine lange Zeit zum Tauschen. Bitte ihn, in unserer Behausung mit uns zu essen. Er wird froher sein, denke ich, bei Menschen, die seine Sprache sprechen.«

Chakliux drehte sich um und sagte etwas zu Aqamdax, worauf sie eilends fortging. Die anderen, die sich versammelt hatten, entfernten sich ebenfalls, mit Ausnahme von einigen älteren Frauen, die beisammenstanden und ohne Zweifel über die Frau flüsterten, die Ghaden genommen hatte. Die meisten Alten würden nicht freundlich zu ihr sein. Er erinnerte sich, wie man ihn und Yaa und Aqamdax behandelt hatte, als sie aus dem Nahe-am-Fluß-Dorf gekommen waren, um bei den Menschen vom Vetter-Fluß-Dorf zu leben. Aber die alten Frauen hatten sich nach und nach daran gewöhnt, sie zu sehen, ihre Stimmen zu hören, und sie am Ende anerkannt. Bei Uutuk würde es genauso sein, wenn er K'os geheim halten konnte.

Der Gedanke an K'os brachte ihm ihre Bitte in den Sinn, und er ließ seine Anspannung mit einem Zischen heraus. Die Dinge waren nicht besser geworden zwischen Yaa und Schreit-laut.

Er und Schreit-laut jagten oft zusammen, aber nicht als Gefährten. Dafür vertraute Ghaden dem Mann nicht genug. Schreit-laut war ein Sonderling. Oft verschwand er viele Tage und Nächte in den Wäldern, um zu jagen, wie er sagte, doch gab es Zeiten, da er mit nichts zurückkam, sogar im Herbst, wenn Wälder und Steppe gesegnet waren mit Jagdtieren, die sich im Sommer fett gefressen hatten.

Yaa, eine Frau so gut wie jede andere im Dorf und mit all den Dingen begabt, die einer Frau anstanden – außer, dass sie keine Kinder hatte –, konnte Schreit-laut nicht immer aus seinen düsteren, schweigsamen Stimmungen holen. Und es wurde gewiss nicht leichter dadurch, dass jedes Kind, das sie ihrem Mann gegeben hatte, bald nach der Geburt starb, das letzte, kurz bevor Ghaden zum Strand der Händler aufgebrochen war.

Es war schwierig, mit einem Mann bekannt zu sein, der selten Anteil nahm an den Scherzen und dem Gelächter der Jäger und Krieger, der seine Vorstellungen oder Gedanken nicht oft aussprach. Ghaden wünschte, K'os hätte um jemand anders gebeten, aber vielleicht verstand sie Schreit-laut; denn es dünkte Ghaden, dass auch K'os zu düsteren Stimmungen neigte. Vielleicht glaubte sie aus diesem Grunde, dass Schreit-laut sie nicht verraten würde an ein Dorf, dessen Menschen mehr über ihren Tod jubeln würden als über ihr Leben.

»Kommst du?«

Die Frage riss Ghaden aus seinen Gedanken, und er sah in das Gesicht von Chakliux, sah die Sanftheit in den Augen des

Mannes und wusste, dass auch Chakliux um Cen trauerte. »Ich habe meinen Vater verloren, als ich nur wenig älter war als du«, sagte er. »Der Schmerz wird vergehen, aber langsam. Die beste Trauer ist, ein gutes Leben zu leben.«

Ghaden rief Robbe, auf dass er sich ihnen anschließe, und sie gingen zu der Behausung von Chakliux, wo Aqamdax auf sie wartete. Aqamdax hatte drei starke Söhne und drei Töchter. Die jüngste Tochter schlief in einem Tragegestell, das an einem Pfahl der Behausung hing; Angax, der älteste Sohn, ein Junge, der Chakliux sehr ähnlich sah, arbeitete an einem Speerschaft, den er über seine gekreuzten Beine gelegt hatte.

Die Behausung war erfüllt von dem Geruch von kochendem Fleisch, und Aqamdax und Chakliux ließen sich alsbald von Robbe Geschichten erzählen von seinem Leben als Händler unter den Ersten Menschen.

Ghaden saß mit einem Schwesterkind auf dem Schoß und sprach mit Angax über die Jagd. Morgen wollte er Uutuk zu diesem guten Ort bringen. Er konnte sich kein größeres Glück denken, außer, sein Vater wäre noch am Leben und ebenfalls hier bei ihnen.

Schreit-laut schob den Unterkiefer vor und sagte: »Dein Bruder wurde nie für seine Weisheit gerühmt.«

Yaa zog den Kopf ein und antwortete nicht, dabei wusste Schreit-laut, dass ihr eine so scharfe Zunge gegeben war, wie sie nur im Mund einer Frau wohnen konnte. Das einzig Gute war, dass sie ihre Worte selten gegen ihn richtete, und dieses Mal war es nicht anders. Aber wie hätte sie antworten können?

Ghaden war in diesem Dorf berühmt für seine Torheit. Er hatte es beinahe fertig gebracht, sich von einem Braunbären töten zu lassen; er hatte in seiner Behausung einen Hund gehalten, als wäre dieser ein Kind. Schon bevor er im Alter des Erinnerns war, hatte er Übel auf sich und seine Mutter herabgerufen.

»Warum eine Frau in ein Dorf bringen, das schon zu viele Frauen hat?«, sagte Schreit-laut. »Er hätte eine gute Flussfrau haben können, sogar ohne einen hohen Brautpreis zu geben. Ich nehme an, dass Väter von den Ersten Menschen viele Tauschwaren für ihre Töchter erhalten.«

Yaa hob die Hände, als stimmte sie ihm zu, und mit einem Mal schämte sich Schreit-laut. Warum Yaa Vorhaltungen machen? Eine Schwester hatte nicht die Macht, die Wahl zu ändern, die ihr Bruder getroffen hatte. Doch weitere Worte des Spottes sprangen aus dem Mund von Schreit-laut, als wäre ein Geist in seiner Kehle, der für ihn sprach.

»Er ist ein Dummkopf. Er spricht davon, das Vier-Flüsse-Dorf zu besuchen. Nun, er sollte über den Winter hier bleiben mit seiner jungen Frau. Er könnte wenigstens helfen, unser Volk zu ernähren.«

Yaa drehte ihm den Rücken zu, machte sich an Karibubündeln zu schaffen. An ihren steifen, ruckartigen Bewegungen konnte er erkennen, dass sie ungehalten war, und er wartete, hoffte, sie würde etwas sagen. Er hatte eine Schwere in der Brust, die nur zu weichen schien, wenn er sich bei der Jagd erschöpfte oder wenn er so wütend wurde, dass sein Herz raste. Er war einer solchen Wut jetzt nahe, aber er brauchte es, dass Yaa sich ihm widersetzte, andernfalls löste sich sein Zorn nur in Widerwillen auf.

Yaa sagte nichts.

Schreit-laut beobachtete sie einen Augenblick, dann fragte er: »Was tust du?«

»Bist du hungrig?«, fragte sie, statt ihm zu antworten.

»Ich habe soeben gegessen. Das weißt du.«

Er trat hinter sie. Als sie jung waren, hatten er und Yaa fast die gleiche Größe gehabt. Jetzt verschaffte es ihm Genugtuung, auf sie herunterzuschauen, zu sehen, wie klein sie war im Vergleich zu ihm. Ihr Hals wirkte auf einmal so zerbrechlich zwischen ihren dunklen Zöpfen. Er strich mit einem Finger über ihren Hinterkopf. Sie zuckte zusammen, wurde plötzlich reglos und wachsam wie ein Tier, furchtsam und argwöhnisch.

Ihr Verhalten erzürnte ihn. Er hatte ihr nie wehgetan, hatte nie die Hand gegen sie erhoben, auch nicht, wenn sie stritten.

»Was tust du?«, fragte er wieder.

»Zählen«, sagte sie. »Jetzt weiß ich nicht mehr, wo ich war.«

»Zählen?«

»Wir müssen eine Trauerfeier für den Vater von Ghaden abhalten. Du hast gehört, was Chakliux gesagt hat, *nae'*? Ich möchte zu dem Essen beitragen, das es danach geben wird.«

Schreit-laut grunzte. Es gäbe eine bessere Verwendung für ihr Fleisch, aber wie konnte er sich weigern, zu einem Essen beizutragen, das voraussichtlich in der Behausung von Chakliux stattfinden würde?

»Geh und sprich mit Dii, sieh, was sie geben möchte. Gib nicht mehr als sie. Ich möchte meinen Vater nicht beschämen.«

Er sah, wie das Gesicht von Yaa sich dunkel färbte. Er hatte sie gekränkt. Jede Frau wusste, dass sie den Vater ihres Mannes nicht übertreffen durfte, es sei denn, der Vater war alt und nicht im Stande zu jagen; dann freilich war es angemessen, dass die Gabe des Sohnes auch diejenige des Vaters mit einschloss.

Sie legte das Bündel mit Essen hin und verließ die Behausung. Sie blickte nicht zurück und sprach kein Wort der Höflichkeit, als sie hinausging. Einen Augenblick überlegte Schreit-laut, ob er ihr nachgehen, sie zwingen sollte, in die Behausung zurückzukehren, bis sie sich benähme, wie es einer ehrerbietigen Frau anstand, doch dann seufzte er und setzte sich hin. Sie brachte mehr Ärger, als sie wert war.

Er nahm mehrere Pfeilschäfte aus einer Scheide. Er hatte sie so zusammengebunden, dass sie sich während des Trocknens nicht verziehen konnten. Er lockerte die Verschnürungen und fasste jeden einzelnen Schaft ins Auge, hielt ihn so vor sich hin, dass er ihn der Länge nach betrachten konnte. Ein jeder war gerade, und mit einem Stück Sandstein glättete er die noch vorhandenen rauen Stellen.

Er hörte jemanden im Eingangstunnel, legte seine Arbeit beiseite und stand auf, überzeugt, dass es Yaa war. Aber es war Dii, die Frau seines Vaters. Wie alle Tunnel, die in Winterbehausungen führten, verlief dieser schräg nach unten, dann aufwärts, wie ein kleines Tal. Auf diese Weise blieb die kalte Luft im niedrigsten Bereich und gelangte nicht in die warme Behausung. Manche Tunnel waren so hoch, dass ein Mann gebückt darin stehen konnte, doch Schreit-laut und Yaa waren jung, und das Kriechen machte ihnen nichts aus; als Dii daher in die Behausung kam, war sie noch auf Händen und Knien.

Sie sprang geschwind auf die Füße, wischte sich die Handflächen an den Hüften ab und verzog den Mund zu einer Grimasse. Sie hatte gute Zähne, klein und ebenmäßig, kaum abgenutzt durch das Kauen von Häuten, eine Arbeit, die alle Frauen verrichten mussten. Mit dem spitzen Kinn und den großen Augen erinnerte sie Schreit-laut an einen angriffslustigen Fuchs, was ihn um ein Haar bewogen hätte, nach dem Messer zu greifen, das er in einer Scheide am Hals hängen hatte.

»Du bist nicht sehr freundlich zu deiner Frau«, sagte sie zu ihm.

»Beklagt sie sich bei dir?«, fragte er.

Er hatte Dii gern, und sie dünkte ihn mehr Schwester denn Stiefmutter. Als sie als Frau von Bellender Fuchs zu ihnen gekommen war, hatte er die Kraft in ihr gesehen, und diese Kraft war noch gewachsen, seit sie Frau seines Vaters geworden war. Es war gewiss nicht leicht gewesen, Frau von einem Feigling wie Bellender Fuchs zu sein, aber Dii hatte sich eigene Verdienste erworben. Sie war Sok eine gute Frau, wenngleich nicht so geschickt mit Nadel und Ahle, wie es die Mutter von Schreit-laut gewesen war. Doch welcher Mann würde sich darüber beklagen, wenn seine Frau die Gabe besaß, Karibus zu träumen? Seines Wissens hatte sie sich nie geirrt, wenn sie den Jägern gesagt hatte, wo Karibus zu finden waren.

Aber sie war auch eine Frau, die sich bei jedem Zwist an die Seite von Yaa stellte. Schreit-laut wünschte, sie wäre mehr wie Aqamdax, die bei barschen Worten den Kopf fortdrehte, als wären sie nicht gesprochen worden. Er dachte an die junge Frau von Ghaden. Sie war vom Stamm der Ersten Menschen wie Aqamdax, daher war sie vielleicht ruhiger. Wie konnte Schreit-laut es dem Mann verargen, dass er eine solche Frau wollte? Er würde Yaa jederzeit gegen eine fügsame Frau eintauschen; er hatte sogar erwogen, sie zu verstoßen und mehrere von den ältesten Weibern im Dorf als Frauen zu nehmen, in der Hoffnung, dass sie aus Dankbarkeit ein Leben ohne Klagen führen würden. Aber wie wollte er dann Kinder bekommen? Alte Frauen taugten nicht, um sich zu paaren. Freilich, in all den Jahren ihrer Verbindung war Yaa nicht das Glück beschieden gewesen, gesunde Kinder hervorzubringen. Sie hatten drei Söhne und eine Tochter verloren. Es war ein Fluch in ihr.

»Du weißt, dass deine Frau nicht klagt«, sagte Dii zu ihm, und er musste sich einen Augenblick besinnen, ehe ihm einfiel, was er zu ihr gesagt hatte, das diese Antwort hervorrief.

»Was dann?«

»Sie ist traurig, das ist alles. Und sie sorgt sich, was sie für das Essen geben soll, das auf die Trauerfeier folgen wird.«

»Ich habe ihr gesagt, sie soll sehen, was du gibst.«

Dii lachte, aber es war ein raues Lachen, wie das Gebell von einem Hund. »Du hast sie gekränkt. Sie weiß, was bei einem Traueressen zu tun ist. Warum bist du so zu Yaa? Sie tut ihr Bestes, um eine gute Frau zu sein.«

»Sie dünkt mich mehr Mutter denn Frau.«

Dii zog die Unterlippe in den Mund, und Schreit-laut wusste, dass sie ihm nichts entgegensetzen konnte.

Er wartete, sprach nichts mehr, hoffte, sein Schweigen würde sie bewegen zu gehen.

Dii beugte sich herunter und sah ihm ins Gesicht. »Du benimmst dich wie ein verwöhntes Kind«, sagte sie. »Vielleicht ist es deswegen so schwer für Yaa, Frau zu sein statt Mutter.«

Dann drehte sie sich um und ging, aber im Gesicht von Schreit-laut brannten ihre Worte wie ein Hieb.

32

Schreit-laut zog einige Wurfspeere aus seiner Waffennische, hängte ein Bündel getrocknete Fische an seinen Gürtel und verließ die Behausung. Er wollte nicht da sein, wenn Yaa zurückkehrte, den Mund voll mit Ratschlägen und Ermahnungen. Er ging mit gesenktem Kopf durch das Dorf, erwiderte keinen Gruß, der ihm entboten wurde. Für einen kurzen Augenblick kam die Erinnerung an einen seit langem Verstorbenen zu ihm, einen Jäger mit Namen Nachtmann.

Nachtmann war Mann von Aqamdax gewesen, bevor sie Chakliux gehörte. Er hatte viel Gutes in sich gehabt. Schließlich war er es gewesen, der Aqamdax von K'os gekauft hatte, sodass sie Frau ward statt Arbeiterin. Aber er hatte lange Zeit an einer Wunde in seiner Schulter gelitten, und das Gift musste am Ende seinen Verstand beschädigt haben, sodass er seinen eigenen Sohn getötet hatte, indem er den Säugling kurz nach der Geburt ertränkte, obwohl Aqamdax erklärt hatte, das Kind sei kräftig und gesund.

Schreit-laut erinnerte sich, wie Nachtmann durch das Dorf gegangen war und freundliche Worte mit Beleidigungen erwidert hatte. War er selbst geworden wie Nachtmann? Dieser Gedanke bewog Schreit-laut, einer alten Frau am Ende des Dorfes einen Gruß zuzurufen. Sie war auf Händen und Knien und schabte eine Haut, die sie an Pflöcke gespannt auf sandigem Boden ausgebreitet hatte. Sie sah überrascht zu ihm auf und stammelte einen Segenswunsch für Jäger. Ihre Worte erleichterten sein Herz, und er versicherte sich, sein einziges Ärgernis sei Yaa.

Er drehte sich unvermittelt um und rief der alten Frau zu: »Großmutter, würdest du meiner Frau ausrichten, dass ich jagen gegangen bin und vielleicht erst morgen zurückkomme?«

»Vergiss die Trauerfeier nicht«, sagte sie.

»Ich werde zur rechten Zeit hier sein«, erwiderte Schreitlaut, aber er schüttelte verwundert den Kopf. Waren denn alle Frauen Mütter?

Die vertraute Behausung, der gute Geruch nach dem, was seine Schwester kochte, die Stimme von Chakliux – all dies besänftigte das Gemüt von Ghaden, und obwohl er sich auf einen Tag der Trauer vorbereitete, wurde sein Kummer leichter, als wäre er nichts als Rauch. Er schloss die Arme fester um die Tochter von Chakliux, das kleine Mädchen, das sich in seinen Schoß geschmiegt hatte.

»Morgen«, sagte er zu Chakliux, »gehe ich Uutuk holen.« Er nickte zu Robbe hinüber. »Ihr Vater wird mitkommen und bei seiner Frau bleiben, bis sie Mut gesammelt hat, um uns in diesem Dorf zu besuchen.«

»Richte der Frau aus, dass wir kein Volk zum Fürchten sind«, sagte Aqamdax. »Richte ihr aus, dass ich vom Stamm der Ersten Menschen bin und die Flussmenschen als gut und großmütig erfahren habe.« Sie sah ihren Mann von der Seite an und lächelte.

»Welchen Namen hat seine Frau für sich gewählt?«, fragte Chakliux Robbe. Er wählte mit Bedacht höfliche Worte, auf dass Robbe wisse, er erwartete nicht, den richtigen, heiligen Namen der Frau zu erfahren – einen Namen, der seiner Trägerin allzu leicht Flüche bringen könnte.

»Uyqiix«, sagte Robbe in der Sprache der Ersten Menschen, und das hieß Alte Frau.

»Richte Uyqiix aus, sie ist willkommen in unserer Behausung.«

Robbe grinste so breit, dass die Lücke zu sehen war, wo er einen Eckzahn verloren hatte, als er als junger Mann mit seinem *iqyax* an ein felsiges Ufer geschlagen war. Uutuk hatte Ghaden die Geschichte erzählt, hatte sie als lustige Begebenheit geschildert, und der Gedanke, wie seine Frau mit ihm lachte, versetzte Ghaden einen schmerzhaften Stich in die Brust. Er wünschte, der Tag der Trauer wäre schon da.

Die kleine Tochter von Chakliux sah ihn an, drückte ihm einen Finger auf die Nasenspitze, als versuchte sie, eine Falte glatt zu streichen. »Lächeln«, sagte sie. Mit dem runden Gesicht und den vollen Lippen sah sie Aqamdax sehr ähnlich, aber ihre Augen waren die ihres Vaters, und das Erstaunlichste war, dass sie mit einem Otterfuß geboren war, das einzige ihrer Kinder, das dieses heilige Zeichen trug. Mit zwei Sommern konnte sie jetzt stehen, wenn man sie auf die Füße stellte, aber sie konnte nur wenige Schritte laufen, bevor sie hinfiel.

Wie immer schien Aqamdax zu wissen, was Ghaden dachte. Sie hockte sich zu ihm und nahm den kleinen eingerollten Fuß in die Hand. »Sie wird in ihrem Leben einige Mühen haben, aber so ist es mit allen Gaben. Wäre es einfach, Gaben zu besitzen, dann würden wir uns nicht genug anstrengen, um den besten Weg zu finden, sie zu nutzen.«

Ghaden nickte und machte sich die Weisheit seiner Schwester zu Eigen, indem er sich sagte, dass ihre Worte auch für sein Leben mit Uutuk galten. Würde er sie so sehr schätzen, wenn er sich keine Sorgen machte wegen ihrer Mutter oder ihres Vaters?

Die Türklappe wurde zur Seite geschoben, und Yaa kam in die Behausung. Sie hängte einen Kochbeutel an einen Pflock, neigte den Kopf zum Gruß. Ghaden schloss die Augen, als er den guten Geruch von frischem Karibufleisch wahrnahm, dann lobte er sie für das Essen, das sie gebracht hatte, doch das Lächeln, mit dem sie sein Lob erwiderte, war gezwungen und steif.

»Mein Mann ist ein guter Jäger«, sagte sie. Dann verkniff sie verlegen den Mund, und sie fügte hinzu: »Er hat beschlossen, die Nacht mit Jagen zu verbringen. Er wird gewiss morgen zurück sein.« Ihre Stimme bekam den Klang einer Kinderstimme. »Ich sehe ihn ungern allein gehen.« Sie sah Ghaden an, und er gewahrte die Dringlichkeit in ihrem Blick.

»Ich könnte gehen und ...«, sagte er zu ihr, aber Chakliux unterbrach ihn.

»Wie willst du ihn finden?«, fragte er. »Und selbst wenn es dir gelänge, was wolltest du ihm sagen? Dass du, nachdem du einen Sommer fort warst von deinem Dorf, am ersten Tag deiner Rückkehr plötzlich beschlossen hast, deine Familie aufs Neue zu verlassen und jagen zu gehen? Er würde wissen, dass Yaa dich geschickt hat.« Chakliux hob den Kopf und ließ den Blick lange auf dem Gesicht von Yaa ruhen. »Junge Männer sehen ihre Frauen zuweilen als Schnüre, die sie binden. Eine kluge Frau wird zusehen, dass keine Knoten in der Schnur sind.«

Yaa kehrte ihnen den Rücken zu und tat so, als befasste sie sich mit dem Fleisch, das sie mitgebracht hatte, aber an der starren Haltung ihres Rückens konnte Ghaden erkennen, dass sie zornig war.

»Aaa«, sagte er, »ich kehre als Jäger in mein Dorf zurück, und ehe ein halber Tag vergangen ist, bin ich nur ein Knoten.«

Sogar die Kinder lachten, und Yaa ließ die Schultern sinken, als wäre ihr Zorn so plötzlich vergangen, dass nichts mehr da war, was sie aufrecht hielt.

»Ich mache mir Sorgen, das ist alles«, sagte sie, und ihre Worte waren so leise, dass Ghaden sie kaum hören konnte.

»Ich verstehe deine Sorge, Schwester«, sagte Ghaden, dann hob er die Tochter von Chakliux von seinem Schoß, damit er aufstehen konnte. »Aber als Jäger kann ich dir sagen, dass ein Mann, ist er auch von ein wenig Sorge geschmeichelt, von zu viel Sorge gekränkt ist. Wenn seine Frau nicht glaubt, dass er selbst auf sich Acht geben kann, wenn er jagt, dann muss sie auch denken, dass er kein sehr guter Jäger ist.«

Yaa drehte sich herum, einen Rührstock in der Hand; Fleischsaft tropfte auf die Bodenmatten. »Du weißt, ich singe die Lobgesänge so laut wie jede andere Frau, wenn mein Mann Fleisch in unser Dorf bringt.«

»So lobt eine Mutter einen Sohn«, sagte Ghaden.

Sie biss die Zähne zusammen, und Ghaden fasste ihr Handgelenk, senkte den Rührstock wieder in den Kochbeutel. »Sei Frau, Yaa«, sagte er. »Sei einfach seine Frau.«

Schreit-laut ging bis zur Abenddämmerung, ging, ohne auf der Hut zu sein, achtete kaum auf den Pfad, dem er folgte, stampfte jeden Schritt fest in die Erde. Er rief sich die Gesichter aller Frauen, die keinen Mann hatten, in den Sinn und überlegte, welche als zweite Frau geeignet sein würde. Er konnte Yaa nicht verstoßen, ohne sich dem Zorn von Chakliux und Aqamdax auszusetzen, aber wenn er eine zweite Frau nehmen und sie in einer anderen Behausung unterbringen würde, dann könnte er die meiste Zeit in dieser Behausung leben, bei dieser Frau. Wie sollte jemand etwas dagegen einwenden?

Diesmal wollte er sorgfältig wählen und sich nicht von dem Gesicht oder dem Körper einer Frau verlocken lassen. Er wollte eine, die sah, dass seine Kraft und Weisheit größer waren als ihre.

Da das Vetter-Fluß-Volk und das Nahe-am-Fluß-Volk jetzt als ein Volk lebten, dachte Schreit-laut selten an Feinde, und so ging er ohne Vorsicht weiter, brach Zweige, die ihm im Weg waren, machte sich nicht die Mühe, auf weichen Grund zu treten, um seine Schritte zu dämpfen. Er nahm nicht einmal den Geruch eines Herdfeuers wahr, bis er anhielt, um seinen Unterstand für die Nacht zu errichten. Da erkannte er mit einem Mal seine Dummheit. Er leckte seine Finger, nässte die

Innenseiten seiner Nasenlöcher und schnupperte, bis er Gewissheit hatte, dass das Feuer klein war und westlich von seinem Lagerplatz brannte.

Von da an ging er vorsichtig, gebückt, als schliche er sich an ein Tier heran, sein Jagdmesser in einer Hand. Er hörte die Stimmen, bevor er den hellen Schein der Flammen im dunkelnden Wald sah. Frauenstimmen. Das war immer ein gutes Zeichen. Männer, die in der Absicht kamen, Dörfer zu überfallen, brachten gewöhnlich nicht ihre Frauen mit.

Schreit-laut legte sich flach auf den Bauch, rutschte näher, bis er sehen konnte, dass das Lager nur aus einem kleinen Unterstand bestand und dass dort zwei Frauen waren, keine Männer. Mit einem Mal ward ihm bewusst, dass es die Frauen von Ghaden waren, seine Frau und deren Mutter. Sie sprachen in der Sprache der Ersten Menschen, Worte, die er nicht verstand, aber die Stimmen hatten etwas, das ihm bekannt vorkam.

Sie hören sich an wie Aqamdax, sagte er sich. Die Betonung, die sie den Worten der Flusssprache immer noch verleiht, die tiefe Stimme, der Wohlklang ihrer Worte.

Nein, es war mehr als das. Die eine Frau, die ältere, hörte sich nicht nur bekannt an, sie sah auch bekannt aus, die Haltung ihrer Schultern, die Art, wie sie ihre Hände benutzte. Da erkannte er sie. K'os! Die Mutter war K'os!

Die Überraschung ließ ihn aufspringen, und die Frauen erschraken. Eine jede griff nach einem Messer, und die junge Frau bückte sich zudem und hob einen faustgroßen Stein vom Rand der Feuerstelle auf.

»Ich bin Schreit-laut«, rief er, »Schwestermann von Ghaden vom Flussvolk.«

K'os richtete sich auf, seufzte vor Erleichterung und schob ihr Messer in eine Ärmelscheide. Sie beugte sich zu der jüngeren Frau vor, sagte etwas, das Schreit-laut nicht hören konnte. Die Frau ließ den Stein fallen, behielt aber das Messer in der Hand.

»*Tigangiyaanen!«*, sagte K'os. »Willkommen. Bist du allein? Hat Ghaden dich geschickt?«

»Ich bin allein, jagen. Ghaden ist wohlauf. Er will seine Frau morgen holen kommen.«

Er wartete, dachte, K'os würde der jungen Frau die Worte übersetzen. Ghaden hatte gesagt, sie sei vom Stamm der Ersten Menschen, und Robbe, der Vater, schien die Flusssprache nicht zu verstehen, wenngleich er behauptete, Händler zu sein. Aber nun rief die junge Frau ihm etwas zu, und ihre Worte waren Flusssprache.

Er trat aus dem Gestrüpp hervor, und die junge Frau fragte K'os etwas in der Sprache der Ersten Menschen. Er erinnerte sich nicht, dass K'os diese Sprache sprach, und er fragte sich, wie sie an eine Tochter gelangt war. Sie hatte das Dorf vor Jahren verlassen, lange genug, nahm er an, um eine Tochter zu haben. Aber Schreit-laut wusste, dass sie unfruchtbar gewesen war, dass sie keinem von ihren anderen Männern ein Kind gegeben hatte, abgesehen von Chakliux, und den hatte sie gefunden, nicht geboren.

Bei seinen Handelsbesuchen im Dorf der Waljäger war ihm aufgefallen, dass sie nicht mehr bei ihnen lebte, aber er hatte angenommen, sie hätten sie im Tausch weggegeben oder sie sei gestorben. Das Leben einer Arbeiterin war nicht leicht, und in einem harten Winter waren Arbeiterinnen die Ersten, die nichts zu essen bekamen. Irgendwie, durch Tausch oder Flucht, war sie zu den Ersten Menschen gelangt.

»Du wunderst dich, wie es mir gelungen ist, zurückzukehren«, sagte K'os. »Schau nicht so erstaunt. Dein Gesicht hat immer deine Gedanken gezeigt.« Sie wies mit dem Kinn auf die junge Frau. »Meine Tochter Uutuk, Frau von Ghaden. Ich sehe, er hat dir nicht gesagt, dass ich ihre Mutter bin.«

»Nein«, sagte Schreit-laut, »und ich sehe, du hattest keine Eile, in unser Dorf zu kommen.«

»Uutuk wird gehen, aber ich bleibe hier. Ich habe schon viele Nächte allein im Wald verbracht. Ich fürchte mich nicht.

Da du überrascht bist, mich zu sehen, nehme ich an, dass Ghaden dir meine Botschaft nicht ausgerichtet hat.«

»Nein.«

»Ich habe ihm gesagt, dass ich mit dir sprechen möchte.«

»Mit mir? Warum?« Er verschränkte die Arme, legte die rechte Hand wie von ungefähr auf die Scheide seines Ärmelmessers. Wer konnte sagen, was eine Frau wie K'os im Sinn hatte? Immerhin war er einer von den Männern gewesen, die sie an die Walrossjäger verkauft hatten.

Sie schürzte die Lippen und deutete auf sein Messer. »Das brauchst du nicht. Ich habe mich sehr verändert, seit ich dieses Dorf verließ, und in Wahrheit habe ich mehr Grund, dir zu danken, als dir zu zürnen, aber ich bin nicht so töricht zu denken, dass Chakliux das glauben wird. Ich hoffe, wenn er meine Tochter erst kennt, wird er sehen, wie gut sie ist und dass ich mich geändert habe.«

»Was willst du nun tun?«, fragte Schreit-laut. »Hierbleiben, bis Chakliux beschließt, dass du willkommen bist? Eine Frau allein, aber auch zusammen mit ihrem Mann, wird es schwer haben, wenn sie im Winter außerhalb des Dorfes lebt. Zudem ist dein Mann ein Jäger von den Ersten Menschen. Wie will er genug Fleisch bekommen, um dich zu ernähren? Es gibt wenig Robben in diesem Land; ein, zwei kommen im Sommer flussaufwärts, nicht mehr.«

Uutuk hockte am Feuer und speiste geduldig die Flammen mit Zweigen. Sie hob den Kopf und sagte zu Schreit-laut: »Mein Mann möchte den Winter in einem Dorf mit Namen Vier-Flüsse-Dorf verbringen.«

Anders als die meisten jungen Frauen, die erst kurze Zeit einem Mann gehörten, sprach sie kühn und schlug dabei nicht die Augen nieder, sondern betrachtete sein Gesicht, als wollte sie es sich einprägen. Sie stand auf und wischte sich die Hände an ihren Ärmeln ab. K'os war gekleidet wie die Flussmenschen – ein leichter Parka aus Backenhörnchenfell und Gamaschen aus Karibuhaut –, aber Uutuk hatte einen *sax* aus

Federn an. Schreit-laut konnte ihre Waden sehen, als sie aufstand, und wusste daher, dass sie keine Gamaschen trug; um die Füße hatte sie vielmehr Streifen aus Haut gewickelt, die an den Knöcheln und über dem Rist mit *bahiche*-Schnüren befestigt waren.

»Ein guter Ort«, sagte Schreit-laut.

K'os wandte den Kopf, lächelte ihre Tochter an. »Ich habe Uutuk in unserer Flusssprache unterwiesen und auch in unseren Gebräuchen. Sie wird keine Mühe haben, in einem Flussdorf zu leben, und ich habe keinen Zweifel, dass Ghaden Jäger genug ist, um für uns alle zu sorgen.«

Sie wies mit einer Hand zum Feuer, forderte Schreit-laut auf, sich zu ihnen zu gesellen. »Wir haben gegessen«, sagte sie, »aber für dich ist noch Essen übrig, wenn du nichts gegen getrockneten Fisch hast, in Robbenöl getunkt.«

Aqamdax hatte immer einen Magen mit Robbenöl in ihrer Behausung, und Schreit-laut hatte gelernt, den Geschmack zu schätzen. Er hockte sich ans Feuer, ganz so wie K'os, anstatt sich mit gekreuzten Beinen hinzusetzen wie die meisten Flussmänner. Er deutete mit dem Kinn auf sie und sagte: »Ich sehe, du gehörst jetzt zu den Ersten Menschen.«

»In vielerlei Wegen«, antwortete sie.

»Wie bist du an diese Tochter gelangt?«

Sie schob den Kiefer vor, als habe man sie gekränkt, und sagte: »Wie gelangt man wohl an eine Tochter?«

Er hielt alle weiteren Fragen unter der Zunge verborgen. Warum den Zorn einer Frau wie K'os herausfordern, wenn Ghaden ihm erzählen konnte, was er wissen wollte? Er betrachtete Uutuk, als sie ihm eine Holzschale mit Robbenöl, eine Hand voll Fische und eine Blase mit Wasser brachte. Sie war eine schöne Frau, mit rundem Gesicht und zarten Knochen; ihre Augen waren noch schmaler als die von Aqamdax. Abgesehen von ihrem dichten Haar gab es keine Ähnlichkeit zwischen ihr und K'os.

Er richtete seinen Sinn auf den Mann Robbe und kam zu

dem Schluss, dass das Mädchen seine Tochter war und dass K'os sich auf irgendeine Weise einen Platz als seine Frau verdient hatte. Die leibliche Mutter des Mädchens war vermutlich tot. Schreit-laut fragte sich, ob K'os sie getötet hatte.

»Und warum wolltest du mich sehen?«, fragte er, nachdem er zu essen begonnen hatte. Der Fisch war gut, getrocknet und geräuchert, nahrhaft mit dem Robbenöl.

»Ich dachte, du möchtest vielleicht mit uns kommen zu dem Vier-Flüsse-Dorf. Ghaden möchte der Frau seines Vaters sagen, dass sie Witwe ist.«

Schreit-laut war mit einem Mal ganz still. Er war klug genug, um zu wissen, dass K'os ebenso Wolf war wie Frau, dass sie am Heranschleichen beinahe so viel Freude hatte wie am Töten. Er richtete seine Aufmerksamkeit auf das Essen, trank lange aus der Wasserblase, dann stellte er Uutuk mehrere Fragen über die Reise.

Schließlich unterbrach K'os und sagte: »Ich dachte, du möchtest vielleicht mit uns kommen, um zu sehen, ob deine Schwester noch in dem Dorf lebt. Aber vielleicht hast du sie schon besucht in den Jahren, seit ich fort bin.«

»Einmal war ich dort, im Sommer«, sagte Schreit-laut, »aber die Menschen waren in den Fischlagern verstreut, und ich habe meine Schwester nicht gefunden.«

Er hatte den Menschen im Vier-Flüsse-Dorf nicht gesagt, dass er ihr Bruder war. Warum unnötig Ärgernis auf seine Schwester herabrufen? Es würde gewiss Fragen geben über ihre Mutter, wenngleich sie tot war. Er selbst dachte zu oft an Rotes Blatt, und Yaa wurde nie müde, ihm dies vorzuhalten. Weil er am liebsten allein jagte, beschuldigte sie ihn, nach seiner Mutter zu suchen. Yaa hatte freilich Unrecht. Welcher Mann würde Zeit vergeuden mit der Suche nach jemandem, der nicht mehr auf Erden weilte? Dennoch war da etwas, das ihn in den Wald rief. Vielleicht ihr Geist.

Rotes Blatt mochte andere getötet haben, aber er hatte nie

an ihrer Liebe zu ihm gezweifelt. Er fürchtete sich nicht vor ihr, auch nicht vor ihrem Geist. Warum also mied er das Vier-Flüsse-Dorf? Wollte er seine Schwester nicht kennen oder die Verantwortung eines Bruders für ihre Kinder nicht auf sich nehmen?

Diese Kinder würden noch klein sein – eine gute Zeit, um sie zu besuchen, auf dass sie sich an sein Gesicht gewöhnten, und wenn er in Zukunft wiederkehrte, würden sie ihn als ihren Onkel erkennen. Aber wie stand es mit Yaa? Mit jedem Jahr, das verging, mit jedem Säugling, der starb, klammerte sie sich enger an ihn. Würde eine Schwester mit Kindern schmerzen oder helfen?

Er schüttelte den Kopf. Wer konnte das sagen? Yaa war nicht leicht zu verstehen. Er blickte auf und sah, dass K'os ihn beobachtete.

»Dann willst du nicht mitgehen?«, fragte sie.

Er sah sie verwundert an, dann erkannte er, dass sie sein Kopfschütteln missverstanden hatte.

»Ich habe mich noch nicht entschieden«, sagte er. Wie gut, dass sie nicht wusste, dass er schon zu Ghaden gesagt hatte, er würde gern mitgehen. Um den Fragen von K'os auszuweichen, wandte er sich an Uutuk und sagte: »Ich bedaure, dass ich nicht in deiner Sprache mit dir sprechen kann.«

»Das macht nichts, ich spreche ja deine. Meine Mutter hat mich gut unterwiesen.«

»Das war klug von ihr«, sagte Schreit-laut, »zumal du nun Frau von einem Flussmann bist. Freilich konnte sie nicht wissen, dass das geschehen würde.«

Er bemerkte, dass die Augen von K'os plötzlich dunkel wurden, als sie sich vorbeugte, um Zweige ins Feuer zu werfen.

Aaa, aber sie hat es gewusst, dachte Schreit-laut, oder es zumindest gehofft. Ihm war plötzlich kalt, und er rückte näher ans Feuer. Warum glauben, dass K'os sich geändert hatte, nur weil ihre Tochter gut war?

»Du solltest mit uns kommen in das Vier-Flüsse-Dorf«, sagte K'os, und Uutuk fügte hinzu: »Mein Mann hat die Menschen in seinem Dorf sehr vermisst. Er würde sich freuen, wenn du mitgingst.«

»Ich denke an meine Frau«, sagte Schreit-laut. »Sie hat unlängst wieder über den Tod eines Kindes getrauert, und gewiss würde es ihr gut tun, das Dorf für eine Weile zu verlassen. Der Geist des Kindes scheint zu verweilen.«

»Ja, nimm sie mit«, sagte Uutuk. »Sie kann mir alles über das Dorf erzählen und mir sagen, wie ich einem Flussmann eine gute Frau sein kann.« Ein Lächeln erhellte ihr Gesicht, und sie klatschte in die Hände wie ein Kind, aber die Stimme von K'os schnitt in die Dunkelheit, erhob sich über das Knacken des Feuers.

»Uutuk, ich hätte dir sagen sollen, dass Schreit-laut der Mann von Yaa ist, der Schwester deines Mannes.«

»Das weiß ich«, sagte Uutuk. »Ghaden hat mir von allen Menschen in seiner Familie erzählt.«

»Du siehst, wie schnell meine Tochter lernt, *Tigangiyaanen*«, sagte K'os, prahlerisch wie nur irgendeine Mutter, doch Schreit-laut vernahm mehr als Prahlerei in ihren Worten. Wie bei Chakliux war ihr Stolz von Düsternis überschattet. Eifersucht, und noch etwas anderem. Furcht?

Vermutlich wollte sie nicht, dass Yaa mit ihnen kam. Yaa könnte Uutuk mehr erzählen, als K'os lieb war, denn anders als Ghaden würde Yaa, da sie älter war, sich an das Böse erinnern, das K'os angerichtet hatte, als sie in dem Dorf lebte und Aqamdax als Arbeiterin besaß.

»Vielleicht möchtest du, dass deine Frau mit dir geht, oder vielleicht möchtest du es nicht«, sagte K'os leise.

Uutuk widersprach, und Schreit-laut war erstaunt, dass das Mädchen dies wagte. Vielleicht war K'os milder geworden und hatte dieses Kind anders aufgezogen als einst Chakliux.

»Sei still, Uutuk!«, sagte K'os streng und hob eine Hand, die Handfläche aufwärts, als wollte sie die Worte ihrer Tochter aufhalten. »Es gibt Dinge, die du nicht verstehst und nicht zu wissen brauchst. Geh, hole Holz. Das Feuer verzehrt mehr, als ihm zukommt, und die Nacht warnt uns, dass der Winter nicht mehr fern ist.«

Das Gesicht von Uutuk zog sich bang zusammen, aber sie ließ sie allein. Schreit-laut schickte sein Herz mit ihr in den Abendschatten der Bäume. Eine Frau von den Ersten Menschen fürchtete den Wald gewiss, doch K'os schien ihre Angst nicht zu beachten.

»Du solltest sie nicht allein fortschicken«, sagte Schreitlaut. »Sie wird sich ängstigen.«

»Meine Tochter weiß ihre Furcht zu bezwingen«, erwiderte K'os. »Zudem wird es nicht lange dauern, was ich zu sagen habe, danach kannst du mit ihr gehen, wenn du willst.« Sie blickte ins Feuer und sagte: »Zuerst eine Frage. Du hast erwähnt, dass Yaa ein Kind verloren hat. Wie viele Kinder habt ihr?«

»Drei in der Geisterwelt, und nun behandelt sie die meiste Zeit mich wie ein Kind.«

Die Worte waren heraus, bevor er sie aufzuhalten vermochte, die Klage so boshaft und jammernd wie nur etwas, das er sagen konnte. Er schloss reumütig die Augen. Wie dumm, K'os eine solche Waffe gegen ihn und gegen Yaa zu geben.

»Ich fürchte, ich habe es mit meinen Männern genauso gemacht in meiner Sehnsucht nach einem Kind. Für Männer ist es schwer zu verstehen, aber jede Frau versteht es. Hast du noch eine andere Frau?«

Er hatte die Frage erwartet. Jeder, der hörte, dass kein Kind von Yaa am Leben geblieben war, wunderte sich, dass Schreitlaut sich keine zweite Frau genommen hatte. Er gab K'os dieselbe Antwort, die er anderen gegeben hatte.

»Wenn die Trauer von Yaa zu Ende ist, will ich eine zweite Frau nehmen.« Er sagte ihr nicht, dass die Trauer von Yaa nie zu Ende ging, dass sie sich mit jeder Geburt und jedem Tod enger in ihren Kummer gehüllt hatte.

»Vielleicht wirst du im Vier-Flüsse-Dorf eine finden.«

»In unserem Dorf gibt es immer noch mehr als genug junge Frauen für jeden Jäger«, sagte Schreit-laut.

K'os hob zustimmend die Augenbrauen. »Kriege sind töricht.« Sie schüttelte den Kopf, als hätte sie keinen Anteil an dem Hass, der das Nahe-am-Fluß-Dorf und das Vetter-Fluß-Dorf in den Kampf getrieben hatte.

»Du musst mit uns in das Vier-Flüsse-Dorf gehen«, sagte sie. »Nicht deiner Schwester wegen, sondern deinetwegen.«

Er fing an, Ausflüchte vorzubringen, doch sie unterbrach ihn mit scharfen Worten. »Hör dir an, was ich dir zu sagen habe, dann triff deine Entscheidung für dich und für deine Frau. Cen ist in einem Sturm umgekommen. Ich nehme an, Ghaden hat es dir erzählt.«

»Sie werden morgen Abend eine Trauerfeier für ihn abhalten«, sagte Schreit-laut und war erstaunt über den mürrischen Klang seiner Stimme. Seine Frau hatte ihn mit ihrer herablassenden Art allzu bitter gemacht, und nun schien es, dass er begonnen hatte, sich zu benehmen wie ein Kind.

Aber K'os fuhr fort, als schenkte sie seinen Worten keine Beachtung. »Bevor er den Strand der Händler verließ, hatte ich Zeit, mit ihm über sein Leben in dem Vier-Flüsse-Dorf zu sprechen. Einmal, vor vielen Jahren, hätte ich Cen beinahe als Mann genommen. Wir haben diese Freundschaft nicht vergessen.«

»Das habe ich nicht gewusst«, sagte Schreit-laut.

»Du warst noch zu jung, um so etwas zu wissen«, sagte K'os. »Außerdem lebte ich damals in dem Vetter-Fluß-Dorf, und du warst mit deiner Mutter und deinem Vater in dem Nahe-am-Fluß-Dorf. Aber das ist nicht von Belang. Erinnerst du dich, wie Chakliux mich gezwungen hat, sein Jagdlager zu verlassen?«

»Ich erinnere mich.«

»Ich bin dann in das Vier-Flüsse-Dorf gegangen und habe dort gelebt.«

»Das hast du mir erzählt. Vor langer Zeit hast du es mir erzählt.«

»Ja, als du mich an die Walrossjäger verkauft hast.«

»Du sagtest, dass meine Mutter überlebt hat, nachdem sie meinen Vater verließ, aber dass sie an einer Krankheit starb.«

»So dachte ich.«

Schreit-laut kniff die Augen zusammen. Im Schein des Feuers bildeten sich Schatten im Gesicht von K'os, sodass es aussah, als trüge sie eine Tänzermaske. Ihr Mund bewegte sich mit ihren Worten, doch ansonsten war sie ganz reglos, und wenn sie sprach, war es, als spräche jemand anders, jemand, der hinter ihr stand, verborgen von der Maske ihres Gesichtes. Sie klang, als hätte sie ihm die Wahrheit gesagt, aber wer konnte ihr trauen?

»Du sagst mir, dass sie lebt?«, fragte er.

»Ich sage dir, dass sie die schreckliche Krankheit überlebt hat und dass sie, als Cen im Frühsommer das Vier-Flüsse-Dorf verließ, um zu handeln, noch lebte.«

»Nicht mehr krank?«

»So kräftig, dass sie ihm soeben wieder eine gesunde Tochter geschenkt hat.«

Schreit-laut hatte viele Fragen, aber er konnte sie nicht aus seiner Kehle ziehen. Sie drängten sich dort zusammen und würgten ihn, bis er anfing zu husten und schließlich keuchend nach Atem rang.

Er vernahm das leise Kichern von K'os, und er empfand brennenden Zorn gegen sie. Sie erzählte ihm dies nicht, um ihm Freude zu bringen, sondern um zu sehen, was er tun würde, ihn zu beobachten, als wäre er ein Tänzer, ihm zu lauschen, als wäre er ein Geschichtenerzähler.

»So entscheide, ob du mit uns gehen willst und ob du möchtest, dass deine Frau von Rotes Blatt erfährt.« Sie hielt einen Augenblick inne, hob die Stimme, um Uutuk zurück ans Feuer zu rufen, dann beugte sie sich nahe zu ihm und sagte:

»Ich nehme an, dein Vater Sok ist noch am Leben. Ich nehme an, du möchtest nicht, dass er von deiner Mutter weiß.«

»Ist das von Bedeutung?«, fragte er. »Ghaden wird gehen. Er trägt noch die Narben vom Messer meiner Mutter. Denkst du, er wird sie am Leben lassen?«

»Ghaden war noch ein Kind, als Rotes Blatt versuchte, ihn zu töten. Denkst du, er wird sie erkennen?« Sie schüttelte den Kopf. »Natürlich nicht. Sie hat den Namen Gheli angenommen – das habe ich dir erzählt, *nae'*? Ghaden wird sich nicht an sie erinnern, und ich werde ihm nichts sagen. Es liegt bei dir. Wirst du mitkommen?«

»Weißt du, wann ihr aufbrechen werdet?«

Sie zuckte mit den Schultern. »Voraussichtlich nach der Trauerfeier. Soll ich meinem Mann sagen, dass du mit uns fahren wirst?«

Uutuk trat in das Licht des Feuers, legte einen Arm voll Zweige neben den Unterstand. K'os warf die Zweige in die Glut, bis die Flammen brausend aufsprangen und Schreit-laut zwangen, von der Hitze abzurücken.

»Nein, ich werde nicht mitkommen«, sagte er.

K'os lächelte. »Nein«, sagte sie, »natürlich nicht. Wenn Ghaden kommt, um Uutuk für die Trauerfeier zu holen, was soll ich ihm sagen?«

»Sag ihm, dass ich jage. Sag ihm, dass ich auf meine Weise um seinen Vater trauere und seinen Kummer in meinem Herzen trage.«

»Soll ich ihm sagen, dass du seinen Kummer in das Vier-Flüsse-Dorf trägst?«, fragte K'os, aber Schreit-laut antwortete nicht.

33

Herendeen-Bucht, Alaska
602 v. Chr.

Himmelfänger sprach in der Flusssprache, spie in kurzen, lauten Stößen barsche Worte hervor. Seine Stimme war wie ein Messer, das in die Geschichte schnitt, und die Männer schüttelten die Köpfe, um sich zurückzubringen in die Gegenwart.

»Er sagt, deine Erzählung hat eine törichte Wendung genommen«, übersetzte Qumalix. »Er fragt, warum Schreit-laut K'os trauen sollte. Gewiss haben die Geschichtenerzähler über die Jahre die Menschen daran erinnert, welche Feindseligkeiten zwischen den zwei Dörfern entstanden sind und welchen Anteil K'os daran hatte.«

»Himmelfänger hat Unrecht«, sagte ein Händler von den Ersten Menschen. »Schreit-laut ist unglücklich mit seiner Frau und angetan von dieser neuen Frau Uutuk. Ist sie nicht eine Schönheit? Er denkt an sie. Nicht an K'os. Ich kenne mehr als einen Mann, der sich in solche Schwierigkeiten begeben hat.«

Der Jäger neben ihm lachte. »Nur weil du ein Dummkopf bist, denke nicht, dass wir alle so sind«, sagte er.

Der Händler machte mit den Fingern eine beleidigende Geste, und die Aufmerksamkeit der Männer wendete sich von Yikaas und Himmelfänger zu dem Händler und dem Jäger von den Ersten Menschen, die aufgestanden waren, als wollten sie kämpfen.

»*Aa*, Männer! Eine Horde Kinder, alle miteinander. Was streitet ihr?«

Es war Kuy'aa. Irgendwann während des Geschichtenerzählens war sie hinter den Vorhang eines Schlafplatzes geschlüpft, und jetzt steckte sie den Kopf heraus, um die Männer zu schelten. Sie hatte in der Sprache der Ersten Menschen gesprochen, aber Yikaas hatte genug von den Worten mitbekommen, um zu verstehen, was sie meinte.

»Sie streiten über meine Geschichte, Tante«, sagte Yikaas.

»Und welche Geschichte hast du ihnen erzählt, die diese Torheit hervorbrachte?«

»Eine gute Geschichte. Von Schreit-laut und seinem Entschluss, mit K'os in das Vier-Flüsse-Dorf zu gehen. Du erinnerst dich.«

Sie wiegte ihr Haupt, und er sah in ihren Mundwinkeln ein Lächeln lauern. »Eine gute Geschichte«, sagte sie, »aber es lohnt nicht, deswegen zu streiten. Ich möchte annehmen, die zwei haben mehr auszutragen als das.«

Sie humpelte zum Kreis der Geschichtenerzähler und stellte sich neben Yikaas und Qumalix. Sie hob die Stimme, rief in der Sprache der Ersten Menschen mehrere Worte, die Yikaas nicht kannte, und mit einem Mal herrschte Ruhe. »Ihr Männer«, sagte sie abwechselnd in der Flusssprache und in der Sprache der Ersten Menschen, »tragt euren Zwist woandershin. Ihr Übrigen seid still! Ihr Männer hattet diese Behausung der Geschichtenerzähler schon viel zu lange. Jetzt sind die Frauen an der Reihe.«

Stöhnen und Widerspruch wurden laut, aber zumeist gutmütig. Einige Männer gingen, schoben sich an Kuy'aa vorbei, schlugen Yikaas auf die Schultern und taten ihre Meinung zu seinen Geschichten kund. Kuy'aa flüsterte Qumalix etwas zu, und sie ging ebenfalls. Kurz darauf trafen nach und nach die Frauen ein, und Yikaas bemerkte zu seiner Überraschung, dass er enttäuscht war, weil Qumalix nicht unter ihnen war.

Als ob er nach ihr gefragt hätte, sagte Kuy'aa: »Sie ist hungrig. Ich nehme an, sie wird nach einer kleinen Weile zurückkommen. Unterdessen fahre mit deiner Geschichte fort. Ich will mein Bestes tun, um für dich zu übersetzen.«

»Meine Geschichte ist zu Ende«, sagte er. »Schreit-laut hat beschlossen, in das Vier-Flüsse-Dorf zu gehen. Er möchte seine Mutter finden, und er ist es Leid, sich die ganze Zeit die Klagen von seiner Frau Yaa anzuhören.«

»*Aa*, Yaa, das arme Kind«, sagte Kuy'aa, als wäre Yaa eine Nichte oder Enkeltochter, die sie von Kind auf gekannt hatte, nicht eine Frau, die nur durch Geschichten zu ihnen gekommen war. »Sie hat wahrlich sehr wenige Klagen gegen ihren Mann vorzubringen. Ihre Klagen haben mit ihr und ihrem Leben zu tun.«

Yikaas nickte, als würde auch er Yaa kennen, dann legte er seine Hand auf seine Kehle, rieb sich den Hals und sagte: »Tante, ich habe genug vom Geschichtenerzählen. Meine Kehle ist wund von zu vielen Worten. Würdest du eine von deinen erzählen?«

Zustimmendes Gemurmel kam von jenen, die ihnen am nächsten saßen, und Kuy'aa lächelte so breit, dass Yikaas froh war, sie gefragt zu haben. Sie war die beste Geschichtenerzählerin unter ihnen, doch auch die Besten wollten zuweilen hören, dass ihre Erzählungen gewürdigt wurden.

»Was ist, Tante?«, fragte Yikaas leise, als wäre er wieder der Junge, der in ihrer Behausung lauschte.

»Nun denn, eine etwas andere Geschichte«, sagte sie. »Die Geschichte von Daes. Seltsam war sie, diese Frau.«

Und eine Geschichte, die schwer zu erzählen ist, dachte Yikaas. Er richtete den Blick auf Kuy'aa, sah, wie sich vor Anspannung die Falten in ihrem Gesicht vertieften. Gewöhnlich erzählte sie diese Geschichte nur anderen Geschichtenerzählern, weil sie für die Zuhörenden leicht misszuverstehen war. Warum dann versuchen, sie dieser Gruppe zu erzählen, die Hälfte davon raue Männer, die sich Geschichten vom Töten und Jagen, von Kämpfen und Zorn wünschten? Schon jetzt, während sie wartete, hatten einige zu murren begonnen.

Kuy'aa hob den Kopf und sah sie streng an, dann sagte sie: »Es gibt Dinge, die ihr wissen müsst, bevor ich mit der Geschichte beginne.« Aus Höflichkeit sagte sie es in der Sprache der Ersten Menschen und danach noch einmal in der Flusssprache.

»Einige von euch haben unsere Erzählungen von Chakliux und Aqamdax gehört, den Geschichtenerzählern, Mann und Frau, vom Flussvolk und von den Ersten Menschen, die unsere Völker vereinen.«

Die Menschen nickten und murmelten beifällig. »Einige von euch haben von Sok gehört, dem älteren Bruder von Chakliux, dem obersten Jäger in dem Dorf von Chakliux. Als er jung war, bevor er oberster Jäger wurde, hatte er eine Frau mit Namen Rotes Blatt. Diese Frau wünschte, dass ihm die Stellung und die Ehre des obersten Jägers zuteil werde. Sie dachte, sein Großvater, der alte Mann Tsaani, würde verhindern, dass man ihm diese Ehre erwies. Deshalb verkleidete sie sich als Mann, ging in der Nacht in die Behausung von Tsaani und tötete ihn. Doch sie wurde von einer anderen Frau gesehen, Daes, die Frau von einem alten Mann war, sich aber den Händler Cen als Liebsten genommen hatte.«

Bei der Erwähnung des Namens Cen machten mehrere Händler das Zeichen des Schutzes. Geschichtenerzähler durften die Namen der Toten aussprechen, um sie in ihre Geschichten einzuschließen, aber wer konnte wissen, ob diese Erwähnung den Geist eines Toten zu ihnen bringen würde, der bereit wäre, Rache zu nehmen an den Lebenden?

»Rotes Blatt tötete Daes und versuchte auch, Ghaden zu töten, den kleinen Sohn von Daes.« Als sie sprach, hatte Kuy'aa die Augen geschlossen, als wollte sie verhindern, dass ihre Gedanken abschweiften zu dem, was sie in der Behausung sehen mochte. Jetzt aber schlug sie die Augen auf und blickte die Menschen an, die um sie versammelt waren. »Ihr habt alle gehört von Ghaden, Bruder von Aqamdax und von Yaa.«

Wieder murmelten sie beifällig.

»Ghaden blieb freilich am Leben. Zuerst wussten die Menschen nicht, wer Tsaani und Daes getötet hatte, schließlich aber entdeckten sie, dass es Rotes Blatt war. Ihr Mann Sok beschloss, sie zu töten, aber sie trug das Kind von Sok in sich, und so ließ er sie am Leben, bis das Kind geboren war. Es war ein Mädchen, und nach der Geburt half Schreit-laut, der Sohn von Sok und Rotes Blatt, seiner Mutter zu fliehen. Sie ging mit dem Säugling in die Wildnis und geriet in den ersten schweren Schneesturm des Winters. Alle dachten, sie sei tot, doch es glückte ihr, in das Vier-Flüsse-Dorf zu gelangen, wo der Händler Cen lebte. Sie änderte ihren Namen und nannte sich Gheli, und schließlich wurde sie Frau von Cen.

Cen, der nicht wusste, dass Gheli Rotes Blatt war, nahm die kleine Tochter als sein Kind an und nannte sie Daes nach der Frau, die er geliebt hatte, der Mutter von seinem Sohn Ghaden. Viele Jahre vergingen, und die zweite Daes wuchs heran.«

»Es sind zu viele Menschen, die man sich einprägen muss«, klagte eine Frau.

»Du hast Recht«, sagte Kuy'aa. Sie zuckte mit den Schultern. »Aber dies ist die Geschichte, die ich zu erzählen beschlossen habe. Geh, wenn du möchtest. Nicht jede Geschichte ist für jeden.«

Die Frau stand auf und schob sich an den Sitzenden vorbei zum Kletterstamm.

»Ihr Übrigen, geht, wenn ihr wollt«, sagte Kuy'aa zu denen, die geblieben waren. »Es ist eine Geschichte, die schwer zu verstehen ist, und einige von euch haben fast den ganzen Abend gelauscht.«

Sie wartete ruhig, bediente sich aus einer Wasserblase, während weitere Menschen die Behausung verließen. Als nur noch wenige übrig waren, dachte Yikaas, sie würde beginnen, doch immer noch wartete sie und summte dabei vor sich hin. Als wieder ein Mann ging und eine alte Frau ihm folgte, hob Kuy'aa die Stimme und sang laut.

»Wie Geschichtenerzähler berichten«, sagte sie, »hat Daes diesen Gesang oft gesungen.«

Kuy'aa sang ihn zweimal, in jeder Sprache, einen Kindergesang über Bäume, die ihr Sommerleben lebten und dann den Winter hindurch schliefen. Sie sang, bis sogar Yikaas beim Warten auf die Geschichte die Geduld verlor. Schließlich hörte er jemanden auf dem Dach der Behausung, sah die Füße einer Frau auf dem Kletterstamm. Es war Qumalix. Er wandte den Kopf ab, gab vor, sie nicht zu bemerken, dennoch wurde ihm leicht ums Herz, und als sie sich setzte, sah er unwillkürlich zu ihr hin.

»Ich werde die Geschichte von Daes erzählen«, sagte Kuy'aa zu ihr, und Qumalix nickte ernst, als wäre sie gekommen, um just diese Geschichte zu hören, als hätte sie von vornherein gewusst, dass Kuy'aa sie jetzt erzählen würde.

»Ich hatte gehofft, dass du ihre Geschichte erzählen würdest«, sagte Qumalix mit höflicher, sanfter Stimme.

»Ich hatte gehofft, Gelegenheit zu finden, sie dir zu erzählen«, erwiderte Kuy'aa, und Yikaas erkannte, dass die alte Frau auf sie gewartet hatte, daher ihre lange Erklärung, der Gesang, das Wassertrinken.

Dann erklangen die Worte von Kuy'aa in der Überlieferung des Flussvolkes: »Einmal, vor langer Zeit, lebte in einem Flussdorf eine Frau mit Namen Daes mit ihrer Mutter, ihrem Vater und ihrer kleinen Schwester. Sie war eine große Frau, mit breiten Schultern und hoch gewachsen wie ein Mann, und sie war auch stark wie ein Mann, konnte mit einem Bogen Tiere töten und war dennoch begabt mit Nadel und Ahle.«

So begann Kuy'aa.

Das Fischlager
6435 v. Chr.

DIE GESCHICHTE VON DAES

Daes warf den nächsten Fischkopf zum Kochen in einen Beutel aus Karibuhaut. Sie zog ihr Messer der Länge nach vom Schwanz bis zu den Kiemen über den Bauch des Fisches und warf den Rogensack zum Trocknen in einen anderen Beutel. Sie leerte die Eingeweide in einen Behälter aus Rinde, um sie für die Hunde aufzuheben, schnitt das Rückgrat heraus, dann warf sie ihrer Mutter den Fisch zu. Die zwei fleischigen Hälften waren nur noch am Schwanz miteinander verbunden, und Gheli legte den Fisch mit der Hautseite nach unten flach auf die Holzscheibe, die ihr als Schneidbrett diente. Geschickt schnitt sie das rosa Fleisch in schräge Scheiben, darauf bedacht, die Haut nicht zu durchtrennen. Dann schob sie ihn beiseite, um ihn später an ein Trockengestell zu hängen.

Daes zürnte ihrer Mutter, und mit jedem Schnitt ihres Messers wuchs ihr Zorn. Der Sommer war zu Ende. Es war an der Zeit, das Fischlager zu verlassen und in das Winterdorf zurückzukehren. So viele Fische laichten, es lohnte kaum die Zeit, noch zu bleiben, und außerdem hatten Daes und ihre Mutter so viele Fische getrocknet und geräuchert, dass es für zwei Winter reichte.

Sie dachte an die Menschen, die jetzt wohl im Winterdorf waren und die Sommerschäden an den Behausungen ausbesserten, bevor sie zur herbstlichen Karibujagd aufbrachen. Sie liebte die Jagd – die langen Tage unterwegs, das Erklimmen jeder Erhebung in der Hoffnung, die Herden zu sehen, die beißende Kälte in der Luft, den Geruch nach sommermüden Gräsern und samentragenden Blütenköpfen. Sie war eine der stärksten Frauen im Dorf, und ihre Kraft wurde gebraucht, wenn die Menschen Sperren aus Gestrüpp bauten, um die Karibus zu den Jägern zu treiben. Jedes Jahr lebte sie in der Hoffnung, dass ihr Vater ihr erlauben würde, sich mit ihrem Bogen den Männern anzuschließen und eigenhändig Karibus zu erlegen.

Frauen jagten selten, meistens bildeten sie mit den Kindern einen Teil der Sperre, schwenkten rot gefärbte Streifen aus Karibuhaut, um die Tiere zu erschrecken und in den Ring zu treiben, wo die Jäger mit Speeren und Bogen warteten. Doch Geschichtenerzähler berichteten von Frauen, die mit Waffen so geschickt waren wie Daes. Diese Frauen hatten gejagt, und der Vater von Daes schien auf ihre Fähigkeiten so stolz zu sein, als wäre sie ein Sohn. Vielleicht würde er sie eines Tages jagen lassen.

Freilich, wenn sie und ihre Mutter zu lange im Fischlager blieben, würden sie die Jagd versäumen. Und wenn sie nicht bald im Dorf eintrafen, bestand immer die Möglichkeit, dass die Menschen glaubten, sie hätten beschlossen, den Winter woanders zu verbringen. Dann würde vielleicht jemand den Kreis aus Grassoden und Steinen, der die Grundlage ihrer Behausung bildete, für sich beanspruchen. Ihr Vater hatte beinahe eine Armlänge tief in die Erde gegraben, bevor er die Lehmwand mit Steinen verstärkte. Wie bei einer Behausung der Ersten Menschen, hatte er erklärt, diente die Erde gleichsam als Decke, um dem Wind besser zu widerstehen, die Kälte besser abzuhalten.

Das Dorf war hoch gelegen, auf einer Erhebung aus Sand und Kieseln, sodass sie in die Erde graben konnten, ohne befürchten zu müssen, im Frühjahr überflutet zu werden, wenn die Tundra sich von der harten Winterkruste in sumpfige Sommernässe verwandelte. Dennoch hatte niemand in dem Dorf eine Behausung gebaut wie die von Cen, aber Daes hatte keinen Zweifel, dass die eine oder andere Familie gerne dort leben würde, behaglich und warm vor den Winterwinden geschützt.

Sie sah zu den Gestellen mit Fischen, und Verzweiflung durchströmte sie so kalt wie Flusswasser. Die Fische würden wenigstens drei oder vier Tage brauchen, um zu trocknen, voraussichtlich länger. Und was, wenn ihre Mutter beschloss, sie anschließend zu räuchern? Schlimmer noch, sie hatten noch eine Reuse im Wasser und fingen immer noch mehr Fische.

Dachte Gheli, sie könnten den ganzen Winter von Fisch leben, ohne das Fett von Karibus? Dachte sie, der Vater von Daes würde sich keine Sorgen machen, wenn er von seiner Handelsfahrt zurückkehrte und sah, dass sie noch nicht in dem Dorf waren?

Freilich wäre es nicht das erste Mal, dass das geschah. Immer wenn Cen aufbrach, um zu handeln, veränderte sich die Mutter von Daes, als hätte ihr Mann ihre ganze Vernunft mitgenommen. Fast jedes Mal verließen sie das Dorf, fanden eine neue Stelle für ein Fischlager, weit abseits von den anderen Lagern und viele Tagereisen vom Vier-Flüsse-Dorf entfernt. Gheli ging fast immer flussaufwärts, wo es nicht so gut war zum Fischen, denn die meisten Lachse schwammen nicht so weit oder wurden in den Reusen gefangen, die flussabwärts aufgestellt waren.

Ein plötzliches Klagen sagte ihnen, dass der Säugling aufgewacht war. Das Mädchen gab nicht mehr die kurzen, atemlosen Schreie eines Neugeborenen von sich, war aber dennoch sehr klein. Immerhin war sie alt genug, um zu lächeln, und hatte daher schon etwas mehr von einem Menschen. Daes hatte sich gefreut, als sie geboren wurde, empfand aber auch ein wenig Traurigkeit darüber, wie glücklich ihr Vater gewesen war, obwohl das Kind ein Mädchen war. Er hatte den Jungen Ghaden, den Bruder, den Daes nicht kannte, und jetzt diese kleine Tochter, der ihre Mutter den Kosenamen Entlein gegeben hatte.

Und er hatte sie, aber Daes wusste, dass sie noch einen Vater hatte, einen, von dem ihre Mutter nicht sprechen wollte. Ein fauler Mann, nutzlos, hatte Daes die alten Frauen des Dorfes sagen hören, wobei sie die Hände um ihre Münder wölbten, als schämten sie sich, ihn auch nur zu erwähnen.

Wenigstens war Entlein ein Mädchen. Welche Aussichten hätte Daes gehabt, sich einen Platz im Herzen von Cen zu bewahren, wenn das Kind ein Junge gewesen wäre?

»Ich mache die Fische fertig, Mutter«, sagte Daes. »Geh du das Kind stillen.«

Gheli nickte und ging zu dem Säugling, nahm das Tragegestell von dem Ast, an dem es aufgehängt war. Daes beobachtete ihre Mutter, die sich an den Baum lehnte, den Säugling aus dem Tragegestell hob und zum Stillen unter ihren weichen Sommerparka schob.

Ihre Mutter schloss die Augen, schlang die Arme um das Kind, das nur mehr eine Ausbuchtung über dem Bauch von Gheli war. Wieder spürte Daes einen plötzlichen Stich im Herzen, einen sinnlosen Zorn auf den Säugling.

Entlein war ein hübsches Kind und würde wohl zu einer jener zarten Frauen heranwachsen, die offenbar alle Männer bevorzugten. Was nützte ihnen eine solche Frau? Sie würde nie jagen können, würde vielleicht nicht einmal stark genug sein, um die Geburt von Kindern zu überleben. Man brauchte nur zu sehen, was mit der Frau von Vogelhand geschehen war. Freilich, er hätte es besser wissen müssen, als sich eine winzige Frau zu nehmen, groß, wie er war. Wer konnte bezweifeln, dass er ein großes Kind in sie legen würde, eines, das sie niemals herausstoßen konnte? Sie hatte vier Tage lang versucht, dieses Kind zu gebären, bevor sie und das Kind gestorben waren.

Vogelhand und Daes waren immer gute Freunde gewesen, hatten miteinander gejagt und die Nächte in einem Unterstand für Jäger verbracht. Einige Monde nach ihrer ersten Blutung hatte er sie genommen, wie ein Mann eine Frau nimmt, und Daes hatte fest geglaubt, dass er sie als seine Frau haben wollte, doch als er einen Brautpreis bot, tat er es für See-Frau mit dem hübschen Gesicht.

Daes hatte versucht, jenen Tag zu vergessen, aber die Bilder kehrten oft zu ihr zurück, hieben sich in ihren Kopf wie die

Schläge einer Axt in einen Baum: Der Gang von Vogelhand durch das Dorf, das Bündel aus Karibuhaut, das er trug, die Backenhörnchenfelle auf den Armen seines kleinen Bruders, der ihm folgte. Als die zwei sich der Behausung ihres Vaters näherten, da war das Herz von Daes so groß geworden, dass es in ihrer Brust schier zu bersten schien. Dann die schreckliche Schwere ihrer Enttäuschung, als er ihr munter einen Gruß zurief, aber vorbeiging.

Sie saß vor der Behausung, nähte an einem Parka, den sie ihm hatte geben wollen. Sie hatte zugesehen, außer Stande, sich zu rühren, ihr war so schwindelig, dass sie glaubte, sie würde umfallen, wenn sie aufstünde. Sie konnte die Freude in seiner Stimme hören, als er mit dem Vater von See-Frau sprach, und sie sah, mit welcher Höflichkeit er den ersten Teil des Brautpreises für See-Frau entrichtete. Er war an jenem Tag dreimal von der Behausung seines Vaters gekommen, und jedes Mal waren seine Arme und die Arme seines Bruders beladen gewesen mit Gaben. Mit jedem Gang hatte Daes gefühlt, wie die Düsternis in ihr wuchs, bis sie so groß war, dass sie nicht sprechen, dass sie kaum atmen konnte.

Und was hatten die vielen Gaben ihm nun eingebracht? Eine tote Frau und einen toten Sohn, aus dem Bauch seiner Mutter geschnitten, auf dass er im Tode neben ihr liege.

Daes gestand sich ungern ein, dass eine Hoffnung Fuß gefasst hatte während des langen Sommers, den sie und ihre Mutter allein in diesem Fischlager verbracht hatten, doch nun, da die Karibujagd nahte, wusste sie, dass Vogelhand daran denken musste, sich eine neue Frau zu nehmen. Welcher Mann wünschte sich nicht eine Frau, die ihn auf der Jagd begleitete, um die Tiere zu zerlegen, die er tötete? Freilich würden seine Mutter und seine älteste Schwester, die fast schon Frau war, mitgehen, daher würde er vielleicht noch in seinem Kummer leben und keine Frau in sein Bett nehmen. Aber so waren nur wenige junge Männer, und Vogelhand mochte sich eine große, starke Frau wünschen, eine, die nicht nur seine Tiere zerlegte, sondern ihm auch bei der Jagd helfen konnte.

Aber wie konnte sie seine Frau werden, wenn er nicht einmal wusste, wo sie war?

Ihre Enttäuschung ließ ihr Messer umso schneller werden, und sie arbeitete sich so geschwind durch den schillernden Haufen Fische, dass ihre Mutter sie schließlich ermahnte, vorsichtig zu sein, die Fische sorgfältig zu putzen, weil die Vorräte sonst faulen würden.

»Ich habe dies den ganzen Sommer getan, Mutter«, erwiderte Daes. »Denkst du, ich habe plötzlich vergessen, wie man es macht?«

Sie sprach selten im Zorn zu ihrer Mutter, und wenn sie es tat, senkte sie zumeist den Kopf, schlug die Augen nieder. Doch diesmal war ihr Kopf so voller Bangnis, dass sie Gheli unmittelbar ansah, wenngleich sie wusste, dass dies eine größere Kränkung war als ihre Worte.

Daes beobachtete mit erhobenem Kinn, wie Gheli die Zähne in die Unterlippe grub und sichtlich mit sich rang, was sie sagen sollte. Schließlich befasste sie sich mit dem Säugling und erwiderte gar nichts.

Ein wenig schämte sich Daes, vor allem aber war sie zornig. Sie arbeitete jetzt gar noch schneller, sodass die gebogene Steinklinge ihres Messers fast vor ihren Augen verschwamm.

Als sie den Haufen Fische fertig zerteilt hatte, sah sie, dass ihre Mutter dort, wo sie saß, eingeschlafen war, und der Zorn von Daes auf die Frau brannte noch stärker. Sie dachte daran, ihre Habseligkeiten zu packen und allein fortzugehen, doch stattdessen begab sie sich dorthin, wo ihre Mutter gearbeitet hatte, und begann, jeden Fisch bis zur Haut in Scheiben zu schneiden, und hörte auf, als sie einen Haufen Fische beisammenhatte, um sie an die Trockengestelle zu hängen.

Als sie mit dieser Arbeit fertig war, wusch sie am Ufer des Flusses ihr Messer, dann stand sie einen Augenblick still und betrachtete die Oberseite der Weidenreuse, die sie und ihre

Mutter aufgestellt hatten, um die Fische in seichtes Wasser zu lenken, wo sie sich mit Köderfischen oder Korbnetzen leicht fangen ließen.

Einen Augenblick überlegte sie, die wenigen zu fangen, die seit dem Morgen, als sie und ihre Mutter den nächtlichen Fang eingeholt hatten, in die Untiefen geschwommen waren. Dann aber blickte sie zurück zu ihrem Unterstand, auf die Stapel mit Karibubündeln, die schon mit getrockneten Fischen gefüllt waren, und sie sah, es waren so viele, dass sie und ihre Mutter selbst mit ihren drei Hunden Mühe haben würden, alles ins Dorf zu schaffen.

Daes tat einen langen Atemzug, richtete ihren Sinn auf das Gesicht von Vogelhand, dann zog sie ihre Gamaschen aus Karibuhaut aus und band sich ihren Parka um die Mitte. Sie watete in den Fluss, durchquerte ihn, kämpfte gegen die Strömung. Auf der anderen Seite zog sie die Weidenpfähle aus dem Grund des Flusses, um sie und die geflochtenen Zweige, die ein Netz zwischen den Pfählen bildeten, von der Strömung erfassen zu lassen. Sie und ihre Mutter hatten die Reuse schräg in den Fluss gesetzt, sodass sie die Fische zu dem Ufer schleusten, wo sie ihren Unterstand errichtet hatten.

Von dem kalten Wasser schmerzten ihre Knochen, als ob Messer an ihrem Fleisch kratzten, aber ihr Zorn brannte noch heiß genug, um ihre Finger warm zu halten. Sie hatte die meisten Pfähle herausgezogen, als sie ihre Mutter rufen hörte.

»Daes! Was tust du da!«

»Wir haben genug Fische, Mutter«, rief Daes.

Sie zog den nächsten Pfahl heraus.

»Wir werden gehen, wenn ich es sage!«, rief Gheli, aber Daes tat, als hätte sie es nicht gehört. Ihre Mutter hastete fort vom Ufer des Flusses, und Daes lächelte, als sie sah, dass Gheli den Säugling noch im Arm hielt und ihr nicht nachkommen konnte, bevor sie das Kind in Sicherheit gebracht hatte.

Bis Gheli Entlein in das Tragegestell geschnallt hatte, hatte

Daes nur noch drei Pfähle übrig, diejenigen, die dem Ufer am nächsten waren. Sie trat auf die Böschung, riss eine Hand voll Gras aus, um wieder Gefühl in ihre Beine zu reiben. Ihr Parka war nass bis zu den Schultern, und sie schüttelte Wasser aus den Ärmeln.

»Mach eine neue Reuse«, sagte Gheli mit ruhiger, aber strenger Stimme.

»Warum?« Daes wies mit ausgebreiteten Händen zu den Bäumen. »Schau, die Blätter haben sich gefärbt. Der Sommer ist vorbei.«

»Wir brauchen noch mehr Fische.«

»Wir haben mehr, als wir tragen können«, sagte Daes. »Willst du zwei Gänge ins Dorf machen und die Karibujagd versäumen?«

»Dein Vater wird von seiner Handelsfahrt genug Fleisch für den Winter mitbringen. Wir brauchen nicht an der Jagd teilzunehmen.«

»Was, wenn ihm etwas zugestoßen ist und er kein Fleisch bringen kann?«

Gheli atmete tief ein und holte mit der Hand aus, als wollte sie Daes schlagen.

»Denkst du, meine Worte sind stark genug, um ihn zu verfluchen?«, fragte Daes. »Er ist stärker als wir beide. Für ihn sind meine Worte nicht mehr als eine Mücke.«

»Dummkopf! Du bist nur ein Mädchen. Du denkst, du verstehst die Wege des Bösen? Du denkst, du weißt, was Macht hat und was nicht? Schweig still!« Sie bückte sich, um einen Weidenpfahl aufzuheben, der der Strömung entgangen und ans Ufer getrudelt war. Sie gab ihn Daes. »Da. Einer weniger, den du schneiden musst.«

»Ich mache keine neue Reuse«, erwiderte Daes. »Ich bleibe nicht länger als die Tage, welche diese Fische brauchen, um zu trocknen. Bleib du hier, wenn du willst, aber ich gehe zurück.«

»Dann geh, aber erwarte nicht, dass ich dir einen Hund mitgebe«, sagte Gheli. »Du wirst deinen Weg allein finden müssen. Denkst du, dass du es kannst?«

»Ja«, sagte Daes, doch schon als sie es aussprach, kamen ihr leise Zweifel. Sie war es gewöhnt, den Schritten desjenigen zu folgen, der vor ihr ging, und achtete oftmals kaum auf den Weg, den sie einschlugen. Aber sie wusste, dass der Fluss, an dem ihr Fischlager lag, in einen von den vier Flüssen mündete, die in der Nähe ihres Dorfes flossen. Sie wollte ihm flussabwärts folgen, bis sie an vertraute Orte kam. Das konnte sie ohne einen Hund.

Sie wandte sich ab von ihrer Mutter, ging zu dem Unterstand aus Karibuhäuten und begann, ihre Habseligkeiten einzusammeln. Da ihre Mutter nicht mitgehen würde, warum dann warten, bis die Fische getrocknet waren? Sie blickte zum Himmel auf. Es war Mittag, und ohne Gheli und den Säugling konnte sie rasch gehen, selbst mit einem Bündel auf dem Rücken. Sie konnte es mit nur zwei Nächten, die sie unterwegs verbringen musste, bis zum Winterdorf schaffen.

Sie rollte ihre Schlafsachen zusammen und packte ihre persönliche Habe in das kleine Bündel, das sie sich immer um die Mitte band, wenn sie unterwegs waren: ein gefranstes Stöckchen aus Weidenholz, um ihre Zähne zu säubern, mehrere Frauenmesser, getrocknete Blätter vom Afterkreuzkraut, um Tee zu kochen, wenn sie anhielt, um zu rasten, je ein zweites Paar Gamaschen und Stiefel, ein Päckchen Simsenflaum, um ihr Blut während der Mondblutung aufzufangen oder ein Lagerfeuer zu entfachen.

Sie nahm eine Holzschale, die sie an ihren Gürtel hängen konnte. Die wollte sie mit etwas feuchtem Moos und einem schwelenden Glutstückchen von ihrem Feuer füllen. Sie hatte auch einen Feuerbogen, aber nach einem langen Tag des Wanderns war es immer gut, ein Feuer schnell entfachen zu können, statt es selbst schlagen zu müssen.

Sie füllte mehrere Blasen mit Wasser aus dem Fluss, band sie zusammen, um sie sich über die Schultern zu hängen, dann suchte sie die Bündel mit getrocknetem Fisch aus, die sie mitnehmen wollte. Sie gedachte die schwersten zu wählen, um ihre Mutter zu schonen, aber als Gheli sah, was ihre Tochter tat, schrie sie Beleidigungen heraus.

»Du kannst sie selbst nehmen, wenn du willst, Mutter«, sagte Daes, »aber ich bin stark und kann eine große Last tragen.«

Gheli machte den Mund zu und betrachtete die Bündel. Schließlich sagte sie: »Du willst mich wirklich hier mit Entlein allein lassen? Und wenn Wölfe kommen? Wie soll ich das Kind beschützen?« Sie wies mit der Hand dorthin, wo der Säugling hing, und Daes blickte lange auf ihre kleine Schwester.

»Vier Tage, bis die Fische trocken sind?«, fragte Daes.

Ihre Mutter sah zum Himmel, wies hinauf, wie um Daes zu zeigen, dass kein Regen drohte.

»So lange will ich bleiben«, sagte Daes. »Aber wenn du dann nicht bereit bist, zu gehen, gehe ich allein.«

34

Nahe beim Vier-Flüsse-Dorf

Daes verlagerte das Gewicht der schweren Bündel auf ihrem Rücken und nahm den Druck von ihrem Stirnriemen. Der Hund an ihrer Seite hatte angefangen zu jaulen. Von den drei Hunden, die sie und ihre Mutter mit zum Fischlager genommen hatten, war er der älteste und ein Sohn von Schlepper, dem vor langer Zeit gestorbenen Lieblingshund ihres Vaters. Er war ein Geschenk von Cen, und Daes hatte ihn Springer genannt.

»Es ist nicht mehr weit«, sprach sie zu Springer ebenso wie zu sich selbst. Aus dem Beutel an ihrer Mitte zog sie ein Stück getrockneten Fisch. Eine Hälfte gab sie Springer, die andere aß sie selbst.

Der Morgen dieses Tages hatte Daes Trost gebracht, denn sie erkannte die Bäume und die Landschaft wieder. Nicht weit von hier hatte sie einst ihre Winter-Fallengründe unterhalten. Doch auch Angst hatte sie beschrieben, denn wenn sie erst in das Dorf zurückkehrte, würden alle ihr Fragen stellen, Fragen nach ihrer Mutter und dem Säugling. Wie sollte Daes ihnen erklären, dass sie die beiden allein gelassen hatte?

Sie sagte sich, dass sie recht getan hatte, nachdem ihre Mutter sie zweimal bewogen hatte, bei ihr zu bleiben, auch als der letzte Fisch getrocknet war. Doch Daes konnte den Menschen im Dorf niemals gestehen, dass Gheli es vorzog, allein in einem Unterstand zu bleiben, statt in der warmen Winterbehausung ihres Mannes zu leben. Niemand würde so etwas verstehen.

Die alten Frauen würden anfangen zu flüstern: Gheli war nicht ganz Mensch. War sie nicht einst in einem Sturm zu ihnen gekommen? Hatte Cen sie nicht einst aus dem Schnee gegraben wie ein Schneehuhn im Winter? Womöglich war sie es müde, bei ihrem Menschenmann zu leben, und wollte wieder Vogel sein.

Daes hatte diese geflüsterten Geschichten gehört, und sie hatte auch keine bessere Erklärung für das seltsame Gebaren ihrer Mutter, doch sie wusste, dass Gheli nicht Vogel war. In all den Jahren würde eine Tochter doch dann und wann gewisse Dinge sehen, Federn in der Brühe, eine versteckte Kralle, ein Stückchen Schnabel. Aber Daes hatte nie etwas gemerkt, und wenn Gheli ihren Mann nicht mehr wollte, wieso war sie dann immer so glücklich, wenn er im Dorf war?

Wenn Cen zu Hause war, sang Gheli oft, ein Lächeln wohnte auf ihren Lippen, und sie machte sogar kleine Scherze. Wenn er aber fort war, besonders wenn er auf einer Handelsreise war, so wurde sie finster, und ihr Mund fiel ein, als würde Gheli von innen heraus verdorren.

Daes ging weiter. Dabei machte sie lockende Geräusche, denn Springer blieb auf Schritt und Tritt stehen, weil er ein Erdhörnchen sah, weil ein Zweig auf dem Pfad lag, selbst weil ein Vogel rief. Schließlich machte Daes seinen Packen leichter und lud sich noch ein Schlaffell auf, doch dann erblickte sie das Dorf: die Behausungen, die sich entlang des Flusses aneinander reihten, und die anderen, die sich wie bei einer Astgabel von einem Punkt aus in eine andere Richtung erstreckten, als wären sie Gänse, bereit, über den Winter nach Süden zu ziehen. Daes hielt den Atem an und überlegte, ob schon ein anderer Anspruch auf ihre Behausung erhoben hatte, doch da war die Grube, eine Lücke auf der Fluss-Seite des Dorfes. Direkt daneben stand ein kleines Vorratslager auf Stelzen. Dort verwahrte ihre Mutter den Sommer über die Abdeckung für dic Behausung, geschützt vor gierigen Tieren und vor der Fäulnis, die der Regen brachte. Selbst die meisten Dachstämme standen noch an Ort und Stelle, nur einer war gespalten und musste ausgebessert werden.

Springer rannte voraus und wedelte mit dem Schwanz. Er achtete nicht auf das Bellen der anderen Hunde, die neben den Behausungen angebunden waren, sondern rannte sofort in den Kreis aus Steinen hinein, der den Boden der Behausung von Cen bildete. Ungeachtet der Befehle von Daes, sofort herauszukommen, ließ er sich nieder, als wäre er dort zu Hause. Welchem Hund war es erlaubt, eine Behausung zu betreten, und sei sie auch ohne Abdeckung? Erschöpft folgte Daes ihm schließlich in den Kreis. Sie löste die Bündel von ihrem Rücken und befreite auch Springer von seiner Last. Dann zerrte sie ihn nach draußen. Während sie ihn anband, ging das Gebell von Springer in einen Hundegesang der Freude über, und jaulend fielen die anderen Hunde des Dorfes ein.

Die Kinder kamen als Erste gelaufen, die Hände auf den Ohren zum Schutz gegen den Lärm, und sie waren auch die Ersten, die nach Gheli fragten.

»Sie will noch etwas länger bleiben, um zu fischen, aber ich wollte nicht, dass mein Vater sich um uns sorgt. Wenn sie in ein paar Tagen nicht zurückgekehrt ist, werde ich gehen und sie holen.«

Daes hatte sich keine Gedanken darüber gemacht, was sie erzählen wollte, wenn die Menschen sie nach ihrer Mutter fragten, und so war sie froh über ihre gute Antwort. Wie sollte Gheli etwas dagegen haben? Oder wollte sie, dass jeder im Dorf von ihrem Streit erfuhr?

»Ist mein Vater schon von seiner Handelsreise zurückgekehrt?«, fragte sie einen der großen Jungen.

»Noch nicht«, sprach er. »Vielleicht bleibt er den Winter über fort.«

»Vielleicht«, sagte Daes, doch daran wollte sie nicht denken. Sie und ihre Mutter würden nicht genug zu essen haben, es sei denn, einer nähme Daes als Frau. Dann würde es kein schlimmer Winter werden, auch für ihre Mutter nicht.

Daes nahm das Dorf in Augenschein, und ihr schien alles sehr ruhig zu sein. »Sind die Männer schon fort zur Jagd?«, fragte sie, und ihre Angst trieb die Worte zu schnell aus ihrem Mund.

»Was? Was hast du gesagt?«, riefen die Kinder, aber der Junge, der ihr am nächsten war, sagte: »Einige Männer jagen den Bären.«

Daes seufzte erleichtert. Frauen gingen nicht mit ihren Männern auf die Bärenjagd. Zu groß war die Gefahr, einen Fluch heraufzubeschwören. Sie wollte nach Vogelhand fragen, doch es war wohl besser, es nicht zu tun. Besser, sie hielt ihren Mund geschlossen und lauschte auf das, was an den Kochfeuern geredet wurde. Die Frauen würden ihr bald genug alles erzählen, auf die eine oder andere Weise.

Sie hatten eine hohe Behausung, und obgleich sie an der Abdeckung beinahe nichts ausbessern musste, brauchte Daes den Rest des Tages, um sie sicher über die Stämme zu ziehen und festzumachen. Ein- oder zweimal unterbrachen die älteren Jungen ihr Spiel, um ihr zu helfen, doch wenn ihre Mutter da gewesen wäre, dann hätten sie es wohl in der halben Zeit geschafft.

Als Daes endlich fertig war, gab der Himmel noch immer genug Licht, um Feuerholz zu sammeln, Äste, die im nahen Wald von den Bäumen gefallen waren. Bald hatte sie genug für die Nacht beisammen. Sie ging zurück, rückte die Klappen zurecht, die das Rauchloch bedeckten, und machte Feuer. Als es hell brannte, nahm sie all ihre Wasserblasen, jene, die sie aus dem Fischlager mitgenommen hatte, und andere aus dem Vorratslager ihrer Mutter, und ging zum Fluss, um sie zu füllen.

Es war jene Zeit des Abends, wo Bäume und Behausungen schon dunkel sind, der Himmel aber noch immer etwas Licht in sich birgt. Daes kauerte am Ufer, auf einem Flecken Sand, der sanft ins Wasser abfiel, als sie zwei Stimmen vernahm: ein Mann und eine Frau, die sich neckten.

Daes wusste, dass sie in der Dunkelheit des Flussufers wohl verborgen war, und so füllte sie die Wasserblase ganz leise und lauschte lächelnd. Die beiden lachten verhalten und flüsterten sich Worte zu, doch Daes vermochte nicht, die Stimmen zu erkennen. Ganz gewiss waren sie nicht Mann und Frau.

Die beiden waren plötzlich still, und Daes dachte schon, sie seien womöglich weiter flussabwärts gegangen, fort vom Dorf. Sie füllte noch eine Blase, dann hörte sie lautes Gelächter. Sie kannte dieses Lachen. Es war Kranich, ein großes, schwerfälliges Mädchen, mit Armen und Beinen, die viel zu lang für sie waren. Sogar ihr Hals war lang gestreckt wie der Hals des Kranichs. Sie war eine gute Warnung für alle Mütter, die Wahl eines Namens gut zu bedenken. Daes dachte an ihre kleine Schwester, und sie war froh, wenn sie sich vorstellte, dass sie klein und rund werden würde und wie eine Ente watscheln und quaken.

Aaa, es war gut, wenn eine Frau wie Kranich einen Mann fand, und sei es nur für eine Nacht. Womöglich wäre diese eine Nacht schon genug, um ihr Herz ein Leben lang zu füllen oder gar, um ihr ein Kind zu geben. Dann würde irgendein Mann sie sicher zur Frau nehmen. Denn schließlich war Kranich mit gutem Verstand gesegnet und zudem geschickt im Umgang mit der Nadel.

Auch der Mann fing an zu lachen, ein tiefes Lachen, und Daes musste den Atem anhalten, um nicht laut herauszuprusten. Es war der Vater von Vogelhand, dessen war sie sicher. Oberster Jäger des Vier-Flüsse-Dorfes und bereits Mann von drei Frauen! Der wollte sicher nicht noch eine. War Kranich wirklich so dumm zu denken, dass er sie zur Frau nehmen würde? War sie so verzweifelt auf der Suche nach einem Mann, dass sie es zufrieden war, dass einer sie benutzte und dann so tat, als wäre nichts geschehen? Und was war mit der zweiten Frau des obersten Jägers? Sie war sehr eifersüchtig, und da sie nichts gegen ihre erste Schwesterfrau ausrichten konnte, war sie froh, dass ihre eigene Schwester dritte Frau ihres Mannes war. Doch was, wenn der oberste Jäger Kranich mit in ihre Behausung brachte? Der Gedanke füllte die Kehle von Daes mit Gelächter, doch sie unterdrückte das Lachen, damit sie weiter lauschen konnte.

Nun waren sie wieder still, diese beiden, und Daes füllte auch die letzte Wasserblase. Sie sammelte die Blasen ein, band sie zu zwei Bündeln zusammen, die mit einem Stück *babiche*-Seil verbunden waren und warf sich die Last über die linke Schulter. Kranich und der oberste Jäger waren jetzt ganz leise, ohne Zweifel vertieft in die ernsthaften Mühen der Paarung. Daes würde sicher nichts mehr von ihnen hören, bis sie ihr Spiel beendet hatten, und hier unten am Fluss wehte der Wind zu kalt und ihr Bauch war zu leer, als dass sie noch länger bleiben wollte. Sie lächelte. Nun hatte sie genug, um ihre Gedanken an diesem Abend zu beschäftigen. Ebenso gut konnte sie in ihre Behausung zurückkehren.

Am Morgen dann wollte sie an die Kochfeuer gehen und hören, was die Frauen aus dem Dorf über die Karibujagd zu erzählen wussten. Wenn die Männer vorhatten, schon bald auf die Jagd zu gehen, dann würde sie mitgehen, und ihre Mutter konnte selbst sehen, wie sie in das Winterdorf zurückkam. Wenn es aber noch eine Weile hin war bis zur Jagd, dann wollte sie zurückgehen und ihrer Mutter helfen, die verbliebenen Bündel mit getrocknetem Fisch in das Winterdorf zu bringen.

Mit ihrem Vorhaben zufrieden, kämpfte sich Daes am Ufer entlang, durch Weiden und Gestrüpp, bis sie an eine kleine Lichtung kam. Wie immer, wenn sie ging und Wasserblasen füllte, schien auch ihre eigene Blase voll zu werden. In der Dunkelheit ließ sie ihre Karibuhosen hinunter, zog ihren Parka hoch und erleichterte sich. Sie war noch immer in der Hocke, als sie aufs Neue die Stimme von Kranich vernahm. Daes verzog das Gesicht und hoffte, dass die beiden nicht über sie stolperten. Kranich gehörte zu den Frauen, die aus so einer Angelegenheit einen Scherz für das ganze Dorf machten.

Kurz vor der Stelle, an der Daes hockte, blieben sie stehen, und es gelang Daes, ihre Hosen hochzuziehen und den Parka zurechtzurücken, ohne dass die beiden sie bemerkten.

Der oberste Jäger sagte etwas zu Kranich, zärtliche Worte, laut genug, dass auch Daes sie hören konnte. Sie schlug sich beide Hände vor den Mund, damit man ihren Atem nicht hören konnte.

»*Aaa*, zwei schöne, fette Welpen sind das«, sprach er, und Daes wusste, dass seine Hände auf den Brüsten von Kranich lagen. »Und hier ist ihre Mutter.«

Die Worte waren wie ein Hieb, der Daes den Atem nahm. Ja, seine Hände lagen auf den Brüsten von Kranich und dann auf ihrem Bauch, aber woher konnte Daes das wissen? Würde ein Vater denn die gleichen Worte beim Liebesspiel gebrauchen, wie sein Sohn es tat? Es war nicht die Stimme des obersten Jägers, es war die Stimme von Vogelhand, und ein weiterer Sommer im Fischlager hatte sie tiefer werden lassen.

Daes stöhnte, und sie merkte nicht, dass sie ein Geräusch gemacht hatte, bis Vogelhand sagte: »Sei still! Ich habe etwas gehört.«

Daes hielt den Atem an, und sogar ihre Lidschläge machten laute Geräusche in ihren Ohren, doch schließlich sagte Kranich: »Ich glaube, es war nur der Fluss.«

Daes hörte, wie sie fortgingen. Sie hockte sich wieder hin und drückte die Finger in die Augenwinkel, bis sie ihre Tränen die Kehle hinuntergezwungen hatte und ihre Augen schmerzten.

In jener Nacht schlief Daes sehr unruhig. In ihren Träumen suchten sie Bilder von Kranich und Vogelhand heim. Sie hatten sie am Fluss aufgespürt. Aus irgendeinem Grund waren ihre Kleider fort, und die beiden lachten sie aus, weil sie nackt war. Als sie am Morgen erwachte, lag sie erschöpft auf ihren Schlaffellen und dachte wieder und wieder darüber nach, was geschehen war. Schließlich redete sie sich ein, dass Vogelhand Kranich nur für eine Freudennacht gebraucht hatte, dass er sie niemals als Frau nehmen würde.

Wenn Kranich einen bedeutenden Vater hätte, so wäre es womöglich anders, aber dem war nicht so. Er humpelte schlimm, weil er sich vor vielen Sommern das Bein gebrochen hatte, und ging selten auf die Jagd. Stattdessen mussten andere für ihn sorgen. Der Bruder von Kranich war noch ein Junge, und ihre Schwester, so schön, wie Kranich hässlich war, hatte ihre erste Mondblutung noch nicht bekommen. Womöglich dachte Vogelhand, es wäre gut, Kranich zu nehmen, damit er später auch Anspruch auf ihre Schwester erheben konnte, doch bis dahin konnten noch einige Sommer vergehen.

Nein, sagte Daes zu sich selbst, sie musste sich keine Sorgen machen. Doch an diesem Morgen gab sie sich besonders viel Mühe. Sie kämmte ihre Haare und flocht sie zu Zöpfen und bürstete mit Sorgfalt den Schmutz und das Fett aus ihrem Sommerparka und den Karibuhosen. Als sie zu den Kochfeuern ging, kam sie nicht mit leeren Händen, wie die meisten Mädchen es wohl getan hätten. Sie brachte ein Päckchen getrocknete Blaubeeren mit und bot es mit großem Getue der dritten Frau des obersten Jägers für ihren Kochbeutel an. Die Frau hieß Flügel und war Mutter von Vogelhand.

Flügel betrachtete erstaunt das Geschenk und zögerte, es anzunehmen. Es war üblich, diese Beeren für ein Fest aufzuheben.

»Es wird deiner Brühe noch mehr Geschmack geben«, sagte Daes, und die Frau nickte, als fehlten ihr die Worte. Sie warf die Beeren in die Brühe, und Daes eilte fort. Sie kam mit einigen Arm voll Holz zurück und stapelte es neben den Kochfeuern.

»Wo ist deine Mutter?«, fragte Flügel und wedelte sich mit einer Hand den Rauch aus dem Gesicht. Der Wind hatte sich gedreht, und einige Frauen mussten husten.

»Sie ist noch im Fischlager«, erklärte Daes.

»Bist du allein zurückgekommen?«

»Ich habe einen Hund mitgenommen.«

»Du hast deine Mutter mit dem Säugling und den vielen schweren Fischen im Fischlager allein gelassen?«, fragte eine andere Frau.

Es war die Mutter von Kranich. Daes fragte sich, ob sie wusste, wo Kranich letzte Nacht gewesen war, und ob sie Angst hatte, Daes könne ihrer Tochter Vogelhand wegnehmen. Sollte sie sich ruhig sorgen, dachte Daes.

»Den meisten Fisch habe ich mitgebracht«, erwiderte sie. »Meine Mutter war besorgt, einer könne Anspruch auf unsere Behausung erheben, wenn mein Vater noch nicht von seiner Reise zurückgekehrt ist.«

Sie streckte die Arme aus, die Handflächen nach oben gekehrt, und fügte hinzu: »Wie ihr seht, hatte sie Recht. Er ist noch nicht zurück.«

»Vor einigen Tagen ist ein Händler hier gewesen«, sagte eine der Frauen. »Er hat gehört, Cen sei im Dorf von Chakliux.«

Das waren gute Nachrichten. Die Aussicht auf einen Winter ohne ihren Vater schreckte Daes. Sie erinnerte sich an einen Winter, in dem er fortgeblieben war, um Handel zu treiben. In jenem Hungerwinter hatte ihre Mutter Tag und Nacht geschlafen, und Daes hatte sich gefühlt, als lebe sie ganz allein in ihrer Behausung.

»Wie viele Tage braucht ein Mann für die Reise von dem Dorf von Chakliux zu unserem?«, fragte sie.

»Ein starker Mann wie dein Vater, wenn er flussaufwärts paddelt?«, fragte die erste Frau des obersten Jägers. Sie war schon älter, doch in ihr wohnte noch immer etwas von der Schönheit ihrer Jugend. »Vier Tage, mit Lasten vielleicht fünf.« Dann fragte sie: »Ist das lang genug, damit du deine Mutter holen kannst?«

Daes war unbehaglich zu Mute. »Ja«, sagte sie schließlich, »aber wer weiß, wann mein Vater sich auf den Weg gemacht hat? Es wäre nicht gut, wenn er morgen ankäme und ich wäre fort. Wer würde ihn dann willkommen heißen? Ich kann in zwei oder drei Tagen bei meiner Mutter sein, aber mit dem Säugling werden wir für den Weg zurück viel länger brauchen.«

Einige Frauen nickten, aber die Mutter von Vogelhand sagte: »Eine gute Tochter würde gehen. Wir werden nach deinem Vater Ausschau halten. Du hast die Behausung schon bereitet und den Fisch hergebracht, *nae'*? Dann hat er zu essen, und an den Kochfeuern ist er immer willkommen.«

Daes wandte den Kopf ab, als sähe sie sich nach ihrer Behausung um, als schaute sie auf die gute Arbeit, die sie verrichtet hatte, auf die festgezurrte Abdeckung und den Holzstapel. Doch in Wirklichkeit wandte sie sich ab, damit Flügel den Zorn in ihren Augen nicht sehen konnte. Welches Recht hatte diese Frau, Daes zu sagen, was sie tun sollte? Wusste sie, wo ihr Sohn letzte Nacht war? Was, wenn Kranich sein Kind in sich trug? Wollte Flügel Kranich zu ihrer Tochter?

Doch Daes bezwang ihren Zorn, und als sie sprach, waren ihre Worte sanft. »Ich werde heute Holz sammeln gehen, und wenn meine Mutter morgen früh noch nicht zurückgekehrt ist, werde ich gehen und sie holen. Obgleich sie es war, die mich hergeschickt hat, wird sie dennoch froh sein über meine Hilfe. Und ich bin schon jetzt einsam ohne sie, ohne meine Mutter und meine Schwester.«

Da bedrängten die Frauen an den Kochfeuern sie, zu essen und gut zu essen, denn die Reise, die vor ihr lag, sei beschwerlich, und die Reise zurück sei es noch mehr, denn dann trage Daes schwer an dem Bündel Fisch auf ihrem Rücken.

Und so verbrachte Daes den Tag damit, Holz zu sammeln und es an der Seite der Behausung hoch aufzustapeln. Doch sie hielt oft in ihrer Arbeit inne und ließ ihren Blick den Fluss hinauf- und hinabgleiten, in der Hoffnung, ihre Mutter zu sehen, damit sie nicht gehen musste, um sie zu holen. Sie hoffte, ihren Vater zu erblicken, sein *iqyax* schwer beladen mit Schätzen von den Ersten Menschen und den Walrossjägern und mit Geschenken für eine gute Tochter.

Kalt und dunkel brach der Morgen an, und der Bauch des Himmels war schwer. Daes wusste, dass es Regen geben würde. Sie erwog, noch einen Tag zu warten, doch dann stellte sie sich vor, wie sie zusammen mit ihrer Mutter zurückkehrte, den Rücken beladen mit dem Großteil der Last. Welcher Mann wünschte sich nicht so eine Frau, eine Frau, die so viel tat für ihre törichte Mutter, die zu lange in ihrem Fischlager geblieben war? Wozu also warten, bei dem bisschen Regen?

Am späten Morgen war Daes bereit, zu gehen. Als sie sich aufmachte, dachte sie, der Tag würde wärmer werden, wenn die Sonne erst höher am Himmel stand. Doch schon als sie die letzten Behausungen des Dorfes erreicht hatte, hatte der Regen an Kraft gewonnen und wurde zu Eis, das tanzend um ihre Füße hüpfte, während sie ging.

Springer war an ihrer Seite, aufgeregt und voller Freude über das Abenteuer, das vor ihm lag, und über seinen leichten Packen. Daes hielt ihn zurück. Sie verlangsamte ihren Schritt und hoffte, Vogelhand zu sehen, ehe sie fort war, um ihm zu erzählen, was sie vorhatte. Doch alle Menschen waren in ihren Behausungen. Nur hin und wieder sah sie eine Frau, die draußen war, um die Hunde zu füttern oder etwas Holz zu holen. Daes hielt sie an und sagte, wohin sie ging, in der Hoffnung, die Kunde über ihre Selbstlosigkeit würde die Runde machen und auch die Ohren von Vogelhand erreichen.

Dann hatte sie das Dorf endgültig hinter sich gelassen. Sie duckte sich unter den niedrigen Zweigen einer Fichte hindurch und folgte dem Pfad, der mitten durch den Wald führte. Es gab nicht viele Frauen, die solch eine Wanderung allein auf sich nehmen würden. Und obwohl Daes sich damit zu beruhigen versuchte, dass sie diese Reise vor wenigen Tagen erst sicher hinter sich gebracht hatte, beschäftigte sie der Gedanke an Wölfe und Vielfraße.

Sie tröstete sich mit leisen Worten, sagte sich, dass ihre Mutter das Fischlager gewiss schon verlassen hatte und sie sich an diesem oder am nächsten Tag auf dem Weg begegnen würden. Bei jeder Biegung, die der Pfad nahm, erwartete sie, ihre Mutter und das Kind zu sehen, auf der Kuppe eines jeden Hügels, am fernen Ende jeder Lichtung, die sie betrat. Doch obgleich Daes den ganzen Tag und bis weit in den Abend hinein wanderte, begegnete ihr nichts als ihr eigener Hund und ein paar Hasen. Einer von ihnen war schon beinahe weiß, ein Zeichen, dass der Winter nahe war.

Daes taten die Füße weh und die Schultern und die Augen, weil sie so angestrengt Ausschau gehalten hatte. Zorn mischte sich in ihre Schritte, und mit den Sohlen ihrer Karibustiefel stampfte sie fest auf die leuchtend hellroten Fichtennadeln, die den Pfad bedeckten. Nächstes Jahr, so gelobte sie sich, nächstes Jahr würde sie Frau von Vogelhand sein. Womöglich wäre ihr Bauch dann schon voll mit seinem Kind. Dann würde es nicht mehr von Belang sein, wie töricht ihre Mutter war. Dann würde sie das Fischlager verlassen, wann sie wollte.

Daes hatte getrockneten Fisch mitgenommen, und so hatte sie sich nicht damit aufgehalten zu jagen. Doch als sie endlich für die Nacht Rast machte und ein Feuer entfacht hatte, sehnte sie sich nach frisch gebratenem Hasen. Sie aß Fisch und rupfte Gras für ein Lager aus. Dann entrollte sie eine Karibuhaut und legte sich nieder. Doch ihr Bauch knurrte klagend und verlangte nach gebratenem Fleisch, und der Boden war nass. Springer lag ganz nahe bei ihr, und der Geruch seines nassen Fells stieg ihr in die Nase, bis sie nur noch von Hunden träumte – sie säugte Welpen an ihrer Brust, wie es Frauen manchmal tun mussten, um in den späten Hungermonaten des Winters ein oder zwei Hunde zu retten. Nach diesen Träumen wachte sie hungrig auf, und am nächsten Tag hielt sie nach Hasen Ausschau, während sie wanderte. Schließlich tötete sie einen, traf ihn mit einem guten Wurf ihres Wanderstabes genau am Kopf. Es war ein guter, fetter Rammler, mit langen Ohren, und er trug noch den braunen Sommerpelz.

Daes und Springer labten sich, und in dieser Nacht schlief sie ohne Träume.

Als der dritte Tag zur Hälfte vorüber war, erreichte Daes das Fischlager ihrer Mutter. Es sah noch genauso aus wie an dem Tag, als sie es verlassen hatte. Noch immer waren die Trokkengestelle voller Fische, der Unterstand war an seinem Platz, und ihre Mutter saß unter einem Baum und hielt Entlein auf dem Schoß. Als die Kleine Daes erblickte, juchzte sie und zeigte mit einem Finger in ihre Richtung, doch Daes starrte nur regungslos zurück. Schließlich löste sie das Bündel von ihrem Rücken und schrie ihrer Mutter all die niederträchtigen Namen entgegen, die ihr in den Sinn kamen. Als sie ihren Zorn hinausgeschrien hatte, beugte sie sich bebend hinunter und versuchte, Springer von seinem Packen zu befreien. Doch er wich ihr aus, bis sie wütend mit dem Fuß aufstampfte.

Gheli stand vorsichtig auf, damit sie Entlein nicht fallen ließ. »Ich habe beschlossen, noch etwas zu bleiben«, sagte sie.

Daes presste die Lippen zu einem schmalen Strich zusammen und machte die Augen zu, um den Anblick ihrer Mutter und des Fischlagers nicht mehr ertragen zu müssen.

»Ich dachte, du brauchst vielleicht Hilfe, um den übrigen Fisch in das Winterdorf zu tragen«, sagte sie langsam, als würde sie mit einem Kind sprechen, das noch nicht alt genug war, um zu begreifen. »Wir müssen bald aufbrechen. Ich will nicht im Schnee ziehen.«

»Ist dein Vater zurückgekehrt?«, fragte Gheli.

»Die Menschen im Dorf sagen, er ist bei Chakliux. Oder er

war es bis vor einigen Tagen. Womöglich ist er inzwischen schon in unserem Dorf.«

»Ist er allein gefahren?«

Daes machte die Augen wieder auf und warf den Kopf in den Nacken. Dabei ballte sie ihre Hände zu Fäusten, weil die Frage ihrer Mutter so dumm war. »Woher soll ich das wissen?«

»Ich dachte, also ich dachte, sie hätten vielleicht ...«

Daes seufzte. Die leise Antwort ihrer Mutter beschämte sie mit einem Mal. Sie nahm eine Hand von Gheli in die ihre und streichelte sanft über die raue Haut auf der Innenseite. Ihre Kehle zog sich zusammen. Die Hände ihrer Mutter waren trocken und faltig wie die einer alten Frau.

»Wir werden morgen früh losziehen«, sagte Daes zu ihr. »Hilf mir packen.«

Den Rest des Tages arbeiteten die beiden Frauen gemeinsam. Daes nahm die restlichen Fische von den Trockengestellen, verstaute sie in Bündeln und Packen aus Karibuhaut und verteilte all ihre Dinge auf Haufen, einen für jeden der drei Hunde, außerdem einen für ihre Mutter und einen für sich selbst. Zuletzt wollte sie am nächsten Morgen den Unterstand abbauen und die Abdeckung aus Karibuhäuten in ihr Bündel packen. Dann würden nur noch die Trockengestelle von der Stelle künden, an der sie den Sommer verbracht hatten.

Doch als der Morgen kam, ein heller Tag voll Sonnenschein, da saß Gheli wieder vor dem Unterstand, Entlein auf dem Schoß. »Ich glaube, ich muss noch einen Tag hier bleiben«, sagte sie zu Daes. Und weil Daes sich noch immer für die Verwünschungen schämte, mit denen sie ihre Mutter überhäuft hatte, willigte sie ein zu warten.

Sie verbrachte den Tag im Wald und fing mit ihrem Wurfstock drei Hasen. Sie schlitzte sie auf, um sie über einem kleinen Feuer zu rösten. Dann machte sie sich auf die Suche nach Mäusefutterlagern – jene kleinen Tunnel unter der Tundra, wo die Mäuse Samen und Knollen für den Winter aufhoben. Sie stieß auf mehrere kleine Lager und auf ein großes und füllte einen Beutel mit dem, was sie dort fand. Daes dörrte die Samen auf einem flachen Stein, den sie im Feuer erhitzt hatte, und aß abends mehr, als ihr zustand. Zu ihrer Mutter sagte sie nur wenig.

Sie schlief sehr unruhig, als wollten ihre Träume ihr sagen, dass ihre Mutter am nächsten Morgen dasselbe wieder tun würde. Und als Daes sah, dass Gheli aufs Neue vor dem Unterstand saß und nichts tat, da schürzte sie nur stumm die Lippen und ging wieder auf die Jagd. An diesem Morgen kehrte sie mit leeren Händen zurück, und den Rest des Tages verbrachte sie untätig auf ihrem Lager. Sie schlief ein und erwachte erst von dem Duft einer Mahlzeit aus frischem Fisch, die ihre Mutter bereitet hatte.

Daes aß mit ihr, doch als Gheli in dieser Nacht eingeschlafen war, schlich sie sich aus dem Unterstand, führte die Hunde an den Waldrand und band ihnen die Packen auf den Rücken. Dann kehrte sie zurück. Entlein schlief in ihrem Tragegestell. Daes band sich das Gestell vor den Bauch, lud sich ihr Bündel auf den Rücken und stahl sich leise davon.

Sie hatte jeden Hund an eine Leine genommen, doch die Tiere mussten so schwer an ihrer Last tragen, dass Daes mit ihnen keine Schwierigkeiten hatte. Es schien, als wären sie froh, das Fischlager zu verlassen, und als einer von ihnen sich hinhockte und zurückschaute, als wollte er auf Gheli warten, da sagte Daes: »Sie wird kommen. Glaubst du, sie würde zulassen, dass ich diese Tochter hier mitnehme, wo ich doch keine Milch habe, um sie zu stillen?«

Doch obwohl Daes den ganzen Tag hindurch langsam ging, sicher, dass ihre Mutter sie einholen würde, waren sie, als der Abend kam, noch immer allein. Die Kleine weinte vor Hunger, und die Hunde jaulten unter ihrer Last.

Daes erwog, zum Fischlager zurückzugehen. Wie lange konnte ein Kind ohne die Milch seiner Mutter am Leben bleiben? Aber Entlein saugte Wasser von ihren Fingern, und später gelang es ihr sogar, aus einer Schale ein wenig Brühe zu schlucken, prustend und hustend, doch zumindest blieb ein wenig in ihr.

Ja, sie würden weiterziehen, entschied Daes, und sie würde schneller gehen. Wenn Gheli sie nicht einholte, so war das nicht ihre Schuld. Es war besser, sie erreichte ihr Dorf, ehe das schlechte Wetter kam, ehe die Männer auf die große Herbstjagd zogen, ehe das Kind zu schwach wurde, weil es keine Milch bekam.

Nach fast drei Tagen erreichte Daes das Vier-Flüsse-Dorf. Sie schnallte ihr Bündel ab und befreite die Hunde von ihrer Last. Dann ließ sie alles im Eingang zu ihrer Behausung liegen und brachte ihre Schwester zu einer Frau, die selbst ein Kind hatte. Bis Entlein dann schließlich an ihrer Brust saugte, hatten sich schon einige Frauen in der Behausung versammelt, unter ihnen auch Flügel, Mutter von Vogelhand.

Die Mühsal ihrer Wanderung hatte Daes daran gehindert, darüber nachzudenken, was sie diesmal sagen sollte, wenn man sie nach ihrer Mutter fragte. Sollte sie ihnen erzählen, dass Gheli so töricht gewesen war und sich geweigert hatte, das Fischlager zu verlassen? Würde das entschuldigen, dass Daes Entlein mit sich genommen hatte? Sicherlich konnte jede Frau sehen, dass die Augen des Kindes tief in ihren Höhlen lagen und der kleine Bauch vor Hunger aufgebläht war.

»Ist jemand gestorben?«, fragte eine der älteren Frauen, und Daes wusste, dass sie sich hütete, den Namen von Gheli laut auszusprechen, aus Angst, ihren Geist zu rufen.

Daes kniff die Augen so fest zusammen, dass sich Tränen in den Augenwinkeln sammelten. Dann sah sie die alte Frau an. Mit aller Höflichkeit sprach sie zu ihr: »Großmutter, niemand weiß, was geschehen ist, doch ich habe gewartet, so lange ich konnte. Ich habe überall nach ihr gesucht, ich habe sie gerufen, doch ich habe nur meine Schwester gefunden und unsere Hunde und die Bündel, und schließlich habe ich entschieden, zurückzubringen, so viel ich konnte. Ich hoffe, mein Vater ist inzwischen zurückgekehrt, und wir können gemeinsam nach ihr suchen.«

Mit einem Mal hatten alle ihren Blick gesenkt, und Daes spürte, wie die Furcht sie packte. Sie holte tief Luft und sagte: »Etwas ist geschehen.«

»Holt ihn her«, sprachen einige Frauen. Zwei von ihnen gingen davon, und die Mutter von Vogelhand beugte sich über Daes. Mit Tränen in der Stimme flüsterte sie: »Wir mussten unsere Feier unterbrechen ...«

»Sie wird wohl kaum etwas von der Feier wissen«, fiel ihr eine andere Frau ins Wort.

»Aaa«, sagte Flügel zustimmend. Sie strich über eine Haarsträhne, die sich aus ihren Zöpfen gelöst hatte, und sprach: »Mein Sohn hat Kranich zu seiner Frau genommen. Das wusstest du doch, *nae'*?«

Einen Augenblick lang saß Daes da und schwieg, doch dann merkte sie, dass ihr der Mund offen stand, dass ihre Lippe herunterhing wie bei einem Ältesten, der all seine Worte aufgebraucht hatte, ehe sein Leben zu Ende war. Sie schloss hörbar den Mund und sagte: »Ich weiß.«

»Siehst du«, sagte Flügel. Sie zog die Augenbrauen zusammen und sagte zu Daes: »Ein Mann ist aus dem Dorf von Chakliux zu uns gekommen. Er sagte, er sei auf der Suche nach deiner Mutter. Er sagte, ihr Mann sei irgendwo bei einem Sturm ertrunken.«

»Aaaaeeee«, murmelte Daes. Es war ein leiser Klageruf und eine Verleugnung zugleich. *»Aaaaeeee.«* Wie konnte ihr Vater tot sein? Er war ein starker Mann. Er hatte beinahe das ganze Nordmeer befahren, bis hinauf an den Eisrand der Welt. Und einmal war er sogar über die Berge zum Südmeer gewandert. Sie sah Flügel in die Augen, und mit einem Mal fiel ihr wieder ein, dass Vogelhand Kranich zur Frau genommen hatte. Zorn bahnte sich seinen Weg durch ihren Kummer, und sie spie die Worte aus wie kleine scharfe Vogelpfeile.

»Du täuschst dich«, sagte sie. »Mein Vater lebt.«

Flügel versuchte nicht, sie eines Besseren zu belehren.

»Wenn er tot ist«, sagte Daes leise, »was soll ich dann meiner Mutter sagen?«

Die älteste Frau in der Runde beugte sich nahe zu ihr. »Du sagtest doch, du kannst deine Mutter nicht finden.« Sie starrte Daes ins Gesicht und blinzelte sie aus entzündeten Augen an.

»Ich habe nicht gesagt, dass sie nicht zurückkommen wird«, sagte Daes. Zorn und Angst brannten in ihrem Gesicht.

»Vielleicht hast du sie nicht gründlich genug gesucht«, sprach die alte Frau.

Daes hielt den Atem an. Sie wartete auf die Fragen der anderen Frauen, doch obgleich sie ihr aus den Augenwinkeln scheele Blicke zuwarfen, sagten die Frauen nichts, und als die zwei anderen mit dem Mann aus dem Dorf von Chakliux zurückkamen, verließen alle die Behausung. Nur Flügel und die älteste Frau blieben sitzen. Sie schloss die Augen und stimmte einen leisen Gesang an, etwas, um ihr Dorf zu beschützen.

Daes gab sich höflich und hielt den Blick gesenkt, während der junge Mann zu sprechen anhob.

»Man nennt mich Schreit-laut«, sagte er. Seine Stimme war tief, als hätte der Kummer sie gefärbt.

»Du bist gekommen, um mir zu sagen, dass mein Vater in einem Sturm ertrunken ist«, sagte Daes. Sie sah ihm in die Augen, als könnte ihre Kühnheit ihn zwingen, das zu leugnen, was er den anderen bereits berichtet hatte.

Er hob eine Hand und strich sich damit fahrig über die Wange. Daes merkte, dass sie ihn anstarrte, und auch Flügel starrte ihn an. Was hatte er nur an sich, das ihr so vertraut vorkam?

»Ja«, sagte er, »ich muss deine Mutter finden und es ihr berichten.«

Flügel steckte ihren Kopf zwischen Daes und Schreit-laut. »Auch sie ist tot«, sagte sie.

Die Großmutter unterbrach ihren Gesang und zischte Flügel an. »Das wissen wir nicht!« Sie hob ein Amulett empor, das die Jahre dunkel gefärbt hatten, als wollte sie die Worte von Flügel verscheuchen.

»Du hast gesagt ...«, begann Weißer Vogel.

»Ich habe gesagt, ich konnte sie nicht finden«, rief Daes. »Nichts weiter. Nicht, dass sie tot ist!«

Schreit-laut hob die Hand, als wollte er die Frauen beruhigen, und Daes kam es vor, als betrachtete sie ihr eigenes Gesicht in einem ruhigen Wasser. Sie schüttelte den Kopf und merkte, dass Flügel es ihr gleichtat.

Dann sah sie Schreit-laut wieder an. »Ich habe Holz für ein Feuer und etwas zu essen in meiner Behausung«, sagte sie. »Komm mit mir und erzähl mir von meinem Vater und von dem Sturm, der ihn genommen hat.«

Sie ließen die Großmutter und Flügel sitzen, verließen den Klagegesang, den die alte Frau angestimmt hatte, und auch ohne sich umzublicken, wusste Daes, dass Schreit-laut ihr folgte. Erst als sie ihre Behausung erreicht hatte, drehte sie sich um und hielt ihm die Türklappe auf, damit er eintreten konnte.

Schreit-laut folgte seiner Schwester zu einer gut gebauten, großen Behausung. Zumindest schien Cen seine Mutter gut behandelt zu haben. Er hatte ihr ein gutes Leben beschert, seit er sie einst zu seiner Frau nahm. Und diese Schwester von ihm, sie war stark und gesund, eine große Frau mit breitem Becken, das gut war, um Kinder zu tragen. Schreit-laut hatte mit seinen Fragen sehr Acht gegeben, seit er in dieses Dorf gekommen war. Er hatte sich behutsam nach seiner Mutter erkundigt, war nur als der Überbringer schlechter Nachrichten gekommen und hatte stets darauf geachtet, sie Gheli zu nennen. Er hatte kein Wort über seine Schwestern gesagt, und es war beinahe ein ganzer Tag verstrichen, ehe einer Daes erwähnt hatte. Und selbst da hatte er gemeint, ein Zögern zu spüren, als ob mit ihr etwas nicht stimmte. Als Schreit-laut sie sah, war er erleichtert, denn sie sah aus wie alle und schien all die Dinge zu tun, die Frauen taten. Geschwind entfachte sie ein Feuer, bot ihm Wasser an und zog die Bündel herein, die sich im Eingangstunnel stapelten.

»Sie sagten, du seist gerade erst aus dem Fischlager zurückgekehrt. Es ist sehr spät dafür.«

Daes zuckte mit den Schultern. »Meine Mutter wollte bleiben. Sie will nicht zu früh in das Winterdorf zurückkehren. Sie sagt, wenn wir zu früh gehen, dann verlieren wir zu viele Fische.«

Er nickte und fragte dann: »Wo ist deine Schwester?«

»Haben sie dir von meiner Schwester erzählt?«

»Ich habe drei Tage auf dich und deine Mutter gewartet. In drei Tagen erfährt ein Mann viel.«

Daes hängte ihren Kochbeutel an einen Stamm, füllte das Wasser aus einigen Blasen hinein und gab getrockneten Fisch dazu.

»Hast du das Kind in der Behausung gesehen, in der wir vorhin waren? Das ist meine Schwester. Ich habe sie aus dem Fischlager mit zurückgebracht. Ich konnte meine Mutter nicht finden. Sie war lange Zeit fort. Sie ist fortgegangen, um Beeren zu pflücken oder um Pflanzen zu sammeln.« Daes hielt inne und fuhr sich mit einer Hand über das Gesicht.

Etwas an dem, was sie ihm erzählte, stimmte nicht. Beeren? Pflanzen?

»Du hast nach ihr gesucht?«, fragte Schreit-laut.

»Ich habe einen ganzen Tag lang nach ihr Ausschau gehalten, während meine Schwester vor Hunger geweint hat«, sagte Daes. Sie rührte in dem Kochbeutel und eilte dann ohne ein Wort in den Eingangstunnel.

Schreit-laut blieb sitzen. Er dachte, sie habe die Behausung verlassen, und fragte sich, ob auch er gehen sollte oder ob er warten sollte, bis sie zurückkehrte.

Daes kam mit einer Hand voll Liebstöckel wieder herein und hielt ihm das Kraut entgegen, als wäre es von großer Bedeutung. »Sie war auf der Suche nach Liebstöckel. Wir trocknen es für den Winter, um unserer Brühe etwas Geschmack zu geben.«

Sie zerkleinerte die Blätter und warf sie in den Kochbeutel. Dann rührte sie wieder um.

»Dann hat sie nach Liebstöckel gesucht, nicht nach Beeren.«

»Vermutlich«, sagte Daes. »Aber wenn sie Beeren gefunden hätte, dann hätte sie auch die mitgenommen. Die Beeren des Schneeballstrauches sind zu dieser Zeit des Jahres besonders gut, wenn der erste Frost sie süß gemacht hat.«

Ihre Worte ergaben einen Sinn, dachte Schreit-laut. Doch warum hatte er dann das Gefühl, dass sie log? Und wieso hatte sie nicht nach Cen gefragt?

Während all der Tage, die er auf der Wanderung zu diesem Dorf gewesen war, hatte er darüber nachgesonnen, wie er seiner Mutter und seiner Schwester sagen sollte, dass Cen tot war. Er hatte nicht einmal daran gedacht, dass sie womöglich nicht da waren. Wer blieb schon in den Fischlagern, wenn die Zeit gekommen war, Karibus zu jagen?

Deine Mutter, sagte eine leise Stimme, deine Mutter, die befürchtet, dass Cen Ghaden mit in sein Dorf bringt. Ghaden, der Rotes Blatt womöglich wiedererkannte.

Schreit-laut beobachtete seine Schwester, und er sann darüber nach, wie es einst für sie gewesen sein mochte, als Cen ihr den Namen der toten Daes gegeben hatte. War deren Geist ihrem Namen zu der Tochter jener Frau gefolgt, die sie einst getötet hatte? Hatte seine Mutter – Rotes Blatt oder Gheli – die Macht jenes Namens gefürchtet? Gewiss hatte sie ständig in der Angst gelebt, jemand könne in das Dorf kommen, der sie erkannte. Es gab immer Männer, Jäger, Händler, die zwischen den Dörfern hin und her reisten. Wie konnte sie sich also besser verbergen, als die Sommer in einem fernen Fischlager zu verbringen?

Sie musste auch gelernt haben, anders zu nähen, denn Yaa sagte, eine Frau könne die Arbeit einer anderen erkennen, und ganz besonders, wenn es sich um die Werke einer so geschickten Näherin handele, wie Rotes Blatt es war. Und Cen hatte doch sicher Handel getrieben mit ihren schönen Parkas. War es ihr also gelungen, ihre Stiche zu ändern, sodass ihre Arbeit nicht mehr ihren Namen trug?

Schreit-laut wurde gewahr, dass Daes ihm eine Schale mit Brühe entgegenhielt. Er legte seine Hände um die Schale, atmete den Dampf ein, roch den Rauch der Trockenfeuer, die den Fisch gedörrt hatten. Der Geruch trug ihn fort aus dieser Behausung, fort von seiner Schwester, die er nur als winzigen Säugling gekannt hatte. Für einen Augenblick blieb er an jenem Ort in sich, der sicher war, dann schlug er die Augen auf und kehrte zurück.

»Danke.«

Er hob die Schale an die Lippen und schob sich mit den Fingern etwas Fisch in den Mund. Er kaute und schluckte, dann ließ er die Schale auf seinen Schoß sinken und lud Daes mit einer Handbewegung ein, sich zu ihm zu setzen. »Willst du, dass ich dir erzähle, was ich weiß?«

Sie blieb in der Hocke, als wartete sie darauf, seine Schale wieder zu füllen.

»Setz dich«, sagte er, »oder willst du dir auch etwas zu essen nehmen?«

»Nein.«

»Dein Vater war ein guter Mann«, hob er an, und dabei dachte er, wie seltsam es war, dieser Schwester von Cen zu erzählen, ihr zu sagen, dass ihr Vater tot war, wo sie doch zu Sok gehörte, zu einem Vater, der stark war und lebendig.

Während seiner ganzen Geschichte weinte sie keine einzige Träne, und als er geendet hatte, stand sie auf, rieb sich die Hände und zog den weichen Parka aus Backenhörnchenfellen aus, den sie in der Behausung getragen hatte. Schreit-laut dachte, sie würde einen lauten Klageschrei von sich geben, doch sie tat nichts weiter, als in ihrem Kochbeutel zu rühren.

Schließlich nahm sie ein Frauenmesser zur Hand, das auf

einem der Feuersteine lag, und schnitt mit der Klinge quer über ihren Arm, einmal, zweimal. Sie hob die Hand und beugte sich über das Feuer. Das Blut lief den Arm hinunter und tropfte auf die heißen Kohlen.

Daes zeigte keine Anzeichen von Schmerz, als hätte sie nichts weiter getan, als einen Fisch zum Trocknen zerlegt, doch dann sagte sie zu ihm: »Danke, dass du gekommen bist, um uns davon zu berichten.«

Er hoffte, sie würde noch etwas über ihre Mutter sagen, zumindest wie man zu dem Fischlager gelangte. Wenn Rotes Blatt noch am Leben war, dann musste sie erfahren, was mit Cen geschehen war, und sie musste ebenso erfahren, dass K'os auf dem Weg in das Dorf war, K'os und ihre Tochter Uutuk und Ghaden.

Doch als Daes wieder das Wort ergriff, sagte sie: »Der Mann, den man Ghaden nennt, kennst du ihn?«

»Ich kenne ihn. Er lebt in meinem Dorf.« Beinahe hätte er ihr erzählt, dass Yaa, die Schwester von Ghaden, seine Frau war, aber dann tat er es doch nicht.

»Sonst kommt keiner aus deinem Dorf, *nae'*?«, fragte sie.

»In unserem Dorf gibt es eine Frau, die deine Mutter einst kannte. Vielleicht erinnerst du dich an ihren Namen. Sie heißt K'os.«

»Nein«, sagte Daes.

»Sie kommt, um die Trauer deiner Mutter zu teilen, und sie will mit ihrem Mann Robbe herkommen. Er ist Händler von den Ersten Menschen. Außerdem bringt sie eine Tochter und den Mann dieser Tochter mit, Ghaden.«

Einen Augenblick lang – so kurz, dass Schreit-laut es beinahe nicht gemerkt hätte – wurden ihre Augen weit. Doch sie ging zu einem ihrer Bündel hinüber und kramte darin herum, bis sie einen Streifen Karibuhaut zum Vorschein gebracht hatte. »Lass mich dir helfen«, sagte er, und sie streckte ihm ihren Arm entgegen.

Schreit-laut wickelte den Streifen fest um die Schnittwunden. Dann beugte er sich nah zu ihr und sah ihr in die Augen. Als sie versuchte, sich abzuwenden, packte er ihr Kinn und hielt sie fest.

»Du kennst Ghaden«, sagte er.

»Meine Mutter spricht manchmal von ihm.«

»Und von mir?«, fragte er. »Spricht sie auch von mir?«

Daes sah ihn verwirrt an. »Nein«, sagte sie langsam. »Wieso sollte sie von dir sprechen?«

Als Schreit-laut das Ende des Streifens an ihrem Ellenbogen feststeckte, sah sie hinunter. Zuerst dachte er, dass sie den Verband begutachtete, doch dann legte sie ihre Hand neben die seine und ließ sie dort. Seine Hand war größer, doch sonst sahen sie genau gleich aus, bis hin zum Muster der Adern auf der Haut.

Sie sah ihm ins Gesicht und fragte: »Wer bist du?«

35

Herendeen-Bucht, Alaska
602 v. Chr.

Als Kuy'aa mit dem Erzählen innehielt, erhob sich ungehaltenes Gemurmel. Eine der kühneren Frauen rief laut: »Wir wollen wissen, was er ihr antwortet. Wir wollen wissen, ob er glaubt, dass er ihr trauen kann.«

»Glaubt ihr, er kann ihr trauen?«, fragte Kuy'aa.

»Nein!«, riefen beinahe alle Männer.

»Aber ja«, sagte eine der Frauen des obersten Jägers. »Sie ist seine Schwester. Wenn sie das erst weiß, wird sie nichts tun, was ihm schaden könnte.«

Eine andere Frau entgegnete: »Man darf ihr nicht trauen. Schaut, wie oft sie lügt, und gerade erst hat sie ihre kleine Schwester gestohlen und ihre Mutter verlassen.«

»Ihre Mutter hat es verdient, verlassen zu werden. Wer könnte schon einen Winter im Fischlager überleben? Das Kind wäre sicher gestorben!«

Der Streit setzte sich fort, und die Stimmen wurden lauter. Yikaas warf Kuy'aa einen Blick zu und sah, dass sie lächelte. Qumalix setzte sich neben sie, und Himmelfänger tat es ihr gleich.

»Es muss schwer sein, diese Geschichte zu erzählen«, sagte Qumalix, »denn es ist schwer, sie zu hören. Man weiß nicht, ob Daes gut oder böse ist. Man weiß nicht, was man über sie denken soll.«

»Es gibt viele Worte, um diese Geschichte zu erzählen«, sagte Kuy'aa. Die alte Frau leckte sich die Lippen, und Yikaas sah, dass sie trocken und rissig waren. Er fragte laut, ob jemand eine Wasserblase habe, und sogleich wurde ihm eine in die Hand gedrückt. Er reichte seiner Tante das Wasser, wartete, bis sie getrunken hatte, und sagte dann: »Sage mir, Tante, warum hast du sie auf diese Weise erzählt?«

»Ich musste sie kurz machen«, gab sie zur Antwort. »In diesem *ulax* sind zu viele Menschen versammelt, und sie lenken sich gegenseitig ab von meiner Geschichte. Wenn ich sie dir allein erzählen würde, dann hätte ich dir wohl auch gesagt, was Gheli dachte und vielleicht sogar, wie es dem Kind dabei gegangen ist. Dann würdest du über die anderen nachdenken und dich nicht so sehr über Daes ärgern.«

»Du wolltest, dass sie gut ist«, fiel Qumalix ihr ins Wort. »Doch allmählich merkst du, dass sie nicht so gut ist, wie sie sein sollte.«

»Aber sie ist nicht so böse wie K'os«, sagte Yikaas. »Sie denkt auch an andere. Sie hat sich um ihre Schwester gesorgt.« Yikaas sah, dass Himmelfänger sich bemühte, den Worten zu folgen, und so bat er Qumalix mit einem stummen Blick darum, seine Worte in die Sprache der Ersten Menschen zu übersetzen.

Als er verstanden hatte, sagte Himmelfänger: »Aber ihre Sorge ist nicht groß genug gewesen, um sie an jenem ersten Tag ihrer Wanderung zu Gheli zurückzubringen.«

»Bedenke dies«, entgegnete Yikaas. »Es hat sich gezeigt, dass sie besser war, als sie hätte sein können. Sieh doch, wie selbstsüchtig ihre Mutter Gheli ist. Sie weigert sich, in das Winterdorf zu gehen, aus Angst, Ghaden könnte dort sein. Damit bringt sie das Leben ihrer eigenen Tochter in Gefahr ...«

»Ha! Das ist doch dumm«, sagte Himmelfänger. »Immer noch besser, ein wenig zu frieren, in einem Fischlager zu bleiben, als tot zu sein, weil einer sich daran erinnert, dass man seine Mutter getötet hat.«

Qumalix fiel ihnen mit sanfter Stimme ins Wort. »Was ist

mit ihrem Namen?«, fragte sie. »Woran denkt ihr, wenn ich das Wort *daes* sage?«

»Es ist ein Flusswort. Was bedeutet es?«, fragte Himmelfänger.

»Eine winzige Pfütze Wasser, die niemandem von Nutzen ist.«

»Ein guter Name für sie«, sagte Yikaas.

»Doch was bringt dieser Name ihr Gutes ein?«, wollte Himmelfänger wissen. »Schon der Name selbst ist ein Fluch, und er erinnert Gheli immer daran, was sie jener ersten Daes einst angetan hat.«

»Wenn du dich an die Geschichten von jener ersten Daes erinnerst«, sagte Yikaas, »dann weißt du, dass sie eine selbstsüchtige Frau gewesen ist. Nicht böse, aber selbstsüchtig. Sie hat ihre Tochter Aqamdax verlassen, um mit Cen fortzugehen. Sie hat einen alten Mann genommen, der ihr nichts bedeutete, nur, weil er ihren Sohn Ghaden als sein eigen Fleisch und Blut angenommen hat. Erst als sie starb, als das Messer von Gheli ihrem Leben ein Ende setzte, ist sie über sich selbst hinausgewachsen und hat an einen anderen gedacht.«

»An wen?«, fragte Himmelfänger.

»Erinnere dich, sie hat sich schützend auf Ghaden gelegt, damit er nicht erfror.«

»Das würde jede andere Mutter genauso machen.«

Qumalix übersetzte die Worte von Himmelfänger. Dann hob sie die Hände an ihren Kopf und drückte die Finger an die Schläfen. »Ihr beide müsst die Sprache des anderen erlernen«, sagte sie zu Himmelfänger und Yikaas. »Mein Kopf tut mir weh, weil ich eure Worte ständig hin- und hertragen muss.«

Himmelfänger lachte und zeigte mit einer Hand zur Decke des *ulax* hinauf. Er sagte etwas und fing an, den Kletterstamm hinaufzusteigen, doch Qumalix schüttelte den Kopf. Yikaas merkte, dass er atemlos auf ihre Antwort gewartet hatte, aus Angst, dass sie tun würde, wie Himmelfänger sie geheißen hatte. Doch stattdessen sah sie Yikaas an und schenkte ihm ein scheues Lächeln.

»Er beschwert sich, weil er zu wenig geschlafen hat«, erklärte Qumalix, doch sie vermied es, Yikaas dabei in die Augen zu sehen.

Himmelfänger sagte noch etwas, rief unhöfliche Worte von der Höhe des Kletterstammes zu ihnen hinunter, ehe er nach draußen verschwand. Qumalix wurde rot, und um ihre Scham zu überdecken, sagte Yikaas: »Also, glaubst du, ihr Name barg ein wenig von der Selbstsucht jener ersten Daes in sich?«

Qumalix schüttelte den Kopf. »Wie soll man das wissen?« fragte sie.

Kuy'aa hatte sich niedergelassen, und Yikaas hockte sich neben sie und stellte ihr die gleiche Frage. Sie neigte den Kopf, um ihn anzusehen, und sagte: »Vielleicht. Vielleicht auch nicht. Es ist nur wichtig zu wissen, dass auch sie selbstsüchtig war. Sie hat ohne Scham gelogen. Sie gehörte zu jenen Menschen, die für sich selbst eine schlechte Wahl getroffen haben.«

Yikaas merkte, dass die Stimme von Kuy'aa immer lauter wurde, weil die alte Frau versuchte, sich über die Streitereien jener, die um sie waren, Gehör zu verschaffen. Schließlich fing sie an zu lachen und sagte: »Yikaas, du bist der lauteste von uns allen. Sag ihnen, sie sollen ruhig sein. Ich denke, sie sind bereit für eine weitere Geschichte.«

Yikaas pfiff auf den Fingern und klatschte so lange in die Hände, bis in dem *ulax* wieder Ruhe eingekehrt war.

»Meine Tante ist bereit, mit ihrer Geschichte fortzufahren«, sagte er zu den Menschen, doch Kuy'aa zog an seiner Hand und schüttelte den Kopf. Sie legte die Finger an die Kehle und sagte. »Nun ist es an dir.«

»Ich kenne die Geschichte von Daes nicht.«

»Sie haben genug über Daes gehört. Erzähle ihnen von K'os und von Tochter. Sprich zu ihnen von Ghaden. Ein Geschichtenerzähler muss erkennen, dass die Menschen mit ihren Gedanken nicht zu lange bei einer wie Daes verweilen wollen. Wir selbst sind allzu oft, wie sie es war, nicht richtig böse, aber auch nicht richtig gut. Erzähle uns von K'os. Sie ist so böse, dass wir uns selbst gut fühlen können, wenn wir von ihr hören. Oder aber erzähle uns von Ghaden und Tochter. Wir wollen sein wie sie, und so ist es einfach, sich in ihre Geschichte zu versenken.«

»Aber sie wollen wissen, was Schreit-laut Daes erzählt.«

»Fällt dir denn nichts ein, kein Weg, um das mit einer Geschichte über K'os und Ghaden zu verweben?«

Yikaas lächelte über die Weisheit seiner Tante, und so erhob er seine Stimme und begann.

Nahe beim Vier-Flüsse-Dorf
6435 v. Chr.

DIE GESCHICHTE VON K'OS

Lächelnd erwachte K'os aus ihren Träumen. Sie waren weniger als einen Tag von dem Vier-Flüsse-Dorf entfernt. Ihre Füße erkannten den Pfad, auf dem sie von nun an gehen würden. *Aa*, jung war sie gewesen, als sie einst hier lebte, als sie einst Frau von dem jungen Flusseistänzer war. Sie lachte leise. Jener eine hatte sie viel gekostet. Dieser Tor! Wer hätte je gedacht, dass er den Brautpreis aus den Lagern seines Vaters stehlen würde? Und schlimmer noch, dass sein Vater K'os nach dem Tod von Flusseistänzer zu seiner Arbeiterin machen würde?

Diesen Tod hatte sie Cen zu verdanken. Wer sonst hätte den Jungen getötet, wenn nicht er, auch wenn K'os niemals ergründet hatte, wieso. Womöglich hatte er es nur getan, um ihr die Schuld daran geben zu können, damit die Vier-Flüsse-Menschen sie aus ihrem Dorf verjagen konnten.

Cen war tot, doch ganz gewiss würde sein Geist wissen, was sie Ghaden antun würde, jenem Sohn, der die Rache zu spüren bekäme, die sie seinem Vater zugedacht hatte. Und auch die Menschen aus dem Vier-Flüsse-Dorf würde ihre Vergeltung treffen. Es würde nicht lange dauern. Auf der Insel der Ersten Menschen hatte sie ein wunderbares Gift entdeckt, eine Pflanze, die auch hier wuchs, im Land des Flussvolkes, die jedoch kaum einer kannte und die nur schwer zu finden war.

Die Ersten Menschen benutzen dieses Gift zum Walfang, ein Geheimnis, das K'os einem Jäger entlockt hatte, der einst ihr Lager teilte. Sie hatte lange Zeit gebraucht, um zu lernen, wie man jene Pflanze mit der blauroten Blüte zerrieb, wie man sie trocknen musste, um die Macht des Giftes zu verstärken. Sie hatte das Gift an Vögeln versucht – an kleinen Möwen, die sich die Kinder des Dorfes als Haustiere hielten –, und sie hatte entzückt dabei zugesehen, wie diese Vögel binnen eines einzigen Tages taumelten und nach Luft schnappten und starben. Das Gift war so stark, dass nicht ein einziger ihre Versuche überlebte.

Sobald das Gift den Schlag ihrer Herzen zum Stillstand gebracht hatte, hatte K'os die Vögel verscharrt. Denn was würde eine Mutter schon anderes mit einem toten Vogel tun, den ihr Kind brachte, als ihn zu rupfen und das Fleisch in ihren Kochbeutel zu werfen?

Wenn das Alter K'os auch sehr verändert hatte, so zweifelte sie doch nicht daran, dass einige der Vier-Flüsse-Menschen sie wiedererkennen würden. Sie musste als Frau eines Ersten Menschen zu ihnen kommen, und sie musste ihre Aufgabe gut erfüllen. Sie musste die Menschen in diesem Dorf davon überzeugen, dass sie ihr einst Unrecht getan hatten, als sie sie fortjagten. Wie seltsam, dass bei all den Menschen, die sie getötet hatte, gerade jener, dessen Leben sie nicht genommen hatte, die Schuld daran trug, dass sie Arbeiterin geworden war. Gheli, Rotes Blatt, würde sie sicher zur Feindin haben.

Doch K'os hatte Schreit-laut vorausgeschickt, um seine Mutter davor zu warnen, dass Ghaden auf dem Weg zu ihr sei. Und so würde sie diese Frau wohl überhaupt nicht zu Gesicht bekommen.

»Ist es noch weit?«, fragte Uutuk.

»Neben diesem Pfad habe ich einst meine Fallengründe unterhalten«, sagte K'os. »Es ist nicht einmal mehr eine Tagesreise bis zu dem Dorf. Ist dir die Art der Ersten Menschen lieber, die mit *iqyan* und mit Paddel reisen?«

Tochter rollte die Augen gen Himmel. »Viel lieber«, sagte sie.

»Das Dorf wird dir gefallen. Es ist nicht so groß wie das Dorf von Chakliux. Zumindest war es das nicht, als ich dort lebte. Doch die Menschen sind gut und großherzig. Ich habe eine Zeit lang bei einem alten Mann und einer alten Frau gelebt. Gewiss sind sie inzwischen gestorben. Damals aber waren sie wie Mutter und Vater für mich, und sie haben mir sogar dabei geholfen, mein Gabenfest zu feiern, als ich einst Frau von Flusseistänzer geworden bin. Es war eine gute Zeit, doch als mein Mann gestorben ist, glaubten einige Menschen im Dorf, es sei meine Schuld gewesen. Sie haben mich fortgejagt, doch ich hege keinen Groll gegen sie.«

K'os hatte Uutuk nie davon erzählt, wie Flusseistänzer gestorben war, und das Mädchen sah sie mit angsterfüllten Augen an.

»Sie haben dir die Schuld gegeben?«

»Er wurde im Schlaf getötet, wahrscheinlich von einem jungen Jäger, der ihm nicht wohl gesinnt war. Doch ich war erst seit kurzem Frau und nicht aus ihrem Dorf. Es war einfacher, mich zu bezichtigen, als zu glauben, dass einer der ihren diese Tat vollbracht hatte.«

»Wieso hegst du dann keinen Groll gegen sie?«

»Bedenke dies«, sagte K'os. »Wäre ich bei ihnen geblieben, so hätte ich niemals dich und deinen Großvater gefunden.«

Als K'os die Tränen sah, die Uutuk über die Wangen liefen, wandte sie schnell den Blick ab. Der Pfad wurde schmaler, und Uutuk musste hinter K'os gehen. Als sie wieder nebeneinander laufen konnten, waren die Tränen getrocknet. Doch in den Augen des Mädchens war Besorgnis zu lesen, und K'os schnalzte zufrieden mit der Zunge.

»Denkst du, sie bezichtigen dich dieser Tat noch immer, Mutter?«, wollte Uutuk wissen.

»Nein, es ist schon so lange her, und er war nur ein junger Mann, der nicht aus ihrem Dorf kam. Sie werden es wohl vergessen haben, die meisten von ihnen jedenfalls. Und jene, die sich noch daran erinnern, werden sehen, dass ich nicht die Schuldige sein kann. Denn hätte ich meinen Mann getötet, so hätte sein Geist mir niemals erlaubt, so viele einsame Tage der Wanderung in den Wäldern zu überleben.«

»Ja, Mutter«, sagte Uutuk, doch obgleich sie lächelte, war ihre Stirn noch immer von Bedenken zerfurcht.

Gut, dachte K'os. Sorge dich, Uutuk, und verschließe dein Herz vor ihnen, lass keinen hinein.

Als Ghaden den Rauch aus den Feuerstellen des Dorfes erblickte, der wie ein dünner Schleier über den Bäumen lag, stimmte er einen Händlergesang an. Noch ehe sie den Dorfrand erreicht hatten, kam ihnen ein Jäger auf dem Pfad entgegen, begleitet von zwei Söhnen, die beinahe schon erwachsene Männer waren. Ghaden sah K'os an, denn sie erhob die Stimme und rief den Männern einen Gruß zu: »Blauer Speer! Wir sind gekommen, um zu handeln.«

Der Mann musterte sie einen Augenblick und schien dann aufzugeben. Er erkannte sie nicht, aber sie war schließlich nur eine alte Frau. Was gab es zu befürchten? Welchen Schaden konnte sie schon anrichten?

»Dein Gesang sagt uns, dass du Händler bist«, sprach Blauer Speer, und die Worte stiegen an wie bei einer Frage.

»Robbe, Vater meiner Frau, ist der Händler unter uns«, erklärte Ghaden. »Er gehört zu den Ersten Menschen und spricht die Flusssprache nicht, und so singe ich für ihn.«

Ghaden wollte K'os nicht vorstellen. Welcher Mann hätte das schon getan? Doch Blauer Speer starrte sie aufs Neue an, und er wandte auch nicht den Blick von ihr, als er Ghaden sagte, er sei oberster Jäger dieses Dorfes, und seine Söhne vorstellte, welche die Namen Mondtöter und Vogelhand trugen. Blauer Speer sagte, dass die Jäger vom Vier-Flüsse-Dorf schon bald aufbrechen würden, um dem Karibu zu folgen. Bis dahin aber seien die Händler willkommen.

»Für die jungen Männer in unserem Dorf ist es gut, wenn sie ihre Gedanken für eine Weile von der Jagd fortlenken können«, erklärte er Ghaden mit lachender Stimme. »Es gibt zu viele Kämpfe, zu viele laute Worte.«

Es war in jedem Dorf das Gleiche, dachte Ghaden. Die alten Jäger hatten gelernt, ihre Aufregung zu bändigen, ihre Kraft darauf zu verwenden, Waffen zu bauen und zu richten und für Stärke und Reinheit zu beten, die für eine gute Jagd nötig waren. Die jungen Männer aber waren wie Hunde, die man zu lange angebunden hatte, sie bellten und schnappten, nach ihren Gefährten, nach ihren Frauen, sogar nach ihren Kindern. Ja, Händler wären eine willkommene Ablenkung.

»Wir nehmen eure Gastfreundschaft gerne an«, sagte Ghaden zu ihm, »und wir danken euch dafür.« Dann wandte er sich an Robbe und erklärte, was Blauer Speer gesagt hatte.

Ein Grinsen erhellte das dunkle Gesicht. »Genau wie die jungen Männer bei uns, begierig zu jagen.«

Ghaden übersetze, und Blauer Speer begann zu lachen. Er schlug Robbe auf die Schulter, für jeden Händler ein gutes Zeichen. Dann hob Blauer Speer das Kinn und zeigte auf K'os: »Ist sie Frau? Mutter?«

»Womöglich erinnerst du dich noch an sie«, sagte Ghaden. »Vor langer Zeit hat sie in deinem Dorf gelebt. Jetzt ist sie hier, weil sie Frau von Robbe ist und die Mutter von meiner

Frau.« Ghaden warf Uutuk einen Blick zu, die sich im Hintergrund zusammenkauerte.

»*Aaa!* Schade, dass jene dort schon Frau ist. Im Tausch könntest du viel für sie bekommen.«

»Sie ist eine gute Frau«, sagte Ghaden bedächtig, um niemanden zu kränken. »Ich will sie nicht eintauschen.«

Doch der oberste Jäger schien seine Worte nicht gehört zu haben, und Ghaden merkte, dass sein Blick wieder auf K'os ruhte.

»Ja«, sagte er leise. »Ich erinnere mich an sie. Sie wird K'os genannt ...« Er verzog das Gesicht. »Ihr Mann war ein Junge aus dem Nahe-am-Fluß-Dorf. Als er starb, dachte mancher, sie ...« Er verstummte.

Am Abend zuvor hatte Ghaden sich mit K'os besprochen, und so war er nicht um eine Antwort verlegen. »K'os hat mir gesagt, sie denkt, dass die Menschen in diesem Dorf richtig gehandelt haben. Woher sollten sie wissen, wer den Mann getötet hat? Doch wie du siehst, war sie es nicht. Sonst hätte sein Geist doch gewiss Rache genommen, als sie damals das Dorf verließ. Stattdessen hat er sie in das Dorf der Ersten Menschen geleitet, wo sie Frau von Robbe wurde.«

Blauer Speer war ein kleiner Mann mit breiten Schultern, und anders als die meisten Flussjäger trug er sein Haar offen, ohne Zöpfe und ohne Schmuck. Quer über seinen Nasenrükken erstreckte sich eine Narbe, breit und weiß, und irgendwann einmal hatte er zu beiden Seiten der Nase Nadelzeichen in seine Haut stechen lassen. Zwar trug er viele Halsketten, sein Parka aber hatte keinerlei Verzierungen, obgleich er gut gearbeitet war. Seine Söhne sahen ihm sehr ähnlich, doch sie waren größer als er und nicht so schnell zu einem Lächeln bereit.

Blauer Speer geleitete Ghaden und Robbe und ihre Frauen in sein Dorf. Seine Söhne liefen mit finsteren Gesichtern voraus, um den anderen zu verkünden, dass Händler gekommen waren. Das Dorf war klein, viel kleiner, als Ghaden nach all den großen Worten, mit denen K'os ihm davon erzählt hatte, erwartet hatte. Er drehte sich zu ihr um, weil er wissen wollte, ob ihr Gesicht Erstaunen oder Enttäuschung sehen ließ, doch K'os lächelte, und Ghaden konnte hören, was sie zu Uutuk sagte. »Wenig hat sich verändert, seit ich hier gewesen bin. *Aa*, sieh nur! Dort, am Fluss, die neuen Behausungen!«

Ghaden folgte ihrem Blick. Die Höhe der Gräser und Pflanzen sagte ihm, dass sie ganz und gar nicht neu waren. Doch K'os wollte sagen, dass die Behausungen entstanden waren, nachdem sie das Dorf verlassen hatte, und wie lange lag das nun zurück? Zehn Jahre? Es mussten viel mehr sein.

Kinder scharten sich um sie. Sie riefen ihnen Fragen zu und stolperten und stritten und hüpften, wie alle Kinder es taten. Frauen fragten nach diesem oder jenem und machten erste Angebote, noch ehe die Tauschgüter ausgepackt waren. Doch dann kamen einige Großmütter, Schalen mit Brühe in ihren Händen. Sie boten Robbe und Ghaden und sogar K'os und Uutuk etwas zu essen an.

Ghaden nahm dankbar an. Er aß, wo er stand, schlürfte das heiße Fleisch aus der Schale. Das Essen wärmte seinen Bauch, und er entspannte sich ein wenig, doch er hatte nicht vergessen, warum sie eigentlich hergekommen waren. Während er aß, spähte er verstohlen über den Rand seiner Schale zu den Frauen hinüber und versuchte herauszufinden, welche von ihnen die Witwe seines Vaters sein mochte.

Eine der Großmütter trat näher, sah ihm direkt ins Gesicht und verkündete: »Er sieht aus wie der, der gerade gestorben ist.«

Erstauntes Gemurmel erhob sich, dann Worte der Zustimmung, und sogar Blauer Speer trat näher, betrachtete Ghaden mit scharfem Blick und sagte: »Ja.« Dann fügte er erklärend hinzu: »Jener Mann ist auch Händler gewesen.«

Ghaden ließ die Schale sinken. Wieso wussten sie, dass Cen tot war? Er presste seine Lippen zusammen und leckte das

Fett ab, mit dem sie überzogen waren. »Ich bin Ghaden, sein Sohn«, sagte er.

Wieder ging erstauntes Gemurmel durch die Menge. Dann ergriff eine Großmutter das Wort. »Er hat uns von dir erzählt. Er sagte, eines Tages würdest du zu uns kommen. Ich hoffe, du kannst bei uns bleiben, bis deine Schwester Daes zurückkehrt. Sie musste zu dem Fischlager ihrer Mutter gehen, um ihr zu berichten, was geschehen ist.«

»Die Frau meines Vaters ist noch immer in ihrem Fischlager?«, fragte Ghaden.

»Ja, aber deine andere Schwester, die kleine, ist hier bei uns im Dorf. Sorge dich nicht um Daes. Sie ist nicht allein gegangen. Einer ist aus dem Dorf von Chakliux gekommen und hat uns die Nachricht gebracht, und der ist mit ihr gegangen. Du kennst ihn gewiss. Sein Name ist Schreit-laut.«

»Schreit-laut?«, fragte Ghaden. »Ich dachte, er wäre auf der Jagd, das hat K'os ...«

Ghaden gewahrte, dass er laut aussprach, was er dachte, und schamrot schloss er geschwind den Mund.

Da trat K'os vor und sprach: »Ich bin nichts weiter als eine alte Frau, doch einige sind unter euch, die sich an mich erinnern werden.«

Blauer Speer hob eine Hand und gebot ihr Einhalt. »Lass mich es ihnen erklären«, sagte er und erzählte seinen Leuten, wer sie war und was ihr widerfahren war.

Einige wandten sich ab und machten Zeichen zum Schutz gegen die Geister, doch ein paar alte Frauen traten nach vorn. Die einen, um K'os für das um Vergebung zu bitten, was ihr einst angetan worden war, die anderen nur, um sie anzustarren.

»Wir sind gekommen, um die Trauer mit euch zu teilen«, sagte K'os.

Ein Flüstern ging durch die Menge, eine Bewegung durch die Hände der Frauen, und Ghaden vernahm den Schrei eines Kindes. Eine junge Frau trat vor, und Blauer Speer sagte:

»Diese hier ist Frau von Langer Wolf. Das Kind ist deine Schwester. Ihr Name ist Entlein.«

Die Frau drückte Ghaden das Kind so geschwind in die Arme, dass er nichts dagegen tun konnte. Die Kleine war schwer, dick und rund, und ihm fiel auf, dass sie aussah wie Schreit-laut. Aber wie sollte das möglich sein? Schreit-laut war in keiner Weise mit Cen verwandt.

Entlein lächelte ihn an und pikte ihn mit ihrem kleinen Finger ins Gesicht. Mit einem Mal überkam Ghaden eine Woge aus Mitgefühl für dieses kleine Mädchen, das niemals seinen Vater kennen würde. Er schluckte, um seine Kehle freizumachen, und sah, dass Uutuk an seine Seite getreten war.

»Darf ich sie halten?«, fragte sie, und Ghaden, der das Kind auf seinen flachen Händen trug, war froh, dass er sie weiterreichen konnte. Uutuk sah dem Mädchen ins Gesicht. Sie sang ein kleines Lied und sagte: »Sie sieht aus wie ihr Bruder.«

»Ihr Bruder?«, fragte Ghaden, der in Gedanken noch immer bei Schreit-laut war.

»Wie du, wie ihr Bruder«, erklärte Uutuk, und Ghaden sah die Tränen in ihren Augen. »Womöglich wird sie eines Tages Söhne haben, die du lehren kannst«, sagte sie. Dann gab sie der Frau von Langer Wolf das Kind zurück.

Entlein drückte ihren Kopf an die Brust der Frau und fing an zu jammern. Die Frau steckte sie unter ihren Parka, und das Kind war still.

»Sie hat Hunger«, sagte die Frau, als hätten die anderen es nicht bemerkt.

Dann hob Blauer Speer die Hände, und die Menge teilte sich, damit Ghaden hindurchgehen konnte. Ghaden drehte sich um. Er wollte Uutuk ein Zeichen geben, doch die Menschen hatten sie schon wieder in ihre Mitte genommen, und Ghaden sah, dass Uutuk und K'os und Robbe in ihren Bündeln wühlten und Tauschwaren ausbreiteten. Vielleicht war es nicht gut, mit dem Handeln zu beginnen, ehe die Trauerfeier vorüber war, doch darüber würde er später mit ihnen sprechen müssen.

Die Behausung von Blauer Speer war ebenso gebaut wie jene in dem Dorf von Chakliux. Der Eingangstunnel bestand aus Grassoden und senkte sich nach unten ab, um die kalte Luft darin zu fangen, und zu beiden Seiten des Tunnels gab es mehrere Ausbuchtungen, die als Vorratskammern dienten. Die Abdeckung aus Karibuhaut tauchte das Innere in goldenes Licht, und Ghaden fühlte, wie ihm leichter ums Herz wurde. Er war gern in den Dörfern der Ersten Menschen, und er verstand, warum sie warme Gras-*ulas* bauen mussten, doch wenn er dort war, sehnte er sich immer nach den Behausungen des Volkes seines Vaters, die hell und licht waren.

Hinten in der Behausung saßen zwei Frauen, und Blauer Speer bellte ihnen etwas zu. Sie huschten davon und brachten Wasser und Essen. Dankbar trank Ghaden das Wasser. Das Wandern machte ihn immer durstig, doch sein Magen war an diesem Tag so sehr in Unruhe, dass er nichts essen mochte.

»Ich bin in Trauer«, sagte er, um zu mildern, dass er ihr Essen zurückwies.

Blauer Speer legte sein Gesicht in Falten. Er schloss die Augen und saß lange Zeit ganz still da.

Schließlich sagte er: »Wenn er nicht fort war, um Handel zu treiben, war dein Vater mein Jagdgefährte.« Er machte die Augen wieder auf und fuhr sich mit den Händen über das Gesicht. »Wir müssen eine Trauerfeier für ihn abhalten«, sagte er, »und wir müssen seine Frau und seine Tochter zurück in unser Dorf holen.«

Er sprang auf, als wäre es an ihm, all diese Dinge zu tun. Er schritt auf und ab, und seine Frauen sahen sich mit sorgenvollen Blicken an. Sie waren Schwestern, diese beiden, ohne Zweifel, ihre Gesichter waren beinahe gleich.

»Denkst du, dieser Mann Schreit-laut wird unsere Trauerfeier teilen wollen?«

»Womöglich. Ich frage mich, ob ich ihnen nachgehen soll.

Vielleicht tröstet es meine Schwester, wenn sie weiß, dass ich hier bin. Wenn mir jemand den Weg zeigt, werde ich gehen.«

Blauer Speer schüttelte den Kopf. »Das ist nicht nötig. Gewiss wird Schreit-laut in ein paar Tagen mit ihnen zurück sein. Aber es wäre gut, wenn du zu Robbe gehen und ihm sagen könntest, dass er mit dem Handeln warten soll, bis die Trauerfeier vorüber ist. Was, wenn der Geist deines Vaters uns besuchen kommt und er sieht, dass wir seinen Tod mit Handel feiern, anstatt ihn zu betrauern?«

Beinahe hätte Ghaden gelächelt. »Ich glaube nicht, dass er gekränkt wäre«, sagte er.

Mit zusammengekniffenen Augen beobachtete K'os die Menschen. Es war kein Geheimnis, dass sie Cen geliebt hatten. Aus irgendeinem Grund machte dieser Gedanke sie zornig, und wieder einmal wünschte sie, sie wäre es gewesen, die ihm sein Leben genommen hätte, und nicht das Meer. Aber, so sagte sie sich, so konnte sein Geist zumindest nicht Rache an ihr nehmen.

Zwar hatte der oberste Jäger Ghaden und seine Familie eingeladen, in seiner Behausung zu wohnen, doch Robbe war noch immer beleidigt. Selbst jetzt, da sie in die Behausung der Ältesten gingen, spie er Kränkungen aus, beklagte er sich über Menschen, die einem Händler befahlen, zu warten, bis die Trauer vorüber war. Er sagte K'os, sie solle für ihn übersetzen. Als sie sich aber an der Feuerstelle niederließen, gab K'os seine Kränkungen nicht weiter und schmeichelte den Männern stattdessen. Als Robbe merkte, was sie tat, presste er die Lippen aufeinander und sagte kein Wort mehr.

Da sprach K'os: »Auch mein Mann trauert um den Vater von Ghaden, und bei den Ersten Menschen zeigt ein Mann seine Achtung, indem er schweigt.«

Da hörten die anderen auf, ihm Fragen zu stellen, sie flüsterten miteinander und nickten, und dabei sahen sie Robbe aus den Augenwinkeln an.

»Was hast du ihnen gesagt?«, wollte Robbe schließlich wissen.

»Nur, dass auch du trauerst, wie wir alle hier«, sagte K'os.

Er knurrte sie an, und sie fügte hinzu: »Du hast ihre Achtung errungen. Siehst du das nicht?«

Da hob Robbe den Kopf, fing an, einen Klagegesang zu summen, und wann immer er den Blick eines der Ältesten auf sich spürte, wurde er steif vor Stolz.

K'os erhob sich, und den Einwänden der anderen Frauen zum Trotz half sie, die Männer zu bedienen. Nur wenige aßen, doch K'os blieb geschäftig. Sie legte Fisch auf Matten aus, reichte Wasserblasen herum. Es gelang ihr sogar, hinauszuschlüpfen und einen Arm voll Feuerholz zu holen. Schließlich konnte sie eine der Frauen des obersten Jägers allein sprechen, und leise sagte sie zu ihr: »Wie lange ist es her, seit Schreit-laut bei euch gewesen ist? Wann ist er losgegangen, um nach der Frau von dem zu suchen, der tot ist?«

»Gestern ... nein, am Tag davor«, sagte die Frau.

»Und wie weit ist es bis zu dem Fischlager?«

Die Frau zuckte mit den Schultern. »Ich bin niemals dort gewesen«, sagte sie. »Aber wenn ich mich recht erinnere, dann hat ihre Tochter Daes gesagt, es seien drei oder vier Tagesreisen gewesen. Allerdings schwer beladen, mit Hunden und dem Kind.«

K'os nickte und sammelte eine Hand voll Wasserblasen ein. »Ich will gehen und sie füllen«, sagte sie. »Du weißt, dass ich einst in diesem Dorf gelebt habe. Du warst damals noch ein Mädchen, aber ich glaube, du erinnerst dich an mich. In jenen Tagen hat man dich Flügel genannt.«

Mit Misstrauen im Blick sah die Frau sie an, mit einer Vorsicht, die K'os verriet, dass sie Recht hatte und die Frau sich sehr wohl an sie erinnerte.

»Ich weiß, wo ihr die Blasen füllt. An der Stelle am Fluss, wo das Ufer seicht abfällt.«

Aber Flügel schüttelte den Kopf. »Nein«, sagte sie. »Der

Fluss hat seinen Lauf geändert. Jenes Stück Ufer wurde fortgespült. Setz du dich zu deinem Mann. Ich werde eines der Kinder nach Wasser schicken.«

K'os ließ sich hinter Robbe nieder, schloss die Augen und dachte an Schreit-laut. Sicherlich hatte die Angst um das Leben von Rotes Blatt seinen Schritt beschleunigt. Vielleicht war er morgen schon bei ihr, um sie davor zu warnen, dass Ghaden auf dem Weg in ihr Dorf war. Und dann würden sie sich auf den Weg machen, nach Norden oder nach Osten, irgendwohin, wo niemand sie finden konnte. K'os versteckte ein Lächeln unter ihrer Zunge. Umso besser, dachte sie. Sie wollte nicht, dass Rotes Blatt im Dorf war, wenn ihr Gift Wirkung zeigte. Diese Frau wusste zu viel über die Gaben von K'os. Es war möglich, dass sie herausbekam, was wirklich geschah, und K'os die Schuld gab.

Sei deiner Mutter ein guter Sohn, Schreit-laut, dachte K'os. Führe sie fort von diesem Dorf, so weit du es vermagst, und bringe sie nicht eher zurück, als bis ich meine Rache vollendet habe. Dann magst du sie herbringen. Da sie so schlau war, sich vor meinem Gift zu retten, möchte ich doch gerne sehen, ob sie auch schlau genug ist, sich vor Ghaden zu retten. Und wenn es ihr gelingt, dann ist sie womöglich auch dazu bereit, sich mit mir zusammenzutun, um Rache zu nehmen an dem Dorf von Chakliux, an Sok, ihrem Mann, der einst versuchte, sie zu töten, an Chakliux, der nichts tat, um sie zu retten. So süß waren die Gedanken von K'os, dass es sie dünkte, als wäre ihr Mund voll von dem reichen Geschmack von frischem Fett.

Schreit-laut versuchte, langsamer zu gehen, denn seine Schwester klagte sehr.

»Du gehst zu schnell, Bruder«, sagte sie und keuchte dabei. »Sieh doch, es ist beinahe Nacht. Wir müssen unser Lager aufschlagen.«

»Wie weit ist es noch?«, fragte er. Er blieb stehen und wartete auf sie.

»Noch weit«, sagte sie, doch sie sah ihn nicht an dabei, und er vermutete, dass sie log.

Er war ihr erst vor drei Tagen begegnet, und doch kannte er sie schon recht gut. Sie besaß viel Kraft für eine Frau und konnte sehr schnell ein gutes Lager bauen, doch ihrer Zunge durfte man nicht trauen. Sie sagte die Unwahrheit über die allerkleinsten Dinge. Zu Beginn hatte er gedacht, sie tue dies, um sich zu beschützen. Kehrte sie mit einem kleinen Arm voll Holz zurück, so sagte sie, es seien nur wenige Zweige zu finden, und wenn ihr das Fleisch verbrannte, so faselte sie etwas von einem Geist, der sie abgelenkt habe. Das Gleiche hatte Schreit-laut auch bei anderen Frauen schon erlebt.

Zu anderen Gelegenheiten aber erzählte Daes Geschichten, von denen er wusste, dass sie nicht stimmen konnten. Davon, welch große Tat sie vollbracht habe, um Cen das Leben zu retten, als sein *iqyax* sich im Fluss auf den Kopf gestellt habe, von der Wundermedizin, die sie für den obersten Jäger bereitet habe und mit der sein verwundeter Arm in nur einem Tag geheilt sei. Es waren törichte Geschichten, aber das Seltsame daran war, dass sie selbst zu glauben schien, was sie erzählte. Zu Anfang war Schreit-laut belustigt gewesen, doch als sie begonnen hatte, auch Geschichten über Menschen zu erzählen, die gestorben waren, da fing er an, sich vor den Geistern zu fürchten. Und so sagte er ihr, der Gram über den Tod seines Vaters sei aus seinem Herzen hinaufgestiegen bis in seine Ohren und er könne sie nicht verstehen.

Da war sie verstummt, und als sie sich schließlich in ihren Schlaffellen zusammengerollt hatte, da hatte Schreit-laut leise Schutzgesänge angestimmt und sein Amulett im Rauch des Lagerfeuers geschwenkt. Sogar ein paar Stücke getrocknetes Karibufleisch hatte er verbrannt, in der Hoffnung, sich zu schützen vor den Geistern, deren Zorn sie womöglich erregt hatte.

Und so hatte er keinen Zweifel, dass sie auch jetzt log und das Fischlager nahe war. Auch er war müde, aber es wäre viel besser, noch in dieser Nacht zu seiner Mutter zu gelangen. Dann könnten sie Pläne machen, ehe sie sich niederlegten, und wären am nächsten Morgen bereit zum Aufbruch. Schreit-laut hatte keine Ahnung, wohin er sie bringen sollte, und er nahm an, dass sie Daes wohl mit sich nehmen mussten. Und er würde seiner Mutter sagen müssen, dass Cen tot war. Er fragte sich, ob sie diesen Mann wirklich geliebt hatte oder ob sie nur seine Frau geworden war, damit er sie beschützte. Gewiss hätte sie einen besseren Mann finden können. Cen war ein guter Mensch gewesen, doch Rotes Blatt musste in ständiger Furcht gelebt haben, er könne eines Tages herausfinden, dass sie es gewesen war, die jene erste Daes getötet hatte.

Wieso hatte sie sich keinen Mann genommen, der nichts weiter war als Jäger, der das Vier-Flüsse-Dorf niemals verließ, um Handel zu treiben, der niemandem Rache schuldete für den Tod seiner Frau oder für den Anschlag auf seinen Sohn?

Andererseits hatte Rotes Blatt nie zu jenen gehört, die mit Weisheit vorausschauten.

»Du lügst«, sagte er zu Daes, und seine Worte waren barsch und laut.

Daes wich einen Schritt zurück, dann noch einen. »Nein«, sagte sie und füllte ihre Stimme mit Tränen. »Ich lüge nicht. Der Weg ist noch weit, und meine Trauer macht mich schwach. Ich muss rasten und schlafen und Gebete für den Geist meines Vaters singen.«

»Raste du, wenn du willst. Ich aber werde weitergehen, solange ich noch genug Licht habe, um den Weg zu sehen.«

Daes kauerte auf dem Pfad nieder. Das Bündel auf ihrem Rücken war beinahe ebenso groß wie sie selbst. Schreit-laut hatte ihr gesagt, sie solle genügend Kleidung und Essen mitnehmen, und anders als die meisten Männer, die mit einer Frau zogen, trug auch er ein Bündel auf seinem Rücken. Sie hatte darum gebeten, einen Hund mitzunehmen, doch er wollte sich nicht mit der Sorge belasten, das Tier zu füttern und ruhig zu halten. Verärgert schnippte er mit den Fingern in ihre Richtung und stapfte davon.

Schreit-laut wünschte, er hätte sie nicht mitgenommen. Wenn er gewusst hätte, dass man, kaum war man einen halben Tag entfernt vom Dorf, nur noch dem Flusslauf folgen musste, bis man an das Fischlager kam, dann hätte er sie zurückgeschickt. Doch er hatte es nicht gewusst, hatte nicht einmal daran gedacht, nach dem Weg zu fragen, und sie hatte es ihm auch nicht gesagt. Schreit-laut spürte, wie seine Brust sich mit einer neuen Zorneswoge füllte, und dann hörte er sie kommen. Beinahe hätte er sich umgedreht, beinahe hätte er sie allein in das Dorf zurückgeschickt. Doch auf den beiden anderen Wanderungen hatte sie zumindest einen Hund gehabt, um sich zu beschützen. Was, wenn die Wölfe kamen? Wollte er dem Kummer seiner Mutter auch noch den Verlust einer Tochter hinzufügen? Es war schon genug, dass sie Entlein zurückgelassen hatten.

Und so ging er nur schneller, ging weiter, als wäre sie nicht hinter ihm, und er drehte sich auch nicht um, sah nicht nach, ob sie mit ihm Schritt halten konnte.

Am späten Nachmittag jenes Tages hatte der Wind Kälte gebracht. Schneidend wehte er nun von Norden her, und jetzt, da die Sonne sich zwischen den Bäumen versteckte, die dunkel aufragten, wo Himmel und Erde sich berührten, fing es an zu schneien. Es war kein Schnee, der bleiben würde. Er war vermischt mit Regen, und auch das bisschen, das sich auf der

Nordseite von Grasbüscheln und unter Weidensträuchern sammelte, war bald wieder geschmolzen. Doch die Kälte fuhr bis in die Knochen von Schreit-laut, und er begann sich zu fragen, ob Daes nicht doch die Wahrheit gesagt hatte.

Der Fluss verzweigte sich, und Schreit-laut hielt an. Er sah sich nach einer Anhöhe um, nach einem Platz, wo sie für die Nacht ihr Lager aufschlagen konnten. Doch da stand Daes mit einem Mal neben ihm und sagte: »Folge der westlichen Abzweigung. Wir sind beinahe da. Nun ist es nur noch ein kurzes Stück.«

Er krümmte die Schultern gegen das Gewicht seines Bündels und hörte, wie seine Knochen unter den Riemen knackten. Er rief sich in Erinnerung, dass das Bündel seiner Schwester schwerer war als sein eigenes. Dann machte er sich wieder auf den Weg, den Kopf tief gesenkt gegen den eisigen Wind.

Gheli drückte die Milch aus ihrer prallen linken Brust heraus und spürte erleichtert, wie der Schmerz nachließ. Dann glitten ihre Finger hinüber, und sie quetschte die rechte Warze. Der dünne Strahl spritzte ins Feuer. Jeden Tag sagte sie sich, dass sie in das Dorf gehen und ihre Tochter zurückholen musste, doch dann sah sie wieder das Kind Ghaden vor sich, dachte an den Mann, der er geworden war, der sie überragte, groß und mächtig. Und, noch schlimmer, sie sah Cen an seiner Seite, Cen, der seinen Zorn herausschrie, weil er erkannte, dass die Frau, die er all die Jahre beschützt hatte, Daes getötet hatte, jene Geliebte, die er in seinen Träumen noch immer rief.

Es war schon dunkel, als sie die Stimmen vernahm. Die eine gehörte ihrer Tochter. Die andere kannte sie nicht. Gheli zog sich in ihren Unterstand zurück. Doch mit dem Kopf blieb sie nahe am Eingang und lauschte mit angehaltenem Atem. Wenigstens ein Mann. Cen? Hoffnung regte sich in ihrem Herzen, und in ihrem Kopf überschlugen sich die Gründe, wieso sie so lange in ihrem Fischlager geblieben war, wieso sie Daes gestattet hatte, Entlein ohne sie zurück ins Dorf zu bringen.

Mit einem Mal überkam sie der Zorn. Sie hatte Daes nicht erlaubt, ohne sie loszuziehen. Daes hatte das Kind gegen ihren Willen mitgenommen, sie war fortgegangen, obgleich Gheli ihr befohlen hatte zu bleiben. Sie hatte von Cen nichts zu befürchten. Daes war diejenige, auf die ihr Vater zornig sein sollte. Gheli trat vor ihren Unterstand, doch als die Stimmen näher kamen, wusste sie, dass es nicht Cen war, der sprach. Nein, es war ein anderer, und sie kannte die Stimme nicht. Sie nahm die wenigen Waffen, die sie besaß, von ihrem Platz an der Wand des Unterstandes, griff eine Hand voll getrockneten Fisch und kroch in der Dunkelheit davon. Was, wenn Daes Ghaden zu ihr geführt hatte?

Gheli schlüpfte in einen dichten Erlenbusch, der hinter ihrem Unterstand wuchs. Dort wartete sie still und regungslos, bis sie sah, wie Daes auf die Lichtung trat. Das Mädchen hob die Stimme und rief nach ihr. Dann wandte sie sich zu ihrem Begleiter um und sagte etwas zu ihm, das Gheli nicht hören konnte. Der junge Mann betrat das Lager, und als der Feuerschein sein Gesicht erhellte, schlug das Herz von Gheli wie rasend gegen ihre Rippen. Nicht Ghaden, Schreit-laut war es! Tränen schossen ihr in die Augen. Er sah Sok sehr ähnlich, war groß und hatte eine Nase wie ein Falke. Doch sein Gesicht war breit wie das ihre, und er hatte ihre Augen. Ihr Sohn. Ihr Sohn!

Gheli holte tief Luft und schob sich durch das Gebüsch hinaus.

»Daes!«, rief sie und streckte die Arme aus, als wäre sie froh, diese Tochter wiederzusehen, die ihr so viel Verdruss bereitet hatte.

Dann hob sie langsam den Blick und sah Schreit-laut an. Sie kniff die Augen zusammen, als wollte sie ein Rätsel lösen oder sich eine Geschichte ausdenken. Dann, als hätte sie ihn soeben erst erkannt, sagte sie mit leiser Stimme: »Schreit-laut?«

Regungslos stand er vor ihr und starrte sie an, und einen Augenblick lang dachte Gheli, sie habe sich geirrt. Sie schüttelte den Kopf, als wollte sie ihren Blick klar machen und ging auf ihn zu, sah ihm direkt in sein Gesicht.

»Mein Sohn«, sagte sie, und ihre Stimme war frei von Zweifel.

Er war ein Mann, doch er hatte sich nicht so sehr verändert, dass sie ihn nicht erkannt hätte. Hatte er sie hassen gelernt, in all den Jahren, die sie getrennt gewesen waren? Hatten Sok und die anderen im Dorf von Chakliux ihm so viele Male von ihren Taten erzählt, dass Schreit-laut beschlossen hatte, sie nicht länger als seine Mutter anzusehen?

Doch da breitete er die Arme aus, und sie ging zu ihm, legte ihren Kopf an seine Schulter und spürte seine feste Umarmung. Sie weinte, konnte nicht aufhören, und sie fühlte das Beben in der Brust ihres Sohnes und wusste, dass auch er weinte.

»Ich dachte, du seist tot, du und diese Schwester«, sagte Schreit-laut schließlich.

Gheli löste sich aus seiner Umarmung, doch sie hielt seine Mitte umfangen, als könnte er plötzlich wieder verschwinden, wenn sie ihn nicht festhielt, wie ein trügerischer Geist. Er lächelte. Es war ein verhaltenes Lächeln, und es erinnerte Gheli so sehr an Sok, dass sich ihr Herz zusammenkrampfte und sie kaum noch Luft bekam. Sie sah hinüber zu ihrer Tochter. Sie dachte, das Mädchen würde ihre Freude teilen, doch Daes hatte den Mund verzogen, die Winkel zeigten nach unten, und die Unterlippe war nach vorn geschoben.

»Verstehst du, dass er dein Bruder ist?«, fragte Gheli und streckte die Hand nach ihrer Tochter aus, aber Daes wich zurück.

»Ich verstehe vieles«, sagte sie ruhig. »Er hat mir alles erzählt.«

In den Augen von Daes stand Angst zu lesen, Angst und Anschuldigungen. Es war keine gute Zeit, um von all den

Dingen zu erfahren, die Gheli getan hatte, es war eine Zeit, in der Daes mit sich selbst nicht glücklich war, in der sie mit sehnsuchtsvollem Blick auf jene Jungen sah, die andere Mädchen zu ihren Frauen machten. Gheli verstand ihren Schmerz. Sie dachte oft zurück an jenes erste Jahr, als sie nicht mehr Kind, sondern Frau gewesen war, als kein Mann im Dorf sich etwas aus ihr zu machen schien. Dann aber war Sok gekommen, und alles hatte sich geändert.

Ihr Leben war voller Freude und Licht gewesen. Es war nicht mehr wichtig, dass ihr Gesicht breit war, dass sie mit schweren Schritten über die Erde stampfte, als wäre sie mehr Mann als Frau. Sie hatte mit Nadel und Ahle gearbeitet, bis ihre Finger bluteten, hatte gelernt, wunderschöne Parkas zu machen, und so hatte sie schließlich das Herz von Sok gewonnen. Wenigstens bis Schnee-im-Haar gekommen war und gedroht hatte, ihr Sok fortzunehmen.

Ich verstehe dich, Tochter, dachte Gheli, doch sie wusste ebenso, dass Daes ihr Mitgefühl zurückweisen würde. Und so setzte sie ein hartes Lächeln auf und sagte: »Dann verstehst du jetzt, wieso ich in diesem Fischlager warten musste. Du weißt, dass dein Vater Ghaden mit in unser Dorf bringen will.«

»Und du wolltest mich und meine Schwester hier behalten, wolltest versuchen, an diesem Ort einen Winter lang zu überleben, ohne gute Behausung, ohne genug zu essen!«

Daes schrie die Worte heraus, und Schreit-laut legte ihr die Hände auf die Schultern, um sie zu beruhigen. Sie stieß ihn fort und ging auf Gheli zu, bis sie ganz nahe vor ihr stand und ihr die Worte ins Gesicht brüllen konnte. »Du hättest uns sterben lassen wegen etwas, das du getan hast. Du hast es verdient zu sterben, nicht wir!«

»Was glaubst du, wieso ich euch nicht gefolgt bin?«, fragte Gheli.

»Weil du Angst davor hattest, Ghaden könnte schon im Dorf sein!«

»Ich hatte mich darauf vorbereitet, fortzugehen. Ich wollte

uns alle in ein anderes Dorf bringen. Ich weiß von einem Dorf, das nur wenige Tage von hier entfernt ist.«

»Du lügst! Du hattest überhaupt keinen Entschluss gefasst. Du warst wie ein Hase, der erstarrt, wenn er den Wolf sieht.«

Trotzig hob Gheli das Kinn. »Glaubst du, ich fürchte allein um mein Leben?«, fragte sie. »Was, wenn Cen in seinem Zorn nicht nur mich töten würde, sondern meine Tochter ebenso? Du bist voll und ganz Schwester von Schreit-laut, nicht Tochter von Cen, wie ich dir immer gesagt habe.«

Gheli dachte, Schreit-laut hätte Daes bereits davon erzählt, doch das Erstaunen in dem Gesicht ihrer Tochter verriet ihr, dass er es nicht getan hatte, dass Daes annahm, Schreit-laut sei ihr Halbbruder und sie teilten nur die Mutter.

»Das würde er nicht tun«, keuchte Daes. »Mein Vater ...« sie hielt inne, »Cen würde mir niemals wehtun.«

»Das glaube ich auch nicht«, sagte Gheli ehrlich, »aber allein die Möglichkeit, dass sein Zorn ihn dazu verleiten könnte, etwas Schreckliches zu tun, hat mich hier festgehalten. Du hast Recht. Ich bin wie ein Hase, den der Wolf in die Enge getrieben hat, aber dein Leben ist für mich wertvoller als mein eigenes.«

Die Augen von Daes füllten sich mit Tränen. Sie sank nieder und saß zusammengekrümmt da, die Arme um die Knie geschlungen. »Ich muss verstehen«, sagte sie leise. »Wir sind einen weiten Weg gekommen, mein Bruder und ich, und wir sind müde. Wir müssen essen, und dann kannst du mir sagen, warum du getan hast, was du getan hast. Und auch wir haben dir etwas zu sagen.«

Das Herz von Gheli machte einen Sprung.

»Entlein?«, keuchte sie.

»Entlein ist gesund und kräftig, sie ist in der Behausung von Langer Wolf, und seine Frau stillt sie.«

»Was ist es dann?«

Daes sah zu Schreit-laut hinauf und bedeckte ihre Augen.

Gheli schlug sich eine Hand vor den Mund und wandte ihrer Tochter und ihrem Sohn den Rücken zu.

»Cen«, sagte sie und fing an zu weinen.

36

DIE GESCHICHTE VON TOCHTER

Neun Tage warteten die Menschen im Vier-Flüsse-Dorf auf die Rückkehr von Gheli. Schließlich entschied der Schamane, dass die Feier ohne sie stattfinden würde. Vielleicht reichte die Trauerfeier, die die Ersten Menschen für Cen abgehalten hatten, aus, um ihn auf den Weg in die Geisterwelt zu bringen, aber wenn nicht, so hatte er gewiss den Weg zurück in dieses Dorf gefunden, und es war nicht gut, wenn man einem Geist gestattete, zu verweilen. Selbst der Geist eines guten Mannes mochte neidisch auf jene werden, die noch bei ihren Frauen lebten, sich an ihren Kindern freuten und gut aßen. Vielleicht hatten sie schon zu lange gewartet.

Und so nahm die Trauerfeier ihren Lauf, vier Tage lang nur Trommeln und Gesänge und Gebete. Als diese Zeit vorüber war, kam Ghaden zu K'os und sagte ihr, er wolle Uutuk mit zurück in das Dorf von Chakliux nehmen.

K'os saß an der Feuerstelle in der Behausung des obersten Jägers. Sie saß müßig da, ihre Hände waren leer, keine Näharbeit, kein Korb, der zu flechten war. Sie schenkte ihm ein Lächeln, doch Ghaden erwiderte es nicht. Wie er so dastand, die Schultern zurückgeworfen, das Kinn hochgereckt, erinnerte er sie an jene Tage, als er nur ein kleines Kind und sie selbst Besitzerin seiner Schwester gewesen war.

K'os war nicht erstaunt, dass er fortwollte. Sie hatte ihn den Morgen über beobachtet und gesehen, wie tief sein Kummer war. Das Vier-Flüsse-Dorf würde ihn immer an den Tod von

Cen erinnern. Doch K'os wusste, welche Fragen sie zu ihrem eigenen Nutzen stellen musste.

»Du würdest uns verlassen?«, fragte sie und machte ihre Stimme dünn und leise wie die eines Kindes. »Nun, da die Trauerfeiern vorüber sind, hat mein Mann mit seinem Handel begonnen. Wie kann ihm das ohne deine Hilfe gelingen? Du weißt, dass er die Flusssprache nicht spricht. Wie sollen wir den Winter überleben, wenn er kein Fleisch eintauschen kann? Du weißt, dass er nie Karibus gejagt hat.«

»Du weißt gut mit Worten umzugehen, K'os«, sagte Ghaden. Er hatte eine Augenbraue hochgezogen, als hätten ihre Worte ihn erheitert. »Ich werde noch ein paar Tage bleiben und Robbe bei seinen Geschäften helfen, für ihn übersetzen. Dann aber werde ich mit meiner Frau fortgehen. Vielleicht komme ich dann noch rechtzeitig, um mit Chakliux auf die Karibujagd zu gehen. Wenn ihr euch bis dahin entschlossen habt, in diesem Dorf zu bleiben, werde ich dir und Robbe die Hälfte von dem Fleisch bringen.«

Der Zorn von K'os machte ihre Stimme schrill. »Wenn wir uns entschlossen haben, in diesem Dorf zu bleiben?«, rief sie. »Welche Wahl bleibt uns denn? Du weißt, dass ich nicht in das Dorf von Chakliux gehen kann. Er würde mir im besten Falle erlauben, den Winter allein im Wald zu verbringen. Im schlimmsten Fall aber würde er mich töten. Glaubst du, Uutuk wird bei einem Mann bleiben, der sich so wenig um ihre Familie kümmert?«

»Hier bist du in Sicherheit«, sagte Ghaden. »Die Menschen werden euch nicht verhungern lassen. Im Frühjahr werden wir zurückkehren und euer Fischlager mit euch teilen, ehe ihr zu den Inseln der Ersten Menschen zurückkehrt. Wenn Robbe dann noch bleiben und im Sommer zu anderen Flussdörfern ziehen will, werde ich mit ihm gehen und für ihn sprechen.«

Die Gedanken von K'os wirbelten in ihrem Kopf durcheinander, und sie wusste nicht, was sie sagen sollte. Ghaden hatte Recht. Die Vier-Flüsse-Menschen würden sie nicht verhungern lassen, und wenn Ghaden zudem Fleisch für sie und Robbe brachte, wie konnten sie sich dann beklagen, dass er sich nicht um sie kümmere? Sie hob eine Hand und rieb sich die Stirn, als wollte sie die Gedanken zurück in gerade Bahnen lenken. Je älter sie wurde, desto langsamer kamen die Eingebungen zu ihr, als wäre ihr Verstand steif und krumm geworden wie ihre Hände. Sie wurde eine alte Frau, und ihre Hilflosigkeit machte sie zornig.

K'os versuchte, eine Eingebung zu fassen, die am Rande ihres Bewusstseins lockte. Endlich kam sie zu ihr, rund und ganz und glänzend. »Ich dachte, du wolltest auf Gheli warten und ihr deine Hilfe anbieten, nun, da sie deine Schwestern allein großziehen muss.«

Die Worte zeigten Wirkung. K'os wusste, dass Ghaden viel Zeit in der Behausung von Langer Wolf verbracht hatte, mit seiner kleinen Schwester. Er würde den Kindern von Uutuk ein guter Vater sein, und es hatte sie selbst erstaunt, wie froh sie darüber war. Wann hatte sie sich je etwas aus Säuglingen gemacht? Nicht, seit Chakliux sie so sehr betrogen hatte. Es war gut, dass Uutuk zu ihr gekommen war, als sie schon Kind gewesen war.

Auch jetzt, da Uutuk selbst einen Mann hatte, dachte K'os nur selten über Enkel nach. Aber Säuglinge wuchsen zu nützlichen Kindern heran, und aus Kindern wurden noch nützlichere Erwachsene. Eines Tages würden ihre Enkel sich um sie kümmern müssen, und dann wäre sie froh darum, dass diese Kinder einen Vater hatten, der sie lehrte, ein Leben voller Achtung zu führen.

»Ich kann nicht zu lange warten«, sagte er. »Ich will zur rechten Zeit in das Dorf von Chakliux zurückkehren, um Uutuk mit auf eine Karibujagd zu nehmen.«

»Dann geh mit den Vier-Flüsse-Jägern«, sagte K'os.

Ghaden schüttelte den Kopf. »Hier wäre mein Anteil kleiner, und ich brauche genug Fleisch für uns alle, vielleicht sogar für Gheli und Daes.«

K'os wusste, dass er Recht hatte. Er musste mit Chakliux jagen. Auch für sie wäre der Winter leichter, wenn Ghaden einen guten Anteil Karibufleisch für sie brachte. Natürlich konnte sie mit ihrer Medizin sich selbst und sogar Robbe durch den Winter bringen. Die Menschen waren immer bereit, etwas einzutauschen, um ein Mittel zu bekommen, das den Schmerz linderte oder Krankheit heilte.

»Dann lass mich meinem Mann bei seinem Handel helfen«, sagte K'os. »Du musst Gheli suchen. Wenn du ihr deine Hilfe erst angeboten hast, wirst du frei sein, um in das Dorf von Chakliux zu gehen und womöglich an seiner Jagd teilzunehmen.«

Sie stand auf und tat, als wären ihre Knie vom Sitzen steif. Sie streckte den Arm aus, als müsste sie ihr Gleichgewicht finden, und legte die Hand auf seinen Rücken. Sie wusste genau, wo sie drücken musste, damit er zusammenzuckte. Als die alte Messerwunde, die Rotes Blatt ihm einst zugefügt hatte, geheilt war, hatte sie den Schmerz in der Narbe eingeschlossen. K'os drückte zu, und Ghaden wich zurück.

Sie setzte ein besorgtes Gesicht auf und ließ die Luft dann durch die Zähne entweichen. »Die Wunde von dem Messer?«, fragte sie.

»Ja«, sagte er mit gepresster Stimme. »Wie du sehr wohl weißt, K'os.«

Sie ließ die Hand sinken und fasste ihn am Ärmel. »Was weißt du noch von jener Zeit?«, fragte sie. »Das frage ich mich schon seit langem.«

K'os erwartete keine Antwort von ihm, doch sie wollte ihm den Anschlag von Rotes Blatt wieder ins Gedächtnis rufen, wie schwach diese Erinnerung auch sein mochte.

Zu ihrem Erstaunen drehte er sich zu ihr um, sah ihr in die Augen und sagte: »Ich erinnere mich an alles, und ich erinnere mich gut. Meine Mutter, die über mir liegt, der Schmerz in der Wunde, die Rasseln aus Karibuhufen an den Stiefeln des Angreifers.«

»Erinnerst du dich auch an die Frau Rotes Blatt?«, fragte K'os, und sie wandte den Blick ab, als Ghaden ein Schutzzeichen gegen die Erwähnung dieses Namens machte.

»Ich erinnere mich an sie«, sagte er. Er straffte die Schultern, und es schien, als schaute er auf etwas, das weit hinter den Wänden der Behausung verborgen lag. Ohne ein weiteres Wort ging er hinaus. Ein Stoß kalte Luft wehte aus dem Eingangstunnel herein, als er die innere Türklappe schloss.

»Gut«, sagte K'os zu sich selbst, hielt das Wort unter der Zunge verborgen. »Erinnere dich gut, Ghaden. Erinnere dich gut.«

Später kam Uutuk zu K'os, und ihre Augen waren voller Tränen. »Mein Mann geht fort aus dem Dorf, und ein Sohn des obersten Jägers begleitet ihn. Sie wollen gehen, um der Frau von Cen zu berichten, dass ihr Mann tot ist. Und auch, um nach Schreit-laut zu suchen. Ghaden hat Angst, dass ihm etwas zugestoßen ist.«

K'os antwortete ihrer Tochter mit leiser Stimme, um sie zu trösten. »Warum sehe ich Tränen?«, fragte sie.

Uutuk sank auf die Knie, schlug die Hände vors Gesicht und fing an zu schluchzen.

»Schreit-laut ist fortgegangen und nicht zurückgekehrt. Was, wenn mit meinem Mann das Gleiche geschieht?«

»Ich kenne beide Männer, seit sie Kinder waren«, sagte K'os zu ihr. »Ghaden ist stark und klug, Schreit-laut jedoch ist voll der Klage. Selbst die kleinste Aufgabe erscheint ihm riesengroß. Ghaden wird in Sicherheit sein. Und Schreit-laut wahrscheinlich ebenso. Gewiss ist er nur bei Gheli geblieben, um ihre Trauer zu teilen. Du hast doch gehört, was Ghaden über seine Schwester Yaa gesagt hat, dass sie Schreit-laut noch immer keine Kinder gegeben hat. Vielleicht mag er die Tochter von Gheli, vielleicht will er nur viel mit ihr zusammen sein, vielleicht will er sie sogar als zweite Frau nehmen.

Nun, da ihr Vater tot ist, könnte er sie wohl bekommen, ohne einen hohen Brautpreis für sie zu geben.«

Während sie sprach, tat K'os, als wäre sie mit der Nadel und der Karibuhaut beschäftigt, die sie in Händen hielt, doch sie warf Uutuk verstohlene Blicke zu, und als das Mädchen aufgehört hatte zu weinen, sagte K'os: »Ich an deiner Stelle würde nicht mit ihm gehen wollen. Der einzige Grund, warum ein Mann seine Frau auf eine Reise wie diese mitnimmt, ist, dass er jemanden braucht, der seine Bündel schleppt und ihm das Essen macht.«

Am nächsten Morgen begleiteten K'os und Uutuk Ghaden und Vogelhand, den Sohn des obersten Jägers, bis zum Rand des Dorfes. Sie sahen ihnen nach, bis die Büsche, die den Pfad säumten, die Männer vor ihren Blicken verbargen. Dann kehrten sie zu Robbe zurück und halfen ihm bei seinen Geschäften. Doch während die Menschen zu ihnen kamen, war K'os in Gedanken, und als der Tag zu Ende ging, hatte sie den Mann erwählt, der als erster ihr Gift kosten sollte.

Sein Name war Schneehuhn, und er war alt. Beinahe jeder Atemzug, der pfeifend aus seiner Lunge entwich, wurde von einem Husten begleitet. K'os hatte bereits zwei Frauen aus dem Dorf darüber klagen hören, dass sie ihm noch zu essen geben mussten.

»Wieso sollen wir verschwenden, was wir haben?«, hatte eine gesagt. »Er kann nicht einmal mehr Fische fangen. Sein Husten vertreibt sie. Ganz gewiss wird er in diesem Winter sterben, und ebenso gut hätten wir alles, was er in diesem Jahr gegessen hat, in den Fluss werfen können.«

»Nicht einmal weise ist er, und er kann keine guten Geschichten erzählen«, hatte die andere gesagt. »Wenn er wenigstens das könnte, wäre er es wert, ernährt zu werden.«

»Der oberste Jäger hätte ihn schon letzten Winter dem Wind übergeben sollen. Es gibt zu viele weiche Herzen in diesem Dorf.«

Die Worte der Frauen hatten K'os zum Lächeln gebracht. Zwei Frauen, die dachten wie sie, und ein alter Mann, den niemand vermissen würde.

Als Robbe sich am Nachmittag zu einem Schläfchen niederlegte, um von seinen Geschäften auszuruhen, brachte K'os ihm Wasser und etwas zu essen. Als er sich hingelegt hatte, rieb sie seinen Kopf, bis er schnarchte. Dann holte sie ihren Medizinbeutel aus Otterhaut hervor und suchte nach dem Päckchen mit der viermal verknoteten roten Schnur, in dem sie das kostbare Gift der Waljäger verwahrte. Dieses Gift ging nur selten auf die Eingeweide und den Bauch, nein, es hielt den Atem an und verlangsamte den Schlag des Herzens. K'os tauchte einen langen Stock in das Päckchen und holte genug Pulver für eine kleine hölzerne Schale heraus. Dann schüttete sie den Inhalt der Schale in eine Wasserblase und band die Blase zusammen mit dem Medizinbeutel unter ihren Parka.

Schneehuhn lebte mit einer Tochter zusammen, doch sie war eine Frau mit geschwätzigem Mund und neugierigen Augen, und sie war beinahe den ganzen Tag damit beschäftigt, ihre Nase in die Behausungen anderer Leute zu stecken. K'os musste nicht lange warten, bis sie die Frau aus der Behausung von Schneehuhn kommen sah. K'os schlenderte gemächlich vorbei und rieb sich die Augen, als wäre sie nur draußen, um dem brennenden Rauch der Feuerstelle zu entkommen. Sie machte ihre Runde durch das Dorf, die Behausung von Schneehuhn fest im Blick. Zweimal ging sie daran vorbei, und beim dritten Mal trat sie näher und kratzte an der Abdeckung. Als niemand ihr Antwort gab, trat sie ein.

K'os berührte den Medizinbeutel zwischen ihren Brüsten. Sie hatte Afterkreuzkraut für einen Sud vorbereitet, falls jemand bei Schneehuhn war, doch sie hatte Glück. Der alte Mann saß allein an der Feuerstelle. Schaukelnd und hustend saß er da, den Rücken zum Eingang, und streckte die Hände aus, um die Wärme einzufangen, die von den Kohlen aufstieg.

K'os rief ihn beim Namen, als sie eintrat, doch er hörte sie erst, als sie direkt neben ihm stand. Erschrocken fuhr er hoch und lachte dann über seine eigene Dummheit. Doch das Lachen brachte neuen Husten, und bald schon würgte er in dem verzweifelten Verlangen nach Luft. K'os kniete neben ihm nieder. Sie drehte ihn um, damit der Rauch und das Feuer ihm nicht so leicht in Mund und Nase geraten konnten.

Als der Anfall vorüber war, nahm K'os eine Blase von einem Haken und hielt sie, während er trank, damit seine zitternden Hände nichts verschütteten.

»Ich bin K'os«, sagte sie.

Er nickte, und als er wieder sprechen konnte, fügte er hinzu: »Ich erinnere mich an dich und deinen jungen Mann.«

Schneehuhn hielt sich eine Hand an die Kehle, und K'os wusste, dass er sich auch an die Messerwunde erinnerte, an der Flusseistänzer gestorben war.

»Ich habe ihn nicht getötet«, sagte sie.

»Es wäre auch dumm von dir gewesen, ihn zu töten«, sagte er und bekam einen neuen Hustenanfall.

K'os rieb seinen Rücken, bis sie spürte, dass der alte Mann sich wieder beruhigte. Das Husten hörte auf.

»Deine Tochter hat mich gebeten, dir Medizin zu bringen«, erklärte sie und versteckte ein Lächeln über das Erstaunen und die Freude in seinen Augen.

»Meine Tochter?«

Mit erhobener Hand gebot K'os ihm Einhalt.

»Ia«, sagte sie und zog ihre eigene Wasserblase hervor. »Ich brauche eine Schale.«

Schneehuhn deutete auf einen Stapel Holzschalen und Rührstöcke in der Nähe der Feuerstelle. K'os schüttelte die Blase, nahm eine Schale und goss ein. Schneehuhn griff mit übertriebenem Eifer danach, doch K'os ließ nicht los. Er würde alles verschütten, ehe er die Schale an seine Lippen heben konnte.

»Du wirst müde werden«, erklärte sie. »Trinke nun, und dann werde ich dir auf dein Lager helfen.«

Er zeigte mit dem Kopf auf einen Stapel Schlafmatten, die ausgebreitet auf dem Boden lagen. Er machte den Mund auf und wollte etwas sagen, doch K'os legte sanft einen Finger auf seine Lippen und drückte die Schale gegen seine Zähne. Er trank.

»Mehr?«, fragte Schneehuhn, als die Schale leer war, obgleich sein Gesicht K'os verriet, dass das Getränk bitter sein musste.

»Vielleicht werde ich dir morgen mehr davon bringen«, sagte sie. »Doch zuerst müssen wir sehen, ob es dir hilft.«

Sie zog ihn auf die Füße, und er stützte sich schwer auf sie, als sie zu seiner Schlafstatt hinüberschlurften. Schneehuhn setzte sich auf die Schlafmatten und hustete sehr lange, schließlich aber war er still. K'os half ihm, sich niederzulegen, und deckte ihn zu. Sanft streichelte sie über sein Gesicht, und er schloss die Augen. Dann zog sie sich zurück. Sie sah sich in der Behausung um, wo sie gesessen hatte, wo sie gegangen war, denn sie wollte sicher sein, dass sie nichts zurückließ. Sie hätte gerne zugesehen, hätte gerne beobachtet, ob das Gift, das sie ihm gegeben hatte, ausreichte, um ihm den Tod zu bringen, doch sie kroch zurück in den Eingangstunnel. Vorsichtig öffnete sie die äußere Türklappe und spähte hinaus. Sie wartete, bis niemand zu sehen war, und stahl sich davon.

K'os ging zu einem nahe gelegenen Dickicht und schnitt einige Weidenzweige, obgleich die kraftlose Herbstrinde beinahe zu nichts zu gebrauchen war. Als sie, das Bündel gelbgrauer Zweige in der rechten und die Blase mit dem Giftwasser in der linken Hand, in die Behausung des obersten Jägers zurückkehrte, schlief Robbe noch. K'os verbarg die Blase unter einem Stapel ihrer Sachen und ging wieder hinaus. Dort setzte sie sich in die kalte Herbstsonne. Sie zog sich die Kapuze ihres Parkas behaglich über die Ohren und machte sich daran, die nutzlose Weide zu schneiden, füllte sie mit großem Getue in kleine Päckchen aus Robbenhaut. Jene, die vorübergingen, schauten zu und lächelten, und K'os sah die Zufriedenheit in ihren Gesichtern. Es war immer gut, wenn einer im Dorf war, der die heilende Kraft der Pflanzen kannte. Selbst die Gesänge des Schamanen wirkten dann besser.

DIE GESCHICHTE VON GHELI

Gheli hielt eine lange Trauer ein. Sie dauerte acht Tage, zweimal so viel, wie der Brauch es verlangte, obgleich sie als Frau von Cen noch einen ganzen Mond lang für sich weitertrauern würde. Mehr Zeit konnte sie nicht fordern. Eine von ihnen – Daes oder sie selbst – musste einen Mann finden, und wenn irgend möglich, alle beide. Sie wollte nicht, dass Schreit-laut sich um sie Sorgen machte. Er musste zurück zu seiner Frau gehen.

Doch Gheli weinte nicht allein um Cen. Sie weinte auch um Entlein, weil die törichte Daes sie mit zurück in das Dorf genommen hatte, in dem Glauben, Gheli würde ihr folgen. Nun verstand Daes, wieso Gheli ihr nicht nachgehen konnte, und auf irgendeine Weise hatte dieses Verständnis den Zorn des Mädchens besänftigt.

Du hättest ihr schon vor langer Zeit alles erklären sollen, sagte Gheli zu sich. Daes wusste immer, dass du etwas verbirgst. Wieso sonst ist sie so eine gute Lügnerin geworden, sogar was kleine, törichte Dinge angeht?

Gheli seufzte und half Daes dabei, ein Bündel aus Karibuhaut zu schnüren. Sie hatten keine Hunde, und so machte Schreit-laut eine lange, schmale Trage, die sie und Daes abwechselnd ziehen konnten. Cen hatte ihr einmal erzählt, vom Vier-Flüsse-Dorf aus seien es zwölf Tage, um in das nächste Dorf zu gelangen. Außer Cen kannte Gheli keinen, der je dort gewesen wäre, doch ihr Mann hatte erzählt, dort lebe ein guter Stamm, großherzig und voller Gelächter. Diese Menschen lebten so weit entfernt von anderen Dörfern, dass sie ihre jungen Männer nicht im Kämpfen, sondern allein im Jagen unterwiesen. Ein guter Ort, um zu leben, und wenn es nach Cen ging, musste sie nur den Flüssen folgen, um dorthin zu gelangen.

Nacht für Nacht, die sie in ihrer Trauer verbrachte, gelobte sich Gheli, Schreit-laut am nächsten Morgen darum zu bitten, in das Dorf zurückzukehren und den Menschen zu sagen, dass sie und Daes tot seien, von den Wölfen gefressen. Sie wollte ihm Kleider geben, zerfetzt und voll Blut. Doch wenn er sie erst verlassen hatte, würde sie ihn dann jemals wiedersehen?

Gheli hatte sich niemals eingestanden, wie sehr sie ihren Sohn vermisste. In vielen Dingen erinnerte er sie an Sok, und auch ein wenig an ihren Vater, der nun so viele Jahre tot war. Doch Schreit-laut war stiller als die zwei, besaß die Gabe, zu sitzen und zu schweigen, mit einem Stückchen Holz in der Hand, das er schnitzte, bis nichts mehr geblieben war.

Er sprach nicht oft von Yaa, und obgleich sie nun seit Jahren zusammen waren, hatte sie ihm keine Kinder geschenkt. Wer hätte jemals gedacht, dass Yaa – die schon so gut mit Kindern umgehen konnte, als sie selbst noch Kind gewesen war – keine eigenen haben konnte? Als sie Mädchen war, musste Yaa viel zu schnell erwachsen werden, musste hart für die Schwesterfrau ihrer Mutter arbeiten, für eine Frau, die stets mürrisch war und ihr Leben lang den Zorn unter ihrer Zunge trug. Zumindest hatte Yaa einen Mann für sich gefunden, doch Gheli fragte sich, ob sie auch klug genug war, ihn zu halten. Wenn Schreit-laut von ihr sprach, dann klang er traurig, als gelänge es ihm nie, sie zu erfreuen.

Gheli verknotete eine *babiche*-Schnur. Bis auf den Fisch hatten sie nicht viel, das sie mit sich nehmen konnten. Sie wünschte, sie könnte zurückschleichen in das Vier-Flüsse-Dorf und aus ihrem Lager und der Behausung holen, was sie brauchten.

Sie kniete vor ihrem Unterstand, als sie merkte, dass ihr

Sohn hinter ihr stand. Er hockte sich neben sie, die Knie geöffnet, beugte sich vor und sah ihr ins Gesicht.

»Ich habe über etwas nachgedacht«, sagte er.

Gheli klopfte das Herz bis zum Halse, und die Worte purzelten aus ihrem Mund. »Vielleicht wirst du eines Sommers, ehe ich sterbe, dieses neue Dorf besuchen. Dann wird deine Schwester einen Mann haben, und dann ist es wichtig, dass ihre Kinder ihren Onkel kennen lernen. Womöglich würde auch Entlein gerne mit dir gehen. Bis dahin ist sie groß und kann dir helfen, deine Bündel zu tragen, und Essen für dich kochen.«

Sie sah das Mitleid in seinen Augen, die Traurigkeit. Er lächelte sie an. »Ja, halte Ausschau nach mir. Eines Sommers werde ich kommen, und vielleicht werde ich Entlein mitbringen. Du weißt, wenn ich nicht bald in das Vier-Flüsse-Dorf zurückkehre, dann wird Ghaden sich auf die Suche nach mir machen. Heute ist ein guter Tag, um zu reisen.«

Ihre Tränen überraschten sie. Sie hatte diesen Sohn vor langer Zeit verlassen, in dem Glauben, ihn niemals wiederzusehen. Einmal hatte Cen von ihm gesprochen, hatte die Geschichte einer guten Jagd erzählt, die er und Schreit-laut und Ghaden unternommen hatten, als er in ihrem Dorf zu Gast war. Nach dieser Geschichte hatte Gheli ihre Behausung verlassen. Sie hatte gesagt, sie müsse Holz holen, doch sie war hinausgegangen, um ihre Tränen zu verbergen. Wenigstens wusste sie so, dass Schreit-laut am Leben war, dass er ein Mann geworden war. Und nun würde sie ihn aufs Neue verlieren, und da sie den tiefen Schmerz dieses Kummers schon kannte, würde dieser zweite Verlust noch schlimmer sein.

Ihre Kehle war wie zugeschnürt, und sie konnte nicht sprechen, doch Schreit-laut schien auch so zu verstehen. Er streichelte ihre Hand und sagte: »Ich denke, wir sollten den Menschen sagen, dass du tot bist. Wir können Daes fragen, ob sie mit mir zurückgehen oder mit dir in jenes neue Dorf wandern will.«

Gheli nickte, und schließlich fand sie ihre Stimme wieder. »Du kannst sagen, die Wölfe hätten uns getötet. Wir können ein paar Kleider von uns in Fetzen reißen. Die Frauen im Dorf werden meine Arbeit erkennen und wissen, dass du einen meiner Parkas bei dir trägst.«

Schreit-laut erhob sich, und Gheli sagte: »Ich werde dir zu essen holen.« Dann brach ihre Stimme.

»Mutter, warum weinst du?« Er zog sie auf die Füße und wischte mit einer Fingerspitze ihre Tränen fort. »Wie lange braucht ein Mann, um zum Vier-Flüsse-Dorf zu gelangen? Zwei Tage, nicht mehr. Ich werde einen Tag bleiben und dann zurückkehren. Fünf Tage, dann bin ich zurück.«

Er lachte über das Erstaunen auf ihrem Gesicht. »Denkst du, ich lasse dich allein in dieses fremde Dorf ziehen? Yaa kann auch noch ein bisschen länger auf mich warten, und mein Vater wird sein Karibufleisch teilen. Ich werde Ghaden bitten, ihnen zu sagen, dass ich entschieden habe, allein zu jagen, und dass ich zu ihnen zurückkehren werde, ehe der Winter kommt. Geh du und hole Daes und frage sie, was sie tun will.«

»Sie wird mit mir gehen«, sagte Gheli.

»Sie ist eine erwachsene Frau. Sie wird tun, was sie tun will.«

»Ich werde mit ihr gehen«, sagte Daes, und Gheli drehte sich um. Das Mädchen stand direkt hinter ihnen. »Aber was wird aus meiner kleinen Schwester?«

»Ihr könnt sie nicht mit euch nehmen«, sagte Schreit-laut. »Wie sollte ich die Menschen glauben machen, dass ihr tot seid, wenn ich eure Tochter mit mir nehme, um zu trauern?«

»Die Frau von Langer Wolf soll sie behalten«, entschied Gheli. »Sie ist ihren Söhnen eine gute Mutter. Sie braucht eine Tochter, die ihr bei all der Arbeit hilft, die Söhne einer Mutter bereiten.«

Ihre Stimme war fest, doch in ihren Augen brannten Tränen. Ihr Leben lang hatte sie ihre Kinder aufgeben müssen, und all das verdankte sie einem Mann, der sie vor langer Zeit verstoßen hatte. Was war sie dumm gewesen, damals als junge Frau, zu töten, um zu bekommen, was sie wollte. Beinahe alles hatte sie verloren. Und welche Hoffnung würde sie haben, wenn sie einst alte Frau war und die Geisterwelt nahe? Ganz gewiss warteten Tsaani und jene erste Daes dort auf sie, und Flusseistänzer ebenso. Eines Tages wären auch Sok und Ghaden und K'os in jener Welt der Toten, und alle würden sie Vergeltung fordern. Selbst Cen.

Sie seufzte und hoffte, der Seufzer würde ihr Herz wieder an seinen Platz heben. Was brachte es schon ein, sich über die Toten den Kopf zu zerbrechen, fragte sie sich. Sie konnte nicht ändern, was sie getan hatte. Sie wollte leben, so gut sie es vermochte, und versuchen, sich an den kleinen Dingen zu erfreuen. Welche andere Wahl blieb ihr sonst?

DIE GESCHICHTE VON GHADEN

Ghaden blieb stehen. Er lockerte die Trageriemen seines Bündels und streckte die Schultern. Zwei Tage und einen halben war er schnell gegangen, Vogelhand stets auf der Spur. Der Mann schien zu wissen, wohin sie gingen, und doch hatten sie zweimal kehrtgemacht. Schließlich kamen sie an die Stelle, wo der Fluss sich teilte.

Vogelhand zeigte auf die linke Abzweigung, dann drehte er sich um und machte sich wieder auf den Weg in das Vier-Flüsse-Dorf. Ghaden sah ihm nach, den Mund vor Erstaunen weit geöffnet.

»Deine Schwester Daes hasst mich«, rief Vogelhand über seine Schulter zurück, nur diese Worte, nichts weiter, als würde das zur Erklärung genügen. »Du bist beinahe da. Vielleicht noch ein halber Tag. Vielleicht ein ganzer.« Dann war er fort, verschluckt von den Weiden, die dicht an dicht am Ufer wuchsen.

Ghaden fragte sich, ob er ihm nachlaufen sollte, doch dann sah er im Geiste das Gesicht seiner Schwester vor sich. Was würde er Yaa erzählen? Dass er es müde geworden war, zu wandern, und beschlossen hatte, die Suche nach ihrem Mann einfach aufzugeben?

Er machte sich wieder auf den Weg, kämpfte sich durch das Buschwerk auf dem zugewucherten Tierpfad. Dabei verfluchte er Vogelhand und Schreit-laut und all jene kleinen Zweige, die sein Bündel und seinen Parka festzuhalten versuchten. Seine Füße taten weh und auch sein Rücken, und schließlich gelobte er sich, dass er auf der nächsten Lichtung, auf irgendeinem Flecken, der etwas höher lag, sein Lager für die Nacht aufschlagen würde.

Das Weidendickicht wurde dünner und von zerzausten Birken abgelöst, und die Grasbüschel zu seinen Füßen wurden so zahlreich, dass sie eine Matte bildeten, die ihm das Gehen etwas leichter machte. Der Fluss teilte sich um eine kleine, vom Wasser überspülte Insel, und direkt dahinter konnte Ghaden eine breite, flache Lichtung ausmachen. Der Himmel war dunkel geworden und hatte sich rotblau gefärbt. Ghaden konnte schon die hellsten Sterne funkeln sehen. Er löste den Brustriemen, schwang das Bündel von seinem Rücken und hängte es über eine Schulter. Ein Mann konnte nie wissen. Möglich, dass des Abends Tiere zu solch einer Lichtung kamen, um aus dem Fluss zu trinken. Ghaden musste darauf gefasst sein, das Bündel fallen zu lassen und ein Messer oder seinen Speer herauszuziehen.

Er roch Rauch und blieb stehen, um sich zu vergewissern. Lauschte einen Augenblick und hörte Stimmen. Schreit-laut!

Ghaden rief einen Gruß und lief lachend auf die Lichtung zu. Dort war er, Schreit-laut, gerade lud er sich ein Bündel auf den Rücken, als wollte er sich auf den Weg machen.

»Bruder!«, rief Ghaden.

Doch Schreit-laut hieß ihn nicht willkommen. Er setzte sein Bündel wieder ab und blieb stehen, wo er war. Dann erblickte Ghaden die Frauen an seiner Seite. Eine war jung, ohne Zweifel seine Schwester Daes.

Er hatte sie sich anders vorgestellt, klein und lieblich. Doch sie war eine große Frau mit breiten Schultern und Hüften und mit einem harten Gesicht. Sie blickte Ghaden finster an, und einen Augenblick lang war er verwirrt. Sie sah irgendwie vertraut aus, als hätte er sie schon einmal gesehen. Er sah wieder zu Schreit-laut hinüber. Sie waren sich so ähnlich wie Bruder und Schwester, denn ihre Augen und Münder und Nasen waren beinahe gleich.

Hinter Schreit-laut kauerte eine ältere Frau, ohne Zweifel die Frau seines Vaters. Es sah aus, als wollte sie sich verstecken.

Ghaden blieb starr und unbehaglich stehen und wartete darauf, dass Schreit-laut das Wort ergriff. Schließlich aber sagte er: »Ihr brecht auf?«

Schreit-laut sah hinunter auf sein Bündel, als wäre er erstaunt, es neben sich im Gras liegen zu sehen. Dann zwang er ein Lächeln auf sein Gesicht und deutete mit der offenen Hand auf das Mädchen neben sich.

»Deine Schwester Daes«, sagte er zu Ghaden. »Ich bin sicher, dein Vater hat dir von ihr erzählt.«

»Ja«, gab Ghaden zur Antwort. Ihre Augen waren rot geschwollen, und er wusste, dass sie geweint hatte. »Du teilst meine Trauer«, sagte er zu ihr.

Sie bedeckte ihr Gesicht mit einer Hand, als könnte sie seinen Anblick nicht ertragen.

»Ich habe Geschenke gebracht, für dich und deine Mutter«, sagte er.

Die Frau hinter Schreit-laut hob den Kopf, und zum ersten Mal vermochte Ghaden, ihr Gesicht zu sehen. Die Luft wich aus seinen Lungen, als hätte einer ihm die Faust in den Magen gerammt. Er keuchte und tastete nach seinem Messer.

»Diese hier hat mein Vater zur Frau genommen?«, schrie er. Es war, als rissen die Worte das Fleisch in seiner Kehle auf und als nähmen sie alle Kraft mit sich, die in seinem Körper war. »Und diese Schwester, ist sie das Kind, das Rotes Blatt einst mit sich nahm? Tochter von Sok?«

»Das ist sie«, sagte Schreit-laut leise. »Und so ist sie meine Schwester.«

»Aber wie konnte mein Vater ...« Die Stimme von Ghaden brach. »Wie konnte er ihr den Namen meiner Mutter geben?«

»Er hat es nicht gewusst«, sagte Schreit-laut. Er sprach langsam, wie zu einem, der sehr jung war oder sehr alt. »Als meine Mutter in das Vier-Flüsse-Dorf gekommen ist, hat sie ihren Namen geändert. Wie sollte ein Händler sich an eine einzelne Frau erinnern, bei all den Dörfern, die er besuchte? Er wusste nicht, dass sie Rotes Blatt ist, dass sie die ist, die Daes getötet hat. Nur K'os hat es gewusst, und sie hat es mir erst gesagt, als dein Vater starb.«

»K'os hat es gewusst.« Die Worte von Ghaden waren bitter.

»Einst, für kurze Zeit, da lebte K'os im Vier-Flüsse-Dorf. Das war, nachdem Chakliux sie aus unserem Karibulager vertrieben hatte. Sicher erinnerst du dich.«

»Ja, ich erinnere mich.«

»Damals hat sie versucht, mich zu töten«, sagte Rotes Blatt.

Der Klang ihrer Stimme überraschte Ghaden. Sie war leise und zittrig, voller Angst. Dann stolperten die Worte aus ihrem Mund, als hätte Rotes Blatt sie all die Jahre, die sie bei Cen gelebt hatte, für Ghaden aufbewahrt. »K'os hat versucht, mich zu vergiften. Sie wollte Cen für sich, doch er wollte sie nicht zu seiner Frau, nicht einmal als zweite Frau. Sie sagte, wenn ich ihr Gift nicht schlucke, dann würde sie Cen die Wahrheit sagen. Dann würde er mich töten und meine kleine Tochter ebenso.«

»So ein Mann war mein Vater nicht«, widersprach Ghaden. »K'os wusste das. Ich sage nicht, dass er dich verschont hätte, aber er hätte niemals ein Kind getötet.«

Seine Worte schienen Rotes Blatt Mut zu verleihen, und sie wagte sich hinter Schreit-laut hervor. »Und du, bist du wie dein Vater?«, fragte sie. »Dir steht Vergeltung zu für den Tod deiner Mutter, aber wird deine Vergeltung auch meine Töchter treffen?«

Schreit-laut zog sein Messer aus der Scheide, die er um den Hals trug. Daes sank in die Knie und stieß einen Klageschrei aus.

»Deine Töchter sind sicher«, rief Ghaden laut, um das Klagelied von Daes zu übertönen. Mit der Spitze seiner Klinge deutete er auf Daes. »Diese hier trägt den Namen meiner Mutter, und so trägt sie auch einen Teil ihres Geistes. Wie sollte ich sie töten? Der Säugling ist meine Blutsschwester. Ich würde niemals meinen Vater beleidigen, indem ich ihr etwas antue.«

»Wenn du meine Mutter tötest«, sagte Schreit-laut, »was soll mich dann daran hindern, meinerseits Vergeltung für ihren Tod zu fordern? Und was wird dann aus Yaa? Wenn du stirbst, wird sie sich dann an mir rächen, an ihrem eigenen Mann? Und wenn ich sterbe, wird sie sich an dir rächen?«

Plötzlich verstummte Daes. Sie sprang auf die Füße und rannte zwischen die beiden Männer. Ghaden wollte sie am Arm packen, doch sie wich ihm aus.

»Ich werde sprechen«, sagte sie, »und ihr werdet zuhören.«

»Lass sie sprechen«, forderte Schreit-laut.

»Ihr seid beide meine Brüder. Schreit-laut, deine Frau ist Yaa, Schwester von Ghaden. Und so seid auch ihr Brüder. Im Vier-Flüsse-Dorf gibt es einen Säugling. Ihr beide seid Brüder dieses Mädchens. Vergeltung wird mehr zerstören als nur Gheli oder euch beide.

Mein Vater ist tot. Was wird mit mir geschehen, wenn auch meine Brüder sterben? Ghaden, bist du bereit, deine Vergeltung aufzugeben für deine Schwester Yaa oder für mich oder für Entlein?«

»Wenn wir von Vergeltung sprechen«, ergriff Schreit-laut

das Wort, »so bedenke ebenso, dass auch ich K'os Rache schulde für das, was sie meiner Mutter antat.« Er sah Ghaden in die Augen. »Vielleicht wirst du um deiner Frau willen die Dinge so lassen, wie sie sind. Keiner wird getötet.« Er deutete mit dem Kinn auf das Messer von Ghaden. »Steck dein Messer weg, und wir werden jetzt gehen – meine Mutter, Daes und ich. Ich werde sie in ein anderes Dorf bringen, und du kannst K'os erzählen, dass sie tot sind, von Wölfen gefressen. Wenn ich von meiner Wanderung zurückkehre, werde ich das Gleiche tun. Einverstanden?«

»Nicht für Rotes Blatt«, sagte Ghaden. Er hielt inne, dann fügte er leise hinzu: »Aber für Uutuk. Und für meine Schwestern Daes und Entlein und Yaa.«

Ghaden ließ sein Bündel auf die Erde gleiten. Und ganz langsam, Stückchen für Stückchen, tat er es Schreit-laut gleich und schob das Messer zurück in die Scheide.

37

Herendeen-Bucht, Alaska
602 v. Chr.

Oftmals sprach Yikaas mit geschlossenen Augen, doch jetzt beobachtete er die Menschen, und er sah, dass sie sich rührten und seufzten und Arme und Beine streckten.

Das Geschichtenerzählen hatte lange genug gedauert. Nun war es Zeit für andere Dinge. Er beendete seine Geschichte und wartete, bis Qumalix die letzten Worte übersetzt hatte.

Gemurmel erhob sich, höfliche, leise, müde Worte des Dankes. Während die Menschen sich davonmachten, zuerst die Männer und dann die Frauen und Kinder, blieb Yikaas, wo er war. Er half Kuy'aa auf die Beine. Sie schob ihren Arm durch den seinen, und er brachte sie hinüber zu dem Schlafplatz, den sie für sich erkoren hatte.

»Eine alte Frau kann nicht mehr so viele Geschichten erzählen, wie sie es früher tat, ohne dass ihre Zunge müde wird«, sagte sie und zog die Nase kraus, als wäre sie ein Kind, das den Geschmack dessen, was es aß, nicht mochte.

»Und manche Geschichtenerzähler dürfen sich glücklich schätzen«, erwiderte Yikaas. »Sie werden niemals alt, wie viele Jahre sie auch leben mögen.«

Sie lachte und tätschelte seinen Arm, als hätte er einen Scherz gemacht. Dann zog er die Grasmatte beiseite. Er half Kuy'aa auf ihr Lager und deckte sie mit einem Robbenfell zu. Sie schloss die Augen, und schon bald ging ihr Atem wie der einer Frau, die schlief. Yikaas ließ den Vorhang fallen, und dann hörte er sie sagen: »Mache dich bereit für morgen

Abend. Ich möchte, dass du die Geschichte von Cen erzählst.«

»Ich werde bereit sein, Tante«, sagte er. Yikaas drehte sich um und sah, dass Qumalix auf ihn gewartet hatte.

»Schläft sie?«, fragte das Mädchen.

»Beinahe.«

»Bist du sehr müde?«

»Ich könnte Schlaf gebrauchen.«

»Hast du noch Zeit, ein wenig zu reden? Ich möchte dich etwas fragen.«

»Frage«, sagte Yikaas.

Doch sie schüttelte den Kopf und deutete auf den Kletterstamm. »Draußen, wo wir den Himmel sehen können.«

»Es regnet.«

»Nein.«

Er folgte ihr hinaus und stellte voll Erstaunen fest, dass sie Recht hatte. Es hatte aufgehört zu regnen, und die Sterne hatten sich ihren Weg durch die Wolken gebahnt. Qumalix ließ sich auf dem Dach des *ulax* nieder, und Yikaas tat es ihr gleich. Er versuchte, sich zu setzen, wie die Ersten Menschen es taten, damit sein Gesäß nicht nass wurde, doch obwohl es auf den Fersen ruhte, spürte er, wie die feuchte Kälte von dem Grasdach durch seine Karibuhosen kroch.

»Frage«, sagte er noch einmal.

Seine Müdigkeit machte ihn gereizt. Die Ersten Menschen wussten nicht viel von Bequemlichkeit, dachte er, und er fragte sich, wie sie so lange auf ihren Fersen hocken konnten. Seine Knöchel taten ihm jetzt schon weh.

Qumalix sah ihn nicht an, als sie anfing zu sprechen. Sie schickte ihre Worte hinaus über das Dorf, und sie waren so leise, dass er sich nahe zu ihr beugen musste, um sie zu verstehen.

»Himmelfänger sagt, du hast eine Frau in dem Dorf, aus dem du kommst. Eine Flussfrau. Er sagt, du hast um diese zwei Schwestern angehalten ...«

»Nein!«, rief Yikaas so laut, dass sie zusammenfuhr. Er legte eine Hand auf ihren Arm und wiederholte leise: »Nein, ich habe keine Frau, und diese zwei Schwestern will ich nicht.« Er dachte, sie würde noch etwas sagen, doch Qumalix schwieg. Schließlich fügte er hinzu: »Manchmal sind Männer dumm. Wir nehmen, was wir nicht wollen, weil wir glauben, wir können nicht haben, was wir wollen.«

Qumalix war ganz still, und als sie sprach, waren ihre Worte nicht mehr als ein Flüstern. »Es könnte schwer sein, Frau eines solchen Mannes zu sein.«

Ihre Worte beschämten ihn, und er wurde zornig. »Solch ein Mann wäre seiner Frau ein guter Mann. Er hätte seine Fehler bereits hinter sich.«

Sie erhob sich, und auch Yikaas stand auf. Er schwankte ein wenig, denn er hatte einen Krampf in seinen Waden.

»Wie kannst du so sitzen?«, fragte er.

Sie lachte, doch sie gab keine Antwort. »Was ist also mit Cen geschehen, während Ghaden und Schreit-laut ihre Schwierigkeiten gelöst haben?«

»Weißt du das denn nicht?«

»Jeder erzählt diese Geschichte ein wenig anders. Ich würde deine Weise gerne kennen lernen. Wirst du morgen wieder Geschichten erzählen?«

»Kuy'aa sagt, ich werde morgen erzählen.«

»Von Cen?«

»Wenn du möchtest.«

»Das möchte ich«, sagte sie.

Dann ging sie wieder zurück in das *ulax*. Yikaas aber blieb noch eine Weile auf dem Dach. Er kniete sich auf das nasse Gras und blickte hinauf zum Himmel. Er fragte sich, was genau sie damit gemeint hatte, als sie von Männern sprach und von den Frauen, die sie nahmen. *Aaa!* Manch einer hätte wohl alle Hände voll zu tun, wenn er diese Frau zu seiner Frau machte. Yikaas lachte und versuchte, sich Himmelfänger und Qumalix als Mann und Frau vorzustellen, die Stimme von Qumalix schrill und hoch, wenn sie ihn wegen diesem und jenem anschrie. Doch es war seltsam, der Gedanke daran machte ihn zornig, und so begann er stattdessen, den Sternen seine Geschichte von Cen zuzuflüstern. Es war eine gute Art, das zu üben, was er morgen erzählen würde, wenn das Dorf sich versammelte, um ihm zu lauschen.

Yikaas achtete nicht auf die Nässe und setzte sich ins Gras. Während er sprach, schien es, als würden die Sterne wachsen, als würden sie näher kommen, als wollten sie seiner Geschichte lauschen. Die vertrauten Worte gaben ihm Mut. Er streckte sein Gesicht zum Himmel und hob die Stimme. Und er sah nicht, dass Qumalix oben auf dem Kletterstamm kauerte. Das Kinn in eine Hand gestützt und die Augen ebenfalls zum Himmel gerichtet, saß sie da und lauschte der Geschichte von Cen.

Beringmeer
6435 v. Chr.

DIE GESCHICHTE VON CEN

Von Tag zu Tag ging die Schwellung an den Augen etwas zurück, und Tag für Tag vermochte Cen ein wenig mehr zu sehen. Schließlich wurde sogar das Rauschen leiser, das in seinen Ohren tobte, und wenn er laut schrie, vermochte er seine eigene Stimme zu vernehmen. Einmal dachte er sogar, er könne Möwen schreien hören.

Zuerst hatte Cen Angst gehabt. Jede Welle, die sein Boot schaukelte, jede Woge, die es hochhob, schickte den Atem keuchend durch seine Kehle und hob seinen Magen vor Übelkeit. Was wollte das Meer denn noch von ihm haben? Sein *iqyax,* seinen *sax,* seine Wasserblasen? Den fauligen Fisch? Womöglich begehrte es jene Laschen, die einst Paddel und

Harpunen gehalten hatten. Im Bug lag noch immer ein kleines, triefend nasses Bündel mit Tauschgütern, das seinen Beinen den Platz streitig machte. Wenn das Meer diese Dinge haben wollte, dann würde er sie allesamt von Herzen gerne hergeben. Wenn es ihn aber aus dem *iqyax* werfen wollte, dann bat er das Meer nur um eines. Es möge schnell sein und keine Spiele mit ihm spielen. Cen hatte schon so vielen Geschichtenerzählern gelauscht, die von Jägern gesprochen hatten, die viele Tage lang in den kalten Tiefen gelebt hatten, ohne Luft zum Atmen, ohne *sax,* der sie wärmte.

Seine Gebete wurden die Gebete eines alten Mannes. »Es möge schnell geschehen. Es möge schnell geschehen.«

Doch mit dem Augenlicht kehrte auch sein Mut zurück. Zuerst konnte sein rechtes Auge nur Licht erkennen, und dann auch Umrisse. Er hatte so manchen Ältesten davon sprechen hören, dass er nun auf diese Weise sah. Als wäre der Nebel irgendwie in seine Augen gedrungen und hätte die Sicht trübe gemacht. Und Cen kam es so vor, als wäre sogar die Sonne alt geworden, weiß gebleicht wie das Auge eines alten Mannes. Doch von Tag zu Tag wurde sein Sehvermögen besser, und schließlich konnte auch sein linkes Auge wieder sehen, wenn auch durch einen Schleier aus braunrotem Licht, durch etwas, das sich sammelte und floss wie ein seltsames Meer, das in seinem Auge wohnte.

Die Augen taten ihm weh; der Schmerz stach von den Brauen bis in den Nacken. Doch was war schon der Schmerz, wenn jeder Tag ihn näher an das Ziel brachte, wieder sehen zu können? Cen versuchte, nicht daran zu denken, dass jeder neue Tag ebenso bedeutete, noch weniger Wasser, noch weniger zu essen zu haben.

Er vermochte nur für kurze Zeit zu paddeln. Dann zwang ihn das verzweifelte Verlangen nach Luft, aufzuhören. Seine Schläge waren schwach, sein Paddel aus Zedernholz zu schwer für ihn. Diese Hilflosigkeit machte ihn zornig.

Von Zeit zu Zeit erhob er Sterbegesänge, um sein Leben zu

ehren, doch sein Gesang war trotzig, wie der eines Kriegers, der sich auf den Kampf vorbereitet. Das Meer war beinahe immer ruhig, und so hatte Cen gegen niemanden zu kämpfen als gegen sich selbst. Und wie kann ein Mann solch einen Feind schon bekämpfen? Richtet er das Messer gegen sein eigenes Fleisch?

Oft holte Cen Gheli in seine Träume, Gheli, seine Töchter, seinen Sohn Ghaden. Dann rief er sich in Erinnerung, dass er Händler war, und wer kannte das Meer besser als ein Händler? Das Meer war nicht einfach Wasser in einer Schüssel, das in seinem Becken von Ufer zu Ufer schwappte. Es bestand vielmehr aus Flüssen und Seen, die zusammengeworfen waren, Strömungen, die wirkten und entgegenwirkten. Wenn er nur weiterpaddelte, würde er gewiss einen Meerfluss finden, der ihn an Land geleitete, eine Strömung, die ihn aus der Tiefe an ein Ufer brachte, wo er frisches Wasser finden konnte.

Zu Beginn hatte er die Tage gezählt, doch als seine Wasservorräte erschöpft waren, hatte er es aufgegeben. Das Wissen, dass er bald schon nichts mehr zu trinken haben würde, barg zu viel Entmutigung. Wo war der Regen? Noch niemals zuvor hatte Cen erlebt, dass der Himmel so lange Zeit nicht weinte. Erfreute er sich mit trockenen Augen an seiner Verzweiflung?

An dem Abend, als er seinen letzten Schluck Wasser trank, fiel Cen in einen leichten Schlaf. Er träumte von einem Fest und von seiner Frau, die ihm von ferne eine Wasserblase reichte. Doch er konnte sie nicht fassen. Er wurde zornig. Wieso kam sie nicht näher?

Dann ging ein Ruck durch das *iqyax,* und Cen erwachte. Es war Nacht, und die Sterne versteckten sich hinter einem Vorhang aus Wolken. Zuerst war Cen nicht klar, was ihn aus seinen Träumen gerissen hatte, doch dann spürte er es wieder, eine plötzliche Bewegung, als würde einer sein *iqyax* von hinten anstoßen und es durchs Wasser schieben.

Cen tauchte seine Hand in das Wasser. Er hielt sogar den Atem an, um nichts anderes mehr zu fühlen als das Meer. Ja, es war eine Strömung, und sie floss in eine andere Richtung als die, in die er gefahren war. Floss diese Strömung zum Land hin, oder sollte er paddeln, um sich von ihr zu befreien? Hatte sein *iqyax* sich gedreht, während er schlief? Er brauchte die Sterne!

Am besten, er blieb in der Strömung, beschloss er. Es wäre viel schwerer, sie wiederzufinden, als sich daraus zu befreien. Cen blieb die ganze Nacht lang wach. Voll Ungeduld wartete er darauf, dass die Dunkelheit verging, voll Angst, er könne die Strömung jeden Augenblick wieder verlieren.

Grau zog das Licht der Dämmerung herauf. Nebel und Wolken waren so dicht, dass Cen nicht weiter sehen konnte als bis zu der Spitze seines *iqyax*. Er stöhnte verzweifelt auf und rief mit rauer Kehle Flüche und böse Worte.

Doch seiner Geringschätzung zum Trotz begannen sich die Wolken gegen Mittag zu lichten. Cen merkte, dass auch sein linkes Auge viel klarer geworden war, dass das Rotbraune nur noch die halbe Sicht bedeckte, als hielte ihm einer die Hand vor den Augenwinkel.

Ringsum konnte er nichts sehen als das Meer, doch die Strömung trieb ihn nach Norden und Osten. Obgleich seine Kehle ausgedörrt war und sich nach Wasser sehnte und seine Zunge so geschwollen, dass Cen nicht einmal mehr singen konnte, stillte die Hoffnung seinen Durst.

Als es Nacht wurde, meinte er, im Osten etwas Dunkles zu erkennen, etwas, das mehr war als jener Streifen, der das Meer vom Himmel trennte. Er schlief sehr unruhig, und die Sehnsucht nach dem Morgen weckte ihn oft auf. Bei Tagesanbruch lagen aufs Neue die Wolken auf dem Meer, doch die Sonne hatte sich nahe an die Erde geschoben, und ihre Wärme verbrannte den Dunst, bis Cen den klaren Himmel sehen konnte, so warm wie im Mittsommer und blau von einem Ende des Meeres bis zum anderen.

Er kniff die Augen zusammen, legte eine Hand darüber und hielt Ausschau, bis er wusste, dass er Land sah. Da schrie er seine Freude hinaus, und die trockene Haut seiner Kehle riss auf, und er schmeckte sein Blut.

Cen paddelte den ganzen Tag hindurch, paddelte weit über seine Kräfte hinaus. Es war ein träger Meerfluss, in den er geraten war. Als es wieder Nacht wurde, konnte Cen nur bestimmen, dass das Land näher gekommen war, weil er kleine Schnitte in seinen Daumen geritzt hatte, um die Höhe des Stückchens Erde gegen das ferne Ende des Himmels zu messen.

Cen hatte noch ein paar getrocknete Fische, doch das Meer hatte sie weich gemacht, und sie stanken.

Er paddelte weiter, die Nacht hindurch, doch die Anstrengung machte ihn schwindelig. Schließlich blieb ihm nichts anderes übrig als zu essen, wenigstens ein kleines bisschen. Er würgte einen Fisch hinunter. Das weiche Fleisch war schleimig und ranzig. Cen bekam Bauchschmerzen, doch der Schwindel verschwand. Er paddelte weiter, da drehte sich ihm der Magen um.

Cen machte das Paddel fest und lehnte sich zurück, doch die Übelkeit wurde schlimmer und schlimmer, bis er schließlich alles, was er gegessen hatte, wieder ausspie, würgend und hustend, bis nichts mehr kam als gelbe Galle. Als die Krämpfe endlich aufhörten, ließ Cen sich so tief wie möglich in sein *iqyax* gleiten und lag ganz ruhig da. Das Wasser schaukelte ihn, und schließlich konnte er einschlafen.

Als er wieder erwachte, war es noch immer Nacht. Der Himmel im Osten war dunkel und das Wasser schwarz. Er hatte geträumt, die Welle habe ihn wieder gefangen genommen. Sie hatte ihn gegen die Verkleidung des *iqyax* geschleudert und stechende Schmerzen unter seine Rippen geschickt. Der Traum war so wirklich, dass Cen den Kopf schütteln musste, um ihn zu vertreiben. Doch der Schmerz kam zurück. Es waren die gleichen Krämpfe wie in seinem Traum, und sie bewegten sich in Wellen von seinem Magen zu seinen Eingeweiden.

Cen stöhnte. Der Fisch hatte ihn vergiftet. Er öffnete seinen wasserdichten Überwurf und schob den *Sax* und den *chigdax* hinauf über seine Mitte, sodass er vom Gesäß bis hinunter zu den Stiefeln nackt war. Er löste eine der leeren Wasserblasen, schnitt die Öffnung ab und ging in die Hocke. Er hielt die Blase unter das Gesäß und ließ dem Inhalt seiner Gedärme freien Lauf. Der Schmerz hielt ihn gepackt, zog sich durch seinen gesamten Unterleib. Er zog und zerrte an ihm, als würden Hunde sich um die armseligen Brocken in seinen Eingeweiden balgen. Bis weit in den Morgen hinein leerte sich sein Körper, bis Cen sich fühlte, als wäre er völlig hohl, als wäre nichts in ihm als die Luft, die er atmete. Doch der Schmerz war auf ein erträgliches Maß geschrumpft.

Als Cen sicher war, dass die Krämpfe vorüber waren, säuberte er sich mit Meerwasser, warf die Blase weit hinaus, fort von seinem *iqyax,* und rückte seine Kleidung wieder zurecht. Sein Durst wohnte nicht mehr nur in Mund und Kehle. Er hatte sich ausgebreitet bis in die Fingerspitzen, bis in die Zehen, und Cen fühlte sich dünn und zerbrechlich, als würde er bei der kleinsten Berührung auseinander brechen. Doch schließlich konnte er schlafen, und seine Träume waren erfüllt von Seen mit süßem Wasser und klaren, rauschenden Flüssen.

Cen wurde vom Regen geweckt. Stetig und kalt fiel er auf ihn nieder, und Cen wusste, dass es genug für eine Wasserblase wäre, wenn er nur etwas hätte, um den Regen darin aufzufangen. Er machte den Mund weit auf und wandte das Gesicht dem Himmel zu, ließ das Wasser seine Zunge benetzen, seine Kehle füllen. Dann zog er seinen *chigdax* aus, machte in beide Ärmel vorn am Handgelenk einen Knoten und hielt sie wie Behälter auf, um den Regen darin zu sammeln. Die beiden Ärmel waren schon gut ein Viertel voll, als sich der Niederschlag in feinen Sprühregen verwandelte. Cen drückte einen Ärmel oberhalb des Knotens zusammen, löste ihn und steckte den

Aufschlag in den engen Hals seiner Wasserblase. Dann hob er den *chigdax* hoch, und das Wasser lief in den Behälter. Mit dem zweiten Ärmel machte Cen es ebenso.

Er verschloss die Blase und wrang das Wasser aus seinen Haaren in die hohle Hand. Er trank, was er ergattern konnte, saugte sogar die Federn an seinem *Sax* aus. Er schöpfte eine Hand voll Wasser vom Boden seines *iqyax* und trank auch davon. Doch es war salzig und schmeckte nach verdorbenem Fisch und seinem eigenen Unrat. Aus Angst, dieses Wasser könne ihn aufs Neue krank machen, schöpfte er es aus dem Boot.

Die Anstrengungen, die die Vergiftung mit sich gebracht hatte, hatten Cen sehr geschwächt, doch er war zufrieden mit sich, weil es ihm gelungen war, das Wasser auf so schlaue Weise einzufangen. Sein *sax* war nass und der Wind kalt, und sein Zittern wurde zu heftigem Schütteln. Plötzlich bekam er wieder Angst. Die Kälte vermochte ihn schneller zu töten als der Durst. Cen zog den *chigdax* über den *sax* und war erleichtert, denn der *chigdax* hielt den Wind ab, und das bisschen Wärme, das in seinem Körper war, machte selbst den nassen *sax* warm. Cen zog seine Arme aus den Ärmeln nach innen und kreuzte sie vor der Brust. Die Schmerzen in seinen Rippen ließen ihn zusammenzucken. Er sah hinauf zum Himmel, hoffte, eine Wolkenlücke zu sehen, und schickte einen langen Gesang hinauf, der um die Wärme der Sonne bat.

Der Regen zog nach Norden, und im Süden und Westen gaben die Wolken klaren Himmel frei, doch es war beinahe wieder Nacht, und so wusste Cen, dass er nicht die Wärme der Sonne, sondern die Kälte der Sterne zu erwarten hatte, wenn der Himmel aufklarte. Er blickte nach Osten, und dort sah er mehr als nur die Dunkelheit am Ende eines Tages. Selbst mit seinen schlechten Augen vermochte Cen die schroffen Berge zu erkennen, die in einiger Entfernung vom Ufer lagen. Er ließ ein Stück *babicbe* ins Wasser hinunter und sah zu, wie es hinter seinem *iqyax* hertrieb. Die Strömung war viel schneller geworden, wahrscheinlich mehr als nur ein Fluss, der im Meer wohnte, und noch dazu trieb ihn nun auch die Macht der Wellen in Richtung Land.

Ein neuer Krampf nahm von ihm Besitz, und Cen lehnte sich mit der Kraft all seiner Muskeln dagegen auf, doch dann wurde ihm klar, dass es nur seine eigene Anspannung war, die Anspannung eines Mannes, der unbekanntes Ufer betrachtet, ohne starkes Paddel, verletzt und mit schwachem Augenlicht. Welche Aussichten hatte er schon, dass die Wellen ihn in eine ruhige Bucht brachten? Er hatte einen Fluss gefunden, doch dieser Fluss würde an Land strömen mit derselben Macht, die alle Flüsse in sich trugen. Und es war beinahe gewiss, dass er das Land bei Nacht erreichen würde. Schliefe die Flut dann, oder wäre sie wach?

Wäre sein Paddel stärker gewesen, so hätte er sich bis zum Morgen vor dem Ufer halten können. Doch Cen wusste, dass er mit dem armseligen Paddel und beinahe ohne Kraft nichts ausrichten konnte. Er stöhnte, und eine Stimme kam in seinen Kopf, etwas Altes aus lange vergangenen Zeiten.

»Du beklagst dich also wieder einmal?«

Die Stimme seines Vaters? Nein, stärker.

»Ich brauche ein gutes Paddel«, antwortete Cen laut.

»Sorgst du dich um dein Paddel?«

»Aber ja. Sieh es dir an. Es ist nichts weiter als ein Ast, ein Stück Treibholz.«

»Die Sorge ist nichts als eine Klage in anderem Gewand. Sieh doch all die guten Dinge, die du hast. Du hast Wasser gebraucht, und es hat geregnet. Du musstest sehen, und deine Augen haben ihr Licht zurückbekommen.«

»Aber meine Ohren ...«

»Du musstest hören, und du kannst mich hören.«

Cen wurde zornig und fing an zu schreien. »Du sprichst mit meinem Geist. Das ist kein Hören! Wenn ich hören könnte, wüsste ich, wie die Strömung auf den Strand trifft, wie die Wellen sich brechen.«

Seine Kehle wurde so rau, dass seine Worte nichts mehr waren als die stumme Bewegung seiner Lippen, und er konnte die Stimme nicht mehr hören. Während der Nacht türmten sich die Wolken im Osten, und sie tauchten Land und Meer in vollkommene Dunkelheit. Cen saß da, strengte Augen und Ohren an, jeden Augenblick auf den Druck gefasst, wenn die Wellen sich am Ufer brachen.

Als das erste Morgengrauen die Ränder des Himmels erhellte, merkte Cen, dass die Strömung langsamer geworden war. Er sah Seevögel, die ihre Kreise zogen, doch das Ufer war noch immer ein gutes Stück entfernt.

Cen schickte ein Dankesgebet, eines, das er als Kind gelernt hatte. Obgleich ihm die einfachen Worte zu schwach erschienen für einen Mann, fielen ihm doch keine anderen ein.

Das Meer wurde unruhig, und das *iqyax* tanzte auf den Wellen. Cen band sein Paddel los und versuchte, den Bug in den Wellen zu halten, damit sein Boot sich nicht seitwärts drehte.

Das Ufer kam näher, und er glitt über ein Feld aus Algen. Cen gelang es, die Richtung zu halten, indem er sich an den Algen festhielt und vorwärtszog, bis er die nächsten Stränge packen konnte. Auf diese Weise umschiffte er eine Klippe, die weit ins Wasser hineinragte.

Hände und Finger wurden taub und tauber, bis es Cen kaum noch gelang, nach den Algen zu greifen und sie wieder loszulassen, wenn es an der Zeit war, sich nach den nächsten zu strecken. Einst hatte er Jäger so nahe am Ufer ertrinken sehen. Er war fast noch ein Junge gewesen, als er mit einer Gruppe Jäger Jagd auf Seehunde gemacht hatte. Eine Strömung hatte sie alle auf felsigen Grund getrieben, und bei mehreren *iqyan* war die Verkleidung aufgeschlitzt worden. Einem der Männer war es gelungen, sich auf den Bug des *iqyax* seines Jagdgefährten zu retten, doch die anderen, drei an der Zahl, hatten sich an ihre eigenen Boote geklammert. Die *iqyan* waren voll gelaufen und gesunken. Das Meer war so kalt gewesen, dass die Männer Muskelkrämpfe bekommen hatten. Ihre Arme und Beine waren starr geworden, und sie hatten sich nicht mehr über Wasser halten können.

In dem Versuch, den Mann zu retten, der am nächsten bei ihm war, hatte auch Cen sein *iqyax* über die Felsen gelenkt und dabei auch seine Verkleidung aufgeschlitzt, doch der schlimmste Schnitt hatte über dem Wasser gelegen. Cen war es nicht gelungen, zu dem Jäger zu gelangen, ehe der Mann unterging, und als Cen endlich das rettende Ufer erreicht hatte, war auch sein *iqyax* voll Wasser gelaufen.

Jetzt zwang Cen seine Hände dazu, den Schaft des Paddels aus Zedernholz zu umklammern. Schmerz tobte in jedem einzelnen Finger und schickte stechende Botschaften seinen Arm hinauf.

»Sei dankbar«, hörte er die Stimme sagen, und Cen knirschte zornig mit den Zähnen.

Er hob die gequälten Hände, stieß das Paddel ins Wasser und versuchte, mit seinem Willen die Algen zu bezwingen, damit sie sich nicht um das breite, ungelenke Blatt kümmerten, doch die Algen wanden sich um das Paddel und hielten es fest umwickelt.

Cen zog und zerrte, doch die Wellen kamen den Algen zu Hilfe und trieben sein *iqyax* auf eine Felsengruppe zu, die aus dem Wasser ragte. Cen zerrte fester an dem Paddel, und ihm war, als würden seine Rippen sich aus seinem Innern lösen. Er schrie und zog das Paddel empor, drehte es und hörte, wie das Holz brach, hörte es nicht mit den Ohren, sondern mit den Knochen seiner Hände. Dann verschluckten die Algen das Blatt, und er hielt nichts mehr als den Schaft in Händen.

»Sei dankbar«, flüsterte die Stimme.

Der Schrei von Cen bedurfte keiner Worte, und er hieb mit dem Schaft auf das Meer ein. Wieder und wieder stieß er das abgebrochene Ende ins Wasser und schrie, bis sich die Haut in seiner Kehle löste, bis er keine Luft mehr bekam, weil das Blut seinen Mund füllte.

Cen verstummte. Erschöpft wiegte er die Überreste seines Paddels in den Armen, hustete Blut und weinte.

Doch schließlich, als seine Kehle aufhörte zu bluten und er wieder Luft holen konnte, da flüsterte Cen: »Ich bin dankbar.«

Er legte den Schaft über den Bug. Mit zitternden Händen, die Finger wie Steine, gelang es ihm, das Paddel mit einer Harpunenleine festzubinden, damit er es zurückholen konnte, wenn die Wellen es ihm fortnehmen wollten.

Cen erhob die Hände zum Himmel und rief: »Ich bin dankbar!«

Wäre der Schaft nicht gewesen, so wäre es Cen niemals gelungen, sein *iqyax* sicher an Land zu bringen. Überall unter der Oberfläche lauerten Felsen, versteckten sich, bis Cen beinahe schon auf sie aufgelaufen war. Dann stieß er sich mit dem Schaft ab, schob sich fort, ehe der Felsen durch die dünne Verkleidung dringen konnte. Einmal rammte er mit dem Kiel die Kante eines Riffs, die dem Meer zugewandt war, doch sein *iqyax* war gut gebaut, und obwohl der Kiel für einen Augenblick feststeckte, kam er wieder frei, als Cen sich abstieß.

Er folgte dem Riff, bis es sich öffnete. Der Spalt war sehr eng, beinahe schmaler als sein *iqyax,* und es herrschte eine starke Strömung zwischen den beiden Seiten des Riffs. Doch Cen gelang es, sein Boot gut zu lenken, und die Strömung trug ihn hindurch. Sobald er das Riff hinter sich gelassen hatte, befand er sich in einem Becken mit tiefem, ruhigem Wasser. Cen legte den Schaft wieder über den Bug und nahm das Ufer in Augenschein.

Er war dem Strand nun so nahe, dass beinahe alle Gefahr überwunden schien. Selbst wenn sein *iqyax* jetzt auf den Felsen zerschellte, würde Cen sich wohl retten können. Die Klippen hatten einem Kieselstrand Platz gemacht, gesäumt von großen Hügeln aus grauem und goldenem Sand, die aussahen, als hätte einer mit den Fingern die Farben vermengt. Doch das

Land erhob sich steil, die Anhöhe war beinahe mannshoch – kein leichter Ort, um sein *iqyax* an Land zu tragen, ganz besonders für einen, der so schwach und erschöpft war wie Cen.

Er fuhr am Strand entlang, bis dieser sich weitete, die Dünen zurückwichen und das Land flach wurde. Cen hatte nicht gemerkt, wie groß seine Angst gewesen war, bis diese Angst nun von ihm wich, ihn leer und müde zurückließ. Vielleicht hatte allein diese Angst ihn angetrieben. Er verspürte nur noch den Wunsch zu schlafen.

Doch Cen zwang sich, das Ufer in Augenschein zu nehmen, seine Gedanken auf die Gefahren zu lenken, die ihm dort begegnen würden, Bedrohungen, die anders waren als jene auf dem Meer.

Er hatte beinahe keine Waffen, nur die Messer, die der Sturm ihm gelassen hatte, und seinen abgebrochenen Zedernschaft, sonst nichts. Was würden diese Dinge ihm gegen Wolf oder Bär schon helfen? Und außer seinem *iqyax* war ihm nichts geblieben, um es einzutauschen. Es brauchte eine neue Verkleidung, doch der Rahmen schien noch immer stark zu sein.

Cen beobachtete das Ufer, an dem er vorüberfuhr, und sah die Mündung eines kleinen Flusses. Er verzog das Gesicht. Wahrscheinlich hatte der Auslauf des Flusses sich einen Pfad durch das Riff gebahnt, und Cen wollte keinesfalls in eine Strömung geraten, die ihn womöglich zurück aufs Meer trug. Es war an der Zeit, sein *iqyax* an Land zu bringen.

Furcht packte ihn, wanderte mit kalten Fingern seine Kehle hinab und schlich hinunter, um sein Herz zu umklammern.

Dummkopf, schalt er sich. Genau dies hast du dir gewünscht, seit die Welle dich genommen hat. Und hier bist du nun, an einem guten Strand, an einer Stelle, wo du dein *iqyax* leicht an Land bringen kannst, und nun hast du mit einem Mal Angst!

Er verlagerte Beine und Knie, senkte den Schaft auf der Meerseite ins Wasser und lenkte sein *iqyax* in Richtung

Strand. Die Wellen ergriffen ihn und trugen ihn schnell auf das Ufer zu, und Cen wünschte, er könnte dagegenpaddeln, um ein wenig zu bremsen.

»Das ist gar nichts«, sagte er laut zu seinem *iqyax,* um dem Boot Mut zu machen.

Er hatte Recht, das Land unter dem *iqyax* stieg langsam an, und als die Wellen ihn schließlich ans Ufer trugen, gab es nur einen kleinen Stoß, das Schaben von Kies an der Verkleidung, und dann lagen sie still.

Cen erhob die Stimme zu einem Dankesruf. »Sei dankbar!«, rief er. »Sei dankbar!«

Er schob den Schaft unter die gekreuzte Paddelhalterung auf dem Bug und legte seine Hände zu beiden Seiten auf den Rahmen. Cen pflegte mit gespreizten Beinen aus seinem *iqyax* zu springen, mit einem Satz, doch diesmal wollten seine Beine ihn nicht tragen, und als seine Füße zu beiden Seiten des Bootes aufkamen, fand er sich unbequem im Rahmen sitzend wieder. Cen fing an zu lachen. Er rollte sich von seinem *iqyax* hinunter und ließ sich auf den nassen Sand fallen. Eine Welle kam heran und schwappte ihm über die Brust in den Mund. Er stützte sich auf die Arme und versuchte, wieder aufzustehen, doch seine Beine hatten keine Kraft, und er vermochte nur zu kriechen. Er schob eine Hand in die Paddelschlinge, und es gelang ihm, das Boot mit sich die Anhöhe hinaufzuzerren, fort von dem Griff der Wellen. Dann brach Cen zusammen. Schwer atmend lag er da, und der Boden unter ihm schwankte und hob und senkte sich, als hielte das Meer ihn noch immer gefangen.

38

Cen trank aus dem Fluss, bis sein Durst gelöscht war, und mit Hilfe einer geschwind errichteten Reuse aus Weidengestrüpp und Treibholz gelang es ihm, ein paar Fische zu fangen. Er wusste nicht, an welchen Strand das Meer ihn gespült hatte, doch als die Flut sich legte, erinnerten ihn der Sand und die Schlickfelder, die sich jenseits des Ufers erstreckten, an eine Landschaft in der Nähe des Dorfes der Walrossjäger.

Drei Tage ruhte er. Mit dem, was das Meer ihm gelassen hatte, setzte er seine Waffen und seine Kleidung in Stand, so gut er es vermochte. Dann fühlte er sich kräftig genug, um sich auf den Weg in das Dorf der Walrossjäger zu machen, und auch sein Gehör und das Augenlicht waren gut genug. Er wanderte am Strand entlang, ging immer an der Flutmarke, das *iqyax* auf dem Rücken, den gebogenen Bug hoch über seinem Kopf. Cen hatte erwogen, die Verkleidung zu entfernen, denn sie war faulig und undicht, doch dann beschloss er, sie zu behalten. Sie konnte ihm nachts Schutz gewähren vor Wind und Regen, und so nahm er das zusätzliche Gewicht auf sich, machte öfter Halt und unterbrach seine Wanderung abends früher, um Rast für die Nacht zu machen.

Nach zwei Tagen gelangte Cen an einen großen Fluss, und er gluckste vor Freude, als er ihn sah. Er befand sich weniger als einen Tag weit entfernt von dem Walrossdorf. Die Gedanken an warme Behausungen und frisches Fleisch, an Feuerstellen und weiche Schlaffelle wärmten ihn inmitten des grauen Nebels.

Bei Sonnenuntergang erreichte er das Dorf. Er hörte das Gebell der Hunde, sah den hellen Rauch der Feuerstellen, der in den dunklen Himmel aufstieg.

»Ich bin dankbar«, murmelte er leise, und er setzte seine Füße fester auf den Boden und verstärkte auch den Griff, mit dem er sein *iqyax* trug.

Cen dachte, die Kinder würden gelaufen kommen, um ihn zu begrüßen. Denn anders als das Flussvolk machten die Walrossmenschen keine Jagd auf Karibus, und so sollten sie zu dieser Zeit schon in ihren Winterdörfern sein. Wenn die Karibus zu ihnen kamen, wie sie es in manchen Jahren taten – sie streiften über die Strände, als wären sie auf der Suche nach einem Weg über das Nordmeer –, dann machten die Walrossmenschen Jagd auf sie, doch sie taten es auf törichte Weise. Sie hetzten die Tiere ins Meer und nahmen sie mit ihren Harpunen, als wäre das Karibu Robbe oder Seelöwe.

Doch die Kinder kamen nicht gelaufen, obwohl die Hunde zu bellen begonnen hatten, und so erhob Cen die Stimme und rief Worte der Begrüßung. Als er an die erste Behausung kam, setzte er in sicherer Entfernung von den angebundenen Hunden sein *iqyax* ab und kratzte an der Türklappe.

Die Behausung der Walrossmenschen war eine Mischung aus dem *ulax* der Ersten Menschen und der Behausung des Flussvolkes. Die Männer gruben ein Stück weit hinunter in die Erde und errichteten dann Wände aus Stein und Soden. Die Frauen bespannten die Dachsparren mit gespaltener Walrosshaut oder Seelöwenhäuten, und wie die Flussmenschen machten sie mit Häuten bespannte Eingangstunnel. Abgesehen von dem Licht, das durch die Häute kam, glichen ihre Behausungen im Innern mehr jenen der Ersten Menschen. Die Walrossmenschen benutzten Öllampen aus Stein, um zu kochen und sich zu wärmen, und Wände und Böden waren mit gewobenen Grasmatten bedeckt.

Schließlich stieß eine Frau die Türklappe auf. Cen sah auf ihre Lippen und versuchte, über das Rauschen in seinen Ohren hinweg zu verstehen, was sie sagte. Er merkte, dass sie mit ihm schimpfte, dass sie fragte, warum er darauf warte, dass jemand kam und ihn einließ. Wusste er denn nicht, dass in ihrer Behausung jedermann willkommen war? Wieso zwang er sie, den warmen Platz neben ihrer Öllampe zu verlassen?

Doch als die Frau in sein Gesicht sah, schlug sie die Hand vor den Mund und brach in lautes Heulen aus. Eine zweite Frau erschien im Eingangstunnel. Sie machte Schutzzeichen und wedelte mit den Händen, als wollte sie ihn vertreiben.

»Ich bin Cen«, sagte er, und die Frau heulte noch lauter. Mit einem Mal verstand er. Einer, vielleicht Ghaden selbst, oder ein Besucher aus dem Dorf von Chakliux hatte diesen Walrossmenschen erzählt, dass er ertrunken war. Und nun stand er hier, mit zerrissenen Kleidern, das Gesicht gezeichnet von dem Kampf, den er durchlitten hatte. Und schlimmer noch, hinter ihm lag sein zerfleddertes *iqyax*.

»Nein«, sagte er in der Sprache der Walrossmenschen. »Ich bin nicht tot. Ihr habt gehört, dass ich gestorben bin, aber das ist nicht wahr.«

Die beiden Frauen begannen zu singen, einen Gesang, um die Geister zu besänftigen, und angesichts ihrer Dummheit schüttelte Cen den Kopf. Die Frauen warfen die Türklappe zu und hielten sie fest, als Cen vorsichtig versuchte, sie ihnen aus den Händen zu ziehen. Er ließ los und trat enttäuscht zurück. Sein Magen knurrte, und der Geruch von gekochtem Fleisch stieg ihm in die Nase, Robbenfleisch, reich und fett.

Einen Augenblick war sein Kopf so leicht, dass ihn schwindelte, doch er schloss die Augen, bis der Schwindel verschwand. Dann hob er sein *iqyax* auf und ging zu der Behausung von Yehl in der Mitte des Dorfes.

Cen kannte Yehl schon seit langer Zeit, denn sein Vater war der Schamane in diesem Dorf gewesen. Yehl war nicht so weise, nicht so begabt wie einst sein Vater, doch er wusste, wie er den Menschen Furcht vor seiner Macht über die Geister, vor seinen Gesängen einflößen konnte, und so war er Häuptling dieses Dorfes geworden. Über die Jahre waren einige der Walrossjäger fortgegangen, zwei Familien in diesem Jahr, eine in jenem, bis das Dorf nur noch halb so groß war wie damals, als der Vater von Yehl noch am Leben war. Doch während der letzten Jahre war das Walrossdorf nicht weiter geschrumpft, und die Menschen, die geblieben waren, bildeten einen guten Stamm, der großzügig teilte, was er hatte. Es war ein guter Ort, um Handel zu treiben.

Cen stellte sein *iqyax* vor dem Eingang von Yehl ab, und diesmal hielt er sich nicht damit auf, um Einlass zu bitten. Er betrat den Tunnel und kratzte mit den Fingernägeln an der inneren Türklappe.

»Ich bin gekommen, um Handel zu treiben und um die Wärme deiner Behausung mit dir zu teilen«, sagte er. Dann schob er vorsichtig die Türklappe beiseite und blickte in das überraschte Gesicht von Yehl.

Yehl trug nichts weiter als Hosen aus Robbenfell. Seine nackte Brust glänzte von Öl und war mit zahllosen Ketten behangen. Seine Frau, eine neue und noch sehr junge, trug ihr Haar offen. Es hing lose auf ihre Schultern herab, und sie hatte die weiße Linie auf dem Kopf, wo es gescheitelt war, rot gefärbt, zum Zeichen, dass sie ihren Mann achtete. Auch sie war nur mit Hosen aus Robbenfell bekleidet, und ihre Brüste waren so klein, dass sie eher aussah wie ein Junge und nicht wie eine Frau. Ihr Gesicht aber war schön, rund und glatt, und es war mit Nadelzeichen verziert, die in Kreisen und Linien über beide Wangen liefen.

»Willkommen!«, sagte das Mädchen und lächelte ihn an. Dabei kamen ihre kräftigen, weißen Zähne zum Vorschein. Sie machte eine einladende Handbewegung und zeigte auf eine Bodenmatte neben ihrem Mann. »Wir haben zu essen.«

Yehl aber starrte Cen mit offenem Mund an. Schließlich

packte er seine junge Frau am Arm und stieß sie hinter sich. Dann wühlte er zwischen den Bodenmatten herum, bis er ein Messer mit dünner Schneide in Händen hielt, eines, das wohl für Frauen gemacht war, um damit die empfindliche Rohhaut um Augenlöcher oder um Risse herum zu schaben.

Yehl sah dumm aus mit diesem Messer, doch Cen verbannte das Lächeln, das sich um seine Lippen kräuseln wollte, und sagte: »Gewiss hast du gehört, ich wäre in einem Sturm auf dem Nordmeer ertrunken. Nun siehst du, dass ich noch am Leben bin.« Cen streckte ihm die Hände entgegen, um zu beweisen, dass er nicht Geist war.

Die Frau fing an zu jammern und drückte ihr Gesicht in den Rücken ihres Mannes.

Cen seufzte. »Ich bin nicht Geist. Ich lebe«, sagte er und dehnte jedes Wort in die Länge. »Mein *iqyax* war stark. Es hat den Mächten des Sturmes widerstanden und auch jenen der Welle, die mich genommen hat. Meine Paddel und Harpunen aber habe ich verloren, und für eine gewisse Zeit auch mein Augenlicht und mein Gehör. Auch jetzt noch ist es schwer für mich, zu verstehen, was ihr sagt; denn die Stimme des Meeres wohnt noch immer in meinen Ohren.«

Yehl erhob seine Stimme zu einem Geistergesang und berührte mit dem kleinen Messer die Amulette, die um seinen Hals hingen, die an seiner Mitte und diejenigen, die um seine Arme gebunden waren.

»Ich bin nicht Geist!«, rief Cen, und er merkte nicht, wie laut seine Stimme war, bis Yehl und seine Frau sich die Ohren zuhielten.

»Sieh!« Cen holte sein Ärmelmesser heraus, streckte eine Hand aus und schnitt sich mit dem Messer quer über die Handfläche.

Yehl sah ihn mit großen Augen an. Er beugte sich vor und tauchte eine Fingerspitze in das Blut, das aus dem Schnitt quoll. Er rieb Finger und Daumen aneinander und hob sie zum Mund. In diesem Augenblick stürmten zwei junge Männer herein, die Arme behangen mit Amuletten. Cen sprang auf, doch Yehl blieb, wo er war.

Die beiden erstarrten, schwer atmend, als wären sie gerannt.

»Wie viele seid ihr?«, fragte Yehl.

»Viele«, sagte einer. »Das ganze Dorf. All unsere Krieger stehen versammelt, auch die Ältesten.«

»Gut«, sagte Yehl und zeigte ihnen den mit Blut beschmierten Finger. »Habt ihr je von einem Geist gehört, der blutet? Fragt die Alten.«

Yehl lächelte Cen an, ein schlaues Lächeln, als wären sie Verbündete.

Die Frage wurde von Mund zu Mund nach draußen getragen, und schon bald kam die Antwort: »Geister bluten nicht.«

»Dann«, sagte Yehl, »ist es an der Zeit, meinen Freund Cen willkommen zu heißen, der zu uns zurückgekehrt ist. Sagt den Frauen, dass wir morgen ein Fest feiern werden. Es wird den ganzen Tag lang währen. Wir werden essen und tanzen und fröhlich sein.«

Cen ballte die Hand zur Faust, um die Blutung zu stillen, und schob sein Messer zurück in die Scheide. Er seufzte. Ihm war nicht nach feiern zu Mute, doch wie konnte ein Mann Gastfreundschaft ausschlagen? Er kannte Yehl seit vielen Jahren, und er kannte ihn gut. Yehl würde Cen neue Kleider geben, Amulette, Waffen, alles, was er brauchte. Doch wie konnte ein Mann solche Geschenke annehmen, ohne etwas dafür zu geben? Er besaß nichts als sein *iqyax,* sein geschundenes, zerfleddertes *iqyax,* dazu einige Waffen, ein paar Wasserblasen.

Aaa, er würde sein *iqyax* aufgeben müssen. Schwer wie ein Stein lag der Gedanke in seiner Brust, doch Cen verschloss die Traurigkeit tief in sich und setzte ein Lächeln auf. Dann lauschte er den Plänen, die Yehl schmiedete, um seine Rückkehr zu feiern, er lauschte und gab vor, glücklich zu sein.

Drei Tage dauerte das Fest, und als es vorüber war, hatte Yehl das *iqyax* von Cen, und Cen hatte neue Kleider, neue Waffen und genug zu essen für die Wanderung zu dem Dorf von Chakliux. Am nächsten Morgen brach er auf. Er machte noch einmal kurz Halt, um das *iqyax* zu streicheln und ihm aufs Neue für seine Stärke zu danken. Während er über den Strand wanderte, fing er an, gutes, trockenes Treibholz zu sammeln. Mit Gedanken an Kiele und *iqyax*-Rippen band er sich die Holzstücke auf den Rücken. Er hatte den ganzen Winter, um ein neues Boot zu bauen. Und auch wenn in ihm wohl nicht der gleiche Geist wohnen würde, wie in jenem *iqyax,* das er Yehl gegeben hatte, so wäre es doch ein Bruder für ihn, und er wollte es gut behandeln und auf seine Gunst hoffen, wenn er damit auf die Jagd ging oder aufs Neue loszog, um Handel zu treiben.

Obgleich Cen noch immer nicht so kräftig war wie früher, wanderte er zügig, und nur vier Tage, nachdem er das Walrossdorf verlassen hatte, erreichte er das Dorf von Chakliux.

Die Kinder rannten ihm entgegen, um ihn zu begrüßen. Sie erkannten ihn und sangen vor Freude seinen Namen, obgleich manche unter ihnen waren, die mit enttäuschten Stimmen fragten, warum er keine Tauschbündel trug.

Dann hatte der Stamm in diesem Dorf vielleicht noch nichts davon gehört, dass er tot sei. Cen sann darüber nach, bis die ersten Frauen herauskamen, ihre Kinder um sich scharten, die Hände zu Zeichen des Schutzes gegen ihn erhoben und sich geschwind in die Eingangstunnel ihrer Karibubehausungen verkrochen.

»Ihr habt gehört, ich wäre tot«, rief Cen ihnen zu, während er durch das Dorf zu der Behausung von Chakliux ging. »Ich bin nicht tot. Der Sturm hat mich weit hinaus aufs Nordmeer getrieben, aber ich lebe, und ich bin zurückgekehrt.«

Wie ein Lied wiederholte er die Worte, wie einen Gesang, doch die Frauen hielten ihre Kinder fern von ihm, als brächte er einen Fluch über sie. Vor der Behausung von Chakliux blieb er stehen und rief laut seinen Namen.

»Chakliux, mein Freund, komm heraus und begrüße mich. Ich bin einen weiten Weg gekommen, um bei dir und deiner Frau zu weilen.«

Cen wartete, doch es kam keine Antwort, und die Frauen hinter ihm erhoben ihre Stimmen zu lautem, angsterfülltem Wehgeschrei. Mochte sein, dass er sich noch einmal in die Hand schneiden musste. Dieser Gedanke behagte ihm nicht. Der Schnitt verheilte gut, dank der jungen Frau von Yehl und der Medizin, die sie ihm gegeben hatte. Die Wunde war verkrustet, und sie juckte unerträglich, besonders in der Nacht. Cen wollte sich keinen neuen Schnitt zufügen, doch das war immer noch besser, als durch die Hände von Männern den Tod zu empfangen, die glaubten, er sei Geist und zurückgekehrt, um sie zu verfluchen. Ein Geist vermochte Misshandlungen zu ertragen, die für einen Mann zu viel waren.

»Chakliux!«, rief er noch einmal. »Aqamdax!«

»Cen?« Die Stimme war so leise, dass er sie kaum zu hören vermochte, und er drehte sich um und sah, dass Aqamdax hinter ihm stand. »Cen?«, fragte sie wieder. »Bist du Geist oder Mann?«

»Mann«, sagte er. Dann deutete er mit dem Kinn auf die Frauen, die in den Eingängen zu ihren Behausungen standen, und fügte hinzu. »Aber nicht, wenn es nach deren Worten ginge.«

»Sie fürchten sich und ich ebenso. Ghaden hat uns gesagt, dass du tot bist. Er war erst vor wenigen Tagen bei uns, er und seine Frau und ihr Vater. Sie waren auf dem Weg in das Vier-Flüsse-Dorf, um ...« Aqamdax hielt inne und schlug sich die Hand vor den Mund.

»Um meiner Frau und meinen Töchtern zu erzählen, dass ich tot bin«, endete Cen an ihrer Stelle.

»Und du bist es nicht.«

Beinahe hätte er gelacht. »Nein, ich bin es nicht.«

Aqamdax trug einen Parka aus Karibuhaut. Die Kapuze war zurückgeschlagen und entblößte den dunklen Kopf eines Säuglings, den sie auf dem Rücken trug. Außerdem hielt sie ein kleines Mädchen auf ihrer Hüfte. Cen lächelte das Kind an. »Sie sind sehr groß geworden«, sagte er.

»Besonders diese hier«, gab Aqamdax zurück und setzte ihre Tochter ab. Das Mädchen schob einen Finger in den Mund, versteckte sich hinter seiner Mutter und hielt sich an dem fellbesetzten Saum ihres Parkas fest.

Cen fiel auf, dass sie einen Otterfuß hatte, genau wie ihr Vater, und etwas unsicher auf den Beinen stand. Er ging in die Hocke, fasste unter seinen Parka und zog eine Halskette hervor, die aus Fischbeinperlen gemacht war. Er ließ sie an den Fingerspitzen baumeln und hielt dem Kind die Kette entgegen. »Und dein ältester Sohn, Angax?«

»Ist bei seinem Vater. Sie jagen Vögel und sollten bald zurück sein.«

»Kleine, dies ist für dich«, sagte Cen zu der Tochter von Aqamdax. Er bewegte die Hand, und die Kette begann zu schaukeln.

Das Mädchen schlängelte sich hinter seiner Mutter hervor und machte einen zaghaften Schritt auf ihn zu.

»Kannst du dich noch an Cen erinnern?«, fragte Aqamdax. »Er ist der Vater von Ghaden.«

»Onkel?«, fragte das Kind mit heller Stimme.

Aqamdax wies mit dem Kopf auf Cen.

»Ja, Onkel«, sagte er.

Die Kleine stürmte nach vorn und schnappte sich die Kette. Dann brachte sie sich wieder hinter ihrer Mutter in Sicherheit.

Aqamdax und Cen fingen an zu lachen, und bald schon stimmten auch die Frauen aus dem Dorf in das Gelächter ein. Sie wagten sich aus ihren Behausungen und scharten sich um Cen, als er ihnen die Geschichte seiner Rettung erzählte.

Als Chakliux und Angax nach Hause kamen, der Junge

stolz beladen mit einem Bündel Schneehühner, da saß Cen an der Feuerstelle, den Rücken gegen eine geflochtene Weidenstütze gelehnt, den Bauch voll und die Füße warm.

Chakliux kam in die Behausung gestürmt, sein Mund voller Gelächter.

»Wir wollten dich überraschen«, sagte Aqamdax. Sie stand auf Zehenspitzen und rührte in der Brühe, die in einem Kochbeutel über der Feuerstelle hing.

»Schon ehe wir im Dorf waren, sind die Kinder uns entgegengelaufen und haben uns die Nachricht gebracht«, sagte Chakliux.

Chakliux zählte sechs, vielleicht auch sieben Hand voll Sommer, doch er sah noch immer aus wie ein junger Mann. In seinen Haaren war beinahe kein Grau zu finden, und sein Bauch war fest und flach. Auch Aqamdax sah jung aus, auch wenn die vollen Brüste und die breiten Hüften davon zeugten, dass sie eine Frau war, die Kinder geboren und gestillt hatte. Die beiden waren glücklich, und ihre Freude aneinander erweckte in Cen die Sehnsucht nach Gheli.

Während Aqamdax die Hühner von Angax rupfte, erzählte Cen aufs Neue seine Geschichte. Chakliux lauschte gespannt und stellte von Zeit zu Zeit eine Frage, wie ein Geschichtenerzähler es tat, und so wusste Cen, dass Chakliux diese Geschichte jenen hinzufügen wollte, die er schon erzählte.

Als Cen geendet hatte, stellte Chakliux die Frage, auf die er gewartet hatte: »Das ist eine gute Geschichte«, sagte Chakliux, »eine, welche die Menschen oft hören sollten. Wirst du sie eines Tages einem Geschichtenerzähler geben, damit sie nicht vergessen wird?«

Cen lächelte ihn an. »Dies ist der Tag, an dem ich sie weitergegeben habe«, sagte er. »Es ist meine Geschichte, und ich werde sie wieder erzählen, aber ihr beide dürft es ebenso tun, wann immer ihr wollt. Ich weiß, dass ihr sie gut erzählen werdet. Ich werde nicht bleiben, nur diese eine Nacht«, fügte er hinzu, um ein weiteres Fest zu vermeiden. »Mein Sohn glaubt, ich sei tot, und inzwischen werden auch meine Frau und meine Töchter so denken. Ich muss zu ihnen.«

Chakliux rieb sich die Hände und streckte sie dem Feuer entgegen. »Ich werde mit dir gehen«, sagte er. »Du wirst kaum wollen, dass die Vier-Flüsse-Menschen dich für einen Geist halten und dich zurück in die Geisterwelt schicken.« Er fing an zu lachen. Cen öffnete die Hand und zeigte Chakliux seine Wunde. Er erklärte ihm, wie er die Walrossjäger davon überzeugt hatte, dass er am Leben war.

Dann sagte er: »Du hast mir gesagt, mein Sohn sei hier gewesen und seine Frau und ihr Vater.«

»Diese drei«, antwortete Chakliux.

»Vier«, sagte Aqamdax. Sie hockte sich neben ihren Mann und reichte ihm den Säugling, denn die Kleine hatte zu jammern begonnen. »Halte sie, ich will die Vögel in den Kochbeutel tun. Auch die Mutter der Frau ist mit ihnen gekommen, aber sie wollte nicht in unserem Dorf bleiben. Sie ist von den Ersten Menschen, und sie fürchtet sich vor uns.«

Cen schnaubte. Der Zorn war plötzlich über ihn gekommen. »Als ich zu dieser Handelsreise aufgebrochen bin, hatte mein Sohn keine Frau. Ist ihr Name Uutuk?«

»Ja, Uutuk«, sagte Chakliux.

»Eine gute Frau«, sagte Aqamdax, »und auch deinem Sohn ist sie eine gute Frau. Du wirst froh sein, sie zur Tochter zu haben.«

»Nein«, entgegnete Cen. »Sie haben euch belogen. Auch Ghaden hat gelogen.« Seine Worte waren bitter. »Seiner Frau kann ich vergeben. Ich weiß, dass sie nicht versteht, was sie uns angetan hat, als sie ihre Familie zu uns brachte, Ghaden aber weiß es wohl.«

»Cen, du bist müde«, beschwichtigte Chakliux ihn. »Du sorgst dich um Dinge, die nicht bedeutsam sind. Ihr Vater Robbe ist ein Großmaul, aber er hat Ghaden und auch Uutuk gut behandelt.«

»Sie ist die Tochter von K'os.«

Die Worte von Cen waren wie Messer, und es war, als hätten sie durch die Wände aus Karibuhaut geschnitten und einen scharfen Wind hereingelassen. Das Feuer flackerte und brannte unruhig, und der Säugling begann zu weinen. Es waren schwere, raue Schluchzer.

Cen sah die Fragen in den Augen von Chakliux, die Enttäuschung, und er wappnete sich gegen seinen Zorn, doch als Chakliux schließlich das Wort ergriff, sagte er nur: »Es ist gut, dass ich beschlossen habe, mit dir in das Vier-Flüsse-Dorf zu gehen.«

39

DIE GESCHICHTE VON CHAKLIUX

Chakliux und Cen brauchten sechs Tage für die Reise zum Vier-Flüsse-Dorf. Während sie wanderten, versuchte Chakliux, alle Gedanken an die Karibujagd, die er verpasste, zu verbannen. Die Männer wollten schon bald aufbrechen, sobald ein Tag kommen würde, an dem der Morgenhimmel mehrere Tage ohne Regen versprach. Sok würde auch für ihn jagen, doch ein Mann zog es vor, seine Familie selbst zu versorgen. Wie sonst wollte er mit jenen teilen, die alt und krank waren? Wie sonst wollte er frohen Herzens an den Feiern teilnehmen, die das Dorf beging, wenn die Jagdzeit vorüber war?

Als sein Bedauern zu mächtig wurde, rief Chakliux sich ins Gedächtnis, dass eine verhinderte Jagd nichts war im Vergleich zu dem, was Cen erlitten hatte.

Die Augen machten Cen noch immer sehr zu schaffen. Sie tränten so sehr, dass er manchmal nicht weitergehen konnte. Wenn Chakliux voranging und zu ihm sprach, merkte Cen nicht einmal, dass Chakliux etwas gesagt hatte, und wenn er hinter Cen ging, dann musste der sich umdrehen und seine Lippen ansehen, um alle Worte zu verstehen.

Das Meer hatte diesem Mann viel genommen, und Ghaden hatte in seiner Torheit das Leben von Cen noch schlimmer gemacht. Und nicht nur das von Cen, sondern womöglich das Leben aller Flussmenschen. K'os hatte viele Gründe, Rache zu nehmen.

Nun, da Uutuk seine Frau war, würde Ghaden K'os niemals

los sein, und sie war eine Frau, die nicht zu altern schien, als würde das Böse, das in ihr war, die Jahre daran hindern, sie zu zeichnen.

Die Tage der Wanderung zogen dahin, und der Zorn auf Ghaden wuchs, und als sie wieder einen Nachmittag gegangen waren und sein Otterfuß ihn schmerzte, da vermochte Chakliux die scharfen Worte kaum daran zu hindern, aus seinem Mund zu fliegen, obgleich Cen ihm keinerlei Anlass bot.

Am letzten Tag schließlich füllte Chakliux seinen Kopf mit Geschichten, dachte die meiste Zeit über die Erzählung von Cen und seiner Rettung nach, summte sie, während er ging, verhalten vor sich hin und huldigte der See. Doch er pries auch Cen für den Scharfsinn, der ihm geholfen hatte, um sein Leben zu kämpfen.

Die Geschichte schien den Zorn zu vertreiben, der in Chakliux gewesen war. Als sie an jenem Abend anhielten, um zu rasten und zu essen, konnte Chakliux wieder lächeln, ohne Angst zu haben, dass seinem Mund törichtes Gejammer und bittere Worte entschlüpften.

»Wenn wir uns früh auf den Weg machen, dann werden wir am späten Morgen im Vier-Flüsse-Dorf sein«, sagte Cen. Er faltete ein Stückchen Karibuhaut zu einem Rechteck, zog es über die Schneide seines Ärmelmessers, um es weich zu machen, und drückte es dann gegen sein rechtes Auge.

»Das helle Sonnenlicht macht es noch schlimmer«, erklärte er.

»Meine Frau bereitet ein Augenbad aus Mausöhrlein«, sagte Chakliux leise. »Vielleicht gibt es im Vier-Flüsse-Dorf eine Frau, die diese Pflanze besitzt.«

Cen nahm das Tuch von seinem rechten Auge und legte es auf das linke. Keiner von ihnen erwähnte K'os, doch Chakliux wusste, dass sie beide an sie dachten, an eine Frau, die in der Medizin bewandert war, der man aber nicht trauen durfte.

»Es gibt eine alte Großmutter. Man nennt sie Fisch-mit-zwei-Schwänzen. Sie ist ein wenig bewandert in der Pflanzenmedizin. Und wenn sie auch keine Mausöhrlein hat, so kann sie uns vielleicht sagen, wo welche wachsen.«

Chakliux war gerade dabei, ein Feuer zu entfachen, und er stimmte Cen grunzend zu. Die ersten dünnen Äste fingen an zu brennen, und die Flammen leckten an den größeren Zweigen. Chakliux zog ein Stück Dörrfleisch aus seinem Bündel und stellte einen Korb mit Fett und getrockneten Beeren zwischen sich und Cen. Er aß so viel, dass seine Müdigkeit ein wenig verging. Dann schnitt er Fichtenäste, machte daraus einen Unterstand und Schlafmatten für sie beide und ging los, um Feuerholz für die Nacht zu sammeln.

Sie legten sich nieder und schliefen ein. Chakliux stand ab und zu auf und legte Holz nach, und am nächsten Morgen aßen sie wieder und gingen dann weiter. Chakliux dachte darüber nach, was er Ghaden sagen wollte, doch Ghaden war kein Kind mehr, das man für seine törichten Entscheidungen schelten konnte oder dafür, dass es seiner Familie nicht die Wahrheit sagte. Als Chakliux seine Worte überdachte, schienen sie ihm mit einem Mal vergeblich zu sein.

Konnte er ändern, was Ghaden getan hatte? Und selbst wenn er es könnte, wäre es dann auch gut, nun, da K'os schon unter ihnen weilte? Vielleicht sollte Ghaden bei seiner Frau und ihrer Familie bleiben, nur aus dem Grund, um sicherzugehen, dass K'os so wenig wie möglich anrichten konnte. Vielleicht war es am besten, er erinnerte Ghaden ganz einfach daran, was für eine Frau K'os war. Hatte Chakliux ihm je von seiner ersten Frau erzählt, von Gguzaakk, und von dem Kind, das sie einst hatten? Wusste Ghaden, dass K'os sie beide getötet hatte? Wohl kaum. Und wenn er es nicht wusste, dann war seine Entscheidung, die Tochter von K'os zur Frau zu nehmen, zum Teil auch Schuld von Chakliux. Doch welcher Mann mochte schon von Dingen sprechen, die so viel Schmerz aufwühlten, wer wollte das Glück seiner Familie mit solchen Erinnerungen trüben?

Cen ging voran. Der Pfad wurde breiter, und mit einigen schnellen Schritten war Chakliux an seiner Seite.

Cen schenkte ihm ein kleines Lächeln. »Wir sind fast da.«

Chakliux schwieg eine Weile, dann fragte er: »Wie viel hast du Ghaden über K'os erzählt? Du hast doch einst in ihrer Behausung gelebt, *nae'*? War sie Frau von dir?«

Cen seufzte. »Zu jener Zeit war sie in meinem Herzen meine Frau, obwohl ich niemals einen Brautpreis für sie bezahlt habe. Eines Tages dann fand ich sie, als sie das Lager mit einem anderen Jäger teilte. Da wusste ich, dass sie niemals damit zufrieden wäre, Frau von nur einem einzigen Mann zu sein.«

»Hast du Ghaden davon erzählt?«

Cen zuckte mit den Schultern. »Ich denke schon. Zumindest habe ich ihn vor ihr gewarnt, als wir am Strand der Händler waren und ich merkte, wie viel Beachtung er Uutuk schenkte.«

»Hast du ihm je erzählt, wie groß die Schuld von K'os an den Kämpfen zwischen den Nahe-am-Fluß-Menschen und dem Vetter-Fluß-Dorf gewesen ist?«

»Nein, aber er hat es selbst erlebt. Er sollte sich daran erinnern. Er weiß, dass Aqamdax damals Arbeiterin von K'os war. Er hat gesehen, wie K'os sie behandelt hat.«

»Aber er war noch ein Junge. Wer vermag schon zu sagen, wie viel die Kinder verstehen?«

Cen deutete zum Himmel hinauf, und über den Bäumen entdeckte Chakliux graue Federn aus Rauch, die in den Himmel aufstiegen.

Ein Geräusch drang in die Ohren von Chakliux, ein dünnes Wehklagen. »Horch«, sagte er zu Cen.

Cen schüttelte den Kopf, und mit einem bitteren Blick in den Augen sagte er: »Ich höre nichts.«

»Es sind wohl nur die Hunde«, erklärte Chakliux. Er hatte sich nahe zu Cen hinübergebeugt und sprach laut und deutlich, damit er ihn verstehen konnte.

»Sie jaulen, als wäre es an der Zeit, sie zu füttern.«

Der Pfad wurde breiter, und die Bäume wurden spärlicher. Die unteren Äste waren alle weg, von den Frauen abgeschnitten, um die Feuerstellen zu füttern. Das Wehklagen wurde stärker und das Unbehagen von Chakliux ebenso. Nicht Hunde, nein. Die Klageschreie kamen aus allen Behausungen, und er brauchte keinen, der ihm sagte, dass es Trauerklagen waren. Dann konnte sogar Cen es hören.

Er sah Chakliux an und schüttelte den Kopf. »Das sind keine Hunde«, sagte er und fing an zu rennen. Dabei hielt er sich die Seite, als würde ihm jeder Schritt Schmerzen bereiten.

Chakliux folgte ihm, so schnell sein humpelnder Otterfuß es ihm erlaubte. Erst an einer großen Behausung auf der Flussseite des Dorfes blieb Cen stehen. Er stieß die äußere Türklappe beiseite und verschwand. Chakliux folgte ihm.

Im hinteren Teil der Behausung kauerte K'os neben einem Toten. Er war in Karibuhäute geschlagen und lag zusammengebunden wie ein Säugling im Mutterleib.

»Was tust du hier?«, fuhr Cen sie an. »Wo ist meine Frau?« Er zeigte mit dem Finger auf den Toten. »Wer ist das?«, fragte er mit Furcht erregender Stimme. »Wo sind meine Töchter?«

Chakliux erkannte seine Mutter sofort, obgleich sie sich große zackige Stücke aus den Haaren geschnitten und die Wangen zerkratzt hatte, bis sie blutig waren. Sie war alt geworden, und das überraschte ihn. Ihre Haare wurden grau, und Falten überzogen das Gesicht, um ihren Hals waren Schnüre gewunden, die vom Kinn bis hinunter auf die Schlüsselbeine hingen. Sie machte den Mund auf, und er sah, dass ihr ein paar Zähne fehlten. Doch auf seltsame Weise war ihr Gesicht noch immer schön, die Knochen klar erkennbar, die Augen groß und glänzend.

Sie starrte Cen an, dann fing sie in langen, hohen Tönen an zu jaulen und kreuzte entsetzt die Arme vor der Brust.

Schließlich schrie sie: »Du bist tot!«

»Wo sind meine Kinder? Wo ist mein Sohn?«, verlangte Cen zu wissen.

Chakliux sah, dass Cen keine Antwort bekommen würde, ehe er K'os nicht davon überzeugt hatte, dass er kein Geist war, der Vergeltung suchte. »Cen ist nicht tot«, sagte er.

K'os sah ihn an, zuerst voll Erstaunen, doch dann schlich sich der Hass in ihre Augen.

»Du!«, zischte sie.

»Er ist nicht tot«, wiederholte Chakliux. »Wer ist der eine da, den du betrauerst?«

K'os löste ihren Blick von Cen und sah hinunter auf den verschnürten Leichnam. »Mein Mann Robbe«, sagte sie und hob das Kinn. Doch dann weilten ihre Augen wieder auf Cen. »Wie kommt es, dass du lebst?«, fragte sie.

»Das werde ich dir später sagen. Wo ist meine Frau? Wo ist Ghaden? Wo sind meine Töchter?«

K'os schob sich die Haare aus dem Gesicht und stand auf. »Wie ihr seht, trauern wir alle in diesem Dorf«, sagte sie. »Irgendeine Krankheit ist zu uns gekommen wie ein Fluch. Die Menschen sagen, wir hätten die Krankheit gebracht, doch wenn dem so ist, wieso ist dann auch mein eigener Mann tot?«

Chakliux spürte einen Luftzug in seinem Nacken und drehte sich um. Uutuk hatte die Behausung betreten. Sie schlüpfte an ihm vorbei, die Augen auf ihre Mutter gerichtet, die Arme voll mit prall gefüllten Wasserblasen. Doch als sie Cen erblickte, sank sie mit offenem Mund auf die Knie.

Chakliux dachte, sie würde anfangen zu heulen, doch sie starrte Cen nur an, und dann sagte sie: »Mein Mann muss erfahren, dass du am Leben bist.«

»Wo ist er?«, wollte Cen wissen.

»Er ist fortgegangen, um deine Frau und deine Tochter Daes zu suchen.«

Cen keuchte. »Sind sie am Leben?«

»Ich glaube schon«, sagte Uutuk, »doch wer vermag das zu

sagen, wo dieses ganze Dorf im Sterben liegt? Gheli und Daes waren noch immer in ihrem Fischlager, und Ghaden ist losgezogen, um sie zu suchen. Deine andere Tochter, der Säugling, ist bei der Frau von Langer Wolf. Sie sind wohlauf. Ich komme gerade aus ihrer Behausung.«

»Dann ist das Kind nicht bei Gheli?«, fragte Cen. »Wieso nicht?«

»Daes hat sie in das Dorf zurückgebracht. Ich weiß nicht, wieso.«

»Die Frau von Langer Wolf hat das Kind von Cen?«, sagte K'os zu Uutuk. »Das hättest du mir sagen müssen. Ich hätte ihnen eine Medizin gegeben, um sie zu beschützen.«

Ihre Worte jagten Chakliux einen Schauer über den Rücken, doch noch ehe er etwas sagen konnte, stand Cen schon über K'os. Er packte sie, die eine Hand fasste ihre Schulter, die andere grub er in ihre Haare.

»Du wirst dich fern halten von jener Behausung«, befahl er ihr. »Sonst bist du tot.«

Er ließ sie so geschwind los, dass sie stolperte und auf die Knie stürzte. Uutuk eilte zu ihr, und Cen, die Lippen vor Zorn verzerrt, bedrohte sie mit seiner Faust. »Bis auf deine Mutter habe ich nichts gegen dich. Doch was ich zu ihr gesagt habe, sage ich auch zu dir. Lasst meine kleine Tochter in Ruhe. Ich will keine von euch in jener Behausung sehen. Hast du ihnen irgendetwas gebracht?«

»Nur Wasser«, sagte Uutuk mit kleiner Stimme.

Cen eilte aus der Behausung, und im Hinausgehen rief er Chakliux zu: »Bewache sie!«

Chakliux löste das Bündel von seinem Rücken und ließ es auf die Bodenmatten fallen. Sein Fuß schmerzte, und er musste sich ausruhen.

»Ist dein Wasser sicher, Uutuk?«, fragte er mit freundlicher Stimme.

»Es ist sicher«, versicherte sie ihm.

Er streckte die Hand aus, und sie reichte ihm eine Blase,

doch dann packte sie Chakliux am Handgelenk, zog den Stopfen heraus und trank selbst den ersten Schluck.

»Es ist sicher«, sagte sie noch einmal.

Er trank, und sie beschäftigte sich mit Frauendingen, hängte die Blasen auf und legte Holz nach, warf eine Hand voll Fleisch in den Kochbeutel. K'os hielt den Blick auf Chakliux gerichtet und erhob ihre Stimme zu einer Trauerklage.

Doch Chakliux achtete nicht auf sie. Stattdessen wandte er sich an Uutuk: »Hat sie dir gesagt, dass ich mehr für dich bin als ein Bruder, den du durch deinen Mann bekommen hast?«

Uutuk runzelte die Stirn und wandte sich von ihrem Kochbeutel ab. Sie wischte sich die Hände an ihren Hosen sauber und hockte sich neben ihn.

»Hat K'os dich geboren?«, fragte er.

»Hat Ghaden es dir denn nicht erzählt? Ich wollte, dass er es tut. Ich bin nicht ...« Sie hielt inne und suchte nach Worten. »Ehe ich zu den Ersten Menschen gehörte, gehörte ich an einen anderen Ort, zu einem anderen Volk. Mein Großvater und ich flohen einst in einem Boot vor den Bär-Gott-Kriegern. Das Meer hat uns zu den Ersten Menschen gebracht, und dort wurde K'os meine Mutter.«

Chakliux dachte über ihre Worte nach. Er war *Dzuuggi,* Geschichtenerzähler, und er kannte alle Weisheit seines Volkes. Noch nie hatte er von den Bär-Gott-Kriegern gehört, und wenn es sie gab, dann würde er sie kennen. Er kannte das Volk der Nordtundra und das Karibuvolk, die weit, weit im Osten lebten. Und natürlich kannte er die Ersten Menschen und das Walrossvolk und sogar jene seltsamen Krieger, die vor so langer Zeit gekommen waren, um die Ersten Menschen zu töten. Womöglich waren sie Bär-Gott, und die Ersten Menschen hatten ihnen nur einen anderen Namen gegeben als das Volk von Uutuk.

»Wo lebt dein Volk?«, fragte er sie.

»Wir sind das Bootvolk«, erklärte sie in der Sprache der Ersten Menschen, und dann fügte sie noch etwas in einer anderen Sprache hinzu. Eine seltsame Sprache, die Chakliux noch niemals zuvor vernommen hatte. Mehr als alles andere überzeugte ihn das davon, dass sie die Wahrheit sprach.

»Wie du, so bin auch ich einst gefunden worden«, sagte er zu Uutuk.

K'os hatte mit ihren Klageschreien aufgehört und kroch näher an die beiden heran.

»Er lügt, Uutuk«, sagte sie, »ich sollte es doch wissen.«

»Ja, du solltest es wissen«, sprach Chakliux. »Denn du bist meine Mutter.«

Uutuk rang nach Atem und fing an zu husten, als würde das Wissen sie erwürgen.

»Davon hat Ghaden mir nie etwas erzählt«, sagte sie.

»Du darfst Ghaden nicht die Schuld dafür geben«, erklärte K'os. »Mein Leben hat erst bei den Ersten Menschen begonnen, und ich nenne diesen Mann nicht länger meinen Sohn. Viele Male hat er mich betrogen. Einst hat er mich sogar aus seinem Dorf vertrieben, als Arbeiterin fortgeschickt. Ich habe dir davon erzählt.«

Uutuk hielt sich beide Hände vor den Mund. »Du bist derjenige?«

»Siehst du nun, warum ich dir nie etwas gesagt habe? Es war besser für dich, in Chakliux einen Bruder zu sehen, denn obgleich er mich sehr schlecht behandelt hat, war er doch zumeist gut zu Ghaden.«

Die Worte von K'os waren wie zwei starke Arme, die sich um seinen Brustkorb legten und ihm die Luft nahmen, und Chakliux musste tief einatmen, um sich aus der Umklammerung zu befreien. »Hast du ihr auch erzählt, was du einst Gguzaakk, meiner Frau, angetan hast?«

K'os verengte ihre Augen zu Schlitzen, und sie spuckte aus. »Glaube ihm nicht Uutuk, er lügt.«

»Das soll Uutuk selbst entscheiden.« Chakliux erzählte dem Mädchen, wie einst seine Frau und sein Sohn an Gift gestorben waren.

Als Cen in die Behausung zurückkehrte, weinte Uutuk, und K'os kauerte über ihrem toten Mann, mit dem Rücken zu ihrer Tochter.

Noch ehe die innere Türklappe wieder hinter ihm zugefallen war, fing Cen an zu sprechen. »Freund«, sagte er zu Chakliux. »Ich brauche dich. Du musst hier bleiben und über meine kleine Tochter wachen. Die Frau, die sie stillt, trägt selbst ein Kind, und ihre Milch wird dünn. Aber Entlein ist groß genug. Sie kann weiches Fleisch und Brühe und andere Dinge essen. Wirst du dafür sorgen, dass ihr Essen sicher ist?« Er hob das Kinn und deutete auf K'os. »Irgendwie ist es der da gelungen, die meisten Menschen in diesem Dorf zu vergiften.«

»Ich habe diesen Menschen nichts angetan!«, rief K'os. »Glaubst du, ich würde meinen eigenen Mann töten?«

Chakliux starrte ihr in die Augen, bis sie den Kopf sinken ließ. Dann sagte er zu Uutuk: »Sie weiß sehr gut mit Gift umzugehen. Sei wachsam.«

Uutuk fing an zu zittern, und sie hielt die Arme vor der Brust verschränkt, als wäre ihr kalt.

»Es gibt viele, die glauben, dass sie alle ihre Männer getötet hat«, sagte Chakliux. »Ich weiß, was sie meiner ersten Frau und unserem kleinen Sohn angetan hat. Vertraue ihr nicht.«

Dann sah er zu Cen hinüber, der rastlos von einer Seite der Behausung zur anderen ging. »Du kannst jetzt nicht fort. Ruhe erst und iss dich satt.«

Uutuk erhob sich. Sie senkte eine Kelle in den Kochbeutel und hielt sie K'os an die Lippen. K'os aß. Dann füllte Uutuk Schalen für die beiden Männer.

Am nächsten Morgen machte sich Cen auf den Weg. Ein Tag der Ruhe in seiner eigenen Behausung schien seine Kraft erneuert zu haben, auch wenn die Gegenwart von K'os alles überschattet hatte. Er ging schnell und folgte dem Pfad, den eine der Frauen aus dem Dorf ihm gezeigt hatte. Zwei Hand voll waren tot und zwei Hand voll krank, drei oder vier von ihnen dem Tode nahe, aber andere würden womöglich genesen. Jeder Tod riss eine Wunde in sein Herz. Er hatte viele Jahre in diesem Dorf gelebt, und obgleich er bis auf seine kleine Tochter mit keinem von ihnen durch sein Blut verbunden war, waren diese Menschen doch seine Familie geworden. Wenn die Rache von K'os ihm gegolten hatte, so war ihre Wahl weise gewesen.

Am dritten Tag seiner Wanderung kehrte die Erschöpfung zurück. Träume vom Meer plagten seine Nächte; seine Tage waren voll von Zorn gegen K'os und Ghaden und sogar gegen Uutuk, die neue Frau von Ghaden.

Keinerlei Vorzeichen sagten ihm, dass das Fischlager nahe war, kein Rauch, kein Geruch von Fisch, kein Hundegebell. Aus dem Dickicht, das zu beiden Seiten des Pfades wuchs, trat er auf eine Lichtung hinaus, und vor ihm war ein Unterstand aus Fichtenzweigen und die kalte Asche eines toten Feuers. Zuerst dachte Cen, das Lager sei verlassen, und er fragte sich, warum ihm Gheli und Daes und Ghaden auf dem Pfad nicht begegnet waren. Aber ja, die Menschen schlugen ihre Fischlager oftmals nahe beieinander auf. Vielleicht lag das Lager von Gheli hinter diesem. Dann aber vernahm er ein fernes Bellen, und plötzlich schleuderte eine kräftige Hand ein Bündel aus dem Unterstand, und Ghaden kroch heraus.

»Ghaden!«, rief Cen.

Der Zorn, der sich in Cen ausgebreitet hatte, ließ ihn vergessen, dass sein Sohn noch immer glaubte, er sei tot.

Der junge Mann sprang auf die Füße und wich zurück. Er

machte Schutzzeichen, und während er das Amulett an seinem Handgelenk packte, sang er vor sich hin.

»Ich bin nicht tot«, sagte Cen, und bei dem Gedanken, wieder einmal beweisen zu müssen, dass die See ihn nicht genommen hatte, stieß er einen lauten Seufzer aus.

»Ich lebe«, sagte er. »Sieh!« Er stieß die Spitze eines Messers in den fleischigen Hügel seiner Handfläche und quetschte, bis Blut hervorquoll. »Das Meer hat mich nicht genommen, auch wenn es etwas von meinem Gehör gestohlen und mein Augenlicht trübe gemacht hat.«

Ghaden kam langsam näher. Cen streckte ihm die Hand entgegen, und Ghaden fing einen Blutstropfen auf. Dann fing er plötzlich an zu weinen. Harte, tiefe Schluchzer stiegen aus seiner Kehle auf, und er riss Cen in seine Arme, drückte ihn an seine Brust, grub die Hände in den Nacken seines Vaters, bis Cen sich lachend befreite. Sein Zorn war verflogen.

»Wir müssen Gheli einholen«, sagte Ghaden. Doch mit einem Mal unterbrach er sich und schloss den Mund, als hätte er am liebsten gar nichts gesagt.

»Geht es ihr gut?«, wollte Cen wissen.

»Ja.«

Cen sah seinem Sohn ins Gesicht, und das, was er dort sah, machte ihm Angst. »Daes?«, fragte er mit rauer Stimme.

»Es geht ihnen gut. Sie sind mit Schreit-laut zusammen. Erinnerst du dich noch an ihn? Er ist aus dem Dorf von Chakli-ux, Sohn von Sok ...«

»Ich weiß«, sagte Cen. »Warum ist er bei ihnen? Wohin gehen sie? Wieso sind sie nicht in das Dorf zurückgekehrt?«

Ghaden legte den Kopf in den Nacken und sah zum Himmel hinauf. Schließlich sagte er: »Es gibt Dinge, die du wissen musst.«

»Ich kann dich nicht hören, wenn du mich nicht ansiehst«, erklärte Cen.

Ghaden verzog das Gesicht. »Was das Meer dir angetan hat, tut mir Leid.«

Cen zuckte mit den Schultern. »Es hat mich am Leben gelassen. Sage noch einmal, was du gerade gesagt hast.«

»Ich sagte, hast du Hunger? Lass uns essen. Es gibt Dinge, die ich dir erzählen muss.«

Das Vier-Flüsse-Dorf

DIE GESCHICHTE VON UUTUK

Sie hat ihn nicht getötet, das weiß ich«, sagte Fisch-mit-zwei-Schwänzen zu Uutuk. Fisch-mit-zwei-Schwänzen war so alt, dass sie kaum noch die Kraft besaß, zu sitzen. Ihre Enkeltochter hockte hinter ihr, damit die alte Frau sich gegen ihre Beine lehnen konnte. Fisch-mit-zwei-Schwänzen hob einen knochigen Finger und streckte ihn Uutuk ins Gesicht. Es war eine solche Beleidigung, dass die Enkeltochter sich vorbeugte, der alten Frau eine Hand auf den Arm legte und ihn zurück in den Schoß zog.

»Die meisten Menschen in diesem Winterdorf sind so jung, dass sie noch Kinder waren, als K'os einst bei uns lebte. Meine Enkeltochter sagt, dass Cen zurückgekehrt ist. Er kennt sie. Er hasst sie. Er war es, der sie fortgetrieben hat.« Ihre Stimme war brüchig, und sie war kaum lauter als ein Flüstern. Sie wandte den Kopf und blickte zu ihrer Enkeltochter. »Ich habe ihnen schon im letzten Winter gesagt, sie sollen mich gehen lassen. Ich wäre froh darum, zu sterben. Aber diese hier hat ein weiches Herz und einen Mann, der ein guter Jäger ist.« Fisch-mit-zwei-Schwänzen hob die Hand und streichelte der jungen Frau über das Gesicht.

»Kannst du dich noch an jene Zeit erinnern, als K'os bei uns hier im Dorf gelebt hat?«, fragte die alte Frau ihre Enkeltochter.

»Ich erinnere mich daran. Viele erinnern sich daran, und

manche wollen, dass sie wieder fortgeht. Andere aber sagen, dass sie niemandem etwas zu Leide getan hat. Sie hatten nur Angst, weil ihr Mann auf so schreckliche Weise ums Leben gekommen ist, und nun haben sie wieder Angst, wegen der Krankheit, die dieses Dorf heimgesucht hat. Wir haben Glück, denn meine Söhne und mein Mann sind schon auf der Jagd nach dem Karibu, und ich bin die meiste Zeit bei meiner Großmutter, und so esse ich nicht an den Kochfeuern des Dorfes. Es sind jene, die von den Kochbeuteln der Kochfeuer aßen, die krank geworden sind.«

Die Frau war nicht schön und nicht hässlich. Sie hatte ihr Haar oben auf dem Kopf zu einem festen Knoten gebunden, und in den Ohrläppchen steckten dünne Knochensplitter. Ihre Behausung war gut gebaut und beinahe so groß wie die von Cen, und ohne die Waffen und Schlaflager der Männer wirkte sie ungewöhnlich leer.

»K'os hat einst einen Mann in diesem Dorf verloren?«, fragte Uutuk.

»Einen jungen Mann«, erzählte Fisch-mit-zwei-Schwänzen. »Er war sehr jung, fast noch ein Kind. K'os hätte seine Mutter sein können.« Sie kicherte. »Aber er hat sich nicht benommen wie ein Sohn.«

Wieder verdunkelte sich das Gesicht der Enkeltochter vor Scham, und sie fuhr ihrer Großmutter durch die dünnen weißen Haare, strich sie ihr aus dem Gesicht, bis Fisch-mit-zwei-Schwänzen ihr auf die Finger schlug.

»Es ist wahr. Er konnte nie die Hände von ihr lassen«, sagte sie. »Ich erinnere mich, dass sie mitten im Winter ein großes Fest gefeiert haben und alle im Dorf mit Geschenken bedachten. Den Muschelkamm, den sie mir gab, habe ich noch immer und eine Kette aus Fischbeinperlen. Ich habe beides noch.«

Fisch-mit-zwei-Schwänzen war beinahe zahnlos, und wenn sie in ihrer Erzählung innehielt, mahlten ihre Kiefer, als würde sie kauen. Speichel sammelte sich in ihren Mundwinkeln und sprenkelte ihre Lippen mit weißen Tupfen.

»Sie hat mir auch geholfen, mich etwas über die Pflanzenmedizin gelehrt. Was glaubst du, wieso ich so alt geworden bin? Sie hat mir gesagt, welchen Sud ich gegen welche Krankheit brauen muss. Hat sie es dich auch gelehrt?«

»Ja«, sagte Uutuk, »mich hat sie es auch gelehrt. Aber es gibt vieles, das ich nicht weiß, besonders über die Pflanzen, die in dieser Gegend wachsen. Hier ist alles so anders als auf der Insel, auf der ich einst lebte.«

»Du hast auf einer Insel gelebt? Ich habe mich schon gefragt, was für einen Namen du trägst. Uutuk. Das ist doch nicht Fluß, *nae'*?«

»Erste Menschen.« Und ehe die alte Frau ihr eine neue Frage stellen konnte, sagte Uutuk: »Sag mir, was mit jenem Mann von ihr geschehen ist.«

Fisch-mit-zwei-Schwänzen spitzte die Lippen, schüttelte den Kopf und sprach: »Es war schrecklich, etwas, über das man nicht sprechen sollte, doch da sie deine Mutter ist, musst du es erfahren. Er wurde mit einem Messer getötet.«

»Nicht mit Gift?«

»Nein«, sagte Fisch-mit-zwei-Schwänzen, »und deshalb weiß ich auch, dass deine Mutter ihn nicht getötet hat. Ihr Wissen von den Pflanzen war zu groß. Wenn man einen jungen Mann wie Flusseistänzer töten will und das Wissen der Pflanzen besitzt, dann ist es leichter, ihn mit Gift zu töten.«

»Genug!«, schrie die Enkeltochter. »Genug, Großmutter. Du wirst noch Flüche über uns alle bringen. Sei still.« Über den Kopf der Großmutter hinweg sah sie Uutuk an und deutete mit dem Kinn auf den Eingang. »Geh jetzt. Wenn du noch mehr wissen möchtest, so wird deine Mutter es dir sicher erzählen.«

Uutuk dankte ihnen. Sie beugte sich vor und drückte der alten Frau die Feder eines Lunds in die Hand, von leuchtendem Ringelblumenrot. »Sie wird dir guten Schutz gewähren, Großmutter«, sagte sie und verließ die Behausung.

Das Kichern der alten Frau hallte in ihren Ohren, als Uutuk

zu der Behausung von Cen zurückkehrte. Flusseistänzer. Ja, K'os hatte ihr von ihm erzählt. Und da war auch ein alter Mann gewesen, ihr erster Mann. Uutuk hatte gehört, wie K'os Robbe einst von all den guten Geschenken erzählt hatte, die sie von diesem Mann bekommen hatte. Und dann war da jener oberste Jäger, der in einem Feuer gestorben war. K'os hatte sie alle überlebt.

Uutuk ging zurück in die Behausung von Cen. Chakliux saß über jenen dünnen, scharfen Klingen, mit denen die Flussmänner die Spitzen der winzigen Speere formten, die sie von ihren Feuerbögen abschossen. Uutuk hatte jene Waffen zum ersten Mal am Strand der Händler gesehen, doch sie schienen nicht viel wert zu sein. Keiner der Ersten Menschen hatte sie haben wollen.

K'os saß noch immer neben ihrem toten Mann, klagend und schaukelnd. An diesem Abend würde eine Bestattungsfeier stattfinden. Es wäre gut, wenn der Körper von Robbe endlich aus der Behausung verschwand. Er fing an zu stinken.

Das Flußvolk bestattete seine Toten auf Bahren, so hatte Ghaden ihr einst erzählt, und wenn sie mit einem Fluch beladen waren, so wurden sie verbrannt. Robbe würde wohl verbrannt werden. Uutuk sorgte sich um seinen Geist, ob er die Flammen überstehen würde, und sie betete für seine sichere Reise in die Welt der Toten.

Sie ging zu K'os hinüber, legte ihr eine Hand auf die Schulter und beugte sich ganz nahe zu ihr. »Mutter, erzähle mir noch einmal von deinem jungen Vier-Flüsse-Mann«, flüsterte sie.

Ihre Mutter sah zu ihr hinauf, und obgleich sie doch geweint hatte, waren ihre Augen nicht rot und nicht geschwollen. »Warum, Uutuk, hat jemand im Dorf von ihm gesprochen?«

»Die alte Frau Fisch-mit-zwei-Schwänzen«, antwortete Uutuk leise.

»*Aaa*, nun gut, er ist gestorben, wie ich es dir erzählt habe.

Einer in diesem Dorf hat ihn erstochen. Ich glaube, dass Cen es war, doch man gab mir die Schuld.«

Uutuk begann zu zittern, und sie presste die Zähne fest aufeinander, damit sie nicht klapperten. »Wieso hätte Cen so etwas tun sollen?«, fragte sie.

K'os lächelte. »Er selbst wollte mich haben. Doch die Menschen in diesem Dorf glaubten, da mein Mann auf so schreckliche Weise umgekommen sei, wäre ich ein Fluch für sie alle. Sie zwangen mich zu gehen. Mitten im tiefsten Winter zwangen sie mich fortzugehen.«

Ihre Augen wurden dunkel. »Sie dachten, ich würde sterben, aber ich bin nicht gestorben.« Ihre Worte waren nichts als ein Flüstern.

Uutuk zog sich ein Robbenfell fest um die Schultern und setzte sich mit einem fast fertig genähten Oberteil eines Stiefels nieder. Sie versuchte zu arbeiten, doch ihre Finger zitterten so sehr, dass sie nichts weiter tun konnte, als Gebete für die Toten hinaufzuschicken.

Die Wildnis nordwestlich des Fischlagers

DIE GESCHICHTE VON GHELI

Bald hatten sie Gheli, Daes und Schreit-laut eingeholt.

Als Gheli Cen erblickte, fing sie an zu schreien, und Daes sank zu Boden, als hätte ein Speer sie getroffen. Schreit-laut aber blieb stehen, wo er war, und fragte: »Ist er am Leben oder sind wir alle in der Geisterwelt?«

»Am Leben«, gab Ghaden zurück.

Gheli wischte ihre Tränen fort und rannte Cen entgegen. Sie schlang ihre Arme um ihn. Cen rührte sich nicht, er umarmte sie nicht, und schließlich löste sie sich von ihm, sah ihn an und sagte: »Ghaden hat es dir erzählt.«

Sie trat zurück. »Ich werde sterben für das, was ich deiner Frau und deinem Sohn einst antat. Ich habe den Tod verdient, aber bitte verschone meine Töchter vor deiner Rache.«

Daes trat zwischen die beiden. Das Mädchen war ebenso groß wie ihre Mutter und beinahe ebenso breit. Sie trug ein großes Bündel auf dem Rücken. Der Trageriemen schnitt ihr in die Stirn. Sie sprach mit lauten, barschen Worten:

»Dann wusstest du also nicht, wer sie war.«

»Nein, das wusste ich nicht«, sagte Cen.

»Wirst du mich töten für das, was sie getan hat?«

»Warum? Für nichts von alledem trägst du die Schuld.«

»Bin ich noch immer Tochter für dich?«

Der Blick von Cen wurde weich. »Auf ewig wirst du meine Tochter sein, für immer.«

»Eine Frau kann ihren Mann verstoßen, und ein Mann kann seine Frau verstoßen. Aber kann eine Tochter auch ihre Mutter verstoßen?«

»Aber wer würde dann Mutter für dich sein?«

»Jene erste Daes vielleicht, die in meinem Körper umgeht, ohne Ruhe, und die ihren Namen mit mir teilt.«

»Vielleicht jene«, sagte Cen leise.

»Ich werde mit dir in unser Dorf zurückkehren.«

Gheli begann stumm zu weinen, Tränen rannen von ihrem Kinn auf das Fell ihres Parkas.

»Warte«, sagte Cen zu Daes.

»Willst du mich nicht mit dir nehmen?«

»Es gibt etwas, das du wissen musst. Ihr alle müsst etwas wissen.« Er sah Gheli an. »Ghaden hat eine Frau der Ersten Menschen zur Frau genommen. Sie und ihre Familie sind mit ihm in das Vier-Flüsse-Dorf gekommen. Sie heißt Uutuk. Ihr Vater, Robbe, ist ein Händler, doch er ist gestorben. Ghaden muss zu der Trauerfeier in das Dorf zurückkehren.«

»Sie wissen alles, nur nicht, dass Robbe tot ist«, erklärte Ghaden. »Sie wissen, dass K'os Mutter von Uutuk ist.«

Ein erstickter Laut entwich der Kehle von Gheli. »Du darfst

ihr nicht trauen«, flehte sie Cen an. »Als sie das letzte Mal in unserem Dorf war, wollte sie dich als Mann.«

Die Härte wich aus den Augen von Cen. Er sah Gheli prüfend an. »Ich erinnere mich«, sagte er.

»Sie hat gedroht, dir zu verraten, wer ich bin.« Gheli streckte ihm die Hände entgegen, als bäte sie ihn darum, sie zu verstehen. »Ich hatte Angst um meine Tochter. Ich dachte, aus Rache würdest du vielleicht auch sie töten.«

»Du solltest mich besser kennen«, sagte Cen traurig.

»Ich wusste, wie sehr du die Frau einst geliebt hast, die ich getötet habe. Ich wusste, wie sehr du an Ghaden hingst, deinem Sohn. K'os drohte, unsere Tochter Daes zu töten, wenn es mir nicht gelänge, dich davon zu überzeugen, sie als zweite Frau zu nehmen. Und als es mir nicht gelang, sagte sie, ich müsse die Wahl treffen zwischen meinem Leben und dem von Daes. Sie gab mir Gift, und ich tat, als würde ich es nehmen. Ich tat, als wäre ich krank.«

»Ich erinnere mich«, sagte Cen. »Aber da war Flusseistänzer schon der Mann von K'os.«

»Was tut das schon zur Sache bei einer Frau, die mit so leichter Hand tötet, wie K'os es tut? Sie dachte, wenn sie dich bekäme, würde Flusseistänzer sterben. Und wenn nicht, dann war er zumindest ein junger Jäger, gut genug, um sie durch den Winter zu bringen.«

»Aber sie hat ihn getötet.«

Gheli schüttelte den Kopf. »Ich musste dafür sorgen, dass sie aus dem Dorf verschwand. Um das Leben meiner Tochter zu retten.« Sie warf Daes einen scheuen Blick zu, und das Mädchen schloss die Augen und zog die Schultern unter der Last ihres Bündels hoch.

»Dann hast du auch ihn getötet?«, fragte Cen.

»Ich wusste, man würde ihr die Schuld geben. Wie sollte ich es getan haben? Ich war krank, beinahe tot.«

»Ich bin in jener Nacht bei dir gewesen«, sagte Cen, als spräche er mit sich selbst. »Ich war wach ...«

»Du bist eingeschlafen. Lange genug.«

Daes fing an zu stöhnen, als hätte sie Schmerzen. Cen löste den Trageriemen von ihrer Stirn, band die Riemen des Bündels auf und legte es auf die Erde. »Setz dich hin«, sagte er zu ihr, und sie sank auf ihr Bündel nieder. Cen legte Daes einen Arm um die Schultern, fasste sie am Kinn und hob ihr Gesicht zu sich empor. »Was immer deine Mutter auch getan hat, so hat sie doch viele geliebt, auch dich. Auch mich. Die Frau K'os aber hat niemals einen anderen geliebt als sich selbst. Hör zu, Daes. In unserem Dorf geschehen schreckliche Dinge. Robbe ist nicht der Einzige, der gestorben ist. Du hast gehört, was deine Mutter gesagt hat. K'os hat einst versucht, sie zu vergiften. Wieso sollte sie jetzt nicht jene Menschen vergiften, die ihr einst zu Unrecht für einen Tod die Schuld gaben?«

»Was ist mit Vogelhand?«, wollte Daes wissen. Sie sprach langsam, als hätte sie Angst, die Frage zu stellen.

»Er lebt, aber seine neue Frau ist tot.«

Daes rieb sich mit dem Handballen über die Stirn, dann stand sie wieder auf und lud sich das Bündel auf den Rücken. »Ich muss zu ihm«, verkündete sie.

Cen hielt sie zurück. »Warte, wir werden alle gehen.«

»Was ist mit ihr?«, fragte Daes und sah Gheli an.

Cen ließ den Kopf sinken und stand lange Zeit stumm da, und als er die Augen wieder hob, war sein Blick auf Ghaden gerichtet. »Sie war mir eine gute Frau, und sie gab mir zwei Töchter für jene Frau, die ich einst verlor, doch wenn du sie töten willst, kann ich dich nicht davon abhalten. Deine Mutter ist gestorben, und du bist für dein Leben gezeichnet mit den Wunden des Messers von Rotes Blatt.«

»Ich habe fünf Tage mit ihr und Schreit-laut und Daes verbracht«, sagte Ghaden. »Wir haben gesprochen, über unseren Zorn und über unseren Kummer. Wie kann ich eine Frau töten, die meinen Schwestern Mutter ist und Frau für meinen Vater? Doch sie sollte nicht in das Vier-Flüsse-Dorf zurückkehren. K'os wird anderen von ihren Taten erzählen.«

Ghaden sah Cen an. »Schreit-laut wollte sie und Daes in das nächste Dorf bringen. Das kann er noch immer.«

Cen ließ seinen Blick kurz auf Gheli ruhen, dann wandte er sich von ihr ab.

»Bring sie in jenes Dorf«, sagte er zu Schreit-laut.

»Vielleicht ist sie dort sicher.«

Gheli machte vor Freude den Mund auf, und hastige Worte der Dankbarkeit stolperten heraus. Cen hob die Hand, und ohne sie anzusehen, sagte er: »Du hast uns mehr gekostet, als du jemals wirst bezahlen können. Du hast Rüstzeug und einen Sohn, der gewillt ist, dich in ein anderes Dorf zu bringen. Ich verstoße dich. Suche dir einen anderen Mann.«

Gheli fing an zu weinen, stumm, mit weit geöffneten Augen. Als Daes und Cen fortgingen, sah sie ihnen nach. Dann drehte sie sich um und folgte Schreit-laut.

40

DIE GESCHICHTE VON GHELI

In jener Nacht schlugen Schreit-laut und Rotes Blatt unterwegs ihr Lager auf, und sie sprachen von Tagen, die längst vergangen waren, von guten Zeiten und von Karibujagden, von Festen und von Feiern. Sie fragte ihn nach Sok und seiner anderen Frau, nach seinen Kindern, und sie fragte auch Schreit-laut nach seiner Frau.

Schreit-laut bemühte sich, seiner Mutter von den guten Dingen zu erzählen, die Yaa an sich hatte, doch ihm fiel nichts anders ein, als dass sie es verstand, hart zu arbeiten, und dass sie seine Kleidung stets sauber und in Ordnung hielt.

»Du brauchst eine andere Frau«, sagte Rotes Blatt zu ihm. »Es ist gut, wenn ein Mann seiner ersten Frau die Treue hält, aber du brauchst Söhne und Töchter, die sich um dich kümmern, wenn du alt bist. Was würde ich tun, wenn ich niemanden hätte?« Und sie wagte es, ihm eine Hand auf den Arm zu legen.

»Ich will mir ja eine andere Frau nehmen. Bald«, sagte er.

Er versuchte nicht, ihr zu erklären, wie er jedes Mal, wenn er eine Frau wählte, aus irgendeinem Grund zu lange damit wartete, sie zu fragen, bis dann ein anderer Mann sie nahm, ehe er die Gelegenheit bekam. Sich selbst sagte er, der Grund dafür sei, dass er nicht noch eine Frau brauchte, die Mutter für ihn sein wollte und ihm sagte, was er tun sollte. Die sein Leben für ihn plante. Er erzählte ihr auch nicht von jenen Nächten, in denen er wach lag, Yaa nach ihrem Liebesspiel in den Armen hielt und sein Herz so voll war von ihr, dass er bezweifelte, dass dort noch Platz war für eine andere Frau. Oder davon, wie er von seinen Jagdausflügen zurückkehrte und nur den einen Wunsch verspürte, Yaa zu sehen, mit ihr zu sprechen, das Lager mit ihr zu teilen. Wie sollte er diese Dinge seiner Mutter erklären, wo er sie doch selbst nicht verstand?

»Ja«, sagte er schließlich. »Wenn ich diesmal in das Dorf von Chakliux zurückkehre, werde ich ein Mädchen finden, das ich zur Frau nehme. Du hast Recht. Ich brauche Sohn oder Tochter, die sich um mich kümmern, wenn ich alt bin.«

Und obwohl der Himmel noch ein wenig von dem Licht des Tages in sich barg, wickelte Schreit-laut sich in seine Felldecke und floh in den Schlaf.

Jeden Tag ihrer Wanderung sprach Rotes Blatt von der Zeit, als Schreit-laut Kind gewesen war, und von all den Freuden, an die sie sich erinnern konnte. Jeden Abend, wenn sie an ihrem kleinen Feuer saßen, sah sie prüfend in sein Gesicht, als wollte sie es sich genau einprägen, damit sie sich immer an ihn erinnerte.

Die Wanderung dauerte länger, als sie gedacht hatten, beinahe drei Hand voll Tage. Dann aber sahen sie über den Erlen, die ihren Pfad säumten, den Rauch des Dorfes aufsteigen.

Da sagte Rotes Blatt zu ihrem Sohn: »Ich hatte letzte Nacht einen Traum, und er befahl mir, allein in das Dorf zu gehen, denn eine Frau allein wird mit weniger Misstrauen aufgenommen als eine Frau und ein Mann zusammen.«

Schreit-laut erhob Einspruch, doch sie legte ihm sanft eine Hand auf den Mund.

»Es ist mein Wille.«

Ihre Dickköpfigkeit erinnerte ihn an Yaa, und er wusste, dass es nur wenig gab, das ihre Meinung ändern konnte.

»Lass mich wenigstens einen Tag hier bleiben«, bat er sie. »Und wenn sie dich nicht aufnehmen, dann kommst du zu mir zurück, und wir werden in ein anderes Dorf gehen, bis wir einen Platz für dich gefunden haben.«

Rotes Blatt dachte über seine Worte nach, und schließlich willigte sie ein. »Das ist gut. Tu das. Wenn ich bis morgen früh nicht zu dir gekommen bin, dann kehr ohne mich zurück in das Vier-Flüsse-Dorf, und vergewissere dich, dass Cen den Menschen gesagt hat, ich sei tot.« Sie ballte die Hände zu Fäusten, grub ihre Nägel ins Fleisch und ließ wieder los.

»Sie werden um dich trauern«, sagte Schreit-laut, »und ich werde ihre Trauer teilen.« Die Augen von Rotes Blatt füllten sich mit Tränen, und er wandte den Blick ab.

»Eines Tages bringst du Entlein und Daes zu mir.«

Schreit-laut dachte an die vielen Tage der Wanderung und daran, dass zu viel von einem Sommer für diese Reise verloren wäre, doch er sagte: »Ich werde sie zu dir bringen. Halte Ausschau nach uns.«

Da lächelte Rotes Blatt, sah ihm ein letztes Mal in die Augen und verließ ihn.

DIE GESCHICHTE VON UUTUK

Als Cen, Daes und Ghaden in das Dorf zurückkehrten, waren drei weitere Menschen gestorben, doch es war niemand mehr krank geworden. Einige waren auf dem Weg der Besserung und noch sehr schwach, doch es schien, als würden sie am Leben bleiben. Ghaden fand seine Frau in der Behausung von Fisch-mit-zwei-Schwänzen. Sie saß da und zerrieb Wasserdostwurzeln, um Medizin daraus zu bereiten.

»Hast du die Frau von Cen gefunden?«, fragte sie ihren Mann.

»Was wir fanden, ist nicht gut«, erklärte Ghaden, und als er merkte, dass Fisch-mit-zwei-Schwänzen lauschte, fügte er hinzu: »Die Frau von Cen ist tot.«

»War es die Krankheit?«, fragte Uutuk.

»Nein, Wölfe«, sagte Ghaden.

Die alte Frau fing an, irgendetwas zu krächzen, und er nahm an, dass es ein Totenlied war. Er zog Uutuk auf die Beine, entschuldigte sich bei Fisch-mit-zwei-Schwänzen und führte Uutuk hinaus ins Freie.

»Du kennst die Narben auf meinem Rücken«, sagte er leise zu ihr, damit die, die vorübergingen, seine Worte nicht verstehen konnten.

»Ja.«

Schnell ließ sie einen Finger über seine Schulter gleiten, und die Hitze ihrer Hand machte ihm bewusst, wie sehr er sie brauchte. Doch zuerst wollte er ihr berichten, was geschehen war. Am Fluss fanden sie eine geeignete Stelle, im Windschatten der Bäume. Dort erzählte er ihr von Rotes Blatt. Während er sprach, hielt Uutuk die Hände vor den Mund geschlagen, und von Zeit zu Zeit entwichen ihr kleine traurige Schreie.

»Uutuk«, sagte er sanft, »du weißt, dass Chakliux hier geblieben ist, weil er glaubt, dass deine Mutter dem Dorf all dies angetan hat. Auch Rotes Blatt hat uns erzählt, dass K'os einst versucht hat, sie zu vergiften.«

»Glaubst du, meine Mutter würde so etwas tun?«

»Hat sie irgendetwas zu dir gesagt, über das Essen hier im Dorf, und was du essen sollst?«

Uutuk bekam große Augen.

»Sie sagte mir, die Tabus im Vier-Flüsse-Dorf seien sehr verschieden von denen anderer Dörfer. Sie sagte, dass die Frauen hier Dinge äßen, die meine Kinder krank machen oder verfluchen könnten. Seit wir hergekommen sind, haben wir nur aus unseren eigenen Kochbeuteln gegessen.«

Ghaden kniete sich vor sie hin. »Siehst du, Uutuk?«

Da lehnte sich Uutuk vor, schlang ihre Arme um seinen Hals und weinte.

»Ich trage eine Frage mit mir herum, Bruder«, sagte Uutuk. Sie und Chakliux waren vor der Behausung von Cen, nur sie beide. Seit Chakliux in das Dorf gekommen war, blieb K'os in der Behausung. Er hatte ihr nicht einmal erlaubt, zur Frauenstelle zu gehen, um sich zu erleichtern. Stattdessen verwendete sie einen wasserdichten Korb aus Fichtenwurzel und beklagte sich über die Dummheit von Chakliux.

»Frage nur«, ermutigte Chakliux Uutuk.

»Wieso ist sie noch immer am Leben? Wenn sie all das, was du mir erzählt hast, getan hat, oder auch nur einen Teil davon, warum habt ihr sie dann nicht längst getötet?«

»Ich schulde ihr ein Leben«, sagte er.

»Die Schuld war bezahlt, als sie deinen Sohn getötet hat.« Die Worte von Uutuk waren laut, doch sie unterhielten sich in der Sprache der Ersten Menschen, die sie beide verstanden, die Menschen aus dem Vier-Flüsse-Dorf jedoch nicht.

Chakliux schüttelte den Kopf. »Jedes Mal wenn ich entschieden hatte, dass sie sterben muss, ist etwas geschehen, das meinen Entschluss veränderte.«

»Du hast Angst vor ihr«, stellte Uutuk fest. »Sie ist eine Frau, die jeden verflucht, den sie kennt. Wenn sie im Leben so viel Macht besitzt, denke doch nur daran, was sie im Tode nicht alles tun könnte, besonders der Familie dessen, der sie tötet. Aber wir könnten ihre Knochen auseinander nehmen, wie die Männer es tun, wenn sie ein mächtiges Tier erlegt haben. Das wird sie davon abhalten, uns zu verfolgen.«

Ihre Worte entsetzten Chakliux, und er wusste nicht, was er ihr antworten sollte.

»Glauben die Flußmenschen denn nicht daran, dass der, der tötet, sich schützen kann, wenn er die Gelenke durchtrennt?«

»Das tun wir von Zeit zu Zeit, doch den besten Schutz gewähren uns Gebete und Gesänge und Amulette.«

»Dann werden wir beides tun.«

»Hasst du sie denn so sehr?«

Die Augen von Uutuk füllten sich mit Tränen, und sie

wandte sich von ihm ab. »Sie ist immer gut zu mir gewesen«, sagte sie mit kleiner Stimme. »Aber wenn so viele Menschen mir sagen, was sie getan hat, wie kann ich ihr dann noch vertrauen? Wie kann ich sicher sein, dass sie meinem Mann nichts antut oder den Kindern, die wir haben werden?«

»Uutuk, wir sind keine Schamanen. Wir besitzen keine Geisterkräfte, und der Schamane dieses Dorfes ist alt und schwach. Selbst wenn wir beten und singen und die Gelenke durchtrennen, wie können wir sicher sein, dass sie nicht trotzdem wieder über uns kommt und über unsere Familien? Ghaden hat dir doch erzählt, wie sehr sie meine Frau Aqamdax hasst.«

»Ich werde die Gefahr auf mich nehmen, Bruder«, sagte Uutuk. »Und nun ist die rechte Zeit dafür, denn deine Frau ist nicht in diesem Dorf. Und wenn dem Geist von K'os zwischen ihrem Tod und meinem Schneiden ein kurzer Augenblick bleibt, so wird er zumindest nicht zu deiner Frau und deinen Kindern gelangen können.«

Mit dem Rücken zur Behausung kauerte Chakliux auf seinen Fersen. »Wir müssen warten, bis die vierzig Tage ihrer Trauer vorüber sind«, sagte er. »Wenn ihre Trauer um Robbe auch nicht echt ist, so will ich doch nicht wagen, den Fluch einer Witwe über einen von uns zu bringen.«

»Wir haben mehr Macht, als du glaubst, mein Bruder«, sagte Uutuk. Sie saß auf der Erde, mit gekreuzten Beinen, wie es die Art der Flußmenschen war. Nun schnürte sie ihre Stiefel aus Karibuhaut auf. »Ich habe die Geschichten von deinem Otterfuß gehört und von der Macht, die er besitzt.« Sie lächelte. »Hat dir denn keiner die Geschichte von meinen Füßen erzählt?«

»Hast du auch Otterfüße?«, fragte er, und der Zweifel stand ihm offen ins Gesicht gezeichnet.

»Nicht Otter«, sagte sie. »Sieh!«

Sie zog die Stiefel aus und schnippte das Gras fort, mit dem sie gefüttert waren. Dann zeigte sie auf die Stellen, wo ihre kleinen Zehen hätten sein sollen.

»Was ist geschehen?«

»Diesen hier schnitt ich mir in Trauer um meinen Großvater ab«, sagte Uutuk und hob den rechten Fuß. »Und den anderen Zeh hat mein Großvater abgeschnitten, als ich noch sehr klein war. Es heißt, ein Kind könne keine Erinnerung bewahren an das, was war, als es erst drei Sommer zählte, aber ich erinnere mich daran.«

»Es ist gut, dass der Mann tot ist«, sagte Chakliux.

»O nein, Chakliux. Er war ein guter Mensch. Ich will dir erzählen, was geschehen ist. Vielleicht hast du gehört, dass mein Großvater und ich mit einem Boot von unserer Insel zu den Inseln der Ersten Menschen gekommen sind.«

»Ghaden hat mir ein wenig von dir erzählt.«

»Es war eine beschwerliche Reise, und wir haben sie nicht aus freien Stücken gemacht. Ein Sturm hatte uns die Paddel genommen, und wir konnten nicht zu unserem Volk zurückkehren. Wir gerieten in eine Strömung, die uns nach Norden trug. Während dieser langen Zeit aßen wir alle unsere Vorräte auf. Mein Großvater schnitt sich seine eigenen Zehen ab, um einen Köder für die Fische zu haben, aber er hat nichts mit ihnen gefangen. Wir waren am Verhungern, und so habe ich ihm gesagt, er solle meinen Zeh nehmen, und schließlich hat er es getan.« Uutuk lächelte Chakliux an und zeigte dabei ihre weißen, ebenmäßigen Zähne. »Er hat viele Fische damit gefangen, und wir hatten genug zu essen und haben überlebt, bis K'os uns gefunden hat.«

»Dann hat jener Zeh dein Leben gerettet und das deines Großvaters.«

»Ja.«

»Was sind wir doch für eine seltsame Familie, du und ich, dass wir beide unsere Macht in unseren Füßen tragen!«

Sie lachten, und dann fügte Chakliux hinzu: »Diese Macht ist nicht gerade groß.«

»Bis jetzt hat sie genügt, *nae*'?«, erwiderte sie in der Flußsprache und wechselte dann wieder zu der Sprache der Ersten

Menschen. Sie zog ihre Stiefel wieder an, richtete sich auf und sagte: »Ich habe dir meine Geschichte erzählt, damit du siehst, wie viel ich als kleines Kind zu geben bereit war, um meinen Großvater zu beschützen. Und für meinen Mann und die Kinder, die wir haben werden, bin ich bereit, noch viel mehr zu geben.«

Sie legte eine Hand auf ihren Bauch, und Chakliux, der diese Geste schon von seiner Frau kannte, fragte: »So bald schon?«

»Ich glaube, ja«, antwortete Uutuk scheu, »aber mein Mann weiß noch nichts davon. Bitte sag ihm nichts, bis wir entschieden haben, was mit K'os geschehen soll.«

»Wenn ihre Trauer vorüber ist, ist auch ihre Zeit abgelaufen«, sagte Chakliux. »Wir dürfen nicht zulassen, dass sie noch mehr Leben nimmt.«

Die Wildnis nordwestlich des Fischlagers

DIE GESCHICHTE VON SCHREIT-LAUT

Schreit-laut verbrachte den Tag auf der Jagd und kehrte mit zwei fetten Hasen und einem Bündel Schneehühner an sein Lagerfeuer zurück. Er nahm sie aus und briet sie auf Spießen. Dann aß er sich satt und wickelte, was übrig blieb, in Gras, um es für den nächsten Tag aufzuheben.

Als die Nacht sich niedersenkte, vernahm er Schritte. Noch ehe er einen klaren Gedanken fassen konnte, sprang Schreit-laut mit einem Satz auf und hielt Messer und Speer in der Hand, doch dann hörte er die Stimme seiner Mutter, und er lief ihr entgegen. Sie lächelte.

Sie schnitt all seine Fragen ab, die ihm auf der Zunge lagen, und sagte: »Ich konnte nicht zulassen, dass du gehst, ohne dass ich dich noch einmal gesehen habe.«

Obgleich sie noch immer lächelte, konnte Schreit-laut Tränen in ihren Augen schimmern sehen. »Haben sie denn keinen Platz für dich?«, fragte er.

»Doch. Sie kennen Cen, und irgendwie ist die Kunde von seinem Tod zu ihnen gelangt. Ich habe sie in dem Glauben gelassen. Es gibt einen alten Mann, der bereit ist, mich als Frau zu nehmen.«

»Wenn er alt ist, wie will er dann für dich sorgen?«

»Er ist nicht zu alt, um zu jagen, und er hat drei Söhne in jenem Dorf. Wir werden nicht verhungern, und wenn sie schließlich die Wahrheit über Cen erfahren, dann werde ich sagen, dass ich bei ihm bleiben will, auch wenn Cen am Leben ist, dass ich es müde bin, Frau eines Händlers zu sein. Bis dahin werden meine Parkas und meine Fangleinen ihn glücklich gemacht haben, und womöglich kann ich ihm sogar einen Sohn oder eine Tochter schenken.«

Schreit-laut winkte sie an sein Feuer und bot ihr zu essen an.

»Nur ein wenig«, sagte Rotes Blatt. »Ich muss wieder zurückgehen, und ich will mich in der Dunkelheit nicht verirren. Ich wollte nur, dass du weißt ...«

»Ich bin froh, dass du einen Platz gefunden hast, Mutter.«

»Vielleicht kannst du mich eines Tages besuchen«, sagte sie. »Du und deine Frauen und alle die Kinder, die du haben wirst.«

Sie aß schnell, als hätte sie den ganzen Tag nichts bekommen. Doch Schreit-laut sagte sich, dass sie nicht so hungrig sein konnte, dass sie nur gehen und zu dem alten Mann zurückkehren wollte.

Rotes Blatt aß ein Schneehuhn, wischte sich die Finger an ihren Hosen ab und stand auf. Für einen Augenblick wurde Schreit-laut wieder ein kleiner Junge, und er flüchtete sich in ihre Arme. Sie löste sich als erste aus der Umarmung, und mit Tränen in der Stimme sagte sie: »Behüte meine Töchter.«

»Das werde ich«, versicherte er ihr, und dann war sie fort.

Schreit-laut häufte viele Zweige auf sein Feuer, bis die Flammen loderten und genug Licht gaben, um ein wenig von der Leere auszufüllen, die er in sich spürte.

Das Vier-Flüsse-Dorf

DIE GESCHICHTE VON K'OS

K'os beugte sich ganz nahe an die Wand der Behausung und versuchte zu hören, was ihre Kinder sprachen, doch die zweifache Abdeckung aus Karibuhaut und die Steine und Grassoden der Wände verschluckten all ihre Worte. Auf irgendeine Weise war es Chakliux gelungen, Uutuk gegen sie aufzubringen, und all das war nur wegen dieser Frau geschehen, Rotes Blatt. Wenn Cen und Ghaden ihr nicht nachgegangen wären, dann hätte Chakliux niemals so viel Zeit allein mit Uutuk gehabt, um ihr mit seinen Worten den Hass auf K'os einzureden.

Und dennoch sollte das Mädchen es besser wissen! War K'os ihr nicht immer eine gute Mutter gewesen? *Aaa!* Was war es nur, das Kinder so selbstsüchtig machte? Chakliux hielt sie in dieser Behausung gefangen und erlaubte ihr nicht, die Sonne zu sehen. Wie sollte sie in ihren Knochen genug Wärme sammeln für den nahenden Winter?

»Du darfst deinem Zorn nicht gestatten, dein eigenes Fleisch zu verzehren«, sagte sie sich. »Wie willst du kämpfen, wenn du schwach bist?«

Und K'os richtete ihre Gedanken auf die Menschen im Vier-Flüsse-Dorf. Wie viele waren nun gestorben? Sechs Hand voll! Ja, aber viele Jäger waren schon zur Karibujagd aufgebrochen, und die meisten von jenen, die sie getötet hatte, waren Kinder und Alte und einige von den Frauen, die hier geblieben waren. Und dann gab es noch die jungen, kräftigen. Auch sie hatte ihr Gift krank gemacht, doch es hatte sie nicht zu töten vermocht. K'os hatte nicht nur jene Pflanze mit den blauroten Blüten von den Ersten Menschen genommen, sondern auch die Giftbeere. Das Gift der Ersten Menschen war besser. Sie hatte es bei den Ersten, die gestorben waren, angewandt – alle waren sie Älteste gewesen –, und es hatte keinen großen Aufruhr verursacht. Es hatte ausgesehen, als wären sie allesamt im Schlaf gestorben, nur eine war noch aus der Behausung ihrer Tochter herausgestolpert, hatte sich an die Kehle gefasst und nach Atem gerungen.

Dann hatte K'os beschlossen, viele von ihnen zugleich zu töten, indem sie die Kochbeutel vergiftete, die über den Kochfeuern des Dorfes hingen. Doch auch Robbe, begierig darauf, mehr zu essen, als was sie in ihrem eigenen Kochbeutel für ihn hatte, hatte aus jenen Beuteln gegessen. Dummer Mann! Sie hatte ihm hier in der Behausung von Cen doch fürwahr genug zu essen gegeben.

Keiner hatte K'os verdächtigt. Wieso sollte sie ihren eigenen Mann töten wollen? Doch dann war Chakliux gekommen, und Cen mit ihm. War es zu glauben, dass Cen noch immer am Leben war? War es zu glauben, dass Chakliux in dieses Dorf kam und sie bezichtigte, die Menschen zu töten? Und nun hatte er auch noch Uutuk gegen sie aufgebracht. Nun, da sie nicht mehr auf die Hilfe von Uutuk und Robbe zählen konnte, musste K'os ihre Pläne mit sehr großer Vorsicht fassen.

Sie hörte Stimmen im Eingangstunnel. Ja, es war Uutuk, und vielleicht auch Chakliux. K'os drückte sich mit dem Daumennagel in das Weiß ihres Augapfels. Mit Tränen auf den Wangen drehte sie sich zu ihnen um.

Der harte Ausdruck in dem Gesicht von Uutuk schmolz dahin, und sie streckte K'os eine Hand entgegen, dann aber zog sie sie geschwind wieder zurück. K'os sagte nichts, doch sie bemerkte den verstohlenen Blick, den Uutuk ihrem Bruder zuwarf. Seine Lippen waren fest geschlossen, sein Blick kalt. Er beugte sich zu dem Mädchen hinüber und flüsterte ihr etwas zu. Uutuk zog die Stirn kraus, und obgleich auch sie flüsterte, schien es, als würden sie sich streiten. Schließlich zuckte Chakliux die Achseln und wandte sich an seine Mutter.

»Meine Schwester denkt, dir sollte erlaubt werden, an den Trauerfeiern teilzunehmen.«

Tag für Tag begingen die Menschen im Dorf eine Trauerfeier, versuchten, die Toten zu besänftigen. Mehr Nächte, als K'os zählen konnte, drang der Schlag der Totentrommeln nun schon in ihren Schlaf.

Sie wischte sich die Nase an dem Ärmel ihres Parkas ab und sagte: »Was, damit die im Dorf mich töten? Gewiss habt ihr ihnen inzwischen erzählt, dass ich diese Menschen getötet habe. Gewiss habt ihr mir die Schuld an diesem Fluch gegeben, obgleich mein eigener Mann unter den Toten ist.«

Uutuk schüttelte verneinend den Kopf, und K'os presste ihre Lippen fest aufeinander, um ein Lächeln zu unterdrücken. Chakliux hatte sie nicht so weit von ihr fortgeführt, wie sie befürchtet hatte.

»Hältst du uns für Dummköpfe?«, fragte Chakliux. »Wenn sie wüssten, dass du die Schuld trägst, wie sicher wären wir dann noch, deine Tochter und ihr Mann und ich?«

K'os verweigerte ihren Augen zu blinzeln, und so liefen noch mehr Tränen über ihre Wangen. »Was werde ich tun, ohne Mann, nun, da ich alt bin?«, fragte sie wehklagend.

Uutuk ging zu ihr und nahm sie in die Arme. K'os warf Chakliux durch die Wimpern einen Blick zu und gestattete sich ein winziges Lächeln.

»Uutuk ...« hob Chakliux an, doch dann schüttelte er nur den Kopf und drehte sich um. Als er die Behausung beinahe schon verlassen hatte, sagte er: »Schwester, lass dich nicht von diesen Tränen täuschen. Ich komme euch beide holen, wenn die Zeit für die Trauerfeier gekommen ist.« Er zeigte auf Uutuk. »Lass sie nicht hinaus.«

Er schlüpfte in den Eingangstunnel, und K'os klammerte sich fest an Uutuk. »O meine Tochter, wie dumm war ich, deinem Mann zu erlauben, uns in dieses Dorf zu bringen. Einst hatte ich hier viele Freunde, doch nun sind fast alle von ihnen gestorben, und der Hass von Chakliux legt sich dunkel auf meine Erinnerungen.«

K'os holte tief Luft und ließ sie mit einem Schaudern entweichen. »Was wird mit meinem armen Mann geschehen, nun, da seine Knochen hier liegen, bei einem Volk, das er nicht kennt? Wie viel besser wäre es, wenn er auf unserer Insel bestattet würde, wo der weise Geist deines Großvaters ihn behüten kann.«

K'os sprach weiter über den Großvater von Uutuk, bis sie fühlte, dass das Mädchen bebte. Da wusste sie, dass auch Uutuk weinte. Dann sagte K'os: »Du bist eine gute Tochter, Uutuk, besser, als ich es verdient habe. Du bist alles, was ich mir je von einem Kind gewünscht habe. Und wenn ich mit Chakliux verflucht worden bin, so bin ich mit dir ganz gewiss gesegnet worden.«

Sie wartete, hoffte, Uutuk würde freundliche Worte zu ihr sagen. Uutuk aber blieb stumm, und schließlich ließ sie K'os los und ging eine Wasserblase holen. Sie goss ein wenig Wasser auf einen Lumpen Karibuhaut und wusch sich das Gesicht, dann reichte sie K'os den Lumpen.

»Ich bin Witwe«, sagte K'os. »Sie sollen meinen Kummer sehen.«

41

DIE GESCHICHTE VON GHELI

Nachdem sie das Lager von Schreit-laut verlassen hatte, wartete Gheli, bis es richtig dunkel war. Dann machte sie sich im Licht des Mondes wieder auf den Weg zurück in das Vier-Flüsse-Dorf. Sie ging schnell, damit Schreit-laut sie nicht einholen konnte, wenn auch er sich am nächsten Tag wieder auf den Weg machte.

In der kommenden Nacht und in all den langen Nächten danach gönnte sie sich nur wenig Schlaf. Als sie das Vier-Flüsse-Dorf schließlich wieder erreichte, kam sie aus einer Richtung, die nur wenige Menschen einschlugen, von den Totenbahren.

Der Gestank zwang sie, den Atem anzuhalten, und beim Anblick der vielen Toten musste sie weinen. Es waren kleine und große, Männer und Frauen.

Beim Gedanken an ihre Töchter schlug ihr Herz vor Furcht schneller. Waren auch sie gestorben? Wenigstens Daes würde wohl wissen, dass alles, was K'os ihr gab, gefährlich war. Als Gheli sah, dass die Kochfeuer des Dorfes erloschen waren, seufzte sie vor Erleichterung. Die Frauen mussten gemerkt haben, dass krank wurde, wer aus diesen Beuteln aß. Oder aber es waren nur noch so wenige Frauen am Leben, dass es keine mehr gab, die die Feuer hütete.

Das wird es wohl sein, dachte Gheli, als sie näher schlich, um die Kohlen in Augenschein zu nehmen. Sie waren nicht einmal aufgehäuft worden. Keine Frau, die gesund und stark war, würde ein Feuer sich selbst überlassen, bis es erlosch. Das war töricht. Gheli stocherte mit ihrem Wanderstab in den Kohlen, um sicherzugehen, dass keine Glut mehr darin verborgen war, die der Wind womöglich forttragen und auf die Abdeckungen der Behausungen wehen konnte. Doch es war nicht einmal das kleinste Fünkchen zu finden.

Nun musste sie herausfinden, ob K'os noch am Leben war oder ob Cen oder Chakliux sie schon getötet hatte. Wenn K'os tot war, dann würde Gheli ebenso leise wieder verschwinden, wie sie gekommen war. Wieso sollte sie nicht in das Dorf hinter ihrem Fischlager zurückkehren? Es bestand immer die Möglichkeit, dass einer von den Männern sie als Frau nehmen würde. Und außerdem würde Schreit-laut eines Tages kommen und Daes und Entlein zu ihr bringen.

Doch es gab gute Gründe dafür, dass K'os noch am Leben war. Die Trauerzeit für ihren Mann von den Ersten Menschen war noch nicht vorüber. Wozu sollte einer sich unnötig mit Flüchen beladen, wenn er K'os tötete, ehe der Geist ihres Mannes sich auf immer im Land der Toten niedergelassen hatte?

Wo würde K'os wohl wohnen, wenn sie noch am Leben war? Gewiss waren Ghaden und seine Frau in der Behausung von Cen. Was heißen konnte, dass auch die Mutter dieser Frau dort war. Aber würde Cen zulassen, dass K'os innerhalb derselben Wände war wie seine Töchter? In dem Eingang zu der Behausung neben der von Cen regte sich etwas. Gheli duckte sich so schnell, dass die Hunde, die in der Nähe angebunden waren, anfingen zu bellen.

Jemand trat ins Freie. Es war Chakliux. Sein Humpeln hätte sie überall erkannt. Gheli meinte, die leisen Töne eines Gesanges zu vernehmen, eines Geisterliedes, doch sie war sich nicht sicher. Chakliux hob den Kopf und sah hinauf zum Himmel. Er betete.

Hoffnung regte sich in Gheli. Vielleicht hatte er K'os schon getötet, und dann konnte sie sich wieder davonstehlen, in die

Nacht verschwinden. Niemand würde je erfahren, dass sie hier gewesen war.

Nach einer langen Weile ging Chakliux wieder hinein, und Gheli kroch auf Füßen und Händen zur Rückseite der Behausung. So nahe es ging, zwängte sie sich an die Karibuhaut, die den oberen Teil bedeckte. Sie hörte nichts. Keine Stimmen. Das war gut. Keine Trauerklagen. Keine Heilergesänge. Vielleicht war K'os auch noch am Leben, und Chakliux hatte schlicht um Rat gebetet, weil er nicht wusste, was er tun sollte.

Ah, Chakliux, schlafe. Morgen werden deine Sorgen vergangen sein. Was bedeutet noch ein Tod schon? Und was zwei? Nichts weiter als eine neue Trauerfeier.

Gheli drückte den Beutel, der an ihrer linken Seite hing. Sie löste das Zugband und holte das Messer mit der langen Klinge heraus, das sie sich aus dem Waffenlager von Cen geliehen hatte, ehe sie zu ihrem Fischlager aufgebrochen war. Es war aus Obsidian, und Cen sagte, es habe einst einem Mann gehört, der vor so langer Zeit lebte, dass selbst die Geschichtenerzähler ihn inzwischen vergessen hatten.

Der Mond war gerade erst voll gewesen, und nun war eine Seite zerfranst und ließ sein Licht auslaufen. Gheli wartete, bis der Mond untergegangen und um sie her nur noch Dunkelheit war. Selbst die Hunde drängten sich eng an die Behausungen und steckten die Schnauzen unter ihre Schwänze. Gheli schlich zu dem Eingangstunnel und legte sachte eine Hand auf die Türklappe aus Karibuhaut. Sie fühlte sich hart und rau an. Gheli zog sich der Magen zusammen, und sie musste würgen. Dann zwang sie die Furcht hinunter. Sie packte das Heft ihres Messers, um sich selbst Mut zu machen, umfasste den Beutel und bewegte die Finger, bis sie das feine, geschmeidige Pulver spüren konnte, das darin war.

Gheli verharrte im Innern des Tunnels, bis die Luft sich gesetzt hatte und ein wenig wärmer geworden war. Die innere Türklappe war ein wenig beiseite gezogen, und Gheli spähte hinein. Ihre Augen hatten sich an die Dunkelheit gewöhnt, und die wenigen Kohlen, die noch in der Feuerstelle glühten, gaben ihr genug Licht, um zu sehen. Sie nahm die Behausung in Augenschein. Auf der Männerseite lagen zwei, nein drei. Sie konnte Ghaden sehen, und wer da ganz nahe bei ihm lag, viel zu klein für einen Mann, musste die Frau von Ghaden sein, Tochter von K'os.

Der andere war Cen. Ihr Blick wurde sanft. Gheli kannte seinen Schlaf so gut – er lag auf der Seite, die Beine hochgezogen, einen Arm über die Decke aus Fuchsfell gestreckt. Er schnaubte und murmelte im Schlaf, und sie erstarrte. Doch dann war er wieder ruhig. Auf der Frauenseite lag Daes. Und K'os. Wieder verspürte Gheli den Drang, sich zu übergeben. Sie legte eine Hand auf den Mund, bis die Übelkeit vorüber war.

Daes lag so weit, wie es ging, entfernt von der Frau, den Rücken an die Matten gedrückt, die die Steine und die Grassoden der Wand bedeckten.

Gewiss hatten die Jahre das Gesicht von K'os sehr verändert, und es war nicht mehr jenes, das Gheli in ihrer Erinnerung verwahrte, die Hand auf den Schlaffellen aber verriet sie sofort.

Gheli beobachtete K'os und verzog das Gesicht. Es würde nicht so einfach werden, wie sie gehofft hatte. Die Frau hatte sich fest in ihr Schlaffell gewickelt. Konnte die Obsidianklinge durch das Fell dringen? Sie könnte auch den Hals von K'os angreifen, doch was, wenn sie ihn verfehlte und stattdessen das Kinn oder die Schulter traf?

Gheli schickte ein Gebet empor, obgleich sie nicht wusste, welche Geister willens sein würden, ihr beizustehen. Dann kroch sie zu dem Stapel Schlaffelle auf der Frauenseite hinüber. Sie deckte sich mit einem Fell zu und legte sich zwischen Daes und K'os. Daes stöhnte und drückte sich noch näher an die Wand, doch K'os rührte sich nicht. Und als sie die Stimme hörte, erschrak Gheli fürchterlich und sprang mit einem Satz auf die Füße.

»Du bist zurückgekehrt.« Es war nur ein Flüstern, und es kam von K'os. »Cen hat uns gesagt, dass du tot bist. Es hat den Anschein, als seist du eine Frau, die gut darin ist, den Tod zu narren. Mag sein, dass ich dein Geheimnis erfahren sollte.«

K'os setzte sich auf und schob die Decke hinunter auf ihre Hüften. Sie hatte sich sehr verändert, war endlich doch eine alte Frau geworden.

»Du bist gekommen, um mich zu töten«, stellte sie fest.

»Ja. Damit Cen oder Chakliux es nicht tun müssen.«

»Meine Trauer ist noch nicht vorüber. Willst du diesen Fluch auf dich nehmen?«

»Ja. Zum Schutze meiner Töchter.«

Aus den Augenwinkeln sah Gheli, dass Daes auf die Feuerstelle zukroch. Sie fing an zu zischeln und rief nach ihrem Vater. Schließlich wachte Cen auf. Ghaden und Uutuk waren nun ebenfalls wach. Ghaden hatte sich schützend vor seine Frau gesetzt und tastete nach den Waffen, die er neben seinen Schlafmatten abgelegt hatte.

Er hob einen kurzen Wurfspeer auf, und Gheli rief zu ihm hinüber: »Lass mich sie töten. Was ist ein Fluch mehr schon für jemanden wie mich, wo ich doch bereits mit so vielen beladen bin?«

Ghaden sah zu Cen hinüber, und der sagte: »Warte.«

»Nichts als dieses kleine krumme Messer haben sie mir gelassen«, sagte K'os. Sie erhob sich auf die Knie und befreite sich ganz von ihrer Schlafdecke. Sie hob das Messer. Die Klinge war nicht länger als die Spitze eines Frauenfingers, und sie steckte in einer Kariburippe, denn die Krümmung der Rippe war gut zum Nähen geeignet.

Dieses Messer könnte wohl ein Auge nehmen, dachte Gheli, oder eine Wunde in das Fleisch schlitzen, doch sie trug ihren Parka, und für die kleine Klinge wäre es nicht leicht, die feste Haut zu durchdringen. Nur auf ihr Gesicht und ihre Hände musste sie Acht geben. Nichts weiter.

Das Alter hatte K'os dürr gemacht, und sie schien viel kleiner als in der Erinnerung von Gheli. Vielleicht war sie schwach geworden. In Gheli erwachte die Hoffnung, dass sie den bevorstehenden Kampf womöglich überleben würde.

»Cen«, sagte sie, »wenn ich sie töte, wirst du mich dann gehen lassen?«

»Wirst du unser Dorf verlassen?«

Gheli machte gerade den Mund zu einer Antwort auf, da ertönte von Daes ein Heulen, ein hohes, misstönendes Jaulen.

»Sei still!«, fuhr Cen das Mädchen an, und Daes schlug die Hände vors Gesicht und erstickte ihr Schluchzen.

»Ich werde das Dorf verlassen«, versprach Gheli.

»Du wirst sterben«, sagte K'os, und dann rief sie zu ihrer Tochter hinüber: »Uutuk, du lässt zu, dass sie mir das antut? Du bittest deinen Mann nicht, mir zu helfen?« Ihre Stimme war weich und flehend.

Uutuk weinte, doch sie wandte ihr Gesicht ab und sah ihre Mutter nicht an.

»Wieso habe ich mir je in den Kopf gesetzt, Kinder großzuziehen?«, fragte K'os. Hass lag in ihren Worten, Zorn und, so erschien es Gheli, auch ein wenig Furcht.

Gheli spürte einen kalten Luftzug, und Cen rief: »Chakliux, warte!«

Gheli wandte den Kopf ab, warf einen Blick zurück, und in diesem Augenblick stürzte K'os sich auf sie und schlitzte ihr mit dem krummen Messer die Wange auf.

Gheli stach zu. Statt eines Parkas trug K'os nur ein loses Hemd aus Karibuhaut. Ganz leicht drang das Messer in ihren Bauch. K'os schrie und schlug aufs Neue mit ihrem krummen Messer zu. Diesmal traf sie Gheli zuerst an der Stirn und dann am Handrücken. Gheli achtete nicht auf den Schmerz, achtete nicht auf Cen und Chakliux. Sie dachte, die Männer würden sie fortzerren, doch sie taten es nicht. Und sie ließ sich mit aller Macht auf das Heft ihres Messers fallen, zerrte mit all ihrer Kraft daran und fügte K'os eine große Wunde im Unterleib zu. Der Gestank zerfetzter Gedärme erfüllte die Behausung.

Uutuk vergrub ihren Kopf an der Schulter ihres Mannes und ließ ihrer Verzweiflung freien Lauf.

K'os schrie wie besessen, ihre Hände hielten die Ränder der klaffenden Wunde gepackt. Gheli warf das Messer fort, und es fiel mitten in die Feuerstelle. Die Rohhaut, mit der die Klinge an das Heft gebunden war, fing an zu zischen und zu rauchen. Dann öffnete Gheli ihren Beutel und schüttete den Inhalt über das Gesicht und den Bauch von K'os.

»Du wolltest die Menschen in diesem Dorf vergiften«, schrie Gheli sie an, »nun, jetzt bist du vergiftet. Nun bist du tot. Sag deinem Geist, er kann mit mir machen, was er will. Ich bin von so vielen verflucht worden, du wirst darum kämpfen müssen, mich zu vernichten.«

Mit ausgestreckten Händen drehte sie sich zu Ghaden um. »Ich habe keine Waffe mehr. Frage deine Frau, ob sie will, dass du mich tötest. Ich werde mich nicht wehren.«

Da schrie K'os mit fürchterlicher Stimme: »Ghaden, das brauchst du nicht. Sie ist schon tot.« Dann kamen nur noch Flüche aus ihrem Mund, Verwünschungen gegen Gheli, gegen Cen, gegen ihre Kinder.

Ghaden brachte seine Frau zum Eingangstunnel, und sie gingen hinaus. Daes kroch hinter ihnen her.

»Und du«, schrie K'os zu Chakliux hinüber. Sie lag mit dem Rücken auf dem Boden, und der Schmerz raubte ihr die Stimme. »Du«, flüsterte sie. »Du ... bleibst ... hier und ... siehst zu ... wie ich sterbe?«

Er sagte nichts, doch er nahm eine Wasserblase und ging damit zu ihr hinüber. Er hob ihren Kopf, damit sie trinken konnte. Sie nahm einen Schluck und spie ihm das Wasser ins Gesicht. Da ließ Chakliux sie liegen und stellte sich neben Cen.

»Es tut mir Leid, dass dies in deiner Behausung geschehen ist«, sagte Chakliux.

»Ich werde sie niederbrennen.«

Gheli, die noch immer auf dem Boden kniete, sah zu ihm

auf: »Du weißt, dass ich bereits verflucht bin«, sagte sie. »Lass mich nehmen, was ich brauche. Was kann es schon schaden, wenn du es sowieso verbrennst?«

»Nimm, was du willst«, sagte Cen zu ihr.

Das Wimmern von K'os wurde zu Gelächter. »Du brauchst nichts mehr«, stöhnte sie, »du musst dich nur für die Geisterwelt bereit machen.« Mit einem krummen Finger zeigte sie auf die Schnitte in dem Gesicht von Gheli. »Du bist schon tot«, sagte sie noch einmal.

»Ich hatte schon schlimmere Wunden als diese«, entgegnete Gheli. »Was ist schon ein wenig Blut?«

Doch Chakliux trat auf seine Mutter zu und fragte: »Was hast du getan?«

»Gift«, keuchte K'os. Sie hielt ihm das Amulett entgegen, das um ihren Hals hing, öffnete den kleinen Beutel und streute etwas von dem Pulver, das darin war, in die offene Wunde an ihrem Bauch. »Jetzt wird es auch mich nehmen«, flüsterte sie. »Und schneller ... als das Gift ... von Rotes Blatt. Ich habe es ... von den ... Ersten Menschen gelernt. Es hält ... den Atem an ... ist es ... erst im Blut ... geht es ganz ... schnell.« Wie ein Zischen entwichen die letzten Worte ihrer Kehle, und sie blickte zu Gheli empor, sah den Schrecken auf dem Gesicht der Frau.

»Das Messer?«, wollte Gheli wissen, und die Frage war nichts als ein Flüstern.

K'os tat einen allerletzten Atemzug, fing an zu würgen, und in den Ohren von Gheli klang es wie Gelächter.

42

DIE GESCHICHTE VON ENTLEIN

Sie verbrannten die Behausung von Cen mit allem, was darin war. Waffen, Essen und Kleider, Bodenmatten und Kochbeutel, Körbe aus Fichtenwurzeln und aus Rinde. Es verbrannten nicht nur all diese Dinge, es verbrannten auch die toten Körper von K'os und Gheli, und als nur noch Asche und Knochen übrig waren, da hob der Schamane des Dorfes an zu singen, um sie alle zu beschützen vor den Flüchen dieser beiden Frauen. Dann schnürte er die Knochen zusammen und machte sich auf eine lange Reise, um das Bündel mit den verkohlten Überresten fortzubringen, weit weg von jedem Dorf des Flußvolkes.

Schreit-laut kehrte einen Tag nach dem Tod von Gheli und K'os zurück, und er trauerte mit seiner Schwester und mit Cen um Gheli. Doch niemand von ihnen betrauerte K'os. Als Chakliux, Schreit-laut, Ghaden und Uutuk sich aufmachten, um in das Dorf von Chakliux zurückzukehren, da gingen auch Cen und Daes fort, und sie nahmen Entlein mit sich.

In der Nacht, ehe sie das Dorf von Chakliux erreichten, kam Cen zu Schreit-laut und hockte sich neben ihn. Er trug seine kleine Tochter auf dem Arm, und als er sich neben Schreit-laut niederließ, setzte er sie auf sein Knie.

»Ich habe beschlossen, mit Ghaden und seiner Frau zum Strand der Händler zu gehen, wenn dieser Winter vorüber ist. Und vielleicht werde ich gar noch weiter ziehen, bis zu der Insel von Uutuk. So wenig ist mir geblieben, dass ich als Händler noch einmal ganz von vorn beginnen muss, wie ein junger Mann. Und welcher Anfang wäre besser, als jene Menschen zu besuchen, die noch immer den Wal jagen? Meine Tochter Daes will mit mir gehen, und bis zum Strand der Händler wird selbst Chakliux mich vielleicht begleiten. Doch ich habe diese gute Tochter, und sie braucht einen Vater und eine Mutter – oder vielleicht einen Bruder –, die sie großziehen.« Er sah Schreit-laut in die Augen. »Sie wird stark sein wie ihre Mutter, und mit der richtigen Familie wird sie vielleicht sogar klug.«

Schreit-laut streckte die Arme aus, und Cen legte seine Tochter hinein und ging dann schnell davon. Er blieb lange Zeit fort, ehe er an das warme Lagerfeuer zurückkehrte.

Auf dem letzten Tag ihrer Reise trug Schreit-laut Entlein nicht etwa auf dem Rücken, wie die meisten Kinder getragen wurden, sondern er hielt ihr Tragegestell den ganzen Tag lang in den Armen, erzählte ihr von allem, was sie sahen, und hörte ihr mit Freuden zu, wenn sie ihm plappernd Antwort gab.

Als sie das Dorf von Chakliux endlich erreicht hatten, hielt Schreit-laut sich nicht damit auf, mit den Ältesten zu sprechen, die ihn mit Fragen bestürmten. Stattdessen trug er Entlein zum Eingangstunnel seiner Behausung. Dort setzte er sie behutsam ab und wartete, ob sie zu schreien beginnen würde. Doch sie blieb ruhig. Sie war sorgsam in eine weiche Decke aus Hasenfell gewickelt, und so wusste Schreit-laut, dass sie nicht frieren würde. Er ließ sie allein und kroch hinein. Yaa sah auf und sprang dann auf die Füße, mit Freude im Blick.

Geschwind berichtete er ihr von K'os und von seiner Mutter, und sie stand mit offenem Mund da, als wüsste sie nicht, ob sie ein Klagelied anstimmen sollte oder nicht. Schreit-laut hob einen Finger zum Zeichen für Ruhe und sagte: »Ich muss dir etwas sagen.«

Furcht huschte über ihr Gesicht, und dann Traurigkeit. Sie nickte, als wüsste sie, was er zu sagen hatte.

»Ich habe jemanden mitgebracht«, hob er an. Yaa holte tief Luft, und er fügte hinzu: »Um dir bei deiner Arbeit zu helfen.«

»Das ist gut«, sagte sie, doch ihre Stimme war dünn und brüchig. »Sie ist mir willkommen, mein Mann. Hier in dieser Behausung ...« Ihre Worte brachen ab. Sie räusperte sich und fuhr dann fort: »Bis du ihr eine eigene Behausung bauen kannst.«

»Nein«, widersprach Schreit-laut.

»Ich werde ihr eine gute Schwesterfrau sein«, sagte Yaa, und dann fing sie an, von all den Dingen zu sprechen, die zwei Frauen zusammen tun konnten.

»Nein«, sagte Schreit-laut noch einmal. Doch ihm war klar, dass es nur einen Weg gab, um Yaa zum Schweigen zu bringen, jetzt, wo sie angefangen hatte zu reden, um ihren Schmerz zu verbergen. Also verschwand er wieder im Eingangstunnel und nahm das Tragegestell auf. Entlein war eingeschlafen, doch als er sie hochhob, öffnete sie die Augen, und als sie sein Gesicht sah, lächelte sie. Schreit-laut drückte seine Wange an ihre Stirn und kroch zurück in die Behausung. Er hatte erwartet, dass Yaa aufschreien würde, doch sie war ganz still. Er erhob sich und sah, dass ihre Augen geschlossen und ihre Lippen fest aufeinander gepresst waren.

»Yaa?«, sagte er sanft.

Sie riss die Augen auf und verzog den Mund zu einem breiten Willkommenslächeln. Als sie den Säugling erblickte, verkrallten sich ihre Hände vor der Brust, und sie stand mit offenem Mund da, als hätte sie das Sprechen verlernt.

»Willst du deine Tochter denn nicht?«, fragte er.

»Meine Tochter?«

»Ja.«

Sie nahm das Kind und fing an zu lachen. Mit einem Mal aber verstummte sie und fragte: »Gehört sie deiner neuen Frau?«

»Du bist meine einzige Frau, Yaa«, sprach er zu ihr. »Sie gehört dir, uns beiden.«

Da fing Yaa an zu weinen, stumme Schluchzer, die sie so sehr schüttelten, dass sie Schreit-laut das Kind zurückgeben musste. Und er stand da und hielt sie beide fest, seine Frau und seine Tochter, und er musste sich selbst daran erinnern, dass Jäger nicht weinten wegen solcher Kleinigkeiten, wie Säuglinge es waren, und dass Jäger auch vor Glück nicht weinten. Aber dann dachte er, dass sie es womöglich manchmal doch taten.

Herendeen-Bucht, Alaska
602 v. Chr.

Am nächsten Abend, als eine Gruppe Jäger nach sechs oder sieben Tagen der Jagd auf Seelöwen zurückkehrte und die Frauen beschlossen, vom Fischen auszuruhen, da erzählte Yikaas seine Geschichte von K'os noch einmal. Qumalix war an seiner Seite und übersetzte, und auch Kuy'aa, Himmelfänger und andere Geschichtenerzähler hörten ihm zu.

Als Yikaas zu Ende erzählt hatte, rief Himmelfänger ihm zu: »Warte. Du behauptest also, K'os sei auf diese Weise gestorben?«

»So ist es geschehen, so heißt es«, gab Yikaas zurück, und dabei verwandte er die Worte, die allen Geschichtenerzählern geläufig waren.

»Ich habe eine andere Geschichte gehört.«

Die Stimme von Himmelfänger war voll Streitlust, und Yikaas sah in ihm genau das, was er war – ein Kind, dessen Körper zwar zum Mann gewachsen, dessen Verstand aber klein geblieben war.

»Erzähle sie uns«, sagte Yikaas großmütig, und er trat zurück und überließ dem anderen seinen Platz.

Qumalix warf Yikaas einen gequälten Blick zu, der ihm sagte, dass sie nicht für diesen Mann übersetzen mochte.

Himmelfänger aber verzog den Mund zu einem breiten Grinsen und hob an zu erzählen. Dabei vergaß er sogar die höflichen Worte, mit denen die Geschichtenerzähler ihre Zuhörer wissen ließen, dass eine neue Geschichte ihren Anfang nahm.

»K'os war eine böse Frau«, sagte er, »und sie wollte die Vier-Flüsse-Menschen töten, weil sie sie vor vielen Jahren aus ihrem Dorf verjagt hatten. Auch Chakliux wollte sie töten.« Er hielt einen Augenblick inne, als suchte er nach etwas, das er über Chakliux erzählen könnte, und schließlich fuhr er fort. »Sie hasste Chakliux aus vielen Gründen, vor allem aber, weil er so weise war und so gut.«

Die Menschen in der Behausung der Geschichtenerzähler fingen an zu murmeln, und einige von ihnen stellten Vermutungen darüber an, warum K'os ihren eigenen Sohn töten wollte. Himmelfänger aber achtete nicht auf sie und fuhr mit seiner Geschichte fort. Es war keine gute Geschichte, und schon bald machte sich Ungeduld in Yikaas breit. Himmelfänger hielt sich zu lange mit den Gesprächen zwischen Cen und Ghaden auf und mit ihren Plänen, K'os zu töten.

Die zwei führten ihren Plan also aus, und eines Nachts starb K'os, und in ihrer Brust steckten die Klingen beider Männer. Doch selbst als er ihren Tod beschrieb, blieben die Worte von Himmelfänger flach, und Yikaas bemühte sich sehr, seine Freude über die Klagen der Zuhörer zu unterdrücken.

Als Himmelfänger geendet hatte, blieben die meisten von ihnen jedoch höflich. Nur einer, ein Mann von den Ersten Menschen, sagte: »Lass die Geschichte so, wie Yikaas sie erzählt hat.«

Himmelfänger schleuderte dem Mann Beleidigungen entgegen, doch Qumalix legte ihm eine Hand auf den Arm und sagte: »Ich kenne auch eine andere Geschichte über den Tod von K'os. Vielleicht willst du auch diese hören.«

Himmelfänger verzog spöttisch den Mund. Schließlich aber setzte er sich wieder auf seinen alten Platz, um zuzuhören.

Der Anfang ihrer Geschichte war wie jene von Yikaas, doch

als Gheli Schreit-laut verließ, blieb sie in jenem fernen Flussdorf und lebte dort als Frau von einem alten Mann. Yikaas lauschte geduldig und wartete darauf, auch in der Geschichte von Qumalix einen Fehler zu finden, wie es bei Himmelfänger gewesen war. Dann aber geschah, was bei all ihren Geschichten geschah. Die Worte von Qumalix nahmen ihn gefangen, und irgendwie wurde er wieder ein Junge, der Geschichten lernte, die er eines Tages selbst weitergeben würde.

Das Vier-Flüsse-Dorf
6435 v. Chr.

DER TOD VON K'OS, WIE QUMALIX IHN ERZÄHLT

Chakliux saß allein und starrte in die glühenden Kohlen der Feuerstelle. Er hatte einen Schlafplatz in der Behausung neben der von Cen bekommen. Der Mann, dem die Behausung gehörte, hatte seine Frau und auch seine Kinder verloren, und als seine Trauerzeit vorüber war, hatte er sich aufgemacht, um Karibus zu jagen. Es war, als wäre die leere Behausung voll mit den Geistern der Toten. Sie füllten die Träume von Chakliux und drängten ihn dazu, K'os zu töten. Wie sonst sollte ihr je Einhalt geboten werden?

Chakliux bedeckte das Feuer mit Asche und zog seinen Parka an. Er ging durch das Dorf. Obgleich es ein sonniger Tag war, sah er nur wenige Menschen. Viele waren noch immer krank, andere blieben in ihren Behausungen und hielten Trauerwachen ab.

Chakliux erblickte eine alte Frau, die zum Fluss hinunterschlurfte. Sie trug leere Wasserblasen, und als er sie eingeholt hatte, bot er ihr an, die Blasen für sie zu füllen. Die Frau sah ihn mit hochgezogenen Augenbrauen an und drückte die Wasserblasen an ihre Brust, als fürchtete sie sich vor ihm. Dann aber ging ein Lächeln über ihr Gesicht, das einen Mund ohne Zähne entblößte, und ihre Lippen spannten sich über dem nackten Zahnfleisch. Ihre Augen aber waren klar und blitzten ihn an wie zwei neugierige Kinder.

Sie wartete oben an der Böschung, während Chakliux zu dem seichten Tümpel hinunterrutschte, an dem die Frauen ihr Wasser holten. Er füllte die Blasen, band die Schnüre zusammen und warf sie sich über die Schulter. Als er wieder zu der alten Frau hinaufstieg, streckte sie ihm die Hand entgegen, als wäre sie stark genug, um ihm die letzten Schritte hinaufzuhelfen.

»Du bist der Otterfuß«, stellte sie fest, und ihre Stimme war erstaunlich klar und laut, die Stimme einer jungen Frau aus einem alten Mund.

»Ja«, sagte er, »Und du, Tante, wie nennst du dich?«

Sie sah ihn argwöhnisch an, als wüsste sie nicht recht, ob sie ihm ihren Namen anvertrauen durfte. Schließlich sagte sie: »Tante ist gut«, und Chakliux verbarg ein Lächeln. Wer wollte ihr das verübeln? Bei all dem, was im Dorf geschehen war, wieso sollte sie da irgendjemandem trauen?

»Hast du jemanden verloren, Tante? Bist du in Trauer?«

»Einen Enkelsohn«, sagte sie leise, und ihre Augen füllten sich mit Tränen.

»Ich hoffe, es gibt einen Weg, um den Fluch aufzuheben, der sich auf euer Dorf gelegt hat.«

Sie sah auf seinen Fuß hinunter. »Manche sagen, du hast Macht. Andere, dass du den Fluch gebracht hast.«

»Und was glaubst du?«, fragte Chakliux.

»Ich glaube, die Frau ist es gewesen, aber wer hört schon auf mich? Ich bin alt. Aber sie vergessen, dass ich mich noch an damals erinnere, als sie das erste Mal zu uns kam.«

»Du erinnerst dich noch an die Zeit, als K'os bei euch war?«

Die Alte zischelte und hob die Hand. Sie schlug ihm mit den Fingern auf den Mund. »Du darfst ihren Namen nicht sagen. Vielleicht verleiht ihr das die Macht, ihre Behausung zu verlassen.«

»Cen ist bei ihr. Er lässt sie nicht gehen.«

»Sie vermag viele Dinge. Sie ist wie ein Schamane. Sie kann dort bei Cen sitzen, und zur gleichen Zeit ist ihr Geist hier draußen und tut Böses. Genauso ist sie. Ich habe es in ihr gesehen, als sie das erste Mal bei uns war. Sie hat bei meiner Freundin und ihrem Mann gewohnt. Sie waren damals schon alt und sind vor langer Zeit gestorben, aber sie haben nicht erkannt, was diese Frau war. Wir hätten sie damals gleich fortjagen sollen.« Sie nickte und fing an zu murmeln, als würde sie sich selbst schelten. Dann sagte sie: »Sicher, sie hätte jederzeit zurückkehren können. Sie ist eine, die nie etwas vergisst.« Die alte Frau warf Chakliux einen verschmitzten Blick zu und zog ihre spärlichen Brauen hoch. »Sie sagen, du bist ihr Sohn, und das Mädchen, die junge Frau Uutuk, ist ihre Tochter. Ist das wahr?«

»Sie hat uns beide großgezogen. Einst gab es eine Zeit, als ich sie Mutter nannte.«

»Dann habt ihr vielleicht geholfen, uns zu verfluchen«, sagte sie.

»Nein. Wir haben nicht geholfen.«

Sie lachte. »Was solltest du sonst sagen? Dass ihr beide ihr geholfen habt? In diesem Dorf sind noch immer genügend Männer am Leben, um euch zu töten.«

Ihre Worte waren Prahlerei und auch ein Weg, sich selbst zu trösten, merkte Chakliux.

»Ihr könnt froh sein, dass ihr Cen habt«, fuhr sie fort. »Er ist der Einzige, der zwischen euch und dem Tod steht. Und sieh, was ihm geschehen ist. Der Fluch deiner Mutter hat ihm sogar die Frau genommen.

Ich weiß, was es heißt zu trauern, aber dieser Fluch ist schrecklicher als alles. Zwei Tage habe ich neben meinem Enkelsohn gesessen und zugesehen, wie er gestorben ist.« Wieder wurden ihre Augen feucht, und sie machte sich nicht die

Mühe, die Tränen fortzublinzeln. Sie sammelten sich in den Höhlen über ihren Wangen. »Alles, was er je gegessen hat, ist wieder hochgekommen«, erzählte sie und zeigte auf ihren Mund, »und seine Därme ...« Sie schüttelte den Kopf. »Ich wollte seine Schmerzen auf mich nehmen. Wieso ist ihm das widerfahren, er war jung, und hier stehe ich, alt und beinahe nutzlos.« Sie streckte Chakliux die Hände entgegen und zeigte ihm, wie sehr sie zitterten. »Ich sollte die sein, die tot ist«, klagte sie. »Ich sollte es sein.«

»Tante, deine Weisheit wird immer gebraucht«, tröstete Chakliux sie freundlich. Er reichte ihr die Wasserblasen, und ehe sie in ihrer Behausung verschwand, sagte sie noch zu ihm: »Manche nennen mich Bei-den-Mäusen.«

Das Gift war ihm nicht fremd. Es stammte von einer Pflanze, die Giftbeere hieß. Vor vielen Jahren hatte K'os Dii damit getäuscht, und so hatte diese, ohne es zu wollen, ihren eigenen Mann damit vergiftet. Jener Tod war kein großer Verlust gewesen. Bellender Fuchs war ein Mann gewesen, der allen ringsum nichts als Ärger und Verdruss bereitet hatte, doch damals war er Häuptling eines Dorfes gewesen. Chakliux erinnerte sich an ihre Erzählungen darüber, was das Gift Bellender Fuchs angetan und wie sie den Toten versteckt hatte.

Für die Familie von Chakliux war der Tod jenes Mannes ein Segen gewesen. Sein Bruder Sok hatte Dii zur Frau genommen, und sie waren gut füreinander. Sie hatte Sok gesunde Kinder geboren, und nicht nur das. Sie besaß die Gabe der Kaributräume. Seit Dii zu ihnen gekommen war, hatte ihr Dorf nie wieder Hunger gelitten, denn sie konnte den Jägern beinahe immer sagen, wo die Herden zogen. Was für ein Dummkopf Bellender Fuchs doch gewesen war; denn er hatte ihre Gabe nur als Gefahr für seine eigene Macht angesehen.

Chakliux seufzte. Der Tod von K'os würde ihn teuer zu stehen kommen. Womöglich würde er ihn sein eigenes Leben kosten. Uutuk hatte ihm angeboten zu helfen, doch wie konnte er zulassen, dass auch sie mit beteiligt wurde? Sie war zu jung, und ein Teil ihres Herzens liebte K'os noch immer, weil sie ihre Mutter war.

Chakliux war kein rachsüchtiger Mann, und obgleich Cen sagte, es sei nur gerecht, wenn K'os einen langsamen Tod voller Schmerzen starb, so wollte Chakliux sie nicht leiden sehen. Und überdies verschaffte ihr ein schleichender Tod die Zeit, jene zu verfluchen, die ihn ihr brachten. Er ging in die Behausung zurück und wählte zwei Wurfspeere aus, von denen ein jeder mit einer langen Spitze aus Stein versehen war. Dann begab er sich an die Kochfeuer des Dorfes. Man hatte die vier Feuer wieder entfacht, doch es waren keine Frauen da, die ihre Kochbeutel hüteten. Die Feuer brannten nur, um Gebete hinaufzuschicken und damit, wer auch immer so unachtsam war, seine eigene Feuerstelle erlöschen zu lassen, sich neue Kohlen holen konnte.

Chakliux hockte sich an eines der Feuer und hielt die Speere in die Flammen. Lange betete er um Stärke, um Weisheit, um Schutz. Er zog sein Jagdmesser aus der Scheide und hielt auch die Klinge in das Feuer, betete auch für sein Messer. Und als er das Gefühl hatte, genug Kraft gesammelt zu haben, kehrte er den Kochfeuern den Rücken und ging zu der Behausung von Cen.

K'os hatte ihn erwartet. Langsam stand sie auf, und ihre Augen brannten. »Du wirst mich also selbst töten«, sagte sie und streckte Uutuk eine Hand entgegen. »Vor den Augen meiner Tochter?«

»Geh hinaus, Uutuk«, sagte Chakliux. »Du musst nicht hier bleiben. Wozu das mit ansehen? Erinnere dich an die guten Dinge, die deine Mutter für dich getan hat, und lass keine anderen Gedanken zu.«

Zögernd stand Uutuk auf. Sie weinte.

»Wo ist dein Mann?«, wollte Chakliux wissen, doch er ließ K'os nicht aus den Augen.

»Er ist mit Cen auf der Jagd nach Schneehühnern.« Sie

weinte so sehr, dass Chakliux Mühe hatte, zu verstehen, was sie sagte.

»Und Daes?«

»Sie will nicht länger mit mir in dieser Behausung sein, als sie muss«, antwortete K'os, und Chakliux musste sie widerwillig für die Ruhe bewundern, die in ihrer Stimme lag. Sie trug nichts als Hosen aus Karibuhaut und einige Ketten. Ihre Brüste waren nackt, wie es bei den Ersten Menschen Brauch war. Wenn er ihr Gesicht und ihre Hände nicht sehen würde, so würde er denken, sie sei jung. So aufrecht hielt sie ihre Schultern, und ihre Brüste waren noch voll, anders als die der meisten alten Frauen. Auch ihre Augen waren klar, wenn sie auch so hart und kalt waren wie immer. Sie hielt das Oberteil eines gefütterten Stiefels aus Karibuhaut in den Händen, der so zurechtgeschnitten war, dass er auf die Sohle aus Robbenhaut passte, die zu ihren Füßen lag. Uutuk hatte den gleichen Stiefel in Händen. Sie hatte die Sohle zum Teil schon angenäht, und nur an der Ferse hing sie noch herunter wie ein offenes Maul.

»Glaubst du, du kannst mich töten?«, fragte K'os. »Wieso jetzt auf einmal, wo es dir doch vorher niemals möglich war?«

»Geh, Uutuk!«, befahl Chakliux, doch sie zögerte, sah erst zu ihm und dann zu ihrer Mutter. »Sofort, Uutuk!«

»Tu es schnell!«, bat Uutuk ihn und musste mit einem Mal würgen. Sie hielt den Atem an und richtete sich auf. Dann legte sie eine Hand auf ihren Bauch. Die Augen von K'os weiteten sich.

»Nein!«, rief Uutuk und legte beide Hände auf ihren Bauch.

K'os warf den Kopf in den Nacken und fing an zu lachen. »Kein Wunder, dass ihr beide so große Furcht davor habt, mich zu töten. Selbst du, Uutuk. Glaubst du, ich werde das Kind verfluchen, das du trägst?« Sie ließ den Stiefel fallen und breitete die Arme aus. Dann machte sie einen Schritt auf Uutuk zu, und auf einmal sah Chakliux, dass sie ein Messer in der Hand hielt, ein krummes Messer mit kleiner Klinge. Eines, das eine Frau zum Nähen verwendete. K'os packte Uutuk an der Schulter, und das Mädchen wich zurück, doch der Griff von K'os war kräftig. Sie drückte Uutuk das Messer an die Kehle.

»So eine kleine Klinge«, sagte K'os. »Welchen Schaden kann die schon anrichten?« Sie lachte. »Es gibt Gift, von dem du womöglich keine Kenntnis besitzt, Chakliux.«

Uutuk stöhnte.

»Du warst sehr dumm, Chakliux, dass du sie nicht hier herausgeschafft hast, ehe du mit deinen Speeren gekommen bist. Aber wie gut für mich, dass du es nicht getan hast! Denn nun weiß ich, dass ich ein Enkelkind haben werde. Ich glaube, ich würde es wohl gerne mit mir in die Geisterweit nehmen. Die Reise ist lang, und es ist besser, in Begleitung zu gehen, *nae*'? Denk nur daran, welch großen Gefallen ich all diesen Vier-Flüsse-Menschen getan habe, die einst versuchten, mich zu töten. Ich habe sie alle zusammen gehen lassen. Nun werden sie dort ihr eigenes Dorf haben. Und du denkst, ich hätte kein Mitgefühl. Erinnere dich, mich haben sie allein fortgeschickt, mitten im tiefsten Winter.« K'os bewegte das Messer. »*Aa*, ich wollte dir von dem Gift erzählen. Die Waljäger streichen es auf die Spitzen ihrer Harpunen. Es hält den Atem an; es hält den Herzschlag an. Uutuk, nur ein kleiner Kratzer, und du würdest leben, nur das Kind würde sterben, doch da bin ich mir nicht ganz sicher. Ich muss noch viel über dieses Gift lernen. Vielleicht wird es dich auch nehmen. Dann können wir drei zusammen gehen, du und ich und das Kind.«

Dann, auf einmal, rief jemand aus dem Eingangstunnel nach Chakliux. Die alte Frau Bei-den-Mäusen kam herein. Sie hielt einen Kochbeutel in Händen, aus dem der Duft von Fleisch aufstieg. Direkt nach der Türklappe hielt sie inne. Der Kiefer fiel ihr herunter, und sie stieß einen Schrei aus. In diesem Augenblick warf Uutuk sich zu Boden, und K'os verlor den Halt an ihrer Schulter. Da warf Chakliux seinen Speer, traf K'os mitten in die Brust, warf den zweiten und traf damit ihre Kehle. Das Gewicht der Speere und die Wucht des Aufpralls schleuderten sie rücklings zu Boden.

Blut breitete sich um ihren Kopf herum aus, und als sie sich nicht mehr bewegte, ging Chakliux so nahe an sie heran, dass er mit seinem Fuß das krumme Messer aus ihrer Hand treten konnte. Uutuk floh in seine Arme, und sie hielten sich gegenseitig umschlungen. Er dachte, sie würde weinen, doch als sie sich endlich von ihm löste, sah er, dass ihre Augen trocken waren.

»Ich kann nicht um sie trauern«, sagte sie leise.

»Geh jetzt.« Chakliux bat Bei-den-Mäusen, Uutuk mit in ihre Behausung zu nehmen. Als sie gegangen waren – die alte Frau hielt noch immer ihren Kochbeutel in Händen –, kniete er neben der Toten nieder und durchtrennte sorgsam alle ihre Gelenke.

Herendeen-Bucht, Alaska
602 v. Chr.

Deine Geschichte ist besser«, sagte einer der Flußmänner zu Qumalix.

»Nein«, widersprach ein anderer. »Die Geschichte von Yikaas erzählt, wie es sich zugetragen hat.«

Eine alte Frau ergriff das Wort: »Ich habe gehört, dass Ghaden sie getötet hat, um seine Frau zu beschützen, und als K'os tot war, sah ihre Kehle aus, als hätte ein Wolf sie zerrissen, und so wusste ein jeder, dass der Hund Beißer zurückgekehrt war, um Ghaden zu beschützen.«

Einige Zuhörer bestätigten murmelnd, auch sie hätten die Geschichte so gehört. Wieder ein anderer sagte, Uutuk habe K'os getötet, und einer, dass Cen es gewesen sei. Ein alter Mann erzählte, dass Schreit-laut K'os getötet habe, um seine Mutter zu beschützen.

»Welche Geschichte sollen wir denn nun glauben?«, fragte ein Junge.

Da erhob sich Kuy'aa. »Welchen besseren Weg gibt es, die Wahrheit in die Ohren der Menschen zu tragen, als das Geschichtenerzählen?«, fragte sie. »Vielleicht ist die Wahrheit, dass K'os viele Male gestorben ist, auf vielerlei Weise. Hätte sie denn weniger verdient als das?«

Yikaas und Qumalix saßen in der Behausung der Geschichtenerzähler. Als alle gegangen waren und die alte Kuy'aa sich auf ihren Schlafplatz zurückgezogen und zu schnarchen begonnen hatte, da war auch Yikaas müde gewesen. Doch nun, da er mit Qumalix allein war, wurde sein Geist wieder klar. Selbst seine Augen hatten aufgehört zu brennen, der Rauch von der Robbenöllampe vermochte sie nicht mehr zu reizen.

»Deine Geschichte von K'os war gut«, sagte er. Er drehte sich um, damit er das Gesicht von Qumalix sehen konnte. Die Wände seines Herzens erschienen ihm mit einem Mal zu dünn zu sein, und sie erzitterten bei jedem Schlag. Seine Stimme aber blieb klar, und er sprach mit einer Kühnheit, die er nicht empfand. »Ich denke noch immer, dass meine Geschichte die richtige ist, aber das heißt nicht, dass deine nicht gut ist.«

Er machte sich auf eine zornige Erwiderung gefasst. Qumalix war keine scheue Frau. Sie sagte, was sie dachte, und das gefiel ihm mit jedem Mal besser. Doch sie sah ihn nur mit hochgezogenen Augenbrauen an.

»Warum sagst du das?«, wollte sie wissen.

»Weil sie gut ist.«

»Nein, nicht das über meine Geschichte, das über deine eigene. Wieso sagst du, deine sei die richtige und meine sei es nicht?«

»Die Geschichtenerzähler in meinem Dorf erzählen die richtige Geschichte seit jenen Tagen, da sie geschehen ist.«

»Und unsere nicht?«

Er zuckte mit den Schultern, wandte den Kopf ab und starrte in das Licht der Robbenöllampe. Er vermisste die guten Feuerstellen seines Volkes. Diese armselig flackernden Lampen spendeten so kleine Flammen. Wie sollte ein Mann davon seine Gedanken stark machen?

»Sieh her«, sagte er schließlich und zog den Stiefel aus Karibuhaut von seinem rechten Fuß. Er dachte, sie sei überrascht, und das war sie auch. So sehr, dass sie in ihre eigene Sprache verfiel. Dann bat sie ihn um Verzeihung und sagte in der Flusssprache: »Otterfuß.«

»Ich habe dich auch so verstanden.« Schließlich hatte er nicht einen großen Teil des Sommers in einem Dorf der Ersten Menschen zugebracht, ohne ein paar ihrer Worte zu lernen. »Und deshalb ist meine Geschichte richtig, und deine ist falsch. Mein Fuß bezeugt, dass der Geist von Chakliux in mir lebt, ein kleiner Teil davon.«

Yikaas nahm den Fuß in die Hand und spreizte die Zehen. Sie waren verwoben. »Siehst du?«

Er erlaubte sich ein kleines Lächeln, sagte aber nichts weiter und wartete darauf, dass sie ihm zustimmte. Was sonst sollte sie tun?

»Ich bin gleich zurück«, sagte sie und verschwand hinter einem der Vorhänge zu den Schlafplätzen. Sie kam mit zwei kleinen Päckchen aus Robbenhaut zurück.

»Ich habe diese hier«, sagte sie. »Kennst du die Geschichten von Chagak und Kiin?«

»Ja, die kenne ich.«

»Erinnerst du dich an die Schnitzerei, die Chagak einst gehörte, die mit dem Mann und der Frau und dem Kind?«

Yikaas war nicht gerade glücklich über den Weg, den die Dinge nahmen. Er setzte sich so hin, dass sein Otterfuß besser sichtbar für sie war. Sie öffnete eines der Päckchen. Es war mit einem Zugband verschnürt, und sie ließ einen kleinen Klumpen aus dunklem, vergilbtem Elfenbein herausrutschen.

»Sieh«, sagte sie.

Er nahm das Elfenbein, drehte und wendete es in seiner

Hand. Es hätte eine Schnitzerei von drei Menschen sein können, doch es war so alt und brüchig, vom vielen Anfassen abgenutzt, dass die Gesichter keine Gesichter mehr waren und die Körper nur noch Ahnungen dessen, was sie einst dargestellt hatten.

»Was vermag das schon zu sagen?«, fragte er. »Es könnte ebenso gut etwas sein, das die See selbst hervorgebracht hat.«

Sie beugte sich nahe zu ihm hin und drehte die Schnitzerei auf den Kopf. »Du kannst das kleine Loch noch erkennen, in dem Shuganan der Schnitzer einst eine Messerklinge versteckt hat.«

Dort war ein Loch, doch Yikaas zuckte mit den Schultern und schüttelte den Kopf. Qumalix schnaubte verärgert und öffnete den anderen Robbenbeutel. »Du kannst kaum leugnen, dass dies hier ein Walzahn ist, der geschnitzt wurde, um auszusehen wie eine Muschel.«

Er nahm den Zahn. »Ja, aber wieso sollte ich glauben, dass es der Walzahn ist, aus dem Kiin die Muschel geschnitzt hat? Das hätte jeder gekonnt.«

Sie riss ihm den Zahn aus der Hand und ließ ihn wieder in den Beutel gleiten. »Jeder hat es aber nicht getan.«

Er lächelte sie an. »Und selbst wenn es die Muschel von Kiin ist, was beweist das schon? Sie war keine Geschichtenerzählerin.«

»Aber eines ihrer Kinder.«

Yikaas zuckte wieder die Achseln und grinste sie breit an. »Du willst nur nicht zugeben, dass meine Geschichte die Wahrheit erzählt und dass der Otterfuß der beste Beweis dafür ist.«

Qumalix ließ den Kopf sinken, und einen Augenblick lang tat sie ihm Leid.

»Ich habe doch gesagt, dass deine Geschichte gut ist«, tröstete er sie.

Sie nickte. »Aber du hast Recht«, stimmte sie ihm zu. »Der Otterfuß ist der beste Beweis.«

Ganz langsam schnürte Qumalix ihren linken Stiefel auf, setzte sich auf ihr Gesäß und zog ihn aus. Sie streckte ihr Bein, bis ihr Fuß in seinem Schoß lag. Dann spreizte sie die verwobenen Zehen und fing an zu lachen.

EPILOG

Herendeen-Bucht, Alaska
590 v. Chr.

Das Kind zappelte vor Freude und sah hinauf in das Gesicht seiner Mutter. Der Junge wurde der Geschichten niemals müde, auch wenn er sie schon so oft gehört hatte. Seine Mutter beugte sich zu ihm hinab und rieb seinen Fuß. Er hatte den ganzen langen Tag mit seinen neuen Freunden hier gespielt, und nun tat der Fuß ein wenig weh. Es war das erste Mal, dass seine Eltern ihn mitgenommen hatten an den Strand der Händler. Wenn sie loszogen, um die Ersten Menschen zu besuchen, blieb er für gewöhnlich im Dorf seines Vaters, bei einer alten Tante. Doch er kannte die Sprache der Ersten Menschen, weil seine Mutter sie sprach.

»Eine letzte Geschichte«, sagte sein Vater gerade, und die Menschen murrten, weil das Geschichtenerzählen für diesen Tag beinahe vorüber war. »Die Geschichte von der Freude einer alten Frau«, kündigte er an. »Erinnert ihr euch an Qung, die Geschichtenerzählerin, die einst vor langer, langer Zeit in diesem Dorf hier lebte?«

Ein Gemurmel der Zustimmung ging durch die Menge.

»Schließlich war sie so alt und krumm geworden, dass sie die ganze Zeit in ihrem *ulax* blieb und darauf angewiesen war, dass andere sie besuchen kamen. Ihre Ohren waren taub geworden, und sie lebte die meiste Zeit in den Geschichten, die sie in ihrem Gedächtnis bewahrte. Doch eines Tages konnten sogar ihre alten Ohren die aufgeregten Stimmen draußen hören ...«

Der Strand der Händler
6427 v. Chr.

DIE GESCHICHTE VON QUNG

Das Herz von Qung schlug heftig in ihrer Brust. Sie dachte an all die schrecklichen Geschichten von Dörfern, die angegriffen worden waren, von Frauen, denen man Gewalt angetan, von Männern, die man getötet hatte. Sie hatten so lange in Frieden gelebt, und dennoch, wer vermochte zu sagen, wann die fremden Krieger beschließen würden, sie zu überfallen? Sie zwang ihre dürren, knochigen Beine, ihr zu gehorchen, kam auf die Füße und humpelte zu einer schmalen Lücke in der Wand, die zu einem geheimen Tunnel führte, durch den sie ihr *ulax* verlassen konnte.

Der Tunnel stieg stetig an, und sie kroch auf Händen und Füßen nach oben. Ihre Knöchel schabten an der rauen Erde, und ihre Finger krallten sich in jede kleine Unebenheit, während sie sich mit all ihrer Kraft hinauf zu der Öffnung zog. Sie stieß ihren Kopf und den Oberkörper hinaus ins Freie und hoffte, das lange Gras, das über dem Tunneldach wuchs, möge sie vor den Feinden verbergen, wer immer sie auch seien.

Es war ein warmer Tag, selbst für den Sommer. Ein Schleier aus Dunst verhüllte die Sonne und ließ die Grenze von Himmel und Erde verschwimmen. Die Augen von Qung sahen noch gut, und zwischen den *ulas* konnte sie Männer und Frauen ausmachen.

Keiner schien sich zu fürchten. Keiner schien zornig zu sein. Mit ihren dünnen Armen zog sie sich heraus und setzte sich auf den Rand der Öffnung. Qung streckte den Hals und versuchte, so gut sie konnte, durch die Grashalme zu schauen, die sich im Wind wiegten.

Ach ja, dort war Strandschneider – der alte Dummkopf – und seine neue junge Frau. Doch wer war das dort, an seiner Seite? Er trug einen *chigdax*, und so wusste sie, dass er gerade von seinem *iqyax* kam. Neben dem Mann stand ein Junge, der beinahe so groß war wie er. Mehrere Kinder. Eine Frau.

Qung rang nach Luft, und ohne den Schmerz ihrer alten Knochen zu spüren, sprang sie auf die Füße und stellte sich so aufrecht hin, wie sie es nur vermochte. Und dann rief sie, schrie, um über die Stimmen der Grashalme gehört zu werden.

Die Frau hob den Kopf, stieß einen Schrei aus und rannte dann, so schnell sie konnte, die Anhöhe zu Qung hinauf. Sie wiegte Qung in ihren Armen, als wäre die alte Frau ein kleines Kind.

»Tante!«, sagte sie. »Du hast gewartet. Ich dachte ... Ich hatte Angst ...«

»Ich habe dir gesagt, dass ich warten würde«, sagte Qung mit nörgelnder Stimme. »Du dachtest, ich sei tot? Ha!« Und dann löste ihre Tapferkeit sich in Tränen auf.

Mit einer geäderten Hand strich sie eine Strähne zurück, die sich aus den Zöpfen gelöst hatte, die Aqamdax zu beiden Seiten ihres Kopfes trug. Qung schnalzte mit der Zunge. »Du musst endlich lernen, dein Haar zu richten«, sagte sie und zog an einem Zopf. »Sonst denkt man am Ende noch, du seist Flussfrau.«

»Tante, kannst du hinuntergehen und meine Familie willkommen heißen?«, bat Aqamdax. »Chakliux und ich, wir haben sie alle mitgebracht, damit du sie endlich kennen lernst: unseren Sohn und seine Frau, noch zwei Söhne, drei Töchter, die noch keinen Mann haben, und unser jüngstes Kind, wieder ein Sohn.«

Qung stützte sich auf Aqamdax, und während sie zum Strand hinuntergingen, sah sie zu ihr hinauf und betrachtete ihre Züge. Von den Augenwinkeln breiteten sich zarte Linien aus, als wäre ihr Gesicht oft kraus vor Lachen. Eine weiße Strähne, hell leuchtend in ihren dunklen Haaren, fiel von ihrem Scheitel herab und fing sich in einem ihrer Zöpfe. Ihre Hände waren rissig und rot, wohl von den Tagen der Reise in dem *iqyax.* Sogar die Gesichter der Kinder schälten sich von all der Sonne und dem Meerwasser.

Chakliux ging auf Qung zu, nahm sie in seine Arme und drückte sie, bis ihre Knochen knarzten.

»Genug!«, rief sie und trommelte auf ihn ein. Er stellte ihr die Kinder vor. Gut und stark waren sie, mit den Augen von Chakliux, und mit der Nase und dem runden Gesicht von Aqamdax.

»Angax ist gekommen, weil er jagen will, und seine Frau will lernen, wie man Kleider aus Vogelhäuten macht, diese Tochter aber ...« Chakliux schob ein Mädchen nach vorn. »Wir wollen, dass du sie deine Geschichten lehrst.«

Erstaunt sah Qung das Mädchen an. Sie mochte etwa acht oder neun Sommer zählen, und sie war scheu. Ganz kurz nur erwiderte sie den Blick von Qung, schenkte ihr ein winziges Lächeln und sah dann zu Boden. Sie stand da und hielt ihr Gleichgewicht auf einem Fuß. Qung war nicht sehr überrascht, als sie sah, dass der Fuß, den sie in die Luft hielt, Otter war.

»Wie lange werdet ihr bleiben?«, fragte sie. Die Frage mochte unhöflich sein, doch sie musste es wissen. Wenn sie nur ein paar Tage hatte, oder nur einen einzigen Mond, dann würde sie dieses Mädchen anders lehren, als wenn sie einen ganzen Winter lang Zeit hatte.

»Solange du Geschichten hast, werden wir bleiben«, sagte Chakliux.

»Solange ich Geschichten habe?«, wiederholte Qung. Sie war so überrascht von seinen Worten, dass ihre Stimme wie eine Frage klang, und so sagte sie sich selbst noch einmal mit fester Stimme: »Solange ich Geschichten habe. Solange ich Geschichten habe.«

Plötzlich hob sie den Kopf und lachte.

»Solange ich Geschichten habe!«, rief sie. »Wie wunderbar. Ihr werdet für immer hier bleiben!«

ANHANG

GLOSSAR DER EINGEBORENENSPRACHEN

AA, AAA — (Alëut., Athabask.) Ausruf des Erstaunens. Oh! [Das zwei- oder dreifache *a* ist ein langer Selbstlaut.]

ANGAX — (Alëut.) Macht, Stärke. Anga ist in der alëut. Sprache der Wortstamm für *großer Bruder.* [Die Vokale sind kurz; weil es vor dem *n* steht, klingt das erste *a* eher wie ein kurzes *e*. Das *n* ist nasal, das *g* wird betont, es ist guttural, ein Velar-Reibelaut, und das abschließende *x* ist ein stimmloser Velar-Reibelaut.]

AQAMDAX — (Alëut.) Moltebeere *(Kubus chamaemorus),* siehe Pflanzenkunde. [Die *a* sind kurz. Das *q* ist wie ein *k*, das *d* ähnelt sehr dem englischen *th.* Das *x* ist ein stimmloser Velar-Reibelaut.]

BABICHE — (Wahrscheinlich von dem Cree-Wort *assababish,* der Verkleinerungsform von *assabab,* Faden.) Ein Band aus ungegerbter Schlachthaut.

CEN — (Ahtna-Athabask.) Tundra. [Das *c* wird wie *k* ausgesprochen. Das *e* ist ein kurzer offener Laut wie das *e* in *Bett.*]

CET'AENI — (Ahtna-Athabask.) Geschöpfe einer alten Ahtna-Legende. Sie sind geschwänzt und leben in Bäumen und Höhlen. [Das *c* klingt wie unser *k*. Das *e* ist ein kurzer offener Laut wie das *e* in *Bett*. Dem *t'* folgt ein offener Laut. Der Diphthonglaut *ae* klingt ähnlich wie das *ä* in *Träne*. Das *i* am Schluss ist ein kurzer Laut wie das *i* in *Tisch*. Die Betonung liegt auf dem *t'aen*.]

CHAGAK — (Alëut.) Obsidian, Rote Zeder. [Das *ch* wird wie *tsch* gesprochen, das *g* wird betont, es ist guttural, und das *k* ist ein stimmhafter Reibelaut. Die Selbstlaute sind kurz wie das *a* in *Sack*. Die Betonung liegt auf der zweiten Silbe.]

CHAKLIUX — (Ahtna-Athabask., wie 1872 von Pinart verzeichnet) Seeotter. [Das *ch* wird wie *tsch* gesprochen. Das *a* klingt wie das *a* in *matt*, das *i* wird kurz ausgesprochen wie das *i* in *mit,* und das *u* wird lang gezogen wie das *u* in *Mut*. Das abschließende *x* ist ein stimmloser Velar-Reibelaut.]

CHIGDAX — (Alëut.) Ein wasserdichter Parka, aus Seelöwen- oder Bärendärmen, Robben- oder Seelöwenspeiseröhren oder einer Walzunge gefertigt. Die Kapuze hatte ein Zugband, und die Ärmel wurden für Reisen auf dem Wasser am Handgelenk zugeschnürt. Diese knielangen Kleidungsstücke waren oft mit Federn und Stücken gefärbter Speiseröhre verziert. [Das *ch* wird wie *tsch* gesprochen, das *g* guttural, und das *d* gleicht dem englischen *th*. Die Vokale sind kurz. Das *x* ist ein stimmloser Velar-Reibelaut.]

CHISUM NAGA — (Alëut.) Vagina. [Das *ch* wird wie *tsch*

gesprochen, und die Vokale sind allesamt kurz. Das *s* klingt wie *sch,* das *m* klingt wie ein *m* im Deutschen, das *n* ist nasal, und das *g* ist ein gutturaler, stimmhafter Velar-Reibelaut.]

CIXUDANGIX (Alëut.) Weiße Anemone *(Anemone narcissiflora),* siehe Pflanzenkunde. [Das *c* wird wie *k* ausgesprochen, die Vokale sind allesamt kurz. Das *x* ist beide Mal ein stimmloser Velar-Reibelaut. Das *d* klingt beinahe wie das englische *th,* es wird gesprochen, indem die Zungenspitze die hintere Seite der Schneidezähne berührt. Das *n* ist nasal. Das *g* ist guttural.]

DAES (Ahtna-Athabask.) Untiefe, seichte Stelle eines Sees oder Flusses. [Das *d* klingt fast wie ein *t.* Der Diphthonglaut *ae* klingt ähnlich wie das *ä* in *Träne.* Das *s* am Schluss klingt wie *sch.*]

DII (Ahtna-Athabask.) Einer allein, auf sich gestellt. [Das *d* wird gesprochen, indem die Zungenspitze die hintere Seite der Schneidezähne berührt. Es klingt fast wie ein *t.* Das *ii* ist ein lang gezogener Vokal wie das *ie* in dem Wort *Tier*.]

DZUUGGI (Ahtna-Athabask.) Ein Lieblingskind, das von klein auf eine besondere Schulung erhält und insbesondere in mündlichen Überlieferungen unterwiesen wird. [Das *dz* klingt wie *ds.* Das *uu ist* ein langes *u.* Das *gg* ist stark guttural und wird gesprochen, indem der Zungenrücken an den weichen Gaumen gedrückt wird. Das *i* ist ein kurzer Laut wie das *i* in *Tisch.* Die Betonung liegt auf der ersten Silbe.]

GGUZAAKK (Koyukon-Athabask.) Eine Drossel *(Hylocichla Minima, H. ustulata* und *H. guttata).* Diese Vögel singen eine vielfältige, schöne Melodie. Das Koyukon-Volk glaubt von alters her, dass dieser Gesang von der Anwesenheit einer unbekannten Person oder eines Geistes kündet. [Das *gg* ist stark guttural und wird gesprochen, indem der Zungenrücken an den weichen Gaumen gedrückt wird. Das *u* klingt ähnlich wie das kurze *u* in *Schluss.* Das *z* wird weich und stimmhaft ausgesprochen. Das *aa* klingt ähnlich wie ein offenes *o.* Das *kk* ist ein sehr hartes *ck.*]

GHADEN (Ahtna-Athabask.) Ein anderer Mensch. [Das *gh* ähnelt stark dem französischen *r.* Das *a* ist ein kurzer Laut wie das *a* in *Fass.* Das *d* wird gesprochen, indem die Zungenspitze die hintere Seite der Schneidezähne berührt. Es klingt fast wie ein *t.* Das *e* ist ein kurzer offener Laut wie das *e* in *Bett.*]

GHELI (Ahtna-Athabask.) Ehrlich, gut. [Das *gh* ähnelt stark einem *r.* Das *e* ist ein kurzer offener Laut wie das *e* in *Bett.* Das *l* wird gesprochen wie das *l* in *Schal.* Das *i* ist ein kurzer Laut wie das *i* in *Tisch.*]

HAYH (Ahtna-Athabask.) Ausdruck des Abscheus. [Das *h* ist eher ein Kehlkopfverschlusslaut und wird nur selten vor einem Vokal gebraucht. Hier ist das erste *h* etwas stimmhafter, wie das *h* in *Haus,* das zweite *h* jedoch ergibt in Verbindung mit dem *y* einen in dieser Sprache sehr seltenen Laut. Es ist ein stimmloser Frontvelar-Reibelaut. Das *a* klingt wie das *a* in *matt.*]

IITIKAALUX (Atkan.-Alëut.) Wolliger Bärenklau *(Heracleum lanatum),* siehe Pflanzenkunde. [Das *ii* wird wie ein langes *ie* ausgesprochen. Das *i* und das *u* sind kurz, das *aa* ist lang. Das *k* ist guttural. Das *x* ist ein stimmloser Velar-Reibelaut. Die Betonung liegt auf der vorletzten Silbe.]

IORI (Japanisch) Hütte.

IQYAX, PL. IQYAN (Alëut.) Ein mit Häuten bespanntes Boot mit Holzrahmen. Ein Kajak. [Die zwei Vokale sind kurz. Das *q* wird wie *k* gesprochen, das *y* wie ein *j*, und das *x* ist ein stimmloser Velar-Reibelaut. Die Betonung liegt auf der ersten Silbe.]

KIIN (Alëut.) Wer. [Das *k* ist guttural wie unser *k*. Das *ii* ist ein lang gezogener Vokal wie das *ie* in dem Wort *Tier.* Das alëut. *n* ist nasal.]

K'OS (Ahtna-Athabask.) Wolke. [Das *k* entspricht dem alëut. *x* und wird mit einem sehr rauen, gutturalen Laut hinten im Hals gesprochen. Der Apostroph bezeichnet einen Kehlkopfverschlusslaut. Das *o* ist ein kurzer offener Laut wie das *o* in *Kopf.* Das *s* wird fast wie *sch* ausgesprochen.]

KUY'AA (Ahtna-Athabask.) Eine hoch angesehene Frau, weiblicher Häuptling. [Das *k* entspricht dem alëut. *x* und wird mit einem sehr rauen, gutturalen Laut hinten im Hals gesprochen. Das *u* ist sehr kurz wie das *u* in dem Wort *Stuck.* Das *y* ist ein stimmhafter Velar-Reibelaut wie das *j* in dem Wort *Julia.* Der Apostroph bezeichnet einen Kehlkopfverschlusslaut. Das *aa* klingt wie das *a* in dem Wort *Tag*. Die Betonung liegt auf der letzten Silbe.]

LIGIGE' (Ahtna-Athabask.) Büffelbeere, Hundsbeere *(Shepherdia canadensis),* siehe Pflanzenkunde. [Das *l* ist stimmlos. Die Zungenspitze wird unmittelbar hinter den Schneidezähnen an den Gaumen gedrückt, und zugleich wird ausgeatmet, dass beiderseits der Zunge Luft ausgestoßen wird. Das *i* ist ein kurzer Laut wie das *i* in *Tisch.* Das *g* entspricht weitgehend unserem *k* und wird hinten im Hals gesprochen, das *e* am Schluss klingt wie das *e* in *Bett.* Der Apostroph bezeichnet einen Kehlkopfverschlusslaut. Die Betonung liegt auf der letzten Silbe.]

NAE' (Ahtna-Athabask.) Ja, auch: Nicht wahr? (Das *n* ist nasal. Der Diphthonglaut *ae* klingt ähnlich wie das *ä* in *Träne.* Der Apostroph bezeichnet einen Kehlkopfverschlusslaut.]

NUHU'ANH (Koyukon-Athabask.) Das Wort bezieht sich auf ein Fabelwesen ähnlich dem Windigo der Cree-Indianer, doch weniger grausam. Die Alëuten meinen mit diesem Wesen – das generell männlich ist – den »Außenmann«, jemanden, der nicht länger in einer Dorfgemeinschaft lebt, der aber aus irgendeinem Grund gewaltsam ausgestoßen wurde. Wörtlich bedeutet *nuhu'anh* »Es schleicht herum«. [Das *n* ist beide Mal nasal. Das *u* klingt beide Mal ähnlich wie das kurze *u* in *Schluss.*

Das *h* klingt beide Mal wie das *h* in *Haus*. Der Apostroph bezeichnet einen Kehlkopfverschlusslaut. Das *a* klingt wie das *a* in *matt*.]

QUMALIX — (Alëut.) Voll von Licht, hell, leuchtend. [Das *q* am Anfang klingt wie ein hartes *k*. Die Vokale sind kurz. Das alëut. *m* wird wie unser *m* ausgesprochen, das alëut. *l* ist ein stimmhafter Laterallaut. Das *x* ist ein stimmloser Velar-Reibelaut.]

QUING — (Alëut.) Höcker, Buckel. [Das *q* am Anfang wird wie *k* gesprochen. Das *u* ist kurz, und der Digraph *ng* ist nasal, sehr ähnlich dem *ng* in *Klang*.]

SAMIQ — (Alëut.) Steindolch oder Messer. [Das *s* klingt wie *sch,* die Vokale sind kurz. Das *m* entspricht dem *m* in unserer Sprache. Das *q* klingt wie ein hartes *k*.]

SAX — (Alëut.) Ein langer, kapuzenloser Parka aus gefiederten Vogelhäuten. [Das *s* wird leicht lispelnd gesprochen, das *a* ist ein kurzer Selbstlaut. Das *x* ist ein stimmloser Velar-Reibelaut.]

SHUGANAN — (Alter Ausdruck unbestimmter Herkunft) Genaue Bedeutung unklar, bezieht sich auf ein uraltes Volk. [Ausgesprochen *schuh-ga-nen,* die Betonung liegt auf der zweiten Silbe.]

SOK — (Ahtna-Athabask.) Rabenschrei. [Das *s* wird fast wie *sch* ausgesprochen. Das *o* ist ein kurzer offener Laut ähnlich dem *o* in *Kopf*. Das *k* ist guttural.]

TAADZI — (Ahtna-Athabask.) Große Baumfalle. [Das *t* klingt wie das *t* in unserer Sprache. Das *aa* klingt wie das *a* in dem Wort *Tag*.

	Das *z* ist sehr stimmhaft, noch stimmhafter als *dj* in dem Wort *Dschungel.* Das *i* ist kurz wie das *i* in dem Wort *mit.* Die Betonung liegt auf der ersten Silbe.]
TIGANGIYAANEN	(Ahtna-Athabask.) Krieger, großer Krieger. [Das *t* klingt wie das *t* in unserer Sprache. Das *i* ist beide Mal kurz wie in dem Wort *mit.* Die einzeln stehenden *g* klingen wie *k* und werden weit hinten in der Kehle gesprochen. Das *a* ist kurz wie in dem Wort *matt.* Das *n* entspricht jeweils dem *n* in unserer Sprache. Das *y* ist ein stimmhafter Velar-Reibelaut wie das *j* in dem Wort *Julia.* Das *aa* klingt ähnlich wie ein offenes *o.* Das *e* ist kurz wie das *e* in dem Wort *Bett.* Die Betonung liegt auf der vorletzten Silbe.]
TSAANI	(Ahtna-Athabask.) Grizzlybär *(Ursus arctos).* [*Ts* klingt ähnlich wie *tz.* Das *aa* klingt ähnlich wie ein offenes *o*, das *i* ist ein kurzer Laut wie das *i* in *Tisch.* Die Betonung liegt auf der ersten Silbe.]
ULAX, pl. ULAS oder ULAM	(Alëut.) Eine zur Hälfte in die Erde gegrabene Behausung mit Sparrenwerk aus Treibholz, mit Stroh und Grasnarben bedeckt. *[Uu-lax* ausgesprochen, mit der Betonung auf der ersten Silbe. Das *a* ist ein kurzer Selbstlaut, und das *x* am Schluss ist ein stimmloser Velar-Reibelaut.]
UUTUK	(Alëut.) Seeigel. [Das *uu* ist lang wie das *u* in dem Wort *Zug.* Das *t* ist weich, beinahe wie ein *d* in unserer Sprache. Das *k* ist ein stimmhafter Reibelaut.]
UYGIIX	(Alëut.) Alte Frau. [Das einzelne *u* ist

	kurz. Das *y* klingt wie das *j* in dem Wort *Julia.* Das *x* ist ein stimmloser Velar-Reibelaut.]
YAA	(Ahtna-Athabask.) Himmel. [Das *y* klingt wie das *j* in dem Wort *Julia.* Das *aa* klingt ähnlich wie ein offenes *o*.]
YEHL	(Tlingit) Rabe. [Das *y* wird wie *j* ausgesprochen. Das *e* ist ein kurzer, offener Vokal wie das *e* in dem Wort *gelb.* Das *ll* klingt wie das *ll* in dem Wort *Ball.*]
YIKAAS	(Ahtna-Athabask.) Licht. [Das *y* wird wie *j* ausgesprochen. Das *i* ist kurz wie das *i* in dem Wort *mit.* Das *k* wird mit einem sehr rauen, gutturalen Laut hinten im Hals ausgesprochen. Das *aa* klingt ähnlich wie ein offenes o, und das s am Schluss wird fast wie *sch* ausgesprochen.]

Die Wörter in diesem Glossar sind entsprechend ihrer Verwendung in der RUF DER STERNE *aufgeführt. Die meisten Wörter der alëutischen Sprache entsprechen in Schreibweise, Aussprache und Bedeutung der Eintragung in »The Aleut Dictionary, Unangam Tunudgusii«, zusammengestellt von Knut Bergsland. Schreibweise, Aussprache und Bedeutung der Wörter aus der ahtna-athabaskischen Sprache sind entsprechend der Standardisierung in »The Ahtna Athabascan Dictionary« aufgeführt, zusammengestellt und herausgegeben von James Kari. Beide Wörterbücher sind beim Zentrum für die Eingeborenensprachen Alaskas der Universität von Alaska Fairbanks erschienen.*

KLEINE PFLANZENKUNDE

Die folgende Liste verschiedener Pflanzen ist nicht als Empfehlung zum Gebrauch gedacht, sondern lediglich als Ergänzung zum Roman. Viele Giftpflanzen ähneln Nutzpflanzen, und selbst einige der harmlosesten können, im Übermaß verwendet, schädlich sein. Am besten, man versichert sich der Gesellschaft eines Experten, wenn man Wildpflanzen zum Gebrauch als Arznei-, Nahrungs- oder Färbemittel sammeln will. Die Pflanzen sind in alphabetischer Reihenfolge entsprechend den in DER RUF DER STERNE verwendeten Namen aufgeführt.

AFTERKREUZKRAUT, Wilder Spargel, *Epilobium angustifolium:* Das Afterkreuzkraut ist in ganz Alaska und im nördlichen Teil Nordamerikas zu finden. Die aufrecht wachsende Pflanze wird bis zu anderthalb Meter hoch und endet in einer stacheligen Blütentraube. Jede Blüte hat vier Blütenblätter, die vom Stielansatz hinauf blühen, vom Hochsommmer bis hinein in den Spätsommer. Die Farben variieren von tief leuchtendem Rosarot bis zu beinahe weißem Zartrosa. Die mittelgrünen Blätter ähneln denen der Weide, sie sind lang und schmal. Die ersten Triebe (reich an Vitamin A und C) im Frühjahr können, ehe die Blätter ausschlagen, geerntet werden, ohne dass man der Pflanze Schaden zufügt. (Die Ernte der weißen Stängel unter der Erde fördert gar das Pflanzenwachstum.) Die Spitze des Stängels sollte wegen des unangenehmen Geschmacks entfernt werden; der Rest kann gedünstet genossen werden wie Spargel. Die Blätter sollten geerntet werden, ehe die Pflanze blüht. Sie finden als Gewürz in Suppen Verwendung. Die Blüten selbst werden für Salate und Marmelade verwendet. Ein Tee, aus den Blättern des Afterkreuzkrautes gebrüht, bringt Linderung bei Magenschmerzen. Ein aus den Wurzeln bereiteter Balsam findet als Zugsalbe Verwendung.

AUFRECHTER BEIFUSS, *Artemisia tilesii:* Diese perennierende Pflanze erreicht eine Höhe von einem halben bis einem Meter an einem einzigen Stängel. Die behaarten, gelappten Blätter sind an der Unterseite silbern und auf der Oberseite dunkelgrün. Im Spätsommer wächst oben am Stängel ein kleines Blütenbüschel. Die frischen Blätter werden für einen Tee verwendet, der das Blut reinigen und innere Blutungen stillen soll, und um Schnitte und wunde Augen auszuwaschen. Die Blätter werden erhitzt und schichtweise auf arthritische Gelenke gelegt, um Schmerzen zu lindern. Vorsicht: Blätter des Aufrechten Beifuß können in größeren Dosen giftig sein.

BITTERWURZ, Bitterkraut, *Fritillaria camchatcensis:* Auf einem geraden Stängel sitzt eine dunkelbraune Blüte mit sechs lanzettförmigen Blütenblättern. Die Blätter wachsen in Wirteln zu sechs Stück im oberen Teil des Stängels. Die Pflanze verströmt einen unangenehmen Geruch. Die Knollen bilden genießbare reisartige Sprossen, die man im Spätsommer ernten sollte. Roh schmecken sie bitter, gekocht und mit Öl vermengt sind sie jedoch äußerst wohlschmeckend.

CIXUDANGIX, Narzissenblütige Anemone, Berghähnlein, Seemöwenblume, *Anemone narcissiflora:* 20 bis 40 Zentimeter hohe Staude mit haarigem Stängel und weißen, doldig angeordneten Blüten. Die haarigen, handförmigen Blätter sind stark gezahnt und wachsen direkt unterhalb der Blüten wie auch am unteren Teil des Stängels. Das Volk der Aleüten kochte die Wurzeln aus und verwendete das gewonnene Serum, um Blutungen zu stillen. *Vorsicht:* Anemonen sind giftig.

DULSE, Wasserblatt, *Palmaria mollis:* Eine gummiartige, rotbraune Algenart mit bis zu 30 Zentimeter langen Blättern. Kann direkt vom Strand aus geerntet und roh verzehrt werden (es empfiehlt sich jedoch, sie vorher zu waschen, um sie von etwaigem Muschelbesatz zu befreien). Reich an Kalzium und den Vitaminen A und B, soll Dulse vor allem für menstruierende Frauen wohltuend sein. Getrocknet findet diese Alge als Gewürz Verwendung.

EISENHUT, *Aconitum delphinifolium:* Diese violett blühende Pflanze gehört zur Gattung der Hahnenfußgewächse. Sie wird knapp einen Meter hoch und hat stark gezackte, gefingerte Blätter. Die Blüten wachsen am Ende des Stängels und sind meist violett, gelegentlich auch weiß. Die Blüte läuft nach oben hin hutförmig aus. *Vorsicht:* Alle Bestandteile dieser Pflanze sind äußerst giftig. Die tödliche Wirkung beruht auf der Lähmung des zentralen Nervensystems. Die alëutischen Walfänger pflegten die Spitzen ihrer Harpunen in einen Sud aus Eisenhut zu tauchen.

GIFTBEERE, Rotes Christophskraut, Hahnenfuß, *Actaea rubra:* Die Giftbeere ist die einzige Beere mit tödlichem Gift, die in Alaska natürlich vorkommt. Diese Staude wächst im südöstlichen Alaska und an der Küste, in der Gegend nördlich des Yukon-Flusses. Die Giftbeere wird maximal 1 Meter 20 hoch, in der Regel beschränkt sich der Wuchs jedoch auf 60 bis 90 Zentimeter. Die spitz zulaufenden Blätter sind gezahnt und gefiedert. Die zarten weißen Blüten wachsen in aufrechten Trauben. Die weißen oder roten Beeren tragen einen charakteristischen schwarzen Punkt. *Vorsicht:* Alle Bestandteile der Giftbeere sind in höchstem Maße giftig, und der Verzehr verursacht Schmerzen und blutigen Durchfall. Die Lähmung des Atmungsapparates und/oder Herzstillstand können zum Tode führen! Diese Pflanze sollte nicht einmal berührt werden!

GELBES FINGERKRAUT, *Potentilla tormentilla:* Fünffingrige Gattung der Rosengewächse; diese Pflanze hat fingerförmig gefiederte Blätter. Fingerkraut verzweigt sich direkt an der Wurzel. Die einzeln stehenden gelben Blüten sitzen auf etwa 50 Zentimeter hohen Stängeln. Gekocht findet die Wurzel als feuchte Packung bei Hautausschlag und Gürtelrose Verwendung. Außerdem wird dem Fingerkraut stärkende Wirkung für die Lunge nachgesagt, es bringt Erleichterung bei Fieber und dient bei wundem Gaumen und Rachen zum Gurgeln.

GELBWURZ, *Coptis Trifolia:* Faseriges, winterhartes Wurzelgemüse, dessen Blätter jeweils zu dritt auf etwa 30 Zentimeter hohen Stängeln wachsen. Die Blütenstängel stehen einzeln. Einem Tee, aus der Wurzel bereitet, wird belebende Wirkung nachgesagt. Außerdem dient er bei rauem Hals und Verletzungen im Mundraum zum Gurgeln.

GIFT DER ERSTEN MENSCHEN, siehe EISENHUT

GRÜNERLE (AMERIKANISCHE), *Alnus crispa:* Ein kleiner Baum mit grauer Borke. Die mittelgroßen Blätter haben gezackte Ränder, sind an den Enden abgerundet und vorne spitz zulaufend. Die Blütenbüschel ähneln winzigen Tannenzapfen. Die innere Schicht der Borke wird getrocknet (frische Borke reizt den Magen) und für Tee verwendet, der hohes Fieber senken soll. Sie wird ebenfalls als Adstringens und zum Gurgeln bei Halsschmerzen verwendet. Die Borke findet als braunes Färbemittel Verwendung.

IITIKAALUX, siehe WOLLIGER BÄRENKLAU

KRAMPFRINDE, siehe SCHNEEBALL

LIEBSTÖCKEL, Strand-Liebstöckel, *Ligusticum scoticum:* Diese Pflanze besitzt drei Stiele mit je einem gelappten, gezahnten Blatt. Obwohl diese Art des Liebstöckels zu den Kriechgewächsen zählt, können einzelne Stängel bis zu 60 Zentimeter hoch werden. Die winzigen, korallenfarbenen Blüten wachsen in Dolden. Die Blätter werden am besten vor der Blüte geerntet und geben ein hervorragendes Gewürz für Eintöpfe ab. Liebstöckel hat beruhigende Wirkung auf den Magen und ist reich an den Vitaminen C und A. *Vorsicht:* Leicht zu verwechseln mit dem giftigen Schierling.

LIGIGE', Kanadische Büffelbeere, Hundsbeere, *Shepberdia canadensis:* Ein Busch, der bis zu zwei Meter hoch wird, mit glatten, an der Spitze abgerundeten dunkelgrünen Blättern. Die orangeroten Beeren reifen im Juli und sind essbar, aber bitter. Sie schäumen wie Seife, wenn man darauf schlägt.

LUNGENKRAUT, Rispiges Lungenkraut, *Mertensia paniculata:* Etwa 60 bis 90 Zentimeter hohe Pflanze, deren haarige, länglich ovale Blätter gegenständig wachsen. Kleine Büschel zarter, purpurner glockenartiger Blüten sitzen auf kurzen, hängenden Stielen. Blüten wie Blätter eignen sich für Teemischungen. Die Blätter sollten gepflückt werden, ehe die Pflanze erblüht. Vermutlich diente die Pflanze zur Linderung von Asthma und anderen Formen von Lungenstauung.

LUPINE, Nootka-Lupine, *Lupinus nootkatensis:* Gattung der Schmetterlingsblütler; Halbsträucher mit Trauben von mehrfarbigen Blüten. Jede Blüte besitzt bis zu sieben Blütenblätter. Die Farben variieren von Weiß über Rosa bis hin zu Blau. Die gefingerten Blätter wachsen gegenständig. *Vorsicht:* Obgleich die Alëuten aus der Pfahlwurzel ein Gebräu als Gurgelmittel bereiteten sowie um damit Schorf und Schnitte zu behandeln, zählt diese Pflanze zu den Giftpflanzen und sollte ihrer Schönheit wegen bewundert werden und nicht aufgrund ihrer Heilkräfte.

MAUSÖHRLEIN, Vogelmiere, Sternkraut, Sternmiere, *Stellaria:* Weit verbreitete Pflanze aus der Gattung der Nelkengewächse mit niedrig liegenden, aufsteigenden oder dichtrasigen, kleinen Stängeln. Die kleinen, ovalen Blätter wachsen paarweise am Stängel. Die fünf gespaltenen weißen Blütenblätter verleihen dieser Pflanze ihr besonders zartes Aussehen. Mausöhrlein wird für Augenbäder verwendet und soll außerdem schleimlösende Wirkung haben sowie, als Umschlag verwendet, bei Entzündungen hilfreich sein.

MOLTEBEERE, *Rubus chamaemorus:* Diese kleine Pflanze – nicht zu verwechseln mit der größeren, strauchartigen prächtigen Brombeere, *Rubus spectabilis* – wird ungefähr 15 Zentimeter hoch und trägt eine einzige weiße Blüte und eine lachsfarbene Beere, die wie eine Himbeere geformt ist. Die grünen Blätter sind gezackt und haben fünf Hauptlappen. Die Beeren sind essbar, aber nicht so aromatisch wie Himbeeren, doch reich an Vitamin C. Der Saft der Beeren gilt als Heilmittel bei Nesselausschlag.

NORI, Purpurtang, *Porphyra:* Diese Wasserpflanze hält sich mit winzigen Haken an Felsen fest. Mit seiner rötlichen Schale sieht Nori, wenn es im Wasser treibt, aus wie transparente Plastikfäden. Bei Ebbe wird Nori dunkel und sieht auf den Felsen aus wie öliger Schlick. Er ist reich an Eisen und Eiweiß und eine gute Quelle für die Vitamine A, B und C. Nori kann roh verzehrt werden. Man sagt dieser Tangart heilende Wirkung bei Kröpfen nach. Außerdem hilft Nori bei Übersäuerung. *Vorsicht:* Der Verzehr großer Mengen kann zu Blähungen und Bauchschmerzen führen.

RAIGRAS, Korbgras, Strandroggen, *Elymus arenarius mollis:* Ein hohes, raublättriges Gras, das, getrocknet und gespalten, von alëutischen Flechterinnen für fein geflochtene Körbe und gewebte Matten verwendet wird.

RIEMENTANG, *Alaria marginata:* Die braungrünen Hauptblätter dieser Pflanze werden bis zu drei Meter lang. Die gewellte Form der Blätter verleiht ihnen ein riemenartiges Aussehen. Die Mittelrippe des Blattes ist flach. Zwischen dem Hauptblatt und dem Haftorgan wachsen entlang der Mittelrippe gegenständig kleine, flügelartige Sporophyllen. Riementang ist reich an Mineralien. Er kann roh verzehrt werden, die Blätter lassen sich aber auch gut trocknen und können lange aufbewahrt werden.

RIESENTANG, *Nereocystis luetkeana:* Mehrjährige Braunalge, deren Thallusbänder über fünf Meter lang werden können. Die Blätter finden getrocknet als Gewürz Verwendung. Die Stiele sollte man sofort nach der Ernte schälen und entweder roh oder sauer eingelegt verzehren. Die Luftblasen oder Schwimmer, welche der Pflanze helfen, sich vom Grund an die Wasseroberfläche zu strecken, können mit Fleisch oder Gemüse gefüllt und gebacken werden. Tang wird heilende Wirkung bei Knochenbrüchen nachgesagt.

SCHAFGARBE, Gemeine Schafgarbe, Gachel, *Achillea borealis*: Winterfeste Pflanze aus der Gattung der Korbblütler; mehrfach gefiederte Blätter wachsen an einem aufrechten, bis zu 80 Zentimeter hohen Stängel. Die weißen oder zartrosa Zungenblüten wachsen auf einem flachen Blütenköpfchen, das auf mehreren Stängeln am Kopf der Pflanze sitzt. Schafgarbe fand als Abführmittel Verwendung, gegen Erkältungen und um Asthma zu bekämpfen. Außerdem sagt man ihr nach, Lungenblutungen zu stillen und, als Haarwasser verwendet, vermag die Schafgarbe Kahlheit vorzubeugen.

SCHNEEBALL, Gemeiner Schneeball, Krampfrinde, Elchsbeere, *Viburnum edule*: Dieser knorrige Busch ist in Alaska von der Alaska Peninsula bis zu den Brooks-Range-Bergen verbreitet. Die grob gezahnten, gelappten Blätter erinnern an Ahornblätter und wachsen gegenständig. Der Gemeine Schneeball erreicht eine durchschnittliche Höhe zwischen 1 Meter 20 und 1 Meter 80, im Einzelfall kann er jedoch bis zu drei Meter hoch werden. Die fünfblättrigen weißen Blüten wachsen in flachen Büscheln und reifen im Spätsommer zu aromatischen, aber bitteren roten Beeren heran. (Frosteinfall erhöht die Süße der Beeren beträchtlich.) Die Früchte sind reich an Vitamin C und lassen sich zu wohlschmeckender Marmelade verarbeiten. Ein Aufguss aus der inneren Rinde kommt bei Halsentzündungen und Erkältungen zur Anwendung. Der Aufguss wird gegurgelt. Die Rinde des Gemeinen Schneeballs enthält einen Wirkstoff, der entspannend auf die Muskeln wirkt. Der Rindensud, als Tee genossen, hilft bei Menstruationsbeschwerden und bei Magenkrämpfen, auch sagt man ihm Wirkung bei entzündeten Hautabschürfungen nach.

SEETANG, siehe RIESENTANG

WASSERDOST, Purpurner Wasserdost, *Eupatorium purpureum:* Gattung der Korbblütler; eine bis zu 1 Meter 70 hohe Staude mit handförmigen Blättern, die gegen September violett blüht. Die wenigblütigen Köpfchen bilden dichte Blütentrauben. Die Wurzel wird, zerstoßen und in Wasser gelöst, als Stärkungsmittel gereicht. Darüber hinaus wird ihr Harn treibende wie auch entspannende Wirkung nachgesagt.

WEIDE, *Salix*: Ein schmalblättriger Strauch oder kleiner Baum mit glatter grauer, gelblicher und/oder bräunlicher Rinde. Gegenwärtig gibt es in Alaska mehr als dreißig Weidenarten. Die Blätter sind eine sehr gute Vitamin-C-Quelle, schmecken aber bei manchen Arten sehr bitter. Die Blätter und die innere Rinde enthalten Salizin, das schmerzlindernd wirkt wie Aspirin. Die Rinde kann man schnipseln und kochen, um einen schmerzstillenden Tee zu erhalten. Die Blätter kann man ebenfalls als Tee kochen. Die Blätter werden gekaut und auf Insektenstiche gelegt, um den Juckreiz zu mildern. Wurzeln und Äste werden für Körbe und geflochtene Fischreusen verwendet.

WOLLIGER BÄRENKLAU, Wilder Sellerie, *Heracleum lanatum*: Eine dickstielige, kräftige Pflanze, die bis zu drei Meter hoch wird. Die rauen, dunklen Blätter haben drei Hauptlappen mit gezackten Rändern. Stiele und Blatthalme schmecken wie scharfer Sellerie, müssen aber vor dem Verzehr abgezogen werden, weil die Außenschicht hautreizend wirkt. Oben an den Pflanzen wachsen weiße Blüten in schalenförmigen Trauben. Auch die Wurzeln sind essbar, und die Blätter werden getrocknet, um Suppen und Eintöpfe zu würzen. Die Wurzel wird roh gekaut, um Halsweh zu lindern, und erhitzt wird ein Stück davon in einen schmerzenden Zahn gesteckt, um Wurzelschmerz abzutöten. *Vorsicht:* Bei der Ernte sollte man Handschuhe tragen. Wolliger Bärenklau gleicht im Aussehen dem giftigen Wasserschierling.

NACHWORT DER AUTORIN

Ich gehörte zu jenen glücklichen Menschen, deren Kindheit bereits von Geschichten durchsetzt, geprägt und bereichert war. Von Märchen, Familienüberlieferungen, biblischen Geschichten und Büchern, Büchern, Büchern. Ich zweifle nicht daran, dass mir mein Weg als Romanautorin schon als kleines Kind vorgezeichnet war. Meine Eltern lasen ständig. Auf langen Autofahrten fesselte uns mein Vater, ein geborener Geschichtenerzähler, mit einem Fortsetzungs-Comic der »Goody-Goody-Familie«, die unglaublichen Gefahren ausgesetzt war, aber trotz aller widrigen Umstände immer überlebte. Jede Woche beim Bügeln entzückte uns meine Mutter mit den traditionellen, über alles geliebten Märchen. Jeden Abend im Bett wurde ich die Heldin meiner selbst ausgedachten Abenteuer, bis Träume sich der Geschichten bemächtigten.

Noch heute, wenn ich als Erwachsene in eine Buchhandlung gehe oder ein Buch in Händen halte, spüre ich den Zauber. Er tanzt in meinem Kopf, macht mein Herz leicht und streift mir die Silberschuhe über die Füße!

Gewiss haben meine Leserinnen und Leser erkannt, dass die Trilogie der Geschichtenerzähler eine Reihe von Geschichten innerhalb einer Geschichte ist und insofern eine Nachahmung des wirklichen Lebens. Wir alle erleben unsere eigene Geschichte, doch zugleich spielen wir eine Rolle in den Geschichten anderer. Kreise überschneiden sich mit Kreisen, und in der besten aller Zeiten, der besten aller Welten erschaffen sie ein wunderbares Mosaik aus Leben, Farbe und Vergegenwärtigung. In der schlechtesten aller Zeiten freilich ist die Schöpfung ein Chaos, und dies ist, wie alle Lesenden und Schreibenden wissen, der Stoff, aus dem Romane sind – der unglaubliche, fruchtbare Boden, dem die verlockenden Worte entsprießen, welche Erzählende und Zuhörende gleichermaßen verführen. Was wäre, wenn ... Was wäre, wenn ...

Das erste »was wäre, wenn«, das den Samen für *Der Ruf der Sterne* legte, kam von meinem Freund Mike Livingston. Mein Mann Neil und ich unterhielten uns mit Mike und seiner Frau Rayna über Mikes alëutisches Erbe. Er sprach von seiner Überzeugung, dass zwischen den japanischen und alëutischen Kulturen und Völkern eine Verbindung bestehe. Es war ein faszinierender Gedanke, dem ich damals jedoch nicht nachging. Als Neil und ich einige Jahre später für meinen japanischen Verlag Shobunsha auf einer Lesereise waren, kamen mir Mikes Worte wieder in den Sinn.

Neil und ich haben uns in Japan sehr wohl gefühlt, hauptsächlich natürlich wegen der wunderbaren Gastfreundschaft, aber auch, weil die Menschen uns so sehr an unsere zahlreichen alëutischen Freunde erinnerten. Ein Interview mit Hashida Yoshinori, der für die *Kyōdō News* schrieb, eröffnete mir eine völlig neue Welt der Möglichkeiten, als er von der Jōmōn-Zeit im frühgeschichtlichen Japan sprach. Er gab mir Bücher und eine Anzahl Informationen, die von der Gesellschaft zur Vermittlung von Erkenntnissen über die Jōmōn-Zeit herausgegeben wurden. Ich fand die Ähnlichkeiten zwischen den frühgeschichtlichen Alëuten und dem Jōmōn-Volk faszinierend.

Forschungen auf den alëutischen Inseln führten zu verschiedenen mündlich überlieferten Geschichten von alten Völkern aus fremden Ländern, die mittels Stürmen und Schiffbruch auf die Inseln gekommen waren. Ein wenig Beschäftigung mit Meereskunde führte zu Erkenntnissen über den Kuroschiostrom, der von Ostjapan zu den südlichen Alëuten fließt. Was braucht eine Schriftstellerin mehr als solch faszinierende Zusammenhänge, um eine Geschichte der Möglichkeiten zu weben?

Wie in allen meinen Romanen dienen Sagen als roter Faden. Wer mit den Mythen der nordischen Völker vertraut ist, wird in der Geschichte von Tochter eine abgemilderte Version der weit verbreiteten und bekannnten Sedna-Sagen erkennen. In der ursprünglichen Sage verliert Tochter mehr als einen Zeh, und dies aus weniger dringlichen Gründen als Hunger.

Ein paar weitere Anmerkungen, hauptsächlich zur Verdeutlichung: Mir ist bekannt, dass die Tundra und die nördlichen Wälder nicht so reich an Wild sind wie die meisten gemäßigten Zonen in Nordamerika, aber wenn die Menschen um Chakliux vom Segen ihres an Tieren reichen Landes sprechen, muss den Lesenden klar sein, dass jene alten Jäger und Sammler nichts wussten vom Leben in anderen Gebieten, wo es eine Fülle an unterschiedlichen Pflanzen und Tieren gab.

Anthropologen und Völkerkundler haben festgestellt, dass in den Jahren nach einem verheerenden Krieg unerklärlicherweise unverhältnismäßig viele männliche Kinder geboren werden. Da ich keine Expertin auf diesem Gebiet bin, verlasse ich mich auf das Wort der Wissenschaftler, und statt das Phänomen zu erklären, füge ich es als Tatsache in meine Romane ein.

Einst hatte ich das Vergnügen, an der Lake Superior State University, einem kleinen Institut auf der nördlichen Halbinsel Michigans, Anfänger und Fortgeschrittene in kreativem Schreiben zu unterrichten. Ich bin überzeugt, dass die Studierenden mir mehr über das Schreiben beigebracht haben, als ich sie lehren konnte, und vieles, was ich gelernt habe, schlägt sich in diesem Roman in den Gesprächen, Erfolgen und Misserfolgen des jungen Geschichtenerzählers Yikaas nieder. Im 30. Kapitel zum Beispiel setzt Yikaas unklugerweise seine Erzählung über ihren natürlichen Schluss hinaus fort und verwässert so die Macht des Endes. Ich habe diese und andere

Schwächen oder Irrtümer des Geschichtenerzählens eingefügt, um den Wachstumsprozess hervorzuheben, den jeder Geschichtenerzähler durchläuft. Es ist ein ständiger Kampf, und wie beim Golfspiel ist Vollkommenheit unmöglich. Welche Freude! Welche Enttäuschung!

Bei den Athabasken sowie in allen Kulturen der amerikanischen Urweinwohner, die ich erforscht habe, gelten Namen als heilig und tragen eine spirituelle Bedeutung. Als Rotes Blatt daher einwilligt, ihre Tochter Daes zu nennen, begeht sie einen ungeheuren Verrat, der ihre Tochter in spirituelle Gefahr bringt.

Eine letzte Bemerkung an diejenigen unter meinen Lesern, die gleich mir fasziniert sind von der Etymologie der Wörter. Als K'os im 12. Kapitel Schreit-laut ermuntert, den Namen *Tidangiyaanen* (Erfahrener Jäger oder Krieger) anzunehmen, verführt sie ihn, seine Rechte als junger Jäger zu überschreiten und sich einer Tüchtigkeit zu rühmen, die er noch nicht besitzt. Sie sucht ihn auch zu beherrschen, indem sie sich die Stellung einer Namensgeberin anmaßt. Die Wurzel dieses athna-athabaskischen Wortes ist *yaa,* das vielfache Bedeutungen hat, sich aber in diesem Zusammenhang auf das Wachstum zur Reife bezieht. Die Wurzel *yaa* in dem Wort *tidangiyaanen* leitet sich höchstwahrscheinlich von einer anderen Wurzel ab, *yae,* worin sich Wachstum auf das Verheilen einer Wunde bezieht. Wenn Schreit-laut den Namen annimmt, dann erkennt er auch den Wert von K'os als Heilerin. Wenn K'os Schreit – laut mit dem Namen *Tidangiyaanen* in Versuchung führt, ist sie zugleich bestrebt, ihre eigene Macht oder Stellung zu vermehren und die von Schreit-laut zu mindern.

DANKSAGUNG

Wie bei allen meinen Romanen bin ich den zahlreichen Personen, die mir bei den Recherchen und der Veröffentlichung von *Der Ruf der Sterne* geholfen haben, zu unendlichem Dank verpflichtet.

Als Erstes gilt mein Dank meinem Mann Neil, der, mit Klugheit gesegnet, mir stets Mut zugesprochen und bereitwillig zugehört hat. Ebenso bin ich meinen Eltern zu Dank verpflichtet für die Förderung meiner Liebe zu Büchern und Geschichten, das Lesen der verschiedenen Fassungen dieses Romans sowie für ihr Lob, das mir unendlich viel bedeutet. Meine Dankbarkeit gilt meiner Tochter Krystal, meinem Sohn Neil und meiner Schwiegertochter Tonya, allesamt darin erfahren, Freude in mein Leben zu bringen, allesamt kundige Leser, die schon in jungen Jahren zu Weisheit gelangt sind.

Mein tief empfundener Dank gilt Rhoda Weyr, der besten Agentin, die man sich erhoffen kann, und ein Wunder in meinem Leben. Sie erwärmt stets mein Herz mit ihrer positiven Einstellung und *joie de vivre.* Mein Dank gilt ferner Gerald J. Trageiser und Veronika Bauer vom Limes Verlag, Sabine Ibach von Mohrbooks, meinen Übersetzerinnen Margarete Längsfeld und Sabine Maier-Längsfeld sowie all denen, die meine Arbeit unterstützt und dazu beigetragen haben, dass meine Romane in die Hände meiner deutschen Leserinnen und Leser gelangten. Ihre Sachkenntnis lässt mich als eine viel bessere Schriftstellerin dastehen, als ich bin!

Meine Leserinnen und Leser, meine ehemaligen Studierenden des Fachs kreatives Schreiben und jene Buchrezensenten, die meine Werke besprechen – Sie alle haben mich gelehrt, mein Handwerk zu vervollkommnen, und ich danke Ihnen. Ohne Ihre Leistung hätte ich *Der Ruf der Sterne* nicht schreiben können.

Ich hatte das Privileg, von zahlreichen Menschen viele Informationen zu erhalten. In dieser kurzen Danksagung kann ich nur wenige nennen, aber meine Dankbarkeit gilt allen, die Aufsätze geschickt, Anmerkungen oder Verbesserungsvorschläge gemacht, über Ideen diskutiert und ihr Wissen und ihre Sachkenntnis beigesteuert haben. Unermesslichen Dank schulde ich Dr. William Laughlin und seiner Tochter Sarah für ihre ständige Unterstützung, Mike und Rayna Livingston sowie Dr. Ragan und Dorothea Callaway für so viele Gefälligkeiten, dass ich sie nicht einzeln aufzählen kann. Mein Dank gilt Jim Waybrant für sein Magazin und sein Video über Karibus, (dem kürzlich verstorbenen) Paul Peck für seine kundigen Schriften und Kommentare und für die Bücher und Unterlagen, die er mir geschickt hat.

Ich danke Hashida Yoshinori für seine Einführung in die frühgeschichtliche Dschomon-Kultur Japans. Dieses Buch wäre ohne die großzügige Überlassung seiner Kenntnisse und Forschungsunterlagen nie geschrieben worden.

Mein Dank gilt des Weiteren allen anderen, die mir Forschungsunterlagen, die in diesem Roman Verwendung fanden, geliehen oder überlassen haben: Glenn und Edith Andersen, Bill Boerigter, Patricia Okalena Lekanoff-Gregory, Bonnie, Chris und Samantha Mierzejek, Caroline Whittle, Dr. Mark McDonald, Forbes McDonald, Ray Hudson, Chris Lokanin, Keith Krahnke, Don Alan Hall, Herausgeber von *Mammoth Trumpet,* Mike, Sally, Crystal und Mary Swetzof, Ethan Petticrew, Kaydee, Candee, Hollie und Joe Caraway sowie Mary Attu.

Mein letzter, aber keineswegs geringster Dank gilt denjenigen, die mein Manuskript gelesen und mich umsichtig und klug beraten haben: meinen Eltern, meiner Freundin und Schriftstellerkollegin Linda Hudson, meiner Schwester Tish und ihrem Mann Tom Walker sowie meinem Freund Joe Claxton.

Jedwede Irrtümer in der Schilderung oder Auslegung sind mir zuzuschreiben und nicht die Schuld derjenigen, die mir so großzügig ihre Zeit gewidmet, ihre Sachkenntnis mitgeteilt und ihre Forschungsunterlagen überlassen haben.

Australien um das Jahr 1900: Aufständische Aborigines und Siedler liefern sich im Outback einen Kampf auf Leben und Tod. Auch die Familien der Großgrundbesitzer Hamilton und Oatley, deren Kinder Lucy und Myles heiraten wollen, werden in den Konflikt hineingezogen. Als Myles' Mutter stirbt und sein Vater William Oatley in Selbstmitleid versinkt, reist der junge Mann für eine Weile nach Europa. Als er nach Hause zurückkehrt, findet er seinen Vater erneut verheiratet vor – mit der schönen Harriet Cunningham. Myles, der noch immer mit Lucy verlobt ist, missbilligt die Ehe und versucht sie zu zerstören. Aber dann verliebt er sich selbst in Harriet ...

ISBN 3-404-14786-3

BASTEI LÜBBE